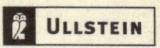

ULLSTEIN

Das Buch

Im Jahre 1733 kommt der junge Lorenzo Scacchi als Lehrling nach Venedig zu seinem Onkel, dem ein weithin bekanntes Druckhaus mit Verlag gehört. Erscheint Lorenzo die Lagunenstadt zunächst fremd, ist er doch sehr bald fasziniert von ihrer Pracht und Größe: Hier bekommt man Waren aus der ganzen bekannten Welt und hier wirken die berühmten Maler und Musiker ihrer Zeit. Lorenzo erledigt Handlangerarbeiten für seinen Onkel, der offenbar auch allerlei undurchsichtige Geschäfte betreibt. Dann wird ihm eine ganz besondere Aufgabe übertragen: sich um die junge, ebenso begabte wie hübsche Geigerin Rebecca zu kümmern. Diese soll im Orchester Vivaldis spielen, darf aber ihre Identität nicht öffentlich preisgeben. Es beginnt ein Spiel um Betrug und Täuschung, das blutige Konsequenzen hat und Lorenzo fast das Leben kosten wird.

Über 250 Jahre später: Der junge Engländer Daniel Forster kommt nach Venedig, um die alte Bibliothek des Palazzo Scacchi zu katalogisieren. Hier entdeckt er das bislang unbekannte, aber meisterhafte Manuskript eines Violinkonzerts. Es stammt zweifellos aus der Zeit Vivaldis – hat der Meister selbst es verfasst? Mit seinem Fund gerät Daniel in eine Verschwörung, die sich um eine wertvolle alte Violine und eine sehr begabte Geigerin rankt …

Luzifers Schatten ist ein geschickt konstruierter Roman um den erotischen Zauber einer Stadt und die dämonischen Geheimnisse der Geschichte.

Der Autor

David Hewson wurde 1953 in Yorkshire geboren. Er war als freischaffender Journalist für zahlreiche Zeitungen tätig, u. a. für die *Sunday Times* und *The Times*. Für seinen ersten Roman *Semana Santa* erhielt er den renommierten WHSmith Fresh-Preis und wurde auch von der deutschen Kritik enthusiastisch gefeiert. David Hewson lebt mit seiner Familie in Kent.

Von David Hewson sind in unserem Hause bereits erschienen:
Epiphanias
Semana Santa
Sonnwende
Die Strohpuppe

David Hewson

Luzifers Schatten

Roman

Aus dem Englischen
von Hedda Pänke

Ullstein

Besuchen Sie uns im Internet:
www.ullstein-taschenbuch.de

Ullstein Verlag
Ullstein ist ein Verlag des Verlagshauses
Ullstein Heyne List GmbH & Co. KG.
Deutsche Erstausgabe
1. Auflage August 2003
© 2003 für die deutsche Ausgabe by
Ullstein Heyne List GmbH & Co. KG
© David Hewson 2001
Titel der englischen Originalausgabe:
Lucifer's Shadow (HarperCollinsPublishers, London)
Übersetzung: Hedda Pänke
Redaktion: Cornelia Greiner
Umschlaggestaltung: Thomas Jarzina, Köln
Titelabbildung: Look GmbH, München
Gesetzt aus der Bembo
Satz: KompetenzCenter, Mönchengladbach
Druck und Bindearbeiten: Elsnerdruck, Berlin
Printed in Germany
ISBN 3-548-25693-7

Für Helen, Catherine und Thomas,
deren Musik mich inspirierte.

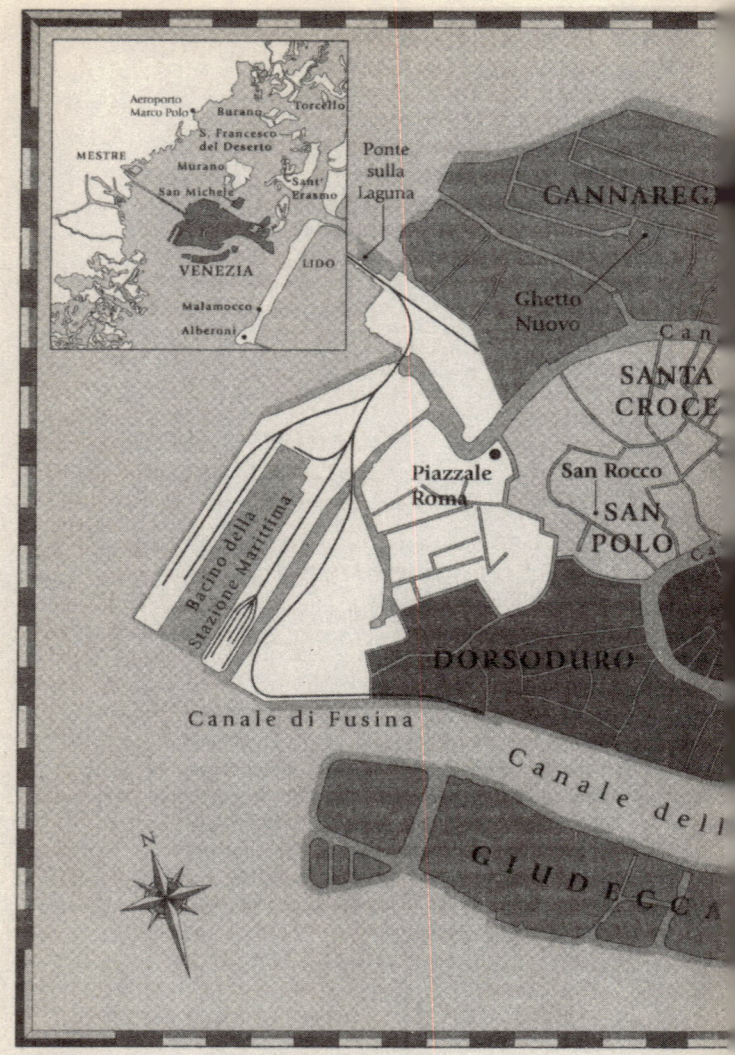

Aeroporto
Marco Polo
MESTRE
Burano
S. Francesco
del Deserto
Murano
San Michele
Sant'
Erasmo
Torcello
VENEZIA
LIDO
Malamocco
Alberoni

Ponte
sulla
Laguna

CANNAREG

Ghetto
Nuovo

Can

SANTA
CROCE

San Rocco

SAN
POLO

Piazzale
Roma

DORSODURO

Bacino della
Stazione Marittima

Canale di Fusina

Canale dell

GIUDECCA

N

San Michele

Fondamente
Nuove

Canale delle Fondamente Nuove

Ca'
Scacchi

Rialto

CASTELLO

Arsenale

Canale
Grande

SAN
MARCO

Piazza
S. Marco

La Pietà

Canale di S. Pietro

Salute

Punta della
Dogana

Canale di S. Marco

Ca' Dario

ISOLA DI
S. GIORGIO
MAGGIORE

Giudecca

1. SAN MICHELE

Er trug Schwarz. Den billigen, dünnen Anzug von Standa. Gewienerte Lederschuhe. Imitierte Ray-Ban Predators, die er irgendeinem japanischen Touristen auf der Piazzale Roma aus dem Bus geklaut hatte.

Rizzo zündete sich eine Zigarette an und wartete am Eingang von San Michele. Es war der erste Sonntag im Juli. Träge Hitze stieg vom Wasser auf, zwitschernd schossen Schwalben über seinen Kopf hinweg, in der Lagune wurde es Sommer. Ein leichter Wind bewegte die Zypressen, die auf dem Friedhof aufragten wie dunkelgrüne Ausrufezeichen. Im diskreten Halbdunkel einer Nische rechts von ihm stand ein Stapel leerer Kiefernholzsärge. Er sah, wie sich etwas auf die sonnenbeschienene Ecke des obersten Sargs zubewegte. Eine Eidechse huschte in den Lichtstrahl, hielt kurz inne und sauste in die Ritzen des Mauerwerks zurück.

Toller Job, dachte Rizzo, eine Leiche zu überprüfen.

Der Friedhofsverwalter kam aus seinem Büro und starrte auf die Zigarette, bis Rizzo sie auf den Boden warf und austrat. Der Mann war ungefähr vierzig, klein, korpulent und schwitzte in seinem weißen Baumwollhemd. Er hatte fettige, strähnige Haare und einen Schnurrbart, der aussah, als hätte man einen abgebrochenen Kamm über seine fleischigen Lippen geklebt.

»Sie haben die nötigen Papiere?«

Rizzo nickte und rang sich ein Lächeln ab. Der Verwalter beäugte ihn misstrauisch. Rizzo war fünfundzwanzig, wirkte aber, so wie er angezogen war, glatt fünf Jahre älter. Dennoch sah er vielleicht ein bisschen zu jung aus, um Anspruch auf einen wurmzerfressenen Kadaver zu erheben, als wäre er ein Koffer in einem Bahnhofsschließfach.

Er zog die Dokumente hervor, die ihm der Engländer am Morgen im Palazzo neben dem Guggenheim-Museum gegeben hatte. Damit müsste es klappen, hatte Massiter gesagt. Teuer genug waren sie gewesen.

»Sie sind ein Angehöriger?«, fragte der Verwalter und studierte die Unterlagen.

»Ein Cousin.«

»Weitere Angehörige gibt es nicht?«

»Alle verblichen.«

»Soso.« Der Mann faltete die Unterlagen zusammen und stopfte sie in seine Hosentasche. »Sie hätten sich noch vier Wochen Zeit lassen können, wie Sie vielleicht wissen. Liegedauer zehn Jahre. Auf den Tag. Aber viele lassen den Zeitpunkt verstreichen. Die wenigsten tauchen rechtzeitig auf.«

»Termine, Verpflichtungen.«

Der Verwalter verzog das Gesicht. »Verstehe. Die Toten haben sich nach uns zu richten. Nicht umgekehrt. Aber …« Er bedachte Rizzo mit einem Blick, der möglicherweise sogar einen Funken Sympathie enthielt. »Jetzt sind Sie ja hier. Sie wären überrascht, wie viele dieser armen Kreaturen offenbar einfach vergessen werden. Sie liegen ihr Jahrzehnt hier ab und dann bringen wir sie ins städtische Beinhaus. Uns bleibt keine andere Wahl, wissen Sie. Kein Platz.«

Das weiß doch jeder in Venedig, dachte Rizzo. Wer auf San Michele bestattet werden will, muss sich an die Regeln halten. Die kleine Insel zwischen Murano und dem Norden der Lagunenstadt war voll. Die prominenten Toten, für die sich die Touristen interessierten, waren ihrer Gräber natürlich sicher. Allen anderen wurde ein Liegerecht von genau zehn Jahren eingeräumt. Sobald die Pachtdauer für die kleine Parzelle abgelaufen war, blieb es den Angehörigen überlassen, die Knochen anderswo zu bestatten oder diese Aufgabe der Stadt zu überlassen.

Auch dem Engländer war das bekannt. Aus Gründen, die Rizzo nicht wissen wollte, hatte er die Exhumierungspapiere früh genug besorgt, um als Erster zu erfahren, was sich in der Kiste befand. Vielleicht interessierte sich noch jemand für die verwesende Leiche, jemand, der die Zehnjahresfrist einhalten würde. Vielleicht auch nicht. Irgendwie begriff Rizzo den Sinn des Ganzen nicht recht. Ging es um die Frage, ob sich tatsächlich eine Leiche im Sarg befand? So musste es sein. Aber eigentlich war es ihm egal. Wenn ihm der Typ zwei Millionen Lire dafür zahlte, dass er mit gefälschten Dokumenten herumwedelte, konnte es ihm nur recht sein. Es war doch mal was anderes, als die Touristen in der Umgebung von San Marco um ihre Portemonnaies und Brieftaschen zu erleichtern.

»Wir haben Erfahrung in diesen Dingen«, sagte der Mann. »Und erledigen sie pietätvoll und würdig.«

Er setzte sich in Bewegung und Rizzo folgte ihm an den Stapeln nagelneuer Särge vorbei in die glühende Sonne. Sie durchquerten den ersten Abschnitt des Friedhofs, in dem die Toten Dauerwohnrecht genossen, und gelangten in die Bereiche, in denen Verstorbene im Dekadenrhythmus permanent rotierten. Grüne Planen markierten die Flächen, wo die aktuelle Skeletternte eingebracht wurde. Jeder Grabstein trug ein Foto. Junge und Alte blickten in die Kamera, als wären sie fest überzeugt, nie sterben zu müssen. In Recinto 1, Campo B, blieben sie inmitten eines Meeres duftender Blumen stehen. Der Verwalter deutete auf einen Stein. Und da stand ihr Name, der Familienname zuerst, wie üblich auf diesem Friedhof: Gianni Susanna. Gerade achtzehn Jahre alt, als sie starb. Das Grab war leer, die Erde ockerfarben.

Rizzo konnte die Augen nicht von dem ovalen Porträt auf dem Marmorgrabstein losreißen. Susanna Gianni war das hübscheste Mädchen, das er je gesehen hatte. Sie lächelte ihn an und wirkte eher wie einundzwanzig. Das Foto musste an einem sonnigen Tag irgendwo im Freien aufgenommen worden sein, kurz vor ihrem Tod. Aber sie wirkte überhaupt nicht krank. Sie trug ein violettes T-Shirt. Die schwarzen Haare fielen ihr auf die Schultern. Gesicht und Hals waren sonnengebräunt und die Lippen zu einem natürlichen, offenen Lächeln geformt. Sie sah aus wie eine Studentin vielleicht, unschuldig, aber etwas in ihrem Blick deutete an, dass sie so naiv nicht mehr war. Rizzo schloss die Augen und versuchte, sich zu beherrschen. Es war absurd, aber er spürte, dass er angesichts dieses unbekannten Mädchens, das vor fast einem Jahrzehnt aus ihm unbekannten Gründen gestorben war, einen Ständer bekam.

»Legen Sie Wert auf den Stein?« Die Stimme des Verwalters riss ihn aus seinen Träumen. »Sie können ihn mit dem Sarg mitnehmen. Ich vermute, Sie lassen ihn mit dem Boot abtransportieren?«

Rizzo antwortete nicht. Er steckte die Hände tief in die Taschen, hielt das Sakko vor sich und überlegte, ob der Mann etwas bemerkt hatte.

»Wo ist sie?«, fragte er.

»Sagen Sie den Bootsleuten nur Bescheid. Sie wissen, wo sie anlegen müssen.«

»Wo ist sie?«, wiederholte er. Der Engländer hatte sich sehr präzise ausgedrückt.

»In einem dafür vorgesehenen Gebäude.« Der Verwalter seufzte, als wüsste er genau, was nun kam.

»Führen Sie mich hin.«

Wortlos drehte sich der Mann um und lief zu einer verlassenen Ecke im nördlichen Teil des Friedhofs. Rechts von ihnen kam eine der großen Fähren auf ihrem Weg nach Burano und Torcello vorbei. Möwen segelten mit der Luftströmung. Vor ihnen bewegten sich Leute durch die Reihen von Grabsteinen, manche mit Blumensträußen in den Händen. Rizzo war erst einmal hier gewesen, mit einer alten Freundin, die ihre Großmutter besuchen wollte. Der Friedhof war ihm unheimlich. Wenn sein letztes Stündlein geschlagen hatte, wollte er im Krematorium in Mestre auf dem Festland in Asche und Rauch aufgehen. Und nicht hier in der Erde von San Michele liegen und darauf warten, ein Jahrzehnt später wieder ausgebuddelt zu werden.

Sie kamen zu einem kleinen, flachen Gebäude mit einem einzigen winzigen Fenster. Der Verwalter zog einen Schlüsselbund aus der Tasche und öffnete die Tür. Rizzo nahm die Sonnenbrille ab und folgte ihm ins Innere. Dann wartete er, dass der Mann Licht anmachte, ließ seinen Augen Zeit, sich an den abrupten Wechsel zwischen strahlendem Sonnenschein, Dunkelheit und der flirrenden Neonröhre an der Decke zu gewöhnen.

Der Sarg war in der Mitte des Raums aufgebockt. Sein Holz hatte eine stumpfgraue Farbe. Der Boden von San Michele muss wirklich trocken sein, dachte Rizzo. Es sieht so aus, als wäre die Kiste mitsamt ihrem Inhalt über die Jahre hinweg in der Erde einfach verdorrt.

»Wie gesagt«, wiederholte der Mann. »Schicken Sie Ihre Männer her. Sie wissen, was zu tun ist. Sie brauchen nicht zuzusehen. Glauben Sie mir.«

Rizzo kannte seinen Auftrag.

»Öffnen Sie ihn.«

Unterdrückt fluchend verschränkte der Verwalter die Arme vor der Brust. »Unmöglich«, murmelte er. »Welches Spielchen spielen Sie hier eigentlich mit mir, junger Freund?«

Rizzo griff in die Tasche und holte ein paar Hunderttausend-Lire-Scheine heraus. Massiter hatte mit Nebenausgaben gerechnet.

»Hören Sie, die Giannis haben einen ausgeprägten Familiensinn. Lassen Sie mich einen letzten Blick auf meine liebe kleine Cousine werfen, dann sind Sie mich los. Einverstanden?«

»Mist«, sagte der Mann, sackte die Geldscheine ein und griff nach einem an der Wand lehnenden Brecheisen. »Soll ich den Deckel abnehmen? Oder ist Ihr Familiensinn so ausgeprägt, dass Sie es lieber selbst machen?«

Rizzo gierte nach einer Zigarette. Im Raum war es unerträglich stickig. Der Sarg strömte einen muffigen Geruch aus. »Na, hören Sie mal. Wer wird hier für so was bezahlt?« Er machte eine herrische Kopfbewegung Richtung Sarg.

Widerstrebend hob der Mann das Brecheisen und schob es zwischen Sarg und Deckel. Er beachtete kaum, was er tat. Vermutlich hat er diese Kisten schon millionenfach aufgebrochen, dachte Rizzo. Es ist so, als würde man in einem Schlachthaus oder einem Leichenschauhaus arbeiten. Nach einer Weile denkt man über seine Beschäftigung nicht einmal mehr nach.

Langsam arbeitete sich das Brecheisen um den Sarg herum, hob den Deckel jeweils nur wenige Zentimeter an, entblößte die verbogenen, rostigen Nägel, die das Ding zusammenhielten. Als das Brecheisen seine Runde gemacht hatte, sah der Mann Rizzo an.

»Na, wollen Sie es sich nicht noch mal überlegen, Junge? Ich habe schon viele von euch große Töne spucken gehört, aber dann, wenn es wirklich zur Sache geht, seid ihr plötzlich ganz klein.«

Rizzo ließ sich nicht gern »Junge« nennen. »Öffnen«, sagte er.

Der Verwalter schob das Brecheisen weit unter den Deckel und drückte ihn hoch. Mit einem lauten Knacken zerbrach das Holz in zwei Stücke. Unwillkürlich zuckte Rizzo zusammen. Staub und Holzspäne erfüllten die Luft. Dann ein anhaltend widerlicher Geruch, eindeutig menschlichen Ursprungs. Nur ein Blick, dachte er. Mehr will der Engländer nicht.

Er beugte sich vor und spähte in den Sarg. Ihr Kopf lag im Schatten der Sargwand. Die langen Haare waren grau. Dünn und vertrocknet aussehend hingen sie zu beiden Seiten des Schädels herab, an dem noch immer Reste von brauner, ledriger Haut hingen. In den Augenhöhlen war irgendwas, aber das sah er sich lieber nicht so genau an. Auf ihren Schultern entdeckte er die Trägerreste eines einstmals weißen Totenhemdes.

Rizzo glaubte, er müsse lange auf den Schädel starren und darüber nachdenken, wohin die Schönheit des Gesichtes verschwunden war. Von seiner Erektion spürte er nichts mehr. Er fröstelte. Die Luft vor ihm begann zu flirren und zu wabern. Fast rechnete er damit, sich erbrechen zu müssen. Nicht aus Entsetzen oder Ekel, sondern wegen der stickigen Atmosphäre im Raum. Es kam ihm vor, als stünde er in einer dichten Wolke von Staub – menschlichen Staubs, hinterlassen von all den Toten, die im Lauf der Jahrhunderte die Tore von San Michele durchquert hatten.

Aber er hielt sich nicht lange mit dem Schädel auf. Ihre Arme waren auf der Brust gekreuzt, lange, skelettdünne Arme. Zu seiner Überraschung umklammerten sie einen Gegenstand, der ihr vom Kinn bis zu den Hüften reichte. Verblüfft starrte er das Ding an und wusste, dass der Verwalter das Gleiche tat. Er brauchte eine Weile, um es anhand seiner Form zu identifizieren. Susanna Gianni war mit einem alten Geigenkasten beerdigt worden und drückte ihn so zärtlich an sich, als wäre er ein Baby.

Davon hatte der Engländer nichts gesagt. Nur: Werfen Sie einen Blick auf die Leiche, und das wär's. So lautete die Abmachung, also konnte es ihm niemand verübeln, wenn er nebenbei ein kleines Geschäft machte.

Behutsam lockerte Rizzo die Griffe der knochigen Arme und wollte den Kasten darunter hervorziehen.

Der Verwalter musterte ihn finster. »Das sollten Sie nicht tun.«

Seufzend hielt Rizzo inne. Er hatte genug von diesem Zwerg, mehr als genug von diesem erdrückenden Raum. Er griff in seine Tasche und zog das kleine Schnappmesser heraus, das er stets bei sich trug. Dem Dicken fest in die Augen blickend, ließ er die silberne Klinge vorschnellen, ging auf ihn zu und packte ihn am Kragen. Er drückte die Messerspitze gegen das linke Augenlid des Mannes, hob die schlaffe Haut an und ritzte sie gerade so weit ein, dass ein winziger Blutstropfen hervorquoll.

»Was wollen Sie?«, fragte er kalt. »Ich tue doch gar nichts.«

Der Mann wirkte wie erstarrt. Rizzo griff in seine Gesäßtasche, zog eine billige Kunststoffbrieftasche heraus und warf einen Blick auf den Ausweis. Der Verwalter lebte in den Behördenwohnhäusern nördlich von ihm in Cannaregio. Ein Fußweg von fünf Minuten.

»Keine Faxen«, zischte Rizzo. »Sonst sorge ich dafür, dass du dich selbst beerdigen kannst!«

Mit angsterfüllten glasigen Augen starrte der Mann ihn an. Rizzo ließ ihn los, trat wieder an den Sarg, hob die knochigen Arme an und zog den Violinkasten darunter hervor. Mit dem Jackettärmel wischte er den Staub ab und las ihren Namen auf einem verblichenen Papieretikett. Dann schlossen sich seine Finger um den Griff. Schwer hing der Kasten an seinem Arm. Irgendwas war da drinnen. Vielleicht nur Steine. Heutzutage gaben nicht einmal mehr Verrückte ihren Toten Kostbarkeiten mit ins Grab.

Der Verwalter verharrte reglos im Schatten, machte sich wahrscheinlich vor Angst in die Hose und wünschte sich sehnlichst, zu Hause bei seiner Frau zu sein. Rizzo zog eine Grimasse, holte ein paar weitere Hunderttausend-Lire-Scheine hervor und stopfte sie dem Dicken in die Hemdtasche. »Dein Glückstag, Freundchen. Nur eine kleine Familienangelegenheit. Alles klar?«

Der Mann zog die Banknoten heraus und faltete sie knisternd zusammen. Das Geld gab ihm etwas von seiner Würde zurück. In gewisser Hinsicht waren sie jetzt quitt. Dafür hatte Rizzo jedes Verständnis. Es gab zu wenig Würde auf der Welt. Er schob sich die Predators-Imitation wieder auf die Nase, machte auf dem Absatz kehrt und trat ins Freie.

»Moment mal!«, schrie der Verwalter ihm nach. »Wo sind die Bootsleute? Sie haben sich um das hier zu kümmern.«

Rizzo blieb an der Tür stehen und sah zu dem kleinen Dicken neben dem Sarg zurück. »Welche Bootsleute?«

»Um die Leiche fortzuschaffen, natürlich! Ich dachte, Sie wären so früh gekommen, um alles Weitere selbst zu übernehmen.«

»Das habe ich nie gesagt«, entgegnete Rizzo.

»Allmächtiger! Und was fange ich jetzt mit den Knochen an?«

Rizzo zuckte mit den Schultern. Sein Sakko engte ihn ein. Er hasste es, sich mit diesen billigen Klamotten zufrieden geben zu müssen, denn was er wirklich wollte, waren die Sachen, die in San Marco verkauft wurden: Moschino, Valentino und Armani.

»Machen Sie damit, was Sie wollen«, sagte er und betrachtete sich den Mann dann genauer. Vielleicht hatte er es doch zu weit getrieben. Der Kerl sah aus, als würde er gleich in Tränen ausbrechen oder es auf einen Kampf ankommen lassen, obwohl er wusste, dass Rizzo ein Messer zücken würde. Es ist ein Fehler, Idioten auf Friedhöfen arbeiten zu lassen, dachte Rizzo. Aber vielleicht sind das die Einzigen, die man für diesen Job bekommt.

»Beruhigen Sie sich, Mann«, sagte er. »Halten Sie den Mund, und hören Sie auf, wie ein Idiot auszusehen. Damit verschrecken Sie ja die Leute.«

Dann trat er endgültig auf den Friedhof hinaus, lief zügig durch den Recinto 1 und vermied jeden Blick auf ihren Grabstein, weil eine innere Stimme ihm eindringlich davon abriet, sich noch einmal ihr Bild anzuschauen.

Das Vaporetto aus Murano war halb voll. Er blieb im offenen Mittelteil stehen und merkte, dass die Leute vor ihm zurückwichen. Der Geigenkasten stank erbärmlich, selbst in der frischen Luft der Lagune. Das Linienschiff verlangsamte seine Fahrt und hielt. Vor dem Fondamente Nuove, der nächsten Haltestelle, fand eine Art Regatta statt. Angefeuert von Zuschauern auf der Anlegeplattform rasten Rennboote über das Wasser. Rizzo wünschte sie alle zum Teufel. Der Geigenkasten war schwer. Der Gestank nahm zu. Wie betrunken schaukelte das Vaporetto auf den grauen, unruhigen Wellen.

Genervt schloss Rizzo die Augen. Als er sie wieder öffnete, blickte er zur Insel zurück. Unter Sirengeheul hielten drei Polizeiboote auf sie zu. Er wollte seinen Augen nicht trauen, wollte nicht glauben, dass der dicke kleine Verwalter so dämlich gewesen sein konnte.

Den Geigenkasten fest umklammernd, schwankte er zur Sicherheitsbarriere und erbrach sich ins ölige, graue Wasser. Die Möwen unter dem hellblauen Himmel beobachteten ihn aufmerksam. In der Ferne wurde San Michele zu einem undeutlichen weißgrünen Fleck zwischen Stadt und Murano. Finster starrte Rizzo zur schneeweißen Kirche neben der Bootsanlegestelle hinüber. Er schwor sich, es nie wieder zu betreten.

2. Himmelfahrtstag

Man schreibt den Himmelfahrtstag im Jahr des Herrn siebzehnhundertdreiunddreißig. Lorenzo Scacchi, ein hochgewachsener und gut aussehender Bursche von neunzehn Jahren und sieben Monaten, steht am breiten Uferkai von San Giorgio Maggiore, blickt über das San-Marco-Becken und beobachtet, wie der Doge seine Vermählung mit dem Meer erneuert. Das Wasser wimmelt von Menschen. Nachtschwarze Gondeln kämpfen um ihren Platz in der Nähe des scharlach- und goldfarbenen Bucintoro, der gerade am Rio del Palazzo vorbeigleitet und auf die beiden Säulen von San Marco und San Teodoro zuhält.

Eine erwartungsvolle Spannung liegt in der Luft. Der Doge sei leidend, heißt es, und sinne darüber nach, wen er dem Großen Rat als Nachfolger empfehlen könne. Die ehrwürdige Republik schwankt zwischen Glanz und Verfall. Wer kann sie retten? Wer den Wohlstand der Stadt wiederherstellen und die tückischen Türken dorthin zurückjagen, wohin sie gehören, nach Konstantinopel?

Niemand scheint es zu wissen. Doch plötzlich wendet der Bucintoro, dreht ab von den filigranen Säulenreihen des Dogenpalastes und der wartenden Menschenmenge am Molo. Angetrieben von einem Wald golden schimmernder Ruder, die funkeln wie die juwelenbesetzten Beine eines künstlichen Insekts, gleitet das Staatsschiff über den Bacino di San Marco und auf den jungen Mann zu, der mit in die Hüften gestemmten Händen und breitbeinig am Rand des Beckens steht. Seine blonden Haare leuchten in der Sonne. Die Ruderer legen sich in die Riemen, bis das Prunkschiff pfeilschnell die Wellen durchschneidet, um dann, kurz vor Erreichen der kleinen, flachen Insel, die Fahrt zu verlangsamen und direkt vor dem jungen Mann stehen zu bleiben. Der zuckt mit keiner Wimper.

»Lorenzo!«, ruft der Doge mit altersschwacher Stimme, der dennoch die ganze gebieterische Macht seiner Position anzuhören ist. »Ich frage Euch noch einmal, Signore. Bei Eurer Liebe zur Serenissima! Bei allem, was unserer Republik teuer ist! Bedenkt es noch einmal, ich flehe Euch an! Führt uns aus der drohenden Dunkelheit, führt uns ins Licht!«

Einen Moment lang verdunkelt eine Wolke die Sonne am azurblauen Himmel. Vielleicht sieht deshalb kaum jemand die Besorgnis auf dem Gesicht des jungen Mannes. Doch gleich darauf ist sie verschwunden und sein warmes und doch entschlossenes Lächeln teilt sich allen mit.

»Wenn Ihr meint, *principale*«, antwortet er. Seine Aussprache ist unkultiviert, ländlich gefärbt, und er zuckt ergeben mit den Schultern. Ein Freudenschrei aus tausend Kehlen braust über die Lagune, steigt zum Himmel empor. Ein neuer Doge ist gefunden, und schon bald …

Nun, liebe Schwester, wie ist es? Weckt wenigstens das deine Aufmerksamkeit? Wenn ich Briefe schreiben muss, die sich anhören wie die wohlfeilen Geschichten, die Bettler und Krüppel in den Straßen verhökern, nur damit du sie liest, dann werde ich es tun, dessen sei versichert. Nunmehr sind sechs Wochen vergangen, seit wir, verwaist durch ein grausames Schicksal, Treviso verlassen haben. Gib mir nicht das Gefühl, allein auf dieser Welt zu sein. Du bist zwei lange, entscheidende Jahre älter als ich. Ich brauche deine Klugheit, deine Liebe. Ein einziger Brief, und noch dazu einer, in dem du vorwiegend über Verdauungsstörungen klagst, gewährt mir kaum den Beistand, nach dem ich verlange.

Doch es liegt mir fern, dich zu langweilen. Also lass mich mit meiner Schilderung fortfahren. Von dem bereits Geschriebenen magst du bis auf den Anfang getrost alles vergessen. Es ist in der

Tat der Tag von Christi Himmelfahrt, und ich stand lange Zeit unter dem großen Monolithen von San Giorgio. Es bedarf eines besseren Briefeschreibers, als ich es bin, um dir die Bilder des heutigen Tages mit Worten zu schildern, also versuche ich es gar nicht erst. Venedig ist gewisslich eine Welt der Wunder. Selbst wenn ich um ganz schäbige Ecken biege, erstarre ich immer wieder in Ehrfurcht vor einer Pracht, die jeglicher Vorstellung spottet. Wenn es etwas zu feiern gibt und das Boot – verzeih dieses gewöhnliche Wort – zu Wasser gelassen wird, kann man nur stehen bleiben und mit offenem Mund staunen. Ich glaube, du bist einmal mit Papa hier gewesen. Mit Ausnahme des traurigen Tags der Beerdigung habe ich nie etwas anderes zu Gesicht bekommen als unsere kleine Stadt. Einem Strohhalm kauenden Bauernlümmel kann es in Venedig schon den Atem verschlagen.

Es gibt Männer hier, von denen ich wünschte, du könntest ihre Bekanntschaft machen. Stell dir unseren Onkel Leo am Ufer vor, einen dünnen, knochigen Burschen, der einfach gekleidet und mit verschränkten Armen zusieht, wie das Prunkschiff langsam am Palast vorbeigleitet. Er macht den Eindruck, als hätte er dieses Schauspiel bereits tausende Male gesehen, als könnte ihn auf dem gesamten Erdball nichts mehr erschüttern. Aber er ist Venezianer, ein Mann von Welt, der niemals mit einem schlichten Leben auf dem Lande zufrieden wäre, wie es unser lieber Vater gewesen ist. Spektakel sind für ihn so notwendig wie die Luft zum Atmen. Er wird mir ein guter Vormund sein und mich die Feinheiten des Buchdruckgewerbes lehren, so dass ich mir meinen Lebensunterhalt auf ehrliche Weise verdienen kann.

Neben ihm steht Oliver Delapole, ein nobler Engländer im Alter unseres Onkels, also etwa Mitte dreißig, aber von gänzlich anderer Herkunft und mit einem kleinen Schmerbauch unter seinem eleganten Rock. Mister Delapole ist ein begüterter Bursche, der feine, manchmal vielleicht etwas zu extravagante

Kleidung bevorzugt. Er hat ein rosiges, freundliches Gesicht, ein gewinnendes Lächeln und wohltuende Manieren, die jeden Mann wie auch jede Frau – ich bitte dich, wir sind vom Land und sollten deshalb keine Hemmungen haben – unverzüglich für ihn einnehmen.

Geld ist das wichtigste Wort überall in der Lagune und Mister Delapole das personifizierte Kapital. Aus diesem Grund hängt sich die halbe Stadt an seine Rockschöße, sobald er irgendwo auftaucht. In der vergangenen Woche stattete er uns einen Besuch ab und ließ seinen Hut im Salon zurück. Ich schnappte ihn mir und rannte in der Hoffnung aus dem Haus, Mister Delapole rechtzeitig zu erreichen, bevor er am Canal Grande einen von diesen ungehobelten Gondolieri fand und sich von ihm nach Hause bringen ließ. Als ich ihn endlich erreicht hatte und vor lauter Atemlosigkeit kein Wort herausbrachte, lachte er schallend. »Warum diese Eile, Junge?«, wollte er wissen. »Bin ich der letzte Mann in Venedig mit ein paar Münzen in der Tasche?«

Dukaten öffnen Türen, hier nahezu alle Türen, und Mister Delapole geht auf großzügigste Weise mit ihnen um. Es heißt, er bringe das Kapital so flink unter die Leute, dass Geldverleiher die Kluft zwischen seiner Wohltätigkeit und der Ankunft neuer Mittel aus London schließen müssen. Doch versteh mich richtig, ich beklage mich nicht darüber. Mit ein wenig Glück wird das Haus Scacchi die Werke von etlichen neuen Dichtern und Komponisten veröffentlichen können, und das alles auf Mister Delapoles Kosten. Er hat bereits Antonio Vivaldi, dem berühmten komponierenden Priester am Ospedale della Pietà, ein paar kleine Gefälligkeiten erwiesen. Ebenso wenig stieß der Maler Canaletto (so genannt, um ihn von seinem Vater Canal zu unterscheiden, der das gleiche Handwerk ausübt) bei Mister Delapole auf taube Ohren. Dieser Bursche kann offenbar Silber über Meilen riechen. In dieser Minute sitzt er auf einem hölzernen Podest hoch über uns allen und plagt sich mit einem Gemälde für die Sammlung eines reichen Mannes ab.

Dieser Canaletto ist ein eigenartiger Bursche, überaus streitlustig und vermutlich sogar ein Betrüger. Er bedient sich eines Hilfsmittels namens Camera obscura, das er angeblich selbst erfunden hat. Das Objekt ist vor unseren Blicken in dem schwarzen Stoffzelt verborgen, in dem der Künstler arbeitet und das er von Zeit zu Zeit verlässt, um zu überprüfen, ob die Welt noch besteht. Dem Anschein nach wirft der Apparatus ein Abbild der Szenerie durch eine Glaslinse auf eine Leinwand im Inneren des Zeltes, wo es dann nachgezeichnet werden kann. Aus Neugierde kletterte ich auf das Holzgerüst und untersuchte das, was von der Vorrichtung sichtbar war, erntete jedoch mürrische Blicke und einen Schwall venezianischer Flüche, als der Maler, aufgestört durch mein Gepolter, den Kopf aus dem Zelt steckte.

»Sollte auch nur ein neunmalkluger Lump jemals behaupten, ich betrüge, blase ich ihm bei Gott sein armseliges Lebenslicht aus«, zischte mir Canaletto zu.

Unbeirrt spähte ich durch den von seiner Hand geschaffenen Spalt in der Zeltplane. Die Vorrichtung dünkte mich ungemein gescheit. »Wie könnte man es Betrug nennen, wenn die Wissenschaft der Kunst dient, Signore?«, erkundigte ich mich unschuldig. »Wenn das so wäre, müsste man Euch doch auch der Gaunerei bezichtigen, wenn Ihr Farben benutzt, die schon die Römer für ihre Wände bevorzugten.«

Es glückte. Zumindest gewährte mir Signor Canaletto ein Kopfnicken, das einer Zustimmung gleichkam.

»Was Ihr nunmehr braucht«, fuhr ich fort, »ist eine alchimistische Leinwand, die das Bild eigenständig übernimmt und seine Atome in die farbgebenden Stoffe umsetzt. Dann benötigt Ihr nicht einmal mehr einen Pinsel!«

Ich hörte Mister Delapoles Diener Gobbo vor Lachen glucksen und verließ das Podest auf schnellstem Wege. In ihm habe ich wahrlich einen Freund gewonnen. Luigi Gobbo ist ein hässlicher Kerl mit genau dem Ansatz von Buckel, den sein Name vermuten ließe. Er ist vor geraumer Zeit in die Dienste des Engländers getreten, in Frankreich, glaube ich. In dieser ganzen Gesellschaft ist er mir der Angenehmste von allen, stets zu einem schelmischen Scherz aufgelegt. Sobald er von meinem traurigen Schicksal erfahren hatte, nahm er mich unter seine Fittiche und schwor, dass mich kein venezianischer Spitzbube um meine magere Börse erleichtern würde. Ich schätze ihn sehr, obwohl wir nicht viel gemein haben. Unsere Eltern haben uns gewisslich mit Bildung verwöhnt. In der Annahme, auch Gobbo kenne sich ein wenig in Literatur aus, fragte ich ihn, ob er möglicherweise ein Nachfahre des berühmten Lancelot wäre und einen allseits bekannten Juden verlassen hätte, um in die Dienste von Mister Delapole zu treten, eines ebenso liebenswürdigen Mannes wie Bassiano, wenn auch noch wohlhabender. Er blickte mich an, als hätte ich den Verstand verloren oder, noch schlimmer, wollte ihn verspotten. Englische Schauspiele gehörten offensichtlich nicht zu Gobbos Ausbildung. Nichtsdestotrotz liegt ihm mein Wohlergehen am Herzen und mir das seine. Es gibt also doch so etwas wie Freundschaft in dieser Stadt.

Nun aber zu bedeutenderen Angelegenheiten. (Ich fasse mich kurz, du brauchst also nicht zu gähnen und das Blatt sinken zu lassen.) Vor einer Woche erhielt ich Manzinis letzten Bericht über unser Vermögen. (Ja, ich teile deine Ansicht, dass er sich diesbezüglich an dich wenden müsste und nicht an mich. Aber so will es nun einmal das Gesetz.) Meine Hoffnungen halten sich in Grenzen. Unsere Eltern haben große Summen für das Landgut und die kostbare Bibliothek aufgewendet. Wäre ihnen ein längeres Leben beschieden gewesen, hätten wir mit Sicherheit aus ihrer Großzügigkeit allesamt Nutzen gezogen. Aber da die Cholera anders entschieden hat, müssen wir das Beste aus dem machen, was wir haben. Und so möchte ich dir einen Vorschlag unterbreiten. Lass uns getreulich Rechenschaft über unsere Fehler und Schwächen ablegen. Berichten wir einander wahrheitsgemäß über jene, mit denen wir Umgang haben. Und arbeiten wir mit Eifer daran, uns des Namens Scacchi würdig zu erweisen. Bis dir ein schneidiger Spanier das Herz stiehlt, selbstverständlich!

Ich liebe dich, Lucia, meine teure Schwester, und würde die gesamte Pracht Venedigs für einen Augenblick des Zusammenseins mit dir und unseren geliebten Eltern in dem kleinen Bauernhaus inmitten der blühenden Wiesen unserer Heimat hingeben. Da uns das verwehrt ist, müssen wir in die Zukunft blicken.

Warte! Wie ich sehe, blickt der berühmte Canaletto erneut grollend von seinem Podest herab. Eine Schar Niederländer versucht, seinen Horst zu erklimmen und einen Blick auf sein wertvolles Gemälde zu erhaschen.

»Verfluchte Ausländer«, keift der Maler und lässt eine Flut dunkler Flüche hören, die außerhalb von Cannaregio vermutlich kein Mensch versteht. »Bleibt mir vom Leibe mit euren hässlichen Visagen und Eurem nach Hering stinkenden Atem!«

»Nur Mut!«, stachelt Mister Delapole sie an. »Zeigt ihm Eure Gulden, meine Herren. Canaletto weiß jeden zu schätzen, der Münzen in der Tasche hat!«

Unverständliches murmelnd verdrücken sich die Eindringlinge. Ich nehme an, unser Malerfreund übersteigt ihre Mittel. Während ihnen Canaletto fäusteschwingend nachblickt, hat er den Zugang zu seinem geheimnisvollen Zeltpalast offen gelassen. Ich schleiche die Leiter hinauf und sehe zu meinem höchsten Erstaunen, wie weit das Gemälde in kaum mehr als einer Stunde gediehen ist. Dieser Mann ist kein Gauner. Ich glaube, es wird ein ganz vorzügliches Gemälde. Eines schönen Tages, wenn du dich in Sevilla ausreichend eingelebt hast, um genügend Zeit und Geld für einen Besuch in deinem heimatlichen Veneto zu erübrigen, werde ich es dir zeigen. Dann werden wir auch wissen, auf welche Weise unser Schmerz geringer und unser Vermögen größer geworden ist, seit der Bucintoro seinen Weg auf diese Leinwand fand. Hier hat ein außerordentliches Talent einen ruhmreichen Moment der Geschichte eingefangen, um ihn allen kommenden Generationen zu bezeugen. Mehr als diese Worte habe ich dir nicht zu bieten, aber sie kommen aus einem aufrichtigen und bewundernden Herzen.

3. Ein Name aus der Vergangenheit

Giulia Morelli, Dienst habende Kommissarin der Spätschicht, sichtete die Berichte auf ihrem Schreibtisch. Es war heiß in dem modernen Polizeigebäude an der Piazzale Roma und ihre Tätigkeit begann sie zu langweilen. Hin und wieder dachte sie daran, sich versetzen zu lassen. Nach Rom vielleicht oder Mailand.

Plötzlich hielt sie inne, starrte auf die vor ihr liegende Seite und hatte das Gefühl, dass zehn Jahre wie im Nu an ihr vorbeizogen. Der Name des toten Mädchens schien sie förmlich anzuschreien. Giulia Morelli griff zum Telefon, und es gelang ihr, den zuständigen Polizisten noch zu erwischen. Er hatte Dienstschluss, wollte sich gerade umziehen und war nicht sonderlich erpicht darauf, noch länger auf der glutheißen Polizeistation herumzuhängen. Doch ihr Tonfall ließ keinen Zweifel daran, dass er erst gehen konnte, wenn er seine Geschichte erzählt hatte.

Sie hörte fünf Minuten lang gespannt und zunehmend verblüfft zu, legte den Hörer auf, ging zum Fenster, riss es auf und steckte sich eine Zigarette an. Draußen eilten die letzten Pendler zu ihren Autos im Parkhochhaus nahe der Brücke zum Festland und nach Mestre, wo die meisten von ihnen wohnten. Sie sah ihnen zu und dachte über das nach, was sie gerade gehört hatte. Es ergab einfach keinen Sinn. Vielleicht hatte es gar nichts mit dem Fall Susanna Gianni zu tun.

Ein ungehaltener Bestatter hatte die Polizei nach San Michele gerufen. Seine Kunden waren rechtzeitig zur Trauerfeier auf der Insel erschienen, hatten aber feststellen müssen, dass der

Verwalter durch Abwesenheit glänzte. Schließlich wurde der Mann in einem für exhumierte Tote genutzten Gebäude aufgespürt. Als der Bestatter ihm Vorhaltungen machte, fuhr der Verwalter aus der Haut und griff zwei Angehörige der Trauergesellschaft tätlich an, bevor er überwältigt werden konnte.

Der hinzugezogene Polizist wollte den Friedhofsangestellten zu den Vorgängen befragen, hatte aber wenig Erfolg. Dem Bericht nach war davon auszugehen, dass der Mann wegen der Hitze die Beherrschung verloren hatte. Er wurde wegen geringfügiger Tätlichkeit verwarnt und nach Hause entlassen. Man würde die Friedhofsbehörde in Kenntnis setzen, aber keine weiteren Maßnahmen ergreifen. In dem Bericht fand sich lediglich ein ungewöhnliches Detail, was der Polizist im Gespräch mit ihr ausdrücklich bestätigte, wenn auch ohne weitere Informationen. Im Gebäude für exhumierte Leichen befand sich der Sarg einer gewissen Susanna Gianni. Er war aufgebrochen und, so schien es dem Polizisten zumindest, etwas war daraus entfernt worden. Die Umrisse eines etwa ein Meter langen Gegenstands zeichneten sich deutlich auf den sterblichen Überresten ab.

Mit der Sorgfalt und dem Weitblick, die Giulia Morelli mittlerweile von den uniformierten Kollegen gewöhnt war, hatte er diese Beobachtung zwar für erwähnenswert gehalten, aber keinen Anlass für weitere Schritte gesehen. Nachdem er dafür gesorgt hatte, dass ein Polizeiboot den Verwalter nach Hause brachte, hatte er den Sarg und mit ihm Susanna Giannis sterbliche Reste freigegeben. Da von einer privaten Verfügung durch Angehörige nichts bekannt war, wurde der Sarg am Nachmittag von Mitarbeitern der städtischen Friedhofsverwaltung abgeholt. Den Sarg hatte man vermutlich längst verbrannt und das, was von Susanna Gianni übrig war, auf den Bergen anderer Knochen auf einer der kleineren Inseln in der Lagune verstreut.

Giulia Morelli brachte nicht genug Energie auf, den Schwachkopf zu verwünschen. Sie telefonierte nach einem

Polizeiboot, fuhr fünf Minuten später den Canal Grande hinauf nach Cannaregio und fragte sich, was einen Friedhofsverwalter, der doch mit Sicherheit an den Umgang mit Leichen gewohnt war, dazu gebracht haben konnte, derart schnell die Beherrschung zu verlieren. Sie fragte sich auch, wer den mysteriösen Gegenstand aus dem Sarg entfernt hatte und warum.

Sie ließ das Polizeiboot in Sant' Alvise anlegen, stieg aus und begab sich zügig in das Straßengewirr mit Wohnblocks aus der Zeit des Faschismus. Sie hatte der Bootsbesatzung befohlen, auf sie zu warten, und wollte die Befragung allein durchführen, was eindeutig gegen die Bestimmungen verstieß. Die Einzelheiten des Falls Gianni waren ihr im Lauf der letzten zehn Jahre entfallen. Aber sie erinnerte sich genau an die Zurückhaltung, mit der über ihn gesprochen wurde, vor allem in Hörweite einer jungen Polizeianwärterin. Es bestand keine Notwendigkeit, etwas an die große Glocke zu hängen, bevor sie mehr wusste.

Die Wohnung des Verwalters lag am Rand des kommunalen Wohngebiets. Das Haus wirkte ärmlich, aber sauber. Sie öffnete die Tür und drückte auf den Lichtschalter. Eine Reihe trübgelber Glühbirnen flackerte über ihr auf. Seine Wohnung lag im zweiten Stock. Sie suchte nach dem Schalter für die Treppenbeleuchtung. Er funktionierte nicht. Aus Gründen, die sie sich nicht ganz erklären konnte, fühlte Giulia Morelli nach ihrer Tasche, in der sich ihre kleine Dienstpistole befand.

»Absurd.« Kopfschüttelnd begann sie hinaufzusteigen.

Auf der dritten Etage war es stockdunkel. Sie ärgerte sich, die Taschenlampe zurückgelassen zu haben, und fragte sich, warum sie so erpicht darauf gewesen war, die Befragung allein durchzuführen. Der Fall lag ein Jahrzehnt zurück. Als Susanna Gianni starb, war der uniformierte Kollege am Steuer des Streifenboots noch gar nicht bei der Polizei gewesen.

Die Wohnung lag ganz am Ende des Flurs, irgendwo in absoluter Dunkelheit. Sie rief den Namen des Mannes und wusste sofort instinktiv, dass sie einen Fehler gemacht hatte. Vor sich nahm sie ein Geräusch wahr. Aus einer kaum zwei Zentimeter offen stehenden Tür drang ein Lichtschimmer. Vorsichtig trat sie einen Schritt näher und hörte es nun deutlicher: ein lang gezogenes heiseres Stöhnen, das zwischen sexueller Ekstase und Todesqual alles ausdrücken konnte.

Giulia Morelli griff in ihre Tasche und holte das Funkgerät heraus. Sie bekam keine Verbindung. Mussolinis Handwerker hatten massiv und solide gebaut. Sie umklammerte das Gerät mit der linken Hand, zog mit der rechten ihre Pistole aus der Tasche, entsicherte sie, schob geräuschlos die Tür auf und hielt sich außerhalb des Lichtkegels der einsamen Glühbirne.

Sie wollte etwas von sich geben, strenge polizeiliche Aufforderungen, die fast immer wirkten und den kleinen Schmalspurganoven, mit denen sie es meistens zu tun hatte, einen heilsamen Schrecken einjagten. Aber die Worte erstarben ihr auf den Lippen. Giulia Morelli nahm die Szene in sich auf, so gut sie konnte. Die Beleuchtung war jämmerlich und der Unbekannte stand im Schatten, sein Gesicht blieb ihr verborgen. Sie nahm nur einen Arm wahr, der ein langes, blutiges Messer schwang, und Gerüche: nach starken, billigen Zigaretten, afrikanischer Provenienz möglicherweise, und Angstschweiß.

Sie musste an das Gemälde denken, das verdammte Bild, das sie seit ihrer Kindheit verfolgte. Tiepolos *Martyrium des heiligen Bartholomäus* befand sich im Altarraum von San Staè und zeigte einen offenbar entrückten Mann, der die Arme gen Himmel reckte, während ein halb verborgener Angreifer wie prüfend mit einer Messerklinge über seine Haut fuhr und sich zu fragen schien, wo er zustechen sollte. Sie hatte ihre Mutter gefragt, was das Bild darstellte, und die unverständliche Antwort erhalten, dass der Heilige »geschunden« worden war. Erst später, als sie das Wort in einem Lexikon fand, begriff sie. Es war der Moment vor dem absoluten Grauen. Der Henker war dabei, sein Opfer bei lebendigem Leibe zu häuten. Und der Märtyrer blickte verzückt zum Himmel, erwartete freudig seine Erlösung. Gefühle, die sie vermutlich nie verstehen würde.

Der Friedhofsverwalter von San Michele befand sich nicht im Stadium der Entrückung. Er war tot, zumindest hoffte sie es für ihn. Seine durchschnittene Kehle zeigte ein breites blutiges Band aus Fleisch- und Muskelgewebe. Und obwohl sein Mörder außer Sicht blieb, wusste sie, dass er darumging, seine Arbeit zu beenden, und langsam und sorgfältig alle Sehnen durchschnitt, die er im Hals des Mannes finden konnte.

Sie wollte die Pistole fester packen, die drohte, ihrer schweißnassen Hand zu entgleiten. Aber ihre Finger schlossen sich nicht richtig um den Griff und sie hörte Metall auf den Fliesenboden scheppern. Giulia Morelli konnte nichts anderes tun, als den Toten fassungslos anzustarren.

Links von ihr baute sich ein Schatten auf. Ein Fuß stieß vor und traf sie mit voller Wucht. Sie stürzte auf die Knie, wartete auf den nächsten Schlag und fragte sich, ob sie den Mut aufbringen würde, nach oben zu blicken, zum Himmel, ins Nichts, wie der Heilige auf Tiepolos Gemälde. Aber da war er, und sie wollte ihm nicht ins Gesicht sehen.

Sie wollte etwas sagen, aber ihr fiel nichts Vernünftiges ein. Vor ihren Augen blitzte es silbern auf. Sie spürte einen plötzlichen Schmerz in der Seite, gefolgt vom Rinnen warmen Bluts. Ihr Atem ging in schnellen, abgehackten Stößen. Sie wartete.

Und dann erwachte das Funkgerät in ihrer Hand zum Leben. In ihrer Panik hatte sie offenbar auf sämtliche Knöpfe gedrückt. Irgendwie musste ihr schwacher Hilfeschrei Mussolinis Mauern durchdrungen und ein menschliches Ohr erreicht haben. Eine Stimme schrie sie an. Irgendwo weit unten im Hausflur hörte sie Schritte. Die Polizei konnte das noch nicht sein, aber das wusste der dunkle Schatten über ihr nicht, von dessen Messer Blut auf ihr Gesicht tropfte.

»Sie sind festgenommen«, sagte Giulia Morelli und stellte verwundert fest, dass sie fast lachen musste. Er war fort. Im

Raum war niemand mehr außer dem toten Verwalter, der sie mit glasigen Augen über seiner fürchterlichen Halswunde anstarrte.

Sie tastete nach der Wunde an ihrer Seite. Sie würde leben. Den Mann aufspüren und herausfinden, warum er Susanna Giannis Totenruhe gestört, was er aus ihrem Sarg geraubt hatte. Es gab viel zu tun.

Mühsam kam Giulia Morelli auf die Füße. Schritte vor der Tür. Ein Hausmeister vielleicht. Ein anderer Mieter. Es war wichtig, die Kontrolle zu übernehmen.

»Nichts anrühren«, sagte sie und versuchte, logisch und sachlich zu denken.

Halb verwundert, halb entsetzt starrten sie alle an. Giulia Morelli folgte ihren Blicken und sah, wie Blut ihre Jacke durchdrang, ihren kurzen Rock hinablief, warm und klebrig auf ihren Knien gerann.

»Nichts …«, wiederholte sie und merkte, wie der Blick ihrer Augen nach oben glitt, sah das trübe Licht der Wohnung immer dunkler werden und schließlich ganz erlöschen.

4. Spritz! Spritz! Spritz!

Drei Wochen nach der Öffnung von Susanna Giannis Sarg und dem gewaltsamen Tod eines Friedhofsverwalters in Cannaregio betrat Daniel Forster die Ankunftshalle des Marco-Polo-Flughafens mit einem Violinkasten, der weder alt war noch unangenehm roch. In ihm befand sich eine ganz normale Geige, und der kleine Koffer in seiner anderen Hand enthielt nahezu seine gesamte Garderobe, die hoffentlich die nächsten fünf Wochen reichen würde. Der Flug von Stansted hatte zwei Stunden gedauert, und die Maschine hatte die schneebedeckten Alpen überquert, bevor sie in steilem Winkel in der nordöstlichen Ecke der Adria landete. Er war gerade zwanzig geworden und es handelte sich um seine erste Auslandsreise. In der Tasche seines grünen Anoraks steckten sein nagelneuer Pass und ein Plastikumschlag von Thomas Cook mit sechshunderttausend Lire – etwa zweihundert Pfund und damit fast das gesamte Guthaben auf seinem Girokonto.

Er war knapp unter einsachtzig, hatte lange blonde Haare und ein sympathisches, noch immer irgendwie jungenhaftes Gesicht. Wie er da unsicher in der Ankunftshalle herumstand, wirkte er wie ein frisch gebackener Fremdenführer, der auf seine ersten Kunden wartet. Dann trat ein großer Mann in dunklen Hosen und einem voluminösen blauen Sweatshirt auf ihn zu und fragte: »Mister Forster?«

Daniel zwinkerte überrascht. »Signor Scacchi?«

Der Mann lachte dröhnend. Er war vielleicht Ende dreißig und hatte die frische, wettergegerbte Gesichtsfarbe eines Farmers oder Fischers. Eine leichte Alkoholfahne umwehte ihn.

»Signor Scacchi! Sehe ich vielleicht aus wie ein Pfau? Glauben Sie, ich könnte trällern? Kommen Sie, kommen Sie.«

Daniel folgte dem Mann zur Halle hinaus und fand sich nach wenigen Schritten an der Lagune wieder. Ein Dutzend oder mehr Wassertaxis warteten auf Fahrgäste. Ihre Holzdecks schimmerten in der Sonne. Sie gingen an ihnen vorbei zu einem alten blauen Fischerboot mit Außenborder. Im Bug schmiegten sich zwei schlanke Männer aneinander. Mittschiffs machte sich eine Frau in Jeans und rotem T-Shirt an zwei Picknickkörben zu schaffen. Neben ihr versuchte ein kleiner schwarzer Spaniel mit kurzen Ohren und stumpfer Nase, einen neugierigen Blick auf den Inhalt zu werfen, wurde aber immer wieder verscheucht.

Der große Mann musterte die Passagiere, wartete vergebens auf ihre Aufmerksamkeit, klatschte in die Hände und rief: »Bitte! Unser Gast ist da! Wir müssen ihn willkommen heißen.«

Der kleinere der beiden Männer stand auf. Er trug einen gut geschnittenen rehbraunen Anzug und musste etwa Ende sechzig sein. Sein Gesicht war sonnengebräunt, faltig und bis zur Auszehrung mager. Er wirkte krank, wie auch der junge Mann neben ihm, der den Ankömmling ausdruckslos betrachtete.

»Daniel!« Lächelnd entblößte der alte Mann zwei Reihen zu weißer Zähne. Er war nicht sonderlich groß und stand leicht gebeugt. »Seht ihr, Paul, Laura? Ich habe es euch gesagt. Erst vor zehn Tagen haben wir ihm geschrieben und wir sind Fremde für ihn. Dennoch ist er gekommen!«

Die Frau drehte sich zu ihm um. Sie hatte ein attraktives Gesicht mit runden Wangen. Ihre Augen schimmerten dunkelgrün, die glatten, kastanienbraunen Haare fielen ihr auf die Schultern. Sie sah ihn an, als wäre er ein Wesen vom anderen Stern, aber mit einer freundlichen Neugier, als würde seine Anwesenheit sie irgendwie erheitern.

»Er ist gekommen«, wiederholte sie fast automatisch mit einem leicht venezianischen Akzent, griff in ihre Handtasche, holte eine gewaltige Plastiksonnenbrille heraus und setzte sie auf.

»Nun, wer hätte das gedacht?«, murmelte Paul. Daniel hielt ihn für einen Amerikaner. Er trug ein ausgeblichenes Denimhemd und Jeans in der gleichen Farbe. Wie er da am Bug lümmelte, hatte er die Schlaksigkeit eines Teenagers und wirkte auf den ersten Blick auch so jung, aber auf den zweiten sah er aus wie ein Fünfzigjähriger, der sich den Anschein eines Dreißigjährigen gibt.

»Natürlich«, sagte der große Mann, reichte Laura das Gepäck und streckte eine Pranke aus, um Daniel beim Betreten des leicht schaukelnden Bootes zu helfen. »Wer würde nicht nach Venedig kommen, wenn er eingeladen wird?«

Daniel akzeptierte die angebotene Hand und trat mit einem Schritt von der Anlegestelle auf das Boot.

»Da sonst niemand eine Vorstellung für nötig zu halten scheint …«, begann der Hüne. »Ich bin Piero. Der Trottel der Familie. Aber nur weitläufig verwandt, daher macht es nicht viel aus. Und das ist mein Boot, die prachtvolle *Sophia*, eine treue und verlässliche Dame, die stets anspringt, wenn man sie braucht, was vermutlich heißt, dass sie gar keine Dame ist. Nicht, dass ich mich mit derlei auskennen würde. Ich habe es nur gesagt, um Laura zuvorzukommen.«

Der Hund zupfte an Daniels Hosen. Piero bückte sich und zauste ihn zärtlich an den Ohren. »Und das ist Xerxes. So genannt, weil er der König der Marschen ist. Seinen flinken Augen entgeht keine einzige Wildente, was?«

Bei dem Wort »Wildente« begann Xerxes aufgeregt mit dem Schwanz zu wedeln. Piero kraulte ihn unter dem Kinn, griff in einen der Picknickkörbe und schob eine Salamischeibe in seine aufgerissene Schnauze.

Scacchi beugte sich so heftig vor, dass das kleine Motorboot schwankte. »Spritz! Spritz! Spritz!«, rief er. Seine Hand deutete Trinkbewegungen an.

»Sofort.« Laura holte ein paar Flaschen aus dem zweiten Picknickkorb.

»Setzen bitte«, rief Piero, zog am Starterseil und kletterte nach hinten. Einer der Wassertaxi-Fahrer musterte das schäbige kleine Boot und machte eine Bemerkung, die sich Daniel nicht einmal ansatzweise enthüllte. Piero entgegnete etwas ähnlich Unverständliches und zeigte dem Mann den kleinen Finger. Das Boot setzte sich in Bewegung, verließ die Anlegestelle, den Flughafen und knatterte in die Weiten der Lagune von Venedig hinaus. Was jahrelang eine Vorstellung in Daniel Forsters Kopf gewesen war, eine imaginierte Welt, wurde nun Wirklichkeit. In der Ferne stiegen die Umrisse von Venedig aus dem Meer – ein bizarres Gewirr von *campanili* und Palästen – und wurden qualvoll langsam größer.

»Spritz«, wiederholte Scacchi.

Laura streckte ihm drei Flaschen entgegen: Campari, Weißwein aus dem Veneto, Mineralwasser. Dann füllte sie fünf Becher mit Eiswürfeln, jeweils einer Zitronenscheibe und einer Olive und reichte sie dem alten Mann.

Scacchi sah ihn an und zum ersten Mal bemerkte Daniel etwas Durchtriebenes in seinem Blick. »Wissen Sie, was das ist?«

»Ich habe davon gelesen und mich immer gefragt, wie es schmeckt.«

»Habt ihr das gehört?« Begeistert sah Scacchi die anderen an. »Eine wundervoll reine italienische Aussprache. Ruinieren Sie sich die bloß nicht mit dem venezianischen Dialekt, mein Junge. Wenigstens nicht zu schnell. Das hier ist Spritz, und es sagt Ihnen alles, was Sie über die Stadt wissen müssen. Sehen Sie her. Campari steht für unser Temperament, Wein für unsere Lebensfreude, Wasser für unsere Reinheit. Lach nicht, Paul. Eine Olive für unsere Erdverbundenheit. Und die Zitrone soll Ihnen sagen, dass wir notfalls zurückbeißen. Hier, bitte.«

Er reichte Daniel einen randvollen Becher. Er trank einen

Schluck. Es war hauptsächlich Campari, und das bittersüße Aroma erinnerte ihn an Pieros Atem.

Laura lächelte ihn an, als erwarte sie irgendeine Reaktion. »Und etwas zu essen«, sagte sie und reichte einen Teller mit Weißbrot herum. Es war mit Käse und Parmaschinken belegt. Daniel griff zu und versuchte, ihr Alter zu schätzen. Vermutlich war sie Ende oder erst Mitte zwanzig und nicht Mitte dreißig, wie ihre einfache Kleidung und die dunkle Sonnenbrille vermuten lassen könnte.

»Auf Daniel!« Scacchi hob seinen Becher. Die anderen taten es ihm nach. Xerxes bellte leise. Das Boot schaukelte und Scacchi nahm schnell seinen Sitz neben Paul wieder ein. »Mögen ihm die kommenden Wochen die Augen für die Schönheit der Welt öffnen!«

»Auf Daniel!«, wiederholten die anderen.

»Ich fühle mich geehrt«, antworte Daniel. »Und hoffe, den Auftrag zur Zufriedenheit auszuführen.«

»Davon bin ich überzeugt.« Scacchi machte eine abwehrende Handbewegung. »Sonst hätte ich mich nicht an Sie gewandt. Der Rest der Zeit gehört Ihnen.«

»Ich werde mich bemühen, sie gut zu nutzen.«

»Ganz wie Sie wollen.« Scacchi gähnte.

Der alte Mann nahm einen tiefen Schluck, stellte seinen Plastikbecher auf die Bank an der Innenwand des Bootes, lehnte seinen Kopf gegen Pauls Schultern und schlief ein.

Zügig durchschnitt die *Sophia* die Wellen, hielt sich anfangs an die Fahrrinne vom Flughafen und schlug dann eine kürzere Route zur Lagunenstadt ein. Um Scacchi nicht zu wecken, herrschte Stille an Bord. Paul fuhr dem alten Mann gelegentlich über die Haare. Piero trank. Laura bot Daniel eine Zigarette an, schien angenehm überrascht, dass er ablehnte, steckte sich selbst aber eine an und schnippte die Asche ins Wasser. Nach einer Weile schlief auch Paul ein, schlang die Arme um Sacchi und legte seinen Kopf auf die Brust des alten Mannes. Es war eine anrührende Geste, die eigentümlich traurig wirkte. Piero und Laura tauschten Blicke aus. Mehrmals füllte sie sein Glas auf. Der Julitag neigte sich dem Ende zu und hüllte die Stadt vor ihnen in ein rosafarbenes, goldenes Licht.

Piero pfiff leise und der Hund kam zum Heck gelaufen. Er streckte Xerxes eine mit dem Ruder verbundene Lederschlaufe entgegen und wartete, bis der Hund sie zwischen die Zähne genommen hatte.

»*Avanti*!«, flüsterte Piero, und sofort richteten sich die Augen des Hundes über das Boot hinaus auf den Horizont. »Immer geradeaus, mein Kleiner. Papa braucht eine Ruhepause.«

Piero setzte sich zu ihnen auf die Mittelbank und blickte auf die beiden schlafenden Männer.

»Sehen Sie, Daniel? Die beiden lieben sich wie Turteltauben. Stören Sie sich nicht an dem Amerikaner. Er ist nun einmal Scacchis Wahl und Eifersucht ist eine böse Sache. Männer lieben Männer … Ich fasse es nicht. Aber was geht es mich an? Nichts.«

Daniel schwieg.

»Und Sie auch nicht, mein neuer Freund«, fuhr Piero fort. »Deshalb hat Scacchi Sie nicht eingeladen, wie ich weiß. Nicht, dass er sich mir groß anvertraut oder ich kleines Licht annehmen dürfte, etwas davon zu verstehen. Aber er sagte, die Sachen, die Sie geschrieben haben …«

»In meiner Examensarbeit«, warf Daniel ein.

»Ja. Sie wären ganz ausgezeichnet, hat er gesagt. *Bene*? Aber … warten Sie's ab. Sehen Sie den Hund da?«

»Er ist ein Wunder«, bemerkte Daniel und meinte es ehrlich.

»Mehr als das. Er ist ein Beweis für die Existenz Gottes.«

»Piero!«, schimpfte Laura. »Das ist Gotteslästerung.«

Der Hüne verdrehte die Augen. Daniel wollte nicht darüber nachdenken, wie viel Campari er auf der langen Fahrt über die Lagune zum Flughafen konsumiert haben könnte.

»Überhaupt nicht. Er ist ein Beweis für die Existenz Gottes, und ich werde Ihnen sagen, warum. Ihnen ist wahrscheinlich bewusst, dass er ein J-Hund ist. Ich spreche das Wort natürlich nicht aus, weil er sonst sofort das Ruder loslassen, uns im Kreis herumschicken und so laut kläffen würde, dass die beiden da drüben aufwachen. Aber Sie wissen, was ich meine?«

Sich so drehend, dass der Hund ihn nicht sehen konnte, tat Daniel, als würde er ein Gewehr an die Schulter heben und abdrücken.

»Genau. Und doch gehört er zur allerältesten Rasse. Wenn Sie wollen, bringe ich Sie eines Tages mit der *Sophia* nach Torcello und zeige Ihnen dort auf einer Mosaikwand den Urur-ahnen dieses Hundes. Und das alles, bevor es die J… überhaupt gab. Und wie lautet deine Erklärung, Mädchen?«

Laura schlug ihm mit der flachen Hand aufs Knie. »Das nennt man Evolution, du Narr.«

»Das nennt man Gottes Werk. Denn Gott kennt sich mit der Zeit nicht so gut aus wie wir. Als er den Spaniel erschuf, wusste er nicht, dass eines Tages ein anderes seiner Geschöpfe die J… erfinden würde. Daher hat er dem Tier gleich alles Nötige mitgegeben, um sich zu erparen, im Fall des Falles ein neues Tier erschaffen zu müssen. Für Gott ist die Zeit nur eine weitere seiner Schöpfungen. Wie Bäume. Und Menschen. Und Wasser. Und …«

Er streckte Laura seinen Plastikbecher entgegen. »Spritz! Darüber hinaus …«

Kopfschüttelnd füllte Laura den Becher zur Hälfte. »Und darüber hinaus bist du sturzbetrunken, Piero.«

Unvermittelt sah der Hüne ganz bekümmert aus. »Vermutlich hast du Recht.« Er reckte die Nase in den Wind, als wäre der umgeschlagen, und drehte sich zu Xerxes um. Das Boot war nach Osten abgedriftet, ohne dass es jemand bemerkt hatte. Piero ging zum Heck und korrigierte den Kurs.

»*Avanti*, Xerxes«, sagte er liebevoll. »Wir fahren erst später nach Sant' Erasmo. Nachdem wir diese guten Leute in der Stadt abgesetzt haben. Erst dann geht's nach Hause.«

Laura warf ihm ein paar Kissen zu.

»Nach Hause«, wiederholte er und sah Daniel an. »Scacchi sagte, Sie haben kein Zuhause. Stimmt das?«

»Meine Mutter ist vor einem Jahr gestorben. Und mein Vater hat uns schon vor meiner Geburt verlassen. Aber natürlich habe ich eine Wohnung.«

»Keine Verwandten?«

»Keine nahen.«

»Und trotzdem sind Sie so ein schlaues Kerlchen?« Piero wirkte überrascht. »Was sagt man dazu?«

Laura hob die Brauen, stand auf, machte aus den Kissen eine Art Bett für Piero und setzte sich wieder neben Daniel.

»Ein Mensch ohne Zuhause hat gar nichts«, erklärte Piero. »Wie dieser Paul da. Nun gut, Scacchi hat ihn sich ausgesucht. Aber dafür wird er weiß Gott bezahlen, mit dieser Krankheit, mit der dieser Amerikaner ihn angesteckt hat. Aber hier ist nicht sein Zuhause. Er hat keins. Wohin wird man ihn bringen, nachdem er gestorben ist? Vermutlich in einen Sarg stecken und mit dem Flugzeug nach Amerika zurückschicken.«

»Piero …« Lauras Stimme war lediglich ein Hauch Ungeduld anzumerken. »Schlaf jetzt. Bitte.«

»Ja.« Piero streckte sich auf den Kissen aus und passte seine hünenhafte Gestalt der schmalen Bank mit einer Geschicklichkeit an, die nur von jahrelanger Übung herrühren konnte. Xerxes jaulte leise auf, ließ aber die Lederschlaufe nicht los. Daniel Forster blickte Laura an. Sie hob ihren Plastikbecher. »*Salute*«, sagte sie. Links von ihnen tauchte San Michele mit endlosen Reihen recycelter Gräber auf. Er stieß mit ihr an und versuchte sich an die Berühmtheiten zu erinnern, die auf der Insel bestattet waren: Diaghilew, Strawinsky und Ezra Pound fielen ihm ein. Lange Monate hatte er sich intensiv mit der Stadt vertraut gemacht, ihre Viertel auswendig gelernt, ihre Geschichte in sich aufgenommen. Er war gespannt gewesen, ob die Wirklichkeit eine Enttäuschung sein würde, ob er einen für Touristen konservierten Vergnügungspark vorfinden würde. Nein, sagte etwas in ihm, aber auch, dass sich die reale Stadt, die reale Lagune von dem Bild unterscheiden würden, das er sich mit Hilfe der aus der Uni-Bibliothek ausgeliehenen Bücher von ihnen gemacht hatte.

Sie streckte eine schmale, gebräunte Hand aus, riss ihn aus seinen Gedanken, und er bemerkte, dass sie in der Tat sehr hübsch war.

»Ich bin hier das Mädchen für alles«, sagte sie. »Köchin, Haushälterin, Kindermädchen in einer Person. Sie sollten wissen, dass Scacchi trotz seiner Schwächen der liebenswürdigste Mensch auf Erden ist. Vergessen Sie das bitte nicht.«

»Nein.« Ein bisschen verlegen schüttelte er die Hand und fragte sich, ob sie etwa erwartete, dass er sie küsste.

»Piero ist ein einfältiger Narr«, fuhr sie fort. »Paul und Scacchi sind … nun ja, gleiche Brüder, Seelenverwandte, sagt man wohl. Allerdings findet sich einer besser mit seinem Schicksal ab als der andere, wenn auch ein gewisses Schuldgefühl nicht zu übersehen ist. Ich habe beide sehr gern und wäre Ihnen wirklich dankbar, wenn Sie während Ihres Aufenthalts Sympathie für sie empfinden oder zumindest so tun könnten.«

»Das werde ich mit Sicherheit.«

Sie schlug ihm spielerisch aufs Knie. »Unsinn. Wie können Sie so etwas jetzt schon behaupten? Sie kennen uns doch noch gar nicht.«

Er lächelte. Eins zu null für sie. »Und was soll ich dann Ihrer Meinung nach sagen?«

»Nichts. Einfach zuhören. Und die Dinge auf sich zukommen lassen. Das fällt Männern nicht immer leicht, wie ich weiß. Oh, verdammt!«

Das Boot hatte erneut die Richtung geändert. Aufgeregt zitternd saß Xerxes am Heck.

»Wie kann man nur einen Hund ein Boot steuern lassen!«

Laura kletterte zum Heck und übernahm das Ruder. Zufrieden hockte sich der Hund an den Bootsrand, hob das Bein und erleichterte sich in die Lagune. Dann sah er Laura traurig an, bis er merkte, dass sie nicht die Absicht hatte, ihm das Steuer wieder zu übergeben. Der Hund schleppte sich zu Piero, legte die Schnauze auf seinen Oberschenkel und schloss die Augen.

Drei schlafende Betrunkene und ein Hund mit Namen Xerxes. Und eine faszinierende Frau, die ihn vom Heck her musterte und das Boot umsichtig auf die Stadt zusteuerte. In der Phantasie hatte sich Daniel Forster seine Ankunft in Venedig oft und auf unterschiedlichste Weise vorgestellt. Nichts davon kam der Realität auch nur ansatzweise nahe. Noch hätte er vorhersehen können, was als Nächstes geschah. Als das Boot langsam, aber stetig an Cannaregio entlangtuckerte, näherte sich ein Polizeiboot, verlangsamte die Fahrt und passte sich ihrer Geschwindigkeit an. Scheinbar ungerührt saß Laura am Heck. Hinten im Streifenboot stand eine schlanke Frau mit kurzen blonden Haaren. Sie trug eine dunkelblaue Dienstuniform mit knapper Jacke und knielangem Rock. In der Hand hielt sie ein Megaphon. Daniel warf einen Blick auf die drei schlafenden Männer. Die Polizistin auch. Dann sah sie Laura an, die nur lächelnd mit den Schultern zuckte.

Es war zu laut und die Entfernung zu groß, aber Daniel hätte schwören können, dass die uniformierte Frau kurz fluchte und dem Polizisten am Steuer etwas zurief. Schlingernd beschleunigte das Polizeiboot und raste in einer Gischtwolke davon.

»Sehen Sie, Daniel? Sogar die Polizei ist zu Ihrer Begrüßung erschienen«, bemerkte Laura.

Aber er konnte ihre Worte kaum verstehen. Die *Sophia* hatte scharf gedreht und fuhr nun auf eine Wasserstraße zu, die Daniel für die Mündung des Canale di Cannaregio hielt. Eine Unmenge kleinerer Boote flitzte über die Wellen. Ein Vaporetto der Linie 52 kam auf sie zu, kurz bevor sie die Tre-Archi-Brücke unterquerten. Geschickt wich Laura den anderen Booten aus und zügig machte sich die *Sophia* auf den Weg zum Canal Grande. Mit einigem Stolz stellte Daniel fest, dass er die Geographie der Stadt wenigstens einigermaßen im Kopf hatte. Links von ihm lag der ältere Teil von Cannaregio, in dessen Mitte sich irgendwo das ehemalige jüdische Ghetto verbarg. Rechts lag das belebte Geschäfts- und Touristenviertel rund um den Bahnhof.

»Wissen Sie, warum Sie hier sind?«, fragte Laura, unbeeindruckt vom Gewimmel der Boote in allen erdenklichen Formen, Größen und Farben um sie herum.

»Um Signor Scacchis Bibliothek zu katalogisieren«, antwortete er laut, um sich verständlich zu machen.

»Die Bibliothek katalogisieren!« Wenn sie lacht, wirkt sie viel jünger, dachte er. »Hat er das so genannt?«

Vor ihnen lag die Einmündung in den Canal Grande, und die *Sophia* schaukelte auf den Wellen, die von der »schönsten Straße der Welt« in den Cannaregio-Kanal schwappten.

»Und warum bin ich in Wahrheit hier?«, rief er und wusste nicht, wohin er zuerst blicken sollte.

Sie strahlte ihn an und sagte etwas, was im gereizten Hupen eines Vaporetto unterging, das eine Gondel mit japanischen Touristen aus dem Weg scheuchen wollte. Daniel war sich nicht sicher und wollte nicht nachfragen, glaubte aber, dass sie »um uns zu retten« gesagt hatte. Für Grübeleien war keine Zeit. Wieder hatten sie abrupt gewendet und befanden sich nun mitten auf dem Canal Grande. Nichts, kein Foto, kein Gemälde, keine Schilderung in einem Buch hatte ihn auf diesen Anblick vorbereitet. Vor ihm lag die pulsierende Hauptschlagader der Stadt. Großartige Gebäude aus Gotik und Renaissance, Barock und Neoklassizismus erhoben sich zu beiden Seiten, bildeten eine faszinierende Mischung architektonischer Stilrichtungen, in der die Jahrhunderte einander auf die Füße traten. Vaporetti und Wassertaxis, Privatboote und Gondeln flitzten hin und her wie Wasserläufer über einen Teich. Es war eine Welt, die in den vielfältigsten Dimensionen zu existieren schien: links und rechts und oben in den aufragenden Palazzi und Kirchen und unten in den bewegten dunklen Wassern der Lagune.

»Und etwas haben wir alle zu sagen vergessen«, unterbrach Laura sein Staunen.

»Und das wäre?«

Sie nahm die Sonnenbrille ab. »Nun«, sagte sie mit einem nachdenklichen Lächeln in ihren grünen Augen, das ihn für einen Moment die Pracht der Umgebung vergessen ließ. »Willkommen in Venedig, Mister Forster.«

5. Ein neues Zuhause

Unserem Onkel scheint es nicht zu gefallen, wenn ich vom »Palazzo Scacchi« spreche. Nach venezianischem Sprachgebrauch ist die Ca'Scacchi ein Haus, doch überall sonst auf der Welt würde man es einen Palast nennen, der allerdings eines gewissen Aufwandes an Pflege und Zuwendung bedürfte.

Wir wohnen im Sprengel San Cassiano an der Grenze zu den Sestieri San Polo und Santa Croce. Unser Haus liegt am kleinen Rio San Cassiano (den mit Ausnahme der Venezianer jedermann einen Kanal nennen würde) und an einem Campo mit demselben Namen. Es gibt eine Tür zum Platz hin, darüber hinaus zwei weitere Zugänge vom Wasser aus. Durch einen von diesen und unter einem prachtvollen Rundbogen hindurch gelangt man ins Erdgeschoss des Hauses, das, wie in dieser Stadt üblich, als Lager genutzt wird. Der andere führt in die Druckerei, mit der die Scacchi ihr Geld verdienen. Sie liegt in einem dreigeschossigen Nebengebäude (unser Haus hat vier Etagen), das sich nördlich zum Canal Grande hin anschließt.

Schließlich gibt es noch einen weiteren Zu- oder Ausgang: eine hölzerne Brücke, die in Höhe des ersten Stockwerks direkt über den Kanal und auf den Platz führt. Diese kann ich des Morgens überqueren und mir am Brunnen in der Mitte des Campo den Schlaf aus den Augen waschen. Oder ich lehne mich aus dem Fenster meines Schlafzimmers und winke eine Gondel heran, die auf mich wartet, bis ich das Haus verlasse, um mich in weniger als zwei Minuten zur großartigsten Wasserstraße auf Erden zu bringen, fast genau der Ca' d'Oro gegenüber! Was meinst du, verdient das etwa nicht die Bezeichnung »Palast«?

Das Haus ist nahezu zweihundert Jahre alt, wie man mir gesagt hat, und sein verwittertes Ziegelwerk zeigt die Farbe von Kastanien, die den gesamten Winter im Freien gelegen haben. Die ansehnlichen Rundbogenfenster verfügen über kleine dorische Säulen, die grün gestrichene Holzläden einrahmen, um die unbarmherzige Sommerhitze abzuhalten. Ich wohne im dritten Stock, im dritten Zimmer zur Rechten. Wenn ich abends im Bett liege, kann ich das Wasser gegen die Mauern schlagen hören, das Schwatzen und Singen der Gondolieri und gelegentlich, vom Platz her, das unflätige Geschrei der Huren. Durch die Letzteren genießt unser Viertel einen schlechten Ruf, habe ich den Eindruck. Doch vergiss nicht, Venedig ist eine große Stadt, und ich bin sicher, dass es in Sevilla Ähnliches gibt. Dennoch verstehe ich, warum unser Onkel sein Gewerbe hier ausübt. Die Lage ist zentral und für Kunden leicht zu finden. Darüber hinaus ist das Druckereiwesen in dieser Gegend tief verwurzelt. Scotto und Gardano, Rampazetto und Novimagio haben alle hier in dieser Gegend gelebt. Das Viertel atmet den Geist einer Gemeinde von Büchermenschen, selbst wenn einige der alten großen Namen mittlerweile nicht mehr sind als vergilbende Titel in den Regalen der Antiquariate von Rialto.

O Schwester! Mit sehnsüchtigem Herzen warte ich auf den Tag, an dem ich dir alle diese Dinge zeigen kann, anstatt sie mit dürren Worten in einem Brief zu schildern, von dem ich nicht weiß, wann er dich in Spanien erreicht! Venedig ist wie ein ungeheures, unergründliches Pendant unserer elterlichen Bibliothek, voller dunkler Nischen und unentdeckter Wunder. Als ich gestern Abend in den Speicherbeständen der Druckerei stöberte, fand ich hinter einem Stapel unverkaufter (und offen gestanden minderwertiger) Kantaten eine Ausgabe von Aristoteles' *Dichtkunst*, die kein anderer als der große Aldus Manutius im Jahr 1502 gedruckt und publiziert hat. Der Einband trug den Druckvermerk der Bibliotheka Aldina – den berühmten Kolophon mit Anker und Delphin, von dem uns Vater immer erzählt hat. Unverzüglich eilte ich damit zu Onkel Leo und sah zu meiner Genugtuung, dass so etwas wie ein Lächeln die dünnen Scacchi-Lippen umspielte. »Ein großartiger Fund, Junge! Du machst dich bezahlt. Der Band bringt uns gutes Geld, wenn ich ihn in Rialto verkaufe.«

»Dürfte ich zuvor vielleicht ein wenig darin lesen?«, fragte ich mit leicht bangem Herzen. Mitunter hat Leo ein etwas furchterregendes Wesen.

»Bücher werden verkauft, nicht gelesen«, beschied er mich prompt. Aber immerhin gehörte mir das Buch für eine Nacht, da die Händler zu dieser Stunde bereits ihre Läden geschlossen hatten. Seither habe ich alle anderen verstaubten Winkel emsig nach ähnlichen Kostbarkeiten durchsucht, doch nichts Vergleichbares gefunden. Unser Onkel ist in erster Linie Geschäftsmann und erst in zweiter Verleger, hat jedoch ein feines Gehör für die Musik. Dann und wann bittet er mich, ihm Stücke vorzuspielen, die uns zum Druck eingereicht werden, und bei einer dieser Gelegenheiten entdeckte ich, dass er einst Ambitionen auf diesem Gebiet hatte. (Die Scacchi sind Universalgenies, teure Schwester, auch wenn das Schicksal uns mitunter Knüppel in den Weg wirft.)

Im Salon im ersten Stockwerk steht ein Cembalo. Aber der Klang ... Nun, stell dir ein paar unserer alten Hennen vor, die versuchen, ihrer gefiederten Brust ein paar Töne zu entlocken.

Doch ein Instrument ist so gut wie der, der darauf spielt, wie Leo immer sagt. Selbst einem Laien wie mir sollte es gelingen, den Tasten etwas abzuringen, was einer Melodie ähnelt. Musik oder Literatur – die meisten unserer Publikationen werden natürlich aus Eitelkeit gedruckt. Der »Urheber« zahlt oder hat einen Gönner gefunden, einen armen Kerl mit zu viel Bargeld, der die Rechnung übernimmt. Einige der Werke haben jedoch durchaus ihren Wert. Vor drei Tagen hielt mir Leo ein Notenblatt unter die Nase und knurrte: »Spiel das!«, um mich danach um meine Meinung zu befragen, was nicht gerade häufig vorkommt.

Ich hatte das Gefühl, dass Höflichkeit geboten war. »Ein interessantes Stück, Onkel, aber aufgrund eines einzigen Notenblattes lässt sich das schwer beurteilen. Gibt es vielleicht noch mehr?«

»Nein«, erwiderte er mit einem kläglichen Grinsen. Er hob die rechte Hand, und ich sah, was ich zuvor kaum wahrgenommen hatte. Sein Zeigefinger und der kleine Finger sind furchtbar verkrümmt. Ich hatte mich schon gefragt, warum Leo beim Schriftsetzen so langsam ist. Jetzt wusste ich es. Seine Zeiten als Musiker gehören eindeutig der Vergangenheit an, zumindest als Instrumentalist. »Und mit einer Hand wie dieser wird es auch keine weiteren Stücke geben.«

»Das ist deine Komposition?« Ich bemühte mich, meine Überraschung zu verbergen. Unter uns: Das Stück ist nicht schlecht.

»Wollte damit den *prete rosso* und seine Schülerinnen im Ospedale della Pietà beeindrucken. Aber das war, bevor meine Hand zu dieser *Klaue* wurde.«

»Das tut mir Leid, Onkel. Wenn du willst, kannst du mir deine Kompositionen diktieren, und ich übertrage sie dann auf Notenpapier.«

»Und wenn ich blind werde, wirst du auf meine Anweisungen hin malen, damit ich zu Canaletto in Konkurrenz treten kann?«

Es schien mir angeraten, darauf nichts mehr zu sagen. Onkel Leo hat wenige Freunde und, soweit ich das beurteilen kann, keine einzige Freundin. Was nur zu bedauern ist, denn eine Frau könnte ihn sanfter, milder stimmen. Sein Handwerk ist sein ganzes Leben, ein hartes Handwerk, das für Liebesbindungen wenig Zeit lässt. Im Moment ruht der gesamte Druckprozess auf unser beider Schultern, vom Schriftsetzen bis zum Bedienen der Presse, obwohl er mir versichert, dass er Helfer einstellen will, sobald ein Auftrag das rechtfertigt. Wenn schon ein Aldus Manutius (oder Aldo Manuzio, wie ihn die Einheimischen nennen) als Buchdrucker in Venedig kaum überleben konnte, frage ich mich mitunter, wie ein einfacher Scacchi das schaffen will.

Ich habe meinen letzten Satz noch einmal gelesen und finde ihn einfach abscheulich! Zum Teufel mit diesem Kleinmut. Wir sind alle Scacchi. Und ich habe die Möglichkeit, ein Handwerk zu lernen, das mich der Dichtkunst und der Musik nahe bringt. Wir mögen vielleicht selbst keine Künstler sein, aber wir sind ihre Vervielfältiger, und das ist doch immerhin etwas wert. Und es ist bei Gott keine leichte Art, sich seinen Lebensunterhalt zu verdienen. Erschöpft von der gestrigen Arbeit, hörte ich heute nicht richtig auf Leos Anweisungen und habe eine kleine Druckschrift über das Wesen des Rhinozeros falsch spationiert. Jetzt muss alles noch einmal gemacht werden, und das auf Onkels Kosten. Das Druckergewerbe ist eins, in dem Fehler teuer bezahlt werden müssen. Leo hat mich geschlagen, aber nicht allzu sehr, und ich hatte es verdient. Ein Lehrling muss genau hinhören, wenn ihm etwas gesagt wird.

Unserem Haus gegenüber, in unserer Gemeindekirche, gibt es eine Darstellung vom Martyrium des heiligen Cassianus, dem Schutzheiligen der Lehrer, wenn du dich erinnerst. Ich habe sie heute Abend lange betrachtet. Es ist ein düsteres, trauriges Gemälde, das keine Freude aufkommen lässt (was bei Martyrien, die hier die Wände der Kirchen pflastern, kaum anders zu erwarten ist). Im Vordergrund ist der barbrüstige Cassianus zu sehen und um ihn herum schwingen seine Peiniger mordlustig Griffel, Messer und sogar ein Beil. Er war ihr Lehrer, erzählt der Priester. Die heidnischen Schüler haben sich gegen ihn gewandt, als er sie das Christentum lehren wollte.

Das ist eine bedeutsame Allegorie, versichert mir der Pater. Dennoch kann ich mein Erstaunen nicht verhehlen. Was bringt nicht nur einen, sondern mehrere Schüler dazu, in derart töd-

licher Absicht ihren Lehrer anzugreifen? Hat er sie strenger be-
straft, als sie es verdienten? Sie haben jede Moral verloren, das
sieht man ihren Gesichtern an. Aber was hat sie dazu gebracht?
Auf dem Bild konnte ich keine Spur vom Teufel entdecken.

Ich bemerke, dass der Ton meines Briefes ausgesprochen
freudlos geworden ist, also hast du ihn vermutlich längst beiseite
gelegt und bist mit deinen neuen Freunden tanzen oder zur
Fiesta gegangen. Ich versichere dich meiner zärtlichen Liebe
und habe mit Freude vernommen, dass es dir wieder besser
geht.

6. Eine Verabredung mit dem Engländer

Hugo Massiter war einundfünfzig. Rizzo kam er vor wie einem dieser Filme aus den sechziger Jahren entsprungen, die manchmal spätabends im RAI liefen. Filme, in denen Frauen ausnahmslos kurze Röcke sowie zu viel Make-up trugen und Männer wie alternde Playboys wirkten, die auf Teenager machten. Massiter bevorzugte die Kleidung der Sechziger. Heute trug der Engländer braune Hosen mit messerscharfen Falten, ein so tadellos gebügeltes weißes Hemd, dass es irgendwie an die Tischtücher in feinen Restaurants erinnerte, und zur Krönung des Ganzen hatte er ein hellblaues Seidentuch um den Hals geschlungen und in den offenen Kragen gesteckt.

Er war hochgewachsen und musste früher einmal sehr gut ausgesehen haben. Sein Gesicht hatte etwas aristokratisch Kantiges. Sein Teint zeigte die typische unnatürliche Bräune, die Engländer bekommen, wenn sie sich zu lange in der Sonne aufhalten. Wenn er wollte, konnte er geradezu warm und aufrichtig lächeln. Doch zwei Details störten den Gesamteindruck: Ihm begannen die Haare auszugehen. Trotz aller Bemühungen, diese Tatsache zu kaschieren, wurde seine rot glänzende Stirn immer höher. Noch bemerkenswerter waren die Augen. Massiter hatte graue, intelligente, durchbohrende Augen. Er sah die Leute an, als könnte er ihr Äußeres durchdringen und ihr tiefstes Inneres erforschen. Wenn Rizzo wissen wollte, was Hugo Massiter wirklich dachte, brauchte er ihm nur in die Augen zu blicken. In ihrer kalten Direktheit lagen alle Antworten, fand Rizzo, und Massiters wahrer Charakter. Es waren die Augen, die ihn den Engländer fürchten ließen. Manchmal hatten sie etwas fast Unmenschliches.

Seit Susanna Giannis Exhumierung waren drei Wochen verstrichen und Massiter sollte sich eigentlich längst anderen Dingen zugewandt haben. Er trank einen Schluck Mineralwasser und blickte durchs Fenster auf den Canal Grande hinaus. Das Apartment lag in Dorsoduro zwischen Accademia und Santa Maria della Salute, im zweiten Stockwerk eines modernisierten Palazzo, und musste ein Vermögen gekostet haben. Doch Massiter konnte es sich leisten. Er hatte darüber hinaus Wohnungen in London und New York. Aber der Handel mit Kunst brachte mehr ein als das Beklauen von Touristen, auch wenn sich beides in moralischer Hinsicht nur unwesentlich unterschied, wie Rizzo vermutete.

Massiter drehte sich zu ihm um und musterte ihn. Den Ausdruck kannte Rizzo. Er besagte: Ich weiß, wenn Sie lügen. Wirklich?, dachte Rizzo.

»Schildern Sie noch einmal ganz genau, was geschah.«

»Hören Sie mal. Das alles habe ich Ihnen schon tausendmal vorgekaut. Was gäbe es da noch groß zu schildern?«

»Beschreiben Sie sie.«

Massiter jagte ihm zwar Angst ein, dennoch gab es Grenzen. »Wenn Sie ein Foto wollen, hätten Sie es rechtzeitig sagen müssen. Im Sarg lag eine tote Frau. Nicht mehr und nicht weniger.«

Massiter trat an den alten Schreibtisch neben dem Fenster, schlug eine Mappe auf, entnahm ihr ein Foto und setzte sich dicht neben Rizzo. Das helle Ledersofa ächzte hörbar unter seinem Gewicht. Geflissentlich starrte Rizzo das Gemälde an der Wand an, eine modernistische Farbenkleckserei. Wieder überkam ihn unwillkürlich das Gefühl, in einem alten Film gelandet zu sein. Vielleicht steckte Fellinis Leiche in einem der verspiegelten Schränke. Vielleicht hatte Massiter ein weißes Alfa-Spyder-Cabrio in einer Garage an der Piazzale Roma und fuhr an schönen Tagen damit über die Küstenstraße und ließ die Haare im Wind wehen. Mit Ausnahme seiner beginnenden Glatze schien dem Mann Zeit nichts anhaben zu können. Rizzo riss sich zusammen. In dieser Gesellschaft musste er sich konzentrieren.

»Sehen Sie sich das Bild an.«

Auf dem Foto stand das Mädchen vor der Chiesa della Pietà, der großen weißen Kirche an der Riva degli Schiavoni. Es trug ein schwarzes Kleid und hielt die alte Geige in den Händen, die mittlerweile sicher in einem Schließfach des Bahnhofs von Mestre ruhte. Hinter Susanna Gianni standen andere Musiker, als wäre die Aufnahme vor oder nach einem Konzert entstanden. Aber Rizzo hatte nur Augen für das Mädchen. Es strahlte förmlich vor Glück und Lebensfreude, und die Augen ... Ja, konzentriert. Das Mädchen lächelte die Person hinter der Kamera an. Massiter höchstwahrscheinlich. Mit mehr Haaren auf dem Kopf und weniger Roststellen auf dem weißen Spyder. Rizzo erkannte, dass ihn sein erster Eindruck angesichts ihres Fotos auf dem Grabstein nicht getäuscht hatte. Diese Susanna Gianni war gerade im Begriff, sich vom Mädchen zu einer hinreißenden, atemberaubend schönen Frau zu entwickeln, und irgendwie hatte man das Gefühl, diesem Prozess unbedingt beiwohnen zu müssen. War Massiter deshalb so besessen von ihr? Nein, nicht möglich. In seinen kalten Augen war kein Platz für derartige Gefühle.

»Ich habe es mir angesehen.«

»Und? Sind Sie sicher, dass dieses Mädchen im Sarg lag?«

Er wünschte fast, Massiter wäre selbst auf San Michele gewesen. Dann hätte er gewusst, wie idiotisch die Frage war. »Wie kann ich da sicher sein? Dieses Mädchen ist seit zehn Jahren tot.«

»Aber sie könnte es sein?«

»Möglich.«

»Die Haare?«

»Sicher. Die sahen so aus. Genau so.« Es war unmöglich, Massiter die Veränderung klar zu machen, eine Veränderung, die das Mädchen nicht einmal geahnt hatte, als es an einem sonnigen Tag vor zehn Jahren von Massiter fotografiert worden war.

»Sonst befand sich nichts im Sarg? Kein Brief, kein Schriftstück beispielsweise?«

Rizzo blickte dem Engländer fest in die Augen, zuckte mit keiner Wimper. »Im Sarg lag ein toter Mensch, eine Leiche. Sonst nichts. Das habe ich Ihnen schon tausendmal erzählt. Tut mir Leid.«

Seufzend legte Massiter das Foto auf den Tisch. Rizzo hatte Mühe, es nicht ständig anzustarren.

»Und dann wäre da noch die Sache mit dem toten Verwalter.«

Unwillkürlich hielt Rizzo die Luft an. »Was?«

Massiter wandte ihm den Blick zu, musterte ihn. Rizzo wurde ganz kalt.

»Tun Sie nicht so, als wüssten Sie nichts davon. Sie müssen es doch in der Zeitung gelesen haben. Der arme Kerl wurde am selben Tag ermordet. Und das wollen Sie nicht mitbekommen haben?«

Rizzo nickte. Es überraschte ihn, wie gelassen er war. »Klar habe ich davon gelesen. Aber was wollen Sie? Sehen Sie etwa irgendeinen Zusammenhang?«

Stirnrunzelnd wühlte Massiter auf dem Tisch in einem Stapel Zeitungsausschnitte und zog einen Artikel über den Mord hervor. Rizzo erblickte ein Foto des toten Verwalters. Auf ihm sah er wesentlich jünger aus. »Sind Sie ihm denn nicht auf dem Friedhof begegnet?«

»Ich erinnere mich nicht.« Rizzo tat, als würde er das Foto genauer betrachten. »Nein. Das ist auf keinen Fall der Typ, mit dem ich es zu tun hatte.«

Massiter murmelte etwas Unverständliches, griff zu einem

weißen Pappkarton voll mit Seidenpapier und holte ganz behutsam einen kleinen, bemalten Gegenstand hervor. Rizzo beäugte das Objekt. Es war eine Ikone der Jungfrau Maria, die Art von Trödel, die Antiquitätenhändler im Osten stehlen ließen und dann an Touristen verscherbelten. Er kannte Leute, die in einer versteckten Werkstatt auf Guidecca billige Kopien herstellten. Aber die Figur da sah aus, als wäre sie echt. Der Heiligenschein um ihren Kopf schimmerte wie pures Gold.

»Sehen Sie sich das an.« Massiter hielt die Ikone hoch. »In der nächsten Woche gebe ich sie in New York auf eine Auktion. Ich schätze, sie bringt fünfzig- bis sechzigtausend Dollar ein. Daher kommt das Geld, mit dem ich Sie bezahle.«

Rizzo pfiff durch die Zähne. »Donnerwetter. Ich fürchte, ich bin im falschen Geschäft.«

»Sie sind ein Dieb«, sagte Massiter unumwunden. »Daher kennen wir uns.«

Das stimmte. An einem Sonntagvormittag in der Nähe der Salute hatte er versucht, dem Engländer die Brieftasche zu stehlen. Massiter merkte es rechtzeitig, doch zu Rizzos Überraschung lud er ihn zu einem Kaffee ein, anstatt die Polizei zu rufen. Eine saubere Art, Leute für schmutzige Jobs zu finden. Rizzo vermutete, dass Massiter seine Handlanger in New York und London auf ähnliche Weise kennen gelernt hatte.

»Wenn Sie meinen«, sagte er.

Massiter legte ihm die Ikone in die Hand. Sie fühlte sich zart und zerbrechlich an. »Sie stammt aus Serbien. Haben Sie auch nur eine Ahnung von den Waren, die neuerdings auf dem Balkan erhältlich sind?«

»Eher nicht«, antwortete Rizzo, leicht schockiert über die Bezeichnung »Ware«. Kunst blieb Kunst, selbst wenn sie gestohlen war. Er gab die Ikone zurück. Er hatte nicht gern derartige Werte zwischen den Fingern.

»Nein«, sagte Massiter. »Vermutlich nicht. Die Ikone ist aus einem kleinen Kloster an der Grenze zum Kosovo. Ein paar

Christen, die ich kenne, haben sie mitgebracht, aber in diesen Dingen bin ich strikt agnostisch. Ich handele mit allem.«

Das brauchte er Rizzo nicht erst zu sagen. »Geschäft ist Geschäft, was?«

»Wissen Sie, was das für Leute sind? Die so was machen?«

Rizzo wusste es. Neuerdings stolperte man überall über Ganoven vom Balkan, über Bosnier, Kosovaren, Albaner und Serben. Sie kratzten einem glatt die Augen mit Löffeln aus, wenn man sie auf dem falschen Fuß erwischte.

Er nickte. Massiter rückte noch ein bisschen näher und legte ihm eine Hand aufs Knie. Der Engländer hatte lange, kräftige Hände, und Rizzo fragte sich, warum ihm das bisher noch nicht aufgefallen war.

»Im letzten Jahr hat mich einer von diesen … Leuten bestohlen. Ehrlich. Ist das zu glauben? Ich bin ihnen bei ihren Geschäften behilflich. Ich zahle pünktlich. Ich lasse ihnen Geschenke zukommen. Ich streichle ihren Kindern über die verlausten Köpfe …«

Ein beklemmendes Gefühl überkam Rizzo. »Das würde ich nie tun, Signor Massiter. Das wissen Sie. So etwas würde mir nicht einmal im Traum …«

»Schweigen Sie.«

Massiter legte zwei Finger fest auf Rizzos Mund. Die kalten grauen Augen musterten ihn verächtlich.

»Sie haben mich bestohlen, Rizzo«, sagte er. »Obwohl ich ihnen hundertprozentig vertraute.«

Ein intensiver Geruch ging von Massiter aus. Intensiver als Rasierwasser, fast wie Weihrauch.

Massiter nahm die Finger von Rizzos Lippen, und der hoffte, sich nicht in die Hosen zu machen.

»Ziemlich dämlich, was?«

Massiter nickte. »Das sehe ich auch so. Und Sie verstehen, was ich meine?«

»Natürlich.«

»Nein. Sie verstehen es nicht.« Massiter trank einen Schluck Wasser. »Sie sind ein Dieb. Wogegen in gewisser Hinsicht nichts einzuwenden ist. Etwas sollten Sie sich jedoch gut merken. Sachen zu stehlen, die ich verkaufe, ist schlimm. Aber Dinge zu stehlen, die mir gehören, ist sehr viel schlimmer.«

»Nie würde ich …«

Massiter lächelte gewinnend. »Oh, halten Sie sich zurück, alter Junge. Ich versuche gerade, Ihnen etwas zu erklären. Manche Dinge erwerbe ich, um sie zu verkaufen. Andere, sehr viel schönere Dinge erwerbe ich für mich selbst. Wenn Sie die Ersteren stehlen, werde ich ungehalten. Aber wenn Sie die Letzteren stehlen … Nun, das brauche ich wohl nicht auszusprechen, oder?«

Rizzo schwieg. »Kennen Sie den Unterschied zwischen uns?«, lachte Massiter.

»Sie sind klug. Ich bin es nicht.«

Wieder lachte Massiter und schlug Rizzo leicht auf die Schulter. »Oh, das würde ich nicht sagen. Sie sind durchaus ein schlaues Köpfchen. Nein. Der Unterschied zwischen uns besteht darin, dass Sie stehlen, um zu stehlen, während es mir darum geht, die Dinge gegebenenfalls auch zu besitzen. Sie sind am Objekt interessiert. Mich interessiert das Besitzen.«

»Ich glaube, ich weiß, was Sie meinen«, sagte Rizzo unsicher.

»Ich will es ganz knapp und bündig ausdrücken. Sie sind ein Dieb, ich bin ein Sammler. Dabei wollen wir es belassen, oder?«

Der Engländer stand auf und streckte die Beine, als würden sie schmerzen.

»Das Mädchen hatte einen Gegenstand, der mir gehört. Den ich seit ihrem Tod schmerzlich vermisse. Ich höre so einiges, Rizzo. Es könnte sein, dass ich erfahren habe, dass das Objekt zum Verkauf steht, wenn jemand bereit ist, den richtigen Preis zu zahlen. Ich frage mich, wo sich der Gegenstand befindet. Ich frage mich, wie er dorthin gekommen ist.«

Rizzo achtete sorgsam darauf, dass in seinem Gesicht kein Muskel zuckte. »Was verlangen Sie von mir?«

»Nun …« Wieder lächelte Massiter strahlend. »Halten Sie die Augen für mich offen. Sperren Sie die Ohren auf.« Er sah auf seine teure Armbanduhr. Es war kurz vor eins. »Aber jetzt sollten Sie sich unsichtbar machen. Ich muss an einem Empfang mit Leuten teilnehmen, die mich als Muster an Redlichkeit kennen. Und da ich die ganze Veranstaltung bezahle, möchte ich mich schon ein bisschen unterhalten, während sie meinen Wein trinken.«

7. Jenseits der Gesetze

Intrigen! Intrigen!

Na bitte. Dachte ich mir doch, dass das deine Neugier weckt. Und nichts davon ist erfunden. Dein unglückseliger Bruder hat sich heillos verstrickt und muss sich fragen, welche Gefahren und Geheimnisse auf ihn lauern.

Gestern hat mich Leo in den Salon zitiert und mir mit ernster Stimme bedeutet, ich müsse für das Haus Scacchi einen ungemein wichtigen und vertraulichen Auftrag ausführen. Der berühmte Vivaldi schwankt auf seinem Thron. Wie es scheint, hat ihn nicht nur seine Muse verlassen, sondern auch mehrere seiner Musikerinnen. Natürlich beruht der Ruf des *prete rosso* auf dem kleinen Orchester adeliger Musikerinnen, die er im Ospedale della Pietà um sich versammelt hat. Krankheiten, Streitigkeiten (vor allem) und Abgänge haben am Bestand gezehrt. Er muss seine Konzerte geben, ohne über die für die Aufführung seiner Werke notwendigen Talente zu verfügen.

Einen grässlichen Augenblick lang befürchtete ich, dass Leo mir zumuten wollte, in einen Weiberrock zu schlüpfen, um eine Musikerin zu mimen, und wollte gerade heilige Scheu, Inkontinenz oder eine plötzliche Steifheit in den Fingern vorschützen. Doch unser Onkel schüttelte ungeduldig den Kopf, als könnte er meine Gedanken lesen, und sagte: »Du kommst nicht in Frage, Junge. Er benötigt eine Violine und durch Zufall kenne ich die passende junge Dame. Aber ich bin beschäftigt. Fungiere du als ihr Chaperone. Miete dir eine Gondel. Spare nicht an den Kosten. Vivaldis Macht in dieser Stadt ist zweifellos im Schwinden, aber selbst ein Geist übt noch einen gewissen Einfluss aus.«

»Du willst, dass ich die Dame zur Kirche geleite, Onkel?«, fragte ich verblüfft. »Ist sie leidend?«

»Nein«, entgegnete er, und ich glaubte, so etwas wie verstohlene Furcht in seinem Blick zu entdecken. »Sie ist eine *Jüdin*!«

Ich hatte nicht die leiseste Idee, was davon zu halten war. »Eine Jüdin? Aber das ist unmöglich. Wie kann sie in einer christlichen Kirche aufspielen, Onkel? Ich kann mir nicht vorstellen, dass Vivaldi das gestattet.«

»Vivaldi braucht es nicht zu erfahren! Die fragliche Dame ist sehr hübsch und überaus talentiert. Sie kann alles spielen, was der Priester ihr vorlegt – und mehr. Wäre sie getauft und ein Mann, könnte sie allein mit ihren Fähigkeiten die Kirche bis auf den letzten Platz füllen. Aber sie ist nun einmal Jüdin, und eine ungemein hübsche. Sie hat weder eine Hakennase noch einen Bart. Falls es dir gelingt, sie sicher zur Kirche zu bringen und vor dem Eintritt dazu zu überreden, ihren roten Schal abzunehmen, wird sich Vivaldi nichts dabei denken. Und sobald er sie spielen hört, ist es ohnehin um ihn geschehen!«

Mir war plötzlich ganz kalt, als zöge ein eisiger Luftzug durch den Salon. Ich weiß vielleicht nicht viel über Juden, aber zumindest ist mir bekannt, dass sie sich ohne sichtbaren Hinweis auf ihre Abstammung nicht auf den Straßen blicken lassen und unter gar keinen Umständen eine christliche Kirche betreten dürfen. Einkerkerung oder Schlimmeres wären die Folge. Wie auch für alle, die Juden ermutigen, die Gesetze des Dogen zu übertreten.

»Ich glaube, unsere Aufträge sind nicht so drängend, dass sie dich davon abhalten könnten, die Aufgabe selbst zu übernehmen, Onkel. Ich bin nur ein einfältiger junger Bursche und kenne mich in der Stadt nicht so gut aus wie du.«

Leos dunkle Augen wurden ganz schmal und unergründlich. »Ich denke, ich habe diesbezüglich einen besseren Überblick als du, Lorenzo. Als ich dich der Armut enthob und zu meinem

Lehrling machte, warst du bereit, dich allen meinen Anweisungen zu fügen. Jetzt bitte ich dich dringend, dein Versprechen einzuhalten.«

»Aber was ist, wenn wir ertappt werden?«

»Dann werde ich zu meinem größten Bedauern jede Kenntnis von deinen Machenschaften leugnen. Wir leben in einer verderbten Welt. Man bringt es zu nichts, ohne sich hin und wieder die Hände schmutzig zu machen.«

Ja, dachte ich. *Meine* Hände!

»Und wer weiß, Junge? Vielleicht hast du an der Begleitung mehr Freude, als du jetzt glaubst.«

Ich schwieg und hoffte insgeheim, dass er sich erweichen ließ. Aber Onkel Leo ist aus hartem Holz geschnitzt. Er gibt nie nach.

»Und wenn ich mich deinem Wunsch verweigere, Onkel?«

»Dann kannst du dein Bündel packen und dir deinen Weg durchs Leben allein suchen. Sollte ich bis morgen Vormittag kein Dankschreiben von Vivaldi erhalten haben, findest du dich auf der Straße wieder. Genau betrachtet, bist du mit deinen Fehlern und Missgriffen in der Druckerei für mich nichts als eine lästige Plage.«

Damit drückte er mir ein paar Münzen – gerade genug für die Gondel, wenn ich zum Haus meiner hebräischen Schutzbefohlenen zu Fuß ging – sowie einen voll gekritzelten Zettel in die Hand und begab sich wieder zum Redigieren einiger Druckfahnen mit medizinischen Gelehrsamkeiten, durch die irgendein Quacksalber die Araber beglücken will.

Wie du siehst, bin ich am Leben geblieben, Schwester, und tollkühn genug, diesen Brief zu schreiben, den du unverzüglich verbrennen wirst, wie ich hoffe. Daraus magst du ersehen, dass dieses Abenteuer deinen kleinen Bruder noch nicht verschlungen hat, auch wenn es ihn aus vielfältigen Gründen nächtens kaum zur Ruhe kommen lässt.

8. Ein Auftrag

Auf Scacchis Vorschlag hin unternahm Daniel Forster an seinem ersten Tag in Venedig allein eine Besichtigungstour. Gegen fünf kehrte er in das große Haus am Campo San Cassiano zurück und wurde zum abendlichen Spritz-Ritual gebeten, als die Glocken der Kirche sechs schlugen. Scacchi trank drei Gläser, Paul nur geringfügig weniger. Laura, die Haushälterin und Gast gleichzeitig zu sein schien, hielt sich während der ganzen Stunde vor dem Abendessen an einem Glas fest.

Heute sah Scacchi erheblich gesünder aus. Sein Gesicht hatte mehr Farbe und er schien besser aufgelegt zu sein. Daniel kannte zwar die Krankheit der zwei Männer, es war ihm aber nicht klar, welche Auswirkungen sie auf ihre Stimmungen haben könnte. Lauras Bitte um Rücksichtnahme gegenüber den beiden war möglicherweise angebracht.

»Das kann ich wirklich gut gebrauchen«, sagte er lächelnd, als Laura sein Glas erneut füllte.

»Und Sie haben es sich verdient«, erklärte Scacchi. »Wissen Sie, wie dieser junge Mann den Weg zu uns gefunden hat, Laura?«

Sie wechselte einen Blick mit Paul. »Vielleicht haben Sie es kurz erwähnt. Aber helfen Sie meinem Gedächtnis bitte auf die Sprünge.«

»Nun, durch Genialität! Da sitzt er in seiner berühmten Universität und will eine wissenschaftliche Arbeit über die venezianische Buchdruckerkunst schreiben. Und was macht er? Findet tatsächlich heraus, dass eines der unbedeutenderen Verlagshäuser heute noch existiert. Wenn auch nur als Gebäude. Ich bewundere Ihre Findigkeit, Daniel!« Scacchi hob sein Glas und auch die anderen prosteten ihm zu. »Seit zweihundertfünfzig Jahren wurde in diesen Räumlichkeiten keine Seite mehr gedruckt, aber Sie haben uns aufgespürt!«

Daniel erinnerte sich. Aus einer Laune heraus hatte er in der Universitätsbibliothek Telefonbücher von Venedig und Venetien studiert und die Einträge mit den Namen der Druckerdynastien verglichen, die in seiner Arbeit vorkamen. Verstreut über ganz Venetien fand er sie alle wieder. Aber es gab nur eine Hand voll Scacchi, und zu seiner Überraschung stand einer noch immer unter der Adresse verzeichnet, die seit Beginn des sechzehnten Jahrhunderts der Sitz einer ehemals berühmten Buchdruckerei gewesen war. Sein detektivischer Spürsinn erfüllte ihn mit Stolz. Nach dem Tod seiner Mutter hatte er sich in Arbeit gestürzt, zum Teil, um sich abzulenken, aber auch, weil ihm der Umgang mit alten Büchern und Partituren Freude bereitete. Das Leben an der Universität war angenehm ruhig und geordnet, wenn auch ein wenig einsam. Ohne es zu wollen, erwarb er sich den Ruf, ein Bücherwurm, ja, sogar ungesellig zu sein. Es gab ein paar Bekanntschaften, aber keine wirklichen Freunde. Er war sich seiner Distanz zu seinen Kommilitonen durchaus bewusst. Die letzten Jahre hatte er mit der Pflege seiner kranken Mutter verbracht, während Gleichaltrige auf eine Weise reif und erwachsen wurden, die er nur erahnen konnte. Obwohl ihn dieser Gedanke bestürzte, fand er doch, dass sein eigener Prozess des Erwachsenwerdens mit dem Tod seiner Mutter begann.

Eine Hand legte sich sanft auf seinen Arm. Laura sah ihn an, ein wenig besorgt, wie er fand.

»Verzeihung«, sagte er hastig. »Offenbar habe ich geträumt. Worüber haben Sie gerade gesprochen?«

Scacchi fuchtelte mit seiner Gabel in der Luft herum. »Als ich Ihren Brief erhielt, verschlug es mir schlicht die Sprache. Stimmt's nicht, Paul?«

»Du bist nie sprachlos, Scacchi. Höchstens überrascht.«

»Eine impertinente Unterstellung, die ich geflissentlich überhöre! Wenn man uns in der Stadt überhaupt kennt, Daniel, dann als zwei alte Schwuchteln, die sich ihren Lebensunterhalt mit dem Erwerb und Verkauf von Antiquitäten verdienen. Aber Sie mit Ihren Computern und Ihrem Forschertalent fanden etwas heraus, das für mich kaum mehr als ein altes Familiengerücht war.«

»Aber Sie wussten doch bestimmt, dass es hier einmal eine berühmte Buchdruckerwerkstatt gab, Signor Scacchi?«, fragte Daniel.

Scacchi lachte. »Schmeichler! Aber das alles ist Ewigkeiten her und hat mit der Gegenwart nur noch wenig zu tun. Der Name mag derselbe sein, aber dieses Haus ist seit Jahrhunderten von einer Hand in die andere gegangen, von einem Zweig der Familie zum nächsten. Mein Urgroßvater hat das Haus von einem bankrotten Vetter geerbt. Wir haben im angrenzenden Gebäude viele Jahre lang ein Lagerhaus geführt, bis dafür kein Bedarf mehr bestand. Aber nun bin ich der Letzte meiner Familienlinie. Nach mir gibt es hier keinen Scacchi mehr. Und auch keine Ca' Scacchi.«

Er senkte den Blick auf seinen Teller und fügte hinzu: »Als hätte das irgendeine Bedeutung …«

»Selbstverständlich hat es eine Bedeutung, Scacchi«, fuhr Laura hoch. »Für uns alle. Ersparen Sie uns bitte Ihre Armesündermiene. Sie steht Ihnen nicht. Und was den Grund für Daniels Hiersein betrifft … Sie haben ihn gebeten, Ihre *Bibliothek* zu katalogisieren, falls Sie sich erinnern.« Sie blickte Daniel mit leicht gerunzelten Brauen an.

Alle drei schwiegen, und Daniel ertappte sich dabei, dass er erneut über das Trio nachgrübelte, vor allem aber über Lauras Rolle. Sie war Angestellte und Freundin, Vertraute und Beschützerin der beiden Männer. Mit Sicherheit keine leichte Aufgabe, aber er hegte nicht den leisesten Zweifel daran, dass Laura sie genoss.

Um Scacchis Lippen spielte ein verlegenes Lächeln. »Das war vielleicht ein wenig übertrieben. Dennoch bin ich mir sicher, dass Sie Ihre Aufgabe sehr instruktiv finden werden. Und was willst du, Laura? Ich habe dem jungen Mann das Flugticket bezahlt und stelle ihm ein kleines Taschengeld für seinen Aufenthalt zur Verfügung. Und ich habe ihm einen Platz für die Sommerstudien an der Chiesa della Pietà besorgt, damit er seinen Bogenstrich üben kann. Ja, Daniel, wie Sie sehen, habe ich Ihre Briefe sehr aufmerksam gelesen.«

»In der Chiesa della Pietà?«

»Mehr davon später. Zunächst …«

Der alte Mann erhob sich und zog einen Schlüsselbund aus der Hosentasche, der mit einer langen Kette an seinem Gürtel befestigt war. »Kommen Sie! Auch ihr, Laura und Paul. Wir werden die Ca' Scacchi erkunden und in Ecken stöbern, die noch niemand von euch gesehen hat!«

Laura sah, dass Scacchi auf die Tür zuging, die ins ebenerdige Lager und das Nebenhaus führte. »Wir gehen ins Lager? Gibt es da Ratten?«

»Liebes Kind! In dieser Stadt sind überall Ratten.«

»Vielen Dank. Ich glaube, da räume ich lieber den Tisch ab.«

»Ich auch«, pflichtete Paul bei. »Der Staub da unten schadet meinen Lungen, Scacchi.«

Der alte Mann blieb gelassen. »Wie ihr wollt. Kommen Sie, Daniel. Begeben wir uns allein in die Unterwelt.«

Sie stiegen eine schmale Treppe ins Erdgeschoss hinab. Es war staubig und dunkel, überall standen alte Möbel, Truhen und Kisten. Eine einsame Glühbirne tauchte den Raum in ein düsteres Licht. Scacchi griff nach zwei Stabtaschenlampen neben der Treppe und lief nach links, auf eine weitere Tür zu.

»Nunmehr geht es in pechfinstere Gewölbe«, verkündete er. »Da gibt es weder Fenster noch elektrisches Licht. Hier, nehmen Sie eine Lampe, Sie werden sie brauchen. Und ich wäre

Ihnen sehr verbunden, wenn Sie sich ein wenig vorsehen. Laura kann fuchsteufelswild werden, wenn man auch nur den geringsten Schmutz ins Haus trägt.«

Daniel folgte dem alten Mann durch die altertümliche Tür. Ihre Taschenlampen warfen gelbliche Lichtkegel voraus. Der nächste Raum wirkte noch unordentlicher als das Erdgeschoss des Haupthauses. Schmuddelige Decken verhüllten undefinierbare Objekte unterschiedlicher Größe. Die Fläche schien die Breite und Tiefe des Gebäudes zu umfassen und überhaupt kein Ende nehmen zu wollen. Von vorn fiel Licht durch Risse in einer zweiflügeligen Holztür, die offenbar der Zugang vom Wasser aus gewesen war.

»Was ist das hier, Signor Scacchi?«, fragte Daniel.

»Nun, die Überreste der Druckereiwerkstatt, nehme ich an. Angefüllt mit Gerümpel, das früher einmal in den drei Stockwerken über uns gestanden hat und nach Schließung unseres Unternehmens hier abgestellt wurde. Als wir noch unser Möbellager unterhielten, nutzten wir nur die oberen Geschosse und hievten alle Gegenstände mittels Winden durch die Fenster. Die Treppe ins erste Stockwerk ist zu schmal, um viel auf ihr transportieren zu können, glauben Sie mir. Nachdem Sie mich aufgespürt und zum Nachdenken über meine Familiengeschichte gebracht hatten, habe ich mich unten ein bisschen umgesehen. Wenig später beschloss ich, Sie einzuladen, damit Sie sich selbst einen Überblick verschaffen können. Sehen Sie her …«

Er hob einen Schutzüberzug neben dem Eingang hoch und Daniel erblickte den Sockel einer gewaltigen Maschine.

»Eine Druckerpresse?«, fragte er.

»Irgend so ein Schrott. Wertlos, ich habe mich erkundigt. Die Welt verlangt Kunstwerke, keine alten Maschinen. Alte Druckwerke vielleicht, aber damit kenne ich mich nicht aus. Zeigen Sie mir ein Musikinstrument, ein Gemälde oder eine Skulptur – so etwas kann ich schätzen und bewerten. Aber bedrucktes Papier hat mir noch nie viel bedeutet. Ich bin ein feiner Scacchi, was?«

Daniel hörte ein hohes Pfeifen und sah im Lichtschimmer des Türspalts etwas davonhuschen. Lauras Vermutung über Ratten erwies sich als berechtigt. Wahrscheinlich lag sie auch mit den meisten anderen Dingen richtig, wurde jedoch bestimmt ebenso oft ignoriert. Er hoffte, dass Scacchi wusste, wie viel Glück er mit seiner Haushälterin hatte.

»Eine schöne Bibliothek, was?« Scacchis Gesicht lag im Dunkeln, so dass Daniel seine Miene nicht deuten konnte. »Ich bin ein Hochstapler. Sprechen Sie es ruhig offen aus. Ich habe Sie unter falschen Voraussetzungen hierher gelockt und verlange, dass Sie hier nach Gold schürfen.«

»Aber nein! Nein! Ich wäre Ihrer Einladung auf jeden Fall gefolgt. Selbst wenn Sie mir nichts anderes zu bieten hätten als einen einzigen Fetzen vergilbten Papiers. Allein die Luft hier atmen zu dürfen ist ein großes Geschenk.«

Scacchi schlug mit der flachen Hand auf einen Papierstapel neben ihm. Er wirkte erregt. »Warum sagen Sie so etwas, Daniel? Wir sind uns fremd. Ich habe Sie unter Vorspiegelung falscher Tatsachen nach Venedig gelockt. Geben Sie es nur zu.«

Es überraschte Daniel, dass der alte Mann ihn so wenig verstand. »Ich habe mich schon immer nach dieser Stadt gesehnt. Meine Mutter war zwar Engländerin, hat aber als Studentin einige Zeit in Venedig verbracht. Was meinen Sie, wer mir meine ersten italienischen Worte beigebracht hat? Ich bin mit ihren Büchern und Geschichten aufgewachsen. Wenn ich mich umsehe …« Daniel verstummte. Irgendetwas brannte in seinen Augen. Staub möglicherweise. »Wenn ich mich umblicke, sehe ich alles auch mit ihren Augen und habe das Gefühl, dass sie noch immer bei mir ist.«

Scacchi hüstelte und warf ihm einen schnellen Seitenblick zu. So etwas wie Intimität war zwischen ihnen aufgekeimt, obwohl keiner von ihnen das zugegeben hätte.

»Vertrauensseligkeit ist die Schwäche des Mannes und die

Stärke des Kindes, sagt man«, murmelte Scacchi. »Und was sind Sie, Daniel?«

»Ein bisschen von beidem«, antwortete er aufrichtig. »Aber auf dem richtigen Weg.«

Scacchi wandte den Kopf und starrte in die Dunkelheit. »Erinnern Sie mich. Morgen muss ich Ihnen unbedingt etwas in San Rocco zeigen. Vor Ihrem Zeitvertreib in der Chiesa della Pietà, der Ihnen vermutlich viel Freude bereiten wird.«

»Sie sind zu gütig.«

Wieder schlug Scacchi auf den Papierstapel, doch diesmal sanfter. »Bin ich das?«

»Nun ja, vielleicht nicht *zu* gütig.«

Der alte Mann sah ihn mit leicht zusammengekniffenen Augen an. »Finden Sie hier etwas für mich, Daniel. Etwas, was ich verkaufen kann. Wir lachen und scherzen und tun ganz so, als gäbe es kein Morgen. In gewisser Weise gibt es das für mich und Paul auch nicht. Aber noch ist es nicht so weit, und ich bin darauf angewiesen, dass Sie hier etwas finden, was ich zu gutem Geld machen kann. Ich möchte unter diesem Dach sterben und das Haus nicht an irgendeinen Amerikaner verkaufen müssen, der Vergnügen daran findet, einen venezianischen Palazzo zu *modernisieren*. Und ich möchte unserer lieben Laura genügend hinterlassen, dass sie sich ein neues Leben aufbauen kann. Sie hat es weiß Gott verdient. Und dafür brauchen wir dringend schnöden Mammon.«

Daniel war schockiert. Scacchis Enthüllungen kamen so unerwartet. »Das wusste ich nicht. Sie müssen sofort aufhören, Geld für mich auszugeben. Sie brauchen mich nicht zu bezahlen. Die Arbeit macht mir Freude. Sie verpflegen mich. Sie haben meinen Flug bezahlt. Bitte.«

Scacchi tätschelte ihm die Schulter. »Unsinn, Daniel. Die lächerlichen Beträge, die ich Ihnen zukommen lasse, machen den Kohl auch nicht fett. Ich brauche richtiges Geld, keine Almosen. Ich fühle, dass hier die Vorsehung am Werk ist. Sie hat

68

Sie zu mir geschickt. Suchen Sie, und ich bin mir sicher, dass Sie etwas finden ...«

Er verstummte. Daniel legte die Hand leicht auf den Arm des alten Mannes. In seinen Augen schimmerte es feucht. Wäre Laura zur Stelle gewesen, hätte sie die richtigen Worte gefunden, ihn zu beruhigen, zu trösten, davon war Daniel überzeugt.

»Vielleicht ist das Gewölbe hier Aladins Schatzkammer«, bemerkte er zuversichtlich.

»Oder die Büchse der Pandora.«

»Wie auch immer. Ich finde bestimmt etwas, was Sie verkaufen können.«

Scacchi wandte sich ab, um zu gehen. Daniel hob einen Bogen von dem Papierstapel und betrachtete ihn im schummrigen Licht. Die Druckerschwärze war verlaufen und verwischt. Die Druckerei befand sich zu ebener Erde, direkt neben dem Rio. Irgendwann, vielleicht sogar häufiger, war Hochwasser in den Raum eingedrungen und hatte alles zerstört, womit es in Berührung gekommen war.

9. Der Weg ins Ghetto

»Dottore Levi, Ghetto Nuove« stand auf dem Zettel, den mir Leo gegeben hatte. Mehr nicht. Keine Hinweise, wie ich dorthin gelangte. Kurz nach der Mittagsstunde verließ ich das Ca' Scacchi im Zustand leichter Besorgnis, begab mich direkt auf den Campo, schöpfte mit der Hand einen Schluck modriges Wasser aus dem Brunnen und stürzte ihn hinunter. Plötzlich schallte ein wohl bekannter Pfiff über den Platz. Und da stand Gobbo und tat so, als würde er an den Marktständen ein paar seltene Pilze für seinen genusssüchtigen Herrn auswählen, obwohl das unmissverständliche Grinsen, mit dem er die geschminkten Dämchen musterte, von anderen Absichten sprach.

»Sag mir, wo das Ghetto Nuove ist, Gobbo«, bat ich ihn.

»Was willst du denn in der Gegend?«, fragte er misstrauisch. »Du bist doch nicht etwa ein verkappter Jude, oder?«

Ich vertraue Gobbo in hohem Maße, doch nicht uneingeschränkt. Mit Unbehagen dachte ich an eine venezianische Besonderheit, die vergoldeten und weit aufgerissenen Löwenmäuler, die man an Straßenecken und wichtigen Gebäuden sieht. In sie kommen Hinweise misstrauischer Einwohner, die ihre Mitbürger irgendwelcher Missetaten verdächtigen. Ich verspürte nicht das geringste Verlangen, mich im Dogenpalast wiederzufinden und Rechenschaft über meine Handlungen ablegen zu müssen, nur weil Gobbo in irgendeiner Kaschemme unten in Dorsoduro seine Klappe nicht halten konnte.

»Selbstverständlich nicht, du Dummkopf! Mein Meister ist Buchdrucker. Ein Hebräer will unbedingt seine Memoiren zu

Papier bringen. Wenn er bereit ist, die geforderte Summe zu zahlen, werden wir sie drucken, ganz gleich, wie trostlos sich seine Lebenserinnerungen auch ausnehmen.«

»Das höre ich gern«, sagte er erleichtert und verpasste mir einen schmerzhaften Schlag auf den Rücken. »Mich dünkt«, begann er und reckte sich auf die Zehenspitzen, um seinen nachfolgenden Worten mehr Gewicht zu verleihen, »dass diese tückischen Hunde für die Ermordung unseres Herrn Jesus Christus allzu wenig büßen mussten.«

»Deine Bildung versetzt mich immer wieder in höchstes Erstaunen, Gobbo«, seufzte ich. »Es war mir unbekannt, dass du auch über Kenntnisse in Theologie verfügst.«

Ein zufriedenes Grinsen überzog seine hässliche Visage. »Ehrlich? Freut mich, dich überraschen zu können. Es ist oben in Cannaregio. Mit dem Boot bist du in fünfzehn Minuten dort.«

Ich hielt ihm meine Hand mit den schäbigen Münzen hin. Er betrachtete sie und verzog das Gesicht. »Leo scheint ein wahrer Knauser zu sein. In diesem Fall musst du zu Fuß über die Rialto und dann weiter an Santa Fosca vorbei. In einer halben Stunde müsstest du es geschafft haben, vorausgesetzt, du bekommst unterwegs nichts eins über den Schädel.«

»Danke …«

»In Turin hatte ich einen ähnlich geizigen Herrn. Verpasste ihm einen Stich mit dem Federmesser, bevor ich mich mit einem Beutel Silber durchs Fenster davonmachte. Das nächste Mal solltest du dir einen spendableren Herrn suchen, mein Freund. Das erspart dir viel Kummer.«

»Ich bin Lehrling, Gobbo. Kein Diener.«

»Oh, ich bitte um Verzeihung, hoher Herr«, sagte er mit einer spöttischen Verbeugung. »Ich würde dich natürlich auf meinem Rückweg mitnehmen, aber du willst in die andere Richtung, und einem Herrn Lehrling ist nicht zuzumuten, sich dem Pöbel gemein zu machen. Abgesehen davon …« Eine Hure mit strubbligen Haaren machte ihm aus dem Gewirr der Sträßchen hinter der Kirche schöne Augen. »… könnte es sein, dass ich hier noch eine Zeit verweile.«

Ohne ein weiteres Wort an den ungehobelten Kerl zu verschwenden, marschierte ich in östlicher Richtung los und durchquerte das Labyrinth von »Straßen«, genauer gesagt, düsteren Gässchen, von denen ich wusste, dass sie mich zur Rialtobrücke bringen würden. Bisher habe ich dir nur aus einem Grund nicht die Wahrheit über meine Spaziergänge durch diese schöne Stadt berichtet, teure Schwester: um dich nicht zu beunruhigen. Mittlerweile kenne ich mich gut genug aus, um zu wissen, dass ich überleben kann, fürchte jedoch, dass dieses Glück nicht vielen beschieden ist. Selbst am Tag ist es ein Alptraum, Venedig zu Fuß durchstreifen zu müssen. Im Gewirr der Gassen und Durchgänge verlaufen wenige auch nur zehn Schritte weit in eine Richtung und sind zu beiden Seiten zugebaut, so dass der müde und verwirrte Wanderer kaum erkennen kann, wohin ihn seine Füße tragen. Endet eine Gasse abrupt am Ufer eines Kanals oder der Lagune, macht dich auf diese Tatsache nichts aufmerksam, bis du dich fast im stinkenden Wasser wiederfindest. Sollte es so etwas wie den Luxus einer Brücke geben, verfügt sie nur im Ausnahmefall über ein Geländer, und ein einziger falscher Tritt in der Dunkelheit lässt dich ins Nass stürzen. In den späten Stunden des Sonnabends, wenn die Osteria um die Ecke von unserem Haus mit ungehobelten Zechern gefüllt ist, liege ich im Bett und lausche, wie sie – meistens vergeblich – versuchen, die einfache Holzbrücke im Verlauf der Calle dei Morti (weil es der schnellste Weg ist, Särge in die Kirche zu schaffen) zu überqueren. Noch zwei Stunden nach Mitternacht höre ich es in regelmäßigen Abständen klatschen und fluchen.

Ganz anders die Rialtobrücke. Sie ist die einzige Möglichkeit, den Canal Grande zu Fuß zu überqueren, und muss daher den ganzen Glanz der Republik widerspiegeln. Das tut sie natürlich, ist jedoch darüber hinaus ein veritabler Marktflecken über dem Wasser, mit Ladengeschäften, Ständen, Krämern und Marktschreiern, die ihre Waren lauthals anpreisen, während unter ihnen der Canal vor Booten förmlich brodelt.

Doch mir fehlte die Zeit, in diesem Gewimmel zu verweilen. Auf mich wartete die Jüdin, danach Vivaldi, und so schlug ich Haken wie ein Hase, suchte mir meinen Weg durch die Menge, vorbei an mir völlig unbekannten Kirchen, an sonderbar geformten Plätzen und an den flachen, gewöhnlichen Häusern von Cannaregio in die Gegend, in die Gobbo mich gewiesen hatte. Als ich in eine Straße einbog, die breiter war als jene, an die ich in Santa Croce gewöhnt bin, sah ich das Ghetto Nuove vor mir. Es war ein so eigentümlicher Anblick, dass ich wie angewurzelt stehen blieb, mich an die nächste Mauer lehnte und mich fragte, ob ich nicht auf der Stelle umdrehen, zur Ca' Scacchi zurückkehren und packen sollte.

Vor mir erblickte ich eine Insel auf der Insel, deren es in der Stadt viele gibt, aber bewacht von einer hölzernen Zugbrücke – jawohl, von der Art, die nach Einbruch der Dunkelheit hochgezogen wird –, an deren Zugang sich ein gelangweilter Soldat das Hinterteil kratzte. Dahinter, auf der Insel, ragten eng aneinander gebaute Häuser sechs oder sieben Stockwerke hoch in den Himmel. Aus allen Fenstern hing Wäsche, und aus ihnen ergoss sich eine derartige Kakophonie von Rufen, Gesängen, Schreien alter und junger Stimmen, Zank und Hader, dass ich mich fragte, ob die Bevölkerung einer ganzen Stadt hinter diesen Mauern wohnte. Eine Sekunde lang befürchtete ich, einen falschen Weg eingeschlagen zu haben und vor dem Gefängnis der Republik gelandet zu sein. Ich lief um die gesamte Insel herum – die nicht größer ist als das Feld hinter unserem Bauernhof, auf dem unser Vater sommers Artischocken zog – und entdeckte zwei weitere derartige Brücken, jede mit einem Wachsoldaten und einer Zugvorrichtung. Dieses winzige Stückchen Land war in der Tat das Ghetto Nuove, und ich verfluchte unseren Onkel erneut dafür, dass er mir nicht gesagt hatte, was mich erwartete, als er mich so rücksichtslos auf die Straßen schickte.

So mutig wie möglich lief ich auf den Wächter zu und sagte: »Ich möchte Dottore Levi aufsuchen, mein Herr. Ist er daheim?«

Um ein Haar hätte mir der Mann einen Fausthieb gegen den Schädel verpasst. »Für was hältst du mich, Jüngelchen? Für einen Adjutanten dieser verfluchten Kreaturen? Hebe deinen Arsch gefälligst über die Brücke und suche den kleinen Itzig selbst. Verlange von den Soldaten der Republik nicht, dass sie deine Drecksarbeit erledigen.«

Ich bat überschwänglich um Verzeihung, stolperte über die Brücke und fand mich staunenden Auges und bangen Herzens im Wohnviertel der Juden wieder.

10. Ein unangenehmes Gespräch

Giulia Morelli drückte auf die Klingel des alten Hauses in San Cassiano. Die Haushälterin öffnete die Tür. Sie trug einen einfachen Nylonkittel und lächelte unbehaglich, als sie den Polizeiausweis sah. Die Frau blinzelte in die Sonne, als verabscheue sie den Aufenthalt im Freien.

Die Polizistin dachte an ihre letzte Unterhaltung mit Scacchi. Sie hatte auf dem Polizeirevier stattgefunden, auf seinen Wunsch hin und in Anwesenheit eines billigen Anwalts. Das Gespräch führte zu nichts. Scacchi war ebenso aalglatt wie charmant.

Sie betrachtete die Haushälterin, als würde sie sie wiedererkennen. »Sind wir uns nicht schon mal begegnet?«

»Ich glaube nicht«, entgegnete die knapp. »Was wünschen Sie?«

Doch zumindest einmal hatten sie schon Blicke ausgetauscht, als Giulia Morelli den schlafenden Scacchi im Boot entdeckte und sich klar machte, dass er möglicherweise ein wenig Licht in die seltsamen Vorkommnisse nach Susanna Giannis Exhumierung bringen konnte. Routiniert hatte die Haushälterin das Fischerboot durch den regen Verkehr auf dem Canale di Cannaregio gesteuert.

»Ich möchte mit Signor Scacchi sprechen. Ist er zu Hause?«

»Ja. Aus welchem Anlass?«

»Das würde ich ihm gern selbst sagen. Es ist vertraulich.«

Die Haushälterin musterte sie finster. »Er ist erschöpft. Ich möchte ihn nur ungern stören. Meldet sich die Polizei denn nicht vorher an?«

Giulia musste lächeln. Die Frau schien wild entschlossen, Scacchi vor allem Übel zu bewahren, und machte Anstalten, ihr den Zutritt zum Haus notfalls mit körperlichem Einsatz zu verwehren. »Sie haben natürlich Recht. Entschuldigen Sie bitte. Ich hätte anrufen sollen.«

Der weiße Kittel rührte sich nicht.

»Ich möchte Signor Scacchis Rat in einer Sache einholen, in der er sich auskennt. Mehr nicht.«

In der Halle bewegte sich etwas. Der alte Mann kam an die Tür geschlurft. Der Miene der Haushälterin war zu entnehmen, dass sie nicht wusste, dass er gelauscht hatte.

»Man sollte der Polizei immer behilflich sein, Laura«, erklärte Scacchi und bat Giulia mit einer Kopfbewegung ins Haus. »Trinken Sie eine Tasse Kaffee mit mir, Commissaria. Ich glaube, wir haben uns nicht mehr gesehen, seit Sie nach diesem verschwundenen Nippes aus Sankt Petersburg fahndeten.«

Sie folgte ihm die Treppe hinauf in ein elegantes Wohnzimmer und setzte sich nach seiner Aufforderung aufs Sofa. Er sank in einen Sessel ihr gegenüber. In der Ecke hockte der junge Mann vom Boot über einem Stapel alter Bücher.

»Lassen Sie für einen Moment die Bücher Bücher sein, Daniel. Ich möchte Sie mit einer venezianischen Polizeibeamtin bekannt machen. Commissaria Giulia Morelli … Daniel Forster. Er ist Engländer. So steht es zumindest in seinem Pass. Wir neigen inzwischen eher zu der Theorie, dass er ein Findelkind ist, das im jüngsten Alter in nördliche Breiten gehext wurde.«

Ein gut aussehender junger Mann, dachte Giulia, aber vielleicht ein wenig kindlich. Irrte sie sich oder wurde er tatsächlich rot?

»Sie sind auf Urlaub?«, fragte sie.

»Er stellt für mich ein paar Nachforschungen an«, warf Scacchi ein.

»Eine Aufgabe, die so schön ist wie Urlaub«, sagte Daniel in fast perfektem Italienisch. »Ich kann Signor Scacchi gar nicht genug für die Freundlichkeit danken, die er mir erwiesen hat.«

Giulia Morelli betrachtete den alten Mann. Er wirkte leicht beunruhigt. Scacchi war kein Mann, der Freundlichkeiten ohne Absicht erwies. Die Haushälterin erschien mit zwei Tassen Kaffee. Scacchi machte eine Kopfbewegung zur Tür. »Die Commissaria ist dienstlich hier, Daniel. Ich glaube, Sie sollten Ihre Studien woanders fortsetzen. Du kannst auch gehen, Laura.«

Sie verschwanden, wenn auch zögernd. Der alte Mann faltete die Hände auf den Knien und sagte lächelnd: »Nun, Commissaria, mit welcher Begründung wollen Sie mich diesmal festnehmen?«

»Ich habe Sie nur ein einziges Mal festgenommen, Signor Scacchi«, strahlte sie. »Und war dann nicht in der Lage, Ihnen etwas nachzuweisen. Sie sind in höchstem Maß ungerecht.«

»Hah! Ich habe die ehrgeizigste Frau der venezianischen Polizei zu Besuch, und sie will mir weismachen, es handele sich um einen Höflichkeitsbesuch?«

»Keineswegs. Wie ich Ihrer charmanten und überaus loyalen Haushälterin gegenüber bereits andeutete, möchte ich lediglich Ihren Rat einholen. Und habe Ihnen im Gegenzug einen anzubieten.«

Mit grauem, angespanntem Gesicht ließ er ihre Erklärungen über sich ergehen. Scacchi war krank. Offenbar entsprachen die Gerüchte, die sie gehört hatte, der Wahrheit. Giulia Morelli empfand Mitleid mit dem alten Mann.

»Sie wissen vermutlich, warum ich gekommen bin?«

»Ich bin Antiquitätenhändler, meine Teure. Kein Hellseher.«

»Es geht um Susanna Gianni. Sie kannten die Familie.«

Er musterte sie mürrisch. »Das ist zehn Jahre her. Warum diese schreckliche Geschichte wieder ans Tageslicht zerren?«

»Vom Mord an dem Friedhofsverwalter haben Sie bestimmt gelesen. Aber in den Zeitungen stand nichts davon, dass das arme Mädchen Stunden vor der Tat exhumiert wurde – und das aufgrund gefälschter Papiere. Darüber hinaus muss sich im Sarg etwas befunden haben, Signor Scacchi.«

»Was?«, fragte er schnell.

»Das weiß ich nicht genau. Ein persönlicher Gegenstand von einigem Wert. Und ziemlich groß. Schmuck wäre zu klein.«

Er hob hilflos die Hände. »Sie wollen meinen Rat im Zusammenhang mit einem Gegenstand, den Sie nicht benennen können? Der aus einem Sarg entwendet wurde oder auch nicht? Was erwarten Sie von mir?«

Giulia Morelli zögerte. »Sie kannten die Familie Gianni …«

»Nur flüchtig.«

»Dennoch. Vielleicht wissen Sie, was dem Mädchen mit ins Grab gegeben wurde?«

Er schüttelte den Kopf. »Hirngespinste, meine Teure.«

»Möglich.« Aber es gab noch einen anderen Grund für ihren Besuch. »Sie müssen etwas wissen, Signor Scacchi. Dieser aus dem Sarg entwendete Gegenstand hat bereits einen Menschen das Leben gekostet. Wenn jemand unvorsichtig genug ist, dieses Objekt an sich zu nehmen, könnte es weitere Tote geben. Die ganze Sache ist irgendwie mysteriös und gefährlich. Denken Sie darüber nach und rufen Sie mich an.«

Scacchi seufzte. »Sie sind jung. Sie haben noch sehr romantische und distanzierte Vorstellungen vom Tod.«

Sie dachte an das durch die Luft zuckende Messer und die Leiche in der schummrigen Wohnung. »Das glaube ich nicht.«

Er musterte sie mit leicht verhangenen Augen. »Ich habe von Ihrem … Martyrium in der Zeitung gelesen. Es freut mich, dass Sie nicht ernsthaft verletzt wurden. Sie haben sich einen gefährlichen Beruf gewählt, Commissaria.«

Ist das eine Drohung?, fragte sie sich. Aber so weit würde sich ein kultivierter Mann wie Scacchi nie vergessen.

»Manchmal geraten wir in Gefahr, ohne es auch nur zu ahnen«, sagte sie. »Ich wollte einen Friedhofsverwalter befragen, der die Beherrschung verloren hatte. Und keinen Mord verhindern.«

Scacchi hüstelte trocken. »Mit Sicherheit nicht, meine Teure. Sie glaubten, den Geist dieses armen toten Mädchens zu sehen. Und konnten der Versuchung nicht widerstehen, ihm nachzujagen.«

Giulia Morelli schwieg. Jenseits der Tür hörte sie die Haushälterin und den jungen Mann lachen. Es war ein unbeschwertes, vertrautes Lachen, das sie nur selten vernahm. Sie sah Scacchi an und sagte sich, dass sie verrückt gewesen sein musste, als sie glaubte, dass er ihr helfen würde.

Draußen schlug die Glocke von San Cassiano zwölfmal.

11. Ausflug in die Vergangenheit

Hinter verschlossener Tür und zugezogenen Vorhängen hockte Rizzo in seiner schäbigen Bleibe. Er wohnte in einem der Sozialbauten in Cannaregio, nicht weit vom alten jüdischen Ghetto. Die Nachbarn waren in der Mehrheit alte Leute und klug genug, ihre Nasen aus seinen Angelegenheiten herauszuhalten. Ein geradezu idealer Standort, um seinem erwählten Gewerbe nachzugehen.

Die Geige lag sicher verwahrt in einem Schließfach im Bahnhof Mestre. Selbst wenn sie dort gefunden wurde, gab es nichts, was ihn mit dem gestohlenen Instrument in Verbindung bringen konnte. Das einzige Risiko war der Verkauf. Er musste jemand finden, der den Wert der Geige kannte und bereit war, den entsprechenden Preis zu zahlen. Und das alles, ohne dass Massiter ein Sterbenswörtchen davon erfuhr. Keine leichte Aufgabe in der geschwätzigen Welt des Kunstdiebstahls. Gelegentlich hatte Rizzo neben dem alltäglichen Kram, den er unvorsichtigen Touristen aus den Taschen zog, auch mit geschmuggeltem Tabak, Kokain und Marihuana gehandelt. Meist war es leicht verkäufliche Ware, die er über ihm bekannte Hehler verhökerte. Aber eine alte Geige war eine ganz andere Sache. Um den wahren Wert abzuschätzen, brauchte er den Rat eines Fachmanns, der durch ein paar eigene Recherchen abgesichert werden sollte.

Eine Lösung seines Problems schwebte ihm bereits vor. Drei Jahre zuvor war er in den Besitz einer kleinen, hübschen, alten Taschenuhr mit Schlagwerk gekommen, für die er bei seinen üblichen Hehlern nicht das rechte Interesse fand. Nach ein paar

Anrufen hatte er drei mögliche Käufer: zwei Händler, einen in Mestre, den anderen in Treviso, sowie einen Mann in Venedig, den er unter dem Namen Arturo kannte und der hin und wieder mit Dingen handelte, wenn auch nur als Vermittler, so dass sich Verkäufer und Käufer nie zu Gesicht bekamen. Der Händler in Treviso hatte die Uhr schließlich gekauft, für gerade einmal eine Million Lire, aber Rizzo war umsichtig genug gewesen, sich die Telefonnummern der drei Händler für künftige Fälle zu notieren. Einen Tag, nachdem er in den Besitz der Geige gelangt war, hatte er alle drei angerufen, anonym natürlich, und das Instrument so genau wie möglich beschrieben. Die ersten beiden Händler hatten ihn rundheraus ausgelacht und erklärt, es müsse sich um eine Fälschung handeln. Selbst wenn nicht, könnten sie die Violine nie kaufen. Eine so kostbare Geige würde nur von einem praktizierenden, möglicherweise sogar bekannten Musiker erworben werden, der jedoch nie das Risiko eingehen konnte, sich mit einem gestohlenen Instrument in die Öffentlichkeit zu wagen.

Arturo hatte ähnliche Einwände erhoben, allerdings mit deutlich hörbarem Interesse in der Stimme. Er stellte detaillierte Fragen nach der Farbe des Instruments, seiner Größe und ob es über zwei parallele Striche auf dem »Resonanzboden« verfüge – das Zeichen des Geigenbauers, nahm Rizzo an. Nachdem er den letzten Punkt bestätigt hatte, schwieg Arturo einen Moment lang und wollte dann wissen, an welchen Preis Rizzo dachte. Hunderttausend Dollar, antwortete Rizzo wie aus der Pistole geschossen. Daraufhin ließ Arturo einen leisen Pfiff hören und erklärte, das sei ihm zu hoch. Niemand würde eine derartige Summe für ein Instrument zahlen, mit dem er sich auf keinem Konzertpodium sehen lassen dürfe. Aber er erkundigte sich nach Rizzos Namen und Telefonnummer und schlug, da ihm beides verweigert wurde, vor, dass sich sein Anrufer noch einmal bei ihm melden sollte, wenn er realistischere Preisvorstellungen hatte.

Das Gespräch endete damit, dass beide Parteien eines Tages und auf Rizzos Initiative hin wieder Kontakt miteinander aufnehmen würden. Doch ideal war die Situation nicht. Rizzo hatte gern mehrere potentielle Käufer, um einen gegen den anderen ausspielen zu können. Und mit nur drei Anrufen war es ihm unerklärlicherweise gelungen, Massiter auf die Existenz der Geige aufmerksam zu machen. Den Kreis der Interessenten zu erweitern hieße, Massiter buchstäblich mit der Nase auf seinen Diebstahl zu stoßen. Mit Konsequenzen, über die Rizzo nicht einmal nachdenken wollte. Und so sah er nur zwei Möglichkeiten: die Fiedel aus dem Schließfach zu holen und irgendwo im Sumpfland in der Nähe des Flughafens zu versenken, damit sie im Wasser der Lagune verrotten konnte. Oder aus Arturo den besten Preis herauszuschinden und das Ding so schnell wie möglich loszuwerden. Letzteres verlangte umfassende Informationen über das Objekt, das er im Angebot hatte. Und dazu gab es vermutlich keinen besseren Weg, als ein paar Nachforschungen über die letzte Besitzerin anzustellen.

Rizzo verbrachte zwei geschlagene Stunden in der öffentlichen Bibliothek, las sich durch alte Ausgaben des *Il Gazzettino* und ließ sich zehn Artikel kopieren. Inzwischen erinnerte er sich. Über Susanna Giannis Tod war seinerzeit ausführlich in der Presse berichtet worden, und jeder Artikel zeigte das Foto, das er auf dem Grabstein gesehen hatte. Vielleicht war es die verdrängte Erinnerung, die ihn auf San Michele wie gebannt in ihr Gesicht starren ließ. Es hatte eine Zeit gegeben, in der ihr Bild ihn täglich von den Titelseiten der Zeitungen her anblickte.

Susanna Gianni war auf dem Lido aufgewachsen. Den Reportern zufolge hatte ihre allein stehende Mutter in den Strandhotels geputzt, um ihre Geigenstunden bezahlen zu können. Im Alter von zwölf Jahren wurde sie bereits als Wunderkind bezeichnet, wozu auch das von ihrer Mutter verbreitete Gerücht beitrug, die Familie sei entfernt mit dem legendären Maestro Paganini verwandt. Auf ihre Violine gab es lediglich einen Hinweis. Im Jahr ihres Todes hieß es in der Vorankündigung zu einem Konzert in der Chiesa della Pietà, ein anonymer Bewunderer hätte ihr eine kostbare alte Geige geschenkt. Der Wert der Violine, einer echten Guarneri, wie die Zeitung schrieb, wurde nicht genannt, noch gab es ein Foto des Instruments. Aber Rizzo wusste, dass es sich um die Geige handelte, die er Susanna Gianni aus den toten Armen genommen hatte. Sie trug unzweifelhaft den Namen Josephus Guarnerius und die Jahreszahl 1733. Außerdem war es eindeutig das Instrument, das Susanna Gianni auf dem Foto in den Händen hielt, das ihm Massiter gezeigt hatte.

Die Zeitungsberichte beschäftigten sich vor allem mit ihrem musikalischen Talent, nicht mit der Person Susanna Gianni. Es fanden sich in den Zeitungsartikeln keinerlei Hinweise auf irgendwelche dunklen Seiten ihres Charakters. Allerdings bezweifelte Rizzo aufgrund seiner Kenntnisse des *Il Gazzettino*, dass das Blatt irgendwelchen Klatsch kolportiert hätte. Zu Beginn des letzten Sommers ihres Lebens hatte jedermann damit gerechnet, dass sie der Star der Sommerkonzerte in der Chiesa della Pietà wurde, die Massiter großzügig finanzierte, um anschließend eine internationale Karriere zu beginnen. Nach seinem triumphalen Abschlusskonzert verschwand das Mädchen spurlos. Zwei Tage später fand man die nackte Leiche in einem Rio nahe der Piazzale Roma. Das Mädchen war zusammengeschlagen worden, aber die Obduktion gab Ertrinken als Todesursache an. Zuletzt wurde Susanna Gianni bei der Abschlussparty gesehen, die Hugo Massiter im *Hotel Danieli* gab. Niemand hatte gesehen, wie sie die Party verließ, und die Polizei konnte sich nicht erklären, warum und wie sie von der Riva degli Schiavoni in San Marco zum anderen Ende der Stadt gelangt war, wo sie den Tod fand. Die Geige wurde mit keinem Wort erwähnt, ein Tatbestand, den Rizzo bemerkenswert fand. Denn wäre das Instrument neben der Leiche gefunden worden, hätte sich die Presse diesen dramatischen Nebeneffekt mit

Sicherheit nicht entgehen lassen. Aber er kannte sich in Musikerkreisen nicht aus. Vielleicht war die Geige in der Kirche geblieben und wurde erst später, bei der Bestattung, wieder mit der Besitzerin vereinigt.

Morde sind selten in Venedig. Der brutale Überfall auf Susanna Gianni und das offenkundige Versagen der Polizei bei der Suche nach dem Mörder lieferten der Presse eine Sensation wie seit Jahren nicht mehr. Doch nach einer Woche endete alles so spektakulär, wie es begonnen hatte. Anatole Singer, der Leiter der Sommerstudien, ein schlanker, zur Kahlköpfigkeit neigender Russe Ende vierzig, wurde in seiner Suite im *Gritti Palace* erhängt aufgefunden. In einem Abschiedsbrief gestand er, das Mädchen angegriffen zu haben, weil es sich gegen seine Annäherungsversuche gewehrt hatte. Nach der Party hätte er Susanna Gianni unter dem Vorwand an einen abgelegenen Treffpunkt nahe der Piazzale Roma gelockt, ein amerikanischer Agent wolle sie kennen lernen, um ihr ein Engagement in New York zu besorgen. Als sie seine Zudringlichkeiten zurückwies, vergewaltigte er sie in trunkenem Zorn und warf das bewusstlose Mädchen danach ins Wasser.

All das wurde von Polizei und Presse offenbar für das logische Verhalten eines Mannes gehalten, der vorhatte, sich zu erhängen. Als Profi-Krimineller hielt Rizzo ein Geständnis jedoch in jeder Situation für höchst unwahrscheinlich. Selbst wenn jemand das dringende Bedürfnis verspüren sollte, reinen Tisch zu machen, warum tat er es, kurz bevor er sich umbrachte? Welchen Sinn hatte das? Jedes Verbrechen diente einem Zweck. Er hatte den Friedhofsverwalter schließlich auch nicht grundlos ermordet. Der Tod des Mannes war unvermeidbar, um seine eigene Haut zu retten, denn wenn Massiter von der Fiedel erfahren hätte, wäre das Rizzos Todesurteil gewesen. Was hoffte Singer durch sein Geständnis zu gewinnen? Aber derartige Zweifel kamen der Polizei nicht. Sie erklärte den Fall für abgeschlossen.

Der letzte Zeitungsausschnitt war ein Nachruf auf Susanna von Hugo Massiter. Nachdenklich betrachtete Rizzo das zehn Jahre alte Foto seines Auftraggebers. Darauf hatte er kaum mehr Haare und den gleichen Geschmack in Sachen Mode, in seinem offenen Hemdkragen steckte ein Seidenschal. Der Verfasser des Artikels nannte Massiter einen »bekannten internationalen Kunstexperten und Philanthropen«. Rizzo unterdrückte ein Lachen. Es ließ sich schwer entscheiden, wer dämlicher war: die Presse oder die Polizei.

Er griff zum Telefon und wählte eine Nummer. Eine Frau nahm ab und rief dann Arturo an den Apparat. Rizzo nannte seine Preisvorstellung: achtzigtausend Dollar, keinen Cent weniger.

»Geben Sie mir ein wenig Zeit«, sagte Arturo.

»Zwei Wochen. Ein Kerl in Rom ist ganz verrückt nach dem Ding.«

»Zwei Wochen«, wiederholte die dünne, schnarrende Stimme mürrisch. »*Ciao*.«

Rizzo grinste triumphierend. Jetzt kannte er Arturos vollen Namen. Die Angestellte hatte ihn genannt, als sie ihn ans Telefon rief.

»*Ciao*, Scacchi«, sagte er und legte auf.

12. Die geheimnisvollen Geschwister Levi

Was hatte ich erwartet? Weihrauchgeruch in der Luft? Fremdartige Menschen in fremdartigen Kleidern, die den verdächtigen nichtjüdischen Eindringling misstrauisch beäugten? Ich weiß es nicht. Allein die Merkwürdigkeit meines Auftrags schien jede Vorstellungskraft aus meinem Hirn verbannt zu haben. Als ich die hölzerne Brücke überquerte, hätte ich auch im Begriff sein können, den Turm von Babel zu betreten. Stattdessen sah ich überall nur Gewohntes. Das Ghetto unterscheidet sich kaum von anderen Ecken der Stadt, ist nur bescheidener. Die hohen Häuser, die am Rand der Insel aufragen, sind nur wenige Räume tief. Hinter ihnen befindet sich ein kleiner gepflasterter Platz mit einem Brunnen im Zentrum – genau wie auf dem Campo di San Cassiano –, ein paar Bäumen von geringer Höhe und Bänken, auf denen – die einzige Besonderheit – ausnahmslos schwarz gekleidete Männer und Frauen sitzen, die mit Glasperlen spielen oder Bücher lesen.

Ich fragte einen jungen Burschen mit einem schütteren schwarzen Bart, wo ich Dottore Levi finden könne (und sprach sehr langsam und deutlich, damit er mich auch verstand). Er zeigte mit einem langen, bleichen Finger auf ein Haus an der Ecke des Platzes, neben einem kuriosen Durcheinander von Gebäuden, die von etwas überragt wurden, das aussah wie die Holzkabine der Arche Noah. Ich lief hinüber und trat ein. Es roch nach Essen – Kartoffeln und Kohl. Ich las die Namensliste der Bewohner an der Wand und kletterte die Treppe hinauf, höher und höher, bis in das sechste Stockwerk, vorbei an offen stehenden Türen, vorbei an Geschrei und Gezeter, dem Plärren von Kleinkindern und – nur einmal, aber ganz deutlich – dem Schluchzen einer Frau, und stellte zu meiner Erleichterung fest, dass ganz oben so etwas wie Stille herrschte.

Ich pochte an die Tür. Sie wurde mir geöffnet, und ich blickte in das freundliche Gesicht eines jungen Mannes – bartlos, klug, mit funkelnden braunen Augen, hoher Stirn und leicht amüsierter Miene.

»Scacchi hat seinen Lehrling geschickt«, sagte er über seine Schulter hinweg. »Ist wohl nicht Manns genug, selbst zu kommen. Tritt ein. Wir beißen nicht. Wie wäre es mit einer Tasse Tee?«

Ich betrat einen winzigen, sehr dunklen Raum, der selbst mitten am Tag Kerzenlicht benötigte, und nahm einen angenehmen Geruch wahr, wie nach Rosenöl. Auf dem Boden lagen Teppiche und jede Sitzfläche war mit einer Art Überwurf bedeckt. Auf dem Tisch befanden sich eine Erdkugel und mehrere Bücher. In der Ecke und im Schatten des Fensterladens saß eine Dame in sehr aufrechter Haltung, als würde sie mich sehr genau betrachten.

»Ich denke, wir sollten möglichst bald aufbrechen, mein Herr«, sagte ich. »Vivaldi verabscheut Unpünktlichkeit.«

»Oh, ein energischer junger Mann. Ich glaube, man hat für dich einen passenden Begleiter gefunden, Rebecca. Du gibst mir doch gut auf sie Acht … äh?«

»Lorenzo, Herr. Lorenzo Scacchi. Mein Onkel hat mich geschickt.«

»Ganz recht. Nebenbei: Ich bedauere außerordentlich, seine Klaue nicht kurieren zu können. Selbst hebräische Ärzte stoßen an Grenzen.«

Hier wurde offenbar eine Schuld beglichen. Ich riskierte meinen Hals, um Onkel Leo eine Medicusrechnung zu ersparen. Es ging nicht nur darum, uns bei dem *prete rosso* einzuschmeicheln.

»Ich bin Doktor Jacopo Levi. Aber ich bitte dich, mich Jacopo zu nennen«, sagte er und streckte mir eine Hand entgegen. »Deine Schutzbefohlene wird meine geliebte Schwester Rebecca sein. Pass gut auf sie auf, Lorenzo. Ich würde sie selbst begleiten, doch das würde das Risiko nur verdoppeln, und ich fürchte, diese Stadt ist zu gefährlich, als dass sie sich allein durch die Straßen wagen könnte. Also sieh dich vor. Ich möchte keinen von euch aus den Verliesen des Dogen befreien müssen.«

»Ich will mein Bestes tun, Herr«, antwortete ich ernst und sah, wie die Dame in der Ecke aufstand und sich im schmalen Lichtstrahl, der durch das einzige Fenster fiel, auf uns zubewegte. »Ich werde alles in meiner Macht Stehende tun …«

Und was soll ich sagen? Mir ist völlig entfallen, was ich noch hinzufügte. Die folgenden Augenblicke haben sich mir ins Gedächtnis gebrannt, aber nur als Bilder – Worte wären dafür allzu simpel und nüchtern. Ich komme mir wieder vor wie am Tag von Christi Himmelfahrt, als ich versuchte, die Wunder zu schildern, die sich meinen Augen am Canale di San Marco boten. Manche Dinge entziehen sich nun einmal den unbeholfenen Beschreibungen durch das Alphabet. Ovid konnte seiner Corinna Bände von Elegien widmen, aber wer bin ich, mich mit Ovid vergleichen zu wollen?

Rebecca Levi sagt mir, sie wäre gerade fünfundzwanzig Jahre alt geworden, scheint mir jedoch jünger zu sein, meinem Alter näher. Sie ist etwa einen Zoll kleiner als ich, gertenschlank, von sehr aufrechter Haltung und mit kräftigen Schultern. (Da erkennst du die Geigenspielerin.) Bei unserer ersten Begegnung trug sie ein Kleid aus schwarzem Samt, das ihr bis zu den Knöcheln reichte und schlichter nicht hätte sein können. Um ihren weißen Hals lag eine schmale Goldkette, und von ihren Ohren hingen blutrot glänzende Edelsteine, deren Art und Herkunft mir unbekannt ist, die ich aber auch gar nicht ergründen will. Rebecca bedarf des Schmucks durch Juwelen nicht. Ihr Gesicht leuchtete wie das einer Madonna, die ein Meistermaler erschaffen hat, um dunkle Ecken in einer Kirche zu erhellen. (Mir geht die Seele über, vielleicht sollte ich diesen Brief doch nicht absenden.)

Lass mich mit ihrem Kinn beginnen. Es ist sanft gerundet und stets ein wenig gereckt, als wollte sie etwas sagen. Ihre Lippen sind meist halb geöffnet, und sie besitzt die weißesten Zähne, die ich jemals erblickt habe. Sie sehen aus wie vollkommen geformte schimmernde Perlen. Ihre Nase zeigt einen kleinen, allerliebsten Schwung nach oben. Ihre Haut hat die sanfte, durchscheinende Blässe des vollen Wintermondes und nur ein Hauch von Röte liegt auf ihren Wangen. Ihre Augen sind braun und haben die Form kostbarer Opale in der Krone eines Kaisers. Augen, die funkeln und zwinkern, als würden sie lachen und ihr Gegenüber nie verlassen, bis sie gesehen haben, was sie sehen wollten. Und als Krönung dieses Liebreizes eine schimmernde, glänzende Haarmähne, so wild und ungebändigt, wie man sie bei den jungen Zigeunerinnen sah, die uns früher auf dem Jahrmarkt foppten und belästigten. Ein wahres Meer von Locken und Wellen umrahmt dieses unglaubliche Gesicht und ergießt sich auf ihre Schultern, und ich könnte nicht sagen, was davon kunstvoll frisiert oder absichtsvoll dem Willen der Natur überlassen wurde, obwohl mir nicht entgangen ist, dass sie sich von Zeit zu Zeit mit den Fingern durch die Haare fährt, als wolle sie diese Fülle ordnen und bändigen, und das ist dann jedes Mal ein Moment, der einen ganzen Konvent frommer Mönche dazu bringen könnte, unseren Herrn auf den Knien um eine unverzügliche Rückkehr in die verderbte Welt anzuflehen.

Mein Hörsinn schien mich verlassen zu haben, bis ich es hinter mir zweimal nachdrücklich husten hörte. Jacopo wollte mich wieder zur Besinnung bringen. Mir war ganz heiß, ein wenig schwindlig, und ich konnte nur hoffen, dass die Düsternis des Raums die Röte verbarg, die mir unzweifelhaft ins Gesicht gestiegen war.

»Aber er ist doch des Sprechens mächtig, nicht wahr?«,

fragte sie mit einer Stimme, die so hell und klar klang wie eine Flöte.

Jacopo drehte sich zu mir um und musterte mich mit gespieltem Ernst. »Vorhin *hat* er gesprochen. Hoffentlich hast du nicht schon wieder ein männliches Wesen verhext, liebste Schwester. Mir ist das Elixier für gebrochene Herzen ausgegangen.«

Sie kicherte. Nein, sie prustete höchst undamenhaft! Und ich konnte mir nicht helfen: Ich brach gleichfalls in schallendes Gelächter aus.

»Nun denn«, sagte sie entschlossen, zog ein scharlachrotes Seidentuch aus der Tasche ihres Kleides, schlang es sich um den Kopf und nahm einen Geigenkasten vom Fußboden. »Lorenzo hat seine Stimme wiedergefunden. Können wir jetzt aufbrechen?«

Jacopo beugte sich zu seiner Schwester, um sie zu küssen, und dieser Anblick löste in mir wildestes Herzklopfen aus. Dann packte er meinen Arm. »Sei ihr ein guter Hüter, mein Junge. Sie wird diesen Priester Vivaldi überzeugen, und dann kann der Spaß beginnen. Aber falls irgendjemand euch anhält, dann gib dich töricht und sage, dass ich euch unter Todesdrohungen zu dieser Eskapade genötigt habe. Du wirst dich wundern, was man in dieser Stadt einem Juden alles zutraut.«

»Das werde ich unter keinen Umständen tun, Herr.«

Jacopos Augen blitzten mich unerwartet zornig an. »Du wirst meinen Anordnungen folgen, Junge, oder deine Mission auf der Stelle beenden. Wir lachen und scherzen, aber keiner von uns sollte die Gefahren vergessen.«

Zwei Drohungen an einem einzigen Tag! Eine von unserem christlichen Onkel, der entschlossen schien, mich eines Vergehens zu bezichtigen, dessen ich nun wahrlich nicht schuldig war. Die zweite von einem hebräischen Fremden, der mich unbedingt vor den Folgen einer Tat zu bewahren trachtete, die ich im vollen Bewusstsein meiner Schuld begehen *wollte*.

»Sehr wohl«, knurrte ich und ließ keinen Zweifel daran, wie sehr mir seine Anordnung missfiel. »Wenn Ihr so energisch darauf besteht, scheint mir keine andere Wahl zu bleiben.«

»Ausgezeichnet.« Er war wieder die Liebenswürdigkeit in Person.

Draußen auf dem Platz des Ghettos würdigte uns niemand auch nur eines zweiten Blickes. Schnell durchquerten wir einen Torbogen, passierten die Brücke und den Wachtposten. An der Kirche San Marcuola und in der Nähe einer Anlegestelle, wo wir unter Umständen ein preiswertes Boot nach San Marco finden würden, ergriff sie plötzlich meinen Arm und zog mich neben dem Stand eines Fischhändlers in eine dunkle Gasse. Sie nahm das Tuch ab, schüttelte den Kopf, als müsse sie ihn von irgendeiner Folter befreien, und fuhr sich mit langen, kräftigen Fingern durch die Locken.

»Falls jemand fragt, Lorenzo … Wir sind Vetter und Base und weilen zu Besuch in der Stadt. Jedes Vergehen, dessen wir uns schuldig machen könnten, ist allein unserer Unkenntnis zuzuschreiben.«

»Jawohl, meine Dame.«

»Lorenzo!«

»Jawohl, Rebecca.«

Das schien sie zufrieden zu stellen. »Hast du denn überhaupt keine Angst? Ich schon.«

Darüber hatte ich offen gestanden noch gar nicht nachgedacht. Ich war zu sehr mit anderen Dingen beschäftigt, um mich um die Folgen eines möglichen Scheiterns meiner Mission zu sorgen. Ich wog meine Antwort sorgfältig ab. »Angst geben die Menschen vor allem als Grund an, Dinge nicht zu tun, die sie nicht tun *wollen*, hat mein Vater oft gesagt. Und dass wir uns viel mehr vor den Regungen in unseren Herzen fürchten sollten als vor Gefahren, die uns von außen drohen.«

»Ein weiser Mann«, sagte sie.

»Ich glaube, das war er. Er fehlt mit sehr, wie auch meine

Mutter. Da sie beide tot sind, muss ich bei meinem Onkel leben.«

Sie betrachtete mich mit einem Gesichtsausdruck, den ich nicht deuten konnte. »Das höre ich mit Bedauern, Lorenzo. Aber sag mir eins. Bin ich für den, der mich ansieht, jetzt noch als Jüdin zu erkennen?«

»Nein«, erwiderte ich ehrlich. Aber man wird dich dennoch betrachten, dachte ich. Wer könnte das verübeln?

13. Kreuz und quer durch Venedig

Daniel genoss den versprochenen Umweg zu ihrem Ziel an der Riva degli Schiavoni. Langsam, aber stetig hatte ihn Scacchi von San Cassiano aus nach San Polo geführt, vorbei am großartigen gotischen Kirchenbau von I Frari und zur Scuola di San Rocco. Dieses Gebäude kannte Daniel aus den Büchern in der Universitätsbibliothek. *Scuole* waren die Versammlungshäuser von Bruderschaften, die sich die Pflege der Wohltätigkeit und die Förderung der Künste zur Aufgabe gemacht hatten. In San Rocco war Tintoretto vierundzwanzig Jahre lang tätig gewesen und Gemälde von ihm bedeckten nahezu jeden Quadratzentimeter des Inneren.

Nachdem Scacchi das Eintrittsgeld bezahlt hatte, führte er Daniel in die Sala Dell' Albergo, wo sie die Verherrlichung des heiligen Rochus an der Decke bewunderten und die Kreuzigung, die den gesamten Raum zu beherrschen schien. Scacchi zitierte Henry James' Bemerkung über die Kreuzigung und fügte hinzu: »Natürlich habe ich sonst kaum etwas von ihm gelesen. Viel zu weitschweifig.«

Dann betraten sie den Großen Bruderschaftssaal, und Scacchi zeigte auf das Bild, das offenkundig der Grund ihres Besuches war.

»Da«, sagte er. Auf dem Gemälde gleich neben der Tür waren zwei Gestalten zu sehen. Die eine, ein anmutiger Jüngling mit blonden Locken und zwei Steinen in den Händen, blickt lächelnd zu der anderen auf, die sich ihm halb zuwendet und am Heiligenschein eindeutig als Christus zu erkennen ist.

»Was stellt die Szene dar?«, wollte Scacchi wissen.

»Mit Malerei kenne ich mich nicht aus«, wandte Daniel ein.

»Benutzen Sie Ihren Kopf. Dafür haben Sie ihn.«

In gewissem Sinne war es offensichtlich, aber die Darstellung wirkte höchst ungewöhnlich. »Die Versuchung Christi in der Wüste«, wagte sich Daniel vor. »Der blonde Mann ist der Teufel, der dem hungernden Christus zwei Steine entgegenstreckt, damit er sie in Brot verwandelt.«

»Haargenau!«, strahlte Scacchi. »Wann gemalt?«

»Um fünfhundertsiebzig?«

»Zehn Jahre später, aber nicht schlecht. Und nun sagen Sie mir bitte, was an der Darstellung so bemerkenswert ist.«

Nachdenklich betrachtete Daniel das Gemälde an der Wand. »Weil sich das Hauptaugenmerk auf den Teufel richtet, nicht auf Jesus.«

»Ja, und?«

»Und weil er so ... normal aussieht.«

»Normal? Kaum. Sehen Sie noch einmal hin.«

Der alte Mann hatte Recht. »Weil er so gut aussehend ist, so attraktiv«, sagte Daniel.

»Exakt! Vergleichen Sie dieses Bild mit der Versuchung des heiligen Antonius, die Bosch nicht mehr als siebzig Jahre früher gemalt hat. Da sehen Sie Teufel mit Schwänzen und Bocksfüßen, Dämonen, die bereit sind, Ihnen die Eingeweide herauszureißen. Aber der Bursche da lächelt so harmlos und unschuldig, als könnte er kein Wässerchen trüben. Da haben Sie es, Daniel. Das verkörpert alles, was Sie über den venezianischen Luzifer wissen müssen. Dass er ein hinreißendes Lächeln zeigt, dem nur schwer zu widerstehen ist. Eine ungemein moderne Darstellung, finden Sie nicht auch? Wenn man sich allerdings das Bild da oben ansieht ...«

Scacchi zeigte auf ein ovales Deckengemälde.

»... stellt man fest, dass er Eva in der gleichen Haltung Adam den verhängnisvollen Apfel reichen lässt. Tintoretto hat immer etwas Frauenfeindliches, wenn Sie mich fragen. Bevor wir die Scuola verlassen, werden wir im Untergeschoss einen Blick auf die Verkündigung werfen. Die arme Maria sieht so verhuscht aus, als hätte sie nie einen Schritt aus ihrer Küche getan, geschweige denn den Sohn Gottes geboren.«

Daniel konnte den Blick kaum vom Teufel losreißen. »Warum haben Sie mich hierher geführt, Signor Scacchi?«

»Zu Ihrem Besten. Ein Mann muss den Teufel erkennen, wenn er ihm begegnet, Daniel. Besonders in einer Stadt wie Venedig. Ich bin kein Moralist, daher ist es mir persönlich egal, auf welche Seite Sie sich schlagen. Wichtig scheint mir nur zu sein, dass Sie eine Entscheidung treffen. Wenn der Teufel auf Sie zukommt, gibt es nur drei Möglichkeiten. Tun Sie, was er will? Was ›gut und richtig‹ ist? Oder das, was Ihrem Wesen entspricht und was wiederum eine der beiden ersten Optionen oder eine ganz andere sein könnte? Natürlich sollten Sie sich für die dritte Möglichkeit entscheiden. Aber wie können Sie das, wenn Sie ihm – oder ihr – noch gar nicht begegnet sind? Verstehen Sie, was ich meine?«

Daniel hielt ihr Gespräch für eine sehr abstrakte Diskussion. »Ich glaube nicht, dass ich dem Teufel schon begegnet bin. Oder auch nur den Wunsch danach verspüre.«

Offensichtlich enttäuscht sah Scacchi ihn an. »Da spricht das Kind aus Ihnen. Sie sollten sich vor ihm hüten. Irgendwann werden Sie dem venezianischen Luzifer begegnen.« Er sah auf seine Armbanduhr. »Aber jetzt müssen wir gehen. Musiker hassen Verspätungen.«

Nach dem Verlassen der Scuola bestiegen sie ein Vaporetto, um es an der Haltestelle San Zaccaria wieder zu verlassen, zusammen mit Herden von Touristen, die dem Dogenpalast und der Piazza San Marco zustrebten. Unterwegs erklärte Scacchi Daniel, dass er ihn zur Teilnahme an den berühmten Sommerstudien in der Chiesa della Pietà angemeldet hätte – als eine Art angenehmer Ablenkung von der mühseligen Arbeit in den Kellergewölben. Aber falls Daniel kein Gefallen an den Konzerten fände, könne er jederzeit aufhören, auch wenn der alte Mann hoffte, er würde bis zum Schluss durchhalten. Das Ereignis hätte es zu einigem Ruhm gebracht und finde alle zwei Jahre unter der Ägide der internationalen Künstleragentur Massiter statt, deren englischer Namensgeber und Gründer in unregelmäßigen Abständen in der Kirche auftauchte, um den Nutznießern seiner Großzügigkeit zu applaudieren.

Die Veranstaltung zog junge Musiker aus aller Welt an, zum Teil wegen des künstlerischen Anspruchs, zum Teil wegen der Tatsache, dass sie in »Vivaldis Kirche« stattfand, wie ein Schild an der Fassade verhieß, obwohl Scacchi das sofort als Betrug bezeichnete. Das ursprüngliche Konservatorium für adelige junge Damen war kurz nach dem Tod des Komponisten umgestaltet worden, erklärte Scacchi. Die klassizistische Fassade, die wöchentlich Tausende Touristen fotografieren, entstand erst zu Beginn des 20. Jahrhunderts. Der *prete rosso* würde in der modernen Kirche herzlich wenig wiedererkennen, sagte Scacchi, schon gar nicht den Innenraum, in dem lichte Helligkeit das mittelalterliche Dunkel ersetzt hatte, das in den meisten anderen venezianischen Kirchen noch vorherrschte.

Das hohe Doppelportal stand offen, um den Touristen einen Blick in das Kirchenschiff zu gewähren. Hinter einem Tisch gleich neben der Tür saß eine Frau in mittleren Jahren und geblümtem Kleid und überprüfte die Ausweise der Eintretenden. Sie lächelte Scacchi an und begrüßte ihn herzlich. Schnell und für Daniel unverständlich sprach er auf sie ein und drückte ihr einen Zettel in die Hand. Sie zuckte stirnrunzelnd mit den Schultern. Dann schrieb sie Daniels Namen auf ein kleines Plastikschild und schob es über den Tisch. Scacchi nahm es an sich und dankte überschwänglich.

»Wir Einheimischen erhalten Preisnachlässe auf Booten und in Bussen«, sagte der alte Mann mit triumphierendem Lächeln. »Warum dann nicht auch für eine Konzertreihe? Diese Fremden …« Er deutete auf die Gruppen junger Leute, die sich bereits in der Kirche drängten. »Sie haben doch Geld im Überfluss.«

»Apropos Geld, Signor Scacchi«, meldete sich die Frau hinter dem Tisch. »Möchten Sie, dass ich Ihnen die *fattura* nach Hause schicke?«

»Wie es Ihnen beliebt«, antwortete er. »Ein Herr hat natürlich kein Bargeld bei sich.«

»Natürlich …« Sie kritzelte etwas auf einen Fetzen Papier und warf ihn in eine Plastikeinkaufstüte, in der sich bereits Unmengen ähnlicher Zettel befanden. Aus irgendeinem Grund bezweifelte Daniel, dass Scacchi jemals wieder damit behelligt würde.

»Das Namensschild sollten Sie immer tragen«, machte ihn die Frau aufmerksam. Daniel steckte es sich ans Hemd und folgte Scacchi in die Kirche. Er blieb einen Moment lang stehen und lauschte dem Gemurmel aufgeregter junger Stimmen in einem Dutzend unterschiedlicher englischer Akzente.

Scacchi beobachtete ihn. »Es macht Ihnen doch nichts aus, oder?«, erkundigte er sich beiläufig.

»Nein. Auch wenn Vivaldi nichts wiedererkennen würde – ich kann seine Anwesenheit noch immer spüren.«

»Oder die von Nachgeborenen, die ihn so grenzenlos bewunderten, dass sie seinen Geist in dieser Kirche beschworen. Doch das bleibt sich gleich. Ich habe die Vorstellung von Reinkarnation schon immer absurd gefunden. Allerdings glaube ich, dass nach dem Tod eines Menschen etwas bleibt, so wie Staub auf einem Teppich. Wir atmen es ein, nehmen die Toten vergangener Jahrhunderte in uns auf und damit möglicherweise nicht nur gute Eigenschaften.«

Ein Cello wurde gestimmt. Zwei Geigen fielen ein.

»Ich bin nicht gut genug«, entfuhr es Daniel spontan. »Mit diesen Künstlern kann ich mich nicht vergleichen.«

»Unsinn! Aus Ihren Briefen weiß ich, dass Sie regelmäßig gespielt und Prüfungen abgelegt haben.«

Daniel errötete unwillkürlich. »Das stimmt, Signor Scacchi. Aber Prüfungen und Begabung sind nicht unbedingt dasselbe.«

»Oh, kommen Sie. Es ist doch nur ein Vergnügen. Ein wenig auf der Geige spielen. Ein bisschen Theorie. Ein paar Kompositionen. Sie können doch komponieren, nehme ich an?«

»Ein bisschen.«

»Dann ist doch alles in Ordnung. Sehen Sie den stolzen Gockel da drüben?«

Der alte Mann deutete unauffällig auf einen eher kleinen Mann in schwarzem Hemd, schwarzer Hose, mit wehender Haarmähne und einem kleinen Knebelbart.

»Das ist Guido Fabozzi«, sagte Daniel. »Ich kenne ihn aus dem Fernsehen.«

»Er hat die letzten vier Veranstaltungen geleitet. Seit den Vorkommnissen …«

Daniel merkte Scacchis Miene an, dass ihm etwas entschlüpft war, was er lieber für sich behalten hätte. »Vorkommnisse?«

»Es hat da ein paar Probleme gegeben. Doch das ist schon zehn Jahre her und nichts, worüber Sie sich Gedanken machen müssten. Bei aller Großspurigkeit ist Fabozzi kein schlechter Kerl. Ich werde ein paar Worte mit ihm wechseln und dafür sorgen, dass er schonend mit Ihnen umgeht.«

»Nein! Ich möchte keine Sonderbehandlung. Bitte.«

Das schien Scacchi zu gefallen. Er klopfte Daniel leicht auf die Schulter. Dann ließ er erneut seine Blicke schweifen, schien jemand zu entdecken und zeigte auf ihn.

»Und da haben Sie Hugo Massiter. Den großen Wohltäter und Kunstmäzen. Wir sind in derselben Branche tätig, auch wenn ich bezweifeln würde, dass er das so sieht. Ich bin ihm einige Nummern zu klein!«

Höflich nach allen Seiten lächelnd durchquerten sie das Kirchenschiff, bis sie unter einem Deckengemälde standen, das Scacchi als Tiepolos Triumph des Glaubens identifizierte. Massiter war um die fünfzig, kleidete sich seltsam altmodisch, wie

Daniel fand, und hatte sich seine teure kunststoffgerahmte Sonnenbrille aufs schüttere Haupthaar geschoben. Er führte eine recht einseitige Unterhaltung mit einem Mädchen in weißer Bluse und Jeans, das förmlich an seinen Lippen hing. Scacchi wartete einen Moment, bis Massiter ihre Anwesenheit zur Kenntnis genommen hatte, trat dann auf den Mann zu und umarmte ihn.

»Signor Massiter …«, strahlte er. »Wieder einmal geben Sie unserer Stadt die Ehre und beschämen uns mit Ihrer Großzügigkeit. Wie können wir uns nur erkenntlich erweisen?«

»Oh, da gibt es immer Möglichkeiten, Signor Scacchi. Ein kleiner Handel vielleicht? Mir schwebt ein ganz bestimmtes Objekt vor. Darüber sollten wir uns unbedingt unterhalten.«

Scacchi schüttelte den Kopf. »Ich fürchte, ich habe nichts in der Qualität anzubieten, die Sie mit Recht erwarten. Neuerdings handele ich nur noch mit Kinkerlitzchen. Aber wer weiß?«

Massiter stellte das Mädchen neben ihm als Amy Hartston vor, achtzehn Jahre alt und aus Portland, Maine. Scacchi verbeugte sich. Daniel ergriff die angebotene Hand und schüttelte sie. Amy Hartston hatte die langen blonden Haare zu einem Pferdeschwanz zusammengebunden. Daniel brachte ihr Dauerlächeln und ihr nichts sagendes, austauschbares hübsches Aussehen unwillkürlich mit einer bestimmten Sorte von amerikanischen Studentinnen in Verbindung.

»Ich erinnere mich nicht, Sie vor zwei Jahren hier gesehen zu haben«, sagte sie zu Daniel in einer eigenartigen Mischung aus amerikanischem Akzent und fast britisch eintöniger Sprechweise.

»Das ist richtig. Ich bin zum ersten Mal in Venedig.«

»*Wow*.« Verblüfft starrte sie ihn an. »Sie leben in England und waren noch nie zuvor hier?«

»Nicht jeder ist so glücklich, einen gut situierten und großzügigen Vater zu haben, liebste Amy«, warf Massiter ein.

»Ach, der ist doch heilfroh, mich für den Sommer los zu sein«, murrte sie. »Für ihn ist das hier nur ein Ferienlager mit anderer Bezeichnung.«

Massiter lächelte breit. Daniel kam er irgendwie zu locker und nett vor, um der Eigentümer eines auf dem extrem aggressiven und wettbewerborientierten Kunstmarkt erfolgreichen Unternehmens sein zu können. »Diese jungen Leute«, sagte er. »Sie halten offensichtlich alles für selbstverständlich. Nie ein Wort der Anerkennung, geschweige denn des Danks.«

»Stimmt genau!«, pflichtete Amy Hartston ihm bei.

»Hmmm …«, sagte Massiter und dann: »Darf ich?« Ohne auf die Antwort zu warten, nahm er ihren Geigenkasten hoch, öffnete ihn und nahm behutsam das Instrument heraus. Es war eine alte Violine, vermutlich vom Anfang des 18. Jahrhunderts und italienischer Herkunft.

»Das ist es, was ich suche, Signor Scacchi«, erklärte Massiter. »Nun, wenigstens etwas Vergleichbares. Sie wissen, wer sie gebaut hat? Aber nicht auf den Werkzettel gucken.«

Der alte Mann nahm die Geige in die Hände und betrachtete sie intensiv von der Schnecke bis zum Saitenhalter. Sie hatte einen flachen Korpus und einen schmalen Mittelbügel. Im gelblichen Kunstlicht der Kirche schimmerte das Holz kastanienfarben, und man sah Gebrauchsspuren, von denen einige älteren und andere jüngeren Datums zu sein schienen.

»Ich hasse Gesellschaftsspiele«, murrte der alte Mann. »Man sollte keine überstürzten Entscheidungen treffen.«

Massiter blieb gelassen. »Ich bitte Sie, Signor Scacchi. Für einen Mann wie Sie ist es eine lächerlich einfache Aufgabe.«

»Für eine genaue Bestimmung brauchte ich natürlich besseres Licht und eine Lupe«, zierte sich Scacchi. »So muss alles Vermutung bleiben. Sie stammt zweifelsohne aus Cremona. Aber da ich das Symbol der heiligen Theresia entdecke, kann sie Andrea Guarneri nicht gebaut haben, obwohl sie sich so anfühlt. Aber dieser schmale Mittelbogen … Ich denke, sie stammt von Andrea Guarneris Sohn Giuseppe und vom Anfang des achtzehnten Jahrhunderts, siebzehnhundertzwanzig vielleicht.«

Amy Hartston riss die Augen auf. »Unglaublich! Wie können Sie das alles feststellen? Für mich ist es lediglich eine wundervolle Geige.«

»Es *ist* eine wundervolle Geige«, sagte Massiter. »Aber ich suche etwas noch Besseres. Von einem anderen Guarneri.«

Scacchi musterte ihn skeptisch. »Von Giuseppe del Gesù, nehme ich an. Aber wie Sie wissen, Signor Massiter, gibt es von diesem Enkel Andrea Guarneris nur noch wenige Instrumente auf der Welt. Wenn eine davon auf den Markt käme, spräche sich das wie ein Lauffeuer herum.«

»Auf dem offenen Markt sicher«, wandte Massiter ein. »Aber wir wissen doch Bescheid, Signor Scacchi. Es gibt da unumstößliche Regeln. Wenn ein derartiges Instrument verkauft wird, sind Steuern fällig. Und an einen Händler wie mich beispielsweise auch Prozente. Das Instrument, von dem ich gehört habe, ist eins der schönsten von Giuseppe del Gesù und ein Vermögen wert, wird aber von einem gerissenen Verkäufer angeboten, der sich nicht offenbaren will. Komisch, was? Wahrscheinlich ist Ihnen das Gerücht ebenfalls längst zu Ohren gekommen. Leugnen Sie es nicht.«

»Ich höre die unglaublichsten Dinge, Signor Massiter«, wich Scacchi aus. »Wir wissen beide, was davon zu halten ist.«

Massiter legte den rechten Arm um Scacchis Schultern und drückte zu. »Selbstverständlich. Aber Sie würden sich doch mit mir in Verbindung setzen, falls irgendein Vogel etwas zwitschern sollte, nicht wahr? Mein Geld ist so gut wie das jedes anderen.«

Scacchi trat einen Schritt zurück, um sich aus Massiters Griff zu befreien. »Mein junger Freund Daniel hier ist mein Gast und nimmt an Ihren Sommerstudien teil. Falls Sie mir etwas zu sagen haben, oder ich Ihnen, sollten wir uns vielleicht seiner Vermittlung bedienen. Ich fühle mich in letzter Zeit zu schwach für längere Telefongespräche.«

Massiter und Amy Hartston musterten Daniel. Er hatte das Gefühl, abgeschätzt und beurteilt zu werden.

»Ausgezeichnet«, lächelte Massiter unvermittelt und wandte sich dem Mädchen zu. »Und was Sie betrifft, meine liebe Amy, so würde ich mich sehr freuen, wenn Sie mir morgen beim Abendessen in der Locanda Cipriani Gesellschaft leisten. Dort gibt es Seeigel, mit Seebarsch gefüllte Ravioli und die besten Heuschreckenkrebse, die Sie je gegessen haben. Danach mache ich Sie mit ein paar prachtvollen Teufeleien bekannt.«

»Super!«, rief das Mädchen mit funkelnden Augen.

Massiter klatschte leicht in die Hände. »Mein Boot legt um sieben ab. Und Sie ...« Er blickte Daniel an. »Wie ist doch gleich Ihr Name?«

»Daniel Forster, Sir.«

»Haben Sie vielleicht Lust, auch mitzukommen, Mister Forster?«

Fragend sah er Scacchi an. »Großer Gott, Daniel. In diesem Restaurant auf Torcello kann unsereiner doch nur speisen, wenn ein anderer die Rechnung bezahlt!«

»Und was ist mit meiner Arbeit, Signor Scacchi?«

»Dafür ist immer noch Zeit. Sie sollen sich hier doch auch ein wenig amüsieren.«

»Dann ist es also abgemacht«, stellte Massiter fest. »Und bringen Sie beide Ihre Geigen mit und ein paar der Noten, die Sie in der Arbeitsgruppe Komposition vorstellen wollen. Dieser Zirkus kostet mich eine Menge Geld, und ich denke, dafür darf ich Sie bitten, zum Abendessen ein wenig aufzuspielen. Und jetzt ...!« Er klatschte so laut in die Hände, dass es in der ganzen Kirche widerhallte. »Lasst uns endlich beginnen, Kinder! *Avanti*! *Avanti*! Spielen Sie, als wäre heute Ihr letzter Tag auf Erden!«

14. Ein Getränk wie brauner Schlamm

Was für eine abscheuliche Untugend die Eifersucht doch ist! Ich berichte dir offen und aufrichtig von den Menschen, deren Bekanntschaft ich gemacht habe, und du vergiltst es mir mit Briefen, in denen Viperngift von jeder Seite spritzt. Habe ich derart die Fassung verloren, als du mir von dem bildschönen und glutäugigen Spanier erzählt hast, dem du am Ufer des Guadalquivir begegnet bist? Verlieren wir die Wahrheit doch nicht aus dem Blick, Schwester. Wir sind nichts anderes als Zuschauer in unseren neuen Welten, Kinder, die es durch Zufall auf einen Maskenball verschlagen hat, auf dem wir nichts zu suchen haben. Oder willst du etwa, dass ich dir fromme, aber stinklangweilige Lügenmärchen auftische?

Solltest du jedoch wünschen, mit Schilderungen der ›reizenden Rebecca‹ verschont zu werden, wie du sie nennst (nicht, dass ich Dir da widersprechen möchte), werde ich dir diesen Gefallen tun, obwohl das den Fluss meiner Erzählung aus keinem anderen Grund als dem deiner Eitelkeit unterbrechen würde.

Am Tag nach unserem Besuch im Ospedale della Pietà (dessen Schilderung ich mir zunächst einmal versage) begleitete ich Onkel Leo ins Venezia Triofante, wo er sich mit Mr Delapole traf. Dabei handelt es sich um eines dieser neuen Kaffeehäuser, in denen die Bewohner dieser Stadt viele Stunden des Tages damit verbringen, in kleinen Tassen mit einer braunen Flüssigkeit zu rühren, die aussieht, als wäre sie aus den schlammigen Tiefen der Lagune heraufgeholt worden. Ich könnte mir vorstellen, dass es in Sevilla keinen Kaffee gibt. Er ist eine Errungenschaft aus dem Orient und wurde allem Anschein nach von den Arabern hierher gebracht, denen der Koran den Genuss verbietet und die ihn nun an gute Christen verkaufen, um ihnen das Hirn und die Zähne zu verwüsten. Mittlerweile führt nahezu jede Türöffnung auf der Piazza San Marco in eine *botteghe de caffè*. Es steht durchaus zu befürchten, dass die Basilika selbst eines Tages ein Kaffeehaus wird. Du kannst kaum ermessen, was dir durch deinen Aufenthalt in Sevilla erspart bleibt.

Das Triofante ist das berühmteste Kaffeehaus, obwohl mir der Grund verschlossen bleibt, da sie alle gleich aussehen: wie ein Antichambre in einem französischen Palast, mit vergoldeten Spiegeln an den Wänden sowie Stühlen, deren Sitzfläche sich stets als zu karg bemessen erweist. Doch möglicherweise ist die Attraktion der ungemein von sich selbst eingenommene Besitzer, ein gewisser Floriano Francesconi, der wie ein Monarch über das Etablissement regiert und jeden vor die Tür setzt, dessen Nase ihm nicht gefällt. Ich frage mich, warum der dünkelhafte Kerl seine *botteghe* nicht gleich nach sich benennt.

Wir waren nicht die Einzigen, die sich von Mr Delapole aushalten ließen. Zu uns gesellte sich ein junger Franzose namens Rousseau, der zwar behauptete, nur kurz in der Stadt zu weilen, einer Anstellung bei dem Engländer jedoch nicht abgeneigt wäre, wie mir der besorgte Gobbo anvertraut hat. Gobbo betrachtet den Mann eindeutig als Bedrohung, was einigermaßen lachhaft ist, da die beiden unterschiedlicher kaum sein könnten. Monsieur Rousseau scheint ein recht angenehmer Bursche zu sein, ist aber offenbar unfähig, eine Unterhaltung lediglich um ihrer selbst willen zu führen. Kein Satz, keine Bemerkung ohne dunkle Andeutung, überschwängliche Allegorie oder leicht empörende These von ihm – und alles nur, um der Welt zu beweisen, welch schlaues Kerlchen er doch ist. Ich bemühe mich, ihm Sympathie entgegenzubringen, weil er in der Tat sehr gescheit ist, muss aber gestehen, dass mir das nicht leicht fällt.

Mr Delapole hörte sich sein französisches Geplapper eine Weile an, brachte ihn dann aber mit einer Handbewegung zum Schweigen, musterte unseren Onkel durchdringend und erklärte: »Ich verspüre in mir den Drang zu einer musikalischen Laufbahn und denke daran, eine Oper zu komponieren. Wie wäre es, Signor Scacchi, hätten Sie Lust, den Druck des Werkes zu übernehmen?«

»Eine Oper, Mister Delapole?« Onkel Leo sprang vor Begeisterung fast vom Stuhl. »Ich hatte nicht die leiseste Ahnung, dass Ihre Begabungen derart vielfältig sind!«

»Die Begabungen eines Menschen sind weit vielfältiger, als er gemeinhin annimmt«, mischte sich Rousseau ein. »Nun, ich habe mich vor ein paar Tagen am englischen Pentameter versucht und bin überzeugt, diesem Shakespeare durchaus den Rang ablaufen zu können …«

»Oh, halten Sie sich doch bitte zurück«, unterbrach ihn Mr Delapole, aber so liebenswürdig, dass sich der Franzose nicht vor den Kopf gestoßen fühlen konnte. »Ihre Begabungen sind uns allen bekannt. Jetzt möchte ich über die meinen sprechen. Eine Oper, Signor Scacchi. Was verlangen Sie für zweihundert Bogen, oder wie Sie das nennen?«

»Ich bitte Sie, Mister Delapole!«, rief Onkel Leo und gab sich alle Mühe, zutiefst gekränkt auszusehen. »Wir wollen uns an Ihnen doch nicht bereichern. Das Haus Scacchi ist lediglich darauf bedacht, die entstehenden Unkosten zu decken und gerade einmal so viel Profit zu machen, um die von der Republik allzu häufig erhobenen Steuern bezahlen zu können. Von weit größerer Bedeutung ist für uns die Qualität des Werkes, das unser Impressum trägt. Unser Name kann nicht einfach gekauft, er muss verdient werden.«

Ich dachte an die vielen Stunden, die ich an diesem Morgen mit dem Setzen von wenigen Seiten des Manuskripts »Die mannigfaltigen Mysterien des Rhinozeros von Madagaskar« zugebracht hatte, und griff nach meiner Tasse mit bitterem Schlamm. Ich war voreilig gewesen. Kaffee hat durchaus seinen Wert.

»Allerdings ist eine Oper so ... gewöhnlich«, sinnierte Delapole. »Vielleicht sollte ich etwas mit mehr Anspruch zu Papier bringen. Ein Konzert für Violine beispielsweise. Ich bin mir sicher, auch das meistern zu können.«

Langsam setzte Leo seine Tasse auf den Tisch. »Eine Musikform, die ich gleichfalls bevorzuge, Mister Delapole. Sie wissen vielleicht, dass ich mich früher einmal an ihr versucht habe.«

»Und wie ich annehme, sprechen auch finanzielle Überlegungen dafür«, fügte Delapole listig hinzu. »Je weniger Papier benötigt wird, desto weniger muss ich bezahlen. Ist es nicht so?«

Leo blickte angestrengt in seine Kaffeetasse. »Möglicherweise in einem normaleren Gewerbe als dem der Druckkunst. Aber die Papierkosten machen den geringsten Teil unserer Aufwendungen aus. Das Setzen, das Korrekturlesen, die jahrelange Erfahrung, derer es bedarf, um auch die letzte falsch platzierte Viertelnote zu entdecken ...«

»Hmmm«, tat Delapole unentschlossen. »Vielleicht sollte ich stattdessen ein Buch schreiben. Doch das müsste in Englisch verfasst sein, und bei all Ihren Fähigkeiten ist Ihnen nicht zuzumuten, sich den Schwierigkeiten und Tücken dieser Sprache auszusetzen. Nein, das müsste ich nach London schicken.«

Ein unbehagliches Schweigen breitete sich aus, um schon bald von einer scheinbar unvermeidlichen Bemerkung des Franzosen beendet zu werden. »Es geht nicht um die Noten allein, meine Freunde. Vivaldi ist ein großartiger Musiker, aber wie ich denke, speist sich seine Beliebtheit noch aus anderen Quellen. Aus der Art seiner Darbietung unter anderem. Der Gedanke an all diese Damen, die hinter Wandschirmen den Blicken verborgen geradezu himmlische Klänge hervorbringen, stellt ein unglaubliches Fest für die Sinne dar. Das Ospedale della Pietà ist ein Bordell für die Ohren! Nicht mehr und nicht weniger! Und diesen meinen Aphorismus werde ich unverzüglich in meinem kleinen Buch festhalten, sobald ich nach Hause komme!«

Jeder von uns sah den Mann an. Nun will ich nicht behaupten, in romantischen Dingen erfahren zu sein, aber im Gegensatz zu Rousseau kann ich doch immerhin an einer Konversation über oder sogar mit dem schöneren Geschlecht teilnehmen, ohne vom Schlag getroffen zu werden. Allein schon die Erwähnung des Wortes »Bordell« schien unseren französischen Freund in einen Zustand höchster Erregung zu versetzen. Er ächzte, schnaufte, wurde blutrot, und auf seiner Oberlippe bildeten sich Schweißperlen.

Delapole beugte sich über den Tisch und wisperte, gerade so laut, dass wir seine Worte hören konnten: »Vielleicht sind sie nackt hinter den Paravents, Rousseau. Haben Sie das schon einmal erwogen?«

Am ganzen Leibe zitternd wieherte der Franzose so kläglich wie ein sechs Wochen altes Fohlen.

»Aber wenn man es recht bedenkt«, mischte sich Gobbo ein, »sind Frauen für uns doch immer nackt, oder nicht? Nur ihre Kleidung hindert uns daran, sie so zu sehen.«

An diesem Unfug musste ich mich natürlich beteiligen. »Davon ausgehend«, sagte ich lächelnd, »müssen die Musikerinnen im Ospedale della Pietà einfach nackt sein. Da wir sie nicht sehen können, sind ihre Gewänder, falls sie überhaupt welche tragen, so unbedeutend wie die Wandschirme, hinter denen sie … auftreten. Eine nackte Frau, die in diesem Moment in Peking im Bett liegt, ist nicht weniger hüllenlos, nur weil wir sie nicht sehen können.«

»Was wiederum besagt«, grinste Delapole durchtrieben und nahm den Ball auf, den ich ihm zugeworfen hatte, »dass die Welt randvoll mit unbekleideten Grazien ist. Sehen Sie nur, wie viele von ihnen sich hier mit uns in diesem Raum aufhalten! Wären wir doch nur klug genug, die Opercula von unseren

Sinnen zu entfernen, die uns daran hindern, sie in all ihrer fleischlichen Schönheit bewundern zu können!«

In diesem Moment sprangen Rousseau fast die Augen aus dem Kopf. Er drehte den Hals wie ein Wetterhahn, um alle Damen im Kaffeehaus zu mustern (von denen die meisten alte Matronen waren, die das wenige, was ihre Kleider von ihrer Haut sehen ließen, mit dicken Puderschichten bedeckt hatten).

»Ich glaube«, ächzte er, »ich sollte mich jetzt besser zurückziehen. Ich weile nur kurze Zeit in Venedig und es gibt unendlich viel zu sehen.«

Wir blickten ihm nach und schmunzelten hämisch in uns hinein. Unser Verhalten widersprach allen Geboten der Höflichkeit, aber Rousseau ist wie ein alter Hund, der die Geduld so lange strapaziert, bis er einen Fußtritt verpasst bekommt.

»Ein Violinkonzert also«, bemerkte Leo mit einem hoffnungsvollen Beben in der Stimme.

»Sobald ich die Zeit dafür erübrigen kann, werter Freund«, entgegnete Mr Delapole. »Es gibt viel zu tun.«

Bald darauf spazierten wir zum Molo und fuhren mit einer Gondel zu dem Haus, das Mr Delapole gemietet hatte, der Ca' Dario, einem der schönsten Herrenhäuser in Venedig, das mit Sicherheit die Bezeichnung Palazzo verdiente (doch unerklärlicherweise und bescheiden nur Ca' genannt wird). Ich saß neben Gobbo auf der hinteren Bank. Das kurze Geplänkel mit Rousseau hatte offenbar seinen Appetit angestachelt, wie ich zu meinem Bedauern sagen muss.

»Du kennst also jemand in dieser Kirche, in der musiziert wird?«, fragte er und stieß mich verschwörerisch mit dem Ellbogen in die Seite.

»Wir veröffentlichen dann und wann Kompositionen von Vivaldi.«

»Gut«, erklärte er und grinste auf anzüglichste Weise. »Ich schätze, unser französischer Freund hat eine kleine Erbauung verdient, bevor er die Stadt für immer verlässt. Und dafür wirst du, Lorenzo, mein Impresario sein.«

Die Gondel bog in den Canal Grande ein. Links von uns kam die Ca' Dario in Sicht, ein eher kleines Haus und eins mit einer leichten Neigung (was kaum verwunderlich ist, wenn man 250 Jahre mit den Zehen im venezianischen Schlamm zugebracht hat).

Die Hitze des Nachmittags schwand und der Anblick war prachtvoll. Ich dachte an Reb… Aber ach, ich habe ein Versprechen gegeben.

15. Staub, Schmutz und alte Papiere

Laura beharrte darauf, Daniel auf seinem ersten Erkundungs-
gang in die Gewölbe des Speichers zu begleiten. Er war zunächst dankbar für ihre Gesellschaft, wenn auch ein wenig
verwirrt über ihre Kleidung. Tagsüber bevorzugte sie einen
weißen, vorn geknöpften Nylonkittel von der Art, wie ihn
Verkäuferinnen tragen. Daniel kam er vor wie eine Uniform,
wie eine, die besagte: Selbst wenn ich auf dich den Eindruck
eines Familienmitglieds mache, bleibe ich doch ein Dienst-
bote. In ihm servierte sie das Frühstück, in ihm reichte sie
abends um sechs beim letzten Glockenschlag von San Cassiano die Spritz-Gläser herum. Er war etwas, hinter dem sie sich
versteckte wie hinter der Sonnenbrille, die sie jedes Mal auf-
setzte, sobald sie das Haus verließ.

Ihre Räume befanden sich im zweiten Stockwerk. Lauras
Wohnbereich schien fast den gesamten hinteren Teil des Hauses
einzunehmen. Daniel stand ein kleines Schlafzimmer zur Verfügung, das an das Nebenhaus mit dem Speicher grenzte, mit
dem dritten Fenster von rechts, wenn man draußen an der Fassade emporblickte. Jeden Morgen trafen sie sich auf dem Gang
und tauschten ein paar Worte aus. Und es gelang ihm nur selten, dabei ein gewisses Unbehagen zu unterdrücken, nicht zuletzt wegen ihrer Kleidung. Es war Hochsommer und zeitweise
unerträglich heiß. Laura löste dieses Problem dadurch, dass sie
mit Ausnahme der Unterwäsche nichts unter dem Kittel trug.
Jede noch so simple Handlung – das Reichen eines Glases, das
Abräumen eines Tellers – gab kleine, aber aufreizende Flächen
brauner Haut oder blitzender Dessous preis.

In den Speichergewölben wurde der Kittel innerhalb von Minuten schmutzig, was sich durchaus auf Lauras Laune auswirkte.

»Ich weiß Ihre Hilfe wirklich zu schätzen«, sagte er. »Aber ich möchte Ihnen auf keinen Fall Unannehmlichkeiten bereiten.«

»Heißt das, dass Sie mich hier nicht wollen?«

»Natürlich nicht. Es soll heißen, dass ich im Gegensatz zu Ihnen dafür bezahlt werde, mich durch diesen Staub und Schmutz zu wühlen. Ich bin Ihnen dankbar, aber es ist nicht nötig.«

Sie warf einen Stapel Nachrichtenblätter aus dem 18. Jahrhundert auf den Boden. Fast alles, was sich auf den ersten Blick viel versprechend ausnahm, schien durch Nässe geschädigt worden zu sein. Bereits eine Viertelstunde nach Beginn ihrer Arbeit begannen Daniels Hoffnungen zu schwinden, hier unten Gold für Scacchi schürfen zu können. Sie hatten zwei Laternen gefunden, die zwar zusammen mit den beiden Taschenlampen für ausreichend Licht sorgten, doch sie enthüllten nichts als Staub, Schmutz und verwitterte Papiere. Nichts in Aladins Schatzhöhle schien vom Zahn der Zeit und dem in regelmäßigen Abständen eingedrungenen Wasser der Lagune verschont geblieben zu sein.

Mit verschränkten Armen kam Laura auf ihn zu und blickte ihn gereizt an. »Was ist Ihr Problem, Mister Forster?«, erkundigte sie sich auf Englisch, als würde das ihrer Frage Nachdruck verleihen. »Bereitet Ihnen meine Anwesenheit Unbehagen?«

»Nein!« Aber damit gab sie sich nicht zufrieden, sondern starrte ihn weiter an, verlangte eine Erklärung. »Der Grund ist vielleicht, dass ich daran gewöhnt bin, allein zu arbeiten.«

»Pah! Ist das denn ein Vorzug? Bilden Sie sich etwas darauf ein, ein introvertierter Mensch zu sein, Daniel?«

Der Pfeil saß. Er wusste, dass er anderen gegenüber ausgesprochen schüchtern war, und das aus verständlichen Gründen.

Jahre, die er ausschließlich in der Universität oder in der kleinen Wohnung verbrachte, die sie während der Krankheit seiner Mutter gemietet hatten, lagen gerade erst hinter ihm. In seinem Leben gab es eine Lücke, die ihn von anderen unterschied, aber er fühlte sich noch nicht bereit, darüber mit Laura zu sprechen.

»Keineswegs«, erklärte er mürrisch. »Hier geht es lediglich um eine Frage der Methodik.«

»Methodik? Schwachsinnige englische Pingeligkeit!«

»Logik, Laura. Planvolles Vorgehen.« Er machte sich klar, dass sie ihn verärgert hatte. »Hören Sie«, nörgelte er, »Sie kommen hier rein und stürzen sich wahllos auf alles, was Ihnen unter die Finger kommt. Greifen hier nach einem Blatt Papier, werfen es fluchend zu Boden, um an anderer Stelle genau das Gleiche zu machen.«

Ihre Augen blitzten im Halbdunkel. »Und warum nicht? Sehen Sie sich dieses Chaos doch an!« Und irgendwie hatte sie ja Recht. Überall in dem riesigen schummrigen Gewölbe lagen Stapel uralter Papiere, standen leere Holzkisten und mit Schutzplanen bedeckte Maschinen. Es war nicht leicht, auch nur ansatzweise planvoll vorzugehen. »Warten Sie nur ab«, verkündete sie, »ich finde Scacchis Schatz.«

Wie von Sinnen rannte sie weiter umher, zerrte Bögen von allen Papierhaufen, an denen sie vorbeikam, trat auf Stapel von Dokumenten, als wären es Pflastersteine, stieß an abgedeckte Maschinen. Hilflos sah Daniel ihr zu. Er hatte nur an seinen eigenen Kummer gedacht und wäre nie auf den Gedanken gekommen, dass auch Laura unter igendwelchen geheimnisvollen Qualen litt. Schließlich prallte sie heftig gegen eine alte Druckerpresse, schrie vor Schmerz auf und glitt inmitten der von ihr eingesammelten Papiere zu Boden.

Er lief zu ihr, hielt ihr seine Hand hin und redete ihr gut zu, sich auf den nächstbesten Papierstapel zu setzen. Sie schluchzte und die Tränen hinterließen helle Spuren auf ihren schmutzigen Wangen. Er setzte sich neben sie, legte ihr eine Hand auf die Schulter und empfand unsinnigerweise Gewissensbisse darüber, ihren Ausbruch verursacht zu haben.

»Es ist sinnlos«, sagte sie und versuchte, sich zu beruhigen. Beide starrten die grauen, vermoderten Papiere an, die sie zusammengeklaubt hatte. »Hier ist nichts zu finden. Wir vergeuden nur unsere Zeit, Daniel.«

Er reichte ihr ein Taschentuch. Sie wischte sich damit über das Gesicht und knüllte es zusammen.

»Tut mir Leid«, sagte er. »Es schien Scacchi sehr wichtig zu sein, hier irgendetwas zu finden, was er verkaufen kann, oder?«

»Den Eindruck habe ich auch.«

»Aber warum?«

Er blickte ihr ins Gesicht. Ihre Verbitterung richtete sich gegen sie selbst, erkannte er, nicht gegen seine unerwartet aufgebrachte Reaktion. Laura wollte Scacchis Schatz genauso aufspüren wie er selbst.

Mit offenen, intelligenten Augen sah sie ihn an. »Ich weiß es nicht. Verzeihen Sie mir. Ich hätte meine Enttäuschung nicht an Ihnen auslassen dürfen.«

»Sie brauchen sich nicht zu entschuldigen. Auch ich bin frustriert.«

Sie schüttelte den Kopf. »Selbstverständlich muss ich mich entschuldigen. Sie dürfen nicht zulassen, dass irgendjemand Sie so unhöflich behandelt.«

»Sie können mich behandeln, wie es Ihnen gefällt. Ich bin sehr dankbar, hier sein zu können. Es ist … das Aufregendste, was ich jemals erlebt habe.«

Ihre Miene veränderte sich. Aus Zerknirschung wurde Erstaunen. »Oh, Daniel, hat Ihr Leben zu Hause so wenig zu bieten, dass Sie unseren banalen Alltag hier interessant finden?

»Nein.« Er überlegte. »Ich meine ja.«

»Der Tod Ihrer Mutter?«, fragte sie. »Sie müssen sie sehr geliebt haben.«

»Natürlich. Als sie krank war, haben wir oft von Venedig gesprochen und darüber, wie glücklich sie hier während des Studiums war. Ich nehme an …«

Er verstummte, erstaunt über die plötzliche Offenheit ihrer Unterhaltung, die auch ihm etwas offenbarte. »Ich glaube, deshalb habe ich italienische Geschichte als Studienfach gewählt, deshalb habe ich mich so sehr danach gesehnt, die Stadt kennen zu lernen.«

Nachdenklich stützte Laura ihren Kopf in die Hand. »Und deshalb haben Sie sich so viel Mühe gegeben, sie zufrieden zu stellen. Um ihr das Gefühl zu vermitteln, etwas Lohnendes zu hinterlassen.«

Die Treffsicherheit ihrer Vermutung überraschte ihn. Es hatte Momente gegeben, viele Momente, in denen er sich wünschte, der Enge des Apartments mit seinem Geruch nach Krankheit entkommen zu können. Aber er war nicht imstande gewesen, sie allein zu lassen. Das hatte schon einmal jemand getan, der Vater, den er nie kennen gelernt hatte, und das konnten sie beide nie vergessen.

»Ich liebe meine Arbeit. Sie ist wie …«

»Eine andere Welt, in die Sie sich jederzeit zurückziehen können«, lächelte sie. Er war sprachlos. Laura berührte sanft seine Wange. Es war die Geste einer älteren Schwester gegenüber ihrem naiven, törichten Bruder. »Armer Daniel, gefangen in Tagträumen wie wir alle hier.«

Er blickte auf den mit Gerümpel übersäten Boden. »Träumt Scacchi auch in den Tag hinein?«

»Er ist verzweifelt«, antwortete sie bekümmert.

»Aber aus welchem Grund?«

»Fragen Sie mich nicht. Ich bin hier nur das Dienstmädchen.«

Der gereizte, mürrische Ton ihrer Stimme ließ sie plötzlich sehr viel jünger erscheinen. »Ich glaube, Sie sind bedeutend mehr, Laura. Und das wissen Sie auch.«

Sie äußerte einen jener groben venezianischen Flüche, die er langsam zu verstehen begann. Dann wischte sie sich erneut mit dem Taschentuch über das Gesicht, gab es zurück und wurde wieder die erwachsene Laura. »Er ist nun einmal alt. Und beide sind sehr krank. Vielleicht ist es auch nur das.«

»Aber er könnte doch bestimmt finanzielle Unterstützung für Medikamente bekommen, wenn er selbst kein Geld hat?«

»Es geht nicht um Medikamente, dessen bin ich mir sicher. Er scheint geradezu erpicht darauf zu sein, irgendeinen entscheidenden Handel abzuschließen, als bliebe sonst etwas unvollendet. Ich habe nicht die geringste Ahnung!«

Daniel blickte sich um. Der voll gestellte schmutzige Raum schien sie zu verspotten.

»Mir reicht es«, erklärte Laura. »Ich muss das Abendessen vorbereiten. Hören Sie auf, hier Ihre Zeit zu verschwenden. Und dann geben Sie mir Ihre Sachen. Ich werde sie waschen.«

Er stand auf und dachte nach. »Nein. Ich gebe nicht auf. Das bin ich ihm schuldig. Und ich bin seiner Meinung. Hier muss irgendetwas zu finden sein. Das spüre ich einfach.«

Seine plötzliche Hartnäckigkeit erheiterte sie. »Und wo bleibt jetzt Ihre englische Logik, Daniel?«

Jetzt war er es, der sie mit leichtem Tadel musterte. »Ich denke, davon halten Sie nicht viel?«

»*Touché*! Aber das alles ändert nichts an der Tatsache, dass hier nur wertloses Gerümpel zu finden ist.«

»Mag sein. Das hat Scacchi selbst gesagt. Von ihm weiß ich, dass alle Dinge hier heruntergebracht wurden, bevor man die oberen Stockwerke als Möbelspeicher nutzte. Aber wertlose Dinge, denn man musste doch damit rechnen, dass hier in regelmäßigen Abständen Wasser eindringt.«

Mit gespielter Verzweiflung warf Laura die Arme in die Luft. »Na bitte! Da haben Sie es. Können wir jetzt endlich gehen?«

»Warum? Wenn es hier etwas von Wert gibt, dann wurde es vor diesem Zeitpunkt verstaut und so, dass es vom Kanalwasser nicht gefährdet werden kann.«

»Pah! Haltlose Spekulationen!«

Er beugte sich vor, griff nach ihren Händen. »Denken Sie nach, Laura. Sie sind die Venezianerin. Wo würden Sie in einem Raum wie diesem etwas Wertvolles so aufbewahren, dass es nicht überschwemmt werden kann?«

Laura blickte ihn an und versuchte nicht einmal, sich aus seinem Griff zu befreien. Sie schien angestrengt nachzudenken.

»Nun?«, fragte er ungeduldig.

»Hier gibt es nichts als nackte Backsteinwände«, antwortete sie lächelnd. »Wie könnte man da irgendetwas verstecken?«

Ihr war etwas eingefallen, das erkannte er an dem Funkeln in ihren Augen.

»Vielleicht …«

»Nichts vielleicht! Ich muss mich um das Abendessen kümmern. Und Sie sollten Ihre schmutzigen Sachen wechseln, damit ich sie waschen kann. Kommen Sie!« Ungeduldig schob sie ihn zur Treppe hin. »Los!«

»Laura …« Ihre plötzliche Eile irritierte ihn. »Und was ist mit dem Schatz?«

»Märchen«, beschied sie ihn. »Hirngespinste. Die Sie den Dienstboten überlassen sollten, Daniel, und einem anderen Tag.«

16. SCACCHIS GOLD

Es war ganz offensichtlich. Nach dem Frühstück nahm Laura Scacchi beiseite, gab ihm einen Zettel und nickte diskret in Daniels Richtung. Kurz darauf legte ihm der alte Mann einen Arm um die Schultern und las ihm eine Liste kleinerer Besorgungen vor. Er sollte Unterlagen von der Stadtverwaltung holen, Briefmarken von der Post, eine neue Glasscheibe aus einer Werkstatt auf Giudecca. Unverfroren komplimentierte Laura ihn aus dem Haus. Er würde den Vormittag damit verbringen, von einem Vaporetto aufs nächste zu springen, während sie im Kellergewölbe irgendwelchen geheimnisvollen Tätigkeiten nachging.

»Aber Signor Scacchi«, wandte er ein. »Ich bin hier, um für Sie nach möglichen Schätzen zu suchen.«

»Das hat Zeit. Aber ich fürchte, Sie werden um das Mittagessen herumkommen, also essen Sie unterwegs etwas. Aber nicht zu viel. Denken Sie an Ihr Abendessen auf Torcello. Eine Einladung von einem Mann wie Massiter sollte man nicht ignorieren.«

Mit diesen Worten und Lauras Liste wurde er aus dem Haus gescheucht. Als er kurz nach zwei Uhr beladen mit Einkaufstüten wieder zurückkam, stürzte sich Laura förmlich auf ihn. Sie war total verschmutzt, selbst auf ihren Haaren entdeckte er Spinnweben, aber auf ihrem Gesicht lag das breiteste Lächeln, das er je bei einem Menschen erblickt hatte.

»Sie sehen aus wie die Cheshire-Katze«, stellte er leicht säuerlich fest.

»Hören Sie auf, in Rätseln zu reden, Daniel«, wies sie ihn zurecht. »Ich habe ein bisschen gestöbert. Wollen Sie nicht sehen, was ich gefunden habe?«

»Ich muss mich über Sie wundern, Laura. Sie haben mich trickreich aus dem Haus manövriert, damit Sie alle Erfolge für sich einheimsen können.«

Sie schlug ihm leicht auf die Schulter und hinterließ Fingerspuren auf seinem sauberen Hemd. »Unsinn! Sie haben doch selbst gesagt, dass ich Ihnen nur im Weg bin. Ich habe lediglich den Boden bereitet, auf dem Sie das Licht Ihrer Intelligenz leuchten lassen können. Kommen Sie! Die anderen hören oben Musik. Stören wir sie nicht früher als nötig.«

Sie drückte ihm eine Taschenlampe in die Hand, und er folgte ihr die Treppe hinunter in den Raum, der auf den ersten Blick so chaotisch aussah wie am Tag zuvor.

»Was ist?«, erkundigte sie sich mit einem Lächeln. »Wollen wir Ihre Begabung zum Venezianer nicht einem kleinen Test unterziehen? Was wäre Ihr bevorzugtes Versteck?«

Daniel sah sich um und konnte keine einzige erhöhte Lagermöglichkeit entdecken. Falls man das Gewölbe überhaupt jemals zur Aufbewahrung einigermaßen wertvoller Gegenstände genutzt hatte, dann waren die dafür nötigen Schränke vor langer Zeit entfernt worden.

»Es ist unmöglich, hier etwas wassersicher aufzubewahren«, murmelte er.

»Was meinen Sie mit unmöglich? Sie müssen sich in unsere Lage versetzen. Wenn ein Venezianer die Absicht hatte, hier etwas aufzubewahren, dann hätte er es nie offen liegen gelassen. Denken Sie an das Wassertor, Daniel. Jeder Schurke hätte es aufbrechen können.«

»Also wo?«

Sie nahm ihm die Taschenlampe ab und leuchtete damit in den Raum. »Im Mauerwerk natürlich. Kommen Sie.«

Er folgte ihr in den hinteren Teil des Raumes. »Hier«, sagte sie. »An der Vorderseite des Hauses gibt es nirgendwo eine

Lücke und auch die Seitenmauern sind massiv, aber weiter hinten, wo sich andere Häuser anschließen, sieht die Sache schon anders aus.«

Sie legte eine Hand auf die Mauer und tastete damit die feuchten Steine entlang. »Damit habe ich mich vier Stunden lang beschäftigt.«

»Und? Haben Sie etwas gefunden?«

Er sah die Genugtuung auf ihrem Gesicht und kannte die Antwort. Sie griff nach seiner Hand und drückte sie in knapp anderthalb Meter Höhe gegen das Mauerwerk. Hier war der Mörtel zwischen den einzelnen Steinen heller und bröckelig. Sie polkte mit dem Finger daran herum und der Mörtel begann zu rieseln wie Sand. Wortlos drehte sich Daniel um und holte das Brecheisen, das er mitgenommen hatte, um allzu widerspenstige Kisten zu öffnen.

»Damit wollte ich auf Sie warten«, sagte sie triumphierend.

Spontan küsste Daniel sie auf die Wange. »Sie sind einfach wundervoll, Laura. Ich kann nur hoffen, dass die Ca' Scacchi die rüde Behandlung übersteht.«

»*Avanti*, Daniel.«

Sie trat einen Schritt zurück, und er begann, den Mörtel zwischen den Mauersteinen mit dem Brecheisen herauszukratzen. Nach zwanzig Minuten angestrengter Arbeit und als das Loch groß genug war, vertauschte er das Brecheisen mit der Taschenlampe und leuchtete hinein. Im gelblichen Schein der Lampe sahen sie ein braunes Paket, sorgfältig verschnürt und so hoch auf einem Stapel Backsteinen deponiert, dass das Kanalwasser ihm nichts anhaben konnte.

Daniel griff hinein und angelte das Paket aus dem Versteck, schnürte es auf, entfernte das braune Papier und richtete den Strahl der Taschenlampe auf die erste Seite. »Concerto Anonimo« stand da in krakeliger, nach links tendierender Handschrift, und darunter eine Jahreszahl in römischen Ziffern: 1733. Hastig blätterte Daniel in den Seiten und wirbelte eine Staubwolke auf.

»Was ist das?«, flüsterte Laura fast andächtig.

»Geduld«, entgegnete er und setzte sich auf einen Papierstapel, um ihren Fund näher in Augenschein zu nehmen. Seine Gedanken überschlugen sich. Es schien nur eine Erklärung zu geben, wenn auch eine ungewöhnliche. »Ich glaube, wir haben die Originalpartitur eines Violinkonzertes entdeckt.«

Laura schüttelte den Kopf. »Aber es ist anonym. Warum sollte jemand so etwas verstecken?«

»Das weiß ich nicht.« Daniel vertiefte sich in die Partitur, die der längst verstorbene Komponist so schwungvoll zu Papier gebracht hatte, als sei sie im Überschwang künstlerischen Schaffens entstanden. Auf den ersten Blick hatte es den Anschein, als könnte das Werk von Vivaldi stammen. In der Unibibliothek hatte er Kopien von Vivaldi-Originalen gesehen. Bei genauerer Betrachtung glaubte Daniel allerdings, keinerlei Ähnlichkeit feststellen zu können.

»Gehen wir wieder hinauf!«, drängte Laura. »Wir müssen es ihm zeigen!«

Sie eilten mit ihrem Fund die Treppe hinauf und trafen Scacchi und Paul im Salon an, wo sie zu Jazzklängen miteinander tanzten. »Gibt es Spritz?«, erkundigte sich Scacchi hoffnungsvoll. Seine Haut wirkte sehr viel fahler als noch am Vormittag. Es gab Zeiten, in denen der alte Mann ausgesprochen hinfällig aussah.

»Später«, antwortete Laura. »Daniel hat etwas gefunden.«

»*Wir* haben es gefunden«, korrigierte Daniel sie.

Sie winkte ungeduldig ab. »Egal. Sehen Sie es sich an, Signor Scacchi. Entspricht es Ihren Vorstellungen?«

Die beiden Männer hörten auf zu tanzen, ließen sich los und traten an den Tisch, um die Papierbögen zu inspizieren, die Daniel vor ihnen ausbreitete.

»Ich kann keine Noten lesen«, sagte Scacchi. »Ist das wertvoll?«

Laura tippte mit dem Zeigefinger auf eine Seite. »Aber selbstverständlich! Warum hätte man es sonst versteckt?«

»Weibliche Logik«, knurrte Scacchi. »Es ist anonym. Wenigstens steht es so auf der ersten Seite. Können Sie uns sagen, was das ist, Daniel?«

»Nein. Aber es scheint sich um die vollständige Partitur eines Violinkonzerts zu handeln. Sehen Sie das Datum? Siebzehnhundertdreiunddreißig.«

»Vivaldi?«, fragte Paul gespannt.

Daniel schüttelte den Kopf. »Das glaube ich nicht. Flüchtig betrachtet sieht es so aus, aber warum sollte Vivaldi seinen Namen verschweigen? Und es ist nicht seine Handschrift. Die kenne ich.«

»Dennoch müsste eine Partitur aus dieser Zeit doch mit Sicherheit etwas wert sein, oder?« Scacchi sah Daniel mit gerunzelter Stirn an.

»Bestimmt. Vor allem, da es sich auf den ersten Blick um ein professionell geschriebenes Musikstück zu handeln scheint«, erwiderte Daniel.

»Gut! Und Sie haben eine hervorragende Gelegenheit, diese Entdeckung auf diskrete Weise unter die Leute zu bringen, mein junger Freund. Heute Abend bei dem Essen mit Massiter. Er könnte der ideale Käufer sein.«

Laura musterte ihn ernst. »Aber Sie können Daniel doch nicht mit einem so kostbaren Manuskript losschicken, damit er Massiter damit vor der Nase herumwedelt. Massiter würde es ihm glatt wegschnappen und den armen Daniel aus dem Boot werfen und an die Fische verfüttern.«

»Nicht so melodramatisch, Laura«, knurrte Scacchi. »Natürlich soll er nicht das Original mitnehmen. Sie können doch bestimmt ein paar Seiten des Solos handschriftlich kopieren, Daniel? Massiter hat Sie nach einer Komposition gefragt. Sagen Sie ihm, das wäre sie.«

»Aber es ist doch nicht meine Arbeit, Signor Scacchi«, zierte sich Daniel.

»Nur eine kleine List, Junge, um seine Neugier zu wecken.

Vermutlich ist Massiter ohnehin schlau genug, alles zu durchschauen.«

»Papier!«, rief Laura. »Stift!«

Paul holte beides. Unschlüssig starrte Daniel auf den weißen Bogen und den altmodischen Parker.

»Nun machen Sie schon, Daniel«, drängte Scacchi. »Es ist absolut harmlos. Ich bin nicht Mephisto, Daniel. Und Sie sind nicht Faust.«

Er griff nach einem Lineal und begann mit schwarzer Tinte die ersten fünf Linien zu ziehen.

17. Der rote Priester

Santa Maria della Visitazione oder della Pietà, wie jedermann zu sagen scheint, ist ein bröckeliger Steinhaufen ganz in der Nähe des Dogenpalasts. Es heißt, die Kirche sei so minderwertig gebaut, dass sie eines Tages abgerissen und durch etwas Besseres ersetzt werden müsse. Die Venezianer verlangt es nun einmal nach Größe, vor allem in so exponierter Lage.

Schweigend standen wir auf den Stufen. Bisher war es nicht mehr als eine Posse, eine Kapriole gewesen. Denn worin hätte die Strafe der Miliz für eine Jüdin ohne vorgeschriebenen Schal und deren unbesonnenen Begleiter schon groß bestehen können? In ein paar harschen Worten für Rebecca und einem Backenstreich für mich. Aber die Schwelle der Chiesa della Pietà zu überschreiten war eine andere Sache. Die Jüdin würde Christi Kirche betreten, doch nicht um Buße zu tun oder zu konvertieren (Rebeccas Worte lassen mich mitunter darüber nachsinnen, ob sie überhaupt an ihre eigene Religion glaubt). Würde Gott uns auf den Kirchenstufen niederstrecken? Uns wegen eines unverzeihlichen Verstoßes gegen das Haus des Herrn für alle Ewigkeit verdammen?

Die zweite Frage kann ich nicht beantworten, im Hinblick auf die erste muss ich dich enttäuschen. Als wir endlich genügend Mut aufgebracht hatten, die düstere Säulenveranda zu durchqueren, begrüßten uns nur Saiteninstrumente, die sich durch ein Musikstück von mittlerer Schwere quälten. Keine Donnerschläge. Kein Zornesausbruch von ganz oben. Wir betraten das Kirchenschiff und sahen uns einem kleinen Kammerorchester gegenüber, das vor allem aus Mädchen in dunkler Kleidung bestand, über die Vivaldi den Dirigentenstab schwang.

Offen gestanden hatte ich mir von dem berühmten *prete rosso* mehr erwartet. Zunächst einmal, die roten Haare sind längst verschwunden: Der arme Kerl verhüllt seinen kahlen Kopf mit einer weiß gepuderten Perücke. Gewiss, er trägt einen scharlachroten Rock, aber sein Gesicht wirkt blutleer und teigig, und seine Augen starren unentwegt finster auf das Notenblatt. Ich betrachtete die hohe, blasse Stirn und dachte über das Wunder der Schöpfung nach (die einzelner Menschen, nicht die göttliche). Auf irgendeine geheimnisvolle Weise hat diese unscheinbare Gestalt Musikwerke ersonnen, die alle Welt begeistern. Für eine gewisse Zeitspanne zumindest. Man sagt, Vivaldi sei von seiner Muse verlassen worden, seit er acht Jahre zuvor »Die vier Jahreszeiten« komponiert hat, und müsse nun regelmäßig nach Wien reisen, um als Konzertdirigent seinen Lebensunterhalt bestreiten zu können.

Wir verharrten eine Weile im Schatten, bis er mit seinem kleinen Taktstock auf das Pult klopfte und das Orchester zum Verstummen brachte.

»Ihr da«, rief er in unsere Richtung. »Ihr habt euch verspätet.«

Rebecca trat mit ihrem kleinen Geigenkasten vor, und ich nahm mit Erheiterung wahr, dass ein Ausdruck der Bewunderung Vivaldis Gesicht überzog. Diese Wirkung hat sie nun einmal auf die Menschen. Ich setzte mich auf eine Kirchenbank, um die weiteren Geschehnisse verfolgen zu können.

»Woher kommt Ihr, Mädchen? Von welchem Nutzen seid Ihr für mich?«

Sie senkte bescheiden den Kopf. »Ursprünglich aus Genf, Herr. Die zweite Frage müsst Ihr selbst beantworten.«

»Hmmm. Ich kenne diesen und jenen in Genf. Wer war Euer Lehrer?«

»Mein verstorbener Vater, er war Zimmermann von Beruf.«

Seine Züge verfielen sichtlich. »Also gut«, stöhnte er auf nahezu beleidigende Weise. »Spielt mir etwas vor. Bringen wir es hinter uns.«

Rebecca öffnete ihren Geigenkasten und entnahm ihm ein recht grob aussehendes Instrument mit abstoßend greller braunroter Lackierung.

»Hat Euer Vater diese Violine gebaut, Mädchen?«, fragte Vivaldi. »Ich fürchte, das ist das hässlichste Instrument, das ich je zu Gesicht bekommen habe.«

Sie musterte ihn mit einer Entschiedenheit, die ich bewunderungswürdig fand. »So ist es, Herr. Und er hätte mir eine bessere Geige gekauft, wenn er sich das hätte leisten können.«

»Allmächtiger Gott«, seufzte der alte Miesepeter und strich sich mit einer knochigen, weißen Hand über das Kinn.

Ich konnte den Blick nicht von Rebecca wenden. Etwas an diesem Wortaustausch schien sie in hohem Maß zu amüsieren. Ich ahnte bereits, dass sie den mürrischen alten Priester Mores lehren würde.

»Eine kleine Etüde, Herr«, kündigte sie lächelnd an, hob ihren Bogen und strich mit ihm über die Saiten des garstigen Instruments wie ein Engel, der Dämonen mit dem Schwert fällt. Nun! Du wirst bereits vermuten, was als Nächstes geschah: ein Wunder. Sie entlockte dem groben Holz Töne von einer unvorstellbar süßen Innigkeit, die in Passagen stürmischer Leidenschaft übergingen, so dass ich ernsthaft befürchtete, unser großartiger Komponist würde ohnmächtig zu Boden sinken!

Zugegeben, einiges davon war auf Wirkung bedachter Vortrag, doch wer könnte das unter den gegebenen Umständen verübeln? Fehlerlos strich sie über die Saiten, und das mit verblüffender Schnelligkeit. Die Finger ihrer linken Hand huschten geradezu über den Hals. Sie ließ hier eine Volksweise einfließen, da ein paar barocke Schnörkel. Ob langsame Passagen oder schnelle helle Töne oder dunkle, laute oder leise – alles verblüffte uns durch handwerkliches Können ebenso wie durch musikalische Empfindsamkeit. Ich bin kein Geiger – und nach Rebeccas Vortrag bezweifle ich stark, überhaupt Musiker zu sein –, aber ich erkenne ein Genie, wenn ich eines höre. Vivaldis abwertende Bemerkungen über die Geige bestätigten sich, sie wurde ihr nicht gerecht. Aber niemand konnte an Rebeccas Können zweifeln, und mir wurde ganz warm ums Herz, als ich sah, wie es auch dem alten Mann so etwas wie Bewunderung abrang. Nach ihrem beeindruckenden Vortrag sprang er mit einem breiten Grinsen auf die Füße, klatschte wie wild und brüllte: »Bravo!«

Rebecca, noch immer mit diesem wissenden Lächeln um die Lippen, legte die Violine schweigend in den Kasten zurück, blickte ihn an und sagte ganz unschuldig: »Ich hoffe, ich kann Euch von Nutzen sein, Herr. In dieser oder jener Eigenschaft.«

»Großer Gott, Mädchen«, rief er. »Ihr seid exakt das Wunder, um das ich gebetet habe!«

»Vielen Dank«, erwiderte sie mit einem Anflug leichter Genugtuung in der Stimme, in der Vivaldi, wie ich hoffe, einen leichten Tadel für seine Zweifel an ihr heraushörte.

»Aber was war das? Corelli habe ich erkannt. Wie auch einige bekannte Weisen. Und der Rest?«

»Das kann ich Euch nicht sagen, Herr. Dieses Musikstück hat mich mein Vater gelehrt.« Sie errötete, als sie das sagte. Warum, blieb mir verschlossen.

Der rote Priester klatschte in die Hände. »Einerlei. Zu bedauerlich, dass Ihr auf ein derart unvollkommenes Instrument angewiesen seid. Nichtsdestotrotz heiße ich Euch in meinem kleinen Orchester willkommen.« Bei diesen Worten lächelten die anderen Musikerinnen, eine sonderbar wirkende Schar – wie Nonnen, die vor kurzem ihre Schleier abgelegt hatten –, und klatschten zur Begrüßung in die Hände. »Wie lautet Euer Name?«

»Rebecca.« Mein Herz begann zu rasen. Etwas wie Angst war in ihre Augen getreten. »Rebecca Guillaume.«

»Ein hübscher Name für ein hübsches Gesicht«, erklärte Vivaldi artig. »Zu bedauerlich, dass niemand Euch sehen wird.«

»Wie bitte, Herr?«

Vivaldi deutete auf die vergoldeten Wandschirme zu beiden Seiten der Bankreihen. »Wir befinden uns in einer Kirche, Rebecca Guillaume, nicht in einem Konzertsaal. Ich möchte nicht, dass unser Publikum das Orchester angafft, während es vielmehr der Musik lauschen sollte. Ihr werdet hinter diesen Paravents spielen, und ich fürchte, sie werden Euch auch dann vor allen Blicken verbergen, wenn die Zuhörer über Euer Können in Entzücken geraten.«

Daraufhin neigte sie den Kopf zur Seite, als wollte sie ihn auf ihre Schulter legen, und verblüffte mich damit erneut. Es war absolut nicht zu ergründen, was sie dachte.

»Und jetzt …«, strahlte Vivaldi von einem Ohr zum anderen, »wollen wir mit dem Üben des neuen Stücks beginnen!«

Er verteilte Notenblätter und erklärte jedem Instrument seinen Part mit der Hingabe und Sorgfalt, die man von Meistern erwarten darf. (Keine Unflätigkeiten, wie ich sie mir von Onkel Leo anhören muss: »Druck das bloß ordentlich, Junge, oder ich verpasse dir einen Fußtritt ins Hinterteil, dass du durchs Fenster in den stinkenden Kanal fliegst.«) Rebeccas Anwesenheit schien den alten Mann zu beflügeln. Er gab sich der Musik ganz hin, ließ Passage um Passage wiederholen, bis sich aus dem anfänglichen Chaos eine klangliche Harmonie entwickelte. Sie übten fast drei Stunden lang. Als wir die Kirche verließen, begann es bereits zu dämmern. Ich wollte Rebecca so schnell wie möglich zum Ghetto zurückbringen, bevor die Wachposten die Zugbrücken hochzogen und die Welt für die Nacht von Juden freihielten.

Mit schnellen Schritten liefen wir die Riva degli Schiavoni entlang, um die erstbeste Gondel zu besteigen. Ich forschte in ihren Zügen nach Zufriedenheit, Beglücktheit. Gerade eben hatte sie der bedeutendste Musiker in Venedig gelobt und in sein Orchester aufgenommen. Doch von Beglücktheit konnte ich nichts entdecken.

»Rebecca«, begann ich, als das Boot in den Canal Grande einbog und auf der linken Seite Delapoles Ca' Dario in Sicht kam. »Auf den heutigen Tag kannst du stolz sein. Du hast gespielt wie ein Engel und Vivaldi ungemein beeindruckt.«

»Ja«, kam es ihr erzürnt über die Lippen. »Wie ein Engel, der hinter Wandschirmen verborgen wird, damit ihn niemand sehen kann. Ich komme von einem Kerker in den nächsten, um einen anderen den Ruhm einheimsen zu lassen.«

Ihre Verbitterung erstaunte mich. »Das begreife ich nicht. Es ist doch eine große Ehre …«

»Was? Es soll eine Ehre sein, wie ein Vogel im Käfig weggesperrt zu werden? Für wen hält sich dieser Priester eigentlich?«

»Vivaldi ist mehr als ein Musiker. Ein Komponist. Ein Dirigent. Ein Künstler, der gewöhnliche Menschen weit überragt.«

Sie schien mich mit ihren dunklen, durchdringenden Augen durchbohren zu wollen. Vor der Macht ihrer Blicke fühlte ich mich nackt und bloß. »Glaubst du etwa, ich könnte nicht komponieren? Oder dirigieren? Meinst du, ich würde nicht gern wie er vor dem Orchester stehen und die bewundernden Blicke der Zuhörer genießen?«

Der weiße, dicht bevölkerte Bogen der Rialtobrücke ragte vor uns auf.

»Er wollte wissen, von wem die Musik stammt, die ich gespielt habe. Von wem wohl, Lorenzo? Von mir!«

Sie saß mir in der schaukelnden Gondel gegenüber, beugte sich vor, packte mein Knie und wisperte erregt auf mich ein.

»Aber da bin ich wohl doppelt verflucht, oder? Ich bin nicht nur eine Frau, sondern auch noch eine Jü …«

Es ging nicht anders. So sanft wie nur möglich bedeckte ich ihren Mund mit meiner Hand, bestürzt über die samtene

Weichheit ihrer Lippen. Einen Moment lang sah sie mich entsetzt an. Dann schien sie zu begreifen. Gondolieri sind berüchtigte Klatschmäuler. Wenn wir uns weiterhin so offen äußerten, würde irgendjemand noch heute Abend eins der Löwenmäuler füttern.

»Unser Ziel ist bald erreicht, liebe Base«, sagte ich laut und nahm, als ich Verstehen in ihren Augen erblickte, meine Hand von ihren Lippen. »Wir müssen uns mit dem zufrieden geben, was uns beschieden ist, und unsere Aufgaben so gut wie möglich erledigen.«

Zehn Minuten später duckten wir uns in der Nähe des Ghettos in einen Torbogen und sie bedeckte ihre Locken mit dem scharlachroten Kopftuch.

»Und noch etwas«, zischte sie, bevor wir unseren Weg wieder aufnahmen. »Es war ohnehin alles umsonst. Ich habe Vivaldi gebeten, mich nur nachmittags auftreten zu lassen, aber damit war er nicht einverstanden. Entweder spiele ich abends oder gar nicht. Und da kann ich das Ghetto nicht verlassen. Ich bin Jüdin und muss in meinem Gefängnis verharren.«

Einen Moment lang befürchtete ich, sie könnte in Tränen ausbrechen, aber sie wahrte ihre Haltung, und ich fragte mich, ob sie vielleicht mit meinen Gefühlen spielte. Dann sah sie mich fast verschmitzt an. »Sag mir, Lorenzo, hat nicht ein Jude Augen, Organe, Gliedmaßen, Verstand, Neigungen, Leidenschaften wie ein Christ? Nimmt er nicht die gleiche Speise zu sich, wird durch die gleichen Waffen verwundet, leidet unter den gleichen Krankheiten, wird geheilt mit den gleichen Mitteln, gewärmt und gekühlt vom gleichen Winter und Sommer? Wenn ihr uns stecht, bluten wir nicht? Wenn ihr uns kitzelt, lachen wir nicht? Wenn ihr uns vergiftet, sterben wir nicht?« Und dann fügte sie wieder ernsthafter hinzu: »Und wenn ihr uns beleidigt, sollen wir uns nicht rächen?«

»Gewiss«, entgegnete ich in aller Aufrichtigkeit. »Bin ich auch nur ein einfältiger Bauernjunge aus Treviso, so lese ich doch englische Dramatiker und mache mir ihre Klugheit zu Eigen, wenn es mir gefällt. Und solltest du mir jemals Unrecht tun, Rebecca, so würde das dem Himmel spotten. Ich könnte es nicht glauben.«

Wir standen unter dem dunklen Torbogen so eng beieinander, dass sich unsere Hände fast berührten, kamen uns wie zwei Clowns vor, die nicht wussten, wer zuerst lachen und wer den nächsten Scherz machen sollte.

»Du bist wirklich bemerkenswert, Lorenzo«, flüsterte sie und betrachtete mich auf ihre eigentümliche, durchtriebene Art.

»Das werte ich als Kompliment und gebe es dir zurück.«

Sie schnaubte verächtlich. Flüchtig ergriff sie meine Hand. Ihre Finger waren warm, weich, unglaublich zart, und mich überkam ein Gefühl, das ich nie zuvor verspürt hatte. »Ich habe dich dazu gebracht, ein sehr großes Wagnis einzugehen. Für nichts.«

Jetzt musste ich lachen. »Für nichts? Rebecca, ich …« Ich verstummte hilflos, tölpelhaft. »Um nichts auf der Welt hätte ich den Nachmittag anders verbringen wollen. Und was die Abende in Venedig anbelangt, so lass mir ein wenig Zeit. Geheimnisse lassen sich in der Dunkelheit leichter verbergen als am helllichten Tag.«

»Und …?«

»Nein«, beharrte ich. »Eins nach dem anderen.«

Schweigend schlenderten wir zum Ghetto. Ich blieb an der Brücke zurück, wo ein ungehobelter Wachposten Rebecca nachsah, um dann zu bemerken: »Fünf Minuten später, und die kleine Jüdin hätte in der Klemme gesteckt, Bürschlein. Doch es wäre nicht zu verachten, eine oder zwei Stunden mit ihr in einer Zelle zuzubringen, was?«

Ich lehne es ab, einen kleinen Dolch bei mir zu tragen, wie es in den Städten Brauch ist. Wenn man darauf achtet, wohin man seine Schritte lenkt, besteht meiner Ansicht nach keine Notwendigkeit für eine derartige Waffe. Darüber hinaus missfällt mir die Vorstellung, mich mit einer juwelengeschmückten Klinge zu bewaffnen, die zu keinem anderen Zweck geschaffen wurde als dem, meinen Nächsten zu verletzen. Doch in diesem Moment wünschte ich mir sehnlichst, genau so eine Waffe zücken, das Herz dieses Schweins durchbohren und seinen blutenden Kadaver in den Kanal werfen zu können.

»Wie Ihr meint, Herr«, entgegnete ich, während ich mir meine Mordtat lustvoll ausmalte.

Dann lief ich durch die dunklen schmalen Gassen nach San Cassiano zurück, wo die Huren auf dem Campo jedem, der es hören wollte, unsittliche Angebote machten. Immer wenn ich laufe, denke ich nach. Und als ich die Tür der Ca' Scacchi öffnete, wusste ich bereits, was zu tun war.

18. Der Canal Grande

Nachdem Daniel sechs Seiten der Partitur kopiert und eilig geduscht hatte, wollte er die Ca' Scacchi verlassen, um mit dem Vaporetto nach San Marco zu fahren. In der Halle traf er mit Laura zusammen. Sie trug Jeans, ein rotes T-Shirt und hatte die Haare zu einem Pferdeschwanz zusammengefasst.

»Heute Abend habe ich frei«, erklärte sie. »Morgen auch.«

»Ah so.«

Scacchi und Paul wünschten ihm Glück. Dann liefen er und Laura zum Kanal, bestiegen ein Linienboot und setzten sich ans Heck. Zum ersten Mal trug sie keine Sonnenbrille. Aus einem ihm unerklärlichen Grund verbuchte Daniel das als kleinen Sieg für sich.

»Auf dem Weg zu einem Rendezvous?«, erkundigte er sich nach kurzem Zögern.

Laura funkelte ihn ungehalten an. »Was für eine unverschämte Frage! Ich besuche meine Mutter. Wie jeden Mittwoch, wenn Sie es genau wissen wollen. Sie lebt in einem Pflegeheim in Mestre.«

»Das tut mir Leid. Ist sie krank?«

»Nein. Nur alt. Ich bin so etwas wie eine Nachzüglerin.«

»Verzeihen Sie, ich war ziemlich dreist.«

»Stimmt.«

»Ich nahm an, Sie würden sich mit einem Mann treffen.«

Ihre grünen Augen wurden ganz groß. »Ein Mann? Glauben Sie nicht, dass ich mit Scacchi und Paul bereits für genügend Männer zu sorgen habe, Daniel? Und darüber hinaus scheint mir vor kurzem ein drittes Kind zugelaufen zu sein, das ebenso anstrengend sein kann wie die anderen. Glauben Sie, es mangelt mir an Männern?«

»*Oops*«, sagte er leise, musste unwillkürlich lächeln und blickte ins Wasser. Ihre eindeutig gespielte Empörung war erheiternd. Laura liebte Scacchi und Paul. Und brachte auch ihm, wie er glaubte, eine gewisse Zuneigung entgegen, was ihn leicht verwirrte. Bisher hatte er engere Bindungen stets vermieden. Es gab andere Sorgen: seine Mutter, das Studium und die Gelegenheitsjobs, mit denen er zum Lebensunterhalt beitrug. Wenn er überhaupt darüber nachgedacht hatte, wie die Frau aussehen würde, die er eines Tages kennen zu lernen hoffte, dann war vor seinem inneren Auge stets ein etwa gleichaltriges Mädchen aufgetaucht, das einen Geigenkasten von Konzert zu Konzert trug und seine Interessen für alte Bücher teilte. Eine Frau, die aus dem gleichen Holz geschnitzt war wie er, keine reizende exzentrische Hausangestellte, die auch noch älter war.

»*Oops*?«, wiederholte sie mit einem mutwilligen Augenzwinkern. »Ist das auch Englisch?«

Ein korpulenter, bärtiger Tourist Ende fünfzig, in Tennishemd, Shorts und mit mehreren Kameras um den Hals, starrte Laura unverwandt an.

»*Oops*!«, knurrte sie ihn an. Der Mann stand auf und begab sich in den Mittelteil des Bootes. Laura und Daniel lachten.

»Da wir nunmehr das Stadium erreicht haben, in dem auch persönliche Fragen erlaubt sind, werden Sie mir gefälligst etwas über sich erzählen. Ich nehme an, zu Hause wartet eine englische Rose auf Sie? Kommen Sie schon. Erzählen Sie's mir.«

Er merkte, dass er knallrot wurde. Lauras Lächeln schwand.

»Tut mir Leid. Ich hatte es ganz vergessen. Sie haben für Ihre Mutter gesorgt, nicht wahr? Lange?«

»Ziemlich lange«, antwortete er. »Aber ich habe keine Minute davon bereut.«

Jetzt blickte sie aufs Wasser. »Das glaube ich Ihnen gern. Und jetzt beginnt Ihr neues Leben? Mit den verrückten Bewohnern der Ca' Scacchi?«

»Möglich.«

Sie verschränkte die Arme und wechselte entschlossen das Thema. »Ich nehme an, diese junge Amerikanerin ist hübsch. Und Sie essen in der Locanda Cipriani. Ich habe mein ganzes Leben in Venedig verbracht und bin nur ein einziges Mal dort gewesen.«

Daniel dachte an Amy Hartston. Sie war vermutlich etwa zehn Jahre jünger als Laura. »Sie ist hübsch«, sagte er. »Auf eine typisch amerikanische Art.«

»Ich weiß, was Sie meinen«, gluckste sie. »Schneeweiße Zähne, tadellose Frisur, perfekter Po. Immer lächelnd. Immer höflich.«

»Ich denke, das sind Klischees.«

»Ha!«

»Und ich hoffe, sie kann besser Geige spielen als ich«, fügte er hinzu. »Denn die Komposition ist verdammt schwer.«

Sie nahm ihm die Plastikhülle mit den Notenblättern aus der Hand und betrachtete sie prüfend. »Sieht aber gar nicht so aus.«

»So? Kennen Sie sich mit diesen Dingen aus?«

»Nein. Aber hier sind nur ein paar Spatzenkleckse auf der Seite und nicht diese komplizierten Notengespinste, auf die meine Nachbarn immer starren, wenn ich mal ein Konzert besuche.«

Daniel seufzte. »Es beginnt langsam, wird dann aber schneller. Und vielleicht sollte ich Sie in ein musikalisches Geheimnis einweihen. Manchmal, teure Laura, sind die langsamen Parts die schwersten. Da muss man sich beweisen, kann mangelndes Können nicht mit Verve überspielen.«

Sie musterte ihn nachdenklich. »Es gibt Augenblicke, in denen ich wirklich nicht weiß, was ich von Ihnen halten soll. Das eben war eine ungemein reife und scharfsinnige Bemerkung für einen jungen Mann. Darüber hinaus … Oh! Oh! Sehen Sie nur! Bitte sagen Sie mir, wie dieses Haus heißt.«

Laura zeigte auf einen kleinen Palazzo am rechten Ufer des Canal Grande. Daniel kannte das Gebäude nicht, aber es war unzweifelhaft bemerkenswert. Ein wenig zur Seite abgesackt stand das schmale Haus an der Mündung des Rio Fornace, eine Besonderheit in Pink und gebrochenem Weiß, mit drei Fensterrosetten rechts sowie hohen Säulenbogen-Fenstern links von der Mittelachse in den drei oberen Stockwerken.

»Ich habe keine Ahnung«, sagte er.

»Ha! So viel zum Thema Bildung. Das ist einer der ältesten Palazzi am Canal Grande. Ich komme nie daran vorbei, ohne ihn zu bewundern. Ca' Dario. Fünfzehntes Jahrhundert. Es geht das Gerücht um, das Haus sei verflucht. In ihm sollen sich jede Menge Morde und Selbstmorde ereignet haben.«

»Und stimmt das?«

Ihre Mundwinkel verzogen sich bekümmert. »Als Kind hat es mir Alpträume verursacht.«

Daniel blickte zur Ca' Dario hinüber. Es kam ihm unangemessen vor, wie dieser wunderschöne Palast von seinen Nachbarn in den Schatten gestellt wurde, und er beschloss, sich intensiv über das Haus zu informieren. Der asymmetrische Baustil mit den Marmorintarsien an der Fassade war ebenso ungewöhnlich wie faszinierend. »Wie konnten Sie von diesem Haus Alpträume bekommen?«

»Ich war ein Kind! Und es handelte sich um einen Traum. In meinem weißen Kleid kam ich gerade von meiner Firmung und fühlte mich wie der wichtigste Mensch auf Erden …«

»Und?«

»Es war Karneval. Ich sah vom Vaporetto aus zu einem der Fenster im zweiten Stockwerk empor. Dem zweiten von links.« Zügig bewegte sich das Boot am Haus vorbei. Zu Lauras Erleichterung, kam es Daniel vor. »Da war ein Mann. Er riss die Arme hoch, und ich bildete mir ein, dass er schrie.«

»Wie sah er aus? Jung? Alt?«

»Ich erinnere mich nicht. Es war ein Traum.«

»Oder das Haus ist wirklich verflucht.«

Sie lachte. »Das glaube ich nicht. Allerdings hätte vor ein paar Jahren Woody Allen das Haus fast gekauft. Nun, das wäre dann wirklich zum Fürchten gewesen.«

»Sie haben eine lockere Zunge, Laura«, stellte er fest. »Kann man es besichtigen?«

Sie schüttelte den Kopf. »Privatbesitz. Aber wenn ich mich nicht irre, hat Ihr Freund Massiter im angrenzenden Palazzo ein Apartment. Vielleicht lässt er Sie von dort aus einen ausgiebigen Blick auf die Ca' Dario werfen. Zusammen mit Ihrer hübschen amerikanischen Freundin natürlich.«

Daniel beschloss den Seitenhieb zu ignorieren. Das Vaporetto schwenkte leicht nach links, fuhr an der Barockpracht von Santa Maria della Salute vorbei. Laura stand auf und blickte zur Anlegestelle hinüber.

»Massiter ist noch nicht da«, sagte sie und zeigte auf einen überdachten Steg neben der Vaporetto-Haltestelle. »Ich denke, er wird Sie dort abholen, wo auch die Motoscafi anlegen. Ein Benehmen hat dieser Mann. Warum konnte er nicht zur Ca' Scacchi kommen?«

»Ich bin ihm trotzdem dankbar.«

Sie funkelte ihn verärgert an. »Dankbar! Dankbar! Hören Sie auf, sich unablässig zu bedanken, Daniel. Niemand tut etwas umsonst. Nicht einmal Scacchi.«

»Aber …«

Es war zu spät. In echt venezianischer Manier hatte sie sich durch die Menge geboxt, die Sonnenbrille wieder fest auf der Nase. Als Daniel endlich festen Boden unter den Füßen hatte, marschierte sie längst schnell und entschlossen auf San Marco zu.

Daniel wartete. Zehn Minuten später rauschte neben ihm ein schnittiges, elegantes Schnellboot an den Steg. Auf der hinteren Bank saß Hugo Massiter und trank mit Amy Hartston Champagner. Als sie wieder ablegten, hielt auch Daniel ein gefülltes Glas in der Hand und wurde von dem Gefühl überwältigt, dass seine Welt plötzlich ungeahnte Ausmaße angenommen hatte.

Er blickte nach San Marco zurück. Und da, in dem kleinen Park, stand die winzige rot-blau gekleidete Gestalt von Laura und sah ihm nach. Wohl in der Überzeugung, dass sie aus dieser Entfernung nicht gesehen wurde.

19. Ein Abend in der Lagune

Als sie am Arsenale vorbeiglitten und die offenen Gewässer der Lagune erreichten, füllte Massiter ihre Champagnergläser auf. »Dimitri!«, schrie er über die Motorengeräusche hinweg.

Der Mann am Steuer des Bootes drehte sich um. Er war jung, hochgewachsen und versteckte seine Augen hinter einer Sonnenbrille. »Boss?«

»So schnell du kannst.«

Gleichmütig zuckte Dimitri mit den Schultern. Der Motor ging in ein Jaulen über und der Bootsbug reckte sich gen Himmel. Amy Hartston und Daniel Forster wurden in die Lederpolster gedrückt und fingen plötzlich an zu grinsen.

Amy sah in ihrem cremefarbenen, dekolletierten Abendkleid hinreißend elegant aus, aber älter, als sie war. Massiter trug sandfarbene Hosen und ein blütenweißes Baumwollhemd, am Hals offen, aber ohne Seidentuch. Die Sonnenbrille war durch eine Skippermütze ersetzt worden, die verwegen schief auf seinem Kopf saß. Nie zuvor war Daniel einem so wohlhabenden Mann so nah gekommen.

Hugo, wie er genannt werden wollte, entsprach ganz und gar nicht seinen Erwartungen. Er wirkte zu locker, fast verspielt ausgelassen, um echt zu sein. Dennoch fand Daniel seine Gesellschaft – und die von Amy – erregend. Seit der Ankunft in Venedig hatte sein Leben erstaunliche Dimensionen angenommen. Die Vergangenheit kam ihm inzwischen blass und zweidimensional vor.

Das Boot bretterte über die durch Bojen markierte Fahrrinne zwischen den Inseln Murano und Sant' Erasmo: die erste dicht bebaut und geschäftig, die zweite eine flache Oase aus Gemüsegärten und das Zuhause von Piero. Daniel erinnerte sich an seine letzte Fahrt durch die grauen Wasser der Lagune, auf der *Sophia*, mit drei schlafenden Männern an Deck, einem Hund am Steuer und Laura, der rätselhaften Laura, die zwischen den Bäumen der Giardini ex Reali stehen geblieben war, um ihm nachzublicken.

»Ist irgendetwas?«, rief ihm Amy zu.

»Nein. Ich musste nur gerade daran denken, wie überraschend und unerwartet das alles ist. Eigentlich kam ich nach Venedig, um eine Bibliothek zu katalogisieren.«

Massiter streckte ihnen einen Teller Bruschette entgegen, kleine geröstete Brotscheiben, die mit einer Paste aus Tomaten, Steinpilzen und Anchovis bestrichen waren. »Ohne Überraschungen wäre das Leben unerträglich«, verkündete er. »Eine Bibliothek?«

Daniel erkannte, dass er vorsichtiger sein musste. Er wünschte, Scacchi hätte ihm ein paar Tipps für den Umgang mit Massiter gegeben, und fand es eigentümlich, dass der alte Mann in dieser Hinsicht so zurückhaltend gewesen war. Offenbar ging er davon aus, dass Daniel bei aller Naivität selbst am besten wusste, wie er sich zu verhalten hatte.

Er berichtete von seinem Interesse für die Buchdruckerkunst der Republik, die letztlich Anlass für seine Reise nach Venedig gewesen wäre. Scacchi hätte ihn eingeladen, für einen kleinen Obulus ein paar alte Dokumente durchzusehen, die anderenfalls fortgeworfen werden würden. Zu seiner Überraschung hätte er dann festgestellt, dass er von Scacchi auch noch zu den Sommerstudien angemeldet worden war.

»Und, haben Sie etwas entdeckt?«, hakte Massiter nach.

»Noch nicht«, erwiderte Daniel und stellte erstaunt fest, dass er nicht rot wurde. Er wusste nicht, ob das bei der nächsten Lüge ähnlich gut klappen würde. »Die Unterlagen weisen zum größten Teil erhebliche Wasserschäden auf.«

Massiter schüttelte den Kopf. »Wie bedauerlich! Wie Sie wissen, ist Scacchi Antiquitätenhändler. Wir hatten zwar hin und wieder geschäftlich miteinander zu tun, aber er besteht immer auf Abstand. Nie lädt er mich zum Abendessen oder auch nur auf einen Drink ein. Seine Schwäche ist, dass er den Wert eines Objekts erst erkennt, wenn es ihm unter die Nase gehalten wird. Sich vorzustellen, dass der Mann möglicherweise auf einem Schatz sitzt, den er unerkannt verrotten lässt …«

Diese harte Kritik konnte Daniel nicht auf sich beruhen lassen, selbst wenn sie berechtigt sein sollte. »Mir gegenüber hat sich Signor Scacchi als sehr freundlich und großzügig erwiesen. Ohne ihn müsste ich mich noch immer in Oxford mit Gelegenheitsjobs abplagen, um meine Miete und andere Verpflichtungen bezahlen zu können.« Und mit meiner Einsamkeit, hätte er fast hinzugefügt, mit einer ziemlich freudlosen Existenz.

Entschuldigend hob Massiter die Hände. »Das war natürlich nicht persönlich gemeint. Ihre Loyalität ehrt Sie. Und jetzt Sie, Amy. Erzählen Sie ein wenig von sich. Um Daniel ins Bild zu setzen und meine Erinnerung aufzufrischen.«

Lächelnd und in wenigen Sätzen erzählte sie von ihrer Kindheit in Maine, von ihrem Vater, der »wirklich groß in Immobilien machte«, und dass sie sich das ganze Jahr hindurch auf den Sommer in Venedig freute.

»Aber Ihr College?«, fragte Daniel.

»Ausschließlich für reiche, dumme Mädchen. Wie mich. Überschätzen Sie mich nicht.«

»Unsinn«, erklärte Massiter streng. »Amy nimmt an den Sommerstudien teil, seit sie eine zwölfjährige Range war, und ihre Fortschritte erstaunen mich jedes Jahr aufs Neue.«

»Yeah. Sicher. Man braucht nun einmal eine Starmusikerin für die Sommerstudien, Daniel. Seit dieses Mädchen ermordet wurde. Ihr Geist geht in der Kirche um, sagen manche. Früher habe ich es selbst geglaubt.«

Massiter blickte aufs Wasser, und Daniel glaubte, so etwas wie Besorgnis auf seinem Gesicht zu entdecken.

»Davon wusste ich nichts«, meinte er zögernd.

»Wirklich nicht?« Plötzlich wirkte Amy ganz aufgeregt. »Das war zwar vor meiner Zeit, ist aber eine unglaubliche Geschichte. Die Arme sah sich den Nachstellungen des Studienleiters ausgesetzt. Nach dem Abschlusskonzert fiel er über sie her und ermordete sie. Als ihm die Cops auf die Spur kamen, brachte er sich um. Wie es heißt, soll sie eine gute Geigenspielerin gewesen sein.«

Massiter leerte sein Glas und goss sofort wieder nach. »Sie hieß Susanna Gianni und war die beste Violinistin, die ich je gehört habe. Zumindest in dieser Altersklasse. Ich darf gar nicht daran denken, dass ich den verdammten Russen engagiert hatte. Es vergeht kaum ein Tag, an dem ich mir nicht Vorwürfe mache. Ohne meine Entscheidung könnte sie noch leben.«

Amy blickte in seine grauen Augen. Sie schimmerten feucht. Sie legte ihm eine Hand auf das Knie. Eine eigenartig erwachsene Geste, wie Daniel fand. »Das tut mir sehr Leid, Hugo«, sagte sie. »Ich wusste nicht, dass Sie sich persönlich betroffen fühlen. Sie dürfen sich keine Vorwürfe für eine Tat machen, die ein anderer begangen hat.«

»Ich fürchte, das ist unvermeidbar. Auch nach zehn Jahren noch. Aber lassen Sie uns das Thema wechseln. Wir sind fast da.«

Die Insel war bereits sehr nah. Hinter der Anlegestelle für die Vaporetti ragte der Campanile in den Himmel. Das Boot verlangsamte seine Fahrt und bog scharf nach rechts in die Mündung eines algenverschmutzten Kanals ein. Massiter verscheuchte eine Mücke, blickte auf seine Armbanduhr und befahl Dimitri, vorübergehend in einiger Entfernung vom Restaurant zu ankern.

»Ich konnte erst für neun einen Tisch bekommen. Eine Frechheit! Aber vertreiben wir uns die Zeit mit ein wenig

Musik. Nur zu! Packen Sie Ihre Instrumente aus und lassen Sie mich die Stücke hören, die Sie für mich komponiert haben.«

Amy verzog das Gesicht. »Muss das wirklich sein, Hugo? Ich bin Geigenspielerin, keine Komponistin.«

»Eine hervorragende Geigenvirtuosin. Die beste in diesem Jahr, Amy. Das hat mir Fabozzi versichert.«

»Mag sein. Aber das heißt noch längst nicht, dass ich auch komponieren kann.«

Enttäuscht, fast gekränkt sah er sie an. »Soll das heißen, dass Sie gar nichts mitgebracht haben?«

Sie griff in ihre Tasche und zog Notenblätter hervor. »Doch, Vivaldis Jahreszeiten. Die spielen wir in der Chiesa nie. Ich dachte, es könnte eine nette Abwechslung sein.«

Massiter wirkte entsetzt. »Großer Gott, Mädchen! Wenn ich die hören will, wonach mir mit Sicherheit nicht der Sinn steht, gehe ich in die nächstbeste Pizzeria. Ich hätte nicht übel Lust, Sie zur Strafe hungern zu lassen. Frauen!«

»Vielleicht«, versuchte Daniel die Wogen seiner Erregung zu glätten, »hätte ich da eine Lösung.«

»Das hoffe ich. Sonst fällt für uns alle das Abendessen aus.«

Daniel streckte Amy die Plastikhülle mit den sechs von ihm kopierten Notenblättern entgegen. »Sie würden mir einen sehr großen Gefallen tun, Amy, wenn Sie sich einmal ansehen könnten, was ich da zu Papier gebracht habe.«

»Warum?«, fragte Massiter. »Können Sie es nicht selbst spielen?«

»Nicht besonders gut«, gestand er ein. »Ich habe nie behauptet, ein guter Violinist zu sein, Hugo. Wenn man etwas in seinem Kopf hört, muss man es deshalb noch nicht mit den Fingern wiedergeben können.«

»Musiker!«, knurrte Massiter. »Die eigenwilligsten Geschöpfe auf Erden. Nun, Sie haben es gehört, Amy. Spielen Sie, oder wir fahren zurück und für Sie beide gibt es kein Abendessen.«

»Geben Sie schon her.« Heftig riss sie ihm die Blätter aus der

Hand und vertiefte sich in die Noten. Die Minuten vergingen. Massiter schien sich ein wenig zu beruhigen. Daniel hörte dem Summen der Insekten und dem Springen der Fische zu, die nach Fliegen schnappten. Zunehmend besorgt fragte er sich, ob er seine Karten richtig ausgespielt hatte. Während sie die Seiten umblätterte, veränderte sich Amys Gesichtsausdruck, wurde ernster, konzentrierter. Als sie fertig war, blickte sie ihn an. »Was ist das, Daniel?«

»Ein Violinsolo«, antwortete er einfältig.

»Das sehe ich. Es macht den Eindruck, als wäre das Musik aus dem achtzehnten Jahrhundert. Fast wie Vivaldi, aber auch wieder nicht. Und ich bin mir beinahe sicher, dass es nur ein Teil von einem wesentlich umfangreicheren Werk ist. Also: Was ist das?«

Massiter musterte sie unverwandt, und Daniel verstand, warum Scacchi unter dem Blick dieser harten grauen Augen offenbar nicht lügen konnte.

»Eine Solopassage aus einem Violinkonzert, das an Vivaldi erinnert. Der Mittelteil, das Ritornell. Der Stil hat mich gereizt. Ich wollte etwas schreiben, was dem Anlass des heutigen Abends entspricht.«

Amy machte schmale Augen. »Und den Rest soll ich mir vermutlich denken? Ohne das ganze Konzert im Kopf zu haben, ist es verdammt schwer herauszufinden, wie das hier klingen muss.«

Am liebsten hätte er sich geohrfeigt. Da hatte er das erstbeste Violinsolo kopiert, ohne auch nur eine Sekunde über den fehlenden Kontext nachzudenken. »Es wäre sehr … schön, wenn Sie … dazu in der Lage wären«, stotterte er.

»Schön?«, fragte sie gedankenverloren. »Wie können Sie den Mittelteil eines Musikstücks schreiben, ohne sich den Anfang auch nur vorzustellen? Vom Ende ganz zu schweigen. Das begreife ich nicht.«

Wieder völlig entspannt lehnte Massiter in der Ecke des

Boots. »Was ist, meine Liebe? Entweder spielen Sie jetzt, oder Sie müssen hungern.«

»Verflixte Briten!«

Sie gab Daniel die Noten zurück und bat ihn, die Seiten für sie umzublättern, nahm die Guarneri aus ihrem Kasten, stand auf, konzentrierte sich kurz und begann zu spielen. Die süßen, vollen Klänge der Geige übertönten das Surren der Mücken und das gelegentliche Quaken eines Froschs. Massiter schloss die Augen und lauschte völlig regungslos. Daniel hatte die Partitur fast gedankenlos abgeschrieben, ohne die Noten im Kopf in Töne umzusetzen, aber nun überrieselte es ihn kalt. Er hörte die langsamen, elegischen Töne eines Klagelieds, die langsam, aber stetig lebendiger wurden, schneller, unbeschwerter, um mit einem triumphierenden Crescendo zu enden. Müsste er einen Titel für diese Solopassage finden, dann gäbe es nur einen: Auferstehung. Die Musik begann im Reich der Toten, um sich allmählich, aber unablässig zu einer Welt voller Leben, Farben und Bewegung aufzuschwingen.

Amy setzte sich und sah ihn an. »Wie war ich? Ich bitte um Ihr ehrliches Urteil. Es ist Ihre Komposition.«

»Hinreißend«, begeisterte er sich. »Einfach wundervoll.«

Sie schüttelte den Kopf. »*Wow*. Das ist ein fantastisches Solo, Daniel. Darf ich die Notenblätter behalten?«

»Natürlich.«

»Hier. Bitte, signieren Sie Ihr Werk. Dann habe ich etwas zu verkaufen, falls ich mal pleite sein sollte.«

»Ich habe leider keinen Stift dabei«, lächelte er verlegen.

Massiter beobachtete ihn wie ein Habicht. Er zog einen Schildpatt-Füllhalter aus der Hemdtasche. »Hier, Daniel. Bedienen Sie sich.«

Mit zitternden Fingern und voller Verachtung für sich selbst schrieb Daniel seinen Namen auf die erste Seite.

»Das war überwältigend«, sagte Massiter. »Die Komposition *und* das Spiel. Aber jetzt lassen Sie uns essen.«

Es wurde das Festessen, das Massiter versprochen hatte. Gemeinsam machten sie sich über die Vorspeisen her: Seeigel und weichschalige Krebse, Garnelen und Hummer, tintenfischschwarze Pasta. Danach wurde Petersfisch serviert, im Ganzen, mit Petrus' Daumenabdruck hinter den Kiemen, und unglaublich saftiger Seeteufel. Massiter murmelte ein paar abfällige Worte über Weißweine aus dem Veneto und wählte einen gehaltvollen, kräftigen Südtiroler zum Fisch aus. Sie leerten zwei Flaschen, abschließend gab es Grappa. Sie sprachen über Venedig, Universitäten und Essgewohnheiten, über alles, nur nicht über die Musik, die sie gerade gehört hatten.

Nach dem Essen gingen sie die paar Schritte hinüber zur kleinen Basilika Santa Maria Assunta. Massiter überredete den Hausmeister mit Hilfe von ein paar Lirescheinen, ihnen das Portal zu öffnen. Er knipste das Licht an, deutete stolz auf das berühmte Mosaik mit der Darstellung des Jüngsten Gerichts, und Daniel starrte beeindruckt auf den kleinen Hund in einer Ecke, von dem Pino gesprochen hatte und der tatsächlich so aussah wie ein Vorfahr des legendären Xerxes, Entenjäger und Steuerhund in einem. Danach verließen sie das Gotteshaus wieder und blickten zu den Sternen am nachtblauen Himmel auf.

Da der Hausmeister in Erwartung weiterer Zuwendungen hoffnungsvoll ausharrte, warf Massiter einen abschätzenden Blick auf den Campanile und schlug vor, einen Aufstieg zu wagen. Dort oben, erklärte er, würden ihnen die Lichter von Venedig zuzwinkern.

Amy setzte sich auf einen Steinquader vor der Basilika. Sie seufzte: »Keine zehn Pferde bringen mich da hinauf. Ich warte.«

Mit Taschenlampen bewaffnet stiegen die beiden Männer die gewundenen Stufen im Inneren des Turms empor. Daniel begann bald zu schnaufen, aber Massiter schien die Kletterei nichts auszumachen. Als sie oben angekommen waren und zur

Stadt hinüberblickten, sah Daniel, dass sich die Mühe gelohnt hatte. Von der Spitze des Campanile aus konnten sie die kleine, abgeschlossene Welt der Lagune überblicken wie Götter und hatten das Gefühl, alles, was sie sahen, mit den Händen greifen zu können: die nahe Insel Burano, die Lichter von Murano und San Michele und dahinter die Kirchtürme von Venedig.

Daniel hatte zu viel Wein getrunken, um beunruhigt zu sein. Er lächelte Massiter an und dankte ihm. Der ältere Mann beugte sich aus dem Fensterbogen und blickte über das dunkle Wasser.

»Sie sind Scacchis Werkzeug«, sagte er mit einem ganz neuen Ernst in der Stimme. »Das ist Ihnen hoffentlich bewusst, Daniel.«

Fast schmerzhaft überfiel Daniel Nüchternheit und mit ihr die Erkenntnis, dass er diesen Turm kaum verlassen konnte, ohne Massiter zumindest einen Teil der Wahrheit zu erzählen.

»Ich verstehe nicht recht.«

Massiter schlug ihm leicht auf die Schulter. »Das Solo, Junge. Es ist nicht von Ihnen. Der alte Gauner benutzt Sie als Köder. Weiß er, was die Partitur wert ist?«

Daniel schwieg.

»Hören Sie, Daniel, das Violinsolo ist unter keinen Umständen von Ihnen. Aber nach dem, was ich gehört habe, könnte es sich um eine durchaus wertvolle Partitur handeln. Und nun sagen Sie mir, was Scacchi will, und wir können in Verhandlungen treten.«

»Das weiß ich nicht«, antwortete Daniel aufrichtig. »Nur, dass er sie verkaufen will.«

»Und das für viel Geld, wenn er diese Spielchen spielt. Warum ruft er mich nicht einfach an?«

»Er ist krank. Eine bessere Erklärung habe ich nicht.«

Massiter runzelte die Stirn. »Das habe ich gehört. Armer Teufel. Und? Um was handelt es sich bei den Noten?«

Daniel holte tief Luft. »Um die Originalpartitur eines

Violinkonzerts. Es könnte Vivaldi sein, dann aber auch wieder nicht.«

»Wer hat sie komponiert?«

»Keine Ahnung. Sie trägt die Aufschrift ›Concerto Anonimo‹ und die Jahreszahl siebzehnhundertdreiunddreißig. Das lässt auf einen Zeitgenossen von Vivaldi schließen. Von ihm kann das Konzert nicht sein. Warum hätte er es ›anonym‹ komponieren sollen?«

Massiter legte zwei Finger an die Lippen und blickte nachdenklich zu den Sternen auf. »Ist das gesamte Werk so gut wie das Solo?«, erkundigte er sich schließlich.

»Ich denke schon.«

»Und es ist nicht etwa gestohlen? Ich kenne Scacchis Tricks.«

»Die Partitur wurde in Scacchis Haus gefunden. Sie gehört ihm. Wie gesagt, ich halte das Konzert für großartig, wusste aber nicht, wie großartig es wirklich ist, bevor Amy das Solo spielte. Aber das haben Sie selbst gemerkt, nicht wahr, Hugo?«

Massiter lachte. »O ja. Was für eine unglaubliche Geschichte! Diese Stadt überrascht mich immer wieder.«

»Dann denken Sie daran, die Partitur zu kaufen?«, fragte Daniel hoffnungsvoll. »Ich denke, Sie könnten sich mit Scacchi schnell einig werden.«

Massiter schüttelte den Kopf. »Es ist eine tolle Geschichte, aber was ist das Ding wirklich wert? Man könnte möglicherweise mit einem bezahlten Gutachten das Konzert für eine Vivaldi-Komposition erklären, aber Ihren Worten entnehme ich, dass der Schwindel schnell zu durchschauen wäre. Vielleicht würde eine Universität Scacchi eine gewisse Summe dafür bezahlen. Die Musikwissenschaftler werden sich darum reißen. Aber für mich kommt es nicht in Frage, fürchte ich.«

Daniel konnte kaum glauben, was er da hörte. »Aber es handelt sich um wundervolle Musik, Hugo. Das haben Sie selbst gesagt.«

»Unbedingt! Scacchi könnte sich in Verhandlungen mit einem Musikverlag vielleicht Tantiemen für den Notensatz sichern. Aber Sie sehen das Problem? Der Komponist, wer immer das auch war, ist seit langem tot. Es gibt also in dem Sinn kein Copyright. Sobald die Partitur in die Fänge irgendeiner Universität gerät, kann jeder ganz nach Belieben Ausgaben davon veröffentlichen, ohne einen Pfennig dafür zu bezahlen. Und das wird geschehen, glauben Sie mir. Es gibt keine Redlichkeit unter Akademikern. Nein. So wie ich es sehe, sind etwa zehntausend Dollar drin und dann noch einmal die gleiche Summe an Wiederaufführungshonoraren über die nächsten fünf Jahre. Mehr nicht.«

Die Logik von Massiters Argumenten schien unerschütterlich. »Und eine andere Möglichkeit gibt es nicht?«, fragte Daniel.

Massiter leuchtete ihm mit seiner Taschenlampe ins Gesicht. »Die gibt es immer. Aber dieses Konzert ist nun einmal nicht das, was ich diesen Sommer kaufen wollte, wie Sie und Scacchi sehr wohl wissen. Ich würde zu gern eine dieser großartigen Guarneris mein Eigen nennen. Aber ich bin einem kleinen Spiel ebenso wenig abgeneigt wie jeder andere. Wir spielen und täuschen alle, Daniel. Was meinen Sie, was die Welt sonst in Bewegung hält?«

Es wurde zunehmend kühler. Einerseits wünschte sich Daniel auf den Erdboden zurück, andererseits wollte er unbedingt erfahren, was Massiter zu sagen hatte. Scacchi brauchte dringend Geld. Und hier in Venedig war das Leben spannend, aufregend, voll neuer Erfahrungen. Es gab neben den Bedürfnissen des alten Mannes durchaus auch egoistische Gründe für Daniel, dieses Spiel weiterzuspielen. »Ich glaube, ich verstehe nicht ganz«, sagte er.

Massiter seufzte, als müsse er sich einem begriffsstutzigen Kind verständlich machen. »Denken Sie nach. Niemand weiß, wer das Konzert komponiert hat. Und im Grunde gehört es niemandem. Wenn es unter diesen Auspizien verkauft wird, hat es lediglich den Wert irgendwelcher alter Dokumente. Stimmen Sie mir zu?«

Daniel nickte zögernd.

»Also brauchen wir einen Urheber, jemanden, der befugt ist, das Werk gegebenenfalls auch zu verkaufen. Sie haben die Lösung doch selbst initiiert. Fragen Sie Amy. Sie weiß, wer das Konzert geschrieben hat. *Sie.*«

Eine Eule strich klagend durch die Dunkelheit. Massiter trat auf ihn zu und packte seinen Arm. »Hören Sie zu. Es ist geradezu lächerlich einfach. Morgen spreche ich mit Fabozzi und bitte ihn darum, das Programm zu ändern und uns auf ein einziges Werk zu konzentrieren. Ein ganz neues. Komponiert von einem brillanten Wunderkind, das aus dem Nichts aufgetaucht ist. Einem gewissen Daniel Forster. Jeden Tag kopieren Sie ein paar Seiten der Partitur und bringen sie ihm. Das Orchester studiert Ihr Meisterwerk ein und mit dem Abschlusskonzert präsentieren wir es der staunenden Welt. Denken Sie an das Aufsehen, das Sie erregen werden! An den Ruhm! Sie haben den Sommer als armer Student begonnen und beenden ihn als Berühmtheit. Sie werden vielleicht nicht reich, aber wer wird das mit der Musik schon?«

»Das passt nicht zu mir, Hugo.«

»Wovor haben Sie Angst? Dass sich der wahre Komponist aus dem Grab erhebt und Ihre Träume heimsucht? Selbst wenn Sie danach keine weitere Note mehr veröffentlichen, macht sich das Konzert ganz ausgezeichnet in Ihrem Lebenslauf. Gestatten Sie sich doch wenigstens einmal einen kleinen Spaß, Daniel. Sehen Sie doch nicht alles so verkrampft.«

»Aber das ist doch bestimmt ungesetzlich?«

»Ich bitte Sie! Wer wird denn geschädigt? Der Komponist mit Sicherheit nicht. Und diejenigen, die die Noten später erwerben, auch nicht. Sie bekommen für ihr Geld die Originalmusik. Oder glauben Sie etwa, die Musik hört sich anders an, nur weil Ihr Name auf dem Umschlag steht?«

»Nein. Es ist nur …«

»Unrecht?«, forderte Massiter ihn heraus.

»Ja.« Daniel empfand fast so etwas wie Scham. Manchmal war seine Naivität nachgerade peinlich.

»Vielleicht. Diese Bewertung überlasse ich Ihnen und Scacchi. Ich sehe nur zwei Möglichkeiten. Entweder wird dieses Konzert aufgeführt und bringt Ihnen ein wenig Geld ein. Oder Sie geben es fort, was einem Vernichten sehr nahe kommt. Für mich sind das zwar kleine Fische, aber irgendwie finde ich das Spielchen ganz reizvoll, deshalb möchte ich Ihnen ein Angebot machen. Wenn Sie sich als Urheber ausgeben, wie von mir vorgeschlagen, werde ich unter der Hand ein Arrangement aushandeln, nach dem mir alle Tantiemen zustehen, die im Laufe der Jahre für das Werk anfallen. Im Gegenzug bekommt Scacchi sofort fünfzigtausend Dollar und weitere fünfzigtausend gegen Ende des Sommers. Was für Sie dabei abfällt, müssen Sie mit ihm aushandeln. Dafür überlassen Sie mir die mickrigen Wiederaufführungshonorare ebenso wie die Originalpartitur. Ein großartiges Angebot, wenn Sie mich fragen. Könnte ziemlich peinlich sein, wenn das herauskommt. Das Risiko liegt ausschließlich bei mir, und die Einkünfte sind mehr als mager, selbst wenn das Konzert Anklang finden sollte. Wir sprechen hier von Musik, Daniel, und damit hat noch niemand wirklich Geld verdient. Ihnen ist doch klar, dass ich das nicht aus egoistischen Motiven tue, oder? Ich bin eben der sprichwörtliche Philanthrop mit den tiefen Taschen. Aber was wäre neu daran?«

Tiefe Stille herrschte auf dem Campanile hoch über der Lagune.

»Überlegen Sie es sich.« Massiters graue Augen schimmerten in der Dunkelheit. »Wenn wir uns verständigen, kann mein gutes Geld schon morgen früh in Scacchis gierigen Fingern sein. Na, wie ist es? Ein besseres Angebot ist nicht vorstellbar.«

Daniel versuchte, logisch zu denken, die Möglichkeiten abzuwägen. Vor seinen Augen verschwamm alles. »Hunderttausend jetzt, fünfzigtausend später«, sagte er.

»Siebzig jetzt, fünfzig später. Keinen Cent mehr.«

Der alte Mann braucht das Geld, sagte sich Daniel. Um ihn geht es hier, nicht um mich. »In Ordnung«, sagte er. »Vorausgesetzt, Scacchi ist einverstanden.«

»Oh …« Massiter lächelte breit. »Er wird zustimmen. Er weiß, was ein guter Preis ist.«

Daniel ergriff Massiters ausgestreckte Hand und stellte überrascht fest, wie kühl und trocken sie war. Ganz im Gegensatz zu seiner.

20. Die Juden

Institutionen haben ihre Regeln. Das ist ihr Verhängnis. Das Ghetto bildet da keine Ausnahme. Rebecca hat mich über die Entstehung dieser speziellen Gefängnisinsel unterrichtet. Als die Signoria der Republik beschloss, wieder Juden in ihrer Mitte aufzunehmen, knüpfte sie daran Bedingungen. Eine davon besagte, dass sie nur bestimmte Gewerbe ausüben durften, vor allem das Geldwesen. Eine weitere, dass sie sich ausschließlich auf einem für sie vorgesehenen Wohngebiet ansiedelten und bereit waren, sich dort für die Nacht einschließen zu lassen. Hierzu benötigte die Stadt eine Art Festung, und die Wahl fiel auf eine kleine Insel in Cannaregio, auf der sich ehemals die neue Eisengießerei befunden hatte: *il gheto nuovo*. (*Gheto* ist die italienische Bezeichnung für Guss.) Nunmehr heißt die von einem Kanalring umgebene Insel Ghetto (allerdings weiß ich noch immer nicht, woher das zweite »t« kommt).

Doch da in Venedig nichts simpel und einfach sein kann, gibt es hier drei Arten von Juden: Aschkenasim aus Deutschland, Sephardim aus Spanien und die Levantiner, die ihren Weg aus dem Orient hierher fanden. Rebecca gehört zu den Aschkenasim. Ihre Familie stammt ursprünglich aus München, floh aber von dort, als die Ratsherren der Stadt die Juden beschuldigten, die Brunnen zu vergiften und für den Ausbruch der Pest verantwortlich zu sein. Sie gingen nach Genf, wo sich ihr Leben nicht sonderlich besser gestaltete. Die Aschkenasim waren die ersten Juden, die nach Venedig zurückkehren durften, blieben jedoch aus Gründen, die mir nicht einsichtig sind, diejenigen, denen man am wenigsten vertraute. Demgegenüber scheinen die Sephardim, die neben Hebräisch und Italienisch weiterhin ihre eigene Sprache sprechen, über einen gewissen Einfluss in Venedig zu verfügen. Die Levantiner werden ausnahmslos für gute Diener der Republik gehalten, da die meisten von ihnen aus venezianischen Territorien wie Korfu und Kreta kommen. Demzufolge leben die meisten Sephardim und Levantiner in eigenen, neueren Ghettos, in denen die Verbote gewerblicher Betätigung laxer gehandhabt werden, wenngleich sie weiterhin gelbe Abzeichen oder rote Kopftücher tragen und die Gesetze gegen Zinswucher einhalten müssen.

Davon hatte ich bisher natürlich keine Ahnung gehabt und angenommen, Jude ist gleich Jude. In Wahrheit sind sie jedoch in ihrem Verhalten so unterschiedlich wie andere Menschen auch, mit unterschiedlichen Vorlieben und Abneigungen, Vorurteilen und Dogmen. Möglicherweise spotten die Aschkenasim über die Sephardim, so wie einem die Venezianer Zoten über die *motti* auftischen, die Einfaltspinsel von Sant' Erasmo, jener Insel inmitten der Lagune, auf der jeder mit jedem verschwägert ist. Ich hoffe es. Schließlich sind wir alle nur Menschen.

Jede Gemeinde hat ihre eigene Synagoge, die Aschkenasim die von mir schon erwähnte eigenartige archenähnliche Holzkonstruktion neben und über Rebeccas Haus. Der Platzmangel führte dazu, dass es zu ebener Erde keinen Raum für derartige Andachtsstätten gab. Stattdessen mussten sie oft etliche Stockwerke hoch über den verschachtelten Wohnquartieren errichtet werden, in denen die Menschen des Ghettos buchstäblich Wange an Wange wohnen. Und mit einem Tempel über ihren Köpfen!

Wie hatten es Rebecca und Jacopo geschafft, sich in diesem engen Labyrinth eine eigene Wohnung zu sichern? Mit Hilfe seiner Position als Medicus, nehme ich an, da seine Dienste in der Stadt sehr gefragt sind, vor allem, was weibliche Leiden anbetrifft. Dennoch denke ich mitunter, dass noch mehr dahinter steckt. Die beiden unterscheiden sich von den anderen Juden, denen ich bei meinen Besuchen auf der Treppe begegne, und das nicht nur, weil sie gerade mal ein Jahr hier leben.

Mit ein wenig mehr Platz zum Atmen wären die meisten Bewohner sicherlich zufrieden. Sie verspüren gar kein Verlangen, das Ghetto aus anderen Gründen zu verlassen als denen, ihre Geschäfte zu tätigen. Doch die Levis haben höhere Ambitionen, denke ich. Sie scheinen von dem Drang beseelt, sich vor allem in der Welt jenseits der drei Zugbrücken zu beweisen. Natürlich ist das ein unerfüllbarer Wunsch, wie du dir vorstellen kannst. Was das Verlangen jedoch nicht weniger brennend werden lässt. Sie machen auch keinerlei Hehl aus ihren Zweifeln an ihrer Religion wie auch den Glaubensüberzeugungen aller anderen. Glücklicherweise kennen Juden weder Inquisition noch Hexenverbrennung, anderenfalls wären Jacopo und Rebecca vermutlich die ersten Opfer. Du solltest sehen, wie Jacopo die Farbe in die Wangen steigt, wenn er über die Wirksamkeit von Gebeten und Votivgaben als Mittel zur Krankenheilung spricht. Und ich muss ihm zustimmen. Warum sollte eine Kerze eine derartige Macht besitzen? Und wenn doch, warum dann nur bei den Angehörigen einer bestimmten Religion und nicht auch bei Protestanten, Juden, Arabern und wem auch immer? Für Jacopo gibt es offenbar nur einen Gott, und das ist die Wissenschaft, ein Herr voller Hochmut, wie mir scheint, und ein wenig zu nahe der Alchimie, der wir in einer weniger aufgeklärten Zeit anhingen.

Doch zurück zu den Regeln und ihren offenkundigen Mängeln. In der Nacht darf mit Ausnahme von Ärzten niemand das Ghetto verlassen. (Was für praktisch denkende Menschen wir Christen doch sind, sobald es um unser Leben geht, lassen wir uns zu jeder Tag- und Nachtstunde von den Hebräern helfen.) Um zu ihren abendlichen Konzerten in der Chiesa della Pietà zu gelangen, braucht Rebecca lediglich in Jacopos Gewand mit dem gelben Abzeichen auf der Schulter zu schlüpfen und darauf zu warten, dass ich sie zu einem dringenden Krankenbesuch rufe. Die Zugbrücke senkt sich, ich verwickle den Wachposten in ein Gespräch, damit sie kein Wort äußern muss, und wir tauchen im Labyrinth der Gassen außerhalb des Ghettos unter, wo sie sich ihrer Maskerade entledigt, die Musikerin auf ihrem Weg zum Konzert wird, Vivaldi und seine Zuhörer entzückt, um sich danach von mir, erneut verkleidet, wieder ins Ghetto geleiten zu lassen.

Ich nutzte Leos Abwesenheit, der in der Ca' Dario mit Delapole über irgendwelche Geschäfte verhandelte, um am folgenden Morgen ins Ghetto zu eilen und meinen Plan zu erläutern. Mit glänzenden Augen hörte Rebecca mir zu. Hinter den Wandschirmen Geige zu spielen war besser, als gar nicht aufzutreten, und würde zudem das Risiko mindern, erkannt zu werden.

Aber Jacopo schlug mir kopfschüttelnd auf den Rücken und sagte: »Du hast zu viele Aufführungen der Commedia dell'Arte gesehen, Lorenzo. Hier handelt es sich jedoch nicht um irgendwelche Phantastereien auf einer Bühne, sondern um das wirkliche Leben. Und unser Leben steht durchaus auf dem Spiel, wenn derartige Vergehen gegen den Staat und die Kirche ruchbar werden. Es sind rachelüsterne Männer da im Palast am Canal Grande wie auch in der Basilika.«

»Wir leben in Venedig, Jacopo«, entgegnete ich mit aller mir zur Verfügung stehenden Entschlossenheit. »In einer wandelbaren Welt. Hier nimmt unser Leben die Form an, die wir ihm geben. Wenn Ihr das nicht begreift, werdet Ihr auf ewig im Ghetto eingesperrt bleiben.«

Völlig ungerechtfertigt musterte er mich scharf, fast tadelnd. Möglicherweise hatte ich mich vorwitzig angehört, aber was ich sagte, entsprach nur der Wahrheit. In jedem Leben gibt es Augenblicke, in denen es schicksalhafte Entscheidungen zu treffen gilt, ob einem das nun gefällt oder nicht. Diesen Scheidewegen in unserem Leben auszuweichen ist auch eine Entscheidung, und sehr wahrscheinlich eine, die wir bald darauf bereuen werden.

»Du bist ein tapferer Junge, Lorenzo, und hast das Herz auf dem rechten Fleck«, sagte er. »Aber sind die Vergnügungen eines einzigen Abends dieses Wagnis wert? Ein falscher Schritt, und es könnte ein kleiner denunzierender Zettel im Rachen einer dieser glänzenden Bronzekatzen stecken, die der Doge so schätzt, woraufhin wir sehr wohl genötigt sein könnten, um unser Leben zu kämpfen.«

Rebecca sah, wie wir miteinander rangen, trat vor und ergriff uns beide bei der Hand. »Bitte, verlangt nicht von mir, euch die Entscheidung abzunehmen. Ich habe kein Recht, irgendetwas von euch zu verlangen.«

Jacopo beugte sich vor und küsste sie zärtlich auf die Stirn. »Ungemein edel und damenhaft ausgedrückt, liebe Schwester. Also sag mir, ist dieser Vivaldi, dieses Konzert … Sind sie das Wagnis wirklich wert?«

Sie ließ seine Hand los. »Du kennst die Antwort selbst, Bruder, weil du ähnlich empfindest wie ich. Das wahre Leben findet jenseits dieser Mauern und Zugbrücken statt.«

Jacopo Levi blickte mich an, suchte nach einer Antwort. Unsere Entscheidung betraf mehr als die Teilnahme an einem Konzert. Für Rebecca bedeuteten die Stunden in der Kirche Freiheit von den Fesseln ihres Geschlechts und ihrer Herkunft. Dessen war sich Jacopo vermutlich sehr wohl bewusst, denn er liebte seine Schwester mehr als alles andere auf der Welt.

»Es war *mein* Vorschlag, Jacopo«, sagte ich. »Warum wollt Ihr jetzt wissen, wie ich dazu stehe?«

»Natürlich«, meinte er, und ich kam nicht umhin, ein gewisses Zaudern in seiner Stimme zu bemerken. »Also hängt es von mir ab. Nun …«

Rebecca bemühte sich, nicht allzu hoffnungsfroh auszusehen. »Es besteht kein Anlass zur Eile, Jacopo«, sagte sie leise.

»Nicht?«, fragte er verwundert. »Sehen die Dinge denn morgen anders aus?«

Keiner von uns antwortete ihm. Jacopo führte Rebeccas und

meine Hände zusammen und wir umklammerten einander voller Zuneigung und Entschlossenheit. Dann befreite sie sich aus meinem Griff, löste eine Kette von ihrem Hals und legte sie mir um. Ich betastete den kleinen silbernen Anhänger. Es handelte sich um das, was sie den Davidstern nennen, zwei übereinander gelegte Dreiecke.

»Wäre ich denn einen guter Jude?«, wollte ich wissen und fragte mich, wie viele jüdische Hälse dieses Symbol bereits geschmückt hatte.

»Es geht hier nicht um gute Juden oder gute Nichtjuden, entgegnete Jacopo. »Nur um redliche, aufrechte Männer und Frauen. Bis endlich alle Menschen begreifen, dass wir in einer jämmerlichen Welt leben.«

»Amen«, entfuhr es mir spontan, und wir brachen in schallendes Gelächter aus.

21. Der dritte Weg

Auf Daniels Bitte hin versammelten sich um neun Uhr alle um den Esstisch. Laura hatte den Männern Croissants und Tassen mit Macchiato hingestellt. Sie selbst nippte an einem Orangensaft und wirkte aus irgendeinem Grund unbehaglich. In zwei Zügen leerte Daniel seine Kaffeetasse. Er machte sich bewusst, dass er von diesem Mittelding zwischen starkem, winzigem Espresso und allzu sanftem, milchigem Cappuccino fast schon so etwas wie abhängig war. Offenbar gehörte das zu einem sehr schnellen Prozess der Assimilierung. Manchmal ertappte er sich sogar dabei, italienisch zu denken.

Er berichtete von den Ereignissen des gestrigen Abends und Massiters Angebot. Als er die Bedingungen nannte, ließ Scacchi einen Pfiff hören. Die Luft zischte geradezu durch seine dritten Zähne. Heute Morgen sieht er besonders hinfällig aus, dachte Daniel.

»Sie haben dieses Mädchen das Solo spielen lassen?«, fragte Laura. »Warum? Weil sie besser ist als Sie?«

»Ja. Viel besser. Fabozzi zufolge die beste unter den Teilnehmern an den Sommerstudien.«

»Und wenn Sie gespielt hätten, wäre ihm die Qualität nie aufgefallen.« Er wusste nicht recht, ob Laura ihn kritisieren wollte oder nicht.

»Das vermag ich nicht zu sagen.«

»Dann hätten wir ja direkt zu dem Engländer gehen und ihm das Konzert auf einem Tablett servieren können«, stellte sie fest.

Scacchi zerzupfte ein Croissant und knabberte daran herum.

»Es ist ein guter Preis, Laura. Ich hatte zwar geglaubt, mit ein paar kleinen Gerüchten über die Existenz des Konzerts ein gewisses Interesse anzustacheln, um dann mögliche Käufer gegeneinander hetzen zu können. Aber Massiter kennt sich in diesen Dingen besser aus als ich. Seinen Argumenten ist kaum zu widersprechen. Und selbst wenn das Konzert Erfolg hat, kann es Jahre dauern, bis es die Summe einbringt, die Massiter heute noch auf den Tisch legen will.«

Lauras grüne Augen wurden ganz groß. »Der Engländer will Sie zu einem Betrug verleiten!«

»Das ist eine sehr enge Interpretation der Fakten, meine Liebe.« Scacchi schüttelte den Kopf. »Nach dem *thesaurus inventio* habe ich Anspruch auf das Objekt, da es auf meinem Grundstück gefunden wurde. Und das beinhaltet mit Sicherheit, dass ich entscheiden kann, wie es auf den Markt gebracht wird.«

Händeringend stieß sie einen unverständlichen venezianischen Fluch aus und wandte sich an Daniel. »Ich flehe Sie an, das nicht einmal in Erwägung zu ziehen. Ich weiß, dass Sie das alles für eine Art großes Abenteuer halten. Aber was Scacchi da vorschlägt, ist kriminell, so viel muss Ihnen doch klar sein.«

»Es war mir nicht bekannt, dass Sie über juristische Kenntnisse verfügen«, warf Scacchi gereizt ein.

Daniel versuchte, Lauras Miene zu deuten. Angst sah er nicht, aber Betroffenheit – über sie alle.

»Ich glaube, ich bin alt genug, um selbst entscheiden zu können«, sagte Daniel und hoffte, die Gemüter zu beruhigen.

»Das behaupten alle Kinder«, seufzte Laura.

Scacchi schlug mit der flachen Hand leicht auf den Tisch. »Es geht um nicht mehr als um eine kleine Notlüge.«

Paul schüttelte den Kopf. »Was soll dieser Mist, Scacchi? Wenn Daniel seinen Namen auf diese Noten schreibt, bescheißen wir die Leute. Basta.«

»Wir lassen sie lediglich die einem großen Kunstwerk angemessene Summe zahlen«, beharrte Scacchi. »Und wer weiß, ob der rechtmäßige Besitzer die Partitur nicht mit der Überlegung versteckt hat, der Finder könnte damit reich werden?«

»Und wer weiß, ob sie nicht gestohlen ist?«, fragte Paul zurück.

Scacchi blieb uneinsichtig. »Das ist irrelevant. Du kennst Massiters Argumente. Kannst du dabei auch nur einen Widerspruch entdecken? Ohne Copyright kann das Konzert niemandem viel Geld einbringen, oder?«

»Wahrscheinlich nicht«, seufzte Paul. »Natürlich wäre es mit Copyright sehr viel mehr wert. Selbst nach Jahren könnte das Konzert nicht so viel einbringen, wie er bietet.«

»Na bitte.« Scacchi blickte triumphierend in die Runde. »Dann sind wir uns also einig.«

»Worüber?«, wollte Laura wissen. »Bisher haben Sie Daniel noch nicht nach seiner Meinung gefragt. Sie gehen einfach davon aus, dass er Ihrer Wahnsinnsidee zustimmen wird.«

»Also gut, Daniel. Es ist Ihre Entscheidung«, sagte Scacchi. »Natürlich werden Sie beteiligt. Sagen wir, zehn Prozent? Bei Zahlung der zweiten Teilsumme.«

Daniel schüttelte den Kopf.

»Dann fünfzehn«, bot Scacchi an. »Wir werden uns schon einig.«

»Ich möchte kein Geld von Ihnen, Signor Scacchi! Keinen Pfennig! Sie haben sich mir gegenüber bereits großzügig genug gezeigt.«

Laura verdrehte fassungslos die Augen. »Nun tun Sie nicht so, als wollten Sie nur Ihre Dankbarkeit beweisen, Daniel. Das mag ein Teil ihrer Motivation sein, aber ich befürchte, Sie hegen noch immer irgendwelche romantischen Vorstellungen in Ihrem Kopf. Aber was Scacchi vorschlägt, macht Sie zu einem Kriminellen. Ganz gleich, ob man Sie erwischt oder nicht.«

Ihre Theatralik überraschte ihn. »Ich glaube, das ist doch reichlich übertrieben.«

Ihre grünen Augen funkelten ihn an. »So? Und was würde Ihre Mutter dazu sagen, wenn sie es wüsste?«

Das empfand er als Schlag unter die Gürtellinie. »Sie haben meine Mutter nicht gekannt, Laura. Sie können nicht wissen, was sie sagen würde.«

»Ich kenne ihren Sohn. Und der wäre nicht geworden, was er ist, wenn sie ihm nicht den Unterschied zwischen Recht und Unrecht beigebracht hätte. Ich weiß …«

»Laura!«, unterbrach Scacchi sie ärgerlich. »Es reicht. Er hat schließlich noch nicht einmal zugestimmt.«

»Das braucht er nicht. Ich sehe ihm an, wie er sich entscheidet.«

Scacchi musterte sie finster, dann sah er Daniel an. »Es liegt ganz bei Ihnen, mein Junge. Falls Sie Bedenken haben, dann äußern Sie die bitte.«

Daniel schwieg und dachte über die Heftigkeit und Emotionalität der Unterhaltung nach. Zu Hause in England hatte es selten ein böses Wort gegeben, nur mattes Sichfügen und – anschließend – mutlose Verzweiflung. Aber das hier war die Welt, wie er sie sich erträumt hatte: voller Spannung, Leidenschaft und einer irgendwie verlockenden Ungewissheit darüber, was der nächste Tag bringen würde.

»Ich will nichts von Ihnen, Signor Scacchi. Wenn ich zustimme, dann nur, um Ihnen einen Dienst zu erweisen.«

»Daniel!«, schrie Laura. »Wenn Sie Ihren Namen auf dieses … angebliche *Wunderwerk* setzen, werden Sie noch vor Ende des Sommers als Lügner und Betrüger entlarvt. Man wird weitere Kompositionen von Ihnen verlangen. Und die können Sie nicht bieten.«

»Darüber habe ich bereits nachgedacht«, erwiderte er. »Ich werde erklären, das Konzert hätte alle meine kreativen Energien aufgebraucht, und bevor ich etwas Mittelmäßiges veröffentliche, würde ich mich lieber wieder meinen Studien widmen und auf weitere Inspirationen warten. Dazu wird es nie kommen. Und nach etwa fünf Jahren bin ich nur noch jemand, der anfangs Hoffnungen erweckte, ohne diese erfüllen zu können.«

»Nun, das könnte klappen«, stimmte Paul überraschend zu. »Diese so genannten Wunderkinder halten doch nur selten, was man sich von ihnen verspricht. Eigentlich erstaunlich, dass diese Tatsache nur wenigen bewusst ist.«

Laura schüttelte den Kopf. »Sie wollen das also wirklich durchziehen? Ich kann es nicht fassen. Nun, Scacchi, bevor Sie diesen Jungen dazu verführen, sich als König der Lügner aufzuführen, sollten Sie ihm vielleicht erklären, aus welchem Grund genau er sich dieses Betrugs schuldig machen soll. Denn ich weiß es beim besten Willen nicht.«

»Und Sie scheinen davon auszugehen, dass Sie das etwas angeht?«, fauchte er.

»Ich gehe davon aus, dass wir Freunde sind«, entgegnete sie.

»Er tut es, weil es sein Wunsch ist«, sagte Scacchi vorsichtig. »Anders würde ich es auch gar nicht gestatten. Und alles spielt sich mit gebührender Distanz ab. Massiter hat bis zum heutigen Tag noch keinen Fuß in dieses Haus gesetzt. Daniel kann als unser Mittelsmann anderswo mit ihm verhandeln.«

»Aber warum?«, begehrte sie zornig auf. »Wozu brauchen Sie das Geld? Bisher haben wir uns doch auch so ganz gut durchgeschlagen. Was ist jetzt anders?«

Scacchi sah sie so emotionslos an, als bereite er sich darauf vor, etwas zu sagen, was er eigentlich nicht äußern wollte.

»Nun?«, hakte sie nach.

»Laura, in all den Jahren, in denen du nun schon meinen Haushalt führst, bist du mir lieb und teuer geworden, und ich kann nur hoffen, dass du mir gegenüber ähnlich empfindest. Du bist der einzige Fixpunkt in dem rudimentären Leben, das Paul und ich führen. Ohne dich wären wir verloren. Und dafür kann ich dir gar nicht genug danken.«

Sie sah ihn so verblüfft an, als hätte sie derartige Worte noch nie gehört.

»Dennoch«, fuhr Scacchi fort, »bist du eine Angestellte in diesem Haus. Ich habe dich engagiert, damit du unsere Wünsche erfüllst. Und nicht, damit du uns sagst, was wir zu tun haben. Hier handelt es sich um Dinge, die dich absolut nichts angehen, und ich finde es gelinde gesagt anmaßend, dass du zu glauben scheinst, es sei anders. Wenn ich deine Meinung hören möchte, dann werde ich dich danach fragen und das, was du zu sagen hast, respektieren und bedenken. Aber jetzt möchte ich, dass du den Tisch abräumst. Der Kaffee ist längst kalt und die Teller sind schmutzig. Danach gehe bitte auf den Fischmarkt und kaufe ein paar frische *calamari*. Ich würde zu Mittag gern Tintenfisch essen, und den bereitet niemand besser zu als du. An die Arbeit! Wenn ich bitten darf. Und keine unerwünschten Einmischungen mehr!«

Die Tränen, die Laura über die Wangen liefen, standen in seltsamem Gegensatz zu ihrer zornigen Miene. Wortlos stand sie auf, lief um den Tisch herum, sammelte das Frühstücksgeschirr ein und verließ ohne ein Wort zu sagen den Raum.

Daniel wartete, bis die Küchentür sich hinter ihr schloss. Dann wandte er sich empört dem alten Mann zu. »Ich nehme alles zurück, was ich gesagt habe, Signor Scacchi. Ich bin weder bereit, Ihren Wünschen zu entsprechen, noch ein derart unbarmherziges Verhalten zu dulden. Das hat Laura nicht verdient und Ihnen kommt es nicht zu. Wie konnten Sie auch nur ...«

Paul stand auf und legte ihm beruhigend eine Hand auf die Schulter. »Das alles weiß er selbst gut genug, Daniel. Sie brauchen es ihm nicht zu sagen. Ich weiß nicht, wie ihr darüber denkt, aber mir würde ein Drink gut tun.«

Schweigend, mit Tränen in den Augen saß Scacchi da, und Daniel schämte sich plötzlich für seine heftigen Anwandlungen.

Paul ging zum Buffet, nahm eine halb volle Flasche Glenmorangie und kam mit ihr sowie drei Gläsern an den Tisch zurück. Daniel schüttelte den Kopf. »Ich bitte um eine Erklärung.«

Draußen wurde die Haustür zugeschlagen.

»Und die sollen Sie bekommen«, sagte Scacchi. »Soweit es mir möglich ist.«

Er stürzte einen Schluck Whisky hinunter und musste husten. Daniel sah zu, wie Paul ihm leicht auf den Rücken klopfte. Die beiden Männer wirkten so gebrechlich, als könnte ein einziger Windhauch sie umpusten.

»Sie sollten unbedingt einen Arzt konsultieren«, sagte er. »Beide.«

»Hier geht es nicht um Ärzte«, entgegnete Scacchi. »Oh, ich weiß, dass Laura und Sie sich Sorgen um meine Gesundheit machen, und das ehrt Sie. Bitte verstehen Sie mich richtig, Daniel, das eben hat mir mehr wehgetan als Laura. Sie steht mir nahe wie eine Tochter. Ohne sie wäre ich vermutlich nicht mehr am Leben. Aber es gibt Dinge, von denen sie besser nichts wissen sollte. Also schwören Sie, ihr kein Sterbenswörtchen von dem zu sagen, was ich Ihnen erzähle. Lassen wir sie glauben, es ginge lediglich um irgendwelche Medikamente gegen unsere Krankheit. Wenn alles vorüber ist, werden wir das an Leben genießen, was uns noch bleibt, und sie weiß von nichts.«

»Das ist unfair«, protestierte Daniel. »Sie verlangen von mir einen Eid, ohne mich über die Konsequenzen zu informieren.«

»Für Laura hat es nicht die geringsten negativen Folgen. Im Gegenteil. Mir geht es um die beste Lösung für uns alle. Nun?«

Daniel schwieg. »Himmel«, knurrte Paul. »Sagen wir es ihm trotzdem. Wir sind am Ende, Daniel. Nicht mehr und nicht weniger. *In crapula profunda.*«

»Das war mir schon bekannt.«

»Nein«, lächelte Scacchi ironisch. »Sie wussten, dass wir knapp bei Kasse sind. Doch es ist viel ernster. Als diese verfluchte Krankheit vor fünf Jahren bei uns diagnostiziert wurde, hätte ich nie angenommen, dass wir noch so lange leben würden. Und ich wollte den Rest unserer Zeit so angenehm wie möglich verbringen. Ich ging zur Bank, um eine Hypothek auf dieses Haus aufzunehmen. Nun, man bot mir eine Summe, die ich nur als Beleidigung bezeichnen kann. Also war ich so töricht, mich an jemanden von gewissem Einfluss zu wenden. Sie wissen, was ich damit meine?«

»Die Mafia?« Etwas anderes fiel Daniel nicht ein.

»Eine Formulierung der Medien – nicht meine. Doch Sie wissen, worauf ich hinauswill. Die Bedingungen waren großzügig, aber die Strafen bei Zahlungsverzug …«

Paul goss sich einen zweiten Whisky ein. »Weiter«, sagte er, ohne Scacchi anzusehen.

Verzweifelt über seine eigene Dummheit stöhnte Scacchi auf. »Im Oktober wird die Rückzahlung fällig. Seit Abschluss des ›Vertrags‹ sind die Immobilienpreise in dieser Gegend gefallen, und die Ca' Scacchi ist renovierungsbedürftiger denn je. Mit Zinsen klafft zwischen meinem Kapital und der Schuldsumme eine Lücke von rund einer viertel Million Dollar. Im Prinzip brauchte uns das nicht sonderlich zu kümmern, denn nach unserem absehbaren Tod würden der Verkauf des Hauses und die Auszahlung der Versicherungssumme so viel erbringen, dass die Schulden bezahlt werden können und ein kleines Vermächtnis für Laura übrig bleibt. Allerdings wird es dazu kaum kommen. Wenn ich das Geld nicht pünktlich zurückzahle, werden sie mich töten, was höchstens für Paul ein großer Verlust wäre.«

»Ich glaube, da hat Laura ein Wörtchen mitzureden«, wandte Daniel ein. »Wie ich auch …«

»Und ich glaube, dass Sie keinen von uns so gut kennen, wie Sie annehmen«, entgegnete Scacchi. »Lassen Sie mich bitte ausreden. Bevor sie mich umbringen, werden sie Laura töten, weil sie annehmen, dass ihr unverdientes Schicksal meine Zahlungsbereitschaft fördert. Sollte das fehlschlagen, werden sie sich Paul vorknöpfen, der immerhin an der Vereinbarung beteiligt war. Das sind in erster Linie Geschäftsleute und erst in zweiter Mörder. Pragmatische Burschen. Sie wollen ihr Geld zurück, keine Vergeltung. Ich …«

Scacchi verstummte hilflos. Seine Hand fuhr zum Mund. Paul stand auf, ging zum Sideboard und kehrte mit einem Glas Wasser und einigen Tabletten zurück. Hastig griff Scacchi danach.

»Sie müssen sich an die Polizei wenden!«, verlangte Daniel. »Sprechen Sie mit der Frau, die kürzlich hier war. Auf der Stelle!«

Der alte Mann zuckte mit den Schultern. »Mitunter ist Ihre Naivität wirklich atemberaubend. Wir sind in Italien. Sicher würde die Polizei eine Untersuchung einleiten. Fragt sich nur, zu wessen Nutzen. Ich halte die Commissaria, die Sie gesehen haben, für ehrlich und anständig. Aber sie würde mit jemandem sprechen, der es nicht ist. Und die Männer, von denen wir hier reden, stecken mit der Polizei unter einer Decke. Eine Anzeige gegen sie … würden wir keine Woche überleben, selbst in einer Zelle nicht.«

»Wir haben alle Möglichkeiten gründlich erwogen«, mischte sich Paul ein. »Glauben Sie mir.«

»Und nun?«

»Wir suchen nach einer kreativen Lösung«, sagte Scacchi zögernd.

»Meinen Sie den Erlös aus dem Verkauf des Violinkonzerts?«

»Nein. Das würde nicht reichen. Aber das Geld könnte ein Anfang sein. Eine Art Samenkorn, das uns reiche Ernte bringen wird.«

»So schnell?«, fragte Daniel verwundert.

»Aber ja. Wie Sie wissen, bin ich Kunsthändler. Ich habe meine Verbindungen. Im Moment ist ein hochinteressantes Objekt auf dem Markt. In den Händen eines Schwachkopfs, der keine Ahnung vom wirklichen Wert hat. Massiter weiß das auch. Hat er Ihnen gegenüber die Guarneri erwähnt? Diese Violine von Giuseppe del Gesù? Um die geht es. Im Gegensatz zu Massiter weiß ich, wo sich das Instrument befindet und wie viel ich dafür zahlen müsste. Der Unterschied zwischen dieser Summe und dem realen Wert ist möglicherweise die Lösung unserer Probleme. Ich könnte mir vorstellen, das Instrument zu erwerben und an den Meistbietenden zu verkaufen – mit Ihrer Unterstützung.«

Daniel sah von einem zum anderen. »Sie sind zwar krank, aber nicht bettlägerig«, sagte er. »Sie können Geschäfte tätigen, blitzschnell und logisch denken …«

»Richtig«, stimmte Scacchi zu.

»Und diese Guarneri ist vermutlich gestohlen«, fuhr Daniel fort. »Sonst müsste der ›Schwachkopf‹ den Wert doch kennen, oder?«

Scacchi zögerte mit der Antwort, aber nur kurz. »Vielleicht. Gehen wir davon aus, sie wäre gestohlen.«

»Und wollte diese Polizistin vielleicht wissen, ob Sie an der Geige interessiert sind?«

Scacchi verzog das Gesicht. »Ich will ehrlich zu Ihnen sein. Sie weiß, dass ein kostbares Objekt angeboten wird, aber nicht, um was es sich handelt. Und sollte ich die Polizei etwa eines Besseren belehren?«

Daniel Forster wollte zornig reagieren, schaffte es jedoch nicht. Er war zu schockiert und voller Sorge um die Bewohner der Ca' Scacchi. »Also deshalb haben Sie mich nach Venedig eingeladen, und nicht wegen Ihrer *Bibliothek*? Sie wissen schon länger von der Geige und haben mich als Helfershelfer ausgewählt.«

»Nicht so direkt. Aber wenn ich ganz aufrichtig sein soll, ging es mir schon durch den Kopf. Als Chance, wenn alles andere versagt. Ist es nicht so, Paul?«

Der Amerikaner lächelte. Beide Männer schienen froh darüber, das Versteckspiel endlich beenden zu können. »Natürlich, Scacchi. Hören Sie, es tut uns wirklich Leid, Daniel. Wir haben einen unbedarften Studenten erwartet, der uns hilft, etwas von dem Schrott in der früheren Druckerwerkstatt zu verkaufen, und vielleicht ein paar Gänge zu diesem Geigenanbieter unternimmt. Wir hatten keine Ahnung, dass Sie so sympathisch sein würden. Und so gescheit.«

»Und so schnell ein vertrauenswürdiger Freund werden würden«, fügte Scacchi hinzu.

»Wir sind wirklich lausige Ganoven«, schmunzelte Paul. »Die ganze Sache tut uns Leid. Wir fühlen uns einfach miserabel und ungemein schuldig. Aber ich will verdammt sein, wenn Sie dieses Geständnis mehr als einmal hören.«

Daniel musste lachen und ließ zu, dass Paul ihm einen kleinen Schluck Whisky eingoss.

»Und wir brauchen Sie tatsächlich«, fuhr Paul fort. »Wir könnten die Angelegenheit natürlich auch selbst durchziehen. An einem guten Tag könnte es vielleicht sogar klappen. Aber …« Er zeigte auf Scacchi und sich. »Sie sehen wahrscheinlich selbst, in welcher Verfassung wir sind.«

Scacchi beugte sich vor und sah Daniel fest in die Augen. »Das ist eine Aufgabe für einen jungen Mann, für einen gesunden Burschen. Hier ein Treffen, da ein kleiner Botengang. Das Risiko ist lächerlich gering, und alles, was in unserer Macht steht, werden wir tun. Aber wenn Sie nicht als Komponist dieses Konzerts auftreten, wenn Sie nicht bereit sind, diesen Burschen mit der Guarneri aufzusuchen und sich zu vergewissern, dass er uns nicht übers Ohr hauen will, sind wir verloren, Daniel. Ich werde Sie entschädigen. Nennen Sie mir einen Preis.«

Schweigend warteten sie auf Daniels Antwort. Er ließ sich Zeit.

»Überlegen Sie es sich«, sagte Scacchi. »Aber nicht zu lange. Massiter wartet auf eine Antwort, wie Sie sagten.«

»Ich denke nach.«

»Gut. Erinnern Sie sich an unseren Besuch in der Scuola San Rocco? Ich habe Ihnen Tintorettos Luzifer gezeigt. Finden Sie nicht, dass in mir etwas von ihm steckt?«

Daniel sah ihn lange an. »Nein, Signor Scacchi. Ehrlich gesagt finde ich das nicht.«

»Auch gut. Aber Sie wissen sicher noch, was ich zu Ihnen sagte? Dass es auf Versuchungen durch den Teufel immer nur drei mögliche Reaktionen gibt. Zu tun, was er verlangt. Sich ›gut und anständig‹ zu verhalten. Oder der dritte Weg. Sich nach ureigenem Gutdünken zu entscheiden.«

»Ich erinnere mich.« Daniel blickte auf seine Uhr. Kurz nach zehn. Die Entscheidung war längst getroffen. Eine Weigerung hieße, Scacchi, Paul und Laura aufzugeben, und Daniel Forster war bereits einmal aufgegeben worden, von einem Vater, den er nie kennen gelernt hatte. Seit ihm die Konsequenzen dieser Tat voll bewusst waren, hielt er sie für die größte Sünde, die ein Mensch dem anderen zufügen konnte. Darüber hinaus brachte dieses Abenteuer auch persönliche Vorteile. Die eintönige Welt von Oxford kam ihm Lichtjahre entfernt vor. Zum ersten Mal in seinem Leben hatte er das Gefühl, sein Schicksal beeinflussen zu können und es nicht hilflos erdulden zu müssen. »Ich werde einen Computer und einschlägige Software benötigen. Keinesfalls schreibe ich Note für Note mit der Hand.«

Gespannt sah Scacchi Paul an. »Nun?«

»Ich kenne jemanden an der Universität«, sagte Paul. »Das lässt sich einrichten.«

»Fein. Natürlich müssten Sie zunächst meine Bedingungen erfüllen.«

Die beiden rutschten unbehaglich auf ihren Stühlen herum. »Und die wären?«, fragte Scacchi.

»Ich wünsche keine Geheimnistuerei mehr. Keine Verstellungen und Täuschungen. Sie werden absolut offen und ehrlich zu mir sein, oder ich erkläre alle Vereinbarungen zwischen uns für null und nichtig, einschließlich unserer Freundschaft. Und Sie werden sich bei Laura entschuldigen.«

Zufrieden lächelnd beugte sich Scacchi vor und umklammerte seine Hand. »Selbstverständlich. Nichts wäre mir lieber, als mich mit Laura zu versöhnen. Wir sind Venezianer, Daniel. Wir sind an derartige kleine Turbulenzen gewöhnt.«

»Selbstverständlich«, wiederholte Paul. »Und jetzt werde ich mich um den Computer kümmern.«

Der Amerikaner stand auf und ging ins Arbeitszimmer. Nachdenklich und vielleicht eine Spur schuldbewusst blieb Scacchi zurück.

»Vielen Dank«, sagte er. »Im Namen von uns allen. Vor allem aber im Namen meiner unschuldigen Laura.«

»Irgendwie bin ich von Ihnen enttäuscht, Signor Scacchi.«

»Das verstehe ich. Sie fühlen sich getäuscht. Hintergangen.«

»Und das mit Recht.«

»Aber ich muss Paul zustimmen«, fügte Scacchi hinzu. »Ganz unschuldig sind Sie auch nicht. Wären Sie tatsächlich der einfältige Student, für den wir Sie hielten, hätte es zu diesen Problemen nicht kommen müssen. Sie hätten Venedig besucht und die Stadt wieder verlassen, ohne das Geringste zu ahnen.«

Das konnte Daniel nicht unwidersprochen lassen. »Und Sie dürften sich keine Hoffnungen machen, Signor Scacchi. Massiters Angebot hätte sich nie ergeben.«

Scacchis Miene verdüsterte sich. »Stimmt. Sehr wahrscheinlich nicht.«

»Im Grunde genommen sind Sie in diesen Dingen nicht sonderlich geschickt«, bemerkte Daniel.

Der alte Mann nickte. »Da muss ich Ihnen zustimmen. Während Sie mit bemerkenswerter Schnelligkeit ein ausgesprochen schockierendes Talent für derartige Intrigen zu entwickeln scheinen.«

Sie lachten. Das Unwetter war vorüber. Scacchi reckte einen Finger, als wäre ihm gerade etwas eingefallen. »Oh, und noch eins. Am Sonntag findet ein Picknick auf Sant' Erasmo statt. Piero holt uns ab. Betrachten Sie sich als Ehrengast der unmöglichen Bewohner der Ca' Scacchi. Laden Sie bitte auch diese junge Amerikanerin dazu ein. Wir würden sie gern kennen lernen.«

»Amy?« Der Vorschlag gefiel Daniel nicht besonders. »Warum? Ich kenne sie kaum.«

»Ein Grund mehr, sie zu dem Picknick einzuladen.«

»Ich weiß ja noch nicht einmal, ob sie mir sympathisch ist.«

Scacchi musterte ihn ernst. »Sie brauchen jüngeren und anregenderen Umgang, Daniel. Ich möchte nicht, dass wir Ihnen auf die Nerven gehen. Alte Menschen neigen dazu, die Jüngeren über Gebühr in Anspruch zu nehmen, sobald sie Gelegenheit dazu haben. Dem müssen Sie sich unbedingt entziehen.«

Daniel stellte sich Amy Hartston in ihrem eleganten Kleid an Bord der *Sophia* vor, während Xerxes steuerte, Piero ununterbrochen Unsinn schwatzte, Scacchi und Paul einander in den Armen lagen und Laura ihr mit leicht geringschätziger Miene ein Glas Spritz reichte.

»Ich kann es kaum erwarten«, murrte er.

22. Rebecca erhält ein Geschenk

Hindernisse! Nichts als Hindernisse! Noch vor dem ersten abendlichen Konzert sahen wir uns den Ränkespielen unseres Onkels ausgeliefert. Die geschäftlichen Verhandlungen mit Delapole zogen sich hin, und Leo beschloss, dass wir den Engländer auf einer Bootsfahrt nach Torcello begleiteten. Dabei sollten einige Virtuosinnen des Ospedale della Pietà, darunter auch Rebecca, für musikalischen Zeitvertreib sorgen.

Und wir waren in der Tat eine bemerkenswerte Gesellschaft. Mit gönnerhaftem Lächeln warf Delapole mit Geld geradezu um sich, bedachte die Bootsleute, die Musikerinnen, buchstäblich jeden, nur nicht Onkel Leo. Gobbo trug einen bunt schillernden Rock, in dem er aussah wie der Affe eines Hanswursts. Noch immer auf der Suche nach einer Anstellung, ließ Rousseau keine Gelegenheit aus, Delapole auf seine Wichtigkeit hinzuweisen. Rebecca war mutig genug gewesen, ohne Begleitung zum Boot zu kommen, wo sie mit den drei anderen Musikerinnen zusammentraf, einfachen Mädchen, die aussahen, als könnten sie kein Wässerchen trüben. Sie schenkte mir einen schnellen, vertrauten Blick und richtete ihre Augen dann auf das Wasser. Wir wussten beide, dass es ratsam war, unsere Verbundenheit für uns zu behalten.

Sobald unser Boot San Marco hinter sich gelassen hatte und die Lagune erreichte, nahm die sommerliche Schwüle ab. Es war ungewöhnlich klar. Im Westen lagen die noch schneebedeckten Berge, im Norden Torcello, im Osten die blaue Weite des Adriatischen Meers, so ruhig und wellenlos, als hielte es ein Schläfchen.

In dem Augenblick, in dem wir vom kleinen Steg vor der Ca' Dario ablegten, griffen die Musikerinnen zu ihren Instrumenten und spielten eine Weise von Vivaldi. Warum eigentlich, blieb mir unerfindlich, denn jedermann an Bord unterhielt sich so ungeniert, als wären sie gar nicht vorhanden. Wäre der rote Priester Zeuge der Vorgänge gewesen, er hätte einen Anfall bekommen.

Schnell überquerte unser Boot die Lagune und die Stadt blieb in der Ferne zurück. Das kleine Orchester spielte, der rote Veneto floss in Strömen und unsere kleine Schar machte es sich am Heck auf Kissen und Polstern bequem. Unverwandt betrachtete Delapole die Musikerinnen, Rebecca vor allem. Sie waren schließlich unsere einzige weibliche Gesellschaft. Ich finde es einigermaßen seltsam, dass der Engländer – immerhin ein gut aussehender Mann in der Blüte seiner Jahre – keine Geliebte zu haben scheint. Doch möglicherweise hat er eine, versteckt sie jedoch vor allen Blicken. Vielleicht verbirgt Delapole ein Geheimnis, das dem des Ödipus ähnelt. Doch er war nicht der Einzige, der mit den Augen auf die Pirsch ging. Auch Onkel Leo musterte Rebecca mit offener, fast anzüglicher Bewunderung.

Um die dritte Stunde bogen wir in den schmalen Kanal ein, der ins Zentrum der Insel führt, und der Kapitän lenkte das Schiff auf den hohen Turm der Basilika zu. Torcello war vor Venedig die Hauptstadt der Lagune gewesen und hatte diesen Rang nur wegen seiner Sümpfe verloren, die die Ausbreitung der Malaria begünstigten. Jetzt lebt nur noch eine Hand voll Bauern und bejahrter Geistlicher auf der Insel, die es darauf abgesehen haben, Besucher um einen oder zwei Dukaten zu erleichtern.

In der Nähe der Basilika verließen wir das Boot und besichtigten das Gotteshaus. Auch Rebecca überschritt die Schwelle, blieb aber nicht lange, was ich gut verstehen konnte. Die Westwand schmückt eine riesige Mosaikdarstellung des Jüngsten

Gerichts. Sie ist in der Tat spektakulär und muss den bukolischen Einheimischen jedes Mal Angstschauer über den Rücken jagen, wenn sie es sehen. Ungemein finster wirkende Teufel stoßen nicht nur Sünder in den Abgrund der Hölle, sondern auch Angehörige aller menschlichen Rassen, die nicht weißhäutig oder christlichen Glaubens sind. Rebecca betrachtete die Sarazenen und Mauren, die ausschließlich wegen des Zufalls ihrer Geburt der Verdammnis anheim gegeben wurden, murmelte eine Entschuldigung und verließ die Basilika. Als ich ihr eine Weile später folgte, saß sie auf einem grob behauenen Felsblock, während eine alte Insel-Vettel eine Münze einsteckte, die Rebecca ihr offensichtlich gegeben hatte.

»Weißt du, worauf ich hier sitze, Lorenzo?«

»Nun, auf irgendwelchen römischen Überresten, die es hier zuhauf gibt, nehme ich an.«

»Sei nicht so geringschätzig. Die gute Frau sagte mir, es handle sich um nichts Geringeres als Attilas Thron!«

»Hmm. Und ich war immer der festen Überzeugung, die Hunnen hätten Italien nie erobert.«

»Vielleicht ist er eine Kriegsbeute?«

Sie war sich der geschichtlichen Bedeutung des Felsklumpens so sicher, dass ich es nicht übers Herz brachte, diese als Gaunerei von Einheimischen gegenüber Fremden zu entlarven. »Möglich.«

»Ha!« Sie wedelte mit der Hand durch die Luft. »Ich kann fühlen, wie die Macht dieses Felsens meine Adern durchpulst! Hüte deine Zunge, Sklave! Mein Reich erstreckt sich vom Kaspischen Meer bis zur Ostsee! Von Gallien bis nach Konstantinopel darf man mich Herrscher nennen!«

»Oder besser gesagt *Flagellum Dei*«, fühlte ich mich bemüßigt, sie aufzuklären. »Die Geißel Gottes.«

»Dann ist etwas von Attilas Geist in mir wiedererstanden! Auf die Knie vor mir, Schurke! Bist du nicht mein Eigen mit Körper und Geist?«

Grinsend sank ich auf ein Knie. »In der Tat, und ich erweise Euch alle Ehre, edle Dame. Oder soll ich ›Herrscher‹ sagen? Aber wie könnt Ihr an die Reinkarnation glauben, da Ihr Christi Existenz anzweifelt?«

»Anmaßender Tropf! Hältst du den menschlichen Geist für so dürftig, dass er sich nicht ohne gelegentliche Hilfe vom Himmel verbreiten könnte? Wir sind alle ein Hexengebräu aus den Männern und Frauen, die vor uns waren. Mit jedem Atemzug nehmen wir die Eigenschaften unserer Vorfahren in uns auf. Ich verfüge über Cäsars Ungeduld, die List der Hunnen und, gelegentlich, den Wortschatz einer russischen Fischhändlerin. Also hüte deine Zunge, Elender, sonst lernst du mich kennen!«

»Und wie ist es mit dem Aussehen?«

Sie dachte kurz nach. »Ich weiß nicht. Was meinst du?«

»Wie die schöne Helena«, sprudelte es mir über die Lippen. »Einen besseren Vergleich gibt es nicht.«

Ihre Miene sagte mir, dass ich ihr den Spaß verdorben hatte. Oh, liebe Schwester! Eines Tages muss ich den Mut aufbringen, dir offen zu gestehen, wie es mir ums Herz ist.

Ich habe nicht die geringsten Vorstellungen von deinen Freundschaften und Gefühlen. Du erwähnst kaum etwas davon in den flüchtigen Schreiben, die du als Briefe ausgibst. Ich weiß nicht recht, ob ich dir ähnliche Herzensqualen wünschen oder dir in meinen Gebeten ein geruhsameres Leben erflehen soll.

»Sie kommen aus der Kirche, Lorenzo.«

Die anderen verließen die Basilika und schlenderten zum Boot zurück. Rousseau zwitscherte wie ein Kanarienvogel und hob immer wieder bedeutsam den Zeigefinger.

»Dann sollten wir uns besser zu ihnen gesellen.«

Vermutlich lag ein Hauch von Bedauern in meiner Stimme. Sich vorsichtig umsehend, streckte Rebecca die Hand aus und strich mir flüchtig über die Wange. »Nicht verzweifeln, Lorenzo. Schon bald streifen wir durch die Stadt wie Diebe in der

Nacht. Es ist nicht der rechte Zeitpunkt für bangen Kleinmut. Abgesehen davon …«

Sie reckte sich zu voller Größe auf wie eine römische Kaiserin, die ihr Reich überblickt. »Ich habe auf Attilas Thron gesessen. Das Glück ist uns hold. Wir sind unbesiegbar!«

Das Folgende schreibe ich nieder, ohne zu wissen, ob jemand diese Worte lesen wird, nachdem du sie überflogen hast: Ich zweifle sehr daran, dass ich Rebecca jemals wieder so schön sehen werde. Auf Torcello, mit dem golden schimmernden Turm der Basilika und dem Gewirr rosenfarbener Dächer hinter ihr, den verschränkten Armen und entschlossen funkelnden Augen, sah sie aus wie eine Göttin. Am liebsten hätte ich mich ihr zu Füßen geworfen und sie um ihre Hand gebeten. Doch stattdessen warf ich einen Blick über die Schulter und bemerkte, dass die anderen unsere Abwesenheit inzwischen bemerkt hatten.

»Wir müssen gehen, Rebecca«, sagte ich und wünschte, meine Stimme hätte nicht so dringlich geklungen.

Doch mit ihrer Behauptung, das Glück wäre uns hold, behielt sie Recht. Die vier jungen Damen musizierten nahezu während der gesamten Rückfahrt. Rebecca legte ihre ganze Seele in ihr Spiel und zauberte mit ihrer Geige Klänge hervor, die, bei allem, was recht ist, diesem groben, rohen Instrument eigentlich nicht zu entlocken waren. Langsam schienen sogar Delapoles weintrunkene Gäste zu begreifen, was sie da hörten. Die Unterhaltung verstummte, selbst Rousseau schwieg, und während das Schiff unter Ausnutzung des leichten Windes in der Lagune kreuzte und die Sonne wie ein feuriger Ball den Bergen im Westen entgegenglitt, lauschten endlich alle der Musik.

Als wir so nah am Arsenale vorbeikamen, dass wir sehen konnten, wie die Bootsbauer an den neuen Kriegsschiffen der Republik zimmerten, flüsterten die anderen Musikerinnen mit Rebecca. Sie ließ sich nicht lange bitten und stimmte die Weisen und Etüden an, mit denen sie Vivaldi überzeugt hatte.

Die Harmonie ihres Vortrags und ihr virtuoses Können verschlugen uns den Atem. Als wir an der Salute vorbeikamen, blieb ein Priester, der gerade die Kirche verlassen hatte, stehen, um den Klängen zu lauschen. Selbst Onkel Leo wirkte bewegt, obwohl mir nicht entging, dass er mehr von Rebeccas Gesicht und Gestalt angetan schien als von ihrer musikalischen Darbietung. Er hatte dem Wein gründlicher zugesprochen als alle anderen, was ihn nicht angenehmer machte. Im Gegenteil.

Als wir den Anlegesteg vor der Ca' Dario erreichten, beendete sie ihr Spiel. Ich mag es mir eingebildet haben, aber ich hörte derart laute Beifallsrufe, dass sie aus allen Richtungen gekommen sein mussten, von den Gondeln auf dem Canal Grande, aus den Fenstern der Palazzi, von dem Uferstreifen, aus Nebenstraßen. Es machte mich gleichermaßen stolz und besorgt.

Ein wenig unsicher auf den Beinen erhob sich Delapole, ging auf Rebecca zu und schüttelte ihr formvollendet und väterlich die Hand.

»Ihr habt mir das größte Wunder des heutigen Tages geschenkt«, erklärte er. »Die Eindrücke der Basilika, die Mosaiken sind wie aus meinem Kopf verschwunden. Ich höre nur noch Eure Geige. Wie heißt Ihr?«

»Rebecca Guillaume. Ich danke Euch für Eure lobenden Worte, mein Herr.« Sie warf mir einen Blick zu, und ich sah, dass sie um die Gefahren einer solchen Vertraulichkeit wusste. Darüber hinaus neigte sich der Tag seinem Ende zu. Wir mussten uns sputen, um vor Anbruch der Dunkelheit wieder im Ghetto zu sein.

Delapole griff nach ihrer Geige. »Ich kenne mich in musikalischen Dingen gut genug aus, um zu wissen, dass Euch dieses grobe Stück Holz nicht gerecht wird. Sagt mir, Rebecca, welches Instrument würdet Ihr wählen, wenn Ihr einen Wunsch frei hättet?«

»Eine Guarneri, aber nicht von Pietro Guarneri aus Venedig,

obgleich dessen Instrumente sehr schätzenswert sind. Er hat einen Vetter in Cremona, Giuseppe del Gesù, der große, ungewöhnliche Geigen baut, die jedoch von den meisten als hässlich erachtet werden. Ich habe in Genf einst eine gespielt. Sie hatte die wunderbarsten, klarsten Töne, die Ihr jemals von einer Violine hören werdet.«

»Dann bitte ich Euch, einem nicht unbegüterten Mann einen Gefallen zu tun, Rebecca Guillaume.« Der Engländer klopfte Gobbo auf den Rücken. »Gleich morgen früh begibst du dich nach Cremona, Bursche. Sprich mit diesem Giuseppe. Sag ihm, dass wir hier eine erstaunliche Musikerin haben, die seine großen, hässlichen Fiedeln für durchaus annehmbar hält, und dann feilsche mit ihm unerbittlich um einen guten Preis.«

»Mein Herr!« Rebecca schlug beide Hände vor ihr Gesicht. »Ein solches Geschenk kann ich auf keinen Fall annehmen. Eine dieser Geigen kostet mehr, als unsere Familie in einem ganzen Jahr verdienen kann.«

»Geld, Geld …« Unbekümmert fuchtelte Delapole mit der Hand in der Luft herum. »Wozu sollte es gut sein, wenn man nicht hin und wieder etwas davon für Kunst und Schönheit aufwenden könnte?«

Leo blickte ausgesprochen verdrossen drein. Ich vermute, dass er seinen möglichen Druckauftrag in Richtung von Rebeccas Geige entschwinden sah.

»Nein«, erklärte Rebecca entschieden. »Es gehört sich nicht.«

»Ich lasse Euch diese Violine zukommen, meine Teure. Dann könnt Ihr damit Euer Kaminsims in Eurem Salon schmücken, wenn Euch das lieber ist. Kommt. Wir wollen feiern! Die Gläser heben! Ein paar köstliche Leckereien zu uns nehmen! Und von Euch, Rousseau, erwarte ich mir ein Lied, eine hübsche Pariser Serenade.«

Ich fing Rebeccas Blick ein. Die Sonne war fast hinter San Marco verschwunden. Wir mussten so schnell wie möglich zum Ghetto zurück.

Nur mit Mühe gelang es ihr, sich der kleinen Gesellschaft zu entziehen, die zunehmend trunkener wirkte. Mit Ausnahme von Gobbo, der leise Flüche über seinen morgendlichen Auftrag ausstieß. Rebecca lief zu ihm und erteilte ihm letzte Anweisungen.

»In Cremona sind Fälscher am Werk«, sagte sie. »Überzeugt Euch davon, dass Ihr mit Giuseppe selbst verhandelt, und kauft ein Instrument, das wirklich aus seiner Werkstatt stammt. Es muss die Initialen IHS und die Inschrift ›Josephus Guarnerius Cremonensis fecit‹ sowie die Jahreszahl der Herstellung aufweisen.«

»Vielleicht noch etwas, wenn ich gerade für Euch unterwegs bin?«, fragte Gobbo mit einem unangenehmen Grinsen. »Ein hübsches Gewand oder zwei? Ein betörender Duft? Ich wette, Ihr wisst, wie man so etwas zur Geltung bringt.«

Abrupt wandte sie ihm den Rücken zu und wir machten uns endlich auf den Weg.

Mit ein paar Münzen bezahlte ich den Gondoliere, der uns direkt nach San Marcuola brachte. Dann liefen wir eilig in Richtung Cannaregio, wo sie mich kurz vor Erreichen des Ghettos am Kragen packte und in das Halbdunkel eines Gässchens schob. Dort standen wir uns Auge in Auge gegenüber.

»Ich werde eine Guarneri erhalten, Lorenzo«, wisperte sie erregt. »Das erste Mal in meinem Leben bekomme ich ein wirklich gutes Instrument!«

Ich dachte an Attilas Thron und fragte mich, ob von dem unscheinbaren Felsbrocken doch irgendeine mystische Macht ausging. »Du hast es nicht anders verdient. Aber wir dürfen die Gefahren nicht vergessen, die damit verbunden sein könnten. Für uns und auch für Jacopo. Wir müssen auf der Hut sein.«

»Ja, und als Greise in unseren Betten an Altersschwäche sterben, ohne jemals nach den Sternen gegriffen zu haben. Oh, Lorenzo. Ohne ein Wagnis einzugehen, erreicht man auf dieser

Welt gar nichts. Aber ich verspreche, von nun an ein braves, folgsames Mädchen zu sein.«

Ich lachte. Sie funkelte mich empört an. Ich widerstand der Versuchung, sie in meine Arme zu ziehen, und sagte nur leise: »Das halte ich für weise.«

»Aber ich möchte, dass das Konzert, das ich in der letzten Woche zu Papier gebracht habe, gedruckt und aufgeführt wird, Lorenzo. Ich halte es für sehr gut. Und ich glaube, Leo könnte mir dabei eine große Hilfe sein.«

Mir kam es so vor, als wäre die ganze Welt aus den Fugen geraten, und brauchte eine ganze Weile, um wieder in geregelte Bahnen zu kommen.

»Ein Konzert? Wie stellst du dir das vor? Man wird unsere Scharade im Ospedale della Pietà sehr schnell durchschauen, wenn du dich noch bekannter machst, als du bereits bist.«

»Ich habe nur gesagt, dass ich mir den Druck und die Aufführung meines Werkes wünsche. Nicht, dass auch mein Name darauf vermerkt sein muss. Zumindest nicht gleich zu Beginn.«

Damit streckte sie die Arme aus, zog mich leicht an sich und küsste mich auf die Wange. »Es gibt vieles zu besprechen. Und ähnlich viel, was du lernen solltest. Aber wenn ich nicht bald meinem Aufpasser entrinne, wird daraus nichts.«

Dann drückte sich Rebecca Levi, auch bekannt als Rebecca Guillaume, an mir vorbei auf die Straße. Und ich, keines vernünftigen Gedankens fähig, rannte hinter ihr her.

23. OFFENE FORDERUNGEN

Es war zehn Uhr morgens, und sie saßen an einem kleinen Fenstertisch im *Florian*: Scacchi, Daniel und der schweigsame, leicht verwirrte Fabozzi. Alle drei warteten auf Massiters Erscheinen. Es war ein trüber, grauer Tag. Draußen vor den Fenstern posierten Touristen zwischen geschwätzigen Tauben, während die Souvenirhändler ihren Ramsch feilboten. Daniel nippte an einem Macchiato. Der Preis war so schwindelerregend, dass er kaum einen Schluck nehmen konnte, ohne an die Kosten zu denken.

Fabozzi schien nicht willens zu sein, ohne seinen Brötchengeber auch nur den Mund aufzumachen. Nach fünf Minuten unbehaglicher Stille tauchte der Engländer kurzatmig und schnaufend auf und entschuldigte sein Zuspätkommen mit der Unpünktlichkeit seines Bootes. Er trug marineblaue Hosen und ein hellblaues Hemd. Im harten künstlichen Licht des Cafés wirkte sein Gesicht merkwürdig gealtert.

»Der Canal stinkt«, bemerkte Massiter, nachdem er einen großen Espresso und ein paar *biscotti* bestellt hatte. »Wie jemand diesen Geruch nach Kloake das ganze Jahr lang ertragen kann, ist beim besten Willen nicht zu begreifen.«

Ein paar ältere Amerikaner am Nebentisch setzten hörbar ihre Kaffeetassen ab und starrten ihn fassungslos an. Er bedachte sie mit einem öligen Lächeln.

»Verleumdung!«, erklärte Scacchi. »Der Geruch ist neu und künstlich verursacht. Er kommt von den verdammten Fabriken auf dem Festland, die ihren Dreck Tag und Nacht in die Luft blasen. Wir benutzen den Canal Grande schon seit vielen Jahren nicht mehr als *cloaca maxima*, wie Ihnen sehr wohl bekannt ist.«

Massiter tauchte einen Keks in seinen Kaffee. »Ich habe einmal eine Statue der Cloaca an einen Filmproduzenten aus Hollywood verkauft. Für eine viertel Million Bucks. Habe ihm weisgemacht, es wäre die Göttin der Bergbäche.«

Scacchi gluckste. »Und nicht der Abwasserkanäle?«

»Mitunter empfiehlt sich in diesem Gewerbe eine gewisse Zurückhaltung bezüglich der Fakten«, entgegnete Massiter.

»Aber eine Göttin war sie«, sagte Scacchi. »Kennen Sie das alte römische Bittgebet?« Er holte tief Luft und begann mit lauter, hallender Stimme zu rezitieren:

»O Cloacina, holde Göttin dieser Gefilde,
zeig einem Bittenden deine Milde.
Sanft, doch beständig lass mein Opfer fließen,
nicht qualvoll stockend, noch wie ein hartes Schießen.«

Scacchi leerte seine Kaffeetasse und murmelte: »Nicht, dass Letzteres häufig der Fall wäre.« Die Amerikaner standen auf und gingen.

»Meine Güte, Scacchi«, entgegnete Massiter, »Sie sollten wirklich auf Ihre Ernährung achten.«

Der alte Mann bedachte die Bemerkung mit mürrischen Blicken.

Fabozzi, der dem Wortwechsel mit unverhohlener Fassungslosigkeit gelauscht hatte, griff in seinen kleinen Leder-Aktenkoffer und legte ein Schriftstück auf den Tisch. »Wenn wir jetzt bitte zum Geschäftlichen kommen könnten?«, begann er forsch. »Seit zwei Tagen arbeite ich unter neuen Vorgaben, aber noch immer ohne vollständige Partitur. Kann mir vielleicht jemand sagen, wann ich damit rechnen kann? Und was ich tun soll, wenn ich sie erhalte?«

Alle sahen Daniel an. Er hatte sich mit dem von Paul be-

sorgten Computer vertraut gemacht und übertrug das hand-
schriftliche Original in eine auf die unterschiedlichen Orches-
terinstrumente abgestimmte Fassung. Aber es war eine zeitrau-
bende, ermüdende Beschäftigung. Er konnte sich höchstens
vier Stunden täglich darauf konzentrieren. Dann schwirrten
ihm Akkorde und Melodien so intensiv im Kopf herum, dass er
einige Zeit brauchte, um wieder klar und von ihnen unbelastet
denken zu können.

»Gegen Ende der Woche liegt Ihnen alles vor, denke ich, Signor Fabozzi.«

»Sie denken?«, fragte Massiter.

»Nein. Ich bin mir sicher. Aber nicht früher.«

»Recht ungewöhnliche Bedingungen, wenn Sie mir diese
Bemerkung gestatten, Massiter«, schimpfte der Dirigent. »Ich
wurde für die Leitung einer Sommerstudienreihe mit dem
üblichen Lehrplan engagiert. Und dann, als ich mit der Arbeit
beginnen will, ändern Sie plötzlich Ihre Meinung und bestehen
auf der Aufführung eines Musikstücks, das ich noch nie gesehen
habe, das noch nicht einmal fertig zu sein scheint!«

»Aber natürlich ist es fertig«, entgegnete Massiter und tätschelte Daniels Arm. »Allerdings größtenteils im Kopf unseres
jungen Genies hier, oder von ihm flüchtig auf eine Seite ge-
kritzelt, für den Eigengebrauch. Sie bekommen die von Ihnen
gewünschte Fassung so schnell wie möglich, Fabozzi. Und das
Konzert findet Ihren Gefallen, denke ich?«

»Gut und schön! Aber wie soll ich etwas beurteilen, was ich
noch gar nicht gesehen habe? Und warum geben Sie Ihr Originalmanuskript nicht einfach an ein paar Kopisten, um uns Zeit
zu sparen?«

Scacchi und Massiter tauschten Blicke aus. »Eine berechtigte
Frage«, stimmte Scacchi zu. »Aber wenn ich es recht verstanden
habe, steht Ihnen bereits ein ganzer Satz zur Verfügung sowie
der Anfang eines zweiten. Der Rest kann Ihnen doch wirklich
kein Kopfzerbrechen bereiten, oder? Daniel möchte die einzel-

nen Teile selbst fertig stellen. Das war seine Bedingung. Warum sollte er sein wertvolles Werk irgendwelchen desinteressierten Kopisten überlassen, um später alles genau überprüfen zu müssen, ob es auch korrekt ist?«

Der Dirigent verzog das Gesicht, während Daniel Scacchi für seine Erklärung dankbar war. Ihm selbst wäre es schwer gefallen, Fabozzi überzeugend zu belügen.

»Gerade leicht ist meine Aufgabe nicht«, stellte Fabozzi fest. »Ich muss mich damit abfinden, dass der Komponist im Saal sitzt und mich beobachtet wie ein Hühnerhabicht.«

»Es gibt Schlimmeres«, bemerkte Massiter. »Er könnte spielen wollen.«

Diese Möglichkeit hatte Daniel entschieden abgelehnt. Er hatte mit der Partitur mehr als genug zu tun. Darüber hinaus hatte er sich mit ihr inzwischen so weit vertraut gemacht, um zu erkennen, dass selbst die leichteren Passagen seine Fähigkeiten überforderten.

»Und sehen Sie ihn sich an«, nörgelte Fabozzi. »Er äußert sich überhaupt nicht. Woher soll ich wissen, ob das, was ich tue, richtig ist oder nicht?«

Daniel holte tief Luft. »Hören Sie, Signor Fabozzi, was ich bislang von Ihrer Einstudierung hören konnte, finde ich so fantastisch, dass ich nicht den geringsten Einwand habe. Das alles kommt für mich genauso überraschend wie für Sie. Ich suchte Venedig auf, um hier eine Bibliothek zu katalogisieren. Stattdessen hört Mister Massiter zufällig eine Passage aus meinem amateurhaften Konzert und beschließt, es von den Teilnehmern der Sommerstudien aufführen zu lassen. Vielleicht hätte ich ablehnen sollen. Ich könnte es auch jetzt noch. Es ist noch nicht zu spät …«

Fabozzi wurde kreidebleich. »Nein! Auf gar keinen Fall! An diese Möglichkeit habe ich nicht einmal im Traum gedacht.«

Falls dem Konzert Erfolg beschieden wäre, würde das nicht

nur dem »Komponisten« Ruhm und Ehre einbringen, sondern natürlich auch dem Dirigenten.

Massiter schüttelte den Kopf. »Ein wenig befremdet mich Ihre Reaktion schon, alter Freund«, sagte er nachdenklich. »Sie haben hier ein neues Musikstück von erheblicher Bedeutung, und Sie sind der Erste auf der Welt, der es dirigieren kann. Ist der Komponist eine Primadonna, die an Ihnen ihre Launen auslässt? Verfolgt er jede Note, jede Phrasierung und reißt Ihre Interpretation in Stücke? Nein! Er hört geduldig zu und spendet Ihnen danach Applaus. Worum geht es Ihnen eigentlich, wenn ich fragen darf. Soll Daniel die Rolle übernehmen, zu der er meiner Ansicht nach absolut berechtigt wäre?«

»Nein! Nein!« Langsam tat Daniel der Mann Leid. Es war keine angenehme Situation. »Ich wünsche mir lediglich ein paar Hinweise auf Absicht und Stilrichtung des Konzerts.«

Daniel lächelte liebenswürdig. »Dann lassen Sie mich eine Erklärung versuchen, Signor Fabozzi. Ich betrachte es als Versuch, die Musik nachzuempfinden, die in den dreißiger Jahren des siebzehnten Jahrhunderts in der Chiesa della Pietà zu hören gewesen wäre, wenn Vivaldi einen Sohn oder einen Meisterschüler gehabt hätte. Ein Übergang vom Barock zum Klassizismus. In meinem Kopf stelle ich mir …«

Daniel verstummte. Er hatte eine flüchtige Beschreibung des Konzerts in dem Wissen vorbereitet, dass ihm irgendwann entsprechende Fragen gestellt würden. Doch inzwischen besaß er durch seine Arbeit umfassendere Kenntnisse. »Ich sehe einen Menschen vor mir, der das Ende der einen und den Beginn einer neuen Ära miterlebt hat. Wie Sie wissen, markiert diese Dekade den Niedergang der Republik. Vielleicht habe ich mich in einen jungen Musiker hineinversetzt, der bei Vivaldi gelernt hat, aber angesichts des Verfalls um ihn herum seinem Werk ein paar eigene Akzente hinzugefügt hat. Daher sind in dem Konzert Bewunderung und Verehrung ebenso zu finden wie die Ungeduld, das gelegentliche Aufbegehren der Jugend.«

Scacchi und Massiter sahen ihn voller Bewunderung an.

»Na?« Massiter blickte den Dirigenten herausfordernd an. »Besser kann man es doch nun wirklich nicht ausdrücken, oder?«

»Nein«, antwortete Fabozzi beeindruckt. »Das hilft mir schon ein bisschen weiter. Ich schätze mich glücklich, Ihr Konzert einstudieren zu dürfen, das wissen Sie, Daniel. Es ist nur so, dass ich Ihre Arbeitsweise ein wenig ungewöhnlich finde.«

»Ich bin nun einmal kein großer Redner«, erwiderte Daniel. »Aber das heißt keineswegs, dass ich mit Ihrer Arbeit unzufrieden wäre. Ganz im Gegenteil. In Ihrer Interpretation klingt meine Musik besser, als ich es mir jemals hätte vorstellen können.«

Der Dirigent strahlte.

»Nun, dann frisch ans Werk, alter Freund«, drängte Massiter. »Die Zeituhr läuft und ich zahle die Rechnungen. Es gibt noch viel zu tun, und ich möchte, dass das Abschlusskonzert ausverkauft ist.«

»Sì.« Viel war es nicht, aber offenbar mehr, als Fabozzi erwartet hatte. Er stand auf, drängte sich durch die Touristen im Café und trat auf die Piazza hinaus, um den kurzen Weg zur Chiesa della Pietà zurückzulegen.

Massiter lächelte Daniel an. »Sie waren äußerst glaubhaft, muss ich schon sagen. Sie sollten sich etwas von Ihren Ideen für die Presse merken. Ich habe bereits an einigen Strippen gezogen. Eine gute Story für die Saure-Gurken-Zeit. Ich glaube, wir sollten Sie den ›neuen Vivaldi‹ nennen. Bestimmt lassen sich die *New York Times, The Times* und der *Corriere della Sera* dafür interessieren. Aber nicht vor nächster Woche. Es hat wenig Sinn, die Trommel zu rühren, bevor der Vorverkauf begonnen hat, oder?«

Daniel fühlte sich unbehaglich. »Aber ich kann mir kaum vorstellen, dass diese Blätter …«

»Wenn wir es ihnen schmackhaft genug machen, werden sie

etwas bringen«, entgegnete Massiter überzeugt. »Ein paar Frei-
flüge und eine Nacht oder zwei in dem richtigen Hotel. Darauf
springen sie an. Sie brauchen ihnen nur das zu erzählen, was Sie
eben gesagt haben, natürlich sehr viel verblasener und weniger
verständlich, wenn ich bitten darf. Mit einfachen, klaren Formulierungen kommen Sie bei Feuilletonisten nicht weit. Man
könnte Sie für einen Banausen halten.«

»Sie schaffen das schon«, fügte Scacchi hinzu. »Eben haben
Sie sich auch sehr überzeugend angehört.«

Daniel warf dem alten Mann einen scharfen Blick zu. »Ich
war überzeugend.« Bei der Übertragung der Partitur in den
Computer war sein Verständnis für das Konzert Note für Note
gewachsen. »Was ich zu Fabozzi sagte, entspricht durchaus der
Wahrheit, glaube ich. Der Komponist muss Vivaldi gekannt haben. Mit Sicherheit war es so. Obwohl …« Er suchte nach den
richtigen Worten. »Obwohl da noch etwas anderes ist. Eine gewisse Fremdheit vielleicht. Ich bin noch nicht ganz dahinter
gekommen.«

»Das werden Sie noch«, versicherte Massiter. »Ganz bestimmt.«

»Übrigens erinnere ich mich nicht, irgendwelchen Interviews mit der Presse zugestimmt zu haben. Wenn das alles hinter mir liegt, möchte ich wieder ein ruhiges, unauffälliges Leben
führen.«

Massiters Miene verdüsterte sich. »Das gehört zu unserer Abmachung, Daniel. Ich habe nie einen Zweifel daran gelassen,
dass wir aus diesem Ding so viel wie möglich herausholen müssen. Ich werde ohnehin jahrelang keinen Pfennig wieder her-
einholen, vielleicht nie.«

Mit einer Abruptheit, die ihn erschreckte, fand Daniel Hugo
Massiter plötzlich absolut widerwärtig. »Das, was Sie als ›Ding‹
bezeichnen, ist ein Kunstwerk«, sagte er. »Und kein billiger
Schnickschnack, wie man ihn auf der Rialto kaufen kann.«

Schweigend sah Massiter ihn mit einem Gesichtsausdruck

an, der ihn vermutlich einschüchtern sollte. Dann wandte er sich dem alten Mann zu. »Aber, Scacchi, Sie genießen Ihr Geld, nehme ich an?«

»Geld ist nie zu verachten, Massiter«, erwiderte der alte Mann vorsichtig.

»Dann setzen Sie Ihrem jungen Mann den Kopf zurecht.« Massiters graue Augen blickten von einem zum anderen. »Noch warte ich auf die Lieferung. Ich bekomme, was ich bezahlt habe. Immer.«

24. ROUSSEAUS LIEBESABENTEUER

Manzini beantwortet meine Briefe nicht mehr. Ich denke, wir müssen auf das Schlimmste gefasst sein, liebe Schwester. Entweder ist der Schurke mit den Resten unseres elterlichen Vermögens auf und davon, oder er hat – was ich eher vermute – festgestellt, dass es da nichts zu holen gibt, und enthebt sich der Mühe des Briefeschreibens an alle, die die Schulden ohnehin nicht begleichen werden. Ich hoffe, diese Neuigkeit erschreckt dich nicht allzu sehr. Das einzige Vermächtnis unserer Eltern besteht in ihrem Wesen und ihrer Gelehrsamkeit, und beides ist mehr wert als alles Geld oder Gold, das mit einem Testaments-kodizill herausgeschunden werden könnte. Desgleichen hoffe ich, dass du mittlerweile eine heilsamere Nahrung zu dir nimmst als dieses unbekömmliche spanische Essen, von dem du mir berichtest. Wir wurden mit einfacher venetischer Kost aufgezogen – Polenta und Fleisch – und nicht mit scharfen Gewürzen und fremdartigen Gemüsen, die eher auf einen maurischen Markt gehören. Es überrascht mich nicht im Geringsten, dass dir von Zeit zu Zeit übel wird, wenn du nichts anderes zu dir nimmst als diesen Dreck.

Doch nun zu einer Geschichte, die dich aufmuntern wird! Gobbo hat sein Mütchen an Rousseau gekühlt, und es beschämt mich ein wenig, dir einen Augenzeugenbericht geben zu können. Doch zunächst eine Warnung. In meiner Schilderung finden Dinge von der Art Erwähnung, wie sie der ungehobelte alte Schweinehirt Pietro zum Besten gab, wenn er glaubte, Pa würde ihn nicht hören. Falls du dein Herz und dein Hirn von diesem Unflat rein halten möchtest, so rate ich dir, das

Lesen sofort einzustellen und meinen Brief an einer unerreichbaren Stelle zu verwahren.

Ach, liebe Feder, ich spüre, dass uns unsere geschätzte Leserin nicht verlassen hat. Famos …

Im Anschluss an unseren Ausflug nach Torcello gab sich der Kreis um Delapole gern und häufig der Musik hin, aus dem vorrangigen Grund, dass der Engländer sie zu seinem bevorzugten Zeitvertreib erklärt hatte, der fürderhin seine ganze Aufmerksamkeit beanspruchen würde. Zu meiner Überraschung scheint das Leo nicht sonderlich zu bekümmern. Das Haus Scacchi kann unzüchtige Balladen oder auch eine ganze Oper ebenso drucken wie Shakespeares Werke oder eine Dissertation über das Rhinozeros. In der Erkenntnis, dass Delapole sein Meisterwerk nie zu Papier bringen würde – die Reichen haben viel Zeit, aber nur wenig Neigung, diese mit Arbeit zu füllen –, glaubt Leo nun offenbar, den Engländer dazu bewegen zu können, die Druckkosten für ein bislang unbekanntes Opus zu begleichen, um sich dann im Ruhm seines Erfolges zu sonnen.

Diesbezüglich habe ich zu einer kleinen List gegriffen und gab gestern Abend vor, Rebeccas Partitur wie ein verstoßenes Kleinkind auf der Schwelle der Ca' Scacchi gefunden zu haben. Zusammen mit einem anonymen Schreiben, in dem der unbekannte, aber hoffnungsvolle Komponist, der sich im Augenblick von einer anderen Tätigkeit in Anspruch genommen sieht, anfragt, ob das Haus Scacchi sein Werk unter Umständen für bedeutend genug hält, es einem breiteren Auditorium vorzustellen. In diesem Falle, heißt es weiter in dem Schreiben, solle Leo die Partitur auf eigene Kosten drucken und für eine Aufführung sorgen. Sollten auch die Bürger von Venedig Gefallen an der Musik finden, wolle sich der Komponist offenbaren und seinen Mäzen doppelt und dreifach entlohnen, indem er ihn an den Aufführungsrechten aller künftigen Werke beteiligt.

Leo las das Schreiben, äußerte einen rüden Fluch über Schnorrer und schleuderte das Paket in eine dunkle Ecke. Ich werde es natürlich wieder hervorholen, ganz beiläufig ein paar Takte spielen und abwarten, ob es seinen Appetit anregt.

Mit einer Geige unter dem Arm kehrte Gobbo aus Cremona zurück. Sie ist in der Tat ungemein hässlich. Groß und ungestalt, ein Instrument, wie man es vielleicht unter dem Kinn eines Bauernlümmels erwartet, nicht jedoch unter dem der liebreizendsten jungen Dame in Venedig. Zu beiden Seiten des Griffbretts ziehen sich lange Streifen durch den Lack. Genau das sei ein »Merkmal«, das die Originalität von Guarneris Violinen auszeichnet, beteuert Gobbo.

Eingeweiht werden sollte die Geige bei einem Nachmittagskonzert im Ospedale della Pietà. Inzwischen ist Rebecca selbstsicher genug, sich am hellen Tage allein zu diesen Konzerten begeben zu können. An diesem speziellen Nachmittag gelang es ihr, die Kirche zu betreten und wieder zu verlassen, ohne dass jemand von uns sie gesehen hätte. Ihre Anwesenheit war jedoch unüberhörbar. In Vivaldis weltlichem Programm – ich wünschte wirklich, er würde bei den altbewährten Stücken bleiben, anstatt uns mit diesem neuen Unsinn zu malträtieren – erklang ihr Instrument klar und hell wie eine Trompete. Ob das auch Delapole auffiel, entzieht sich meiner Kenntnis. Gobbo hatte uns von seinen Absichten in Kenntnis gesetzt, und die Gedanken des Engländers beschäftigten sich gewisslich mit anderen Dingen.

Gobbo wusste, dass ich auf irgendeine Weise mit Rebeccas Auftritten in der Kirche zu tun habe. Er ist ein schlauer Bursche, doch über das wahre Ausmaß unserer Tricks und Täuschungen konnte er nicht im Bilde sein. Nichtsdestotrotz fragte er mich gründlich nach der Kirche aus, ihrer Gestaltung im Inneren sowie nach den Ereignissen vor, während und nach einem Konzert. Nachdem ich ihm mit der gebotenen Vorsicht geantwortet hatte, schritt er zur Tat.

Nachdem das Konzert beendet war, schritten wir auf die Tür zu. Delapole nahm Rousseau beiseite und führte ihn in eine dunkle Ecke.

»Monsieur Rousseau, ich habe eine Botschaft erhalten«, beginnt er (natürlich konnte ich kein Wort hören, aber anders kann es nicht gewesen sein), »von jemandem, der seine Bekanntschaft mit Euch vertiefen möchte.«

»Verzeiht, Mister Delapole«, entgegnet Rousseau erregt, »aber ich habe nicht die geringste Ahnung, wovon Ihr redet.«

»Von den jungen Damen, die uns während unserer kürzlichen Fahrt nach Torcello aufs köstlichste unterhalten haben. Eine von ihnen vertraute mir in einem Schreiben an, dass Euer Antlitz, Eure Gestalt und Euer gelehrtes Wesen ihr Wohlgefallen erregt hätten, und sie bittet Euch durch mich, hier auf ihr Erscheinen zu warten. Ich könnte mir vorstellen, dass es Eure Anwesenheit hinter dem grausamen Wandschirm war, die sie überaus ... anregend findet.«

Der Franzose beginnt zu keuchen, verdreht die Augen. »Ist das tatsächlich wahr? Welche der Damen?«

»Das weiß ich nicht.« Delapole zuckt mit den Schultern. »Einen Namen enthielt der Brief nicht. Nur dies ...«

Er greift in die Tasche und zieht ein mit einem schweren orientalischen Duft parfümiertes Strumpfband hervor. Um ein Haar wäre Rousseau ohnmächtig zu Boden gesunken.

»Nun, Ihr erkennt, dass die Dame in Leidenschaft entbrannt ist«, sagt Delapole mit einem Klaps auf Rousseaus Schulter. »Für einen Pariser wie Euch ist das natürlich nichts Neues.«

»Ja, ja«, stammelt Rousseau. »Gewiss, gewiss.«

»Ihr genießt in einer Woche mehr Tralala als unsereins in seinem gesamten Leben, schätze ich. Es nimmt mich wunder, dass Ihr nicht den gesamten Erdball mit dem Erguss Eurer Lenden bevölkert.«

»Oh!« In diesem Moment schien Rousseau die eigentliche Bedeutung von Delapoles Worten zu dämmern. Hier ging es um mehr als um eine nette kleine Tändelei am Kaffeetisch.

»Ihr meint hier?«, keucht Rousseau. »In der *Kirche*?«

»Ein Ort wie jeder andere. Und ein Akt der Liebe ist ein Akt

Gottes, ist es nicht so? Und wenn Gottes Augen nichts entgeht, sieht er Euch in Seinem Haus ebenso wie in einem Bordell. Und meine bescheidenen Erfahrungen mit Frauen – Ihr werdet mich da möglicherweise korrigieren – verleiten mich zu der Annahme, dass die Wahl einer ungewöhnlichen Örtlichkeit ein geradezu maßloses Verlangen in ihnen wecken kann, das unter anderen Gegebenheiten schwer vorstellbar wäre. Ich kann mich natürlich auch täuschen ...«

»Aber nein«, versichert Rousseau. »Genauso ist es, teurer Freund.«

»In diesem Fall seid Ihr der glücklichste Mann unter der Sonne. Denn wenn diese Dame schon in der lebhaften Gesellschaft auf dem Schiff derart von Euch eingenommen war, wird sie Euch hier im Gotteshaus mit Sicherheit die Kleider vom Leib reißen.«

Wenn du dir das Quieken einer Haselmaus vorstellen kannst, die von einem ungezogenen Kind in den Schwanz gezwickt wird, dann weißt du, wie sich Rousseau in diesem Moment anhörte.

»Viel Glück«, sagt Delapole und schüttelt ihm verständnisinnig die Hand.

»Ihr geht?«

»Für wen oder was haltet Ihr mich?«, lacht Delapole. »Doch ich glaube, ich habe dort hinter dem Wandschirm ein Geräusch gehört.«

Mit zügigen Schritten geht er auf die Tür der Kirche zu, die wegen der kleinen Fenster inzwischen im Halbdunkel liegt, öffnet sie, lässt sie mit lautem Krachen ins Schloss fallen und schleicht auf Zehenspitzen zu uns zurück, die wir uns hinter der großen Kanzel verbergen.

Wir haben große Mühe, uns das Lachen zu verbeißen. Rousseau steht im kärglichen Lichtschimmer, der durch das Dachfenster fällt, und erbebt bei jedem Laut, der hinter dem Wandschirm hervordringt.

»*Mussjöh*!«, ruft eine falsche Falsettstimme leise. Ich stopfe mir die Faust in den Mund, um nicht losprusten zu müssen. Eine Gestalt tritt aus der Dunkelheit. Sie ist in ein langes Seidengewand von blauer Farbe gehüllt. Ein Schleier bedeckt den Kopf. Da ich weiß, dass es Gobbo ist, durchschaue ich seine Maskerade auf Anhieb. Doch mit seiner schlanken Gestalt, das Gesicht und den angeborenen Buckel verborgen, können ihn Ahnungslose durchaus für eine der Musikerinnen halten.

»Mademoiselle …«, flötet Rousseau. »Gerade erst habe ich von Eurer Botschaft erfahren. Ihr seht mich sprachlos.«

Die Gestalt macht einen Schritt vorwärts, streckt einen Arm aus (den zum Glück ein Seidenärmel verhüllt, denn Gobbo ist behaart wie ein Affe) und winkt Rousseau näher zu sich heran. »Was bringt Euch zu der Annahme, dass Ihr überhaupt etwas sagen solltet, mein Herr? Worte klingen gut, aber Taten sind besser. Als ich mit meinem kleinen Bogen über die Saiten meiner Geige strich, gewann ich den Eindruck, Ihr fühltet Euch von zärtlicher Zuneigung zu mir ergriffen. Doch möglicherweise erlag ich einer Täuschung. Vielleicht findet Ihr mich gar nicht reizvoll?«

Hastig tritt Rousseau näher. »Oh, Mademoiselle, wie könnt Ihr so etwas sagen? Eure Begabung, Eure Anwesenheit versetzen mich nahezu in Ekstase.«

Inzwischen muss ich mir heftig auf die Fingerknöchel beißen, und den anderen ergeht es nicht viel besser. Leo hat Tränen in den Augen, und es herrscht ein so heftiges Rippenstoßen, Keuchen und Schnaufen, dass ich mich fragte, warum Rousseau uns nicht auf der Stelle entdeckt. Doch seine Aufmerksamkeit ist von anderen Dingen abgelenkt.

»Nur nahezu, mein Herr? Ich hoffe doch sehr auf komplette Ekstase. Wie ich hörte, verfügt ihr Franzosen über Mittel und Wege, ein venezianisches Mädchen in den Himmel der Seligkeit zu versetzen. Andere als diese unziemliche Hast, die einem die Einheimischen zumuten.«

Sein Kopf schwankt von einer Seite zur anderen, ein tiefer Seufzer entringt sich seiner Kehle. »Nichts wünsche ich mir mehr als einen Blick in Euer Antlitz, meine Holde. Die Vorstellung, welch unsagbare Schönheit sich hinter diesem Schleier verbirgt, zerreißt mir das Herz.«

»Mein Herr!«, zischt Gobbo. »Ihr habt Eure Gepflogenheiten. Wir die unseren. In Venedig ist es nicht üblich, dass sich ein Mädchen, welches sich auf diese Weise einem Mann anbietet, offenbart, bevor der Liebesakt vollzogen ist. Was ist, wenn unsere Vereinigung nicht zur beiderseitigen Befriedigung ausfällt? Auf diese Weise bleibt unsere Fehlentscheidung folgenlos.«

»Das leuchtet mir ein«, nickt Rousseau.

»Dann tretet näher und erweist mir die Ehre.«

Mit angehaltenem Atem sehen wir zu, wie sich die beiden aufeinander zubewegen. Voller Absicht bleibt Gobbo im Lichtschein stehen, um uns eine ausreichende Sicht auf die Vorgänge zu gewähren, hält seinen Kopf jedoch im Schatten.

Rousseau kniet nieder. »Was verlangt Ihr von mir, schöne Unbekannte?«

»Nun, dass Ihr mich küsst. Was sonst?«

Er erhebt sich und will mit bebenden Lippen die verschleierte Gestalt an sich ziehen.

»*Muss-jöh!*«, kreischt Gobbo. »Wo sind Eure Manieren? In Venedig küsst kein Mann eine Dame auf die Lippen, bevor ihr Bund mit dem körperlichen Akt besiegelt ist. Sind das Eure Pariser Gebräuche? Wenn das so ist, finde ich sie offen gestanden recht widerwärtig. Möglicherweise habe ich mich auf verhängnisvolle Weise in Euch getäuscht.«

»Nein, nein. Ich bin nur mit Euren Gepflogenheiten nicht vertraut. Was soll ich tun, sagt es mir.«

Mit einem unwilligen Räuspern richtet sich Gobbo zu voller Größe auf. »Was jeder noble Venezianer unter diesen Umständen tun würde. Sich unter meinen Röcken zu der Stelle vortasten, an der in Kürze unsere Vereinigung stattfinden wird, um unseren Bund mit einem Kuss zu besiegeln.«

Rousseau zögert. »Ist das der Brauch in Venedig?«

»Überall auf der Welt, mit Ausnahme von Frankreich, wenn ich mich nicht irre. Ich verspreche, Euer bestialisches gallisches Verlangen zu stillen, sobald der Etikette Genüge getan ist, mein Herr, aber eines nach dem anderen. Gehen wir vor, wie es sich schickt.«

»So soll es denn sein«, ächzt Rousseau, geht in die Knie und steckt seinen Kopf unter Gobbos Röcke.

Was nunmehr folgte, bleibt seltsam ungewiss. Es spielte sich so schnell ab, dass ich wirklich nicht sagen könnte, wer als Erster schrie: Rousseau, als er seinen Kopf unter Gobbos Röcke schob und dort statt mit sinnlicher Freude mit Entsetzen belohnt wurde, wir, die wir uns nicht mehr beherrschen konnten, oder Pater Antonio Vivaldi, der in diesem Moment in die Kirche zurückkehrte, vielleicht auf der Suche nach einem vergessenen Notenblatt, und feststellen musste, dass sich ihm eine anzügliche Commedia dell'Arte darbot.

Rousseaus Kopf fest mit den Knien unter seinen Röcken haltend, stolperte Gobbo weiter ins Licht und ließ Vivaldi toben, bis dessen Kehle heiser war.

»Hebt euch hinweg, ihr Unholde!«, kreischte Vivaldi und bekreuzigte sich hastig. »Hinaus aus meiner Kirche, oder ich hole die Büttel und lasse euch alle auspeitschen!«

Gobbo raffte sein Gewand und enthüllte einen kauernden Rousseau, dessen Gesicht sich einem Objekt bedenklich nahe befand, das ich nur als aufragendes Glied bezeichnen kann, das üblicherweise nie in der Öffentlichkeit oder gar auf geweihtem Boden zu sehen ist.

»Aber Pater! PATER!«, dröhnte Gobbo ebenso grob wie empört. »Habt Erbarmen! Der Franzmann muss erst noch auf meiner Piccolo flöten!«

Was nun folgte, war das absolute Chaos. Wir nahmen die

Beine in die Hand und flüchteten aus der Kirche. Rousseau nach Osten, Richtung Arsenale, wir anderen durch die Hinterstraßen von Castello, außer Atem, von Lachen geschüttelt und – ich zumindest – gepeinigt von schmerzhaften Seitenstichen. Ich kann nicht verhehlen, dass es eine Menge über Venedig aussagt, wenn ein zwanzigjähriger Diener von unbeschreiblicher Hässlichkeit in einem blauen Seidengewand und laut lachend durch die Gassen rennen kann, ohne auch nur einen verwunderten Blick zu ernten.

Am folgenden Tag hörten wir, dass Rousseau seine Sachen gepackt, sich auf den Weg nach Paris gemacht und Venedig finstere Rache geschworen hat, das er nunmehr für den Vorhof der Hölle hält. Ich habe mich wirklich bemüht, dem Burschen etwas Angenehmes abzugewinnen, aber er macht es einem wirklich nicht leicht.

Da Leo geradezu ausgelassener Stimmung war, als wir nach Hause zurückkehrten, holte ich Rebeccas Partitur hervor und brachte ihm etwas davon zu Gehör. Selbst in meiner laienhaften Interpretation ist die zwingende Macht des Werkes unüberhörbar. Es verfügt über die Gewandtheit und Virtuosität eines Vivaldi, greift seine Ritornello-Idee auf und wiederholt ein Thema in endlosen Variationen, manche pathetisch und getragen, andere von federleichter Zartheit und Anmut.

Leo schien zu der gleichen Ansicht zu gelangen. Ich bin mir sicher, dass er sich Gedanken über das Werk macht, und das mit gutem Ausgang, wie ich hoffe.

25. RIZZOS PREIS

Rizzo stand vor den Schließfächern auf dem Bahnhof Mestre und fragte sich, ob der Preis das Risiko lohnte. Das Objekt hinter der grauen Metalltür schien ihn zu verhöhnen. Mittlerweile empfand er fast so etwas wie Abscheu vor dem schlichten, alten Instrumentenkasten und seinem Inhalt. Bislang hatten seine Beutestücke einen eher geringen Wert besessen und höchstens ein paar hundert Dollar eingebracht. Aber das seltsam verlockende Objekt, das er der toten Susanna Gianni aus den Armen gewunden hatte, war von ganz anderer Güte. Es war vermutlich noch mehr wert als die Summe, die Scacchi nun zu zahlen bereit schien. Er könnte natürlich nach Rom fliegen, um einen besseren Preis zu erzielen, aber Rizzo war sich seiner Grenzen durchaus bewusst. Die einzigen Leute, die er in Rom kannte, handelten mit Drogen, unverzollten Zigaretten und aus Lieferwagen geklauten Kinkerlitzchen. Die Geige wäre ihnen so fremd wie der Hope-Diamant. Er könnte Monate mit der Suche nach dem richtigen Käufer vergeuden, Monate, in denen Massiter vermutlich dahinter kam, was sich an jenem Tag auf San Michele ereignet hatte. Die Vernunft gebot, dass er mit Scacchi schnell übereinkam und das größte Schnäppchen seines Lebens machte.

Doch auch in dieser Hinsicht schien ihn das Instrument zu verspotten. Rizzo hatte stets angenommen, dass seine Tätigkeit ein Ziel hatte, einen Schlusspunkt. Irgendwann käme der Tag, an dem er genügend Geld hatte, um in der Nähe der Universität, in Santa Margherita, ein kleines Restaurant zu eröffnen. Dort könnte er Touristen und Studenten ganz legal bestehlen.

Er wäre sein eigener Boss. Er könnte mit den Frauen anbandeln, die zur Tür hereinkamen, oder seine Gäste bedienen. Dieser angenehm tröstliche, aber gänzlich unerfüllbare Traum war die ganze Zeit in seinem Hinterkopf gewesen, bis er die Fiedel aus Susanna Giannis Sarg an sich brachte. Mit den gewöhnlichen Diebereien hätte er ihn nie realisieren können. Aber mit Scacchis 80 000 Dollar könnte er zwei Restaurants eröffnen, wenn nicht noch mehr. Rizzos Tage als Gauner wären vorüber. Doch merkwürdigerweise bereitete ihm die baldige Erfüllung seines Traums nicht die geringste Freude. Er würde immer ein Mörder und Dieb bleiben, weil das in seiner Natur lag. An diese Tatsache schien ihn das Instrument zu erinnern. Das Ding kam ihm vor wie ein vergifteter Apfel. Ein Biss hinein könnte ihn töten.

Rizzo dachte an die Polizistin. Bei entsprechender Gelegenheit hätte er sie bedenkenlos ins Jenseits befördert, obwohl ihm danach jeder einzelne Cop der Stadt auf den Fersen gewesen wäre. Jetzt lief sie herum und stellte alle möglichen Fragen, forschte nach einem Gegenstand, der aus einem Sarg auf San Michele verschwunden war. Möglicherweise würde sie ihm auf die Spur kommen. Vielleicht musste er sie tatsächlich umbringen. Aber nicht, bevor er das idiotische Instrument, mit dem alles angefangen hatte, endlich vom Hals hatte.

Es war zwei Uhr nachmittags, der Bahnhof menschenleer. Es wäre das Einfachste von der Welt, den Kasten aus dem Schließfach zu holen, mit dem Bus zum Flughafen zu fahren, einen kleinen Spaziergang in die Sümpfe zu unternehmen und die Geige dort zu versenken. Massiter würde nie etwas erfahren. Mit seiner gewohnten Tätigkeit – Touristen bestehlen und gelegentliche Botengänge für den Engländer – konnte er sich immer über Wasser halten. Dann erinnerte sich Rizzo daran, wie kalt und überlegt Massiter versucht hatte, ihn einzuschüchtern. In seiner großen Wohnung am Canal Grande, mit den schwachsinnigen Bildern und den verspiegelten Schränken, in denen er Fellinis Leiche versteckte oder auch nicht. Er dachte an Massiters kalte Finger auf seinen Lippen und spürte, wie Wut in ihm hochkochte.

»*Bastardo*«, murmelte er vor sich hin. Wieder blickte er auf seine Armbanduhr. Es war an der Zeit, sich mit Scacchis Mittelsmann am vereinbarten Ort zu treffen. Natürlich konnte er nicht mit dem Geigenkasten in der Hand einfach so durch Venedig spazieren. Rizzo marschierte zum Reisegepäckladen hinüber und kaufte eine Nylontasche. Dann öffnete er das Schließfach, nahm das Instrument heraus und verstaute es sorgfältig in der billigen Tasche. Der Geruch hatte sich verzogen. Der Kasten sah aus wie alter Trödel. Aber als er die Griffe der Tasche umfasste, hing sie ihm schwer am Arm, und es kam ihm vor, als würde alle Welt mit Fingern auf ihn zeigen und ›Mörder! Dieb! Mörder!‹ rufen.

Mit dem Bus fuhr er zum Piazzale Roma zurück. Die Tasche mit der Guarneri stand auf seinen Knien. Rizzo blickte auf die unbewegte, graue Wasserfläche hinaus, als der Bus über die schmale, künstlich aufgeschüttete Straße brauste, die Venedig mit dem Festland verbindet.

Rizzo wollte Kasten und Inhalt möglichst schnell loswerden, am liebsten noch heute, wenn Scacchis Mittelsmann damit einverstanden sein sollte. Aber etwas war seltsam. Noch nie in seinem Leben hatte er sich für Musik interessiert oder ein Konzert besucht. Doch jetzt, als er den Tankern und Linienschiffen zusah, die sich wie schwergewichtige Tänzer über das Parkett auf den Hafen zubewegten, fragte er sich unwillkürlich, wie sich das verdammte Ding wohl anhörte.

26. Aufruhr in der Kirche

Die Täuschung ist lächerlich simpel. Wir werden zunehmend kühner. Die Wachposten sind so einfältig, faul oder beides, dass es uns gelungen ist, einen gänzlich neuen jüdischen Arzt ins Leben zu rufen! Nun braucht Jacopo sich nicht länger in seiner Kammer zu verstecken, während wir durch die venezianische Nacht huschen. Ich erklärte dem Burschen an der Brücke lediglich, ein Edelmann sei erkrankt und verlange nach den heilenden Händen von Dr. Roberto Levi. Ohne groß nachzudenken, ließ mich der Tölpel ins Ghetto. Rebecca hüllte sich in einen Umhang und wir machten uns unverzüglich auf den Weg. Es ist eine ganz vorzügliche Verkleidung, denn selbst wenn die Wachposten Verdacht schöpfen sollten: Wer würde es wagen, einen Arzt am Besuch eines leidenden Aristokraten zu hindern? Venezianer kümmern sich zunächst einmal um ihre eigenen Belange und erst dann um die des Staates. Wir haben sie vollständig eingelullt, und meine einzige Sorge besteht darin, dass wir aus Stolz über unsere gelungene List so überheblich werden, dass Rebecca eines Abends mit der Erklärung, es sei zu heiß, die Kapuze zurückschlägt, ihre wundervollen Locken schüttelt und uns alle als Gesetzesbrecher offenbart.

Gestern Abend nach dem Konzert beschlossen wir, noch eine kleine Erkundungsfahrt zu unternehmen, bevor wir den Heimweg antraten. Es war ein prachtvoller Abend, warm, doch nicht stickig, und der volle Mond spiegelte sich im ruhigen Wasser des Bassino, als unsere Gondel an San Marco vorbei in den Canal Grande hineinfuhr.

Rebecca äußerte den Wunsch, in der Nähe der Ca' Dario

auszusteigen, aus Neugier auf das Gebäude, das wir am Tag unserer Fahrt zur Insel Torcello so übereilt verlassen mussten. Wir entlohnten den Gondoliere am Anlegesteg vor der Salute-Kirche und liefen durch Hintergässchen, bis wir auf dem kleinen Campo hinter der Ca' Dario standen. Ich erzitterte innerlich vor der Möglichkeit, dass Gobbo uns entdeckte und ein paar unangenehme Fragen stellte, aber das Glück war uns hold. Im hellen Mondenschein zählten wir die seltsamen Schornsteine des Hauses und kamen auf acht, alle trichterförmig, wie es für einige der älteren Palazzi typisch ist. Hinter dem Haus gibt es einen ummauerten Garten. Die vordere Fassade des schmalen Gebäudes, die man am besten vom Canal Grande aus betrachten kann, nimmt sich sehr ungewöhnlich aus. Das Geschoss zu ebener Erde wird vor allem als Lagerraum und Bootszugang genutzt. Die oberen drei Stockwerke sehen völlig gleich aus, mit jeweils vier hohen, säulengeschmückten Bogenfenstern links von der Mitte sowie einer Fensterrosette und einem Säulenerker an der linken Ecke des Gebäudes. Die gesamte Fassade ist mit Marmorornamenten im lombardischen Stil verziert, die das Gebäude unter den größeren Palazzi zu beiden Seiten hervorleuchten lassen wie ein Juwel unter minderwertigeren Edelsteinen. Es muss Delapole ein Vermögen gekostet haben, doch verfügt der Engländer meines Erachtens über genug Geld. Eigentümlicherweise scheint niemand zu wissen, wer der wahre Besitzer ist. Dario ist seit langem tot, und manche sagen, das Haus wäre verflucht, nachdem sich in ihm wenigstens zwei Mordtaten ereignet haben. Als könnten Ziegelsteine und Mörtel die Saat menschlichen Handelns in sich aufnehmen ...

Rebeccas Neugierde scheint unstillbar zu sein. Ich glaube, sie hofft darauf, dass Delapoles Geld ihr auf irgendeine Weise dabei hilft, ihre musikalischen Ambitionen zu erfüllen. Leo und der Engländer haben gemeinsam einen Plan ausgeheckt. In Kürze soll das Konzert im Ospedale della Pietà aufgeführt werden. Delapole ist offenkundig bereit, für eine gewisse Publizität zu bezahlen, wozu auch die Verbreitung einer hanebüchenen Geschichte über das Werk und seinen mysteriösen Komponisten gehört. Demzufolge handelt es sich bei dem Schöpfer um einen scheuen und seines Könnens unsicheren venezianischen Bürger, der seinen Namen nicht preisgeben möchte, bevor die Stadt sein Konzert gutheißt. Daher wird das Werk in seiner Gänze aufgeführt, wobei sich Vivaldi (für eine gewisse Summe) dazu herabgelassen hat, den Dirigentenstab zu schwingen. Nachdem das Konzert zu Gehör gebracht wurde, soll das Auditorium dahingehend befragt werden, ob die Musik Gefallen findet oder besser den Flammen übergeben werden sollte. Im ersteren Fall ist der Komponist bereit, sich zu einem späteren Zeitpunkt zu enttarnen. Im letzteren wird sich der Urheber wieder seiner bisherigen Tätigkeit widmen, niemals wieder eine Note zu Papier bringen und sich damit zufrieden geben, dass die glorreiche Republik seinen laienhaften Bemühungen zumindest für einen kurzen Moment Aufmerksamkeit geschenkt hat.

Natürlich ist das alles blühender Unsinn. Niemand zweifelt daran, dass dem Konzert ein überwältigender Erfolg beschieden sein wird, warum sonst sollte Vivaldi es würdigen? Geld übt einen großen Einfluss auf Künstler aus, kann ihnen aber nicht die Würde abkaufen. Ich bleibe skeptisch, was den Ausgang dieses Unternehmens anbelangt. Rebeccas Ziel ist es nach wie vor, eines Tages als Musikerin und Komponistin angesehen zu werden, die einem Vivaldi oder einem anderen großen Sohn dieser Stadt ebenbürtig ist. Obwohl ich ihr das nie ins Gesicht sagen würde, bleibt mir unerfindlich, wie das bewerkstelligt werden könnte. Selbst wenn es ihr gelingen sollte, sich als Schöpferin des Konzerts zu offenbaren, ohne gleichzeitig unsere Missetaten bekannt zu machen, bezweifle ich doch sehr, dass die Stadt eine Frau und obendrein eine Jüdin und Fremde als Musikerin vom Schlage Vivaldis anerkennen würde. Wenn ich ganz ehrlich sein soll, fiele das auch mir sehr schwer, und ich wünschte wirklich, es wäre anders. Aber wir wachsen nun einmal alle mit tief wurzelnden Vorurteilen auf. Rebeccas Wunsch widerspricht allem, was uns über das Zusammenleben von Männern und Frauen beigebracht wurde. Doch was die Zukunft bringt, wird sich erweisen, wie unsere Mutter immer sagte.

Wir bewunderten Delapoles Palast eine gute halbe Stunde lang, dann spazierten wir nach San Cassiano, wo ich Rebecca mein Zuhause zeigte, selbstverständlich nur von außen. Später wanderten wir weiter nach Santa Croce und standen schließlich vor Giacomo dell'Orio, einem quadratischen Klotz von Kirche auf einem Campo ein wenig abseits des Canal Grande. Wir bewegten uns mittlerweile derart vertrauensvoll durch die Stadt, dass wir das Gotteshaus ohne weiteres Zögern betraten und uns in der Gesellschaft eines greisen Wächters wiederfanden, der ungemein erpicht darauf war, uns seine Schätze zu zeigen. Die Kirche besitzt ein verblüffendes, wie ein Schiffskiel geformtes Dach sowie einige aus Byzanz stammende Säulen, eine mit einem reich verzierten Kapitell, eine andere aus glattem antikem Marmor. Diese Venezianer ließen aber auch alles mitgehen.

Unter den Gemälden sahen wir einige ganz passable Martyrienbilder sowie ein ganz neues Werk, das der Maler gerade an die Wand hängte. Es wirkte so absurd, dass wir es sprachlos anstarrten. Der »Künstler« bemerkte unser Interesse und fragte mich, was ich von seinem Werk hielte. Es schien die Grablegung der Jungfrau Maria darzustellen, mit einer verwirrenden Szene im Vordergrund.

»Ich fürchte, der tiefe Sinn des Bildes entzieht sich mir, mein Herr«, gestand ich. »Vielleicht könnt Ihr uns aufklären?«

Er war ein unansehnlicher Bursche mit hängenden Schultern, pockennarbigem Gesicht und irgendwie flackerndem Blick. »Nun, es zeigt die Besudelung der Muttergottes durch den Juden, woraufhin diesen unverzüglich Gottes Strafe ereilt. Seht Ihr das nicht?«

In der Tat. Neben dem bleichen, totenstarren Leib der Jungfrau Maria konnte man einen Mann erblicken, dem augenscheinlich durch wundersames göttliches Eingreifen die Hände abgehackt worden waren. Ein Eingreifen unter Ausschluss der Öffentlichkeit offenbar, denn die Trauernden schienen nichts zu bemerken und damit fortzufahren, die Tote zu ihrer letzten Ruhestätte zu tragen.

»Ich erinnere mich nicht, von diesem Vorkommnis etwas in den Schriften gelesen zu haben«, bemerkte Rebecca freundlich.

»Die Bibel ist nicht der alleinige Weg zu Gott«, entgegnete der Mann. »Manche verfügen über umfassendere Kenntnisse.«

»Manche verfügen auch über eine blühendere Phantasie als andere«, warf ich ein. »Doch ich verstehe noch immer nicht recht. Der Mann hätte die Heilige Jungfrau ›besudelt‹, sagt Ihr? Aus welchem Grund? Durch welche Handlung?«

»Natürlich durch die Tatsache, dass er ein Jude ist.«

Rebecca unterdrückte ein Lachen. »Aus keinem anderen Grund?«

»Welchen anderen sollte es da noch geben?«

»Ich kann meine Überraschung nicht verhehlen, mein Herr«, erklärte ich. »War Maria nicht selbst Jüdin? Und ihr Sohn Jesus Christus ein Jude?«

Seine Augen quollen aus den Höhlen, und selbst im Halbdunkel der Kirche konnte ich sehen, dass sein pockennarbiges Gesicht tiefrot wurde.

»Warum sollte ein Jude eine Jüdin entehren?«, fuhr ich fort. »Es sei denn …«

Er beäugte mich gespannt.

»Es sei denn«, wiederholte ich triumphierend, »er betrachte die reglose weiße Gestalt gar nicht als menschliche Tote, sondern als Puppe aus Wachs oder Talg, und er wolle davon nur ein wenig für seine Lampe stibitzen. Doch warum sollte ihn Gott dafür strafen? Sie sehen mich absolut verwirrt.«

»Blasphemie!«, schrie der Wahnsinnige, und ich bemerkte, wie der alte Kirchendiener auf der anderen Seite des Kirchenschiffs besorgt in unsere Richtung blickte.

Rebecca zupfte mich am Ärmel, aber das konnte ich nicht unwidersprochen lassen. »Mitnichten, mein Herr. Wenn Ihr irgendein Gekrakel an eine Wand malt und es als Jungfrau Maria bezeichnet, begehe ich keine Gotteslästerung, indem ich es Gekrakel nenne. Die Bemerkung richtet sich gegen Eure Unfähigkeit. Nicht gegen die Madonna.«

»Blasphemie!«

Der Kirchendiener entschwand durch die Seitentür. Rebecca mahnte unterdrückt zum Aufbruch. Aber ich weiß selbst, wann Eile geboten ist.

Wir gingen schnell zum Hauptportal und flohen in die Nacht hinaus. Und das gerade noch rechtzeitig. Als wir um die Ecke bogen, rannten bereits Soldaten auf die Kirche zu. Wir erreichten die Sicherheit von San Cassiano, wo ich eine Gondel herbeirief, um Rebecca ungefährdet ins Ghetto zurückzubringen.

Auf dem vertrauten Weg zur Zugbrücke wandte sie sich mir zu und sagte: »Eines Tages wirst du noch unser aller Tod sein, Lorenzo, das schwöre ich.«

»Unsinn. Der Mann ist ein Scharlatan. Schlechte Kunst bleibt schlechte Kunst. Und mit einer Mariendarstellung verhindern zu wollen, dass andere sie auch so nennen, ist schlichtweg unehrenhaft.«

»Also wirst du mich ebenso mit Schmährufen bedenken wie die anderen Zuhörer, wenn ich ein schlechtes Konzert komponiere?«

»Auf jeden Fall. Sogar noch lauter als die anderen, da ich schließlich weiß, wie viel Talent zu hast.«

Rebecca prustete vor Lachen. Wir näherten uns der Brücke, sie zog sich die Kapuze über den Kopf und ich erfand wieder einmal eine Lügengeschichte, doch der Wachposten war zu betrunken, um sich groß darum zu scheren.

Jacopo öffnete uns die Tür und die Fröhlichkeit auf unseren Mienen entging ihm nicht.

»Unverbesserliche Schurken, alle beide«, sagte er. »Bevor das Jahr um ist, wird man eure Köpfe am Ufer auf Spieße stecken.«

Rebecca küsste ihn auf die Wange. »Vielmehr wird man in Dankbarkeit vor mir niederknien, lieber Bruder, wenn man erst einmal entdeckt, welch große Musikerin die Serenissima in ihrer Mitte hat.«

»Gewiss, gewiss.« Ich sah Jacopo an, dass er seiner Schwester noch etwas sagen wollte, es aber nicht übers Herz brachte. Wir wussten beide, was das war.

27. Verhandlungen über einen Ankauf

Scacchi hatte das Treffen für halb vier anberaumt. Auf Vorschlag des Verkäufers sollte es in einem leeren Lagerhaus auf dem verlassenen Werftgelände des Arsenale stattfinden. Ungeduldig ließ Daniel die Anweisungen des alten Mannes über sich ergehen, wohl wissend, dass möglicherweise Improvisation gefragt war. Schließlich hatten sie einem gewissen Talent zur Improvisation auch Massiters Angebot zu verdanken. Vorsicht ist bei einem alten Mann wie Scacchi nur zu verständlich, dachte Daniel. Dennoch würde er sich notfalls darüber hinwegsetzen.

»Überzeugen Sie sich auf jeden Fall davon, dass es sich um das echte Instrument handelt«, mahnte Scacchi. »Ich habe Ihnen ein paar Identifikationsmerkmale genannt. Achten Sie vor allem auf die Initialen des Geigenbauers.«

»Selbstverständlich«, erwiderte Daniel leicht gereizt, was ihm einen strafenden Blick von Scacchi einbrachte.

»Dieser Kerl ist ein Verbrecher, Daniel. Nehmen Sie ihn nicht auf die leichte Schulter.«

»Er will doch das Geld, oder? Wir haben nichts zu befürchten.«

»Sie lesen wohl nie Zeitungen, was?«

»Warum?«, fragte Daniel verdutzt.

»Lassen wir das«, murmelte Scacchi. »Ich bitte Sie lediglich darum, vorsichtig zu sein. Ich wünschte wirklich, ich könnte selbst zu dem Treffen gehen.«

Massiters Geld war wie versprochen eingetroffen. In Hundert-Dollar-Scheinen, die inzwischen irgendwo in dem Schlafzimmer im zweiten Stockwerk versteckt lagen, das Scacchi mit

Paul teilte. Noch fehlten Scacchi zehntausend Dollar von dem geforderten Preis, aber er glaubte, sie innerhalb weniger Tage durch eine kurzfristige Kreditaufnahme und den Verkauf einiger Objekte auftreiben zu können. Am Freitag solle sich der Verkäufer telefonisch melden, gab Scacchi Daniel mit auf den Weg, und wenn beide Parteien einverstanden wären, könnte das Geschäft tags darauf abgeschlossen werden. Wenn alles nach Plan verlief, hätten sie bei ihrem Ausflug nach Sant' Erasmo allen Grund zum Feiern. Und falls es sich tatsächlich um die echte Guarneri handelte, war weit und breit nichts zu sehen, was noch schief gehen konnte.

»Ich habe versprochen, Ihnen diese Aufgabe abzunehmen, Signor Scacchi«, sagte Daniel.

»Und Sie sind ein Mann, der sein Wort hält, ich weiß. Aber dieser Kerl ist es nicht. Er ist kriminell aus eigenem Entschluss. Nicht aus Notwendigkeit wie wir. Vor dieser Art Menschen sollten Sie sich stets hüten, Daniel. Ich bin nicht der einzige Luzifer in dieser Stadt.«

Daniel lachte. Der alte Mann fand es offensichtlich sehr anstrengend, die Lippen auch nur zu einem Lächeln zu verziehen.

Daniel trat in den glutheißen Nachmittag hinaus und musste feststellen, dass das erste Vaporetto überfüllt war mit Touristen und gereizten Einheimischen. Im Sommer konnte Venedig ziemlich unerträglich sein. Es schien kein Entrinnen vor der erbarmungslosen Sonne und der stickigen Feuchtigkeit zu geben, die von der Lagune aufstieg.

Während er auf das nächste Linienschiff wartete, entdeckte er die Polizistin, diese Giulia Morelli. Sie saß auf einer der Bänke der Anlegestelle und las ein Buch. Er tat so, als hätte er sie nicht gesehen und starrte aufs Wasser. Irgendwann hob sie den Kopf und erkannte ihn.

»Mister Forster, nicht wahr?«, lächelte sie. »Wie schön, Sie wiederzusehen.«

»Ich hätte nicht vermutet, Sie so schnell in San Cassiano wiederzutreffen.«

Sie zuckte mit den Schultern und verstaute das Buch in ihrer Tasche. »Die Polizei hat überall zu tun. Herzlichen Glückwunsch übrigens.«

Daniel sah sie verständnislos an. Ihre Anwesenheit beunruhigte ihn. Er bekam den Gedanken an die gestohlene Violine nicht aus dem Kopf.

»Zu Ihrem Konzert«, fügte sie erklärend hinzu.

»O ja, natürlich. Es ist eine große Ehre für mich.«

»Und so überraschend. Ich hatte keine Ahnung, dass Sie komponieren. Bei meinem Besuch hat Scacchi davon nichts erwähnt.«

»Es ist doch auch nicht der Rede wert.«

»Mister Massiter sieht das offenbar anders. Er scheint eine große Begabung in Ihnen zu sehen. Das muss Ihnen doch ungemein schmeicheln.«

Erleichtert stellte Daniel fest, dass sich ein Vaporetto näherte. »Ja«, murmelte er.

Giulia Morelli blickte auf ihre Uhr. »Hat Signor Scacchi Ihres Wissens in letzter Zeit etwas erworben? Ich würde es gern erfahren.«

»Wie bitte?«

»Einen Kunstgegenstand. Eine Antiquität. Damit handelt er doch, oder?«

Daniel war sich der Schweißperlen auf seiner Stirn bewusst. »Ich glaube, er hat sich zur Ruhe gesetzt.«

Giulia Morelli lachte. »Ein Mann wie Scacchi setzt sich nie zur Ruhe, Daniel. Das muss Ihnen doch klar sein.«

Das Vaporetto rauschte zur Anlegestelle. Daniel beobachtete, wie ein schlankes Mädchen in blauer ACTV-Uniform nach der Eisenstange griff, die den Ausgang blockierte.

»Was haben Sie vor?«, fragte er. »Oder ist das geheim?«

Die Polizistin verzog das Gesicht. »Vor ein paar Wochen hat

jemand aus einem Sarg einen Gegenstand entwendet. Der Augenzeuge des Diebstahls wurde ermordet. Als ich zufällig am Tatort auftauchte, hätte mich das fast das Leben gekostet. Also habe ich auch persönliches Interesse an dem Fall. Verfolge eigennützige Zwecke, wie die Engländer sagen.«

»Aber was hat das mit Signor Scacchi zu tun? Oder mit mir?«

»Vielleicht überhaupt nichts. Keine Ahnung.«

Daniel sah die Fahrgäste von Bord strömen. Ihn graute vor der Möglichkeit, dass sie ihm aufs Boot folgte und diese Befragung bis San Marco fortsetzte, womit jede Hoffnung auf ein pünktliches Treffen mit dem Verkäufer hinfällig wäre.

»Halten Sie mich bitte nicht für unhöflich«, sagte er, »ich muss zur Chiesa della Pietà, um ein paar dringende Angelegenheiten im Zusammenhang mit dem Konzert zu regeln. Und ich habe nicht die leiseste Ahnung, wovon Sie reden.«

Die Polizistin schwieg. Es wurde Zeit, an Bord zu gehen.

»Kommen Sie mit?«

»Ich?«, fragte sie erheitert zurück. »Ich habe nicht die Absicht, ein Vaporetto zu besteigen, Mister Forster. Ich sah Sie nur aus dem Haus schlendern und lief Ihnen voraus, um hier mit Ihnen zu reden. Ich muss nirgendwohin.«

»Und was wollen Sie?«

»Die Wahrheit natürlich. Und Sie warnen. Hier geht es nicht um ein Spiel, auch wenn Sie das vielleicht anders sehen. Ein Mann musste bereits sterben.«

Er begann auf das Boot zuzulaufen. Mit überraschender Kraft hielt ihr schlanker Arm ihn zurück.

»Ja?«

»Gutgläubigkeit kann gefährlich sein, Mister Forster. Vergessen Sie das bitte nicht.«

Energisch befreite er sich aus ihrem Griff und betrat das Boot. Giulia Morelli folgte ihm tatsächlich nicht. Seine Pläne waren nicht in Gefahr. Er hatte ausreichend Zeit, bei der Chiesa della Pietà vorbeizugehen. Amy musste ihre Einladung noch erhalten. Und obwohl er sich das nie eingestanden hätte, empfand er inzwischen eine gewisse besitzerstolzähnliche Verantwortung gegenüber dem Konzert, das für alle Welt seinen Namen tragen würde.

Als er die Kirche betrat, beendete das Orchester gerade eine der langsamen Passagen vom Beginn des zweiten Satzes. Alle Köpfe wandten sich ihm zu, und er hörte zu seiner Beunruhigung, dass Applaus aufbrandete.

»Daniel! Daniel!«, schrie Fabozzi ihm vom Pult aus zu. »Ich muss unbedingt mit Ihnen reden!«

Der kleine, schwarz gekleidete Mann, diesmal mit hohen Chelsea-Stiefeln an den Füßen, sprang vom Podium, um ihn zu begrüßen. Er wirkte außer sich vor Begeisterung.

»Wir machen Fortschritte, lieber Freund!«, rief Fabozzi. »Langsam begreifen wir, was Sie mit Ihrem Werk sagen wollen!«

»Hervorragend. Ich habe ein wenig von der Tür aus zugehört«, log er. »Es hat wundervoll geklungen.«

»*Ihre Musik* klingt wundervoll!« Noch nie hatte Daniel den Dirigenten so zufrieden mit sich und seinen Musikern erlebt. Einen Moment lang bedauerte er seine Entscheidung, dem Orchester nicht beigetreten zu sein. Den Mienen der jungen Musiker konnte er entnehmen, dass Fabozzi hervorragende Arbeit leistete. »Bitte, Daniel, setzen Sie sich eine Weile zu uns.«

»Das werde ich. Aber erst, wenn ich Ihnen eine vollständige Partitur übergeben habe, Signor Fabozzi. Das wird am Wochenende der Fall sein, spätestens Anfang der nächsten Woche. Das verspreche ich Ihnen.«

»Wir werden Sie beim Wort nehmen. Nicht wahr, Amy?«

Amy Hartston gesellte sich zu ihnen. Sie trug ein hellblaues Seidenhemd und Jeans. Ihre blonden Haare hatte sie sich für die Probe hinter die Ohren gestrichen. Ihr Gesicht leuchtete förmlich.

»Mit Sicherheit. Sie wollen uns doch spielen hören, Daniel? Manchmal habe ich den Eindruck, als würden Sie vor Ihrem Meisterwerk am liebsten davonlaufen.«

»Wenn Sie darauf bestehen, bleibe ich den ganzen Nachmittag hier«, entgegnete er. »Dann dürfen Sie sich allerdings nicht beklagen, wenn Ihnen die Noten ausgehen.«

Sie lachte. »Das nenne ich Erpressung!«

Fabozzi wirkte unbehaglich. Er schien eine gewisse Spannung zwischen den beiden jungen Leuten zu spüren. »Entschuldigen Sie mich bitte. Ich muss mir die nächste Passage noch etwas genauer ansehen, bevor wir die Probe wieder aufnehmen. *Ciao*!«

Als er verschwunden war, versuchte Daniel unbeholfen, den Bootsausflug zur Sprache zu bringen.

»Ich habe mich gefragt …« Er verstummte.

»Ja, und?«

»Es geht um … einen Ausflug. Mit einigen Freunden. Am Sonntag. Mit dem Boot. Zu einer der Inseln. Wahrscheinlich haben Sie gar kein Interesse.«

»Okay.«

»Sie sind anders als Massiter. Das Boot ist mit Sicherheit nicht so toll wie das von Massiter. Einheimische. Ich bezweifle, dass Sie sich gut amüsieren.«

»Okay habe ich gesagt.«

Daniel fühlte, dass er rot wurde. Er räusperte sich.

»Wann? Und wo?«

»Soll das heißen, dass Sie mitkommen wollen?«

Sie verschränkte die Arme und musterte ihn kritisch. »Sie laden mich doch zu einem Ausflug ein, Daniel, oder?«

»Jaaaa …«

»Dann freue ich mich sehr über Ihre Einladung. Also: wo und wann?«

Seine Wangen brannten wie Feuer. »Das muss ich noch herausfinden. Morgen komme ich wieder und sage es Ihnen.«

»Das wäre ganz nützlich.« Sie zog ein Notizbuch aus der hinteren Hosentasche, schrieb eine Nummer auf einen Zettel, riss ihn heraus und streckte ihm den entgegen. »Hier. Sie können mich natürlich auch jederzeit anrufen. Diese Freunde von Ihnen … Die haben doch sicher ein Telefon?«

»Selbstverständlich!«

Amy Hartston lächelte. »Gut.« Ihre Selbstsicherheit in derartigen Situationen schien unerschütterlich und beruhte, wie Daniel fand, eindeutig auf größerer Erfahrung. »Also dann bis Sonntag. Entweder Sie setzen sich und hören zu, oder Sie verschwinden, Daniel. Einige Passagen Ihres Konzerts sind so verdammt schwierig, dass ich mitunter den Verdacht habe, Sie sind Paganinis Geist. Zu unser beider Nutzen möchte ich sie so überzeugend wie möglich interpretieren.«

Damit drehte sie ihm den Rücken zu und setzte sich zu den Musikern, die eifrig ihre Instrumente nachstimmten oder konzentriert auf die Partitur starrten. Daniel Forster wurde von Gewissensbissen geplagt. Die Bewunderung, die ihm die Musiker entgegenbrachten, war absolut unverdient. Doch ohne seine emsigen Nachforschungen und seine Verhandlungen mit Massiter könnte dieses Wunder nie aufgeführt werden, sagte er sich. Sie hatten Anlass, ihm dankbar zu sein, wenn auch aus anderen Gründen, als sie annahmen.

Das Orchester war so beschäftigt, dass niemand bemerkte, wie Daniel die Kirche verließ. Er wandte sich nach links und lief die Riva degli Schiavoni entlang. Die Campari-Werbung an der Vaporetto-Haltestelle auf dem Lido schimmerte durch den Hitzedunst über dem Wasser. Irgendwo dahinter, am jenseitigen Ufer der schmalen Landzunge, lagen Massen von Urlaubern am Strand und blickten auf die blaue Adria. Die Lagune schien ein eigenständiges Universum zu sein, von Daniel zum größten Teil noch unerforscht.

Als er den Campo San Biagio erreichte und ihm sein Orientierungssinn riet, die Uferfront zu verlassen, waren nur noch

Einheimische zu sehen: Frauen mit Einkäufen, Männer auf Bänken; sie rauchten und sahen den Booten zu.

Er bog links ein und lief am Canale dell'Arsenale entlang. Dann überquerte er eine kleine Brücke, lief eine Gasse mit Kopfsteinpflaster entlang und sah plötzlich das riesige verlassene Gelände der ehemaligen Schiffswerft vor sich. Das Lagerhaus lag hinter einem schmalen Durchgang, in dem es nach Katzen stank. Daniel stieß die halb verfallene Tür auf und trat ein. Er nahm den Geruch von Zigaretten und Rasierwasser wahr.

Er blieb im Lichtschein der Tür stehen und machte sich nach einer kleinen Höflichkeitspause bemerkbar. »Hallo?«

Eine Gestalt bewegte sich aus dem Dunkel auf ihn zu und bot ihm eine Zigarette an. Sie waren etwa gleich groß, stellte Daniel fest, beide hochgewachsen und nicht unbedingt muskulös, aber der Unbekannte war älter. Er hatte ein fahles, ein wenig pockennarbiges Gesicht und trug eine kunststoffgerahmte Sonnenbrille, die ihm zu groß zu sein schien.

»Nein, danke. Ich bin Daniel Forster.«

Der Mann schnaubte verächtlich. »Sie nennen Ihren Namen?«

Daniel fuhr sich mit der Hand übers Kinn und dachte an das, was Scacchi und auch die Polizistin gesagt hatten. Er kannte sich mit Dieben nicht aus, geschweige denn mit Mördern. Wie begrüßte man die eigentlich? »Haben Sie das Objekt bei sich?«

»Sie wollen es doch haben, oder? Wie steht es mit dem Geld?«

Daniel hob die Schultern. »Ich bin nur der Mittelsmann. Ich muss mich davon überzeugen, dass es der gewünschte Gegenstand ist.«

Der Mann schleuderte die Kippe von sich. Zischend verglühte sie in einer Wasserlache irgendwo in der Dunkelheit des Lagerhauses. »Er ist es. Hier.«

Eine billige Nylontasche flog durch die Luft. Nur mit Mühe

gelang es Daniel, sie aufzufangen. »Wenn in dieser Tasche wirklich das ist, was Sie behaupten, Freundchen, dann sollten Sie vorsichtiger damit umgehen.«

Der Mann trat in den Schatten zurück und steckte sich eine neue Zigarette an. »Hör mal, du Großkotz. Du wirst mir nicht vorschreiben, wie ich mit meinem Eigentum umzugehen habe. Sobald du das Ding gekauft hast, kannst du es meinetwegen in Watte packen. Bis dahin halt einfach die Klappe.«

Schweigend öffnete Daniel die Tasche und zog einen alten Geigenkasten heraus, der mit einer seltsam riechenden Staubschicht bedeckt war. Er kniete sich auf den Boden, öffnete den Kasten und erblickte die ungewöhnlichste Geige, die er je zu Gesicht bekommen hatte. So massiv, wie Scacchi gesagt hatte. Zu beiden Seiten des Griffbretts zogen sich lange Streifen über den Klangkörper. Daniel hielt die Geige ins Licht, spähte durch das linke Schallloch ins Innere und sah schwarze Buchstaben auf bräunlich verfärbtem Pergament: »Josephus Guarnerius Cremonensis fecit, anno 1733«, und daneben unter einem Kreuz die Initialen IHS.

Sie mochte im herkömmlichen Sinn vielleicht »hässlich« sein, lag aber sicher und gut in der Hand. Eine Geige, die zum Spielen wie geschaffen war, fand Daniel, und nicht dazu, bewundert zu werden. Er hatte nicht den geringsten Zweifel, dass er eine echte Guarneri in den Händen hielt.

»Nun?«, meldete sich eine raue Stimme aus der Dunkelheit.

»Es gibt jede Menge Fälschungen.«

»Das ist keine Fälschung«, zischte der Mann.

»Sind Sie ganz sicher?«

Der Mann trat von der Tür weg und schien Daniel die Violine entreißen zu wollen, besann sich aber sofort eines Besseren.

»Zwei Fragen, Mister Neunmalklug. Willst du das Ding? Und wenn ja, wo ist das Geld?«

Daniel war darauf vorbereitet gewesen, den Mann unsympathisch zu finden, aber die Intensität seiner Abscheu überraschte ihn. Fast so etwas wie Wahnsinn ging von ihm aus. Die Warnung der Polizistin hatte vermutlich ihre Berechtigung. Dennoch wurde Daniel den Eindruck nicht los, dass der Mann in erster Linie darauf bedacht war, den Handel so schnell wie möglich hinter sich zu bringen.

»Nur noch ein kleiner Test«, sagte Daniel. Er streckte die Hand aus und zog den Bogen aus seiner Halterung im Deckel des Geigenkastens. Das Rosshaar war locker und verblüffend trocken. Er drehte am Frosch, um es zu spannen und schob sich die Guarneri unter das Kinn.

In den Augen des Mannes begann es zu flackern. »Moment mal! Ich habe dir nicht gestattet, auf dem verdammten Ding zu spielen.«

»Es handelt sich um ein Musikinstrument, lieber Freund. Sie wollen diese Riesensumme, ohne dass ich einen Ton höre?«

Der Mann gab nach und setzte sich auf eine niedrige Bank hinter der Tür. Daniel hob den Bogen und stimmte ganz vorsichtig ein paar Takte aus einer Händel-Sonate an.

Später, mit genügend zeitlichem Abstand zu den Ereignissen, versuchte er, die Vorgänge zu analysieren, und kam zu der Erkenntnis, dass es vor allem an der ungewöhnlichen Akustik des mittelalterlichen Lagerhauses gelegen haben musste, an den widerhallenden Mauern und der feuchten Luft. Der Klang der Geige war voller und strahlender als der jedes anderen Instruments, das er je in den Händen gehabt hatte. Doch da war noch etwas anderes, das sich schon mit den ersten Tönen bemerkbar machte. Die machtvolle Stimme des Instruments entstieg dem Klangkörper wie ein Geist der Flasche. Selbst unter seinen ungeschickten Fingern heulte sie auf wie ein zorniger Löwe. Gespielt von einem wirklichen Virtuosen, Amy beispielsweise, musste sie sich nahezu unglaublich wundervoll anhören.

Daniel hielt inne, setzte erneut an und spielte ein paar Akkorde aus dem Konzert, das jetzt seinen Namen trug. Ein schwarzer Schleier tiefster Konzentration hüllte ihn ein. Einen Moment lang glaubte er, in einem hohen, fremden Raum mit eigenartigen Fenstern zu stehen und die Anwesenheit des wahren Komponisten zu spüren. Sehen konnte er die geheimnisvolle Gestalt jedoch nicht. Das durch die Fenster einfallende Licht blendete ihn. Er bildete sich ein, über die Musik hinweg Schreie zu hören. Dann verließ ihn sein Erinnerungsvermögen und mit ihm der eigentümliche Tagtraum. Die Töne erstarben. Er nahm den Bogen von den Saiten.

Zitternd stand der Dieb vor ihm, vor Wut, nahm Daniel an, aber auch vor Furcht. In seiner Hand blitzte eine schmale Messerklinge.

»Schluss jetzt!«, zischte der Mann. »Keinen einzigen verdammten Ton mehr!«

Daniel blickte ihn flüchtig an, legte die Geige in den Kasten, steckte den Bogen unter seine Klammer im Deckel, schloss den Kasten und schob ihn von sich.

»Es ist eine Fälschung«, erklärte er im Brustton der Überzeugung. »Eine sehr gute, muss ich sagen, und eine, die durchaus die Grundlage von Verhandlungen zwischen uns bilden kann. Dennoch ist und bleibt es eine Fälschung. Ich bin sicher, dass selbst Sie das erkennen?«

Wenige Zentimeter von seinem Gesicht entfernt zuckte das Messer durch die Luft. »Versuchen Sie nicht, mich über den Tisch zu ziehen!«

Daniel schwieg einen Moment lang. »Sie können sie gern behalten, wenn Ihnen das lieber ist«, sagte er dann.

Nach einer Weile, als auch das letzte Gewisper nachhallender Geigentöne in der dumpfen Luft des Lagerhauses erstorben war, nickte der Dieb resignierend, klappte sein Messer zusammen und steckte es in seine Hosentasche.

»Gut«, sagte Daniel und musste sich ein Lächeln verkneifen. »Können wir jetzt zur Sache kommen?«

28. Ein furchtbarer Verlust

Ich sitze in meiner Kammer im zweiten Obergeschoss und blicke voller Trauer zum Fenster hinaus, auf den kleinen Platz von San Cassiano, und lausche den fernen Stimmen der Huren und der Zecher, die durch die Gassen und Straßen ziehen. Ich kann nichts anderes tun, als zu weinen und die ganze Welt zu verdammen. Heute Nachmittag erhielt ich einen Brief aus Sevilla. Meine geliebte Lucia ist tot. Wie man schreibt, ist sie einem Magenleiden erlegen. Was wissen die Spanier schon von derlei Dingen? Wäre sie hier in Venedig erkrankt, hätte Jacopo sie mit einem durchdringenden Blick und dem entsprechenden Mittel geheilt. Jetzt liegt sie kalt und steif in fremder Erde. Nie wieder werde ich ihr Lachen hören noch den sanften Druck ihrer warmen Hand spüren.

Warum musste sie sterben? Will Gott mich dafür strafen, dass ich Rebecca immer wieder über die Schwelle Seines Hauses geführt habe – gegen Sein Gebot? Aber ist das eigentlich Sein Gebot? Oder das von reichen weltlichen Männern, die sich selbstherrlich zu seinen Vertretern ernannt haben? Wie könnte Gott derart erbarmungslos Vergeltung an uns beiden üben, die wir jung, töricht, frohgemut und voller Lust am Leben handelten, einem Leben, das uns schließlich von Ihm geschenkt wurde?

Und doch … meine Schwester ist nicht mehr. Eine spanische Krankheit hat ihr das kostbare Leben gestohlen. Ich zermartere mir das Hirn über Entscheidungen, Taten, die vielleicht dazu hätten beitragen können, dass Lucia noch lebt und lächelnd wie immer darauf wartet, dass die Welt sie erfreut.

Doch das ist absolut sinnlos. Die Zeit geht erbarmungslos mit uns um, gewährt uns keine Ruhepause. Wir können nicht wissen, wann uns die letzte Stunde schlägt, daher sollten wir jede Minute nach Herzenslust genießen und die Sorge um das Künftige den Priestern überlassen. Warum sollte ich mich grämen, ob ich mich gegen Gott vergangen habe? Hat nicht vielmehr Er mich verlassen, mich den dunklen Wanderungen meines Geistes preisgegeben? Denn sie sind nicht länger wohl erwogene Briefe der Liebe an eine ferne Schwester, sondern nicht zensierte, sprunghafte Ausgeburten meines Denkens. Durch meine Briefe an Lucia ist es mir gelungen, auf geregelte Bahnen in meinem Leben zu achten. Diese Schranken sind nunmehr gefallen und ich treibe zügellos durch die Welt meiner Phantasien.

Als ich mich etwas gefasst hatte, überbrachte ich Leo die traurige Nachricht, und er musterte mich sonderbar. Er kennt Schmerz und Verlust, nehme ich an. Etwas in seiner Miene schien anzudeuten, dass Lucias Tod mich zu seinesgleichen machte, zu einem Mitwisser vom eigentlichen Geheimnis unseres Lebens. Er trat zu mir an den Tisch, über dem ich in meiner Trauer zusammengebrochen war, und legte mir eine Hand auf den Rücken.

»Das höre ich mit schmerzlichstem Bedauern, Lorenzo.« In seinen Augen stand keine einzige Träne. Seit ich ihm Rebeccas Werk gegeben hatte, wirkte er merkwürdig geistesabwesend. »Aber das darf dich nicht verwundern.«

Ich spürte, wie sinnloser Zorn in mir aufstieg. »Das darf mich nicht verwundern, Onkel? Meine Schwester war einundzwanzig Jahre alt und kräftig wie ein Baum, als sie nach Spanien aufbrach. Selbstverständlich bin ich bestürzt.«

»Gewiss, Junge, gewiss.« Ich bin es Leid, wie ein Kind behandelt zu werden, und wollte ihm das auch sagen, als mir seine nächsten Worte fast den Atem verschlugen. »Doch du musst wissen, dass das unser Schicksal ist, Lorenzo. Jeder Mensch, den du liebst, wird dich irgendwann auf die eine oder andere Weise verlassen. Daher lebe wie ein einsamer Mann und vermeide jedes Herzeleid. Das rate ich dir.«

O ja, sicher. Irgendwann gelangt wohl jeder zu der Erkenntnis, dass Reife an Jahren und Weisheit nicht das Gleiche sind. Ich schätze, mir kam sie ziemlich spät. Leo ist ein Narr, ein verbitterter, engstirniger Tor. Er lebt in seinem eigenen düsteren Universum und bezieht seine einzige Freude aus seinen nach innen gerichteten Gedanken. Er gibt anderen nichts und bekommt folglich auch nichts von ihnen.

Und darüber hinaus ist er ein Dieb. Ich betrachtete die Papiere auf dem Tisch, die ihn mehr zu bewegen schienen als meine Trauer. Eins davon war das Titelblatt für Rebeccas Konzert, dessen Partitur der Kopist zurückgebracht hatte. Wir hatten seine Dienste in Anspruch nehmen müssen, um Delapoles Terminwünschen gerecht zu werden. Und an der Stelle, an der üblicherweise der Name des Komponisten steht – und die unter den gegebenen Umständen leer bleiben würde, wie ich annahm –, erblickte ich zu meinem Erstaunen den Namen Leonardo Scacchi.

»Aber Onkel! Das kannst du nicht tun!«

»Selbstverständlich nicht«, erwiderte er mit unüberhörbarer Ironie. »Nicht auf der Stelle jedenfalls.«

»Überhaupt nicht! Das ist nicht dein Werk.«

»Nein? Und wem ist das bekannt? Selbst wenn jemand vortritt und behauptet, der Komponist zu sein – woher wollen wir wissen, dass er die Wahrheit sagt? Und warum wurde uns das Manuskript derart verstohlen vor die Tür gelegt? Hier ist ein faules Spiel im Gange, möchte ich wetten. Glaube bloß nicht, dass ich so springe, wie unser anonymer Spaßvogel pfeift. Warum sollte ich nicht ansehen, wie sich das Titelblatt mit meinem Namen ausnimmt? Wäre ich nicht mit dieser verdammten Klaue geschlagen, hätte ich schließlich ein Musiker und Komponist sein können. Darüber hinaus hatte diese sorglos dahingekritzelte Partitur eine Menge Korrekturen nötig. Soll mir dafür keine Anerkennung zuteil werden?«

Sprachlos rannte ich aus dem Haus und suchte Zuflucht in unserer Kirche. Aber aus Furcht vor den möglichen Auswirkungen seiner vorhersehbaren Beileidsbekundungen auf mein Gemüt erzählte ich dem Priester nichts vom Tod meiner Schwester.

Stattdessen hockte ich eine Stunde oder mehr schweigend auf einer Kirchenbank, als würde ich meditieren. Meine Schreiben haben ihren Sinn verloren, denn es gibt in Sevilla keine anmutige Hand mehr, die sie empfangen könnte. Ich bin nicht mehr der freundliche brüderliche Chronist, der für seine ferne Schwester die Wahrheit verbrämt. So mögen meine Gedanken ihren Weg ins Innere meiner Seele suchen, so hart und bitter die Wahrheit auch sein mag.

Ich muss es gestehen: Meine Schwester beherrschte meine Gedanken nicht für lange. Mein Verstand begehrte gegen die Ungerechtigkeit, Sinnlosigkeit ihres Todes auf. Und so saß ich in San Cassiano und starrte das alte Gemälde an, das ich Lucia einmal beschrieben hatte, das Bild, auf dem der Lehrmeister von seinen Schülern getötet wird. Im Dämmerlicht der Kirche ließ ich meiner Phantasie Flügel wachsen, als würde Luzifer aus der Verdammnis aufsteigen. Leo war der Meister, ich der Schüler. In meiner rechten Hand das Breitbeil, in der linken eine Feder, die Spitze geschärft wie der feinste Dolch.

Wie viele Menschen werden Tag für Tag in Gedanken ermordet? Millionen, könnte ich mir vorstellen, und am nächsten Morgen erheben sie sich und gehen ihren Geschäften nach, ohne jegliche Ahnung von dem qualvollen Schicksal, das ihnen in der Vorstellung eines anderen zuteil wurde. Das Federmesser und das Breitbeil. Schwert und Skalpell. Könnte Leo in meinen Kopf spähen und erkennen, welche Absichten mich in San Cassiano beseelt hatten, würde er vor Entsetzen tot zu Boden sinken. Aber kein Mensch weiß, welche Gedanken im Kopf eines

anderen herumspuken. Am folgenden Morgen, bei einem Frühstück aus Brot und Käse, bedachte mich Leo mit einem ein-
nehmenden Lächeln und sagte: »Geh zur Ca' Dario und rede
ein Wörtchen mit deinem Freund Gobbo. Ich muss wissen,
welche Absichten Delapole hat, Junge. Ich muss ihn fest im
Griff behalten.«

29. Ein erzwungener Verkauf

Rizzo verfluchte sein Pech. Engländer schienen sein Unglück zu sein. Auf den ersten Blick hatte es so ausgesehen, als wäre Scacchis Abgesandter eine halbe Portion. Aber bald änderte Rizzo seine Meinung. Dieser Daniel Forster zeigte sich von seinen Drohungen weder eingeschüchtert, noch schien er an der verdammten Fiedel besonders interessiert zu sein. Es war fast so, als spüre er Rizzos Bedürfnis, das Instrument möglichst schnell loszuwerden, und wolle nun den Preis entsprechend drücken. Doch selbst das war inzwischen unwichtig geworden. Als Rizzo den Engländer auf der Geige spielen hörte, hatte er das Gefühl gehabt, als müsse er schreien, bis ihm die Augen aus dem Kopf fielen. In diesem Moment beschloss er, die verfluchte Geige nie wieder anzurühren. Jetzt kam es nur noch darauf an, wie viel Geld er aus einem unverzüglichen Verkauf herausschlagen konnte.

»Wolltest du nicht zur Sache kommen?«, knurrte er. »Fangen wir endlich damit an.«

Nachdenklich betrachtete Daniel den Geigenkasten, der zwischen ihnen auf dem Boden stand. »Wie viel sie tatsächlich wert ist, das weiß ich natürlich nicht ...«

Er lügt nicht schlecht, dachte Rizzo, aber auch nicht so gut, wie er glaubt. »Wie können wir über etwas reden, was dir unbekannt ist?«

Daniel umfasste sein Kinn mit der Hand, eine Geste, die Rizzo an Massiter erinnerte. »Ich habe keine Ahnung, welchen Preis wir mit einem Verkauf erzielen könnten.«

Rizzo fuchtelte mit seiner Zigarette in der Luft herum.

»Dein Problem, Freundchen. Ich will nur wissen, was du dafür bietest. Hier und jetzt. Sobald wir uns auf einen Preis einigen, gehen wir wieder getrennte Wege. Also wie viel zahlst du mir für das Ding bar auf die Hand?«

Der junge Engländer schloss die Augen, dachte offenbar nach. Rizzo wollte die Violine um jeden Preis loswerden, doch den in bar.

»Wir tragen für gewöhnlich keine großen Summen mit uns herum«, entgegnete Daniel unverfroren.

Rizzo umklammerte seinen Arm, schob sein Gesicht ganz nah an ihn heran und stieß eine Tabakwolke aus. »Lass die Mätzchen, Junge. Du meinst wohl, ich hätte mich mit dem Ding übernommen. Aber es hat seinen Wert. Das hast du selbst gesagt. Vielleicht ist es eine Fälschung, vielleicht auch nicht. Keine Ahnung. Schätze, ein schlaues Kerlchen wie du könnte die Fiedel als echt ausgeben. Was wäre sie dann wohl wert?«

Daniel nickte. »Möglich. Aber damit liegt das ganze Risiko bei uns.«

Rizzo schwieg.

»Sagen wir zwanzigtausend Dollar«, bot Daniel an. »Bar. Heute Nachmittag.«

»Auf keinen Fall. Soll das ein Witz sein?«

»Keineswegs. Ich bin nur auf unseren beiderseitigen Nutzen bedacht.«

»Wer's glaubt.« Dieser junge Schnösel redete sogar wie Massiter.

»Gib mir fünfzig Riesen. Bar auf die Kralle. Du kannst es holen. Ich begleite dich.«

Bedauernd verzog Daniel das Gesicht. »So viel Geld haben wir nicht im Haus herumliegen.«

»Nein?«

»Vierzigtausend könnten wir unter Umständen zusammenkratzen. Wenn Sie mitkommen, können wir den Handel innerhalb einer Stunde über die Bühne bringen.«

Vierzigtausend Dollar wären nicht schlecht. Dafür könnte er sich eine Bar kaufen, wenn er wollte. »Eine Menge Kies für eine Fälschung, findest du nicht auch?« Rizzo wollte dem Jüngelchen zeigen, dass er wusste, wie er übers Ohr gehauen wurde.

»Es *ist* eine Menge Geld. Wollen Sie es?«

Finster musterte Rizzo den Geigenkasten. »Wir können es gleich holen? Und ich komme mit?«

»Klar.«

»Du trägst das Ding«, knurrte Rizzo. »Ich bin es verdammt leid.«

Sie gingen zur Vaporetto-Haltestelle Arsenale und bestiegen das erstbeste Boot. Zur Abwechslung war das Vaporetto halb leer. Die beiden Männer setzten sich auf die harten blauen Bänke am Heck. Rizzo überließ Daniel den Platz an der Reling, mit Blick auf das Ufer von San Marco. Eine leise Stimme in seinem Kopf sagte ihm, es wäre besser, nicht in der Gesellschaft dieses ausgebufften jungen Engländers gesehen zu werden. Daniel hatte die Nylontasche im Lagerhaus zurückgelassen und hielt den Geigenkasten auf den Knien. Sie wechselten kein Wort miteinander. Niemand würde eine Verbindung zwischen ihnen herstellen.

Dann fuhr das Boot an der Chiesa della Pietà vorbei und Rizzos Herz setzte einen Schlag aus. Vor der Kirche hatten sich Fotografen, Reporter und junge Musiker mit ihren Instrumenten versammelt. Massiters Konzertveranstaltung! Wie hatte Rizzo die nur vergessen können? Jetzt stand er mit Sicherheit da drüben, inmitten der Menge, und konnte sie jeden Augenblick entdecken. Und was sehen? Dass sein Gelegenheitsdieb und Botenjunge hinten auf einem Vaporetto neben einem blassgesichtigen jungen Mann saß, der zufällig eine Geige auf dem Schoß hielt. Aber er brauchte sich keine Sorgen zu machen. Massiter wandte ihnen den Rücken zu. Trotzdem murmelte Rizzo ein paar Worte über die unerträgliche Sonne und setzte sich ins Innere des Vaporetto, zwischen diesen Daniel Forster und den Ausgang. Es wäre verrückt, das Risiko unnötig zu verdoppeln.

An der Anlegestelle San Staè stiegen sie aus und liefen in Richtung Rialto. Rizzo wusste nicht, wo dieser Scacchi wohnte, doch das ließe sich leicht herausfinden. Ihr einziger bisheriger Geschäftskontakt war ebenfalls durch einen Mittelsmann erfolgt. Der Engländer hatte angedeutet, dass sich Rizzo von Scacchis Haus fern halten müsse. Das sah Rizzo ein. Dennoch interessierte er sich für die Adresse.

Die beiden tranken ein Bier in der kleinen Bar gegenüber der Kirche auf dem Campo San Cassiano. Rizzo bestellte ein zweites, aber Daniel lehnte ab. Der Platz war menschenleer. Passt ihnen vermutlich genau in den Plan, dachte Rizzo.

»Ich gehe jetzt das Geld holen«, verkündete der junge Engländer. »Die Geige lasse ich hier bei Ihnen. Wenn ich mit dem Geld zurückkomme, können Sie auf der Toilette nachzählen, wenn Sie wollen.«

Rizzo lachte. Dieser Bursche hatte wirklich etwas Komisches an sich, als wäre das alles nur ein Spiel oder ein Schülertheater.

»Nimm das Ding und bring mir, was du mir schuldig bist.«

Daniel lächelte. »Vielen Dank. Ihr Vertrauen ehrt mich.«

Zum ersten Mal, seit er heute früh das Haus verlassen hatte, nahm Rizzo seine Sonnenbrille ab. Er starrte Daniel an. »Was hat das mit Vertrauen zu tun? Wenn du mich bescheißt, mache ich dich kalt. Ist das klar?«

Das Bürschlein wurde noch etwas blasser und nickte. Rizzo war froh, sich verständlich ausgedrückt zu haben. »Bring mir einfach das Geld. Dann sehen wir uns nie wieder.«

»In Ordnung.« Der Typ verschwand durch die Tür. Rizzo beobachtete, wie er nach links auf eine kleine Brücke zulief. Dann verließ auch er langsam die Bar, um die weiteren Ereignisse zu verfolgen. Daniel Forster überquerte den Rio, zog einen Schlüssel aus der Tasche und öffnete die Tür eines Hauses neben einem kleinen Souvenirgeschäft. Nachdenklich musterte Rizzo die ineinander verschachtelten Gebäude. Der Hauseingang war eher schlicht. Aber er führte mit Sicherheit zu einem großen und alten Palazzo am Ufer des Rio. Keine Sekunde zweifelte er daran, dass der Bursche mit seinem Geld wiederkommen würde.

Er ging zurück in die Bar und leerte gelassen sein Bierglas. Eine Viertelstunde später erschien Daniel mit einer Standa-Supermarkt-Tüte und entnahm ihr ein in schwarze Plastikfolie gehülltes und mit Klebestreifen zusammengehaltenes Päckchen in der Form eines Ziegelsteins.

Der Mann hinter dem Tresen ließ sie nicht aus den Augen. Rizzo bestellte ein drittes Bier. Daniel verzichtete dankend.

»Wie gesagt«, betonte er noch einmal. »Wenn Sie nachzählen wollen …«

Rizzo schüttelte den Kopf. »Zwischen uns ist alles klar. Du kannst die Biege machen.«

Eindeutig erleichtert verließ Daniel die Bar. Rizzo schnappte sich sein drittes Bier und setzte sich draußen an einen der Tische, die Tüte mit Geld sicher auf seinem Schoß. Der Alkohol begann, ihm ein wenig den Kopf zu vernebeln. Er wusste, dass er über den Tisch gezogen worden war, aber sein Unmut hatte rein persönliche Gründe, keine finanziellen. Er würde vergehen. Mit Hilfe des Geldes.

Rizzo bewunderte ein vorbeikommendes Mädchen, ein Bild venezianischen Liebreizes mit langen Beinen und dunkel schimmerndem Haar. Er pfiff und lachte laut auf, als sie ihre Schritte über die Brücke beschleunigte. Er fühlte sich unglaublich wohl. Heute war es zu spät, das Geld auf die Bank zu bringen. Das würde er gleich morgen früh tun und sich ungemein rechtschaffen und redlich fühlen, wenn der Filialdirektor vor ihm seine Bücklinge machte.

Das Haus zog ihn wie magisch an. Er blickte zu den halb geschlossenen Fensterläden hinauf und wünschte sich, ins Innere blicken zu können. Vielleicht spielten sie gerade auf der neu erworbenen Geige. Vielleicht malten sie sich ihren potentiellen Profit aus. Es war ihm egal. Irgendetwas sagte ihm, dass die Fiedel ein unheimliches Ding war und aus dem Handel nichts Gutes erwachsen konnte, den Daniel Forster gerade abgeschlossen hatte. Was übrigens, wie er sich inzwischen sicher war, nicht sein wahrer Name sein konnte.

Rizzo saß vor der kleinen Bar, wurde langsam betrunken und beobachtete das Haus. Ein Lieferant brachte irgendwelche Lebensmittel. Ein Mann von den Gaswerken klingelte, um den Zählerstand abzulesen. Eine Gestalt mit einer Einkaufstüte kam heraus und lief quer über den Platz. Rizzo duckte sich hinter seinem Glas. Er wünschte, er hätte nicht so viel getrunken. Manchmal spielte der Alkohol seinem Wahrnehmungsvermögen üble Streiche. Dann brach er in Lachen aus, so anhaltend und krampfhaft, dass er husten musste.

Der Barmann trat vor die Tür und beäugte ihn neugierig. »Was ist denn so komisch?«

Rizzo riss sich zusammen, um nicht erneut in Lachen auszubrechen. »Nichts«, japste er. Seit seinem Besuch auf San Michele hatte er sich nicht mehr so wohl gefühlt. Er war die Fiedel los. An ihre Stelle war ein Bündel Bares getreten und ein Hauch von Veränderung in der heißen Luft über der Lagune.

30. ALLEIN AM ARSENALE

Wie viele Geheimnisse kann ein Mensch bewahren, bevor ihm der Kopf zerspringt? Zu viele für meinen Geschmack. Der menschliche Geist ist dazu geschaffen, andere und sich selbst zu täuschen und zu hintergehen. Derartige Feststellungen treffe ich für mich allein, da ich es nicht mehr wage, sie zu Papier zu bringen. Im Nachhinein wundere ich mich, warum ich Lucia so viel anvertraut habe. Die Republik hat Mittel und Wege, sich Briefe anzueignen. Ich kann nur hoffen, meine unausgesprochene Begründung für meinen Leichtsinn – dass die Faseleien eines neunzehnjährigen Burschen gegenüber seiner Schwester in Spanien für die Spione des Dogen ohne Belang sind – erweist sich als berechtigt.

Für das Konzert ist inzwischen alles vorbereitet. Gobbo ging mit mir in eine kleine Taverna am Rio hinter der Ca' Dario und berichtete mir Einzelheiten, soweit sie ihm bekannt waren. Leo und Delapole hielten die Zügel fest in der Hand. Mein Onkel kümmerte sich um die musikalischen Belange, während Delapole die Aufführung und ihre Finanzierung verantwortete.

»Warum tun sie das, Gobbo?«, fragte ich und verspürte wenig Lust auf den sauren Rotwein, den Gobbo mir aufnötigte.

»Für meinen Herrn ist es nichts als ein Spiel«, antwortete er. »Damit halten sich die Reichen bei Laune, Lorenzo. Ohne das würden sie vor Langeweile sterben. Und was deinen Onkel betrifft, frag dich selbst. Was sind seine Beweggründe? Die Aussicht auf Geld, natürlich. Vermutlich hofft er, von dem eigentlichen Komponisten an den Einnahmen beteiligt zu werden, sollte der jemals sein Gesicht zeigen. Und vermutlich hätte auch Delapole nichts dagegen einzuwenden, seinen Schnitt zu machen. Er ist reich, aber bei der Geschwindigkeit, mit der er seine Dukaten zum Fenster hinauswirft, muss er dafür sorgen, dass er auch reich bleibt.«

Im Hinblick auf Leo irrte er sich, doch das behielt ich für mich. Geld übt durchaus einen Reiz auf meinen Onkel aus, aber es gibt auch andere, tiefer liegende Beweggründe.

»Und dann? Wenn sich das Konzert als Erfolg erwiesen hat?«

Er grinste. »Nun, ich denke, sie reizen ihre Karten bis zum Letzten aus. Aller Wahrscheinlichkeit nach wollen sie warten, bis alle nach dem Namen des Mannes lechzen wie Seeleute nach dem Bett einer Hure in Dorsoduro. Dann lassen sie die Leute noch ein wenig zappeln, nur so zum Spaß. Schließlich kündigen sie ein weiteres Konzert an – die Billetts dafür müssen natürlich ausverkauft sein –, bei dessen Finale sich der Komponist offenbart. Venedig liebt nun einmal das ganz große Theater, und mein Herr ist fest überzeugt, diese Kunst perfekt zu beherrschen. So wie er auch glaubt, ein Theaterstück oder eine Oper schreiben zu können, wenn ihm danach ist, aber das ist nun einmal ein Merkmal unserer Zeit. Der alte Leo ist von ähnlichem Schlage, und unser bedauerlicherweise abgereister französischer Freund schien gleichfalls anzunehmen, es gäbe keine Aufgabe auf der Welt, die er nicht glänzend besteht.«

In meinem Kopf überschlugen sich die Vorstellungen, was bei diesem geplanten Ereignis alles geschehen könnte. Aber mit wem sollte ich sprechen, wenn nicht mit Rebecca und Jacopo? Und die beiden standen den Dingen eindeutig zu nahe, um sie unvoreingenommen bewerten zu können.

Lucias Tod und dieses Netz der Täuschung, in das wir uns verstrickt hatten, vergällten mir die Stimmung. Wie vereinbart holte ich Rebecca vom Ghetto ab, sprach aber kaum ein Wort mit ihr, nachdem wir dem Wachposten unsere Scharade vorgespielt hatten und auf dem Weg zum Ospedale della Pietà waren. Und zum ersten Mal hätte ich es nicht ertragen, sie spielen zu hören. Stattdessen lief ich am Ufer entlang bis zu den Toren des Arsenale und sah den Schiffbauern auf der Werft zu. Während sie ihre schweren Schmiedehämmer auf metallische Beschläge niedersausen ließen oder Planken kalfaterten, hallte die Luft von Flüchen in Sprachen wider, die ich noch nie im Leben vernommen hatte. Es war gleichermaßen fesselnd und beängstigend. Ich verstand, wie sich Rebecca anfangs gefühlt haben musste, als sie das Ghetto verließ. In gewisser Weise ist Venedig zu meinem Gefängnis geworden. Ich frage mich, ob ich jemals die Möglichkeit erhalten werde, ihm zu entkommen.

Wie ein Häufchen Elend hockte ich am Kai. Nach einer guten Stunde fruchtlosen Nachsinnens begab ich mich zurück und traf mit Rebecca zusammen, als sie mit ihrer neuen Geige die Kirche verließ. Wie erstaunlich sich ihr Los in den letzten Wochen doch zum Guten gewendet hatte. Sie muss mir wohl angesehen haben, wie mir zumute war, denn sie ergriff meine Hand und lief dann mit mir auf das Arsenale zu, blieb aber kurz vor dem Säulenportal stehen, um mich in einen abgelegenen öffentlichen Garten zu führen. Dort setzten wir uns unter einem Oleanderstrauch ins Gras und sahen den Booten zu, die die Lagune überquerten. Vom Lido, der schmalen Insel, die die Wucht des Adriatischen Meers von Venedig fern hält, schimmerten ein paar Lichter herüber. Die Abendluft war schwer vom Duft des Oleanders. Zwitschernde Schwalben unternahmen ihre letzten Flüge unter einer schmalen Mondsichel. Ich schien unfähig zu sein, auch nur einen Satz hervorzubringen, der aus mehr als drei Worten bestand.

Schließlich wandte sich Rebecca mir mit ernstem Gesicht zu und sagte: »Du bist mein innigster Freund, Lorenzo. Was ist mit dir? In einer solchen Verfassung habe ich dich noch nie erlebt.«

Ich bin ein Mann. Ich darf nicht weinen. Und doch leben

leidenschaftliche Gefühle in uns allen, aber wir verdrängen sie, um der Vorstellung vom aufrechten Christenmenschen zu entsprechen, der sich seine Gefühle nicht anmerken lässt, der alle Emotionen fest in seinem Herzen verschließt. Wenn ich durch die Straßen von Venedig wandere und in die blassen, züchtigen, pflichtbewussten Gesichter blicke, fühle ich mich wie von Toten umgeben. Und sehe in ihren Augen den Wunsch, ich möge mich zu ihnen gesellen.

Ich erzählte Rebecca vom Schicksal meiner Schwester. Ich sprach von meiner Familie und davon, wie sehr ich Lucia geliebt habe. Und ich weinte. Aus Schmerz und Zorn. Ich sprang auf und tobte wie ein Rasender, verfluchte mich, die Menschheit, Gott. Alles und jeden, der mir in den Sinn kam. Die Tränen strömten mir über die Wangen. An diesem Abend lernte ich die Verzweiflung kennen. Sie ist der Geschmack nach Speichel und Salz im Mund, das Rauschen des Blutes in den Ohren, die tiefe, schwarze Leere in der Brust.

Als ich mich ein wenig beruhigt hatte, setzte ich mich wieder neben sie und wischte mir mit dem Ärmel über das Gesicht. Sie rührte mich nicht an. Ich kann es ihr nicht verargen. Welche Frau sieht es schon gern, wenn sich ein Mann derartig aufführt? Doch wieder einmal hatte ich sie falsch eingeschätzt.

»Lorenzo«, begann sie mit ruhiger Stimme. »Dein Zorn richtet sich nicht gegen das Schicksal. Oder gegen Gott. Oder gegen Venedig. Er richtet sich gegen dich selbst. Du fragst dich, warum du Lucia nicht vor ihrem Schicksal bewahren konntest. Und obgleich du weißt, dass es auf diese Frage keine Antwort geben kann, zermarterst du dir weiterhin deine Seele. Lucias Tod belastet dein Gewissen, und diese mutmaßliche Schuld richtet sich nach innen. Das ist eine der Phasen der Trauer, glaube ich. Jacopo und ich sind auch Waisen. Glaubst du, ich wüsste nicht, wie das ist?«

Es war eine besonnene und vernünftige Antwort, und wäre

ich zu diesem Zeitpunkt besonnen und vernünftig gewesen, hätte ich sie auch als solche erkannt. »Wie kannst du dir die Schuld am Tod deines Vaters geben?«, fragte ich stattdessen, mit einer Bitterkeit in der Stimme, die mich selbst erschreckte. »Hast du Gott verhöhnt, wie ich es in den vergangenen Wochen getan habe? Hast du die Schwelle Seines Hauses überschritten und vor Seinem Antlitz die Faust gereckt?«

»Du weißt sehr wohl, wie unsinnig das ist, Lorenzo«, sagte sie hörbar enttäuscht. »Lucias Tod ist ein großes Unglück, aber keine göttliche Vergeltung.«

»Ich weiß.« Natürlich wusste ich es. Doch in jedem von uns lauert der Dämon der Uneinsichtigkeit, und der schläft nie.

Sie blickte mich seltsam an. Dann griff sie nach meiner Hand. »Komm. Ich werde dir das wahre Antlitz Gottes zeigen. Vielleicht kann dich das überzeugen.«

31. Ein unbehaglicher Zustand der Gnade

Die Geige war erworben, und dreißigtausend Dollar von Massiters Geld blieben Scacchi übrig, zusammen mit der Aussicht auf weitere fünfzigtausend vor Ende des Sommers. Daniel vermutete, dass diese Reserve Scacchis Verhandlungen mit seinen Gläubigern erleichtern sollte, doch der alte Mann verlor darüber kein Wort. Sobald sich das Instrument in seinen Händen befand, dankte er Daniel aufrichtig und betonte, es bestehe für ihn kein Anlass für weiteres Eingreifen. Laura brauche von der Existenz der Violine nichts zu erfahren und er habe ihren Verkauf bereits in die Wege geleitet. Die Summe sei ausreichend, sie aller finanziellen Sorgen zu entheben. Für Daniel komme es nunmehr vor allem darauf an, sich ein wenig zu vergnügen. Mit einer lockeren Handbewegung schien Scacchi die Guarneri jeder künftigen Diskussion zu entziehen.

Für Scacchi und Paul gehörte die ganze Episode der Vergangenheit an, keiner weiteren Erwähnung wert. Der Gesundheitszustand der beiden Männer schien sich ein wenig gebessert zu haben. Sie zeigten sich heiter und unbeschwert. Auch Laura wirkte besänftigt und entspannt. Die Ca' Scacchi war knapp der Katastrophe entgangen und innerhalb weniger Tage in einen Zustand zufriedener Gelassenheit zurückgekehrt – vor allem durch Daniels Hilfe, wie Scacchi dankbar feststellte.

Für Daniel allerdings war es schwer, sich der allgemeinen Stimmung anzupassen, und das aus Gründen, über die er nicht mit ihnen sprechen konnte. Giulia Morelli schien eine geradezu hartnäckige Zuneigung zu ihm gefasst zu haben. Seit ihrer Begegnung an der Vaporetto-Haltestelle hatte sie sich ihm noch zweimal genähert, einmal in der Collezione Peggy Guggenheim und danach sogar in der Chiesa della Pietà. Beide Male hatte sie keine direkten Fragen gestellt und war in der Galerie sogar so weit gegangen, ihre Anwesenheit für rein zufällig zu erklären. Dem Ton ihrer Stimme und ihrem freundlich beharrlichen Sondieren konnte Daniel jedoch entnehmen, dass sie Scacchi irgendeines Vergehens verdächtigte und ihn selbst für einen Mitwisser, wenn nicht gar Komplizen hielt.

Die letzte Unterhaltung hatte auf einer der hinteren Kirchenbänke stattgefunden, während Fabozzi nur wenige Meter entfernt leise mit seinen Musikern diskutierte. Schließlich war Daniel gereizt aufgestanden und hatte sie aufgefordert, das Gespräch draußen fortzusetzen, um dann dort vor der Kirche, in der strahlenden Sommersonne, eine Erklärung zu verlangen.

»Eine Erklärung?«, wollte sie lächelnd wissen. »Aber Sie wissen doch, worum es mir geht, Mister Forster. Um ein offenbar gestohlenes Kunstobjekt und Informationen über alle, die es möglicherweise erwerben wollen.«

»Aber ich habe Ihnen bereits tausendmal gesagt, dass mir davon nichts bekannt ist. Ebenso wenig wie meines Wissens Signor Scacchi. Wenn Sie das nicht glauben, dann befragen Sie ihn und nicht mich.«

Sie lachte. »Und was sollte dabei herauskommen? Ich schätze Signor Scacchi wirklich, aber er ist notorisch unaufrichtig. Er würde nie die Wahrheit sagen. Höchstens, wenn er sich etwas davon verspricht.«

»Also halten Sie sich an mich, weil Sie annehmen, ich würde die Wahrheit sagen. Aber wenn ich es tue, glauben Sie mir nicht.«

»O Mister Forster, wissen Sie, was ich in Ihnen sehe?«

»Nein. Und wenn ich ehrlich sein soll, interessiert es mich auch nicht sonderlich.«

»Einen aufrichtigen jungen Mann. Einen arglosen jungen Mann. Der sich in einer Welt wiederfindet, die er für spannend und aufregend hält. Aber auch ein bisschen beängstigend. Und ich frage mich, warum. Was ängstigt Sie, Mister Forster?«

»Nichts, was Sie verstehen würden. Mir geht vor allem dieses Konzert im Kopf herum. Es ist sehr wichtig.«

»Ach ja! Das Konzert. Sehen Sie, auch in dieser Hinsicht erstaunen Sie mich. Woher kommt plötzlich dieses Konzert, Mister Forster? Erzählen Sie es mir bitte. Es interessiert mich, als Musikliebhaberin, nicht als Polizistin.«

Daniel schlug leicht die Hände zusammen. »Das reicht, Signora Commissaria. Wenn Sie weitere Fragen an mich haben, dann stellen Sie sie bitte auf dem Polizeirevier. Das gilt übrigens auch für Signor Scacchi.«

»Sie können ihm gern von unserem kleinen Gespräch berichten, wenn Sie mögen.«

Unterdrückt fluchend machte Daniel auf dem Absatz kehrt und ging in die Kirche zurück. Dankbar, wenn auch ein wenig überrascht, stellte er fest, dass sie ihm nicht folgte.

Das Konzert schien endlich auf dem richtigen Weg zu sein. Die Übertragung der Noten in den Computer lag hinter Daniel. Fabozzi war des Lobes voll. Alles wies darauf hin, dass die Aufführung ein großer Erfolg werden würde. Daniel hatte Vertretern der internationalen Presse Interviews gegeben. Sie waren auf Massiters Kosten eingeflogen und luxuriös im *Hotel Cipriani* auf Giudecca untergebracht worden. In diesen kurzen, vage gehaltenen Gesprächen hatte Daniel keinen Zweifel daran gelassen, dass in absehbarer Zukunft kaum neue Werke aus seiner Feder zu erwarten waren. Doch das verhinderte keineswegs, dass Berichte über die erstaunliche Beschaffenheit und Qualität des Werkes mit Massiters Hilfe über die Chiesa della Pietà in die Welt hinaus gelangten und dafür sorgten, dass die Uraufführung ausverkauft war und mit Sicherheit weitere Konzerte überall auf der Welt folgen würden. Das Risiko einer Entdeckung konnte vernachlässigt werden. Giulia Morelli vermutete viel, wusste jedoch kaum etwas. Dennoch plagte Daniel das unbestimmte Gefühl, dass nicht alles so war, wie es sein sollte. Dabei ging es weniger um ihn selbst, als vielmehr um die Ca' Scacchi. Jeder Bewohner schien sich Tagträumen hinzugeben, die einer Hybris bedenklich nahe kamen. So irrational das war, gab es doch Momente, in denen er die Vorahnung einer neuen Katastrophe einfach nicht abschütteln konnte.

Am nächsten Morgen, es war Sonntag, standen sie an der Anlegestelle San Staè und warteten darauf, dass die *Sophia* über den Canal Grande getuckert kam, um sie an Bord zu nehmen. Es sah so aus, als würde es erneut ein trockener, sonniger Tag werden. Scacchi trug ein dunkles Sakko, ockerfarbene Hosen und einen altmodischen Filzhut. Paul hatte sich für Jeans, Denimhemd und Baseballcap entschieden. Laura für leichte, bequeme Hosen und ein dünnes Oberteil. Daniel und Paul hatten ihr geholfen, die Picknickkörbe zu tragen. Darin waren Brot, Salami, Schinken, Käse, eine Auswahl an Obst sowie eine Tüte mit Rucola, Chicorée, Löwenzahn und Staudensellerie, die, zusammen mit Parmesan, jede Mahlzeit krönten. Auch für Getränke war gesorgt: Weißwein in einem Kühler mit Eis, drei Flaschen Campari und zwei Literflaschen Mineralwasser. Mehr als genug, dachte Daniel, um sechs Erwachsene einen ganzen Tag lang in angenehmste Stimmung zu versetzen.

Scacchi und Paul saßen zusammen auf einer Bank. Daniel stand neben Laura und beobachtete den Verkehr auf dem Canal. Vaporetti kämpften mit Lieferbarken, Abfallentsorgungsbooten und den schwarzen eleganten Gondeln, die Einheimische zur Traghetto-Anlegestelle vor dem Spielkasino von Venedig brachten, um Platz auf dem Wasser. Laura war beim Friseur gewesen und trug nun einen praktischen Kurzhaarschnitt mit ein paar kleinen Locken im Nacken. Daniel fragte sich, warum sie sich die Haare tönte, aber nie auch nur einen Hauch Make-up auflegte. Weil es ihr so gefällt, dachte er und wunderte sich über sich selbst. Manchmal zerbrach er sich den Kopf über Erklärungen für etwas, was auf der Hand zu liegen schien.

»Da kommt er! Sehen Sie, Daniel? Da hinten!«

Der flache blaue Rumpf der *Sophia* bewegte sich zügig zwischen den anderen Booten auf sie zu. Hoch aufgerichtet stand Piero hinten am Steuer, während Xerxes am Bug stolz die Nase in die Luft reckte. Seine rosafarbene Zunge hing ihm aus der Schnauze. Daniel begann unwillkürlich loszuprusten.

»Was ist denn so komisch?«, wollte Laura wissen.

»Ich habe mich gerade gefragt, was Amy sagen wird. Unser Ausflug wird wohl eine Spur anders werden als die Bootsfahrt mit Massiter.«

»Sie muss uns so nehmen, wie wir sind.«

Daniel musterte sie scharf. »Aber Sie haben hoffentlich nicht vor, ihr auf die Zehen zu treten, oder? Sie ist unsere Star-Violinistin.«

Sie wirkte leicht pikiert. »Ich trete doch niemandem auf die Zehen.«

Daniel schwieg. Die *Sophia* ging in eine scharfe Kurve und näherte sich der Anlegestelle. Xerxes beäugte kurz den Steg und sprang dann ebenso zielsicher wie gekonnt an Land und begann an den Picknickkörben zu schnüffeln.

»Festmachen!«, schrie Piero. Laura griff nach dem Tau, bevor Daniel überhaupt kapierte, was zu tun war, schlang es um einen Poller und half dann Scacchi und Paul beim Einsteigen ins Boot. Xerxes beobachtete, wie typisch unbeholfen die Menschen an Bord kletterten, und sprang behände als Letzter hinterdrein. Innerhalb von fünf Minuten waren Fahrgäste und Proviant an Deck. Sie wendeten und fuhren nach San Marco, um Amy abzuholen. Ganz automatisch hatten sie genau die Plätze eingenommen wie auf der Fahrt vom Flughafen in die Lagunenstadt: Scacchi und Paul nebeneinander am Bug, Daniel neben Laura auf der linken Seite des Bootes. Xerxes schien im Moment mehr an den Picknickkörben als am Steuer interessiert zu sein, wandte sich aber bald von ihnen ab, um sich von Paul streicheln zu lassen.

Sie befuhren die lange Biegung des Canal Grande, die von den Einheimischen nur *volta* genannt wird. Rechts von ihnen kam das eigentümliche Gebäude in Sicht, auf das Laura Daniel aufmerksam gemacht hatte.

»Da ist Ihr Palazzo.« Er zeigte hinüber.

»Das ist keineswegs *mein* Palazzo«, entgegnete Laura.

»Erzählen Sie Genaueres, Laura«, rief Scacchi. »Ich wusste nicht, dass Sie mit der Ca' Dario vertraut sind.«

»Bin ich auch nicht. Daniel denkt sich Märchen aus.«

»Aber Sie haben mir doch …«

»Ich habe von törichten Einbildungen eines Kindes gesprochen«, unterbrach sie ihn schnell.

»Heraus mit der Sprache!«, befahl Scacchi. »Gewähren Sie uns Einblick in Ihre Seele, meine Liebe.«

Sie warf Daniel einen verärgerten Blick zu. »Da gibt es nicht viel zu erzählen. Am Tag meiner Firmung, es war Karneval und alle trugen Kostüme und Masken, kam ich mit dem Vaporetto an dem Palast vorbei, und als ich hinaufblickte, sah ich hinter dem Fenster im zweiten Geschoss da …« Sie deutete fast unwillig in die Richtung. »… ein Gesicht. Es jagte mir Angst ein, schließlich war ich noch ein naives Kind.«

»Ah!«, machte Scacchi triumphierend. »Eine Karnevalsmaske? Der Pestarzt zweifellos. Deswegen brauchen Sie sich nicht zu schämen, Laura. Mit der langen Schnabelnase und den kalkweißen Wangen versetzt er doch jeden in Angst und Schrecken.«

»Es war weder der Pestarzt noch irgendeine andere Maske, sondern etwas anderes.« Sie verstummte.

»Was war es dann?«, hakte Scacchi nach.

»Ein Mann, dessen Gesicht und Hände blutüberströmt waren. Er blickte aus dem Fenster auf unser Boot, direkt auf mich, und schien zu schreien. Als hätte er gerade etwas unvorstellbar Schreckliches gesehen.«

Scacchi hob die Brauen. »Aber so schrecklich kann Ihr Firmungskleid doch gar nicht gewesen sein. Ich weiß, wie gern venezianische Mütter ihre Augensterne herausputzen, aber ...«

Laura griff in einen der Körbe und schleuderte ein Croissant auf Scacchi. Bevor es sein Ziel erreichte, sprang Xerxes hoch, schnappte es sich und begann es gierig zu verschlingen. Die Fahrgäste der *Sophia* brachen in schallendes Gelächter aus. »Spritz!«, rief Scacchi, als er wieder sprechen konnte. »Um Himmels willen, schnell Spritz!«

»Nein«, beschied ihn Laura knapp. »Dafür ist es zu früh. Und Sie waren nicht brav.«

»Wie Sie meinen«, murmelte er und gab sich zufrieden, als sie Gläser mit Mineralwasser herumreichte und bemerkte, sie wolle schließlich nicht, dass Daniels Freundin sie alle für Schluckspechte hielt.

Daniel wusste, dass sie das Thema wechseln wollte, konnte sich eine letzte Frage jedoch nicht verkneifen. »Und was glauben Sie damals gesehen zu haben, Laura?«

Sie dachte kurz nach, bevor sie antwortete. »Irgendeinen Karnevalsscherz vermutlich. Oder vielleicht war es auch eine Art Halluzination. Ich war noch ein Kind, Daniel, wie ich Ihnen schon oft genug gesagt habe. Meine Mutter hat ebenso wenig etwas bemerkt wie alle anderen auf dem Vaporetto. Sie konnten sich einfach nicht erklären, warum ein Mädchen in ihrer Mitte plötzlich schrie wie am Spieß.«

Er zögerte. Sie sprach nie über ihre Vergangenheit. Über ihr Leben außerhalb der Ca' Scacchi wusste er so gut wie nichts. »Was hat Ihre Mutter denn so gemacht?«

Die grünen Augen blitzten. »Gearbeitet.«

»Und Ihr Vater?«

»Getrunken. Als er noch am Leben war.«

Die beiden Männer am Bug wirkten unbehaglich und begannen fast hastig ein Gespräch miteinander.

»Verstehe«, sagte Daniel.

»Wirklich?«

»Nein. Ich … Entschuldigung, Laura, ich wollte nicht aufdringlich sein. Ich habe mich nur gefragt, wie Ihr Leben aussieht, wenn Sie nicht für uns sorgen.«

Sie wirkte erstaunt. »Ich bin nicht mehr als eine einfache langweilige Hausangestellte, die gleichzeitig glücklich und genervt ist, dass ihre Arbeitgeber auch ihre Kinder sind. Meine Vergangenheit ist so trübe wie das Wasser in diesem Canal.«

»Und Ihre Zukunft?« Er wusste, dass er sie unter Druck setzte, konnte es aber nicht lassen. Ihre Zurückhaltung brachte ihn aus der Fassung.

»Die Gegenwart enthält genug Probleme, finden Sie nicht auch?«

Er wollte noch etwas sagen, aber sie klopfte ihm leicht auf den Arm und zeigte zur Anlegestelle San Marco hinüber. Dort stand Amy, schien sie jedoch noch nicht bemerkt zu haben. Bestürzt stellte Daniel fest, dass sie ein cremefarbenes Seidenkleid und einen breitkrempigen weißen Hut trug. Sie sah aus, als wolle sie zu einer eleganten Hochzeit und nicht ein paar Stunden auf der schmuddeligen *Sophia* verbringen, um sich dann den bukolischen Überraschungen hinzugeben, die Piero auf Sant' Erasmo vorbereitet hatte.

»O weh«, seufzte er.

Laura versetzte ihm einen heftigen Schlag aufs Knie. »Sagten Sie nicht, *ich* solle ihr nicht auf die Zehen treten? Sie werden sich benehmen wie ein englischer Gentleman, mein Junge, oder ich sehe mich gezwungen, Sie an ihre Warnung zu erinnern!«

»Meine Idee war das nicht«, murmelte er, stand auf und lächelte Amy entgegen, als die *Sophia* die Anlegestelle erreichte. Auch Scacchi erhob sich und verkündete den umstehenden Einheimischen und Touristen: »Das ist Amy Hartston, die berühmte amerikanische Geigerin. Applaus, wenn ich bitten darf. Applaus!« Er klatschte in seine lederartigen Hände, bis einige der Wartenden es ihm nachtaten.

Amys sonnenbraune Wangen färbten sich noch einen Hauch dunkler. Daniel wünschte, ihr in die Augen sehen zu können, aber sie trug eine große, typisch italienische Sonnenbrille. Sie stand ihr nicht. Er streckte die Hand aus, half ihr ganz vorsichtig an Bord und ließ sie Laura gegenüber Platz nehmen.

»Spritz!«, schrie Scacchi. »Spritz!«

Gequält lächelnd stupste Laura ihn vor die Brust, als er sich wieder neben sie setzen wollte. Ein Blick in ihre Augen reichte aus. Er machte drei Schritte über die Planken und hockte sich neben Amy, die sorgfältig den Rock ihres Kleides um ihre Beine drapierte, beobachtet von einem verblüfften Xerxes. Drinks wurden eingegossen und herumgereicht.

»Wohin fahren wir?«, erkundigte Amy sich schließlich.

»Ins Paradies«, erklärte Piero und brachte den Dieselmotor auf Hochtouren, bis er keuchte wie ein asthmatischer Esel. »Fort von dieser faulenden Stätte des Lasters und den verdammten Bastarden, die sie bevölkern.«

Laura winkte ab. »Unsinn. Als du jünger warst, hast auch du in der Stadt gearbeitet, Piero.«

»Ja, aber nur im Leichenschauhaus. Folglich hatte ich es mit Toten zu tun, die ausnahmslos sehr anständig und einwandfrei waren. Die Lebenden andererseits … He! *Pisquàno!*«

Ein Wassertaxi raste vorbei und produzierte eine Welle, die die *Sophia* in eine bedenkliche Schräglage brachte. Haltsuchend griffen alle nach der Reling. Xerxes kläffte empört. Amys Drink ergoss sich über ihr elegantes Kleid.

»Scheiße!«, zischte sie unerwartet direkt.

Laura griff in ihre Tasche und bedeutete Daniel, auf die andere Seite zurückzukehren. Sie setzte sich neben Amy und tupfte kopfschüttelnd mit einem Papiertaschentuch an deren Kleid herum. Es half nichts. Ein langer blutroter Fleck zog sich von Amys Taille bis zu den Knien.

Daniel entging weder Amys mürrische Verärgerung noch die Selbstverständlichkeit, mit der sie Lauras Hilfe annahm. Hinter ihnen blieb die Chiesa della Pietà zurück. Am Horizont lag Sant' Erasmo wie ein langer grüner Finger.

Er leerte sein Glas und stellte überrascht fest, dass er völlig grundlos an Giulia Morelli und ihre beharrlichen Fragen denken musste. Daniel zog die Schachtel aus Lauras Tasche und steckte sich zum ersten Mal in seinem Leben eine Zigarette an.

32. Unter den Dachbalken der Arche

Die Glocken von San Girolamo schlugen zwölfmal, als wir ins Ghetto zurückkehrten. Die Juden schienen sich früh zur Ruhe zu begeben. Kaum ein Licht schimmerte in den Fenstern, und als wir die Treppen hinaufstiegen, hörten wir keinen Laut. Jacopo war offenbar unterwegs, um Kranke zu besuchen. Rebecca warf ihren Umhang auf den Stuhl neben dem Kamin, fasste nach meinen Händen und blickte mir in die Augen.

»Warum glaubst du, Gott wisse nichts Besseres mit seiner Zeit anzufangen, als wie ein Spion ständig auf uns herabzublicken, Lorenzo?«, fragte sie. »Späht er in jede Kirche? In jedes Schlafzimmer? Ist er für dich nicht mehr als ein Diener des Staates mit Flügeln und Augen, denen nichts entgeht?«

»Selbstverständlich nicht.«

»Was ist er dann? Ein göttlicher Stachel in unserem Fleisch, der uns unablässig an unsere Unzulänglichkeiten und Fehler erinnert?«

»Du machst dich über mich lustig. Ich denke, ich sollte lieber gehen.«

Sie ließ mich nicht los. »Wenn du willst, dann geh, Lorenzo. Aber ich wollte dir eigentlich etwas zeigen. Einen der ältesten Götter, und ich hoffte, wenn du ihn als das erkennst, was er ist, könnte das vielleicht uns beiden weiterhelfen.«

Ich schwieg. Rebecca trug ihr schwarzes Konzertkleid mit dem runden Ausschnitt und eine schmale Silberkette. Ihr Gesicht wirkte ernster, als ich es jemals gesehen hatte. Sie war nur sechs Jahre jünger als ich, aber in diesem Moment fühlte ich mich wie ein Kind in der Gesellschaft einer alten, weisen Frau.

»Komm«, sagte sie und zog an meiner Hand. »Nur Mut. Aber sieh nicht nach unten. Du würdest nicht in die Abgründe der Hölle stürzen, aber wir bewegen uns sechs Stockwerke über dem Erdboden und du würdest den Unterschied vermutlich gar nicht bemerken.«

Ich folgte ihr zu dem großen Fenster, das auf eine Ecke des Platzes und das Gewirr der Gebäude hinausging, überragt von der hölzernen Arche der Synagoge, auf die sie mich bei einer früheren Gelegenheit hingewiesen hatte.

»Verhalte dich so leise wie möglich, dann kann uns niemand hören. Und achte darauf, wohin du deine Füße setzt. Mach einfach das, was ich tue.«

Sie öffnete das Fenster, schwang ein Bein über das Sims und stand gleich darauf auf einem winzigen Dachvorsprung, der kaum breiter war als ein Balkon. Ich folgte ihr und fand keinen anderen Halt als ihren Arm. Einen Augenblick schwankten wir beide, aus Furcht vor dem tiefen, schwarzen Abgrund, der sich vor uns auftat.

»Ganz ruhig«, wisperte sie mir ins Ohr, tastete nach etwas, woran sie sich festhalten konnte, und nickte mir zu.

Es konnte nicht das erste Mal sein, dass Rebecca dieses Wagnis unternahm. Wahrscheinlich hatte sie irgendwann am Tage auf dem Platz gesessen, die ineinander verschachtelten Gebäude mit ihren Dächern und Abflussrohren betrachtet und sich den Weg fest eingeprägt, auf dem sie den Gipfel erklimmen konnte wie eine neugierige Bergziege. Mit der gebotenen Vorsicht und jeden Blick nach unten vermeidend, kletterte ich ihr nach und bemühte mich, nicht allzu oft nach ihrer Hand zu greifen, glitt prompt zweimal aus, um dann ihr weißes Gesicht besorgt nach mir Ausschau halten zu sehen.

Zwei oder drei Minuten später, die mir jedoch vorkamen wie Stunden, zog ich mich zu dem winzigen Holzbalkon nahe dem Archendach empor, auf dem sie saß. Ich entdeckte ein kleines bleiverglastes Fenster, hinter dem Kerzenlicht schimmerte.

Rebecca legte mir einen Finger auf den Mund. »Still. Es sind Männer da drinnen, aber sie werden nicht lange bleiben.«

Wir warteten, bis wir eine Tür zufallen hörten, dann drückte sie das Fenster auf. Wir zwängten uns hindurch und gelangten halb fallend auf eine Galerie, die direkt unter dem Dachgebälk des Gebäudes verlief. Gegenüber sah ich Reihen schlichter Holzbänke, die vorn durch große Holzgitter abgeschirmt wurden, so ähnlich wie jene, hinter denen sich die Musikerinnen im Ospedale della Pietà verbargen. Der Hauptraum der Synagoge lag jedoch ein Stockwerk tiefer, wie ich entdeckte, als ich einen der Läden öffnete, den Kopf hindurchsteckte und hinunterblickte. Es war wie in einer dieser Traumphantasien, in denen man sprunghaft von einer Dimension in die andere gleitet. In einem Moment fühlte ich mich wie ein Kind, das in ein reich ausgestattetes Puppenhaus späht, und im nächsten wie ein Zwerg, der auf das Dach einer verborgenen Kathedrale geklettert ist und nun hinter der unscheinbaren Holzfassade erstaunliche Kostbarkeiten erblickt.

»Da unten haltet ihr eure Gottesdienste ab?«, fragte ich Rebecca, die mit verschränkten Armen auf einer der Bänke saß und mich erwartungsvoll musterte.

»Die Männer«, entgegnete sie. »Frauen haben keinen Zutritt. Wir müssen hier oben bleiben und dürfen den Vorgängen nur durch die Läden zusehen, ungesehen und ihrer Gesellschaft nicht würdig. Der hebräische Gott ist sehr beschäftigt, Lorenzo, zumindest nach Ansicht der Aschkenasim. Frage mich nicht, ob das auch für alle anderen gilt. Er hat nur Zeit, sich den Männern mitzuteilen, und zieht einen bärtigen Rabbi allen anderen vor.«

Ich ließ meine Blicke durch den Raum schweifen. Er war sehr schön, aber so ganz anders als alles, was ich bislang in Venedig erblickt hatte. Dann traf es mich wie ein Blitz. »Es gibt hier keine Bilder, Rebecca. Wo sind die glorreichen Märtyrerdarstellungen? Tizian und Veronese hätten verhungern müssen, wären sie als Juden zur Welt gekommen.«

»Falsche Idole, Lorenzo. Wir dürfen unsere Tempel nicht mit Götzenbildern ausstatten. Aber wenn du genau hinsiehst, gibt es einige Bilder. Doch das ist ungewöhnlich, glaube ich.«

Ich reckte den Hals und stellte fest, dass an den Wänden etliche kleine Landschaften hingen.

»Da«, sagte sie und zeigte auf ein Bild. »Moses geleitet die Israeliten durch das Rote Meer.«

Ich folgte ihrem Finger. »Aber darauf kann ich weder Moses noch die Israeliten entdecken.«

»Ich habe es dir doch gesagt. Abbildungen von Menschen sind nicht gestattet. Auch Gott dürfen wir weder darstellen noch seinen Namen aussprechen, der übrigens Jahwe lautet, falls du es wissen willst. Da, jetzt habe ich ihn gesagt.«

Ich war reichlich verblüfft. Die Synagoge unterschied sich beträchtlich von jeder christlichen Kirche, die ich jemals betreten hatte. Dennoch glaubte ich, eine Art heiliger Aura zu verspüren, und kam nicht umhin, mich zu fragen, ob das auch in einer Moschee oder in einem der Tempel so wäre, in denen die Hindus ihre Gottesdienste abhalten. Konnte es sein, dass Heiligkeit nicht von Gott kommt, sondern von uns? Schaffen wir Ihn uns nach dem Bild, das wir von Ihm haben?

Das gleichzeitig Sakrale und Profane der Umgebung überwältigte mich. Hier, erklärte Rebecca, war der Schrein, in dem die Gesetzesrollen aufbewahrt wurden. Hier waren das ewige Licht und das Podest, auf dem Abschnitte aus der Heiligen Schrift vorgelesen wurden wie auf einer christlichen Kanzel. Hier war das Zentrum der täglichen Rituale, durch die die Juden ihren Platz in der Welt zu erforschen trachteten wie auch die Gründe, warum Menschen geboren wurden und starben, warum sie kämpften und liebten wie alle anderen, die auf Erden wandeln.

Rebecca betrachtete mich genau, während ich diesen heiligen Tempel in Augenschein nahm und mich fragte, welche Bedeutung er für mich hatte. Mein schlichtes weißes Hemd stand am Hals offen und enthüllte die Kette mit dem Davidsstern. Sie streckte den Arm danach aus, nahm den Stern in die Hand und schien geschmeichelt, dass ich ihr Geschenk trug.

»Glaubst du, dass Gott hier anwesend ist, Lorenzo?«, fragte sie. »Meinst du, er verbirgt sich zürnend hinter den Thorarollen, nur weil zwei Sterbliche sich hier aufhalten, wo sie es nach Ansicht anderer Menschen nicht dürften?«

»Nein«, erwiderte ich überzeugt. Meine Trauer hatte mir den Verstand getrübt. Lucias Tod beruhte auf einer unglückseligen Wende des Schicksals und nicht auf irgendwelchen Versäumnissen oder Fehlern ihres törichten Bruders. »Dennoch glaube ich, dass es Gott gibt. Nicht *deinen* oder *meinen* Gott, sondern eine gleichermaßen einfachere und umfassendere Macht. Ich glaube nicht, dass wir sind wie die Tiere, Rebecca. Das wurde mir bewusst, als ich meiner Schwester zuhörte, wenn sie mir abends im Bett etwas vorsang, oder als ich im Ospedale della Pietà deinem Geigenspiel lauschte. Ganz gleich, was Jacopo auch sagt, ich glaube, dass unser Leben mehr ist als eine Reihe von Zahlen auf der Seite eines Buches. Ich glaube nicht, dass die Liebe ein zufälliges Gebrechen ist wie ein Schlagfluss. Wir errichten diese Gotteshäuser, um unseren Zustand der Unvollkommenheit zu erklären.«

»Jacopo ist mein Bruder und ich liebe ihn sehr«, sagte sie mit sanftem Lächeln. »Mein Ungestüm ist das Spiegelbild seiner Vorsicht. Eines Tages wird jedoch eine Frau sein Herz gewinnen, und dann stürzen seine feinen Theorien in sich zusammen wie ein Kartenhaus.«

Ich fühlte mich wohl, fühlte mich geheilt. Das hatte ich Rebecca zu verdanken. In der Familie Levi waren alle Heiler.

»Ich danke dir«, sagte ich und küsste sie mit der zärtlichen Zurückhaltung eines Bruders auf die Wange. Sie ließ mich gewähren. Bis auf das gelegentliche Zischen der Lampe war es im Hauptraum der Synagoge ganz still.

»Hier ist ein anderes Werk Gottes.« Ohne Zögern oder

Nachdenken öffnete sie ihr Gewand, ließ den schwarzen Stoff von den Schultern gleiten und enthüllte ihre vollen, wohlgeformten Brüste. Im schwachen Licht, das durch die Holzläden fiel, hatten sie die Farbe der Marmorstatuen in den Palästen der Reichen.

Sie nahm meine Hand, spreizte sanft die Finger und legte sie auf ihre warme, weiche Brust. Ich spürte ihr Blut unter meiner Berührung pochen, spürte, wie die zarte Rosenknospe unter meinem Griff hart wurde, und hörte, wie sie plötzlich und heftig den Atem einsog.

Langsam umfasste ich ihren Nacken, küsste sie andächtig auf die geöffneten Lippen und wünschte mir, dass wir beide diesen Augenblick für die Ewigkeit in uns festhielten.

Rebecca löste sich von mir, stand auf, streifte ihr Kleid über den Kopf, hielt es kurz vor ihre Brüste und breitete es dann auf dem Boden aus, als wollte sie uns beiden ein Lager bereiten. Ich schwöre, in diesem Augenblick war mir, als müsste ich sterben. Meine Lungen verweigerten das Atmen, das Blut stockte mir in den Adern.

»Leg dich zu mir, Lorenzo«, sagte sie und öffnete mit flinken Fingern die Knöpfe meines Hemdes. »Dann werde ich für immer dir gehören.«

Ich begann unsinniges Zeug zu stammeln, doch sie ließ mich mit einem Lachen verstummen und zur Tat schreiten. Ich legte einen Arm um sie, fühlte die sanften Kurven ihres nackten Rückens. Ihr Körper drängte mir entgegen. Ich entkleidete mich und eng umschlungen sanken wir auf den Fußboden. Und so ließ ich, auf der Frauengalerie der Aschkenasim-Synagoge des Ghettos von Venedig, bereitwillig und freudig meine Kindheit hinter mir und überschritt die Schwelle zur Welt der Erwachsenen.

Später kamen mir bei den alltäglichsten Gelegenheiten, wenn ich in der Werkstatt Drucktypen setzte oder allein über die Rialtobrücke lief, immer wieder wie aus dem Nichts Einzelheiten ins Gedächtnis zurück. Unsere Liebesbegegnung ist für mich eine irgendwie verschwommene Vorstellung von Leidenschaft, eine Folge verworrener Gefühle und Bilder. Ich erinnere mich an ein Gefühl erstaunter Verblüffung, als Rebeccas Zunge meinen Mund erforschte. Ich erinnere mich an die plötzliche Furcht wie auch an das ebenso plötzliche Verlangen, das mich erfasste, als ich, geleitet von ihrer Hand, die geheime Quelle namenlosen Entzückens entdeckte.

Diese Nacht werde ich niemals vergessen, ganz gleich, was die Zukunft für uns beide auch bereithalten mag. Rebecca hat die Fensterläden zur Welt für mich aufgestoßen und ich bin seither nicht mehr der Gleiche. Eine Erkenntnis vor allem hat sich in mein Innerstes gebrannt. Wonne und Qual gehen beim Liebesakt Hand in Hand, genau wie im übrigen Leben. Als sich unsere Körper im Gleichklang bewegten, hätten wir auch ein einziges Geschöpf sein können. Ich öffnete die Augen, um ihr Gesicht in diesem Augenblick der Hingerissenheit zu betrachten. Es trug einen Ausdruck, der mich gleichzeitig faszinierte und entsetzte. Mit geschlossenen Lidern und halb geöffneten Lippen sah sie aus wie eine Sterbende, und der tiefe Seufzer, der sich ihrer Kehle entrang, hätte sehr wohl ihr letzter Atemzug auf Erden sein können. Mit gewisser Berechtigung nennen die Franzosen die körperliche Erfüllung der Liebe einen kleinen Tod. Ich sah sie an und hörte, wie sich meine Schreie mit den ihren mischten, hier in der Synagoge, auf unserem Lager aus ihrem Kleid, das die Härte der Bodendielen kaum minderte.

In diesem Augenblick wusste ich, wie sehr ich sie liebte, und Rebeccas Gesicht ließ mich an Lucia denken, an meine geliebte tote Schwester. Wenn das Leben so zart und zerbrechlich ist wie der Flügel eines Schmetterlings, so lautete Rebeccas wichtigste Botschaft, dann sind diese Augenblicke höchsten Glücks Grund genug für unsere Existenz. Und das könnte durchaus Gottes Geschenk an uns Menschen sein.

33. Ein Wettstreit im Aalfangen

Gemächlich führte Piero seine Besucher umher. Er zeigte ihnen den kleinen Weingarten und ließ sie seinen selbst gekelterten Wein kosten, der jung und frisch schmeckte. Es gab Beete mit Artischocken und breiten Bohnen. In einer Ecke des Grundstücks wuchs Radicchio auf dem fruchtbaren Boden zu festen roten Köpfen heran.

Sie aßen und tranken, vielleicht ein wenig zu gut. Dann brummte er etwas von *piacere* und schlurfte mit einem Eimer zu dem kleinen Kanal, der am Rand des Grundstücks von der Lagune aus inseleinwärts verlief. Sie sahen, wie er dort mit etwas beschäftigt war und danach zum Haus lief. Wenige Minuten später kehrte er mit dem Eimer zurück, der jetzt bis zum Rand mit einer dunklen Flüssigkeit gefüllt war. In ihr bewegten sich undeutlich schlangenförmige Körper.

»Die Tinte von Calamari färbt das Wasser so schwarz!«, erläuterte Piero. »Ich habe sie eigenhändig gefangen! Die Aale übrigens auch!«

Nervös blickte Amy in die Runde. »Vielleicht ist es unhöflich, aber eins möchte ich klipp und klar feststellen. Davon esse ich nichts.«

Piero starrte in die trübe Brühe. »Nein, nein. Davon kann keine Rede sein. Hier geht es um eine *gara del bisato*!«

»Einen Aal-Wettstreit«, übersetzte Daniel, denn Amy wirkte immer verstörter.

»*Sì*! Eine alte Tradition. Eigentlich finden die Wettbewerbe im Herbst statt, nach der Weinlese. Aber ich zeige Ihnen, worum es geht. Sehen Sie her!«

Piero kniete sich hin, holte tief Luft und steckte seinen Kopf tief in den Eimer. Wasser spritzte hoch, in hektischer Verzweiflung peitschten die Aale Pieros Schädel. Gelassen hockte Xerxes neben seinem Herrn und sah dem Geschehen zu, als sei es das Natürlichste von der Welt.

Nach unverhältnismäßig langer Zeit tauchte Pieros Kopf wieder aus dem Wasser auf. Zwischen seinen Zähnen klemmte ein großer zappelnder Aal. Triumphierend grinsend drehte er langsam den Kopf in alle Richtungen, damit auch jeder seine Heldentat würdigen konnte. Niemand äußerte ein Wort. Piero beugte sich über den Eimer und ließ den Aal ins schwarz brodelnde Wasser zurückfallen. Er wischte sich mit seinem Ärmel über den Mund, trank einen großen Schluck Wein und strahlte Amy an. »Und jetzt Sie.«

»Nie im Leben. Nicht einmal für eine Million Dollar.«

»Signor Scacchi?«

Der alte Mann öffnete den Mund und zeigte auf sein Gebiss. Mit einem bedauernden Lächeln winkte Piero ab. Paul schüttelte den Kopf. Entsetzt, aber auch ein bisschen fasziniert sah Laura Piero an.

»Und da wunderst du dich, dass man euch *matti* nennt?«, erkundigte sie sich. »Ich hielt das für eine großmäulige Legende, Piero.«

Empört funkelte er sie an. »Eine alte Tradition, wie gesagt. Aber so etwas ist wohl nichts für euch Stadtmenschen, was? Alles, was ihr könnt, ist nach Äpfeln schnappen.«

Leise fluchend ging Laura zum Eimer und strich ihre kurzen Haare zurück.

»Nein!«, rief Amy. »Das ist doch widerlich!«

»Hören Sie, was dieser Narr kann, kann ich schon lange.«

»Ist aber nicht so einfach«, sagte Piero. »Da gibt es einen Trick. Soll dir der Narr auf die Sprünge helfen?«

Laura antwortete mit einem unglaublich vulgären Fluch, und Daniel war froh, dass Amy kein Wort verstand. Sie steckte ihren Kopf in den Eimer. Ihre kastanienbraunen Haare wurden einen Ton dunkler als das Wasser und brachten Daniel auf die Frage, ob das vielleicht ihre natürliche Haarfarbe war.

Nach Luft ringend und prustend tauchte sie wieder auf, aber ohne Beute.

»Ich habe doch gesagt, dass ein Trick dabei ist«, grinste Piero. »Soll ich dir nicht doch …«

»Halt die Klappe!« Sie stieß ihren Kopf erneut ins Wasser, und als sie wenige Sekunden später wieder auftauchte, zappelte zwischen ihren Zähnen ein riesiger Aal. Piero machte einen Luftsprung und stieß ein Freudengeheul aus. Scacchi und Paul begannen begeistert zu klatschen, und auch Daniel applaudierte. Amy sah den Ereignissen nur stumm und angewidert zu.

Laura wollte den Aal zurückfallen lassen, aber der verfehlte den Eimer und schlängelte sich hastig durch das Gras davon. Sie sprang auf die Füße, reckte die Arme und ließ ein Triumphgeheul hören. Das dunkle Wasser rann ihr aus den Haaren übers Gesicht. Sie sah aus wie eine Minnesängerin, der die Schminke verlief. Der Applaus wurde noch heftiger. Piero stimmte kurz ein Lied an, von dessen Dialekt Daniel nur das Wort *bisati* verstand. Laura setzte sich, griff nach einem Geschirrtuch und wischte sich über die Lippen.

»Wie hat er geschmeckt?«, fragte Daniel.

»Schleimig. Aber Sie brauchen es mir nicht zu glauben. Probieren Sie selbst.«

»Nein!«, schrie Amy.

Daniel überlegte. Irgendwie war es eine Frage der Ehre. »Ich mache es«, erklärte er bestimmt.

Scacchi blickte ihn an. »Sie brauchen es nicht zu tun. Das ist nur eine weitere dieser typischen Inselverrücktheiten.«

»Aber ich möchte es wirklich …«

Piero setzte den Eimer wieder ab, den er schon forttragen wollte. Daniel trat auf ihn zu, ging in die Knie und starrte ins Wasser. Es war unmöglich zu erkennen, wie viele Aale sich in dem Eimer befanden, nur zwei, drei oder ein ganzes Dutzend.

»Wie gesagt, es gibt da ein Geheimn…«, begann Piero, aber Daniel holte bereits tief Luft, kniff die Augen zu, steckte den Kopf ins Wasser und versuchte, hinter Pieros Geheimnis zu kommen. Das Wasser war eiskalt. Wendige, schleimige Körper stießen gegen seine Wangen. Einmal berührte ein Aal seine Lippen, und Daniel versuchte, ihn mit den Zähnen zu packen. Doch in zwei, drei Sekunden war der Fisch wieder frei, und dann musste er auftauchen, um Luft zu holen.

Amy hatte sich abgewandt, aber die anderen schienen ihre Blicke nicht von Daniel losreißen zu können. Vor allem Scacchi wirkte fast besorgt.

Daniel sah zu Piero auf und japste: »Sagen Sie's mir.«

»Sie müssen ganz fest zubeißen, Daniel«, erklärte der Hüne. »Nicht zögerlich wie ein feiner Herr, der in seinem Essen herumstochert. Aale sind die schlüpfrigsten Geschöpfe auf Erden. Sie müssen so fest zubeißen, als wollten Sie das Viech tatsächlich essen, sonst entkommt es Ihnen. Entweder – oder.«

Laura hat das instinktiv begriffen, dachte Daniel. Das war es, was ihn von den Menschen der Lagune unterschied: seine Zurückhaltung, sein Widerwille, sich hemmungslos in alle Vergnügungen des Lebens zu stürzen.

Noch einmal tauchte Daniel den Kopf ins Wasser, riss den Mund auf, bereit zum Zubeißen. Als wollten sie ihn verspotten, stießen die glatten, schleimigen Aale gegen seine Wangen. Einer kam seinem Oberkiefer nahe und Daniel schnappte blitzschnell und mit aller Kraft zu.

Er hob den Kopf aus dem Wasser, öffnete die Augen und reckte triumphierend die Arme. Mit erstaunlicher Kraft kämpfte der Fisch um seine Freiheit. Daniel rappelte sich auf, den Aal noch immer zwischen den Zähnen, und blickte zur Silhouette der fernen Stadt hinüber. Er öffnete die Kiefer. Der Fisch stürzte zu Boden und entwischte. Der Geschmack nach Schleim und Schlamm war grässlich. Schnell reichte ihm Laura ein Glas Spritz. Daniel trank einen Schluck und stellte eine eigentümliche Ähnlichkeit zwischen dem Geschmack des Aals und dem des bittersüßen Getränks fest.

»Ausgezeichnet«, sagte Laura und verpasste ihm einen anerkennenden Schlag auf den Rücken. Daniel glaubte, einen Hauch Sarkasmus in ihrer Stimme zu vernehmen. »Sie und Piero sind Brüder im Geiste. Sie gehen jederzeit für einen *matto* von Sant' Erasmo durch!«

Es würgte ihn ein bisschen, er musste lachen und wurde plötzlich von dem Gedanken überwältigt, diese eigenartige Frau an sich zu ziehen und, mit dem Geschmack nach Aal und Campari noch immer in der Kehle, leidenschaftlich zu küssen. Die Vorstellung war in höchstem Maße bizarr, aber auch irgendwie faszinierend. Vielleicht wirkten Aale halluzinogen.

Jetzt drehte sich ihm wirklich der Magen um, und weil er merkte, was gleich passieren würde, hastete er zu dem kleinen Kanal. Als er das Ufer erreichte, musste er sich heftig und krampfhaft übergeben. Er hockte sich auf die Erde und sah zu, wie sein Mageninhalt langsam davonfloss. In seinem Kopf drehte sich alles. Plötzlich stieß etwas gegen sein Knie.

Xerxes' starrte ihn besorgt an. Er strich dem Hund über den Kopf, lachte und schloss die Augen. Als er sie wieder öffnete, saß Laura neben ihm und suchte in ihrer Tasche nach Pfefferminzbonbons.

»Geht es Ihnen schon ein wenig besser, Daniel?«

»Körperlich schon, aber sonst leide ich unter abgrundtiefer Verlegenheit.«

»O weh.« Sie streckte ihm einen Bonbon entgegen. Dankbar griff er danach.

»Tut mir Leid.«

»Was denn?«, fragte Laura erstaunt.

Er blickte zu den anderen hinüber, die die Reste des Picknicks zusammenpackten. »Dass ich mich benommen habe wie ein Trottel.«

Sie schlug ihm sanft aufs Knie. »Unsinn. Sie sind zu wenig selbstbewusst, Daniel. Sie bilden sich doch hoffentlich nicht ein, dass Amy Sie jetzt weniger mag, oder?«

Auf diesen Gedanken war er noch gar nicht gekommen. Ihm ging etwas anderes im Kopf herum.

»Ich möchte Ihnen einen guten Rat geben«, sagte sie, plötzlich sehr ernst. »Es ist höchste Zeit, dass Sie sich mit dem wirklichen Leben auseinander setzen. Ihre Spielchen mit Scacchi sind auf die Dauer nicht genug.« Sie brach ab, suchte offenbar nach den richtigen Worten. »Sie sollten jemanden finden, den Sie lieben können. Na bitte, jetzt ist es heraus.«

Er spürte, dass er rot wurde, und fragte sich, wie er aussah. Er blickte auf ihre Hand und überlegte, ob er sie ergreifen sollte.

»Ich weiß«, sagte er, ohne sich zu rühren. »Und ich …«

»Gut«, fiel sie ihm ins Wort. »Denn diese Heimlichtuerei schadet Ihnen. Selbst Scacchi wird seiner Geheimnisse manchmal überdrüssig. Morgen will er mir eins anvertrauen, hat er gesagt. Und dafür bin ich dankbar. Sie drei haben ohne mein Wissen irgendetwas ausbaldowert, und ich würde zu gern erfahren, was.«

Daniel war verwirrt. Damit konnte Scacchi nur die kostbare Geige meinen, die inzwischen vermutlich einen Käufer gefunden hatte. Daniel konnte sich nicht erklären, warum Scacchi ausgerechnet jetzt darüber reden wollte.

»Und darüber hinaus«, fuhr Laura fort, »ist Amy wirklich nett. Und sehr an Ihnen interessiert. An *Ihnen*, Daniel. Nicht an dem Konzert, das Sie angeblich komponiert haben.«

»Aber …« Die Gedanken in seinem Kopf überschlugen sich.

»Fein«, beschied sie ihn lächelnd, strich ihm kurz über die feuchten Haare und stand auf. »Dann sind wir uns also einig. Begleiten Sie sie heute Abend in ihr Hotel zurück. Verabreden

Sie sich mit ihr, Daniel. Gehen Sie uns eine Weile aus dem Weg.«

»Laura!«, rief er, aber sie lief bereits zügig auf das Boot zu, wo inzwischen Xerxes am Steuer saß und auf ihren Aufbruch wartete.

34. Fragen nach der Urheberschaft

Venedig liebt Geheimnisse und der mysteriöse Komponist lässt die Stadt nicht zur Ruhe kommen. In den Kaffeehäusern werden die kühnsten Vermutungen geäußert, obwohl außerhalb des Ospedale della Pietà bislang noch keiner auch nur einen Ton von dem Konzert vernommen hat.

Eine Theorie betrifft niemand anderen als Vivaldi selbst, der angeblich versucht, seinem abflauenden Ruhm mit einem neuen Konzert und einer prächtigen Aufführung wieder Glanz zu geben. Oder den deutschen Komponisten Händel, von dem nach seinem angeblich aufsehenerregenden Debüt mit *Agrippina* vor über zwanzig Jahren in Venedig hier kaum jemand mehr etwas gehört hat. Händel lebt mittlerweile in London. Den Gerüchten zufolge hat er das neue Werk in die Lagunenstadt geschmuggelt, um die Möglichkeiten für eine Rückkehr zu erkunden, da er befürchtet, dass die Engländer den Geschmack an Opern im italienischen Stil zu verlieren beginnen. Wie man hört, soll eine Parodie auf seine Musik mit dem Titel »Bettleroper« in London großen Erfolg haben. Der Deutsche hegt offenbar Zweifel daran, mit seinen musikalischen Künsten, die er auf den Knien von Corelli und Scarlatti erlernte, nach wie vor sein Auskommen in England haben zu können.

Die weiteren Vermutungen sind blühender Unsinn. Der Komponist soll ein Gondoliere sein, der seine Talente beim Singen während seiner Fahrten auf dem Canal Grande schulte. (Man zeige mir einen Gondoliere, der eine Viertelnote von einer Achtelnote unterscheiden kann, und ich lege nach dem Frühstück einen Haufen Dukaten vor die Basilika und erwarte, sie zur Abendbrotzeit immer noch dort vorzufinden.) Oder das Konzert sei ein Opus von Corelli, das in seinem Sarg gefunden wurde, als die sterblichen Überreste des Komponisten während der Umbauarbeiten des Pantheon in Rom umgebettet wurden. Des Weiteren prahlte ein Kirchendiener vor seinen Trinkkumpanen, das Konzert nach einer Abendmesse auf der Orgel von Santa Croce komponiert zu haben. Ein Mann erfuhr von einem anderen, der seine Quelle wiederum nicht preisgeben wollte, dass ein halbblinder Uhrmacher mit einer winzigen Verkaufsbude auf der Rialtobrücke das Konzert über einen Zeitraum von vielen Jahren Note für Note zusammengeschrieben habe, in dem Wissen, an einer unheilbaren Krankheit *und* an fortschreitender Taubheit zu leiden. Jetzt wünschte sich diese arme Seele nichts sehnlicher, als dass seine Schöpfung im Ospedale della Pietà von Vivaldis großartigem Orchester aufgeführt wird, um zufrieden für immer die Augen zu schließen, da er der Welt ein Meisterwerk hinterlässt, das ihn überdauert.

Besonders hanebüchen ist ein Gerücht, demzufolge ein venezianischer Edelmann – möglicherweise sogar Delapole selbst – bislang alle Hinweise auf sein musikalisches Talent sorgsam verborgen gehalten habe, um nun mit einem Donnerschlag berühmt zu werden. Darüber hinaus wolle er nach der Aufführung und Offenbarung seines Namens die Stadt mit Reichtümern überhäufen, um die einstige Größe der Republik wiederherzustellen. Außerdem wolle er Lahme heilen und den Canal Grande lieblicher riechen lassen als den Busen einer persischen Hure und so weiter und so fort.

Ich höre mir diese Märchengeschichten an, nicke weise mit dem Kopf und gehe meiner Wege. Einmal jedoch, als Gobbo und seine Kumpane in der Taverna über die kursierenden Gerüchte witzelten, fühlte ich mich versucht, allem die Krone aufzusetzen und zu behaupten, das Konzert sei von einer Frau geschrieben worden. Aber dann hätten sie mich für verrückt erklärt. Frauen dürfen lediglich die Tätigkeiten ausführen, die ihnen von den Männern zugewiesen werden. Das war immer so und wird wohl auch immer so bleiben.

So lächele ich bloß und spiele den Ahnungslosen. Nur Rebecca und ich kennen die Wahrheit. Nicht einmal Jacopo hat sie etwas gesagt, aus Furcht, seine Sorge um sie zu vergrößern. Während wir unser Schweigen wahren, erscheinen immer mehr Seiten ihres Meisterwerks aus den Druckerpressen des Hauses Scacchi, manche sogar gesetzt von meinen ungeschickten Fingern. Auf der ersten Seite, die Leo verstohlen mit seinem Namen zieren wollte, steht nunmehr – wie auf Rebeccas ursprünglicher Partitur – nur der schlichte Titel *Concerto Anonimo*.

Wenn ich die leere weiße Stelle betrachte, taucht unvermittelt ihr Gesicht vor mir auf. Wie es auf unserem Lager aus Kleidern auf der Frauengalerie in der Synagoge aussah. Oder unter den Holundersträuchern im Brachland oberhalb des Ghettos, wo niemand bemerkt, wenn sich zwei Liebende in die Büsche zurückziehen. Und in ihrem Zimmer, in dem wir Zuflucht suchen, sobald Jacopo unterwegs ist, und uns nackt unter Decken winden, die sich um uns wickeln wie um Kleinkinder, wenn sie tief und selbstvergessen träumen.

Denn das sind Rebeccas eigentliche Mysterien. Das dunkle Blitzen ihrer Augen, der Schwung ihrer Hüften, die Wärme und Weichheit ihrer Brust, mit der sie mein Verlangen stillt. Das sind Geheimnisse, die alle Worte übersteigen und selbst die Töne, die sie Delapoles Geschenk zu entlocken vermag. Seit unserer ersten Nacht scheint eine ganze Lebensspanne verstrichen zu sein, und noch immer frage ich mich voller Verwunderung, warum sie diese Geheimnisse gerade mit mir teilt.

35. Begegnungen

Von San Marco her wehten die Klänge eines Streichquartetts über das Wasser. Es war Abend geworden und auf der Piazza spielten Musiker für die Touristen. Fast mühsam und gegen die träge Flut hatte sich die *Sophia* ihren Weg über die Lagune gesucht. Wie eine Silberscheibe hing der Vollmond am Samthimmel und zog das Wasser mit geheimnisvoller, unsichtbarer Macht an.

Die Rückfahrt war nahezu schweigend verlaufen. Auf Lauras Drängen hin saß Daniel die ganze Zeit neben Amy und nahm irgendwann ihren Vorschlag an, sie doch zu duzen. Die Verabschiedung verlief ohne großes Federlesen. Die Männer waren müde und Laura hatte das Steuer übernommen. Obwohl sie sich ein bisschen verdreckt vorkamen, gingen Daniel und Amy auf die Piazza und tranken Espresso vor einem kleinen Café, nur wenige Schritte von den voll besetzten Tischen des *Florian* entfernt. Sie lauschten einem Jazzquartett, das Duke Ellington Note für Note vergewaltigte, und sahen zu, wie die Touristen einander mit Blitzlichtkameras fotografierten. Dann schlenderten sie durch Geschäftsstraßen Richtung Osten.

Vor dem *Gritti Palace* blieb Daniel stehen. Er hielt es schlicht für klüger, nicht weiterzugehen. Das Hotel sah aus wie aus einer anderen Welt, einer Welt des Luxus und des Reichtums, in die er nicht gehörte. Er war sich seiner schlammbespritzten Jeans und des Geschmacks nach schlammigem Wasser in seinem Mund nur allzu bewusst. Darüber hinaus war er verwirrt, fühlte sich zwischen zwei Möglichkeiten hin und her gerissen, deren Ausgang in beiden Fällen mehr als absurd sein könnte.

Amy musterte ihn nervös. »Kommst du noch mit hinein? Nur auf einen Sprung?«

»So wie ich aussehe?«

»Daniel! Mein Vater zahlt pro Woche viertausend Dollar für meine Suite. Da könnte ich sogar splitterfasernackt durch die Tür spazieren, wenn mir danach ist.«

Er zögerte. »Du bewohnst sie allein?«

»Zum ersten Mal haben sie mich allein nach Venedig fliegen lassen. Noch vor zwei Jahren hatte ich meine Mom im Schlepptau. Mit *sechzehn*. Ist das zu glauben?«

Er glaubte es und kam sich alt vor. Dennoch wäre es unhöflich, ihre Einladung abzulehnen. Er fragte sich auch, was Laura sagen würde, wenn er so bald in der Ca' Scacchi erschien.

»Aber wirklich nur ganz kurz«, sagte er. Sie betraten das Hotel, ignorierten das Stirnrunzeln des Personals, stapften mit schmuddeligen Schuhen über den Teppich zum Lift und fuhren in den vierten Stock. Amys Suite war gut zehnmal so groß wie Daniels Zimmer in der Ca' Scacchi. Die hohen Fenster des elegant ausgestatteten Salons gingen auf den Canal Grande hinaus.

»Ich muss unbedingt ins Bad. Nimm dir etwas aus der Minibar, wenn du magst«, sagte Amy und verschwand hinter einer schimmernden Mahagonitür. Gleich darauf hörte Daniel Wasser rauschen. Er betrat das zweite Bad, versuchte mit Hilfe einer der vom Hotel bereitgelegten Zahnbürsten den üblen Geschmack in seinem Mund loszuwerden. Dann ging er in den Salon zurück und blickte aus dem Fenster. Dem *Gritti Palace* genau gegenüber sah er die Punta della Dogana, die äußerste Spitze von Dorsoduro. Rechts davon erblickte er die gewaltige Salute-Kirche. Ganz rechts konnte er gerade noch die eigentümliche Architektur der Ca' Dario ausmachen. Wie ein mittelalterliches Puppenhaus ragte sie ein bisschen schief am Ufer auf. In einem Fenster im ersten Stockwerk schimmerte Licht. Daniel dachte an Lauras Tagtraum und den Karneval. Sich nachts in Kostüm und Maske durch Venedig zu bewegen musste so abenteuerlich sein wie der Biss in den Aal. Aber das Leben konfrontierte einen nun einmal hin und wieder mit Abenteuern, wie auch mit Entscheidungen.

Die Badtür öffnete sich. Amy kam heraus und warf ihre schmutzigen Sachen in einen Wäschekorb. Sie ging zur Minibar, nahm eine Flasche Stolichnaya und zwei Gläser heraus, goss großzügig ein und kam zu Daniel ans Fenster. Der Wodka war so kalt, dass er zähflüssig wirkte. Daniel nahm einen winzigen Schluck und rang unwillkürlich nach Atem. Er schmeckte wie gefrorenes Feuer.

Sie trug nichts als einen Hotel-Bademantel. Ihre blonden Haare waren noch feucht und sie hatte sie im Nacken zusammengebunden.

»Was ist da draußen so interessant?«, wollte sie wissen.

»Der Canal. Du hast einen wundervollen Ausblick.«

»Yeah.«

Er fragte sich, ob sie überhaupt schon einmal aus dem Fenster geblickt hatte.

»Sieh mal …« Er zeigte nach rechts. Sie trat vor ihn, folgte der Richtung seines Zeigefingers. Ohne nachzudenken legte Daniel ihr eine Hand auf die Schulter.

»Was?«

»Ein Stück rechts von Santa Maria della Salute. Siehst du das schmale Haus? Das leicht windschiefe mit den Säulen-Fenstern?«

»Ja, sicher. Und?«

»Findest du es denn nicht ungewöhnlich? Faszinierend?«

»Mag sein.«

Amy lehnte sich an ihn, so dass ihre feuchten Haare sein Kinn berührten. »Dan?«

»Ja?«

»Willst du nicht auch kurz duschen? Wir sind auf unserem Ausflug ziemlich eingedreckt. Ein bemerkenswertes erstes Date, muss ich schon sagen.«

»Stimmt.« Er schwieg und sie drehte sich zu ihm um. Erfreut stellte er fest, dass sie nicht verärgert schien, nur auf eine Antwort wartete.

»Ich wollte eigentlich zu Hause duschen, in der Ca' Scacchio«, sagte er. »Wo ich mir auch gleich saubere Sachen anziehen kann.«

Jetzt wirkte sie doch gereizt. »Normalerweise mache ich so was nicht, falls du das denken solltest. Ich bin nicht so …« Den Rest ließ sie ungesagt.

»Das habe ich auch nicht vermutet, Amy.«

»Und wo liegt dann das Problem? Bin ich es?«

»Nein! Natürlich nicht!« Sie verschränkte die Arme. Eine Geste, die er bereits kannte. »Das kommt alles zu plötzlich«, fügte er hinzu. »Zu schnell.«

»Ich bin nur noch neun Tage hier. Wo leben wir eigentlich? Im Mittelalter?«

Auf dem Canal Grande dröhnte ein Vaporetto-Horn. Daniel wünschte, er wäre an Bord, säße sicher am Heck, allein. »Ich habe doch nur …«

»Du hast gar nichts, Dan«, fiel sie ihm erregt ins Wort. »Ich begreife dich einfach nicht. Es kommt mir vor, als steckten zwei verschiedene Menschen in deiner Haut. Einer schreibt dieses herrliche Konzert, das sich sehr reif anhört, beeindruckend selbstsicher. Als würde sich der Komponist mit dem Leben, der Welt perfekt auskennen. Und dann ist da dieser andere … Ich weiß nicht, wer *du* bist.«

»Tut mir Leid.«

»Entschuldige dich nicht!« In ihrer Wut wirkte Amy viel älter. Sprachlos sah Daniel, dass sie in fünf, sechs Jahren eine hinreißende Schönheit sein würde.

Er stellte sein leeres Glas ab und strich ihr über die feuchten Haare. »Doch, Amy. Ich muss mich entschuldigen. Du bist wundervoll. Wenn ich dich ansehe … Wenn ich dir beim Spielen zuhöre …«

Kokett abwartend sah sie ihn an. Falls er begonnen hatte, so etwas wie Verlangen zu verspüren, so schwand dieses Gefühl abrupt. Ihr Zorn war die gekränkte Eitelkeit eines Teenagers. Ihre geöffneten Lippen drängten ihm schmollend entgegen, warteten darauf, geküsst zu werden. Peinlich berührt trat er einen Schritt zurück.

»Und warum weist du mich dann zurück?«

»Weil es schon spät ist. Wir sind beide müde. Wir haben reichlich getrunken. Außerdem geht mir vieles im Kopf herum. Dinge, über die ich im Moment nicht mit dir sprechen kann.«

Verbittert funkelte sie ihn an. »Aber mit *ihnen* kannst du darüber sprechen, oder?«

Diese neue Strategie verdutzte Daniel. »Ich weiß nicht, was du meinst.«

»Diese Spinner, Dan! Die Kerle auf dem Boot. Diese Frau. Himmel, noch nie habe ich so viele Durchgeknallte auf einem Haufen gesehen.«

»Sie sind meine Freunde«, entgegnete er kalt.

»Ich bitte dich, Dan! Du bist ganz anders. Du bist so wie wir. Wie ich, wie Hugo. Das muss dir doch klar sein, oder?«

»Wie gesagt«, wiederholte er. »Sie sind meine Freunde.«

Etwas Unverständliches murmelnd ging sie zur Minibar und füllte ihr Glas auf. »Sei nicht so blauäugig. Wenn sie dich in ihren Kreis aufnehmen, dann nur, weil sie sich etwas davon versprechen. Es wäre schön, wenn du jetzt einfach gehen würdest. Bitte…«

»Wie du meinst«, erwiderte er automatisch.

»Nein.« Spontan vertrat sie ihm den Weg zur Tür. »Eine Kleinigkeit solltest du noch erfahren. Ich hatte mich schon am ersten Tag für dich entschieden, als wir uns in der Kirche kennen lernten. Nicht wegen deiner Unwiderstehlichkeit, sondern weil ich hier in Venedig erwache wie aus langem Schlaf und Dinge begreife, die mir schon vor langer Zeit hätten klar sein sollen. Wenn ich an den Mist denke, den sie uns in der Schule erzählt haben. An die Vorschriften meiner Eltern. Aber sie sind nicht hier. Diesem Gefängnis bin ich entronnen. Jetzt und hier habe ich die Chance, endlich erwachsen zu werden, und ich glaubte, das mit dir tun zu können. Aber egal. Es gibt andere. Hugo ruft pausenlos an.«

Er war empört, ihretwegen. »Hugo Massiter?«

»Yeah. Er ist alt genug, um mein Dad zu sein. Siehst du, ich komme dir zuvor.«

»Oh, Amy.« Er ertappte seine Hand dabei, wie sie über ihren Nacken strich.

»Rühr mich nicht an, du Mistkerl.«

»Tut mir Leid.«

»Lass die Entschuldigungen, verdammt! Geh endlich!«

Er war es nicht gewohnt, Hass in den Augen anderer Menschen zu sehen. Von der ruhigen, vorhersehbaren Gelassenheit, die Daniels Leben vor Venedig ausgemacht hatte, schien nichts mehr geblieben zu sein.

»Ich verstehe nur nicht, warum wir es überstürzen müssen.«

Tränen traten in ihre Augen und er glaubte den Grund dafür zu kennen. Ihr war nicht entgangen, wie ihn ihr plötzlicher Wutausbruch schockierte.

»Ich bin achtzehn, Dan«, sagte sie leise. »Mein ganzes Leben habe ich im Reiche-Tochter-Kokon verbracht, und der war verdammt kalt. Ich möchte jemanden lieben. Ich möchte geliebt werden.«

Er strich ihr über die Wange, über die Tränen. Sie rührte sich nicht. »Ich kenne mich mit diesen Dingen nicht besonders gut aus, Amy. Ich weiß nur, dass man Liebe nicht fordern kann. Man muss darauf warten, dass sie einem begegnet.«

»Warten?«, fauchte sie. »Bis ich überreif und alt bin wie deine Freundin Laura? Worauf wartet sie? Von nichts kommt nichts. Sie wird nur alt und vertrocknet, verwandelt sich bei

jedem Blick auf ihre Uhr ein Stück mehr in eine alte Jung-
fer.«

Daniel nahm seine Hand von Amys Nacken und wünschte
sich weit fort. Er wusste nicht, was er antworten sollte, denn
diese Frage hatte er sich längst selbst gestellt, erkannte er jetzt.

»Lass uns das hier einfach vergessen«, sagte er.

Er ging zur Tür und lauschte dem Schwall wütender Worte
hinter ihm. Hugo Massiters Name tauchte häufig darin auf. Er
fragte sich, warum sie annahm, das würde ihn verletzen, und
welche Macht sie diesen wenigen Silben beimaß. Von dem
Arrangement im Hinblick auf das Konzert konnte sie nichts
wissen. Nein, Amy Hartston benutzte den Namen wie den
eines Rivalen, und das bedeutete, dass sie seine Gefühle ebenso
falsch einschätzte wie die von Hugo Massiter. Der hatte seine
Geheimnisse, doch die erstreckten sich nicht auf die Verführung
eines jungen Mädchens, das er, wenn auch nur entfernt, seit
vielen Jahren kannte. Das war unvorstellbar. Musste unvorstellbar sein.

36. Die Tanzstunde

Es war ein schwül-warmer Abend. Weil er Bewegung brauchte und nachdenken wollte, lief Daniel vom *Gritti Palace* weiter in westlicher Richtung, fand den schmalen Durchgang zur Ponte dell'Accadèmia und stieg die Stufen hoch. In der Mitte der hölzernen Bogenbrücke blieb er stehen, beobachtete die Boote auf dem Canal Grande und dachte an Amys letzte Bemerkung. Dann machte er sich auf den langen Weg nach San Cassiano, vorbei an der Frari-Kirche und der Scuola di San Rocco, in der jetzt vermutlich die Augen von Scacchis Luzifer in der Dunkelheit schimmerten, durch die Gassen von San Polo, bis er sich schließlich mit viel Intuition und durch Zufall auf dem kleinen Campo von San Cassiano wiederfand. In der Dunkelheit wirkte die massige Kirche weniger hässlich. Der Platz war menschenleer. Ohne das elektrische Licht in den Fenstern hätte er im Venedig von vor zwei- oder dreihundert Jahren sein können. Das war es wohl, was seine Mutter veranlasst hatte, diese Stadt zu lieben und ihre Zuneigung auf den Sohn zu übertragen: die geisterhaften Abdrücke von Füßen im Staub der Straßen, die Spuren längst vergangener Generationen. Und die ungeheure Macht der Toten. Wenn er die Gemälde in San Rocco betrachtete oder den Klängen des Konzerts lauschte, das nun unberechtigt seinen Namen trug, überwältigte ihn Ehrfurcht vor allen, die vor ihm diese Straßen durchschritten hatten. Im Vergleich dazu kamen ihm die Abdrücke, die er hinterließ, geradezu unbedeutend vor.

Er blieb vor der kleinen Bar stehen, in der er dem Dieb das Geld übergeben hatte. Sie war verschlossen und verriegelt.

Venedig ging früh zu Bett. Dann, noch immer in Gedanken verloren, überquerte er mit wenigen Schritten die Brücke und schloss die Tür zur Ca' Scacchi auf. Aus dem Salon im ersten Stock kamen laute Jazzklänge. Vorsichtig spähte er durch die halb geöffnete Tür. Erschöpft wirkend saß Scacchi auf dem Sofa und sah zu, wie Paul mit einem imaginären Partner elegante Tanzschritte auf den Teppich legte.

Daniel war sich bewusst, dass es zwischen ihm und Scacchi Dinge gab, die irgendwann ausgesprochen und geklärt werden mussten. Der hastige Erwerb der Violine und ihr abruptes Verschwinden von der Tagesordnung in der Ca' Scacchi beunruhigte ihn noch immer. Allerdings hatte er seit der kurzen Panikattacke auf der *Sophia* kein weiteres Mal das Verlangen nach einer Zigarette verspürt. Er hatte Zeit. Manche Dinge konnte man nicht erzwingen, wie er zu Amy gesagt hatte. Man musste sie abwarten. Und die Zeichen erkennen, wenn es so weit war.

Langsam stieg er die Treppe in die nächste Etage hinauf. Die Big-Band-Musik war so laut, dass sie das ganze Haus erfüllte, selbst den dritten Stock. Daniel ging auf sein Zimmer zu, hörte ein Geräusch hinter sich und drehte sich um. Vor ihm stand Laura, wieder in ihrem weißen Kittel, wieder ganz im Dienst.

»Daniel? Warum sind Sie so früh wieder da?«, erkundigte sie sich besorgt.

Er blickte sie an und zum ersten Mal schien Laura über seinen entschlossenen Gesichtsausdruck erstaunt zu sein. »Es reicht«, erklärte er mürrisch. »Ich bin zurück, mehr ist dazu nicht zu sagen.«

»Ich dachte, Sie und Amy …«, begann sie, nicht wirklich lächelnd, aber auch nicht ganz ernst. »Sie ist so hübsch und sympathisch. Und sooo begabt.«

Gereizt fuchtelte Daniel mit einem Finger vor ihrem Gesicht herum. »Kein einziges Mal habe ich Ihnen gegenüber auch nur angedeutet, dass ich auf eine bestimmte Art an Amy interessiert sein könnte. Wenn Sie allerdings darauf *bestehen* …«

Ihre grünen Augen funkelten ihn vergnügt an.

»Sie wirken ein bisschen erregt. Wie wäre es mit einem kleinen Drink zur Beruhigung?«

»Nein! Für heute habe ich mehr als genug. Und nicht nur für heute. Für einen ganzen Monat, wenn Sie es genau wissen wollen.«

»Dann vielleicht eine Tasse Tee? Die Engländer sind doch ganz verrückt nach Tee, Daniel.«

»Das ist mir bekannt.« Der Gedanke an Tee war unwiderstehlich. »Ja, bitte. Eine Tasse Tee.«

»Gut, dann kommen Sie mit zu mir hinein. Ich habe eine kleine Küche. Wir wollen die Herren unten nicht stören. Wie Sie durch *Wände und Decken hören können, scheinen die beiden da unten eine ausgelassene Party zu feiern*!« Die letzten Worte schrie sie förmlich die Treppe hinunter.

Er folgte ihr in ein großes aufgeräumtes Zimmer, in dem es schwach nach irgendeinem Parfum roch. Die Wände waren weiß gestrichen, die Möbel schlicht. Neben dem Spülbecken sah Daniel einen kleinen Herd und eine Mikrowelle. Die Mitte des Raums nahm ein quadratischer Tisch mit vier Stühlen ein. An einer Wand stand ein Sofa. Rechts davon gab eine offene Tür den Blick auf ein Doppelbett mit geblümter Steppdecke frei.

»Earl Grey oder Darjeeling?«, fragte Laura.

»Wie bitte? Earl Grey.« Er hatte keine Ahnung, was den Unterschied ausmachte. Laura ließ sich nicht anmerken, dass ihr das sehr wohl klar war. Daniel setzte sich auf das cremefarbene Sofa und sah Laura bei der Teezubereitung zu. Sie stellte die Kanne und zwei Tassen auf den Tisch.

»Und wie ist es im *Gritti*?«, fragte sie.

»Sehr elegant. Sehr prächtig.«

Seine knappen Bemerkungen schienen ihr nicht zu genügen. »Mehr gibt es darüber nicht zu sagen? Ich nehme an, Amy bewohnt eine Suite. Das muss doch atemberaubend sein.«

»Es ist nicht ganz mein Geschmack.«

»Verstehe.« Sie goss Tee in die Tassen, kam mit ihnen zum Sofa und setzte sich neben Daniel. Das rhythmische Dröhnen der Musik unter ihnen schwoll an. Sie hörten Paul lachen. Daniel wagte sich nicht einmal vorzustellen, was da möglicherweise vor sich ging. Er hatte mehrmals Geräusche im Haus vernommen, die keinen Zweifel daran ließen, dass die beiden Männer trotz ihrer Krankheit die Lust am Leben nicht verloren hatten.

»Mögen Sie Jazz?«, erkundigte sich Laura. Erfreut stellte Daniel fest, dass sie offenbar nicht auf das Thema Amy zurückkommen wollte.

»Allzu viel habe ich davon noch nicht gehört, muss ich sagen.«

»*Gehört?*« Zwischen den Knöpfen ihres Kittels schimmerte gebräunte Haut. Daniel begann sich zu fragen, ob er vielleicht einen Fehler gemacht hatte. »Aber Jazz darf man nicht hören, man muss danach tanzen.«

»Wie gesagt, ich kenne mich nicht sonderlich aus.«

»Kommen Sie!«

Sie stellte ihre Tasse ab und machte eine auffordernde Kopfbewegung.

»Ich kann nicht tanzen, Laura.«

»Hervorragend! Endlich kann ich meinem klugen Engländer etwas beibringen!«

»Aber ich kann wirklich nicht …«

Sie griff nach seinen Händen, zog ihn auf die Füße und in die Mitte des Zimmers. Wie aufs Stichwort ging die Musik unten in eine schwungvolle Melodie über. Laura ließ seine Hände los, breitete die Arme aus. Er machte einen zögernden Schritt vorwärts und fühlte sich leicht von ihr umschlungen.

»Bewegen Sie sich«, sagte sie.

»Wie?«

Ihr Haar duftete wie frisch gewaschen. Fast übermütig sah sie ihn an.

»So …«

Sie übernahm die Führung, zog ihn in eine schnelle Folge behänder Schritte. Er versuchte ihr zu folgen, stolperte aber über ihre Füße und musste lachen. Der Tisch ließ sie innehalten. Lauras Miene zeigte amüsierte Verblüffung.

»Mir ist durchaus geläufig, dass sich Engländer nicht gerade durch ihr Rhythmusgefühl auszeichnen. Aber Sie sind dabei, ein berühmter Komponist zu werden, Daniel. Sie sollten es zumindest versuchen.«

»Oh, ich wünschte, Sie könnten auf derlei Scherze verzichten«. Er seufzte.

»Tut mir Leid. Das hätte ich nicht sagen sollen.« Reglos standen sie sich gegenüber, eine Hand auf der Schulter des anderen, die zweite an der Taille. Noch nie war Daniel ihr so nahe gewesen. Lauras Gesicht war wunderschön. Um ihre Mundwinkel bildeten sich reizvolle kleine Fältchen, wenn sie lächelte. Der Gegensatz zur mädchenhaften Amy hätte größer nicht sein können.

»Sie studiert dieses Konzert ein und glaubt, ich hätte es komponiert, Laura. Ihr geht es um die Musik, nicht um mich.«

Die beschwingte Melodie wurde durch ein getrageneres Stück abgelöst. Langsam, wie zufällig bewegten sich Laura und Daniel über den Fußboden.

»Das glaube ich keinen Moment. Obwohl Sie es verdient hätten. Ich habe sie alle vor diesem Betrug gewarnt und wurde von Scacchi ziemlich rüde zurechtgewiesen.«

»Es ging ihm vor allem um Sie, Laura. Ich glaube, er hängt sehr an Ihnen, noch mehr als an Paul.«

Sie kniff leicht die Augen zusammen. »Und warum hat er dann Geheimnisse vor mir, wenn das so ist? Aber ich darf mich nicht beklagen. Morgen will er ganz offen mit mir sprechen. Hat er wenigstens versprochen.«

»Gut …«, sagte er und wechselte dann unvermittelt das Thema. »Wie alt sind Sie eigentlich? Das heißt, wenn ich das überhaupt fragen darf.«

Ihre Augen blitzten, überrascht, nicht verärgert. »Ich bin noch nicht dreißig und habe vor, das auch noch etliche Jahre zu bleiben.«

»Oh.«

Sie schwieg, abwartend, wie ihm schien. »Wenn ein Mann einer Frau eine solche Frage stellt, dann ist es im Allgemeinen üblich, dass er irgendeine Bemerkung macht und nicht schweigt wie ein Grab.«

»Sie sehen keinen Tag älter aus als vierundzwanzig.«

»Lügner!«

»Nein, ich meine es ernst. Manchmal jedenfalls. Aber dann wiederum …«

»Was? Dann sehe ich aus wie vierzig? Oder fünfzig? Die Qualität Ihrer Komplimente sinkt von Sekunde zu Sekunde.«

»Das ist nicht meine Absicht. Wenn ich ganz ehrlich sein soll, halte ich Sie für ein Chamäleon, Laura. Sie scheinen jeweils die Gestalt anzunehmen, die Ihnen gerade passt. Mal die der Köchin oder des Dienstmädchens, mal die der älteren Schwester oder …« Er riss sich rechtzeitig zusammen. »Selbst wenn Sie es darauf anlegen, sich möglichst schlampig zu kleiden, würde ich Sie niemals auf vierzig schätzen. Auf fünfunddreißig, allerhöchstens.«

Schnuppernd reckte sie die fein geschnittene Nase in die Luft, als würde sie einen schlechten Geruch wahrnehmen. »Noch nie in meinem Leben habe ich mit einem Mann getanzt, der mich als ›schlampig‹ bezeichnet hat, Daniel Forster. Ganz zu schweigen von einem, dessen Jeans schlammverkrustet sind und dessen Atem nach *bisato crudo* riecht.«

Das Verlangen, sie zu küssen, wurde in ihm immer mächtiger. Er konnte sich sie beide dabei sogar schon vorstellen, als wäre es seinem Verstand möglich, seinen Körper zu verlassen und zu einer Kamera an der Wand zu werden, neben dem kleinen Bild von der Madonna mit dem Kind über der Mikrowelle. Unten verstummte die Musik. Daniel und Laura blieben stehen.

»Um auf unser früheres Thema zurückzukommen«, sagte er forsch. »Amy scheint wild entschlossen zu sein. Wenn nicht mit mir, dann mit einem anderen.«

»Ah, verstehe. Venedig, ›die Stadt der Liebe‹. Immer wieder fallen Amerikaner auf dieses hübsche Klischee herein. *Have a nice day*.«

Sie lachten, und Daniel kam es so vor, als zöge sie ihn ein wenig näher.

»Sich zu verlieben scheint zum Besichtigungsprogramm zu gehören«, fuhr Laura fort. »Davon seid ihr Ausländer überzeugt, seit ihr die so genannte *Grand Tour* erfunden habt.«

»Ich weiß«, antwortete er gedankenverloren.

»Ah, man denkt nach. Man fragt sich, wie kommt diese Hausangestellte dazu, von derartigen Dingen zu sprechen? Was wissen Sie und Ihresgleichen schon von der *Grand Tour*?«

Daniel kam sich vor, als stünde er auf einer hohen Klippe, blicke in das blaue Meer hinunter und wisse nicht recht, ob er springen solle oder nicht. Er nahm seine Hand von ihrer Schulter, strich ihr die kastanienbraunen Haare aus dem Nacken und ließ seine Finger über ihre sanfte, glatte Haut wandern. Sie rührte sich nicht. Es war so still im Raum, dass er Lauras und sein Herz klopfen hören konnte.

»Nein«, antwortete er. »Ich dachte darüber nach, dass in allen Gemeinplätzen ein Körnchen Wahrheit stecken muss, sonst wären es keine Klischees. Beispielsweise, dass man sich in Venedig verlieben muss. Denn so ist es mir ergangen.«

Lauras Kopf senkte sich, bis sie stumm auf seine Brust starrte. Daniel strich ihr mit dem Daumen leicht über die Wange und spürte etwas Feuchtes in ihrem Augenwinkel. Als mache ihn diese Entdeckung verlegen, bewegte sich seine Hand weiter, bis sie eine Haarsträhne erreicht hatte, die weich wie Seide zwischen seinen Fingern lag.

»Daniel …« Ihre Stimme war leise und völlig emotionslos. Er wünschte, mehr von ihrem Gesicht sehen zu können. »Ich bin ein Idiot. Aus diesem Grund habe ich dich nicht zu einer Tasse Tee eingeladen. Nichts könnte mir ferner liegen.«

»Ich weiß.« Ganz zart küsste er die Träne von ihrer Wange und hörte, wie sie langsam und tief Atem holte.

»Ich bin glücklich allein«, stellte sie sehr entschieden fest.

»Das glaubte ich auch von mir.«

Erstaunt über die Zartheit ihrer Haut, wanderten seine Finger über ihre Wange. Laura hob den Kopf, sah ihn an. Er glaubte, etwas wie Furcht in ihren Augen zu entdecken.

»Das kann unmöglich richtig sein.«

»Ich stimme dir zu. Wahrscheinlich nicht.«

Sie lächelte ihn an und ihre Schönheit verschlug ihm den Atem. »Was ist nur in dich gefahren, Daniel?«

»Entschlossenheit. Hast du nicht gesagt, mein Aufenthalt müsse einen Zweck haben? Um dich zu erretten.«

»Ich muss nicht errettet werden! Ich …«

Er beugte den Kopf und mit der Präzision eines Uhrwerks trafen sich ihre Lippen. Seine Hände glitten über ihren Rücken, fühlten die straffen Formen ihrer Hüften. Sie griff nach seiner Taille, zog das Hemd aus seiner Hose und legte ihre Handfläche auf seinen warmen Bauch.

Sie hielten inne, um einander in die Augen zu blicken, wohl wissend, dass immer noch Zeit zur Umkehr war. Sie sagte kein Wort. Ihr Mund stand halb offen, sie ließ ihn keine Sekunde aus den Augen.

Daniel öffnete den obersten Knopf ihres weißen Nylonkittels und arbeitete sich dann langsam und methodisch weiter nach unten vor. Sie schüttelte sich das Kleidungsstück von den Schultern und stand in schneeweißer Unterwäsche vor ihm, die einen seltsamen Kontrast zu ihrer perfekt gebräunten Haut bildete.

»Es ist sehr lange her, Daniel. Ich fürchte, ich bin ziemlich befangen.«

»Wir haben aufeinander gewartet, Laura«, erwiderte er. »Spürst du das nicht?«

Sie schwieg. »Davon bist du doch auch überzeugt, oder?«, hakte er nach.

»Ich weiß nicht, was ich glauben soll.« Sie bewegte ihre Hand zu seiner Brust, spürte seinem Herzschlag nach. »Neulich Nacht hatte ich einen Traum. Ich fuhr wieder mit dem Vaporetto an der Ca' Dario vorbei ...«

»Und?«

»Als ich zu dem Fenster hochblickte, sah ich diesen Mann, Daniel, und diesmal warst du es. Im Todeskampf. Mit blutüberströmten Händen. Schreiend.«

»Dann träumen wir beide voneinander, Laura.«

Ihre Mundwinkel verzogen sich nach oben. So etwas wie sehnsüchtiges Verlangen zeigte sich auf ihrem Gesicht. Sie griff nach seiner Schulter und zupfte angetrockneten Schlamm von seinem Hemd.

»Ich möchte unsere Nacht gern in angenehmer Erinnerung behalten, Daniel Forster«, erklärte sie. »Aber so, wie du riechst, ist das nicht möglich. Ab ins Bad, Lieber. Sofort.«

Er gehorchte. Als er zurückkam, lag sie im Schlafzimmer unter der geblümten Steppdecke. Eine einzige Lampe beleuchtete den Raum. Nackt schlüpfte Daniel ins Bett und fand sich in ihren Armen wieder.

»Ich bin nicht ... sehr erfahren«, flüsterte er.

»Und du glaubst, ich wäre es? Nur weil ich älter bin?«

»Keine Ahnung. Es ist mir aber auch egal.«

Sie legte sich auf ihn, umfasste sein Gesicht mit beiden Händen. »Vergiss mich nicht, Daniel.«

»Natürlich nicht! Ich ...«

Sie legte ihm einen Finger auf die Lippen und begann ihn mit der anderen Hand auf eine Weise zu liebkosen, die ihn ohnehin zum Verstummen gebracht hätte. Äußerst feinfühlig sorgte sie für das optimale Arrangement ihrer Körper und ließ sich dann sanft auf ihn herab. Mit leisem Quietschen untermalten die Sprungfedern des Bettes ihre rhythmischen Bewegungen. Jeder Gedanke an Worte entschwand ihren Köpfen, verlangende Hände und tastende Zungen sprachen eine elementarere, zwingendere Sprache. Irgendwann begann sie zu keuchen und leise Schreie auszustoßen, in die er einfiel. Eng umschlungen verharrten sie lange in seliger Erfüllung. Dann flammte wieder Leidenschaft auf, und nichts schien mehr Bedeutung zu haben als ihre beiden Körper, die einander fieberhaft suchten und fanden.

Er erinnerte sich nicht daran, sich aus ihren Armen gelöst zu haben. Irgendetwas in ihm sagte, dass das nicht geschehen durfte, dass er eng umschlungen mit ihr schlafen musste, weil sie sonst möglicherweise in eine Welt entschwand, in die er ihr nicht folgen konnte. Aber in dieser Nacht fiel es Daniel Forster schwer, zwischen Traum und Wirklichkeit zu unterscheiden. Es war, als hätte sich beides durch ihre Vereinigung so untrennbar miteinander verbunden, dass er nicht feststellen konnte, wo das eine aufhörte und das andere begann.

Dann fuhr er abrupt hoch und bemerkte, dass er allein im Bett lag. In seinem Kopf hallte ein furchtbares Geräusch wider. Der Wecker auf dem Nachttisch zeigte drei Uhr fünfzehn. Das Geräusch wiederholte sich, und jetzt erkannte er, was es war. Irgendwo unten schrie Laura in höchster Panik und Furcht.

Er sprang aus dem Bett, rannte zum Sofa, fuhr in seine Jeans und hastete atemlos vor Angst die Treppe hinab.

Er fand sie in Scacchis und Pauls Schlafzimmer. Sie trug wieder ihren weißen Hauskittel. Er war blutbefleckt. Auch ihr Gesicht zeigte Blutspritzer und in der Hand hielt sie ein langes Küchenmesser.

Paul lag auf dem Fußboden. Seine Hände krallten sich um die klaffende Wunde in seinem Bauch. Seine glasigen Augen standen offen. Scacchi saß in einer Ecke des Zimmers auf einem Sessel und starrte ins Nichts.

»Laura, gib mir das Messer. Bitte«, sagte Daniel.

Sie schien ihn nicht zu erkennen. Fassungslos vor Entsetzen sah Daniel zu, wie sie zu Boden glitt und das Messer so fest an ihre Brust drückte, als wolle sie jeden umbringen, der versuchte, es ihr fortzunehmen.

Draußen heulten Sirenen auf. Hilflos starrte Daniel auf die schluchzende Gestalt auf dem Fußboden und hatte das Gefühl, dass seine Welt in die Brüche ging.

37. Ein unvergessliches Konzert

Ein leichter Wind wehte von der Lagune her, und die Luft auf der Promenade war so mild, wie man es in Venedig von einem Sommernachmittag gewohnt war. Wer die Erträge einstrich – in der Hauptsache Delapole, nehme ich an –, musste in der Tat entzückt sein. Alle vierhundert Sitzplätze im Konzertsaal des Ospedale della Pietà waren ausverkauft. Die Portalflügel der Kirche standen weit offen, um auch jene an dem Konzert teilhaben zu lassen, die kein Billett mehr bekommen hatten oder sich keines leisten konnten. Allerdings durften sie nicht damit rechnen, viel zu hören. Das Orchester saß weit entfernt hinter den Wandschirmen und der hohe luftige Raum schluckte das meiste vom Spiel der Musiker. Doch hier ging es um mehr als einen Musikgenuss. Die Aussicht auf einen neuen Maestro schien den Hoffnungen in der Stadt zu entsprechen. Das Glück der Republik könnte im Schwinden sein, wie Rousseau uns vorgehalten hatte. Trotz aller Bekundungen von Ruhm und Pracht ist es schwer, die allgegenwärtigen Anzeichen von Verfall zu übersehen. Die Stadt verlangt dringend nach neuer Größe und hofft, dass der geheimnisvolle Komponist ihr dazu verhelfen wird.

Wir waren spät dran, und das wegen einer höchst ungewöhnlichen Auseinandersetzung zwischen Leo und Delapole. Mit Gobbo im Schlepptau war der Engländer kurz nach Mittag in der Ca' Scacchi erschienen und hatte sich lächelnd nach den Vorkehrungen erkundigt, die von Leo und Vivaldi für den Nachmittag getroffen worden waren. Mein Onkel antwortete höflich, wenn auch ein wenig mürrisch. Er hat offenbar

Schwierigkeiten, sich mit seinen Gönnern gutzustellen. Es verlangt ihn zwar nach ihrem Geld, aber andererseits verabscheut er es, von ihrer Gnade abhängig zu sein. Das ist ein Teufelskreis, dem Leo womöglich nie entrinnen wird. Ich bin mir sicher, dass er das sehr wohl weiß, was ihn aber nur umso verbitterter werden lässt.

Als Delapole nun um Kopien der Partitur bat, lächelte Leo zum ersten Mal während des Gesprächs und sagte entschieden: »Nein, Signore. Das kann ich nicht tun.«

»Warum nicht? Ich habe dafür bezahlt.«

»Gewiss«, stimmte Leo zu, »und dafür sind wir überaus dankbar, auch wenn ich glaube, dass Eure Auslagen mit dem Verkauf der Billetts mehr als wettgemacht werden dürften. Aber diese Konzertnoten darf ich nicht weitergeben. Sie gehören dem Komponisten. Bis ich von diesem Instruktionen erhalten habe, wie mit ihnen zu verfahren ist, bleiben sie in meiner Obhut und werden nicht auf der Straße verhökert wie irgendwelche Klatschflugschriften.«

Delapoles Gesicht, üblicherweise ein Abbild englischer Gelassenheit, wurde zornesrot. »Das ist absurd, Mann. Ich bin der Mäzen des Komponisten. Dafür steht mir doch sicherlich ein Entgegenkommen zu, findet Ihr nicht auch?«

»Wenn er es so wünscht«, lächelte Leo bedauernd. »Bis dahin sind mir die Hände gebunden.«

»Und was geschieht nach dem Konzert mit den Partituren der Musiker?«, verlangte Delapole zu wissen. »Die werde ich doch wenigstens erhalten können, oder?«

»Sie werden verbrannt, Signore«, erklärte Leo triumphierend. »Die Partituren wie auch die Druckplatten. Als Buchdrucker von einem gewissen Ruf …«

Gobbo schien einen plötzlichen Hustenanfall zu bekommen, und ich gebe zu, mir fiel es schwer, eine ernste Miene zu bewahren. Es lag auf der Hand, dass Leo Delapole absichtlich vor den Kopf stieß und sich gleichzeitig eine neue Einnahmequelle verschaffte, da das Konzert dann erneut kopiert, gesetzt und gedruckt werden musste.

»… ist es meine Pflicht, die Rechte jener zu wahren, die mich zu ihrem Mittelsmann für die Öffentlichkeit erwählt haben. Sollte dies der Wunsch unseres Maestros sein, werde ich das Werk in millionenfacher Auflage drucken und an alle Bettler auf den Straßen verteilen. Doch solange ich nicht über entsprechende Instruktionen verfüge …«

Delapole begann zu erkennen, dass Leo in diesem Punkt nicht nachgeben würde. »Einen derartigen Unsinn habe ich noch nie gehört, Scacchi. Was bleibt denn von dem Werk, wenn Ihr die Noten verbrennt?«

»Nun, die Urschrift, Mister Delapole. Und nur die, da ich bezweifele, dass ein Mann, der anonym bleiben will, eine Kopie für sich selbst anfertigen ließ.«

»Und wo befindet sich die im Augenblick?«

Leo schien die Situation ungemein zu genießen. »In meiner Obhut, selbstverständlich. An einem Ort, an dem niemand sie finden kann.«

Delapole packte seinen Spazierstock mit Elfenbeingriff und hieb damit auf den Tisch in unserem bescheidenen Comptoir. Vermutlich hätte er lieber mit einem Hammer auf Leos Schädel eingeschlagen, und ich konnte es ihm nachfühlen. Delapole war ein großzügiger Mann, wovon auch Rebecca Zeugnis ablegen konnte. Ihm eine Partitur zu überlassen wäre kein Verlust und auch kein großer Regelverstoß gewesen. »Ihr erlaubt Euch Scherze mit mir, Scacchi, als hättet Ihr es mit einem Londoner Laffen zu tun. Doch da täuscht Ihr Euch gründlich.«

Leo hob hilflos die Arme und zuckte mit den Schultern. »Aber wir sollten uns beeilen, Mister Delapole, sonst verspäten wir uns noch. Sonnen wir uns in diesem unverdienten Ruhm und warten wir ab, was die Zukunft bringt. Dieses Konzert ist kein *succès d'estime*, das versichere ich Euch. Es wird die Musikkenner ebenso begeistern wie die Massen. Sobald das erwiesen ist, wird unser anonymer Komponist mit Sicherheit wollen, dass die Welt seinen Namen erfährt, und Euch den Euch gebührenden Tribut zollen.«

Delapole räusperte sich nur. Ich nehme an, er war weniger verärgert als gekränkt, wie wohl jeder andere auch unter diesen Umständen. Die Reichen lassen sich nun einmal nicht gern übertölpeln. Leo würde gut daran tun, jeden seiner weiteren Schritte sorgsam zu erwägen.

Und so bestiegen wir Delapoles Gondel und fuhren durch das Gewirr anderer Boote auf dem Canal an San Marco vorbei zum Anlegesteg vor dem Ospedale della Pietà. Venedig war in Feststimmung. Ein paar Schritte vom Kirchenportal entfernt hatte eine Gauklertruppe eine kleine Bühne errichtet, auf der Scaramuccia, Pantalone, Punchinello und Arlecchino ihre Späße trieben. Ein harmloser, derber Zeitvertreib für die Schaulustigen, die am Ufer entlang flanierten und nicht wussten, wohin sie die Blicke zuerst wenden sollten. Hier hielt ein Händler Zuckerwerk feil, dort wollte eine Wahrsagerin die Zukunft verkünden. Boote und Schiffe aller Art strömten über die Lagune heran und entluden noch mehr Gaffer auf die Riva degli Schiavoni. Jung und Alt, Reich und Arm, Gauner und ehrliche Seelen — Venedig zeigte sich in seiner ganzen Farbenpracht: im Zinnoberrot feiner Seidengewänder, im groben grauen Tuch der Seeleute, im Schwarzweiß des Arlecchino-Kostüms, in den sonnengoldenen Locken der herausgeputzten Straßenmädchen, die unter der langen spitzen Nase des Dogen ihrem Gewerbe nachgingen.

Bei dem Gedanken, dass Rebecca der Anlass für diesen Tumult war, musste ich unwillkürlich lächeln. Wenn alle, die hier zusammengeströmt waren, nur wüssten … Dann drängte sich Leo durch die Menge und rief: »Werte Damen und Herren! Mister Delapole, der englische Gentleman, dessen Mittel uns diesen außerordentlichen Kunstgenuss ermöglicht haben, bittet Euch, ihn durchzulassen, damit er seinen Sitzplatz erreichen kann.«

In der Menge wurde anerkennendes Gemurmel laut. »Fürwahr, die Engländer sind so schlecht nicht.« – »Er muss in der Tat nobel sein, wenn er uns mit dieser Erstaufführung beehrt, wo er doch zunächst an die Ohren seiner Landsleute hätte denken können.« – »Ein herzhaftes Hurra für Delapole, sage ich. Unser englischer Wohltäter lebe hoch!«

Letzteres kam natürlich von Gobbo. Beifall brandete auf, Hände streckten sich aus, um Delapole auf die Schulter zu klopfen, Hüte wurden geschwenkt, Blumen flogen durch die Luft. Delapoles blasses Gesicht erstrahlte vor Stolz. Er zog sein Taschentuch hervor, winkte den Leuten zu und rief das, was von einem Engländer erwartet wurde: »Überaus nett. Zu freundlich! Oh, in der Tat, zu viel der Ehre!«

Leo hatte Recht. Es bedurfte nur ein wenig Anerkennung und Bewunderung, und seine Verärgerung schwand. Wir drängten uns durch das Portal in das Kirchenschiff, wo sich bei unserem Eintreten alle Köpfe nach uns umdrehten. Überrascht nahm ich das Bild in mich auf, das sich mir bot. Die Musikerinnen saßen nicht wie üblich hinter Wandschirmen, sondern im Halbkreis auf einer kleinen Marmorplattform vor dem Altar. Schwarz gekleidet sahen sie sehr demütig und sehr jung aus. Rebecca saß genau im Mittelpunkt und zog alle Blicke auf sich. Das Herz klopfte mir heftig in der Brust. Wir machen uns verdächtig, dachte ich, das kann nicht gut gehen. Unser Spiel fängt an, uns aus den Händen zu gleiten.

Mit ausdrucksloser Miene, den Dirigentenstab in der Hand, stand Vivaldi vor dem kleinen Orchester.

»Seht nur«, wisperte Leo uns zu. »Dieses Konzert ist so großartig, dass offenbar selbst Vivaldi Neid verspürt. Er stellt die Musikerinnen in der Hoffnung zur Schau, dass ihre Schönheit uns von den Klängen ablenkt.«

Delapole deutete auf die vorderen Kirchenbänke, die man für uns reserviert hatte. »Genug der Worte, Signore«, sagte er vernehmlich. »Lasst uns unsere Sitzplätze einnehmen, damit die

Venezianer beurteilen können, ob wir lediglich ihre Zeit verschwenden oder nicht.«

Gedämpfter Beifall war zu vernehmen, als wir durch den Mittelgang liefen. Ich setzte mich neben Gobbo an den Rand der Bankreihe und musterte Rebecca, die mich jedoch überhaupt nicht zu bemerken schien, so verstohlen wie möglich. Stumm und in sich gekehrt war sie nicht die Rebecca, die ich kannte. Sie hatte ihre Haare so streng zurückgekämmt, dass diese kaum noch lockig wirkten, und im Nacken zu einem Knoten zusammengefasst. Auf ihren Wangen entdeckte ich einen Hauch von Röte. Sie machte ganz den Eindruck einer eingeschüchterten Musikerin eines Kammerorchesters aus der Provinz. Das verwunderte mich flüchtig, dann erkannte ich den Grund. Sie wäre dieses Wagnis nie eingegangen, hätte sie vorher gewusst, dass Vivaldi sie der ganzen Welt als Solistin präsentieren würde. Sie hatte erwartet, hinter dem Wandschirm zu spielen, und nun zu einer Art Maskerade gegriffen, um möglichen Fragen nach ihrer Person auszuweichen. Dennoch war ihr nicht die geringste Unsicherheit anzumerken.

Vivaldi räusperte sich und die Zuschauer verstummten. Auch draußen vor dem Portal schien es geringfügig leiser zu werden.

»Geschätzte Bürger von Venedig«, begann Vivaldi. »Wir stehen vor einer außerordentlichen Aufführung. Ich bin es nicht gewöhnt, die Werke anderer zu dirigieren, noch hatten meine Musikerinnen viel Gelegenheit, sich mit den Kompositionen anderer vertraut zu machen. Daher bitte ich euch und den unbekannten Komponisten von vornherein für mögliche Fehler oder Fehlinterpretationen um Entschuldigung. Unser englischer Freund …«

Delapole nickte bescheiden.

»… war so liebenswürdig, die Aufführung dieses Konzertes zu ermöglichen, damit wir einen Eindruck vom musikalischen Wert eines Werkes bekommen können, dessen Urheber uns unbekannt ist. Vielleicht befindet er sich in diesem Moment sogar unter uns. Ich weiß es nicht.«

Ich warf einen schnellen Blick auf Rebecca. Sie zuckte mit keiner Wimper.

»Doch das ist ohne Belang. Wichtig sind demgegenüber die Noten in dieser Partitur, bemerkenswerte Noten, wenn ich das anmerken darf, anderenfalls hätte ich mir die Mühe der Einstudierung erspart. Wie bemerkenswert, bleibt eurem Urteil überlassen. Ich kann nur hoffen, dass euer Beifall nicht der Neugier entspringt, den Namen des anonymen Schöpfers zu erfahren, sondern in aufrichtiger Würdigung der Verdienste oder Mängel dieses Konzertes. Wir sind eingeladen, wenn ihr so wollt, ein unsigniertes Gemälde zu bewerten oder einen Wein zu verkosten, den noch keine Zunge geschmeckt hat. Ist dies ein Werk von Veronese oder das eines drittklassigen Kopisten? Haben wir es mit einem feinen Jahrgang aus dem Trentino zu tun oder mit einem lombardischen Rachenputzer? Ich kann euch keinen anderen Hinweis geben als den, dass ich das Konzert eurer Beachtung für wert halte. Darüber hinaus …«

»Oh, lass unsere Ohren endlich die Musik hören, Mann!«, rief jemand von der Tür her. Auf den Kirchenbänken machte sich gedämpfte Zustimmung breit. »Offensichtlich hat der Bursche Angst vor der Aufführung«, flüsterte Delapole Leo zu, aber lauter als er wollte, nehme ich an. »Fürchtet er um seinen Ruf oder was?«

Leo schwieg. Er schien die Blicke nicht vom Orchester losreißen zu können, vor allem nicht von Rebecca. Vivaldi sah ein, dass er den Beginn nicht länger hinauszögern konnte. Er hob die Hand und seine Musikerinnen standen auf. Und damit begann die Aufführung des *Concerto Anonimo*, des ersten öffentlich gespielten Werkes von Rebecca Levi aus dem Ghetto, und lediglich zwei Zuhörer wussten, aus wessen Feder es stammte.

Es wurde eine Konzertaufführung, wie sie Venedig – oder irgendeine andere Stadt, schätze ich – noch nie erlebt hatte.

Hoch aufgerichtet und zutiefst versunken stand Rebecca vor den anderen Musikerinnen und achtete auf Vivaldis Anweisungen. (Obwohl ich bezweifle, dass sie die nötig hatte. Vermutlich hätte sie am liebsten gleichzeitig gespielt, dirigiert und nebenbei die Zuhörer auch noch auf die Feinheiten des Konzerts hingewiesen.)

Hingerissen lauschte ich, wie die Töne, die ich so amateurhaft auf unserem alten Cembalo angeschlagen hatte, wirklich klingen konnten. Zeitweise flog Rebeccas Bogen flink und behände wie afrikanische Schwalben über die Saiten, verflocht Themen und Einfälle scheinbar mühelos miteinander und schlug Wendungen ein, die niemand zuvor erahnt hätte. Den langsamen Passagen gab sie einen dunklen Wohlklang, eine zu Herzen gehende Innigkeit, die ihrer vordergründigen Einfachheit spotteten. Schließlich stimmte sie eine Kadenz an, die sie offenbar aus dem Stegreif zum Besten gab, da Vivaldi eine Braue hob, sie aber ohne jeden Einwand weiterspielen und den Kirchenraum mit dem Wohllaut von Delapoles Geschenk erfüllen ließ.

Als die Musik endete und Rebecca sich setzte, herrschte einen Augenblick lang atemlose Stille. Ich blickte Delapole an. Sein Gesicht zeigte den zärtlichsten Ausdruck, den ich je bei einem Mann wahrgenommen hatte. Hemmungslos liefen ihm Tränen über die Wangen. Selbst Leo schien zutiefst beeindruckt von dem, was er da gerade gehört hatte, und starrte Rebecca voller Bewunderung an. Ich fing flüchtig ihren Blick ein. Sie wirkte verängstigt, und das umso mehr, als donnernder Applaus der Stille folgte – Bravorufe, wildes Klatschen und »Da capo«-Forderungen –, der das Ospedale della Pietà zum Einsturz zu bringen drohte.

Vivaldi ließ den Begeisterungssturm eine ganze Weile über das Orchester und sich ergehen. Zu meinem Missfallen bemerkte ich, dass er Rebecca höchst eindringlich betrachtete. Dann hob er die Arme und erklärte: »Ich würde Eurem Wunsch zu gern entsprechen, werte Damen und Herren, doch das liegt nicht bei mir. Ich denke, die Stadt hat ihr Urteil gefällt. Nunmehr ist es an unserem Helden, sich uns zu offenbaren, damit wir ihm umso mehr huldigen können.«

Wenn ich mich nicht sehr irre, lag mehr als ein Hauch Sarkasmus in seinem letzten Satz. Vivaldi sah aus wie ein gebrochener Mann. Er hatte nicht nur einfach seine Krone verloren, sondern, wenn auch unabsichtlich, abgedankt. Dennoch konnte er den Blick nicht von Rebecca abwenden, und ich war nicht der Einzige, dem das auffiel. Leos Gesicht trug einen ganz eigentümlichen Ausdruck. Ich schloss die Augen und versuchte, mich über Rebeccas Triumph zu freuen. Doch alles, was mir durch den Kopf schoss, war die Ahnung kommenden Unheils.

38. Kurze Ermittlung

Finster musterte Massiter die Polizisten, die den Raum durchsuchten, in dem Paul gestorben war. Daniel fühlte sich benommen und schwindlig. Es war acht Uhr morgens. Ein Ambulanzboot hatte den bewusstlosen Scacchi ins Ospedale al Mare auf dem Lido gebracht, wo die Ärzte seinen Zustand als kritisch bezeichneten. Laura hatte sich vor Stunden zum Polizeirevier begeben, um eine Aussage zu machen, wie es hieß. Trotz der rund zwanzig Frauen und Männer, die jeden Winkel nach Spuren und Beweisen durchsuchten, wirkte die Ca' Scacchi eigentümlich leer.

»Verdammt noch mal«, knurrte Massiter. Er scheint aufrichtig schockiert zu sein, dachte Daniel. Im harten Morgenlicht, das durch die Fenster fiel, wirkte er älter, fast gebrechlich. »So ein Zufall«, murmelte er.

»Wie meinen Sie das, Hugo?«

»Ich kenne die Polizei, Daniel. Man hat mich nach dem Ereignis sofort informiert. Und meine Anwesenheit hier kann nur nützlich sein, oder?«

»Natürlich«, antwortete Daniel, ohne nachzudenken.

»Nun, den Amerikaner kannte ich nicht sonderlich gut. Aber Scacchi war für mich ein Freund, wie Sie wissen.«

Die Beziehung zwischen den beiden ist mit Sicherheit ein bisschen komplizierter, dachte Daniel. »Davon bin ich überzeugt.«

»Und dann schickt man diesen … Haufen! Ich kenne keinen Einzigen von ihnen.«

Die Polizisten trugen Zivilkleidung und schienen vor allem

am Haus interessiert, nicht an seinen Bewohnern. Ein unscheinbarer Mann mit blassem Gesicht hatte Daniel eine halbe Stunde lang ziemlich gelangweilt befragt. Es kam Daniel so vor, als wüssten sie bereits alle Antworten und wollten sich die nur noch bestätigen lassen. In mehreren Punkten hatte Daniel gelogen und ihnen beispielsweise gesagt, in seinem Bett von den Schreien geweckt worden zu sein und dass seines Wissens nichts Wertvolles fehle. Dennoch durchstöberten sie jeden Schrank, jede Schublade, sogar im Magazin des Nebenhauses, ohne allerdings eine alte Geige, eine vergilbte Partitur oder ein Bündel Dollarnoten zu finden. Doch das alles war längst aus dem Haus, das wusste Daniel instinktiv.

Zu guter Letzt war auch noch Giulia Morelli erschienen, um zu erklären, dass sie die Leitung der Ermittlungen übernehmen würde. Sie hatte ihm im Salon ernst zugenickt, aber nichts weiter gesagt, bevor sie sich ihren Aufgaben widmete.

»Es sind Einbrecher gewesen«, versicherte Daniel Massiter ebenso wie sich selbst. »Aber wer auch immer sie waren, sie haben die Partitur mitgenommen, Hugo.«

Der ältere Mann machte ein finsteres Gesicht. »Nur gut, dass Sie sie kopiert haben. Sonst stünden wir vor großen Problemen. Fehlt sonst noch irgendetwas?«

Schockiert starrte Daniel ihn an. »Ein Freund von mir wurde getötet. Ein zweiter ringt mit dem Tod. Offen gestanden ist mir die Partitur ziemlich egal. Ich will vor allem, dass der oder die Täter gefasst werden.«

Massiter wirkte gekränkt. »Davon wird Scacchi nicht wieder gesund und das Originalmanuskript bringt es uns aller Wahrscheinlichkeit nach auch nicht zurück. Aber da war noch etwas im Haus, oder?«

»Keine Ahnung«, entgegnete Daniel gereizt. »Signor Scacchi hütet seine Geheimnisse.«

»Und was ist mit dem Geld? Ich kann mir kaum vorstellen, dass Scacchi großes Vertrauen zu Banken hat.«

»Wie schon gesagt, ich weiß es nicht!«

Daniel hielt es für denkbar, dass Scacchi versucht hatte, die kriminellen Kreditgeber, für die er die Guarneri erworben und weiterverkauft hatte, zu hintergehen. Daniel war davon ausgegangen, dass die Geige das Haus verlassen hatte, obwohl Scacchi in dieser Hinsicht ihm gegenüber mehr als zugeknöpft gewesen war. Vielleicht hatte er die dafür erzielte Summe für etwas anderes ausgegeben. Aber wofür?

»Die Polizei muss erfahren, dass die Geige verschwunden ist«, entschied Daniel. »Ich werde es ihnen sagen.«

Massiter packte ihn bei der Schulter und zischte so laut, dass sich Giulia Morelli, die am anderen Ende des Raums einen Schreibtisch durchsuchte, zu ihnen umdrehte. »Das werden Sie auf keinen Fall tun, Sie kleiner Dummkopf. Damit würden Sie uns beide als Betrüger entlarven.«

»Das ist mir egal, Hugo.«

Massiters Miene wurde hart und drohend. »Dann lassen Sie mich deutlicher werden, Daniel. Wir beide haben einen Vertrag unterzeichnet, der Sie als Komponisten des Konzerts ausweist. Wenn Sie der Polizei jetzt die Wahrheit sagen, müssen wir uns auf eine Anklage gefasst machen. Als Ausländer würden wir unverzüglich hinter Gittern verschwinden. Ihnen mag das vielleicht nichts ausmachen, aber stellen Sie sich die Genugtuung der Polizei vor, mich dingfest zu machen.«

Energisch befreite sich Daniel aus Massiters Griff. »Ich denke, Sie haben einflussreiche Freunde.«

»In Venedig gibt es keine Freunde mehr, wenn Probleme auftauchen«, erklärte Massiter.

Giulia Morelli hatte sich wieder den Papieren in Scacchis Schreibtisch zugewandt, schien sie aber weiterhin aus dem Augenwinkel zu beobachten. Massiters Argumenten war nicht zu widersprechen. Durch ihren gemeinsamen Betrug saßen sie quasi in der Falle. Deshalb war Massiter vermutlich auch so schnell in der Ca' Scacchi aufgetaucht.

»Nun?«, erkundigte sich Massiter.

»Also gut, ich sage nichts«, murrte Daniel. »Jedenfalls jetzt nicht.«

Abrupt ließ er Massiter stehen und durchquerte das Zimmer. Die Kommissarin ließ einen Stapel von Scacchis Briefen sinken.

»Wann können wir Signor Scacchi besuchen?«, fragte Daniel und merkte, dass Massiter ihm hastig gefolgt war.

»Ich fürchte, er liegt im Koma.«

»Sie beide kennen sich?«, fragte Massiter sofort.

»Ich bin Commissaria Morelli, Mister Massiter.« Sie wirkte merkwürdig beeindruckt. »Ich habe mir keins Ihrer Konzerte entgehen lassen. In diesem Jahr scheint Daniel Forster der absolute Höhepunkt zu sein. Die Zeitungen schwärmen geradezu von ihm.«

»Sie kennen doch die Presse«, seufzte Daniel.

»Entschuldigung«, fügte sie schnell hinzu. »Angesichts dieser schrecklichen Tat ist es fast frivol, von leichteren Dingen zu sprechen. Aber Sie werden das Konzert aufführen wie geplant?«

»Selbstverständlich«, antwortete Massiter. »Das wäre auch in Scacchis Sinne.«

»Davon bin ich überzeugt«, stimmte Daniel zu. Tiefes Unbehagen überkam ihn. Sie sprachen von dem alten Mann, als wäre er bereits verschieden.

»Gut«, sagte sie mit einem flüchtigen Lächeln. »Ich glaube, wir sind hier fast fertig. Ich bedaure, wenn wir Ihnen Ungelegenheiten bereitet haben. Und mein Beileid zu Ihrem Verlust. Ich habe zwar den Toten nicht gut gekannt, aber Scacchis Gesellschaft immer sehr genossen. Ich hoffe sehr, dass er bald wiederhergestellt ist.«

»Und, haben Sie irgendetwas gefunden?«, fragte Massiter.

Sie schüttelte den Kopf. »Nichts. Es ist ein altes Haus, aber wirklich Wertvolles ist hier kaum noch zu finden. Wahrscheinlich sind viele Dinge im Laufe der Jahre verkauft worden. Oder ist Ihnen bekannt, dass etwas fehlt, Mister Forster?«

»Soweit ich weiß, nicht. Dennoch könnte ich mir vorstellen, dass es sich um einen Einbruch handelt.«

Giulia Morellis Augen wurden schmal. »Und wo sind die Einbruchsspuren? Es gibt weder eingeschlagene Fenster noch aufgebrochene Türen. Wenn es ein Dieb war, dann muss entweder der Amerikaner oder Signor Scacchi ihn eingelassen haben.«

Daniel dachte fieberhaft nach. »Da gibt es etwas, was ich Ihnen sagen sollte. Ich weiß allerdings nicht, ob es wichtig ist.«

Die Polizistin nickte. »Ein Detail, das Sie in Ihrer Aussage nicht erwähnten? Ich habe sie gelesen. Klingt sehr klar und eindeutig. Sie waren im Bett, hörten Geräusche, gingen hinunter und fanden den Toten vor.«

»Es betrifft Signor Scacchi«, sagte Daniel schnell und war sich Massiters Anwesenheit direkt neben ihm unangenehm bewusst. »Er hatte sich von irgendwelchen Leuten Geld geliehen und machte sich große Sorgen, was sie Paul und ihm antun könnten, wenn er die Summe nicht rechtzeitig zurückzahlte.«

»Von irgendwelchen Leuten?«

»Kriminellen, fürchte ich«, räumte Daniel ein.

Sie wirkte amüsiert. »Signor Scacchi kannte Kriminelle? Ich hielt ihn für einen Kunst- und Antiquitätenhändler. Wie Sie, Mister Massiter.«

»Nicht ganz meine Klasse«, bemerkte Massiter.

»Nichtsdestotrotz, er handelte mit Objekten von einem gewissen Alter und maß ihnen einen bestimmten Wert zu. Wie die meisten Kunsthändler, nehme ich an. Aber ich will offen zu Ihnen sein. Wie Ihnen sicher bekannt sein dürfte, Mister Forster, ist Signor Scacchi für uns kein Unbekannter. Wir leben nicht hinter dem Mond.«

»Dann kennen Sie die Leute, von denen Signor Scacchi Geld geliehen haben könnte?«, erkundigte sich Daniel.

»Natürlich! Es bringt nichts, über säumige Schuldner Still-schweigen zu bewahren. Ein paar gezielte Worte hier und da erhöhen den Druck zur Rückzahlung und bereiten die Schuld-ner auf mögliche Vergeltungsmaßnahmen vor.«

»Damit wäre doch alles ganz einfach«, erklärte Daniel. »Hö-ren Sie sich um, finden Sie heraus, wer Signor Scacchis Gläubi-ger waren.«

Sie bedachte ihn mit einem verächtlichen Blick. »Das habe ich längst getan. In diesem Haus herrscht eine gewisse Atmo-sphäre von finanzieller Knappheit, von Geldmangel. Aber ich finde nirgendwo Beweise dafür, dass Signor Scacchi auch nur eine Lira Schulden hat.«

»Aber so ist es! Er hat es mir selbst erzählt!«

»Und er hat nie gelogen?« Giulia Morelli wartete auf Dani-els Antwort, doch der schwieg. »Sie erinnern sich nicht an mich, Sir?«, fragte sie Massiter nach einer Weile.

Er musterte sie nachdenklich. »Nein. Tut mir Leid.«

»Kaum verwunderlich. Es ist lange her. Vor zehn Jahren, die-ser tragische Fall einer jungen Geigerin. Wie hieß sie doch gleich?«

»Susanna Gianni«, antwortete Massiter leise.

»Stimmt. Sie haben ein gutes Gedächtnis. Man hatte mich zu dem Mordfall hinzugezogen und ich war bei Ihrer Befragung dabei. Ihre Trauer damals hat mich sehr beeindruckt.«

»Es war ein großer Verlust. Ich habe schon überlegt, ob wir das diesjährige Schlusskonzert ihrem Andenken widmen soll-ten.«

Sie zuckte mit den Schultern. »Aber warum jetzt? Nach so vielen Jahren? Die meisten können sich vermutlich nicht mehr an sie erinnern.«

»Für die, die sie kannten, bleibt sie unvergessen«, entgegnete Massiter spitz.

»Dann sollten Sie vielleicht eine Gedenkfeier im kleineren Kreis veranstalten. Und nicht einem Auditorium einen Namen aufdrängen, das noch nie von Susanna Gianni gehört hat. Das arme Mädchen ist tot und begraben. Derartige Fälle haben mitunter eine Endgültigkeit an sich, mit der wir uns abfinden müssen. Sie erinnern sich doch bestimmt an diesen Aspekt, nicht wahr?«

Massiter trat von einem Fuß auf den anderen und blickte auf seine Armbanduhr. »Ich weiß wirklich nicht, was Sie meinen.«

»Nach dem Mord ließ die venezianische Polizei eine Woche lang auf der Suche nach dem Täter buchstäblich keinen Stein in der Stadt auf dem anderen. Aber dann, ganz plötzlich, löst sich der Fall wie von selbst. Wir finden diesen toten Dirigenten ... Und er hat auch noch rechtzeitig gestanden! Können Sie sich vorstellen, wie dankbar meine Vorgesetzten diesem Mann waren? In einer Sekunde fieberhafte Fahndung und Chaos, in der nächsten Aufklärung, Fall gelöst: Wir finden ihren toten Dirigenten. Und darüber hinaus brauchte keine Lira an Steuergeldern für den Prozess ausgegeben zu werden.«

»Es war«, stellte Massiter düster fest, »ein absolut grauenhafter Sommer.«

»Ja«, sagte sie. »Und doch habe ich damals viel gelernt, Mister Massiter. Dass Weisheit gleichbedeutend mit Unkompliziertheit ist, beispielsweise. Dass das Forschen nach Geheimnissen und Verschwörungen nur Wasser trübt, das zunächst ganz klar ist. Die erste Lösung ist für gewöhnlich die ... angebrachte. Ja, ich glaube, das ist die richtige Formulierung.«

Die beiden Männer schwiegen. Die Polizistin hatte etwas an sich – halb scherzhaft, halb drohend –, was sie wachsam machte.

Giulia Morelli beugte sich vor und legte Daniel leicht die Hand auf die Schulter. Er konnte ihr Parfum riechen. Ihr Lächeln zeigte weiße, ebenmäßige Zähne. »Sie stimmen mir doch zu, oder? Warum unnötig Steine umdrehen? Mit der Folge, dass irgendwelches widerwärtige Gewürm um unsere Füße kriecht?«

Daniel spürte Verärgerung in sich aufsteigen. »Ich möchte, dass der Täter gefasst wird. Ich will, dass man ihn vor Gericht stellt und verurteilt.«

»Aber sicher! Selbstverständlich!« Kam es ihm nur so vor oder lachte sie ihn aus?

»Ich bestehe darauf ...«

»Sie haben sich bereits verständlich genug gemacht«, schnitt sie ihm das Wort ab. »Wir sind kurz vor der Aufklärung. In ein paar Tagen sollten wir der Staatsanwaltschaft alle nötigen Beweise vorlegen können. Der Prozess wird dann nicht lange auf sich warten lassen. Angestellte ... Häufig genug das Problem.«

In Daniels Kopf begann sich alles zu drehen. »Was?«

»Sie haben es doch mit eigenen Augen gesehen. Sie hielt das Messer in der Hand. Es ist über und über mit ihren Fingerabdrücken bedeckt.«

»Aber das ist ja grotesk«, brach es aus ihm heraus. »Laura gehörte zur Familie. Sie haben einander sehr gern gehabt, sich geliebt.«

»In Familien gibt es vielfältige Gründe für Streitigkeiten«, sagte Giulia Morelli nachdenklich. »Geld. Leidenschaft. Hass. Sie befindet sich im Frauengefängnis auf Giudecca. Wenn Sie sie besuchen möchten, habe ich dagegen keine Einwände.«

Am liebsten hätte Daniel die Frau bei den Schultern gepackt und geschüttelt, bis sie wieder zur Vernunft kam. Aber er wusste auch, dass sie nur wollte, dass er die Fassung verlor.

»Damit begehen Sie einen verhängnisvollen Fehler«, sagte er mühsam beherrscht. »Sobald es Signor Scacchi besser geht, wird er Ihnen das bestätigen.«

»Möglich. Doch bis es so weit ist, gehen Sie zu ihr. Reden Sie mit ihr.«

Massiter umfasste seinen Arm. »Es ist besser, Daniel, wenn Sie die Sache erst einmal auf sich ...«

»Nein!«

Fast triumphierend lächelnd stand sie vor ihm, schien kaum erwarten zu können, ihm irgendeine wertvolle Information anzuvertrauen.

»Nun?«, forderte er sie heraus. »Was gibt es noch?«

»Ganz einfach, Mister Forster. Wie alle großen Geheimnisse. Die Haushälterin hat ein Geständnis abgelegt. Hier, bei unserer ersten Befragung. Und dann noch einmal auf dem Revier. Ein Motiv hat sie nicht genannt. Vielleicht ist sie ein wenig geistig verwirrt. Aber was macht das schon aus? Sie hat gestanden. Und nun sagen Sie mir bitte eins: Was könnte überzeugender sein?«

39. Entlarvung

Als wir nach dem Konzert hinaus ins helle Sonnenlicht traten, blinzelten wir wie Menschen, die, von Feen geraubt und gefesselt, einen Tag in einer unterirdischen Grotte verbracht hatten. Delapole war der Held der begeisterten Menge, die ihren Willen bekundete, auch Rebecca zu bejubeln, doch sie war wie vom Erdboden verschluckt. Ich suchte vergebens nach ihr, während ich mir das Hirn mit Fragen zermarterte. War sie etwa trotz ihres veränderten Aussehens erkannt worden? Was führte Leo im Schilde? Und vor allem: Wie konnte ihr sehnlichster Wunsch erfüllt werden, was sie gewisslich mehr als verdient hatte, ohne dass dadurch die Welt über unseren Köpfen einstürzte?

Zwei Stunden später in der Ca' Scacchi, als Leo kräftig dem Wein zusprach und aussah wie eine Hyäne, die eine frische Leiche erschnüffelt hatte, bestätigten sich meine schlimmsten Befürchtungen. Er bat mich mit einem Kopfnicken an den Tisch und musterte mich mit einem mutwilligen Lächeln. »Was folgt nun für Vivaldi? Was meinst du?«, fragte er. »Er ist niemand, der gern im Schatten eines anderen steht.«

»Das vermag ich nicht zu sagen, Onkel. Es hängt davon ab, wer der Komponist ist und ob er neue Werke zu Papier bringt. Vielleicht ist er alt …«

»Alt! Alt! Klingt das Konzert etwa wie die Musik eines alten Mannes? Nein, hier versucht jemand unter unseren Nasen die Welt auf den Kopf zu stellen, und davon würde niemand auch nur träumen, der das dreißigste Lebensjahr bereits erreicht hat.«

»Wenn du meinst. Aber ich frage mich, wie viele Menschen diese Überlegungen anstellen. Sie hören lediglich wundervolle, gut interpretierte Musik und machen sich keine weiteren Gedanken.«

Leo grinste durchtrieben. »Vielleicht sollten sie es tun. Ich habe Vivaldi eine Frage gestellt.«

Das Blut stockte mir in den Adern. Ich brachte kein Wort über die Lippen.

»Ich wollte von ihm wissen, warum er diese wundersam veränderte Geigerin so unverwandt angesehen hat, die ich ihm geschickt habe, diese Rebecca *Guillaume*. Und ich frage mich, warum sie sich neuerdings für eine rosenwangige *gentile* zu halten scheint.«

Voller Bedacht ließ ich mir Zeit mit der Antwort. »Ich denke, wir sollten die Angelegenheit Levi auf sich beruhen lassen, Onkel. Anderenfalls könnten wir uns ernsten Anschuldigungen ausgesetzt sehen.«

Seine Hand schnellte vor, packte mich am Kragen und zerrte mich über den Tisch, bis mein Gesicht nur wenige Zoll von seinem entfernt war.

»Streu mir keinen Sand in die Augen, Junge! Ich habe Vivaldi gefragt, wie lange sie brauchte, um ihren Part einzustudieren. Daraufhin bedachte er mich mit einem seiner hochnäsigen Blicke und sagte: ›Nun, Signor Scacchi, das grenzt in der Tat an ein Wunder. Sie brauchte dazu nicht mehr als einen Tag oder zwei. Es nahm sich fast so aus, als würde sie die Noten kennen, bevor ich ihr die Partitur gab.‹«

Derb stieß er mich auf meinen Stuhl zurück, auf dem ich reglos verharrte und mich verzweifelt fragte, wie ich seiner Inquisition entgehen konnte.

»Hältst du mich für einen Einfaltspinsel, Lorenzo? Glaubst du etwa, ich könnte eins und eins nicht zusammenzählen? Diese Partitur, die du auf der Türschwelle gefunden haben willst, und die ganze Zeit, die du mit dem hübschen Ding zugebracht hast?«

»Ich weiß nicht, wovon du redest, Onkel Leo.«

»Hah! *Sie* ist die Schöpferin des Konzerts. Das weißt du sehr wohl. Aber lass dir eins von mir sagen. Niemals wird sie sich als Komponistin zu erkennen geben dürfen. Selbst wenn sie sich weinend und flehend dem Dogen zu Füßen wirft, werden die Venezianer sie in dem Augenblick in Stücke reißen, in dem ersichtlich ist, dass Rebecca *Guillaume* sie von Anfang an getäuscht hat. Jüdinnen dürfen nun einmal keine Noten setzen oder der christlichen Kirche spotten. Ihre einzige Hoffnung für ihre Musik wie für ihr Überleben besteht darin, sich der Gnade eines Gönners anheim zu geben, der sich irgendeine List ausdenkt, mit deren Hilfe ihr Geheimnis gewahrt bleibt.«

Es lag auf der Hand, an wen er da dachte. Aber ich schwieg. In meinem Kopf drehte sich alles.

»Und du, mein eigen Fleisch und Blut, hast dich zum Handlanger dieser Betrügereien gemacht«, knurrte er. »Es braucht nur einen Blick in ein jüdisches Gesicht und prompt zählt deine Treuepflicht mit gegenüber nichts mehr, was?«

Wieder kam mir das Gemälde in der Kirche am Rio in den Sinn, und ich wunderte mich, wieso ich es einst unvorstellbar finden konnte, dass ein Lehrling Mordgedanken gegenüber seinem Meister hegen kann.

»Wie könnte ich mich besser verhalten, Onkel?«

»Fällt dir dazu selbst nichts ein?«

»Nein, Onkel Leo.«

»Dann scher dich fort. Ich werde mit den Levis sprechen und sehen, was zu tun ist. Und deine Ausflüge mit der jungen Dame kannst du dir aus dem Kopf schlagen. Hier gibt es für dich genug Arbeit. Fege zunächst einmal den Keller aus. Und gib Acht, dass dich die Ratten nicht beißen. Bis du weitere Anweisungen von mir bekommst, wirst du das Haus nicht verlassen.«

Nun blieb mir nichts anderes übrig, als meine Kammer aufzusuchen, um den abendlichen Flaneuren in San Cassiano zuzuschauen und mich meinem hilflosen Zorn hinzugeben. Leo ähnelt einer Spinne. Er webt sein Netz in dunklen Ecken, belauert seine Opfer aus dem Schatten heraus und schlägt zu, wenn sie sich verfangen haben. Und doch könnte ihm sein eitles Selbstvertrauen zum Verhängnis werden.

Ich lauschte, wie er unten trank, mit sich selbst redete und hin und wieder schrill lachte. Der rote Wein aus dem Veneto ist neuerdings der einzige Herzensfreund meines Onkels, und wenn er sich ihm genügend hingegeben hat, sucht er sein Bettlager auf. Nach Mitternacht hörte ich lautes Schnarchen und stahl mich in die Nacht hinaus.

40. Die Commissaria macht Fortschritte

Giulia Morelli saß vor dem Stapel Berichte auf ihrem Schreibtisch und dachte über den Mord in der Ca' Scacchi, Daniel Forster und das nach, was sich wenige Wochen zuvor in der Wohnung in Sant'Alvise ereignet hatte. Ihre feste Überzeugung, dass es da eine Verbindung gab, verstärkte ihr persönliches Interesse an der Lösung des Falls. Die Erinnerung daran, wie sie neben dem toten Friedhofsverwalter auf den Knien gelegen und nur darauf gewartet hatte, sein Schicksal zu teilen, bereitete ihr noch immer Alpträume. Irgendwie hatte sie das Gefühl, es mit Gespenstern zu tun zu haben, mit bösen Geistern, die unbedingt ausgeschaltet werden mussten, und das mit allen zweckdienlichen Mitteln.

Die Haushälterin log ganz offensichtlich. Gleichfalls die beiden Engländer, obwohl sie im Fall des jüngeren nicht verstehen konnte, warum. Sie war in seinem Zimmer gewesen, hatte das nahezu unberührte Bettzeug gesehen und mit den zerwühlten Kissen im Schlafzimmer der Haushälterin verglichen. Für sie war sicher, wo er die Nacht wirklich verbracht hatte. Log die Frau, um ihn zu schützen? Das kam ihr unwahrscheinlich vor. Dafür wirkte dieser Daniel Forster zu überzeugt von ihrer Unschuld, zu erpicht darauf, dass Scacchi das Bewusstsein wiedererlangte, um sie von allen Vorwürfen entlasten zu können.

Bei Massiter war die Sache anders. Sein Name tauchte auf nahezu jeder Seite der Akten auf ihrem Schreibtisch auf. Doch nie gab es handfeste Beweise. Es konnte kein Zweifel daran bestehen, dass er am Kunstschmuggel beteiligt war. Das ergaben Befragungen der unterschiedlichsten Quellen. Des Weiteren fanden sich Hinweise auf Steuerhinterziehung und Betrug. Doch bisher war ihm nie etwas nachzuweisen gewesen. Vor ein paar Jahren hatte ein ehrgeiziger Kriminalkommissar einen Durchsuchungsbefehl für seine Wohnung in der Nähe der Salute-Kirche erwirkt. Er kehrte mit leeren Händen zurück und wurde bald darauf nach Padua abgeschoben.

Massiter hatte überall Beziehungen, Freunde, die sich im Hintergrund hielten. Giulia Morelli war sich sicher, dass er regelmäßig vor bevorstehenden Polizeiaktionen gewarnt wurde. Dennoch musste selbst er eine Achillesferse haben, und sie glaubte zu wissen, welche. Gerüchten zufolge gab es in Venedig oder Mestre einen Laden oder ein kleines Lagerhaus, in dem er sein Schmuggelgut vorübergehend deponierte. Der glücklose Kommissar, dessen Laufbahn nun in Padua versickerte, hatte in den Behördenunterlagen nach einem *magazzino* gesucht, unter dessen Mietvertrag Massiters Unterschrift stand, allerdings nichts gefunden. Dennoch musste es diese Schatzhöhle geben. Massiter handelte mit realen, soliden Gegenständen. Die ließen sich nicht mit Geisterhand durch die Stadt bewegen.

Giulia Morelli trat ans Fenster des Neubaublocks an der Piazzale Roma und sah den Passanten zu, die dem Parkplatz oder dem Bahnhof entgegenstrebten. Es war ein stickiger Sommertag. Venedig wimmelte von Touristen. Irgendwo hinter der Fensterscheibe, nicht mehr als zwei oder drei Kilometer von der Stelle entfernt, an der sie gerade stand, mussten die Antworten zu finden sein, auch auf Fragen, die noch niemand gestellt hatte. Giulia Morelli kehrte an ihren Schreibtisch zurück und schlug den Aktendeckel mit der Aufschrift »Susanna Gianni« auf. Sie dachte an die Miene des Archivars, als sie danach gefragt hatte. Es war ein Fall, der für jene, die seinerzeit an der Aufklärung gearbeitet hatten, nichts von seiner Brisanz verloren hatte. Auch sie konnte die kurze Woche hektischer Aktivität nicht vergessen, in der es so ausgesehen hatte, als treibe ein heimtückischer Mörder in Venedig sein Unwesen. Doch dann war der tote Dirigent gefunden worden. Sie hatte zu den Polizisten gehört, die die Leiche untersuchten. Die Suite im *Gritti Palace* war bemerkenswert aufgeräumt gewesen, die Position des Toten nahezu perfekt. Bei einer Durchsuchung seiner Habseligkeiten hatte sie ein paar Softporno-Homozeitschriften gefunden und eine Telefonnummer, die einem Stricher in Mestre gehörte. Sie hatte seine Schränke geöffnet und den schweren, süßlichen Duft seiner Kleidung wahrgenommen. Spätere Gespräche mit Leuten, die ihn kannten, hatten ihre Vermutung bestätigt, dass Anatole Singer kein sexuelles Interesse an Frauen gehabt hatte, schon gar nicht an einem bildhübschen Teenager, dessen musikalische Talente unter seiner Fürsorge geradezu aufgeblüht waren.

Aber das alles hatte sie für sich behalten, aus gutem Grund, einem, der ihr noch heute keine Ruhe ließ. Sie war bei der Durchsuchung der Suite dabei gewesen und hatte gesehen, was gefunden und sichergestellt wurde. Sie war dem leitenden Kommissar nicht von der Seite gewichen, dem alten Ruggiero, der längst seinen Ruhestand in der Toskana verbrachte. Sie hatte die Liste der sichergestellten Dinge gesehen. Ein Abschiedsbrief war nicht darunter gewesen. Das hatten alle Beteiligten gewusst, aber alle hatten geschwiegen, als Ruggiero ihn später quasi aus dem Ärmel zog und den Fall für abgeschlossen erklärte. Giulia Morelli hatte sich nie mit einer Lira bestechen oder auch nur zu einem Espresso einladen lassen. Dennoch war sie sich nach diesem einmaligen Stillschweigen vorgekommen wie der korrupteste venezianische Bulle.

Sie vertiefte sich in die Akte, obwohl sie die Berichte fast auswendig kannte. Rund eine Stunde später, als sich bei ihr aus Frustration leichte Kopfschmerzen bemerkbar machten, klopfte es an der Tür. Auf der Schwelle stand einer der uniformierten Polizisten.

»Ja, bitte?«

Er wirkte unbehaglich, wie so viele der uniformierten Kollegen in ihrer Anwesenheit. »Sie haben uns gebeten, auf alles zu achten, was mit dem Mord in Zusammenhang stehen könnte.«

Er hatte einen Aktendeckel in der Hand. Sie spürte, dass sich ihre Stimmung besserte. »So ist es.«

»Heute früh haben wir einen kleinen Taschendieb dabei ertappt, wie er einem Amerikaner die Brieftasche klauen wollte.«

»Und?«

»Als ich ihn gerade fragte, ob er etwas vom Mord in der Ca' Scacchi weiß, wurde er bleich. *Kalkweiß.* Als wäre er schockiert. Himmel, an seiner Reaktion stimmt etwas nicht. Wenn ich nur wüsste, was.«

Sie stand auf, nahm ihm die Akte ab, schlug sie auf und las darin, während sie ihm zwei Stockwerke hinunter in den Verhörraum folgte.

»Ist Ihnen der Mann bekannt?«

»Rizzo? Sicher. Ein Schmalspurganove. Taschendieb. Botenjunge für kleine Gefälligkeiten.«

Der Wachtmeister war etwa dreißig, hochgewachsen, von sehr aufrechter Haltung und hatte ein blasses Durchschnittsgesicht. Er wirkte vertrauenswürdig. Wie übrigens die meisten der jüngeren Kollegen.

»Hat er irgendwelche … Verbindungen?«

»Nicht, dass ich wüsste«, antwortete er. »Zumindest gehört er keiner der lokalen Banden an, wenn Sie das meinen.«

Das meinte sie zwar nicht, aber sie stellte es auch nicht richtig. »Was wissen Sie sonst noch von ihm?«

»Über die Tatsache hinaus, dass er weiß wurde wie die Wand?«

Sie wartete schweigend auf eine Antwort. Manchmal machten einem die Uniformierten das Leben echt schwer. Der Wachtmeister zuckte mit den Schultern. »Bei seiner Festnahme hatte er ein Bankssparbuch in der Tasche, aus dem sich ergibt, dass er am Freitag den Gegenwert von fast achtzig Millionen Lire in US-Dollar eingezahlt hat.«

Sie blieben vor der Tür des Verhörraums stehen. »Haben Sie ihn schon gefragt, wo er sich heute Nacht um halb vier aufgehalten hat?«

»Aber ja«, lächelte er. »Hier. Gegen drei haben wir ihn dabei geschnappt, wie er diesen Ami in San Marco erleichtern wollte. Beide hatten ein Glas zu viel intus, wenn Sie mich fragen. Komisch bei einem Profi wie Rizzo. Vielleicht macht ihn irgendwas nervös.«

»Verdammt.«

Er sah sie verärgert an. »Ich bitte Sie! Wie gesagt, er ist ein ganz kleines Licht. Der bricht nicht in Häuser ein und bringt die Bewohner um. Das ist eine Nummer zu groß für ihn.«

»Ist er verheiratet?«

»Nein, der typische Einzelgänger. Wir haben seine Wohnung in der Nähe des alten Ghettos unter die Lupe genommen. Nichts zu finden, bis auf ein paar Sachen, die so unbedeutend sind, als dass wir die eigentlichen Besitzer aufspüren könnten. Hören Sie, der ist wirklich kein großer Fisch. Ohne das Sparbuch und seine komische Reaktion hätte ich Sie überhaupt nicht behelligt.«

Sie legte ihm eine Hand auf den Arm und merkte erheitert, dass er unter ihrer Berührung zusammenzuckte. »Vielen Dank jedenfalls. Ich weiß Ihre Kooperation wirklich zu schätzen. Werden Sie die Sache der Staatsanwaltschaft übergeben?«

Er musterte sie finster. »Darauf können Sie Gift nehmen. Warum machen wir uns Ihrer Meinung nach sonst diese Mühe? Weil wir uns in der Gesellschaft dieser Gauner so wohl fühlen?«

»Ich dachte nur …«

»Ja, ja. Ich weiß schon, was Ihnen durch den Kopf geht.«

»Manchmal macht es durchaus Sinn, ein bisschen zu warten. Ihn glauben zu lassen, er könnte mit uns schachern …«

»Dann ist es Ihr Fall. Sie müssen mir schon sagen, warum ich ihn laufen lassen sollte.«

Sie nickte. Irgendwann musste sie jemanden finden, auf den sie sich verlassen, dem sie ihre Vorstellungen anvertrauen konnte.

»Wie heißen Sie eigentlich, Maresciallo?«

»Biagio.«

»Nun, nochmals vielen Dank.« Giulia Morelli stieß die Tür auf, betrat den Verhörraum, warf einen Blick auf den Mann, wedelte die Rauchschwaden beiseite, lief zum Fenster und riss es auf. Sie starrte zum nahen Parkplatz hinüber, bis sie nicht mehr am ganzen Körper zitterte. Sie hatte gelernt, ihren Instinkten zu misstrauen. Nur Tatsachen zählten. Dennoch ging es Giulia Morelli beim besten Willen nicht aus dem Kopf, dass es sich bei diesem Mann um den Mörder handelte, dem sie in der Wohnung in Sant' Alvise begegnet war. Plötzlich dämmerte es ihr. Hier roch es wie in dem Zimmer des Friedhofsverwalters nach starkem, billigem Tabak, afrikanischen Zigaretten vermutlich, und nach Angstschweiß. Eine belanglose Tatsache, die keinerlei Beweiskraft hatte, aber immerhin eine Tatsache.

»Ausmachen!«, herrschte sie die Gestalt auf der anderen Seite des Tisches an.

»Was?«

Sie streckte die Hand aus, riss ihm die Zigarette aus dem Mund und drückte sie auf der Kunststofftischplatte aus. Verdutzt sah Rizzo sie an.

»Was soll das?«

Sie sah ihm direkt in die Augen. In der düsteren Wohnung hatte sie die Gestalt nicht erkennen können, die sich über den toten Friedhofsverwalter beugte. Aber der Geruch und … noch etwas anderes. Giulia Morelli war sich sicher.

»Erinnern Sie sich an mich?«

Er musterte sie finster. »Hatte noch nie das Vergnügen. Was wollen Sie eigentlich von mir?«

Sie hatte Zeit. Jede Menge Zeit. Sie brauchte den Stier nicht sofort bei den Hörnern zu packen. »Das wissen Sie nicht?«, fauchte sie ihn an. »Sie haben achtzig Millionen Lire auf der Bank, versuchen aber unter den Augen der Polizei einem Amerikaner die Brieftasche zu stehlen. Großer Gott. Wäre Dämlichkeit strafbar, verschwänden Sie lebenslang hinter Gittern.«

Rizzos schmale Augen wurden ein bisschen größer. Er wirkte erleichtert und sie kannte den Grund. Er hatte erwartet, zu einem Mordfall verhört zu werden, sah sich aber nun mit einem einfachen Diebstahlsvorwurf konfrontiert. Der Mann verlor seine Wachsamkeit. Das war gut.

»Ich will Ihnen mal was sagen …«, begann er. Seine Stimme hörte sich an wie ein hohes, raues Krächzen.

»Alles zu seiner Zeit!«, herrschte sie ihn an und wandte sich an den Wachtmeister. »Was haben Sie ihm abgenommen? Bringen Sie die Sachen her.«

Lächelnd holte Biagio einen roten Plastikbehälter. Er schien die Show zu genießen. Giulia Morelli warf einen Blick in das Sparbuch und schleuderte es auf den Boden.

»Sie Schlampe!«, kreischte Rizzo. »Das ist mein Geld.«

»Im Knast können Sie sich 'ne Menge dafür kaufen«, zischte sie.

Flehend streckte Rizzo dem Wachtmeister die Hände entgegen. »Hören Sie, ich sage alles, was Sie hören wollen. Aber befreien Sie mich von dieser *strega* und holen Sie mir einen normalen Bullen. Der Ami wollte es nicht anders. *Bene*?«

»Denken Sie.« Giulia Morelli griff nach seinem Handy, einem dieser winzigen Dinger, die bei jungen Leuten der letzte Schrei waren, und schaltete es ein.

»Was machen Sie da?«, erkundigte er sich leise.

»Ich rufe kurz meine Cousine in New York an. Sie haben doch nichts dagegen? Diese Wunderwerke der Technik sind so faszinierend, dass man einfach mit den Knöpfen spielen muss. Oh, was sagt man dazu? Sie sind ja gar kein einsamer Wolf.«

Rizzos Augen verengten sich wieder zu Schlitzen. Er war blass geworden. Nicht gerade kalkweiß, aber blass. »Was soll das heißen?«

Sie schüttelte den Kopf. »Ich muss mich über meine Kollegen wundern. Sie filzen Ihre Behausung und halten Sie für einen Einzelgänger, für asozialen Abschaum. Nur weil Sie niemanden zu kennen scheinen und Ihre einzigen Freundinnen in den Magazinen zu finden sind, die Sie unter dem Bett stapeln.«

Er schwieg.

»Aber wir wissen es besser, nicht?«, fuhr sie fort. »Unser Junge hat vier Leute so gern, dass er ihre Nummer hier gespeichert hat, damit er sie jederzeit anrufen kann.«

Sie hielt ihm das Handy entgegen. »Um wen handelt es sich, Rizzo?«

»Verwandte«, knurrte er. »Freunde.«

»Das sagen Sie.« Giulia betrachtete die Ziffern. Die ersten beiden waren Anschlüsse in Mestre, die dritte eine Nummer in Rom, die vierte eine in Venedig.

»Wollen wir sie nicht anrufen?«

»Wenn es Ihnen Spaß macht. Meine Eltern wohnen in Mestre. Sie sind geschieden, daher zwei Nummern. In Rom lebt ein Freund.«

»Und die letzte?«

Er antwortete nicht. Sie drückte die Taste, ließ es klingeln, bis jemand antwortete, und beendete den Anruf, ohne ein Wort zu sagen. Rizzo grinste.

»Ich liebe nun einmal Pizza. Ein Anruf, und sie wird geliefert. Und nicht einmal teuer. Kann ich echt empfehlen, obwohl ich annehme, dass ihr Typen für nichts zu bezahlen braucht, oder?«

Sie lauschte auf die Geräusche draußen und wünschte, sie hätte einen angenehmeren Arbeitsplatz. Nur weil es in Venedig keinen Autoverkehr gab, blieb sie in der Stadt. Aber bei einem

Blick aus den Fenstern des Polizeigebäudes sah es aus wie überall auf der Welt.

»Sie haben sich gestern Abend eine Pizza kommen lassen, Rizzo …«

Er verzog mürrisch das Gesicht. »Kann sein.«

»Nein, das war eine Feststellung. Keine Frage. Sehen Sie …« Sie drehte ihm das Display zu. »Hier werden die letzten zehn Nummern angezeigt, die Sie angerufen haben. Und wann.«

»Na und?« Er war wieder blass geworden. Sie drückte auf die Tasten, wartete auf die Reaktion und legte wortlos auf.

»Bank«, verkündete sie und wählte erneut.

Rizzo fluchte und sah den Wachtmeister an. »Das ist privat, Mann«, knirschte er. »Es gibt so etwas wie Datenschutz.«

»Meine Güte«, staunte Giulia Morelli. »Sie wetten auf Pferde, Rizzo? Reicht Ihnen Ihr Batzen Geld auf dem Konto noch nicht? Das ist bedauerlich, denn es weist auf eine bedenklich materialistische Einstellung hin.«

Wieder blickte sie auf das Display. Mit einer Ausnahme bewiesen die Nummern weitere Anrufe bei der Bank. Sie drückte die entsprechende Taste, lauschte dreißig Sekunden und schaltete aus. Giulia Morelli zog ihren Stuhl nahe an den Tisch, stützte die Ellbogen auf die blaue Kunststoffplatte und lächelte.

»Woher kennen Sie Hugo Massiter? Welche Aufträge erledigen Sie für ihn?«

Sein Kopf bewegte sich krampfhaft hin und her. »Wen? Was will diese Frau von mir? Welches blödsinnige Spiel wird hier gespielt?«

»Woher kennen Sie Hugo Massiter?«, wiederholte sie ungerührt. »Welche Aufträge erledigen Sie für ihn?«

Er schlug mit den Fäusten auf den Tisch. Sie zuckte mit keiner Wimper. Rizzo war nervös.

»Es reicht«, schrie er. »Entweder Sie können mir etwas nachweisen, oder Sie lassen mich gehen. Mir ist es egal. Ich ertrage nur diese Schlampe und ihre dreckigen Tricks nicht mehr.«

Noch einmal gab Giulia Morelli die Nummer ein und hielt Rizzo das Handy hin. Sie hörten es einige Male klingeln, dann schaltete sich ein Anrufbeantworter ein. Hugo Massiters ölige Stimme äußerte eine phantasielose Erklärung für seine Abwesenheit. Sie wartete eine Weile und sagte dann kurz vor dem Piepton: »Ich werde ihn einfach herbitten, Rizzo. Dann können wir die Sache gemeinsam aufklären.«

»Nein!« Er entriss ihr das Handy und schleuderte es quer durch den Raum. Sofort sprang der Wachtmeister herbei und nahm Rizzos Hals in die Armbeuge. Sie fragte sich, warum. Der Mann war nicht gewalttätig. Nur verängstigt. Nahezu außer sich vor Furcht.

Giulia Morelli stand auf, ging in die Ecke des Zimmers, hob das Handy auf und beendete den Anruf. Als sie zum Tisch zurückkam, hatte der Wachtmeister Rizzo losgelassen. Mit gesenktem Kopf saß der da und starrte sie mit zusammengekniffenen Augen an.

»Möchten Sie vielleicht einen Kaffee?«

»Nein«, knurrte er.

»Bier? Orangensaft? Prosecco?«

»Gar nichts!«

»Holen Sie bitte Kaffee«, sagte sie zu Biagio. »Für eine Weile werde ich allein mit ihm fertig.«

Zögernd verließ Biagio den Raum. Sie setzte sich Rizzo gegenüber. Er schwitzte. Ihr ging es blendend.

»Sie brauchen nur zu sagen, dass Sie sich an mich erinnern. Das ist alles.«

»Sie sind ja verrückt.«

Kopfschüttelnd bückte sie sich nach ihrer Tasche, stellte sie auf den Tisch und holte die kleine Polizeipistole heraus, die ihr in der Wohnung in Sant' Alvise aus der Hand gewunden worden war.

Stumm starrte Rizzo auf die Waffe. Giulia Morelli drehte sie nachdenklich in der Hand.

»Meine Hand zittert nicht mehr«, stellte sie fest. »Das habe ich Ihnen zu verdanken. Vielleicht kann ich Ihnen helfen, Rizzo. Verstehen Sie mich?«

»Verd…«

Sie fuhr vom Stuhl hoch, griff mit einer Hand in seine strähnigen Haare und drückte ihm mit der anderen die Pistole gegen die Wange.

»Sagen Sie nichts. Hören Sie nur zu. Um Sie geht es mir nicht. Sie sind mir ziemlich egal. Vielleicht kann ich sogar vergessen, was da neulich in Sant' Alvise vorgefallen ist. Aber das hängt ganz davon ab, wie Sie sich jetzt verhalten. Was Sie sagen.«

Sie ließ die Pistole sinken. Ihre Mündung hinterließ eine kreisrunde Rötung auf seiner Wange. Giulia Morelli setzte sich wieder und lächelte.

»Bevor er zurückkommt, Rizzo. Sagen Sie mir, dass Sie sich an mich erinnern. Dann haben wir etwas, worauf wir aufbauen können. Etwas, was Ihnen den Hals retten kann.«

Rizzo starrte auf die Tür und hoffte darauf, dass sie sich öffnete. Er zitterte am ganzen Körper.

41. DAS GEFÄNGNIS

Die Touristen bringen ihr Geld nur selten nach Giudecca. Die schmale Promenade, an der die Vaporetti anlegen, war mit Bauschutt übersät. Alte Matratzen, Supermarktwagen und Abfallsäcke verunzierten das Pflaster. Daniel sah über den Canale nach Dorsoduro, hinüber in eine andere, begüterte Welt. Er wandte den Blick ab, vergewisserte sich auf seinem Stadtplan und begann in westlicher Richtung zu laufen, wo die Industrieruine der Mulino Stucky aufragt. Nach fünf Minuten Hindernislauf über Mülltüten und Bauabsperrungen ließ er den Canale della Guidecca erleichtert hinter sich und ging an einem kleinen, von Privatbooten bevölkerten Rio entlang. Eine einfache Holzbrücke führte hinüber zur Fondamenta delle Convertite und dem ehemaligen Kloster, in dem sich inzwischen eine Strafanstalt für Frauen befand.

Er blieb einen Moment stehen und las die Aufschrift auf dem ovalen Schild über dem weißen Marmorportal: *Istituto Penale Femminile*. Über dem Torbogen hing eine kleine Videokamera. Nie und nimmer hätte er sich vorstellen können, einmal dieses Gebäude zu betreten. Selbst jetzt noch, anderthalb Tage nach dem unerklärlichen und entsetzlichen Ereignis in der Ca' Scacchi kam er sich vor wie in einem Traum, aus dem er jederzeit erwachen könnte, wenn er nur entschlossen genug war. Dann und wann, wenn sein Verstand sich weigerte, die Vorgänge um ihn herum in ihrer ganzen Tragweite zu begreifen, hoffte er, dass es sich um einen vorübergehenden Alptraum handelte, eine flüchtige Absence zwischen seinem Sprung aus Lauras Bett und der Landung auf dem Fußboden. Doch zu diesem ruckhaften

Erwachen war es nie gekommen. Am Morgen hatte er eine Stunde im Ospedale al Mare in Scacchis regungsloses Gesicht gestarrt und um Antworten gebetet. Er hatte ein Bestattungsunternehmen mit der Überführung von Pauls Leiche zu seiner alten Mutter in Minneapolis beauftragt, wie es Pauls Wunsch entsprach. Er hatte Massiters halb flehenden, halb drohenden Forderungen zugehört und eine gesamte Probeaufführung des Konzerts über sich ergehen lassen. In Träumen gab es derartige Details nicht. Nur in der harten, unausweichlichen Realität.

Er fuhr sich mit den Fingern durchs Haar und machte sich kurz Gedanken über den Zustand seiner Kleidung. Laura unterzog ihn immer einer peinlich genauen Musterung, und er wollte sie nicht enttäuschen, selbst unter diesen Umständen nicht. Er trat einen Schritt vor, ließ sich von der Kamera aufnehmen, nannte an der Anmeldung seinen Namen und wartete. Eine Viertelstunde später wurde er in einen kleinen Raum mit vergittertem Fenster geführt. Sie saß an einem niedrigen Tisch. Eine Vollzugsbeamtin stand in einer Ecke des Zimmers. Laura trug einen schlichten blauen Kittel. Ihre Haare waren streng nach hinten gekämmt. Ihr Gesicht wirkte blass. Sie sah in diesem Augenblick gleichzeitig jung und alt aus. Als Daniel die Unsicherheit in ihren hellen, nervösen Augen bemerkte, wusste er sicherer als je zuvor, dass zwischen ihnen eine unauflösliche Verbindung bestand.

Er strich ihr zart über die auf dem Tisch liegenden Hände. Langsam, aber bestimmt entzog sie ihm ihre Finger.

»Nicht, Daniel«, sagte sie leise.

Wieder fühlte er sich wie im Traum. In seinen Gedanken zog er sie sanft auf die Füße, verließ mit ihr diesen vergitterten Raum und lief mit ihr in die warme Nachmittagssonne hinaus, in ein neues Leben, in dem es keine Vergangenheit gab, sondern nur eine glückliche, nie endende Zukunft.

»Du fehlst mir sehr«, sagte er schließlich.

Sie drehte das Gesicht zur Wand und er entdeckte eine Träne

in ihrem Augenwinkel. Die Beamtin hüstelte. Draußen knatterte ein Boot über den Rio.

»Hast du ihn besucht? Wie geht es ihm?«, fragte sie.

»Er ist bewusstlos.«

Sie wandte ihm wieder den Blick zu. »Noch immer? Er ist noch nicht zu sich gekommen und hat mit der Polizei gesprochen?«

Sonderbarerweise kränkte ihn ihre plötzliche Sachlichkeit. »Er konnte der Polizei noch nicht sagen, dass du offenbar den Verstand verloren hast, wenn du das meinst. Er hat mehrere Schlaganfälle erlitten, sagen die Ärzte. Sie wissen nicht, ob er jemals wieder sprechen kann. Warum tust du das alles?«

Ihre Augen funkelten missbilligend. »Sorge dich lieber um Signor Scacchi, Daniel. Nicht um mich. Ich hätte sie besser beschützen müssen.«

»Entschuldige, Laura, aber mir fehlen die Worte. Ich weiß nicht, was ich denken oder tun soll. Ich habe das Gefühl, den Verstand zu verlieren, weil ich absolut nichts begreife. Und du hilfst mir auch nicht gerade, muss ich schon sagen. Du vergrößerst das Durcheinander nur noch mehr. Warum?«

Sie seufzte und rutschte auf dem harten Stuhl hin und her. »Er wird sich nie wieder erholen?«

Schweigend senkte er den Kopf. Laura schloss die Augen. Tränen liefen ihr über die Wangen. Daniel Forster hätte heulen können.

»Du bist mir eine Erklärung schuldig«, stieß er heftig hervor. »Du bist sie ihm schuldig. Du musst der Polizei die Wahrheit sagen.«

Sie wirkte gereizt. »Ich bin euch beiden gar nichts schuldig. Ich habe Scacchi sehr gern gehabt. Vielleicht liebe ich dich, Daniel. Ich weiß es einfach nicht. Aber ich bin niemandem etwas schuldig. Du wusstest schon immer sehr viel weniger, als du geglaubt hast. Du warst nicht dabei. Woher willst du wissen, dass ich nicht die Wahrheit gesagt habe?«

»Woher?« Fast hätte er laut gelacht. »Ich erinnere mich gut an meine erste Fahrt mit Pieros Boot. Damals hast du mir ebenso ernst wie unmissverständlich erklärt, dass du Scacchi und Paul liebst, und von mir mehr oder weniger verlangt, dass auch ich ihnen Zuneigung entgegenbringe. Und jetzt behauptest du, einen der beiden getötet zu haben. Ich weiß, dass du lügst, Laura, aber ich verstehe nicht, warum. Das alles ist doch der blanke Irrsinn.«

Sie hörte ihm aufmerksam zu. Dann schob sie ihren Stuhl zurück, so dass ihr Gesicht im Schatten lag. »Wir dürfen uns nicht wiedersehen, Daniel«, sagte sie leise und bestimmt. »Nie wieder. Das wäre für uns beide zu schmerzlich.«

»Laura!«

»Ich werde der Gefängnisleitung sagen, dass ich mir deine Besuche verbitte. Ich will dich nicht wiedersehen. Weder hier noch sonst wo. Und jetzt geh. Du musst dich um dein Konzert kümmern. Sorge dich nicht um uns. Mach das Beste aus deinem Leben. Suche dir Menschen, die so sind wie du. Verabrede dich mit Amy.« Sie beugte sich vor, bis ihr Gesicht wieder zu erkennen war. Nie zuvor hatte er sie so entschlossen gesehen. »Wenn du nicht auf mich hörst, wirst du es mit Sicherheit bereuen. Und ich werde dich verabscheuen, weil du meinem Rat nicht gefolgt bist. Ich sage das aus Liebe, Daniel. Geh und komme nie wieder.«

Er streckte die Arme aus und umfasste ihre Hände. »So leicht gebe ich dich nicht auf, Laura.«

Sie entzog ihm ihre Finger, sprang auf und stieß eine Flut obszöner Flüche aus. Ihre ausgestreckten Arme peitschten durch die Luft.

Die vor sich hin dösende Beamtin zuckte zusammen. Hilflos verharrte Daniel auf seinem Stuhl und wartete darauf, dass ihm der Kopf platzte. Die uniformierte Frau trat auf ihn zu und tippte ihm auf die Schulter. »Sie sollten besser gehen, Signore. Wenn sie sich weiter so aufführt, werde ich etwas unternehmen müssen, und ich glaube nicht, dass Sie dabei zusehen möchten.«

Er rührte sich nicht. Laura wich in eine Ecke des Raums zurück, sank dort zusammen, umfasste ihre Knie und verbarg den Kopf auf ihrem Schoß. Daniel hörte sie schluchzen und schloss die Augen.

»Signore?«

Die Hand der Beamtin lag schwer auf seiner Schulter. Daniel Forster stand auf.

»Laura?« Aber sie reagierte nicht, schaukelte nur rhythmisch hin und her.

Er verließ den Raum, lief in den heißen Nachmittag hinaus, setzte sich ans Ufer des Rio, starrte blicklos den Abfall im Wasser an, schlug die Hände vors Gesicht und weinte.

42. Ein verhängnisvoller Streit

»Lorenzo!« Sie wirkte erschöpft, blass und irgendwie unwohl. »Du unternimmst solch ein Wagnis.«

Etwas in ihrem Gesichtsausdruck befremdete mich. Rebecca schien sich verändert zu haben.

»Ich hatte keine andere Wahl. Wir müssen miteinander reden.«

Sie schien zu glauben, dass mein Besuch auf Sehnsucht beruhte, nicht auf Besorgnis, beruhigte sich ein wenig und setzte sich. »Und? Was hältst du von der Aufführung?«, wollte sie wissen. »Dass Vivaldi das Konzert in höchsten Tönen gelobt hat. *Mein* Werk. Und dann die Begeisterung der Zuhörer!«

»Ich …« Es galt, meine Wort sorgsam abzuwägen. Unter Umständen hatte sie eigene Vorstellungen, die Leos Pläne vereiteln könnten. »Ich bin der Meinung, dass deinem Werk lediglich die ihm gebührende Ehre erwiesen wurde. Und man wird keine Ruhe geben, bis der Schöpfer des Konzerts bekannt ist.«

»Nein.« Mein letzter Satz schien sie zu bedrücken.

»Weißt du schon, was du als Nächstes tun willst? Je länger du wartest, desto größer die Verlockung für jemanden, die Urheberschaft für sich zu beanspruchen.«

»Ich hoffte darauf, dass Jacopo vielleicht einen Einfall hätte. Aber als ich den Mut fand, ihm die Wahrheit zu sagen, musterte er mich nur düster, als hätte ich mich eines Vergehens schuldig gemacht. Du kennst seine Stimmungen. Er ahnt Gefahren im Voraus. Genauso war er, bevor wir aus Genf fliehen mussten, und das hat uns wahrscheinlich das Leben gerettet.«

»Was? Ihr wollt fliehen?« Ich fiel vor ihr auf die Knie und hob flehend die Hände. »Sprich nicht von Flucht, Rebecca. Das ertrage ich nicht.«

»Willst du, dass wir hier bleiben, obwohl unser Leben in Gefahr ist? Du scheinst mich wirklich sehr zu lieben, Lorenzo.«

Das waren unbesonnene, harte Worte, und ihr Gesicht sagte mir, dass sie sie nicht ernst meinte. Irgendetwas stand zwischen uns, und ich hatte keine Ahnung, was es war. Ich strich ihr über die blasse, zarte Wange. »Ich würde mein Leben für dich hingeben, Rebecca, und bedenkenlos unser Glück opfern, wenn das deinem Wohlergehen dient. Aber denke nicht übereilt an Flucht, und wenn doch, dann lass mich dabei dein Beschützer sein.«

Sie entzog mir ihre Wange, als hätte sie ein solches Versprechen schon zu oft gehört. Ich denke, Rebecca ist in der Liebe so wenig erfahren, wie ich es bin. Ich setze zu viele Dinge voraus.

»Es bleibt ein unerfüllbarer Traum, sagt Jacopo. Niemals würden die Venezianer eine Frau und Jüdin als Komponistin eines solchen Konzertes anerkennen, und wäre ich so rein wie frisch gefallener Schnee. Wenn ich mich jetzt offenbare, ziehe ich erst ihre Verachtung und dann ihren Zorn auf mich, weil ich sie so lange getäuscht habe. Ich kann nur hoffen, dass mich in der Kirche niemand erkannt hat. Dieser verdammte Vivaldi, uns derart zur Schau zu stellen! Doch wenn ich mich öffentlich zu meinem Werk bekenne, ist das Spiel aus. Für uns alle. Bevor es Nacht wird, steckt ein Zettel im Maul eines Löwen, und am nächsten Morgen stehen wir den Inquisitoren des Dogen gegenüber.«

Ich hielt ihre Hände fest. Sie wehrte sich nicht.

»Nun?«, fragte sie kühl. »Sag mir, dass ich mich irre.«

Es heißt, es sei ein Beweis für aufrichtige Liebe, wenn einer den anderen niemals belügt. Aber bedarf wahre Liebe wirklich derartiger Beweise?

»Nein«, sagte ich. »Du irrst dich nicht. Ich wünschte, ich könnte das Gegenteil behaupten, aber Jacopo hat die Situation sehr richtig eingeschätzt. Es muss irgendwo auf dieser Welt einen Ort geben, an dem du hoch erhobenen Hauptes und mit deiner Partitur in der Hand einen Konzertsaal betreten kannst. Aber nicht in Venedig. Und auch an keinem anderen Ort, den ich kenne.«

Die Wahrheit ist schmerzlich, heißt es. Sie befreite ihre Hände aus meinem zärtlichen Griff. »Und was sollen wir tun, Lorenzo?«

»Die Ruhe bewahren. Noch bleiben uns ein paar Tage Zeit.«

Sie lachte so bitter auf, wie ich es noch nie von ihr vernommen hatte. »Glaubst du etwa, die Situation wäre nach drei oder vier Tagen anders? Gewiss nicht. Das alles ist meine Schuld, und ich habe Jacopo und dich durch meine Verblendung in tödliche Gefahr gebracht. Wie töricht ich doch war! Wie konnte ich nur glauben, dass es in dieser Welt nur auf genügend Talent ankommt? Dass dann alles andere – Geschlecht, Abstammung – unwichtig ist? Aber wir werden nach unserer Herkunft ebenso beurteilt wie nach unserem Tun. Als Metze des Dogen wäre es sicher etwas anderes, aber eine arme Jüdin darf sich keine Hoffnungen machen. Wir leben in einer christlichen Welt und einer, die von Männern beherrscht wird. Das hätte ich wissen müssen.«

Zornig und verbittert blitzten mich ihre dunklen Augen an. Wie könnte ich ihr das verargen? Rebecca trachtete nach Ruhm durch ihr Werk, aber vermutlich sehnte sie sich noch mehr nach Anerkennung in einer Gesellschaft, die Menschen ihrer Herkunft die einfachsten Bürgerrechte verweigerte.

»Schere uns nicht alle über einen Kamm«, sagte ich. »Selbst hier gibt es Menschen, die dir helfen wollen, mein Herz, und woanders vermutlich noch sehr viel mehr.«

»Wer sollte das sein?«

»Zunächst einmal Vivaldi. Ich habe sehr wohl bemerkt, wie er dich während des Konzerts betrachtet hat. Glaubst du, er hätte keine Ahnung?«

Dieser Gedanke schien neu für sie zu sein. »Ich war fest überzeugt, er wüsste nichts.«

»Da bist du einem Irrtum erlegen, fürchte ich. Du hast meisterhaft gespielt. Du kanntest das Konzert in- und auswendig. Welche andere Erklärung gäbe es dafür?«

Sie schien mehr als ein Körnchen Wahrheit in meinen Worten zu entdecken. »Und er wird das Geheimnis wahren?«

»Bisher hat er es getan. Anderenfalls könnten wir uns jetzt nicht in diesem Zimmer unterhalten.«

»Dann lass uns hoffen, dass es auch künftig so bleibt. Aber da ist noch mehr, Lorenzo. Das sehe ich deinem Gesicht an.«

»Leo.«

»Dein Onkel?«

»Auch er hat erkannt, dass es dein Konzert ist, und verlangte nach meiner Bestätigung, die ich selbstverständlich verweigert habe. Es kann nicht mehr lange dauern, bis du von ihm hörst, und das ist der Grund, aus dem ich dich aufgesucht habe. Sieh dich vor. Hütet euch beide vor ihm. Ich kenne meinen Onkel besser als die meisten anderen. Man kann ihm nicht trauen.«

Überrascht sah sie mich an. »Nein? Aber deinem Onkel habe ich zu verdanken, dass mich Vivaldi in seinem Orchester spielen lässt. Durch ihn habe ich die Bekanntschaft des Engländers gemacht, ohne den sich meine Geige noch immer in einer Werkstatt in Cremona befände. Er hat mir viele Gefälligkeiten erwiesen.«

»Das mag schon sein. Aber Leo hält sich selbst für einen Musiker, der dir zu gern deinen Ruhm streitig machen würde, sobald sich ihm die Gelegenheit dazu bietet.«

»Das kann ich nicht glauben.«

»Er glaubt, er hätte die einzig existierende Partitur deines Konzertes in seinem Besitz.«

»Aber so ist es!«, rief sie so ungeduldig, als hätte sie es mit einem begriffsstutzigen Kind zu tun. »Meinst du denn, ich könnte einen Kopisten bezahlen? Selbst wenn ich kühn genug wäre, einen zu beauftragen? Aber warum die Sorge? Ich kann jederzeit jede einzelne Note aus dem Gedächtnis zu Papier bringen und dabei vermutlich sogar ein paar Verbesserungen einfügen.«

Noch nie hatten wir uns so heftig gestritten. Erst sehr viel später, als mir diese Szene immer wieder im Kopf herumspukte, erkannte ich, wie unvernünftig wir uns beide verhielten.

»Du kennst ihn nicht!«

»Aber du? Ich glaube vielmehr, dass du es verabscheust, nur ein Gehilfe zu sein, und dass das deine Ansichten beeinflusst.«

»Mir ist nicht entgangen, wie er dich ansieht.«

Sie lachte triumphierend. »Nun, da haben wir es. Das ist der wahre Grund für deine Abneigung, und ein ziemlich erbärmlicher, wenn du mich fragst. Du wirst deines Lebens nie froh werden können, Lorenzo, wenn du jedem Mann mit Hass begegnest, der mir einen Blick zuwirft. Für mein Aussehen kann ich nichts. Ebenso wenig für die Blicke der Männer. Was soll ich deiner Meinung nach tun? Mich verschleiern wie die muslimischen Frauen? Ist dir das Kopftuch nicht genug, das wir auf Geheiß der Christen tragen müssen?«

Sie tat mir bitter unrecht. »Ich bin gekommen, um dich zu warnen. Leo ist nicht der, als der er erscheint.«

»Welcher Mann ist das schon?«, fragte sie leise und blickte ostentativ zum Fenster hinaus.

»Rebecca ...«

Sie stand auf und drehte mir den Rücken zu. »Ich bin müde und dieser Streit bereitet mir Qualen. Er ist zu unsinnig, um damit meine Zeit zu verschwenden.«

Meine Beherrschung verließ mich. Erbost starrte ich auf ihren Rücken. »Wie offenbar auch mit meiner Liebe. Erweisen wir uns beiden die Freundlichkeit, sie als eine Sache der Vergangenheit zu betrachten.«

Sie fuhr herum und blickte mich mit tränenerfüllten Augen an. »Lorenzo! Wie kannst du so etwas nur sagen? Reicht es nicht, dass die Welt uns peinigt und quält, müssen wir uns auch noch selbst foltern? Eine Frau hat mitunter Sorgen und Kümmernisse, von denen du keine Ahnung hast. Manchmal lassen die sie Dinge aussprechen, die das genaue Gegenteil von dem sind, was sie denkt. Wenn ich dir sagen würde, dass ich, dass wir …«

Sie verstummte, und diese Zurückhaltung erboste mich noch mehr. Ich erkannte uns beide kaum wieder. Wir waren durch die Vorgänge verändert, obwohl ich zu einfältig war, das zu verstehen. Und so handelte ich wie ein Mann und versteckte meine Hilflosigkeit hinter angeblicher Stärke. Ich entzog mich ihrer Umarmung und ging zur Tür. »Du kennst meine Meinung, Rebecca«, hörte ich mich sagen und wusste nicht recht, wer oder was mich bewog. »Dem habe ich nichts hinzuzufügen.«

Ihre Rufe und Bitten um meine Rückkehr ignorierend, rannte ich zur Tür hinaus und stürmte wie ein Besessener die Treppen hinab.

Als ich am nächsten Morgen erwachte – mit Kopfschmerzen wegen des Weins, dem ich nach meiner Rückkehr zugesprochen hatte –, traf ich unten Leo in bester Stimmung und aufs feinste gekleidet an. Es war offensichtlich, dass er den Levis einen Besuch abstatten wollte. Bevor er das Haus verließ, gab er mir genaue Anweisungen, was im Keller zu fegen, zu säubern, aufzuräumen und wegzuwerfen war, und erteilte mir sogar den Auftrag, ein paar lockere Steine in der Mauer neu zu verputzen. Ich hörte mir alles an, blickte ihm in die Augen und stellte mir vor, wie begehrlich diese schon bald über Rebeccas Gestalt wandern würden, wohl wissend, wie unsinnig diese Überlegungen zu einem Zeitpunkt waren, zu dem ich nun wahrlich andere Dinge zu tun hatte.

Nachdem Leo gegangen war, schritt ich entschlossen zur Tat

und durchsuchte das Haus. Schon bald fand ich Rebeccas Partitur hinter einem Gemälde, welches das alte Athen darstellte und fast die ganze Wand im Salon einnahm. Um einen Hohlraum zu schaffen, hatte Leo ein paar Steine aus der Mauer geschlagen. Schlau, aber nicht schlau genug.

Ich nahm das Notenwerk an mich, verdrängte jeden Gedanken daran, dass Rebeccas Hände auf diesen Seiten geruht hatten, und brachte es in ein Versteck, auf das mich Leo unbeabsichtigt hingewiesen hatte. Im Keller war es sicher. Leo verabscheute Ratten. Gleich und gleich stößt sich ab, genau wie bei Magneten.

Dann verließ auch ich das Haus, machte mich auf den Weg zur Ca' Dario und hoffte auf einen erfolgreichen Ausgang meines Gesprächs mit dem Engländer. Wenn Rebecca schon einen Wohltäter brauchte, dann sollte es zumindest einer sein, dem sie vertrauen konnte.

43. MUSIK IN DER DUNKELHEIT

Die Ca' Scacchi war leer und verlassen, bis auf die Geister und den anhaltenden Duft von Lauras Parfum. Als Daniel das Alleinsein nicht länger ertragen konnte, begab er sich in die Chiesa della Pietà, wo um fünf Uhr nachmittags die zweite Probeaufführung des Konzerts beginnen sollte. Die Stadt wimmelte von Menschen. Gereizte Einheimische bahnten sich ihren Weg durch die Warteschlangen vor den Vaporetto-Anlegestellen und die zahllosen Touristen, die aus unerklärlichen Gründen an den unmöglichsten Stellen stehen blieben. Daniel hatte die typisch venezianische Geringschätzung gegenüber Besuchern verblüffend schnell übernommen. Inzwischen schlüpfte er wie ein Phantom durch die Massen, wie unsichtbar, wie der Bewohner eines anderen Planeten, und fragte sich mitunter, ob der leichte Wahnsinn, der Laura infiziert zu haben schien, nun auch schon in seinen Adern pochte.

Vor der Kirche hatte sich eine kleine Menge versammelt und versuchte, sich durch Überredungskünste Zutritt zur Probe zu verschaffen. Er nickte der Frau an der Tür zu. Sofort sprang sie auf und kam auf ihn zu.

»Signor Forster!«, rief sie erregt. »Was ist mit Signor Scacchi geschehen? In den Zeitungen stehen die unmöglichsten Sachen. Ich glaube kein Wort davon.«

»Er ist sehr krank.«

»Sie waren bei ihm? Darf ich ihn auch besuchen?«

Ihre Anteilnahme rührte Daniel. »Selbstverständlich. Er liegt im Ospedale al Mare. Aber ...« Er verstummte und hob hilflos die Hände. Eine sehr italienische Geste, wurde ihm klar.

»Er wird möglicherweise nicht überleben?«, fragte die Frau.

»Ich weiß es nicht.«

»Ich werde zu ihm gehen. Und heute Abend für ihn beten. Er ist ein guter Mann, Signor Forster. Ganz gleich, was andere auch sagen mögen. Er wollte etwas für Sie tun. Aber ich glaube, das wissen Sie selbst.«

Daniel fragte sich, ob er Scacchis Motive voll durchschaute. Laura hatte ihn vor Naivität gewarnt.

»Es wäre bestimmt gut, wenn Sie ihn besuchen könnten«, sagte er.

»Wer weiß, ob er mich erkennt? Ärzte! Pah! Und was ist mit dieser Frau? Die es getan haben soll?«

»Dazu kann ich nichts sagen«, wich er aus.

»Blödsinn, wenn Sie mich fragen. Ich bin ihr einige Male begegnet, wenn sie es über sich brachte, das Haus zu verlassen. Nie im Leben könnte sie Signor Scacchi oder seinem Freund etwas antun.«

Daniel dachte an Lauras Wutausbruch im Gefängnis. Sie hatte brillante schauspielerische Talente.

»Ich stimme Ihnen zu«, sagte er.

»Man muss sie freilassen! Ich sollte zur Polizei gehen und diesen Dummköpfen meine Meinung sagen!«

Die Menge vor der Tür wurde unruhig. Ein japanisches Ehepaar wollte ins Kircheninnere schlüpfen, wurde aber sofort zurückgepfiffen.

»Weg da! Weg da! Kaufen Sie sich Karten für Freitag oder verschwinden Sie.«

Der Japaner musterte sie verärgert. »Am Freitag sind wir nicht mehr hier.«

»Dann warten Sie, bis das Konzert bei Ihnen aufgeführt wird«, entgegnete die Frau. »Denn dazu kommt es mit Sicherheit, wenn es so gut ist, wie alle sagen. Fragen Sie doch den Komponisten. Signor Forster?«

Die Leute begannen zu tuscheln und sich um ihn zu scharen. Daniel spürte, dass ihm das Blut in die Wangen stieg. Verlegen Entschuldigungen murmelnd, drängte er sich durch die Menge in die Kirche. Der erste Satz hatte gerade begonnen. Er setzte sich auf einen Stuhl rechts vom Eingang, nahm die Musik ganz in sich auf und dachte wieder einmal über die mysteriöse Herkunft des Konzertes nach.

Es dauerte eine Stunde, doch schon bald verlor er jedes Zeitgefühl. Jetzt, da er es in seiner Gänze und gespielt von Musikern hörte, die inzwischen mit den Themen und Nuancen vertraut waren, versetzte ihn das Werk in beträchtliches Erstaunen. Es war ausdrucksvoll und fachlich gekonnt, aber die eigentliche Faszination ging über das Technische hinaus. Die meiste Zeit hörte er mit geschlossenen Augen zu und ließ sich von den Emotionen davontragen, die von langsamen Phasen von gemessener Tragik bis zu quicklebendigen, förmlich überschäumenden Passagen reichten. Es hörte sich an wie das Beste von Vivaldi, aber irgendwie jünger, moderner. Sobald das Konzert ein wenig bekannter würde, könnte es sehr schnell den Rang eines modernen Klassikers erreichen, nach dem sich virtuosere Violinisten als Amy geradezu reißen würden, obwohl sie während der gesamten Aufführung brillant spielte. Die Erkenntnis verstärkte seine Entschlossenheit. In nicht allzu ferner Zukunft müsste er seine Täuschung eingestehen, ganz gleich, was Massiter auch davon hielt. Selbst wenn er nach der Abreise aus Venedig vollständig aus dem Blick der Öffentlichkeit verschwand, würde er sich seines Vergehens bewusst bleiben. Er konnte die Last des Betruges nicht länger tragen als unbedingt nötig. Über die Konsequenzen machte er sich keine Gedanken. Er hatte schon zu lange nach Scacchis und Massiters Pfeifen getanzt.

Die Konzertprobe endete mit einem wahren Feuerwerk von Amy, die die letzten Passagen mit einer Hingabe und Entschlossenheit bewältigte, die ihn überraschten. Ihre Auseinandersetzung im *Gritti Palace* schien sich in einem anderen Leben abgespielt zu haben. Er konnte sich einfach nicht vorstellen, dass es zwischen ihnen ein andauerndes Zerwürfnis gab. Nachdem der letzte Ton verklungen war, sank Amy erschöpft und unter dem Beifall der anderen Musiker auf ihren Stuhl. Das ganze Orchester wirkte müde, wie hypnotisiert durch die eigene Leistung.

Eine Hand legte sich auf Daniels Schulter. Die Frau von der Tür sagte ihm, es wolle ihn jemand am Telefon sprechen. Als er zurückkam, schloss Amy gerade ihren Geigenkasten. Sie verließ die Kirche, ohne ihn zu bemerken. Er eilte ihr nach und erreichte sie, als sie gerade in das sanfte Abendlicht hinaustrat. Auf der Lagune tummelten sich Vaporetti. Eine große Fähre legte gerade zur Fahrt nach Torcello ab. Vom Lido her schimmerte die Campari-Werbung herüber. Es war ein wundervoller Abend.

»O Dan, ich weiß gar nicht, was ich sagen soll.« Voller Mitgefühl sah sie ihn an. »Ich habe es in der Zeitung gelesen. Hugo erzählte mir, dass er sofort danach bei euch war. Es ist unglaublich.«

»Ja.« Sie hatte das passende Wort gefunden. »Es ist wirklich unglaublich.«

»Wie fühlst du dich? Wie geht es …?«

»Laura ist im Gefängnis.«

Sie machte ganz große Augen. »Laura? Ich meinte Signor Scacchi. Wie kommst du auf sie? Nach allem, was sie verbrochen hat?«

Er ärgerte sich über ihre kindische Äußerung, aber auch über seine vorschnelle Vermutung. »Sie hat gar nichts verbrochen, Amy. Sie hing sehr an den beiden Männern und hätte ihnen nie etwas antun können. Du warst mit uns auf dem Bootsausflug. Du hast sie kennen gelernt.«

Sie verschränkte die Arme vor der Brust und seufzte. »Von Hugo weiß ich, dass sie gestanden hat. Und die Polizei will den Fall der Staatsanwaltschaft übergeben. Warum siehst du den Tatsachen nicht ins Gesicht, Dan?«

»Das würde ich gern tun, kann aber nirgendwo irgendwelche Fakten entdecken.«

»Warum sollte sie etwas gestehen, was sie nicht getan hat?«

Er war ihr dankbar für diese Frage. Sein Schock und die Trauer hatten seine Fähigkeit beeinträchtigt, die Situation rational zu bewerten. »Weil sie sich irgendwie an den Ereignissen schuldig fühlt, glaube ich, und in ihrer Verzweiflung die Verantwortung übernehmen will.«

»Aber das ist doch verrückt!«

Er nickte. »Ja. Vielleicht ist das die Antwort auf deine Frage. Sie hat diese Männer geliebt, Amy. Vor allem Scacchi. Auf irgendeine Weise, von der ich nichts weiß, scheinen sie einander geholfen zu haben. Und das hat offenbar zu einer Art Pakt zwischen ihnen geführt.«

»Und jetzt ist er ohne Bewusstsein, sagt Hugo. Er kann der Polizei nicht einmal sagen, was passiert ist.«

»Nein.« Daniel blickte zur Campari-Werbung auf dem Lido hinüber und erinnerte sich an Scacchi in Pieros Boot, mit Xerxes am Steuer, an das unablässige Gelächter und die Ströme von Spritz.

»Was meinst du damit? Wird er wieder zu sich kommen?«

Daniel setzte sich auf die Kirchenstufen. Besorgt hockte sie sich neben ihn.

»Nein. Er ist tot. Ich bekam einen Anruf während der Konzertprobe. Gegen vier Uhr ist er gestorben. Sein Herz muss plötzlich versagt haben. So plötzlich hatten die Ärzte mit so was nicht gerechnet. Am Freitag muss ich ihn auf San Michele bestatten.«

»Großer Gott«, flüsterte Amy, schlang die Arme um seine Schultern und legte ihr warmes Gesicht an seinen Hals.

»Und ich wollte bei ihm sein«, sagte er wie zu sich selbst. »Das ist das Schlimmste. Wenn er schon sterben musste, dann wollte ich in diesem Moment bei ihm sein. Jetzt fühle ich mich auf seltsame Weise betrogen.«

Sie hob den Kopf und sah ihm in die Augen. »Dan …«

»Und ich fühle mich auch belogen. Als hätten mich alle für einen Dummkopf gehalten.«

»Für einen Dummkopf? Jemanden, der ein solches Konzert komponiert hat? Niemand könnte dich für einen Schwachkopf halten.«

Er bemerkte, dass die Verbitterung in seiner Miene sie zu bestürzen schien. Sie nahm die Arme von seinen Schultern und wischte sich mit dem Ärmel über das schweißnasse Gesicht.

»Sag mir das vor deiner Abreise«, entgegnete er. »Nicht jetzt.«

»Ich …«

»Bitte, Amy. Habe Geduld mit mir.« Er sah, dass sich eine bekannte Gestalt in weißem Hemd und sandfarbenen Hosen näherte. »Oder frage Hugo, wie ich das gemeint haben könnte. Ich nehme an, ihr steht euch recht nahe.«

»Und was genau soll das heißen?«

»Dass er an dir interessiert ist«, entgegnete er kühl. »Das hast du übrigens selbst gesagt.«

Tief gekränkt stand sie auf. »Das reicht! Und wenn du ein noch so gutes Konzert geschrieben hast, Dan. Manchmal benimmst du dich wie ein kompletter Idiot.«

Massiter hatte die Kirchenstufen erreicht. Er verbeugte sich höflich vor Amy und nickte Daniel zu. »Ich habe es gerade erfahren. Das ist ein großer Verlust, Daniel. Scacchi war mein Freund.«

»Durchaus.«

Massiters Augen wirkten völlig emotionslos. Plötzlich wurde Daniel von dem Gedanken überwältigt, dass Scacchis und Pauls Tod auf irgendeine geheimnisvolle Weise mit dem Pakt zusammenhing, den sie mit ihm eingegangen waren. Dass die Ereignisse eine Art grausamer Gerechtigkeit sein könnten, die noch nicht abgeschlossen war.

»Ich würde ihm gern eine letzte Ehre erweisen, Daniel«, fuhr

Massiter fort. »Und die Premiere am Freitag zu einem Gedenkkonzert für ihn machen.«

Verwundert schüttelte Daniel den Kopf. »Ich dachte, es soll ein Gedenkkonzert für dieses Mädchen werden, Hugo. Kann man denn gleichzeitig zweier Menschen gedenken?«

»Nun, ich bringe es zwar kaum über die Lippen, aber diese aufdringliche Polizistin hat Recht. Susanna Gianni ist seit langem tot und begraben. Scacchi lebt noch in unseren Herzen. Das sollten wir würdigen.«

Massiter konnte ihn nicht mehr einschüchtern. Seit wann, fragte sich Daniel. »Warum tun Sie das alles eigentlich, Hugo?«

»Was genau?«

»Die Ferienkurse. Das Konzert. Diese ganze *Darstellung*. Was haben Sie davon?«

Die Frage schien Massiter zu faszinieren. »Ich kann nicht malen, Daniel, ich bin weder ein Schriftsteller noch ein Musiker. Aber auf meine Weise übe ich auf alles Einfluss aus. Ist das so schwer zu verstehen? Ich verbinde Dinge, die ich bewundere, gern mit meinem Namen. Ihn gedruckt zu sehen macht mich stolz.« Sein Lächeln schwand. »Und mir gefällt die Vorstellung, dass alle in meiner Schuld stehen.«

Unbehaglich trat Amy neben Massiter von einem Fuß auf den anderen. Sie stehen sich bereits nahe, dachte Daniel. Und irgendwann würde sie zu einem seiner Besitztümer werden, genau wie er selbst.

»Ich werde die Premiere auf jeden Fall zu einem Gedenkkonzert für Scacchi machen, Daniel. Ihr Name mag auf der Partitur stehen, aber ich bezahle die Musiker, ich habe den Saal gemietet. Ich verfüge über die Rechte.«

»Selbstverständlich«, nickte Daniel.

»Und es wird eine Offenbarung!«

»Eine Offenbarung«, wiederholte er. »In der Tat.«

Dann eilte Daniel Forster ohne ein weiteres Wort die Stufen

der Chiesa della Pietà hinunter, wandte sich nach rechts und lief durch das Gewirr kleiner Straßen und Gässchen, um nach etlichen falschen Abzweigungen und Umwegen die geisterhaft leere Ca' Scacchi zu erreichen.

44. Ein Gespräch mit dem Engländer

Ich betrat die Ca' Dario durch die Hintertür und fand Gobbo in der Küche vor, wo er mit einem der Küchenmädchen poussierte. Nach einem Blick in mein Gesicht ließ er von seinem Geschäker ab.

»Großer Gott, Lorenzo! Du siehst aus, als hättest du einen draufgemacht, doch das ist nicht deine Art. Was gibt es?«

»Ich muss deinen Herrn in einer dringenden Angelegenheit sprechen.«

»Falls es um Geld geht, kannst du es dir aus dem Sinn schlagen, mein Freund. Unser Oliver ist Venezianer leid, die ihm nur auf der Tasche liegen. Irgendein Schuft hat sich mit der Konzertkasse aus dem Staub gemacht. Das ist also der Dank der Stadt. In einer Minute klopft man ihm begeistert auf die Schulter, in der nächsten raubt man ihn aus. Hätte zu keinem schlechteren Zeitpunkt kommen können. Wegen des Konzerterlöses hat er sich kein Geld aus London schicken lassen. Jetzt fangen die Banken an, ihre Schatullen geschlossen zu halten, und alle möglichen Handlanger und Geschäftsleute fordern ihren Lohn.«

Er musterte mich fast drohend. »Wenn du also gekommen bist, um Geld einzutreiben, das er Leo schuldet, lasse ich dich nicht zu ihm. Wenn der Herr Krüge nach einem wirft, hört die Freundschaft auf. Ich lasse mir doch keinen Fußtritt verpassen, nur weil du eine weitere Rechnung auf den Tisch legst.«

»Ich bin nicht wegen Geld hier, Gobbo. Zumindest fordere ich keins von ihm. Es könnte sich im Gegenteil sogar für ihn auszahlen, was ich ihm zu sagen habe.«

»Tatsächlich?« Er war ein hässlicher Bursche, vor allem, wenn er so grinste wie im Moment.

»Ja. In der Tat. Jetzt geh zu ihm und sage ihm, dass ich um zehn Minuten seiner Zeit bitte, aber keinen Penny von ihm will.«

Er entschwand durch die Tür, die in den großen Raum führte, der mit seiner Aussicht auf den Canal Grande vorrangig als Empfangssalon diente. Ich wartete, erduldete das anzügliche Lächeln des Küchenmädchens und wurde schließlich in den riesigen verspiegelten Raum gerufen, den ich zuletzt am Tag unseres Ausflugs nach Torcello gesehen hatte. In den letzten Wochen schien er etwas an Glanz verloren zu haben. Die Fenster mussten dringend geputzt werden. Die Möbel sahen alt und abgenutzt aus. Gemietete Räumlichkeiten wirken offenbar sehr viel schneller schäbig als solche, die vom Besitzer bewohnt werden. Mit nur uns dreien innerhalb seiner Wände wirkte der Salon verlassen und eigentümlich unbelebt. Lediglich die Geräusche, die vom Canal durch die Fenster drangen, vermittelten so etwas wie Lebendigkeit.

Aufgeräumt blickte mir Delapole entgegen. »Scacchi! Wir haben uns ja seit dem Triumph nicht mehr gesehen. Eine prachtvolle Vorstellung, was? Eine Schande, dass ein zwielichtiger Ganove mit dem mir zustehenden Geld das Weite gesucht hat. Ich hätte es weiß Gott brauchen können. Ich nenne ein Haus in Whitehall mein Eigen, ein großes Anwesen in Norfolk sowie erheblichen Grund und Boden in Irland. Aber wenn ich das einem Eurer angeblich so kundigen Bankiers vorhalte, sieht er mich an, als wollte ich ihm als Sicherheit eine Parzelle in Lilliput anbieten. Ihr lest doch hierzulande Swift, nehme ich an?«

»Die Übersetzer lassen sich Zeit, Mister Delapole. Aber ich habe schon viel von ihm gehört.«

»Schreibt verdammt gutes Zeug. Natürlich verstehe ich nicht alles bis ins letzte Detail, aber ein Vers hat es mir besonders angetan.«

Er machte eine weit ausholende Geste mit dem Arm wie ein Gentleman, der sich verbeugt, und begann zu rezitieren:

»A flea hath smaller fleas that on him prey,
and these have smaller fleas to bite 'em.
And so proceed ad infinitum.«

Diese heiteren Zeilen brachten selbst mich zum Lächeln.

»Na, seht Ihr«, bemerkte er befriedigt, mich erheitert zu haben. »Das ist nicht schwer zu begreifen, oder? Allerdings halte ich mich nicht für einen Floh, sondern für den armen Hund, über den sich der erste Floh hergemacht hat. Jedenfalls kann ich beim besten Willen niemand finden, aus dem sich Blut saugen ließe. Ich bin auf trocken Brot und Wasser angewiesen, bis endlich die ersehnte Summe aus London eintrifft.«

Gobbo warf mir mit gerunzelter Stirn einen Blick zu. Delapole war weder so mittellos noch so leichtgläubig, wie er sich den Anschein gab. Kein aristokratischer Geck konnte ganz ohne Verstand im Kopf drei Jahre lang oder mehr kreuz und quer durch Europa reisen. Jedenfalls hoffte ich auf mehr als einen Funken Verstand in seinem Hirn, damit wir gemeinsam meinen Onkel überlisten konnten.

»Nun, was ist Euer Begehr, Lorenzo Scacchi?«, fuhr er fort. »Ich stehe Euch zu Diensten.«

Ich hatte mir meine Worte sehr genau überlegt. Der Weg zur Verwirklichung meiner Pläne war heikel und mit tiefen Abgründen zu beiden Seiten.

»Wenn es Euch nichts ausmacht, Sir, würde ich Euch gern unter vier Augen sprechen.«

»Was? Nicht vor Eurem Freund hier? Ich fürchte, das wird ihn erheblich kränken.«

Gobbo wirkte wie vor den Kopf gestoßen. Wahrscheinlich durfte ich es ihm nicht verdenken.

»Es ist nicht so, dass ich irgendjemandem misstrauen würde,

Mister Delapole. Aber ich halte es für besser, dass so wenige wie möglich erfahren, was ich Euch vortragen möchte.«

»Oh, aber vier Ohren sind kaum mehr als zwei«, wandte Delapole ein. »Der junge Gobbo weiß Dinge von mir, die Euch die Haare zu Berge stehen lassen würden, und hat dennoch mein Vertrauen noch niemals enttäuscht. Wenn er es nicht erfahren darf, dann möchte auch ich es nicht hören. Denn an wen sollte ich mich wenden, wenn nicht an meinen Diener, sobald die Angelegenheit irgendwelche Tätigkeiten verlangt?«

Dem konnte ich kaum widersprechen. »Wie Ihr wünscht. Aber zunächst möchte ich Euch versichern, dass ich mich erst nach längerem Zögern zu meinem Besuch bei Euch entschlossen habe. Was ich Euch offenbaren werde, unterwirft mich und eine Person, die ich sehr verehre, Eurer Gnade. Ich habe Euch als einen guten und großzügigen Mann kennen gelernt, Mister Delapole, und möchte diese lobenswerten Eigenschaften nicht über Gebühr in Anspruch nehmen.«

Er seufzte und sah durchs Fenster zu den Booten auf dem Canal Grande hinaus. »Das zeigt mir eindeutig, dass Ihr kein Venezianer seid, Scacchi. Drei ganze Sätze, und mit keinem Wort habt Ihr Geld von mir gefordert.«

»Ich bitte Euch nicht um Geld, Sir, sondern um Euren Rat, Eure Weisheit und Unvoreingenommenheit. Denn ich befürchte, dass einem Menschen ungerechterweise großer Schaden zugefügt werden soll, dem Ihr bereits Eure Güte erwiesen habt.«

Sein blasses Gesicht verriet höchste Aufmerksamkeit. Er nahm auf einem hochlehnigen Stuhl am Nussbaumtisch in der Mitte des Raums Platz und bedeutete Gobbo und mir, uns zu ihm zu setzen. Nachdem ich tief Atem geholt hatte, erzählte ich meine Geschichte so genau und ausführlich wie möglich und ließ nur die Dinge aus, die ich als unwichtig erachtete. Meine Liebe zu Rebecca Levi zum Beispiel und auch die Tatsache, dass sie Jüdin war.

Als ich nach einigen Sätzen auf Delapoles und selbst Gobbos

Zügen Anzeichen von Entsetzen zu erkennen glaubte, wurde mir ein wenig leichter ums Herz. Beide hatten Rebeccas Geigenspiel in der Chiesa della Pietà bewundert, und die Tatsache, dass sie diese wundervolle Musik auch noch selbst komponiert hatte, versetzte sie in höchstes Erstaunen. Als ich ihnen erzählte, dass Leo ihre einzige Partitur im Besitz hatte und zu seinem Vorteil verkaufen wollte, ließ Gobbo einen leisen Pfiff hören.

»Da hast du es«, erklärte er im Brustton der Selbstgefälligkeit. »Ich habe dir doch gesagt, dass dieser Mann ein mieser Kerl ist, Lorenzo. Das sieht man schon an seinen hinterhältigen Blicken. Kein anständiger Mensch behandelt sein eigen Fleisch und Blut so schlecht, wie er dich behandelt, vor allem, wenn der Neffe gerade seine Eltern verloren hat.«

»Das hast du mir gesagt, lieber Freund«, stimmte ich zu. »Aber er ist mein Onkel und ich bin sein Lehrling. Er hat jedes Recht, mir Anweisungen zu erteilen, und ginge es nur um sein Verhalten mir gegenüber, wäre ich nie gekommen. Aber ich kann nicht mit ansehen, wie er einem anderen unrecht tut, und das auch noch einer ungewöhnlich begabten jungen Frau.«

Delapole wirkte verdutzt. Mit Recht, denn bisher hatte ich den entscheidenden Punkt nicht erwähnt, ohne den meine Geschichte keinen Sinn ergab. »Zu meinem Bedauern verstehe ich das alles nicht ganz, Scacchi. Schön und gut, es ist ziemlich ungewöhnlich, dass ein junges Mädchen eine derart wunderbare Musik zu Papier gebracht hat. Dürfte für einige Aufregung sorgen, besonders unter der älteren Generation. Aber was sollte Rebecca davon abhalten, sich zu ihrem Werk zu bekennen? Die Partitur stammt schließlich von ihr. Wahrscheinlich wird sie nicht ihre letzte bleiben. Sicher wird sie auch mit einigen Buhrufen und Schmähungen rechnen müssen. Doch das geht Vivaldi neuerdings nicht anders. Warum nimmt sie nicht allen Mut zusammen und steht es durch?«

Er blickte mich über den Tisch hinweg durchdringend an, und ich wusste, dass ich mich in ihm nicht getäuscht hatte.

Wenn nötig, erkannte Delapole das Problem einer Sache. Der britische Snobismus war eine Fassade, hinter der sich ein messerscharfer Verstand verbarg.

»Unmöglich, Sir. Sie ist Jüdin, auch wenn das außerhalb ihres Kreises niemand weiß. Nur Leo und ich.«

Erstaunt starrte er mich an. »Eine Jüdin? Großer Gott. Seid Ihr sicher, Junge? Als Engländer kenne ich mich da nicht sonderlich gut aus. Ohne Abzeichen oder dieses Ding da auf dem Kopf würde ich einen Juden niemals erkennen. Aber ich könnte schließlich auch in der Dunkelheit eine Konversation mit einem Neger führen, ohne zu wissen, dass er einer ist, und ...«

»Ich bin sicher, Sir. Jedes Mal, wenn sie unter dem Namen Rebecca Guillaume in Vivaldis Orchester spielte, habe ich sie unter einem Vorwand im Ghetto abgeholt.«

»O Lorenzo«, stöhnte Gobbo. »Jetzt steckst du aber bis zum Hals in der Tinte.«

Delapole wirkte verwirrt. »Warum sollte das ein Problem sein? Gut, sie ist eine Frau. Und eine Jüdin. Aber auch eine verdammt gute Musikerin und zudem eine bemerkenswerte Schönheit. Wir leben schließlich nicht mehr im finsteren Mittelalter. Was sollte es schon ausmachen, dass sie eine Jüdin ist?«

»In London vielleicht nichts, Herr«, murmelte Gobbo. »Aber hier sind wir in Venedig und der Doge pocht auf die Einhaltung seiner Gesetze. Juden dürfen nur an ihnen zugewiesenen Orten wohnen und diese nach Einbruch der Dunkelheit nicht verlassen. Sie dürfen unsere Kirchen nicht betreten, weil das die Gotteshäuser besudeln würde. Diese Bestimmungen zu brechen heißt gegen die Gesetze des Dogen verstoßen, und wir wissen alle, was das nach sich zieht.«

»Mir fehlt noch immer jedes Verständnis«, erregte sich Delapole. »Angesichts eines derart bewundernswerten Talents ist die Abstammung doch absolut unerheblich. Für mich verleiht sie allem sogar noch einen Hauch von Exotik. Und das hat noch keinem Künstler geschadet.«

Wir erwiderten kein Wort. Delapole musterte uns nacheinander und unser hartnäckiges Schweigen schien ihn schließlich zu überzeugen. »Also gut, ich muss mich wohl mit eurer Interpretation der Tatsachen abfinden. Aber es gibt Zeiten, in denen ich mein Heimatland schmerzlich vermisse, Gobbo. Ein bisschen vom britischen Pragmatismus könnte euch hier nur gut tun. Da hat Venedig unter Umständen die größte Komponistin, die die Welt jemals gekannt hat, innerhalb seiner Mauern, verfällt aber verblüffenderweise auf keine andere Lösung, als sie in den Kerker zu werfen, Beschwörungsformeln zu murmeln und Weihrauchgefäße zu schwenken. Hätte es mich nach spanischen Gepflogenheiten gelüstet, wäre ich nach Spanien gereist.«

Gobbo warf mir einen verstohlenen Blick zu. Delapole schien der Ernst der Lage nicht klar zu sein. Der Doge machte keine Unterschiede bei der Ahndung von Verstößen gegen seine Gesetze. Wenn es ihm passte, würde er einen Engländer mit lockerer Zunge ebenso schnell hinter Gittern verschwinden lassen wie eine jüdische Musikerin, die Anspruch auf Ruhm erhob.

»Ich halte es für ratsam, Herr, diese Angelegenheit für uns zu behalten und außerhalb dieser Wände kein Wort des Missfallens über die Gesetzgebung in dieser Stadt zu äußern«, erklärte Gobbo wohl überlegt. »Ihr genießt in Venedig eine gewisse Bekanntheit, und das macht Euch für Klatschmäuler zur wohlfeilen Zielscheibe.«

Das erboste den Engländer derart, dass er mit der Faust auf den Tisch schlug. »So also sieht der Dank der Venezianer aus? Dass sie Verleumdungen gegen mich auf Zettel kritzeln und sie in einen dieser Löwenrachen stopfen? Dabei sind sie es doch, die mit diesem armen Mädchen so grausam verfahren. Ihr macht Eurem Onkel große Vorwürfe, Scacchi, aber ich sage Euch, ohne die allgemeine Atmosphäre wäre er nicht einmal im Traum auf eine derartige Idee gekommen. Diese Stadt ist verfault wie ein überreifer Apfel, und das macht er sich zunutze.«

»Ich stimme Euch zu, Mister Delapole«, nickte ich. »Aber was ist dagegen zu tun?«

»Was führt der alte Leo denn nun genau im Schilde?«, wollte Delapole wissen.

»Er will sich im geeigneten Moment als Komponist des Konzertes ausgeben.«

»Die Bekanntgabe findet heute in einer Woche statt«, warf Gobbo ein. »Sie hätte früher sein sollen, aber Vivaldi spielt um Zeit. Ich glaube, er befürchtet seinen endgültigen Untergang. Aber ewig kann er den Zeitpunkt nicht hinausschieben. Um drei Uhr nachmittags im Ospedale della Pietà. Das wird einen gewaltigen Aufruhr geben.«

»Davor wird Leo Rebecca eine Art Handel anbieten, fürchte ich«, setzte ich hinzu. »Um den Ruhm und das Geld einstreichen zu können. Im Gegenzug verspricht er, Stillschweigen über ihr Geheimnis zu bewahren, und sichert ihr möglicherweise ein kleines Einkommen zu. Genaues weiß ich nicht. Die Trümpfe sind alle in seiner Hand.«

»In der Tat«, stimmte Gobbo düster zu.

»Und was ist mit dem Mädchen?«, fragte Delapole. »Wie denkt sie über die Sache?«

»Ich weiß nicht, was Rebecca denkt, Sir. Zurzeit scheint sie es selbst nicht recht zu wissen.«

Delapole ließ mich keine Sekunde lang aus den Augen. »Es ist ihre Entscheidung, Scacchi. Wenn Leo ihr einen Vorschlag macht, der ihr Einverständnis findet – dass sie weiterhin komponiert und er dafür den Applaus erntet –, gibt es nichts, was wir dagegen unternehmen könnten.«

»So ist es, Sir. Aber da ich Rebecca sehr gut kenne …«

Die hellen blauen Augen bohrten sich förmlich in meine.

»… bezweifle ich keinen Moment lang, dass sie den ganzen Ruhm einstecken will oder gar nichts. Sie hat die größten Risiken auf sich genommen, um ihr Werk aus dem Ghetto zu schmuggeln. Selbst wenn sie eine solche Vereinbarung unterschreiben sollte, würde sie das meiner Ansicht nach so entscheidend hemmen, dass sie die Lust am Geigenspiel ebenso verliert wie am Komponieren.«

»Hm.« Er stand auf und trat ans Fenster. Wir sahen ihm hinterher. Hier war Delapole der Meister, von dem wir beide abhingen. Gobbo versetzte mir einen leichten Schlag auf den Arm, als wollte er sagen: Alles wird gut.

Geduldig warteten wir auf seine Entscheidung. Nach geschlagenen fünf Minuten kehrte er zum Tisch zurück, setzte sich und betrachtete mich nachdenklich.

»Ein kluger Mann sollte es sich genau überlegen, bevor er einer durch und durch ungerechten Gesellschaft Ungerechtigkeit vorwirft. Ich bin ein Fremder in dieser Stadt, und zudem einer, der sein Lehrgeld bereits bezahlt hat.«

Enttäuschung überkam mich, obwohl ich gegen seine Logik nichts einwenden konnte. »Ich suche lediglich Euren Rat, Mister Delapole, nichts sonst. Gerade Eure Fremdheit ist es, die mich zu Euch geführt hat. Wärt Ihr Venezianer, würde den Schergen des Dogen mein Name zugespielt, sobald ich diesen Raum verlassen habe, und Rebecca Levi sähe sich hilflos ihrem Schicksal ausgeliefert.«

Er lächelte. »Ihr könnt gut mit Worten umgehen, Junge, das muss ich schon sagen. Damit habt Ihr selbst diesem eitlen Pfau Rousseau die Sprache verschlagen, und der ist beileibe kein Dummkopf.«

»Vielen Dank, Sir. Und ich versichere Euch, gewisslich nicht geringschätzig von Euch zu denken, wenn wir nie wieder über dieses Thema sprechen.«

»Ich bitte Euch …« Seine Hand kam über den Tisch und tätschelte meine Finger fast väterlich. »Ihr seid ein viel zu ernster Bursche, Scacchi. Versucht doch wenigstens hin und wieder zu lächeln.«

Mein Herz begann wild zu klopfen. »Dann werdet Ihr mir also helfen?«

Er sah Gobbo an. »Trefft euch mit Rebecca Levi. Aber am Tage, wenn ich bitten darf. Mit Täuschungen möchte ich nichts zu tun haben. Bevor ich nicht weiß, wie sie dazu steht, kann ich nichts unternehmen. Ja, Scacchi, ich werde tun, was ich kann, obwohl sich das als töricht und verhängnisvoll erweisen könnte.«

Delapole klatschte in die Hände. »Was sagt man dazu? Ein Lächeln! Wir werden Eure Melancholie schon noch kurieren, Lorenzo. Lade ihn in der Taverna an der Ecke auf ein Glas ein, Gobbo. Meine Gehirnzellen brauchen Ruhe. Für dieses Problem gibt es viele Lösungen. Es bedarf genauer Überlegung, auf die richtige zu kommen.«

Er stand auf. Wir taten es ihm nach. »Ich stehe für immer in Eurer Schuld, Sir«, sagte ich und verneigte mich. »Wie auch Signorina Levi.«

»Nur zu«, schmunzelte er. »Wenn In-Schuld-Stehen eine andere Form von Freundschaft ist, muss ich der meistgeliebte Mann auf Erden sein. Aber nun fort mit euch. Und heitere ihn ein bisschen auf, Gobbo.«

Was der auf die für ihn typische Art auch prompt tat, indem er mich in eine seiner Tavernen am Rio führte und zwei seiner Freundinnen vorstellte. Sie waren beide sehr hübsch, mit großen Augen, langen schwarzen Haaren, scharlachroten Gewändern und einer höchst zuvorkommenden Art.

»Nun komm schon, Lorenzo«, flüsterte mir Gobbo irgendwann verstohlen zu. »Es sieht ganz so aus, als bekämen wir dieses Vergnügen kostenlos. Beide Mädchen finden dich höchst ansehnlich.«

»Es liegt mir fern, unhöflich zu sein«, erwiderte ich. »Aber ich bin nicht in der Stimmung.«

»Nicht in der Stimmung. Nicht in der Stimmung. Und was ist mit mir?«

»Tut mir Leid.«

»Hah!« Er musterte mich finster. »Ich hoffe, sie ist es wert, mein Freund. Deine kleine jüdische Geliebte könnte uns alle um Kopf und Kragen bringen, wenn sich Delapole zu weit vorwagt.«

Ich trank meinen Wein aus und verließ die Schenke. Bisher war es ein sehr erfolgreicher Vormittag gewesen. Ich hatte nicht die geringste Absicht, ihn zu ruinieren, indem ich Gobbos Neugierde befriedigte. Und schon bald hatte ich mich um wichtigere Dinge zu kümmern. Als ich zur Ca' Scacchi zurückkehrte, saß Leo hinter seinem Schreibtisch und wartete bereits auf mich. Ich schwor mir, mich nicht noch einmal von ihm schlagen zu lassen. Doch er hatte eine weit subtilere Bestrafung im Sinn.

»Du treibst mich noch zur Verzweiflung, Lorenzo«, begann er geheuchelt freundlich. »Da bitte ich dich, in der Werkstatt zu bleiben, aber du scherst dich nicht im Geringsten darum. Doch großzügig, wie ich nun einmal bin, werde ich dich mit einem kleinen Abenteuer belohnen.«

Der triumphierende Ausdruck auf seinem Gesicht löste tiefe Niedergeschlagenheit in mir aus. Aber falls er inzwischen mit Rebecca gesprochen hatte, schien er nicht die Absicht zu haben, mir etwas über den Ausgang der Unterhaltung mitzuteilen.

»Ein Abenteuer, Onkel?«

»Da gibt es einen Richter in Rom, einen gewissen Marchese, der seine Memoiren einer Veröffentlichung für wert hält. Du wirst mir das Manuskript holen, damit ich den Druck erwägen kann, sobald ich Zeit dazu finde.«

»In *Rom*? Aber das ist eine Zweitagereise mit der Kutsche. Und hier gibt es so vieles zu tun.«

»So ist es, aber angesichts deiner Abwesenheit heute Vormittag hege ich große Zweifel daran, dass du die Arbeit anpacken wirst. Zwei Tage für die Hin-, zwei für die Rückfahrt und ein weiterer, um Signor Marchese meine Preisforderungen und Voraussetzungen für den Druck zu erläutern. Wenn du dich sputest, kannst du an dem großen Tag wieder hier sein. An dem *alles* enthüllt wird. Denn das willst du doch nicht versäumen, oder?«

Ich brachte kein Wort heraus. Er hatte mir geschickt eine Falle gestellt. Wenn ich mich weigerte, würde er mich als widerspenstigen Lehrling aus dem Haus weisen, und damit verlöre ich jede Möglichkeit, Rebecca zu helfen.

»Mach hin, Junge. Du musst mit dem Boot nach Mestre, um die Abendkutsche zu erreichen. Wenn du die verpasst, mag der Himmel wissen, wann du zurückkehrst.«

Ich rannte in mein Zimmer, packte ein paar Sachen zusammen und nahm die nötigen Unterlagen und die kümmerlichen Münzen in Empfang, die Leo mir überreichte. Und dann begab sich mein Körper nach Rom, während mein Herz und meine Gedanken in Venedig blieben. Im Ghetto Nuovo, genauer gesagt.

45. Gestalten im Spiegel

Der Raum wirkte wie ein Spiegelkabinett. Ein bisschen beschwipst schwankte Amy Hartston leicht hin und her. Sie kamen vom Abendessen im *Da Fiore*: gegrillte Scampi mit Polenta, Steinbutt und Hummer, Unmengen frischer, herber Weißwein. Amy betrachtete ihr Spiegelbild im riesigen Fenster, das auf den Canal hinausging. Mit nur wenigen nächtlichen Passagieren an Bord überquerten Vaporetti das Wasser. Eine einsame Gondel fuhr mit einer Hand voll Touristen Richtung Ponte dell'Accadèmia, am Bug saß ein Akkordeonspieler und schien sentimentale Weisen zum Besten zu geben. Irgendetwas an dem Anblick beunruhigte sie. Leichter Schwindel überkam sie. Sie ließ sich zu sehr auf Venedig ein, unterlag dem Zauber der Stadt. Amy empfand so etwas wie Angst um sich, wie auch um Daniel. Ihre seltsame Unterhaltung vor der Kirche ließ sie für ihn fürchten. In seinen Augen hatte etwas Dunkles gelegen, das über reine Trauer hinausging.

Sie drehte sich zu Hugo Massiter um. Er stand vor einem streng modernistischen Sideboard aus Rauchglas und Chrom und goss aus einer Karaffe Cognac in zwei Gläser. Ihre Behauptung über Massiters Interesse an ihr kam ihr jetzt so naiv vor. Eine eigentümliche Entschlossenheit jedoch blieb: Sie wollte Venedig nicht verlassen, wie sie gekommen war.

Mit den Gläsern in den Händen kam er auf sie zu. Die Spiegel an den Wänden gaben das Bild vervielfacht wieder. Amy fühlte sich von allen Seiten von Hugo Massiter umgeben, überwältigt von seiner machtvollen Präsenz.

Amy nahm ein Glas, trank und verschluckte sich fast. In

ihrem Kopf begann es zu schwimmen. Massiter umfasste ihren Arm und sie traten ans Fenster. Aus einem unerklärlichen Grund empfand sie das Bedürfnis, wieder auf den Canal Grande hinauszublicken.

»Was ist, Amy?«

»Ich weiß nicht recht.«

»Ah«, äußerte er, als würde ihre Antwort alles erklären. »Verstehe.«

»Was verstehen Sie, Hugo?«

»Sie bereuen, mitgekommen zu sein. Sie halten es für die falsche Entscheidung. Ein schönes junges Mädchen und ein hinfälliger alter Mann ...«

»Nein!« Er zog sie auf, erlaubte sich einen Scherz mit ihr. Für sein Alter sah Hugo ausgesprochen gut aus.

»Was dann?«

Amy setzte sich auf das helle Ledersofa und spürte, wie die Polster unter ihrem Gewicht seufzend nachgaben. »Ich weiß es wirklich nicht.«

Massiter lachte leise auf. »Aber natürlich wissen Sie es, mein Engel. Sie wollen nur nicht darüber sprechen. Ist es nicht so?«

Das ist ein Anzeichen von Reife, von Alter, dachte sie, dass er seine Vermutung offen ausspricht, ohne jede Furcht vor einer möglichen Abfuhr.

»Ich mache mir Sorgen über dieses Werk, Hugo. Über das Konzert.«

Nachdenklich sah er sie an. »Weshalb? Glauben Sie etwa, dass Fabozzi nicht der richtige Dirigent dafür ist?«

»Aber nein! Wir sind alle von ihm begeistert.«

Wieder nahm sie einen Schluck Cognac und hatte den Eindruck, dass er sie für einen kurzen Moment klarer denken ließ. »Ich glaube nicht, dass Daniel es komponiert hat. Das halte ich für ausgeschlossen. Er ist ein Schwindler, Hugo. Und das macht ihm mehr und mehr zu schaffen. Er geht vor die Hunde, direkt vor unseren Augen. Das kann Ihnen doch nicht entgangen sein.«

Kopfschüttelnd setzte sich Massiter neben sie. »Was reden Sie da? Scacchis Tod hat ihn erschüttert – verständlicherweise. Wie kommen Sie darauf, dass er ein Schwindler sein könnte?«

»Es geht um mehr als um Scacchi.« Amy gefiel der entschiedene Ton ihrer Stimme, er schien ihre Gewissheit zu bestärken. »Das wusste ich bereits vor seinem Tod, habe es aber verdrängt. Im Grunde schon, als er bei unserem Ausflug nach Torcello die Partitur hervorholte. Daniel kann das Konzert nicht komponiert haben. Es kommt nicht aus seinem Inneren. Jedes Mal wenn er es hört, würde er am liebsten davonlaufen.«

Massiter sah sie an. »Und das glauben Sie wirklich?«

»Ich *weiß* es.«

»Und wer ist dann der Komponist, Amy?«

»Keine Ahnung. Vielleicht hat es jemand gestohlen. Vielleicht musste Scacchi deshalb sterben.«

»Aber die Haushälterin …«

»Ich habe die Haushälterin kennen gelernt, Hugo. Die hat niemanden umgebracht. Sie ist nach den Ereignissen nur schlicht durchgedreht.«

Er ging zum Sideboard und füllte ihre Gläser auf. »Ich finde das alles höchst beunruhigend. Aber ganz gleich, ob Ihre Vermutungen der Wahrheit entsprechen oder nicht … Auf keinen Fall dürfen sie irgendwelche Konsequenzen für das Konzert oder Ihre Zukunft haben.«

»Zum Teufel mit meiner Zukunft! Aber um Daniel mache ich mir Sorgen. Um die möglichen Folgen für ihn.«

Massiter wirkte verdutzt. Manchmal ist er einfach zu blauäugig, dachte sie. »Ich fürchte, ich komme nicht ganz mit.«

»Die Sache nagt an ihm. Dan ist nicht der Mensch, der so etwas auf die leichte Schulter nimmt. Und nach Scacchis Tod gibt es niemanden, der einen gewissen Einfluss auf ihn ausüben könnte.«

Verständnislos starrte er sie an.

»Er wird die Wahrheit sagen, Hugo. Oh, natürlich erst nach

der Aufführung, denn er will keinem von uns schaden, aber dann muss er einfach reinen Tisch machen. Sonst bringt es ihn noch um.«

Seufzend lehnte sich Massiter in die Polster zurück. »Nun …«

Amy beobachtete ihn und fragte sich flüchtig, ob seine Ungläubigkeit auch in ihr Zweifel wecken könnte. Aber sie war sicher, dass Daniel log. Sein offensichtliches Unbehagen über den Betrug bestätigte alles, was sie inzwischen über ihn zu wissen glaubte, darunter ironischerweise auch seine charaktertypische Aufrichtigkeit.

»Sie müssen ihm helfen, Hugo«, sagte sie. »Er durchlebt eine wahre Hölle. Sie müssen ihn da herausholen.«

Massiter verzog das Gesicht. »Wenn Sie Recht haben, ist er ein Betrüger, Amy. Er hat sich in rechtsverbindlichen Verträgen als Komponist bezeichnet. Manchen Leuten wird kaum gefallen, dass es nicht so ist. Schließlich haben sie bereits gutes Geld investiert. Die Polizei wird eingeschaltet werden. Möglicherweise muss er mit einer Gefängnisstrafe rechnen.«

»Und wenn er weiter schweigen muss, bringt es ihn um. Bitte, Hugo. Sprechen Sie mit ihm. Sagen Sie ihm, dass er nach dem Konzert keine Rücksicht mehr zu nehmen braucht und alles aufklären kann. Aber er muss sein Geheimnis schon jetzt jemandem anvertrauen. Sonst bricht er noch zusammen.«

»Also gut«, nickte er. »Ich rede mit ihm. Nach Scacchis Trauerfeier. Halten Sie das für einen geeigneten Zeitpunkt?«

»Hervorragend!« Spontan küsste sie ihn auf die Wange, roch den Hauch eines teuren Rasierwassers. Hugo Massiter musterte sie mit einem Gesichtsausdruck, den sie nicht deuten konnte.

»Ich beneide euch junge Menschen wirklich nicht«, sagte er. »Ihr vergällt euch die kostbarste Phase eures Lebens mit quälenden Sorgen um Nichtigkeiten.«

»Für mich ist es durchaus keine Nichtigkeit, wenn sich jemand unberechtigt als Komponist eines Konzerts ausgibt. Und Scacchi ist tot, vergessen Sie das nicht.«

»Richtig. Aber was hat das alles mit Ihnen zu tun?«

»Ich mag Dan«, erwiderte sie, erstaunt über die Frage. »Er ist etwas Besonderes. Er hat Charakter ... Integrität.«

»Eben haben Sie ihn noch als Schwindler bezeichnet.«

»Das ist er auch. Seine Integrität macht ihm diese Probleme.«

Massiter schüttelte den Kopf. »Das ist mir zu kompliziert. Die Jugend ...«

»Stimmt«, fiel sie ihm lachend ins Wort. »Ihnen ist so etwas natürlich völlig fremd. Sie sind bereits erwachsen zur Welt gekommen.«

»Damit haben Sie vermutlich den Nagel auf den Kopf getroffen.« Selbstironisch hob er sein Glas.

»Waren Sie nie verliebt? Hals über Kopf und unsterblich? Haben Sie nie die ganze Nacht wachgelegen, gepeinigt von Gewissensbissen und Schuldgefühlen, die einfach nicht vergehen wollten?«

Ein eigentümlicher Ausdruck huschte über sein Gesicht. »Nicht in Ihrem Alter. Da bin ich herumgereist und habe *gelebt*, mein Engel. Nur das Leben zählt. Alles andere ist belanglos.«

In seinen Worten schien eine Herausforderung zu liegen. Sie zögerte einen Moment lang, bevor sie sie annahm. »Aber ...«

Prüfend sah Massiter sie an. »Wollen Sie, dass ich ausführlicher werde?«

»Es ist Ihre Entscheidung. Ich möchte Sie zu nichts zwingen.«

Er seufzte. »Einmal hätte ich fast geheiratet. Ich wollte mich verloben und glaubte an das ganz große Glück. Dann war es von einer Stunde zur anderen vorbei, und seither frage ich mich jeden Tag, warum.«

Irrte sie sich oder traten tatsächlich Tränen in seine graublauen Augen? Verblüfft und schuldbewusst nahm sie die Veränderung wahr. Das war ein ganz anderer Hugo Massiter, verletzlich, fast bemitleidenswert.

»Entschuldigung«, sagte sie. »Ich hätte nicht fragen sollen.«

»Nein. Aber da Sie es getan haben, sollten Sie nun auch zuhören. Vielleicht bin ich wie Daniel. Ich habe das Geheimnis, das ich Ihnen jetzt anvertraue, zu lange mit mir herumgetragen. Aber Sie dürfen niemandem etwas davon erzählen, Amy. Bitte.«

»Selbstverständlich nicht.«

Er holte tief Atem und sah unendlich traurig aus. »Ich wollte mich mit Susanna Gianni verloben. Mit dem Mädchen, das vor zehn Jahren getötet wurde. Sie haben es während unseres Ausflugs nach Torcello erwähnt.«

Fast automatisch legte sie eine Hand auf seinen Arm. »Was? O Hugo!«

»Ich weiß«, entgegnete er abweisend. »Sie war achtzehn und ich einundvierzig. Was war nur in mich gefahren? Das hätten sich alle gefragt, wenn sie Gelegenheit dazu erhalten hätten.«

»Das habe ich doch nicht gemeint«, protestierte Amy. »Nicht im Geringsten.«

»Sie brauchen sich nicht zu entschuldigen. Alle Welt hätte sich diese Frage gestellt. Selbst ihre Mutter, die meine Absichten natürlich kannte, aus finanziellen Gründen aber beide Augen zudrückte. Susanna war einfach vollkommen, müssen Sie wissen. Sie hätte in den größten Konzertsälen spielen können. Wir wären das glücklichste Paar unter der Sonne geworden.«

»Wusste jemand davon?«

»Ich glaubte nicht. Wir waren sehr diskret. Zunächst wagten wir kaum, uns unsere Gefühle einzugestehen. Wir nahmen einander wahr wie ein Wunder und wussten, dass wir eines Tages gemeinsam die Welt in Erstaunen versetzen würden. Daher wahrten wir unser Geheimnis. Am Sonntag nach dem Abschlusskonzert wollten wir unsere Verlobung bekannt geben und dann verschwinden, bevor die *paparazzi* über uns herfallen konnten. Aber Singer wusste es. Das ist mir inzwischen klar. Er hat sie wohl von Anfang an begehrt und muss sie nach dem Konzert unter irgendeinem Vorwand fortgelockt haben. Ich wartete und wartete, aber sie ist nie gekommen. Und am nächsten Morgen …«

Er brach ab und starrte auf seine Hände. »Das ist es, Amy Hartston. Das Geheimnis eines alten Mannes, das er eigentlich mit ins Grab nehmen wollte. Warum habe ich es Ihnen erzählt? Erkären Sie mir das bitte.«

Sie umfasste seine warmen, glatten Hände. »Das kann ich nicht.«

Er strich ihr zart über die Wange. Sie rührte sich nicht.

»Sammeln Sie deshalb diese Dinge, Hugo?«, fragte sie und blickte sich um. »All diese Kunstgegenstände?«

»Vielleicht. In meinem Londoner Haus hängt eine Kleopatra von Tiepolo. Sie ist vermutlich der herrlichste Gegenstand, den ich besitze. Aber sie ist und bleibt ein Objekt, Amy. Sie ist wunderschön, doch sie hat keine Wärme, kein Leben. Und wie gesagt, nur das Leben zählt.« Er ließ einen Finger über ihre Wange wandern.

»Erinnere ich Sie an sie?«, fragte Amy.

»Überhaupt nicht«, antwortete er ohne Zögern. »Sie konnte besser Geige spielen, als es dir jemals möglich sein wird. Aber du bist schöner. Du hast mehr Selbstsicherheit und Charakterstärke. Susanna war wie eine leere Leinwand, die darauf wartete, dass ich sie mit Leben erfüllte.«

Amys Mund fühlte sich trocken an. Ihr Kopf schmerzte ein wenig. Sie fühlte sich verwirrt. »War das gut oder schlecht, Hugo?«

»Weder noch. So war sie nun einmal. Du bist du. Ich kann beides bewundern und lieben.«

»Aber das …«

»Die Welt ist das, was wir aus ihr machen«, unterbrach er sie, bewegte seine Finger über ihren Hals zum Dekolleté ihres

Abendkleids und umfasste ihre Brust. »Du warst noch nie mit einem Mann zusammen. Oder, Amy?«

»Nein.« Ihr Atem ging in kleinen flachen Stößen.

»Gut.« Er löste seine Finger von ihrer Brust, ließ sie bis zu ihren Knien wandern und hob den Saum ihres Kleides. Betont langsam, als wolle er eine Art Überprüfung vornehmen, schob er beide Hände zwischen ihre Beine und strich mit den Daumen über die glatte, sanfte Haut aufwärts, bis sie Baumwolle berührten. Dann hob er das Kleid weiter an, bis er sah, was seine Finger fühlten, und schob die Daumen unter das Gummiband.

Überrascht stellte Amy fest, dass sie seufzte. Hugos Finger beschäftigten sich intensiv mit ihr. Dann hob er sie fast heftig auf seine Arme. Er hielt sie wie ein Kind und blickte ihr unverwandt in die Augen, während er sie ins Schlafzimmer trug, in dem alle Wände aus Spiegeln zu bestehen schienen.

In ihnen betrachtete sie sich und ihn, als er sie aufs Bett legte und sich die Sachen vom Körper zerrte, bis er mit hochrotem Gesicht neben ihr kniete. Sie hatte einmal einen ihrer Freunde nackt gesehen und seine eindeutige Aufforderung höflich, aber bestimmt abgelehnt. Im Vergleich dazu war Hugo geradezu erschreckend riesig.

Sie sah ihn an. »Du solltest dir etwas anziehen, Hugo.«

»Das glaube ich nicht«, erwiderte er, griff mit beiden Händen in den Ausschnitt ihres Kleides und riss so heftig daran, dass ihr Körper vom Bett gehoben wurde. Aus Angst, er könnte auch die hinwegfetzen, entledigte sie sich hastig ihrer Unterwäsche. Sein Kopf senkte sich auf ihre Schulter. Amy spürte, wie seine scharfen Zähne in ihren Nacken bissen, und schrie unwillkürlich auf.

»Hugo …«, begann sie und schob seinen Kopf zur Seite, damit er in ihr Gesicht sehen konnte. »Ich habe Angst.«

»Dazu besteht kein Anlass. Bei mir hast du nie etwas zu befürchten.«

Amy wäre am liebsten in Tränen ausgebrochen, vom Bett und aus dem Zimmer geflüchtet. Sie erinnerte sich an den letzten Sonnabend, als sie sich Daniel ganz unverblümt angeboten hatte und er durch seine Weigerung mehr oder weniger zum Auslöser dieser ganzen Ereignisse geworden war.

Sie senkte den Kopf, um ihn nicht ansehen zu müssen. »Ich möchte ... das nicht«, sagte sie leise.

Seine Hände setzten sich wieder in Bewegung, Finger tasteten, drangen ein.

»O doch, du willst, mein Engel«, entgegnete er. »Also bitte ...«

46. DER RÖMISCHE RICHTER

Ich wurde von Marchese auf dem Quirinal willkommen geheißen, ein wenig unterhalb des Palastes, in dem der Papst residierte, um der Hitze und der Malaria im Vatikan zu entgehen. In meiner konfusen Gemütsverfassung war ich dankbar dafür, einen derart warmherzigen und munteren Gastgeber zu haben. Marchese bewohnte mit seiner Frau und seinem Diener Lanza eine kleine Patrizier-Villa. Er war schon älter, hatte einen gebückten, leicht unsicheren Gang und einen wahren Wust weißer Haare. Aber seine Augen waren klar und durchdringend wie die eines Kindes. Bei all seiner leutseligen, freundlichen Art glaube ich kaum, dass Schurken in seiner besten Zeit bei ihm viel zu lachen hatten.

Nach zwei langen Reisetagen war ich erst am späten Abend bei Marchese eingetroffen und empfand es als wohltuend, nach einem Bad und einem guten Essen sofort ins Bett geschickt zu werden. Vermutlich hatten die Marcheses nie Kinder gehabt, denn sie verwöhnten mich, als wäre ich ihr eigener Nachwuchs. Rom mit seiner Pracht und Schönheit blieb mir jedoch noch verborgen, denn ich legte mich in einem Zimmer im zweiten Geschoss auf mein Lager und fiel unvermittelt in einen tiefen und traumlosen Schlaf, aus dem mich am nächsten Morgen das Krähen eines Hahns und die Sonne weckten, die warm und hell durch die Vorhänge schien.

Den Vormittag verbrachte ich mit dem Studium von Marcheses Manuskript. Schließlich hatte Leo seine Maßstäbe: Wir druckten durchaus nicht alles. Doch schon bald stellte ich fest, dass dieser Auftrag keinerlei Probleme bereiten würde und sogar die Aussicht bestand, ein paar Exemplare zu verkaufen. Marchese neigte zwar zu einem leicht ausschweifenden Erzählstil, doch das ließ sich mit wenigen Federstrichen leicht verbessern. Aber er besaß eine gute Beobachtungsgabe. Abgesehen von den langatmigen Passagen, die ich überblätterte, enthielt das Manuskript ungemein Interessantes über das zwielichtige Gesindel von Rom.

Die meisten, die die Druckerwerkstatt Scacchi dafür bezahlen, sich gedruckt zu sehen, tun das aus Eitelkeit. In ihren Augen verheißt ihr Name in Druckerschwärze auf Papier Unsterblichkeit. Wenn sie die Stapel unverkaufter Bücher in unserem Keller sehen könnten, würden sie jedoch vermutlich anders darüber denken, nehme ich an. In diese Kategorie gehörte Marchese keinesfalls. Wie er mir erläuterte, wollte er seine Erfahrungen in der Hoffnung publizieren, dass andere aus ihnen lernten und im Laufe der Zeit bessere Wege fanden, Übeltäter zur Strecke zu bringen. Seiner Meinung nach ist die Ahndung von Vergehen, so wie sie zurzeit gehandhabt wird, ein eher zufälliger Prozess. In den meisten Fällen wird irgendein unglückseliger Tropf zunächst dingfest gemacht, und erst dann wird damit begonnen, nach Beweisen für seine Schuld zu suchen. Nach Marcheses Ansicht hingegen sollten zunächst Tatsachen ermittelt und sollte nicht jedem Gerücht bereitwillig Gehör geschenkt werden. Auch wenn ich das nicht sagte, halte ich das für eine zu revolutionäre Vorstellung für die Italiener, die heißblütig sind und nach sofortiger Vergeltung dürsten. Deutsche und Engländer wären vielleicht eher bereit, der zeitraubenden und gewissenhaften Praxis zuzustimmen, die Marchese empfiehlt. Ich bezweifle doch sehr, dass sie diejenigen befriedigen könnte, die am Seiteneingang zum Dogenpalast herumlungern, um die Häupter der Unglücklichen zu zählen, die hineingehen, aber nicht wieder herauskommen, wenn der Alte mal wieder gerade übler Stimmung ist.

Marcheses Memoiren war zu entnehmen, dass er seine Thesen mit ernsthaften Beweisen stützen konnte, auch wenn die einzelnen Kapitel so amüsante Titel trugen wie »Die toskanische Tonscherbe und ein Kamelienstrauß« oder »Wie es dazu kam, dass eine ägyptische Katze um Mitternacht bellte«. Doch Marcheses Intentionen gingen über die Unterhaltung seiner Leser hinaus. Er wollte ihnen seine so genannten »forensischen Methoden« näher bringen. Darüber hinaus glaubte er, mit Schilderungen der persönlichen Umstände der Menschen, die vor seinem Richtertisch landeten, der allgemein verbreiteten Vorstellung entgegenwirken zu können, diese Leute wären von Natur aus verdorben und eine grundsätzlich andere Spezies als der normale gesetzestreue Bürger.

»Es ist ein verhängnisvoller Irrtum, die Welt in Gut und Böse, in Sünder und Aufrechte teilen zu wollen«, erklärte Marchese und fuchtelte mit seinem Zeigefinger vor meinem Gesicht herum. »Für eine so hanebüchene Behauptung lässt sich nirgendwo eine Bestätigung finden. Jede Auseinandersetzung hat vielfältige Aspekte, jedes Individuum ist mit den unterschiedlichsten Eigenschaften ausgestattet, einigen ehrenwerten, einigen verwerflichen, und die meisten davon wurden ihm in die Wiege gelegt. Es kommt nur darauf an, welche Entscheidungen ein Mensch trifft, was er aus seinem Los macht. Unter bestimmten Umständen könnte selbst ich zum Mörder werden, genauso wie Ihr. Nur der Zufall, der Mangel an Versuchungen und, wie ich hoffe, eine gewisse Charakterfestigkeit retten uns vor dem Schafott. Hütet Euch vor jenen, die Euch einreden wollen, die Welt zerfalle in zwei Arten von Menschen, in die Guten und die Bösen. Entweder sind es Dummköpfe oder – noch schlimmer – Manipulatoren, die ihre Macht dadurch vergrößern wollen, indem sie den Armen und Bedauernswerten unter uns vormachen, dass ihre augenblickliche Misere schicksalsgegeben ist.«

Er reckte schnuppernd die Nase. Aus der Küche wehten die appetitlichsten Düfte heran. Nach einem üppigen Mahl aus

Fleisch, Kartoffeln und Wein kehrten wir in unsere Lehnstühle zurück. Ich war angenehm gesättigt, auf wohltuende Weise träge und auch dankbar, dass es ihm gelungen war, meine Gedanken von den Geschehnissen in Venedig abzulenken. Ganz gleich, was mit Rebecca und Leo auch geschah, welchen Erfolg Delapole damit verzeichnete, meinen Onkel von seinem miesen Plan abzubringen, nichts, was ich hier in Rom dachte oder tat, konnte daran etwas ändern.

»Zum Finanziellen«, sagte er, und ich hob abwehrend eine Hand, als er mein Glas erneut mit Grappa füllen wollte. »Ich zahle ausschließlich das übliche Honorar. Mir ist bekannt, dass ihr Venetianer in Geschäften wahre Teufel sein könnt.«

Ich hatte nicht die Absicht, mit diesem liebenswürdigen alten Burschen zu feilschen, obwohl ich nicht daran zweifelte, dass er nicht gerade zu den Armen gehörte. Also ersparte ich ihm den überzogenen Preis, mit dem Leo stets seine Verhandlungen eröffnete, und nannte ihm die Summe, die er auch bei jedem anderen namhaften Buchdrucker in Venedig bezahlt hätte.

Er schlug mir leicht auf die Schulter. »Heraus mit der Sprache, Lorenzo. Bei derartigen Verhandlungen gibt es immer einen gewissen Spielraum. Also wie viel genau, auf Heller und Pfennig?«

Schläfrig nach dem guten Essen und dem Wein hob ich die Hand. »Wie gesagt. Das ist der Preis, Signor Marchese. Wir sollten unsere Zeit nicht weiter mit diesen Dingen verschwenden.«

Er blickte mich an und seufzte. »Lasst mich Euch eins sagen, mein Junge. Ich vermag wirklich nicht zu entscheiden, ob Ihr der untypischste Venezianer seid, der mir jemals begegnet ist. Oder der gerissenste.«

»Ich bin nur ein Bauernjunge aus Treviso. Für geistige Jongleurakte fehlt mir das Köpfchen.«

»Hmm. Nun, das wage ich zu bezweifeln. Bisher habt Ihr

sehr geschickt jongliert. Dachtet ausschließlich an zu Hause, während Ihr hier mit mir ausnehmend überzeugend verhandelt habt.«

Ich schwieg. Ich ließ mich nicht einwickeln.

»Nun gut denn!« Er erhob sich und streckte mir eine Hand entgegen. »Lasst uns das schmutzige Geld vergessen und unseren Vertrag mit einem Handschlag besiegeln, um danach ein wenig von der stinkenden römischen Luft zu schnuppern. Es ist zwar brütend heiß da draußen, mein Junge, aber ohne ein paar Blicke auf Rom lasse ich Euch nicht wieder nach Venedig zurück. Na, was sagt Ihr dazu?«

Ich stand auf und schüttelte seine Hand. Marchese war der erste Römer, mit dem ich geschäftlich zu tun hatte, und in der Tat ein wahrer Römer. »Dass es mir eine große Freude sein wird, wie alles, was ich in Eurer Gesellschaft unternehme.«

Und so begaben wir uns auf einen Spaziergang durch die großartigste Stadt auf Erden. Mit Marchese als Begleiter, der es nie unterließ, mich auf ein Wahrzeichen oder eine verfallende Statue hinzuweisen, wurde Rom für mich lebendig. Ich wandelte auf Cäsars und Augustus' Spuren, erzitterte in der Erinnerung an Nero und stand sprachlos vor dem Kolosseum. Ich fühlte mich wie ein Kind in der Gesellschaft eines großzügigen und freundlichen Onkels, der den Schlüssel zum herrlichsten Garten auf der Welt besaß. Am Ufer des Tiber zeigte mir der alte Mann die Stelle, an der einst die hölzerne Ponte Sublicio stand, auf der Horatius und seine Gefährten die Stadt so tapfer gegen Porsenna und das gesamte etruskische Heer verteidigt hatten. Dann führte er mich auf die Tiberinsel, auf der die Juden der Stadt hinter Mauern leben mussten, seit Papst Paul IV. sie vor rund hundertsiebzig Jahren dorthin verbannt hatte.

Das machte mich so nachdenklich, dass Marchese (dessen Ausdauer trotz seines Alters nie zu erlahmen schien) meine Wortkargheit für Erschöpfung hielt und wir zum Quirinal zurückkehrten.

Zu Hause plauderten wir wieder miteinander. Der alte Marchese ließ mich kaum eine Minute aus den Augen. Schließlich setzte er sein Glas ab und bemerkte: »Ihr seid mit Euren Gedanken nicht bei der Sache, Lorenzo.«

»Verzeiht, Signor Marchese. Mir gehen persönliche Dinge durch den Kopf, mit denen ich Euch nicht behelligen möchte. Ich bitte um Entschuldigung, wenn ich zerstreut wirke.«

»Manchmal hilft es, seine Probleme mit anderen zu besprechen.«

»Manchmal. Doch in diesem Fall nicht, fürchte ich. Wäre es anders, würde ich nicht zögern, mit Euch darüber zu reden, da ich noch niemals so viel Freude und Bereicherung im Zusammensein mit einem Mann empfand, der mir zunächst fremd war, inzwischen jedoch, wie ich hoffe, ein Freund geworden ist.«

Das schien ihm zu gefallen, wie ich mit Befriedigung feststellen konnte.

»Solltet Ihr mich als etwas anderes betrachten, wäre ich zutiefst gekränkt. Daher bitte ich Euch, als Freund, um die letzte Gefälligkeit, eine Frage für mich zu beantworten, bei der ich mir unschlüssig bin. Ihr könnt es auf der Rückfahrt nach Venedig tun oder auch später, wenn Ihr mögt.«

Er ging zum Bücherschrank, nahm einen dicken Band heraus und zog dahinter ein Bündel Papierbögen hervor, die mit derselben krakeligen Schrift beschrieben waren, die ich vom Lesen seines Manuskriptes her kannte.

»Ein Kapitel meines Buches habe ich Euch vorenthalten, Lorenzo. Nicht alle meine Fälle gingen zu meiner Zufriedenheit aus, obwohl das nicht der Grund für mein Zögern ist. Ich habe mich gefragt, ob ich es überhaupt einem Menschen zeigen soll, und weiß noch immer nicht, ob es sich für das Licht der Öffentlichkeit eignet. Ihr müsst mir helfen. Lest es und entscheidet, ob es publiziert werden soll.«

Ich nahm die Seiten an mich, las die seltsame Überschrift des

Kapitels, stand auf und wünschte ihm und seiner Frau eine gute Nacht. Hinter mir lag ein langer Tag und die Rückfahrt würde anstrengend werden. Aber als ich oben im Bett lag, fand ich keinen erholsamen Schlaf. Traumbilder aus dem alten Rom überwältigten mich: Cäsar raffte seine Toga zusammen und sank blutüberströmt zu Boden, Caligula wurde von seinen Leibwächtern ermordet, auf Geheiß von Augustus wurden Cicero der Kopf und die Hände abgeschlagen und für alle sichtbar auf dem Forum zur Schau gestellt.

Dann änderten sich die Träume. Statt der Gestalten aus dem alten Rom erblickte ich Rebecca. Sie war nackt, leichenblass und bedeckte ihre Unschuld mit den Händen. Wir befanden uns in ihrem Zimmer im Ghetto, wie bei unserem letzten Gespräch, als wir miteinander stritten und sie mir etwas offenbaren wollte, wie ich glaubte, aber dann doch nicht den Mut dazu aufbrachte. Ich öffnete den Mund, aber kein Wort kam über meine Lippen. Ihre Augen flehten mich um Hilfe an, aber ich war unfähig, auch nur einen Schritt auf sie zuzugehen. Dann, so mühsam, dass ihr die Anstrengung Tränen über die Wangen laufen ließ, hob sie eine Hand, zeigte mir die Handfläche und murmelte vier Worte: »Da ist kein Blut.«

Wie von Fieberschauern geschüttelt, wurde ich wach.

An Einschlafen war nicht zu denken. Um mich von meinen Alpträumen abzulenken, zündete ich eine Kerze an, griff nach Marcheses Manuskript und begann zu lesen.

Eine Stunde später verstand ich den Traum und sehr viel mehr. Von herzabschnürender Angst erfüllt, rannte ich über den Korridor zum Schlafgemach meines Gastgebers und hämmerte gegen die Tür.

47. BOHRENDE FRAGEN

Giulia Morelli saß vor dem Café gegenüber von San Cassiano und sah, dass Biagio auf seinem harten Stuhl hin und her rutschte. Er war außer Dienst, trug Zivil und schien sich in Gesellschaft der Kommissarin ausgesprochen unwohl zu fühlen.

»Sie wirken ausgesprochen unbehaglich«, stellte sie fest. »Immer mit der Ruhe. Ich beiße schon nicht.«

Er unterdrückte einen Fluch. »Was ist nur in mich gefahren, mich auf so etwas einzulassen? Haben Sie denn keine eigenen Leute?«

Sie hatte sich fast davon überzeugt, dass sie Biagio vertrauen konnte.

»Alles zur rechten Zeit«, antwortete sie. »Ihnen ist doch klar, warum ich mich so entschieden habe?«

»Ja«, knurrte er. Nach Rizzos Verhör hatte sie ihn nach seinem Werdegang ausgefragt und erfahren, dass er in seiner Heimatstadt Rom auf der Polizeischule gewesen war. Nach Venedig hatte es ihn fast zufällig verschlagen. Verwandte besaß er hier nicht. Also konnte er auch keinem der vielen Clans angehören, es sei denn, er hatte sich nach seiner Ankunft vor zwei Jahren einem angeschlossen, und das war eher unwahrscheinlich. Sie brauchte jemanden, dem sie vertrauen konnte. Er schien die optimale Wahl zu sein.

»Wenn ich Beweise habe«, fuhr sie fort, »wenn alles ganz offensichtlich ist, können die Ermittlungen nicht mehr aufgehalten werden. Wenn ich jetzt schon einen Verdacht äußere und dabei vielleicht die falschen Namen fallen lasse, werden mir sofort Knüppel zwischen die Beine geworfen. Das wissen Sie doch genau. Dann würden wir es beide bereuen.«

Er nickte und warf einen mürrischen Blick auf das alte Mauerwerk der Ca' Scacchio am anderen Ufer des Rio. Sie konnte Biagio vertrauen, davon war sie überzeugt. Aber das bedeutete nicht, dass er ihr bereitwillig half.

»Dieser kleine Engländer rührt sich nicht aus dem Haus«, bemerkte er. »Wir sitzen hier schon eine geschlagene Stunde herum, aber er hat nicht einmal den Kopf aus der Tür gesteckt.«

»Stimmt«, räumte sie ein und fragte sich, was das zu bedeuten hatte. Wenn man den Zeitungen glauben durfte, war Daniel Forster ein hervorragender Musiker. Seine erste Komposition, ein meisterhaftes Violinkonzert mit Anklängen an das Barock, sollte am kommenden Freitag in der Vivaldikirche uraufgeführt werden. Und doch verhielt er sich, als jage ihm die Stadt Angst ein. Das Verbrechen an dem Amerikaner und der Tod Scacchis hatten ihn erschüttert, davon war sie überzeugt. Aber hinter seiner Zurückgezogenheit musste mehr stecken als Gefühle von Trauer. Sie hatte Biagio gebeten, ihn im Auge zu behalten, aber er konnte lediglich von einem Besuch in der Chiesa della Pietà am Montagabend berichten. Fast den gesamten Dienstag war Daniel Forster in der Ca' Scacchi geblieben und hatte auch nur ein Telefongespräch geführt, mit dem Bestatter, wie sie wusste, weil sie den Anschluss abhören ließ. Das Haus hatte er lediglich einmal verlassen, um sich an der Ecke eine Flasche Wein und eine Portion Lasagne zu holen. Jetzt war es Mittwoch, elf Uhr vormittags, und zwei Tage vor dem wahrscheinlich größten Ereignis seines Lebens. Und doch benahm er sich wie ein Eremit, als ginge ihn die allgemeine erwartungsvolle Spannung rund um die Chiesa della Pietà überhaupt nichts an.

»Wir können noch Ewigkeiten hier hocken, ohne dass sich etwas tut«, schimpfte Biagio.

»Ich kann Ihnen nicht widersprechen.« Sie hatte gehofft,

Daniel auf der Straße ansprechen zu können und ihn nicht im Haus aufsuchen zu müssen, das er mit Recht als sein Privatterritorium betrachtete. Aber Biagios Einschätzung stimmte natürlich. Daniel Forster schien sich für immer hinter den Mauern der Ca' Scacchi verschanzt zu haben.

»Kommen Sie.« Giulia Morelli stand auf, warf ein paar Lirescheine auf den Tisch und marschierte so energisch auf die kleine Brücke zu, dass der Wachtmeister Mühe hatte, ihr zu folgen.

Als Daniel die Tür öffnete, bot sich ihr ein Bild des Jammers. Mit wirren Haaren, rot umrandeten Augen und einer deutlich wahrnehmbaren Alkoholfahne stand er da. Er konnte sie nicht ansehen.

»Was wollen Sie?«, fragte Daniel Forster.

»Mit Ihnen reden.«

»Ich habe Ihnen nichts Neues zu sagen.«

»Aber vielleicht haben wir ein paar neue Informationen für Sie. Dürfen wir eintreten?«

Er nickte zögernd und trat sichtlich unwillig zur Seite. Sie gingen die Treppe hinauf in den Salon. Der Tisch war mit schmutzigem Geschirr übersät. In der Mitte standen zwei leere Weinflaschen. Mit einer Kopfbewegung wies er auf die Sessel vor dem Kamin.

»Ihnen fehlt Ihre Haushälterin«, stellte Giulia Morelli fest. »Im ganzen Haus herrscht die Atmosphäre eines Mannes, der für sich selbst sorgen muss.«

Er starrte die Unordnung auf dem Tisch an. »Stimmt. Ich kann noch immer nicht …« Hilflos blickte er sich im Zimmer um. »Ich kann noch immer nicht glauben, dass sie nie wieder zurückkommen.«

Sie dachte flüchtig daran, die Treppe hinaufzusteigen und im großen Schlafzimmer nachzusehen, ob die Kissen und Decken noch immer wirr und zerdrückt auf dem Bett lagen. Doch das war überflüssig. Seit ihrem letzten Besuch hatte sich im Haus nichts verändert. Höchstwahrscheinlich waren auch die Blutflecken vom Teppich in Scacchis Schlafzimmer nicht entfernt worden.

»Das Begräbnis findet am Freitag auf San Michele statt, wie ich hörte«, sagte sie. »Wenige Stunden vor Ihrem Konzert. Sie müssen sich zusammenreißen, Mister Forster. Die Lebenden sollten sich von ihrer Trauer nicht überwältigen lassen. Sonst versündigt man sich gegen die Toten. Zumindest gegen die Erinnerung an sie.«

»Vielen Dank für Ihre mitfühlenden Ratschläge«, antwortete er tonlos. »Ich werde mich bemühen, sie zu beachten.«

»Gut.« Trotz seiner abweisenden Art empfand sie so etwas wie Sympathie für Daniel Forster. Seine Antwort war angemessen. Sie hätte nicht anders reagiert.

»Etwas würde ich gern von Ihnen wissen. Wer hat Ihrer Meinung nach Ihre Freunde getötet?«

Sein Kopf neigte sich zur Seite, als würde er nachdenken. Für einen Moment schien er sich ganz auf sie zu konzentrieren.

»Wenn ich mich recht erinnere, haben Sie mir das selbst gesagt. Laura natürlich. Sie erweckten in mir den Eindruck, als wäre der Fall sonnenklar.«

»Aber nein!«, lachte sie. »Ich habe nur wiederholt, was die Haushälterin ausgesagt hat. Und was sie auch Ihnen gesagt hat, als Sie sie auf Giudecca besuchten.«

Er bedachte sie nur mit einem finsteren Blick.

»Sie glauben doch nicht etwa, das Wachpersonal wäre taub, Mister Forster?«, fragte sie. »Sie haben Ohren. Sie können hören.«

»Scheren Sie sich doch zum Teufel.«

Biagio, der sich bisher beflissen aus der Unterhaltung herausgehalten hatte, drohte Daniel Forster mit dem Finger. »Halten Sie sich zurück, Freundchen. Sie sprechen mit einer Dame.«

Sie runzelte die Stirn über den überraschend sittsamen Wachtmeister. »Danke, Biagio, aber ich glaube, ich komme allein zurecht. Um keine Missverständnisse aufkommen zu lassen,

Mister Forster ... Ich nehme Ihnen Ihre Gereiztheit nicht übel. Sie scheinen sich mit Menschen umgeben zu haben, die Sie im Stich ließen, die Sie täuschten.«

Er trat ans Fenster und blickte hinaus. Es versprach ein weiterer heißer Tag zu werden. Vielleicht litt er als Ausländer unter der Schwüle noch intensiver als die Einheimischen.

»Dauert Ihre Befragung noch lange? Ich wollte eigentlich in Kürze das Haus verlassen.«

»Das hängt von Ihnen ab. Ich frage Sie noch einmal: Wer hat Ihre Freunde umgebracht?«

Er drehte sich um und schüttelte langsam den Kopf. Ob aus Verzweiflung oder Verärgerung wusste Giulia Morelli nicht zu entscheiden. »Warum müssen Sie mich unablässig quälen? Sie haben doch Laura. Oder soll das heißen, dass Sie keinen begründeten Verdacht mehr gegen sie haben?«

»So ist es!« Sie machte eine kleine Pause, wartete darauf, dass er die Bedeutung ihrer Worte begriff. »Heute früh habe ich ihre Haftentlassung unterschrieben. Sie hat das Gefängnis bereits verlassen.«

»Wohin ist sie gegangen?«, fragte er sofort. »Wo kann ich sie finden?«

»Das entzieht sich meiner Kenntnis. Sie ist uns keine Rechenschaft schuldig. Sie kann gehen, wohin sie will. Vielleicht ist sie bereits auf dem Weg hierher. Ich habe keine Ahnung.«

Wieder musterte er sie finster. »Machen Sie sich nicht über Menschen lustig, an denen mir sehr viel liegt.«

»Wenn Sie das so sehen ...« Sie brach ab, faltete die Hände und betrachtete angelegentlich ihre Finger, dachte nach und wartete darauf, dass er das Tempo bestimmte.

»Haben Sie nicht gesagt, sie wäre die Täterin?«, fragte Daniel Forster, als er das Schweigen nicht mehr ertragen konnte.

»Nein, Daniel. Das hat *sie* gesagt. Und das mehr als einmal. Ich persönlich habe das keine Sekunde lang geglaubt. Es wäre denkbar gewesen, sie wegen der Vortäuschung einer Straftat zu belangen. Doch das wäre zu grausam gewesen. Sie hat die beiden Männer, an denen sie sehr hing, in dieser schrecklichen Nacht aufgefunden – den einen tot, den anderen sterbend. Sie empfand offenbar so etwas wie Mitschuld an ihrem Schicksal. Aber ich bin Kriminalbeamtin. Ich musste auch andere Möglichkeiten in Betracht ziehen. Dass sie unter Umständen einen anderen schützen wollte. Sie beispielsweise.«

»Zur Hölle mit Ihnen.« Biagio rutschte nervös im Sessel herum, sagte aber kein Wort.

»Wenn Sie mich für schuldig halten, dann nehmen Sie mich doch fest.«

»Selbstverständlich waren Sie nicht der Täter«, fuhr sie fort. »Wie wäre das möglich? Sie lagen in dieser Nacht mit Laura im Bett. Warum sollte einer von Ihnen aufstehen, nachdem Sie sich gerade geliebt hatten, um ihren Arbeitgeber und seinen Freund niederzustechen? Aus welchem Grund?«

»Sie stellen Vermutungen an«, murmelte er.

»Nein. Ich habe mich lediglich im Schlafzimmer umgesehen, Mister Forster. Das ist unser Recht. Betten können viel erzählen, wenn man aufmerksam ist.«

Er zog eine Zigarette aus der Schachtel auf dem Tisch, zündete sie mit bebenden Fingern an, paffte ein paar Züge und musste husten.

»Macht Ihnen Ihre Arbeit eigentlich Spaß?«, wollte er wissen.

»Auf jeden Fall! Sieht man das nicht?«

»Aber warum?«

Giulia Morelli war erstaunt, dass er sich diese Frage nicht selbst beantworten konnte. »Weil es uns manchmal – nicht immer – gelingt, die Dinge ins rechte Lot zu bringen. Wir entdecken einen Riss im Gewebe der Gesellschaft und bemühen uns, ihn zu stopfen. Was sollten wir denn sonst tun? Unsere Augen verschließen? Das tun bereits mehr als genug Leute, Mister Forster. Warum sollten wir uns ihnen anschließen?«

Schweigend drückte er die Zigarette wieder aus.

»Sie unterscheiden sich sehr von Ihrem Freund, den ich nach der bedauernswerten Tat kennen gelernt habe«, fuhr sie fort. »Sie verbergen sich hier, als wäre die Sonne Ihr Feind. Während Mister Massiter von morgens bis abends an allen Ecken der Stadt auftaucht. Ein Mittagessen hier, ein Empfang da. Wissen Sie eigentlich, dass er kürzlich mit dem Bürgermeister zu Abend gespeist hat? Er bewegt sich in höchsten Kreisen, ob- wohl er nicht einen Funken Ihrer Begabung hat, sondern die meiner Ansicht nach für sich ausnutzt.«

»Leute wie Hugo Massiter sind … ein notwendiges Übel.«

»Sicher. Und ein sehr erfolgreiches Übel. Kennen Sie die junge Geigerin, die in Ihrem Konzert die Solovioline spielt? Die Amerikanerin?«

In seinen Augen zeigte sich wieder so etwas wie Interesse. »Amy Hartston?«

»Genau. Es ist wirklich ein seltsames Zusammentreffen, aber bevor ich herkam, habe ich in Dorsoduro gefrühstückt und sah sie sehr früh aus Massiters Haus kommen. Sie machte einen seltsamen Eindruck. Fast könnte man meinen … Aber nein, ich will keine voreiligen Schlüsse ziehen.«

»Sie beobachten Hugo Massiter?«

»Das habe ich nicht gesagt. Ich habe lediglich gesehen, wie diese Amy Hartston seine Wohnung verließ. Sie wirkte ein biss- chen durcheinander, wenn Sie verstehen, was ich meine. Viel- leicht können Sie sie bei Ihrem nächsten Treffen darauf an- sprechen.«

»Möglich.«

»Hat Mister Massiter vielleicht ein Faible für junge Mädchen?«

Daniel Forster seufzte. »Keine Ahnung. Wenn Sie es genau wissen wollen, kenne ich Hugo Massiter kaum. Bevor ich nach Venedig kam, bin ich ihm nie begegnet.«

»Aber er scheint sich für Amy Hartston zu interessieren? Und das nicht ohne Erfolg?«

»Wenn Sie meinen.«

Das scheint ihn zu beunruhigen, dachte sie, aber anders, als ich annahm. Er ist nicht eifersüchtig, nur besorgt.

»Und wer hat Ihrer Ansicht nach Paul und Scacchi getötet?«

Giulia Morelli zuckte mit den Schultern. »Natürlich jemand, der ein Motiv hatte. Jemand, der entweder etwas von ihnen wollte oder das Bedürfnis verspürte, sie für irgendein Vergehen zu bestrafen.«

»Als ich Ihnen erzählte, dass sich Scacchi Geld geliehen hatte, haben Sie mich als Lügner bezeichnet.«

Seine Angewohnheit, ihr die Worte im Mund herumzudrehen, war nervend. »Nein. Ich sagte, dass es dafür keine Beweise gibt. Das heißt nicht, dass Ihre Behauptung gelogen wäre. Nur unwahrscheinlich.«

»Und wer war dann der Täter?«

Sie wartete einen Moment, um ihren nächsten Worten mehr Nachdruck zu verleihen. Rizzos Befragung hatte lediglich ergeben, dass Massiter dringend nach einem Musikinstrument suchte, das auf dem schwarzen Markt angeboten worden war. So hart sie ihm auch zugesetzt hatte, Rizzo war stur bei der Behauptung geblieben, mit dem Mord am Friedhofsverwalter ebenso wenig zu tun zu haben wie mit dem Überfall auf sie. Noch hatte er sich deutlicher über das Instrument geäußert, das er ihrer festen Überzeugung nach aus Susanna Giannis Sarg gestohlen hatte. Doch das war im Moment unerheblich. Rizzo konnte ihr nicht entkommen. Sie würde ihn sich immer wieder vorknöpfen und jedes Mal ein wenig energischer werden. Irgendwann musste er zusammenbrechen.

»Scacchi hat hin und wieder mit gestohlenen Kunstwerken gehandelt«, sagte sie. »Wussten Sie das? Sind Sie vielleicht in diesem Zusammenhang sogar für ihn tätig geworden?«

Sein junges Gesicht rötete sich leicht. Sie empfand Befriedigung.

»Ich wusste von ihm nur, dass er mit Antiquitäten handelt. Mehr nicht.«

»Das kann alles oder nichts heißen! Aber beantworten Sie bitte meine Frage, Daniel. Sind Sie im Zusammenhang mit Kunstgegenständen für ihn tätig geworden? Das könnte wichtig sein. Keine Angst. Ich suche keinen Dieb. Ich möchte einen Mörder fassen.«

»Es gab einige Objekte im Haus, deren Anwesenheit nicht bekannt werden sollte«, räumte er ein.

»Sind sie immer noch da?«

»Ich konnte nichts Wertvolles finden, obwohl ich überall gesucht habe.«

Sie beobachtete ihn genau. »Warum haben Sie das getan, Mister Forster? Hofften Sie, die Dinge verkaufen zu können?«

»Natürlich nicht!«

»Warum dann, Daniel?«

Sie ärgerte sich über ihre Impulsivität. Seine Miene wurde zu einer undurchdringlichen Maske. »Um mir Gewissheit zu verschaffen«, sagte er schließlich. »Ich bin Musiker, kein Gauner.«

»Ein Musiker, der nur selten zu den Proben seines Konzerts geht. Werden Sie überhaupt an der Uraufführung teilnehmen? Und an der Premierenfeier?«

Er blickte zum Fenster. »Ja. Haben Sie jetzt genug Fragen gestellt?«

»Nein. Haben Sie denn genug Antworten gegeben?«

»So viele, wie Sie verdienen«, entgegnete er.

Giulia Morelli sah Biagio an. Er wurde zunehmend unruhig. Um drei Uhr begann sein Dienst. Diese Unterhaltung führte zu nichts.

»Fast wünsche ich mir, Sie hätten die beiden umgebracht, Mister Forster. Dann wäre alles ganz einfach, und Sie wissen, wie sehr die Polizei leicht lösbare Fälle schätzt.«

»Was soll das heißen?«, fuhr er hoch.

»Sie sind für mich bislang der Einzige mit einem nachweisbaren Motiv. Abgesehen von der Haushälterin natürlich. Aber wir wissen beide, dass sie es nicht getan hat.«

Hasserfüllt funkelte er sie an. Das überraschte sie. Es passte so gar nicht zu ihm.

»Sie sollten sich um Scacchis Nachlass kümmern«, riet sie ihm. »Und Ihre Trauer nicht in Wein ertränken. Ich habe gestern mit Scacchis Anwalt gesprochen. Er hat seinen Besitz zu drei gleichen Teilen seinem Lebenspartner, seiner Haushälterin und Ihnen hinterlassen. Die Testamentsänderung erfolgte erst in der letzten Woche. Der Freund ist tot. Die Haushälterin verzichtete in dem Moment auf ihren Anteil, in dem ich ihr davon erzählte. Damit sind Sie Scacchis einziger Erbe.«

Ungläubig starrte Daniel Forster sie an.

»Dieses Haus gehört Ihnen, Mister Forster«, fuhr Giulia Morelli fort. »Mit allem, was darin ist. Unbelastet von Hypotheken. Scacchi hat Sie zu seinem Erben gemacht, obwohl er Sie erst wenige Wochen kannte. Warum hat er das Ihrer Meinung nach getan?«

Die Röte war aus seinem Gesicht verschwunden. Giulia Morelli glaubte, die Emotionen anderer Menschen ganz gut einschätzen zu können. In diesem Moment war Daniel Forster voller Empörung und Widerwillen gegenüber seinem toten Wohltäter, als hätte der ihm aus dem Leichenschauhaus heraus einen üblen Streich gespielt.

»Warum, Daniel?«

Er schien mit den Gedanken ganz woanders zu sein, an einem Ort, bei einem Thema, das sie nicht einmal vermuten konnte. Als er sie endlich wieder ansah, funkelten seine Augen so finster, wie sie es noch nie gesehen hatte.

»Eins würde ich gern wissen«, begann er. »Haben Sie eigentlich das Gefühl, zum Guten in der Welt beigetragen zu haben, wenn Sie nach getaner Arbeit nach Hause gehen?«

Die Frage kränkte sie. »Selbstverständlich. Welchen Grund gäbe es sonst für unsere Tätigkeit?«

»Und worin besteht die genau, Commissaria?«

»Ich bereichere mich nicht«, antwortete sie sofort. »Ich lasse mich nicht bestechen. Ich frisiere keine Geständnisse für Verdächtige, die ich für schuldig halte, oder drücke die Augen bei anderen zu, die sich anmaßen, über den Gesetzen zu stehen.«

Der Ausdruck in seinen Augen verwirrte Giulia Morelli. Er hatte sie aus der Fassung gebracht, und sie wusste nicht, wie sie die wiedergewinnen sollte.

»So definieren Sie also Ihre Tätigkeit?«, erkundigte er sich. »Durch das, was Sie *nicht* tun?«

»In Venedig ist es nun einmal so«, erwiderte sie scharf und wünschte sich, über seine Frage ein wenig länger nachgedacht zu haben.

Lächelnd verschränkte Daniel Forster die Arme. Sie stand auf, warf Biagio einen Blick zu und kündigte an, gehen zu wollen. Dann warf sie ihre Visitenkarte auf den Tisch.

»Rufen Sie mich an, wenn Sie mir etwas zu sagen haben, Mister Forster. Es würde uns beiden helfen. Aber nur über mein Handy bitte. Vergessen Sie nicht, was ich über diese Stadt gesagt habe. Vergessen Sie nicht, in welcher Gesellschaft Sie sich befinden.«

Draußen war die Temperatur um etliche Grade gestiegen. Schon bald würde Venedig unerträglich sein. In ihrem Kopf herrschte ein ungewöhnliches Durcheinander. Biagio musterte sie fragend.

»Was ist?«

Er zuckte mit den Schultern. »Ich hatte mich schon gefragt, ob Sie überhaupt jemand aus der Ruhe bringen kann.«

»Jetzt wissen Sie es. Hält sich für superschlau, dieser Engländer.«

»Mir gefällt er«, sagte der Wachtmeister. »Er scheint aufrichtig genug zu sein.«

»Genug für was?«

Biagio warf ihr einen strengen Blick zu. »Genug, um uns zu helfen. Das heißt, wenn er will.«

Biagio hatte Recht. Ohne Daniel Forster konnten sie einpacken. Die Vermutungen und Überlegungen, die ihr Tag und Nacht durch den Kopf gingen, würden ihre Triebkraft verlieren.

»Ich finde das Motiv schon noch«, murmelte sie.

Aber Biagio hörte es nicht. Er stand im Schatten eines nahen Hauseingangs und beantwortete einen Anruf auf seinem Handy. Das hochrote Gesicht des Wachtmeisters erfüllte sie mit Unbehagen. Erregt sprach er in das kleine Gerät. Dann beendete er das Gespräch und sah sie schweigend an.

»Was ist?«, fragte sie und fürchtete sich vor der Antwort.

»Am Morgen hat man Rizzo gefunden. Er trieb mit dem Gesicht nach unten im Wasser an einem der alten Hafendocks. Er wurde in den Kopf geschossen. Wahrscheinlich heute Nacht.«

Sie schloss die Augen und wünschte, sie hätte dem Mann härter zugesetzt. »Verdammt.«

Biagio betrachtete sie stumm.

»Ich werde mich an Massiter halten«, erklärte sie. »Und herausfinden, was er letzte Nacht gemacht hat.«

»Das können Sie nicht«, widersprach er. »Der Fall ist bereits jemand anders übertragen worden. Sie können sich nicht einmischen, ohne von unseren Ermittlungen zu erzählen.«

»Wer hat ihn bekommen?«

»Raffone.«

Entsetzt sah Giulia Morelli ihn an. Der Mord an Rizzo war dem unfähigsten Kriminalbeamten der Stadt übertragen worden, und dazu noch einem, der wahrscheinlich korrupt war. »Allmächtiger. Da will aber jemand ganz sicher gehen, auch die ihm genehmen Resultate zu erhalten. Was sollen wir Ihrer Ansicht nach tun?«

Biagio straffte seinen Rücken, und Giulia Morelli ärgerte sich, ihn nicht früher nach seiner Meinung gefragt zu haben. Sie erachtete bei ihm einfach zu viel als Selbstverständlichkeit. Jetzt nickte er zur Ca' Scacchi hinüber. »Sie bearbeiten den Fall Scacchi. Geben Sie sich damit zufrieden. Wir werden Mittel und Wege finden, diesen jungen Mann zur Kooperation mit uns zu bewegen. Wenn Sie es sich recht überlegen, gibt es kaum eine Alternative.«

»Er ist Ihnen wirklich sympathisch, oder?«

»Klar. Ihnen nicht?«

Daniel Forster verheimlichte ihr etwas. Dessen war sie sich sicher. Und doch konnte sie ihm das seltsamerweise nicht übel nehmen. Irgendwie war es unvorstellbar, dass er es aus eigennützigen, verwerflichen Gründen tat.

»Ich mag ihn«, sagte sie. »Aber notfalls müssen wir ihn in die Zange nehmen, Biagio. Wenn es nicht anders geht.«

Schweigend sah er auf seine Armbanduhr. Er dachte an seinen Schichtbeginn, seine eigentliche Arbeit.

»Haben Sie mit jemandem darüber gesprochen?«, wollte sie wissen.

»Über was?«

»Rizzo.«

Ungehalten funkelte Biagio sie an. »Der Typ war auf dem Präsidium. Glauben Sie, das wäre geheim geblieben?«

»Nein.« Es gab eine Million undichte Stellen, durch die Neuigkeiten hätten sickern können. Sie musste endlich lernen, jemandem zu trauen. »Entschuldigung.«

»Schon gut«, sagte er gleichmütig. »Aber hören Sie. Für den Rest der Woche mache ich noch mit. Wenn wir dann nichts in der Hand haben, geben wir auf. Vergessen die ganze Sache. Einverstanden?«

»Natürlich«, antwortete Giulia Morelli.

48. Der Dämon, der sich meinem Zugriff entzog

(Auszug aus den Memoiren von Alberto Marchese, von 1713 bis 1733 Richter am Quirinal, Bezirksgericht in Rom)

»Wie Ihr, geneigter Leser, mittlerweile wisst, sind Schurken eine sehr häufig vorkommende Spezies. In meiner Amtszeit habe ich mehr als zweihundert hinter Gitter und ungefähr dreißig aufs Schafott geschickt. Da die menschliche Natur nun einmal so ist wie sie ist, kann ich über ihr Schicksal weder Bedauern noch Genugtuung empfinden. Das Leben gleicht einem Würfelspiel. Keiner dieser Übeltäter trug die Saat des Teufels in sich. Von anderen Eltern und zu einer anderen Zeit geboren, wären sie möglicherweise vorbildliche Bürger geworden. Das heißt, mit Ausnahme des alten Fratelli vermutlich, der toll war wie der Köter eines Schweinehirten und doppelt so gefährlich. Muss doch ein Mensch, der seine Ehefrau erdrosselt, zerstückelt und in gekochtem Zustand den Verwandten serviert, die erschienen sind, um ihren Geburtstag zu feiern, als wahnsinnig und von daher nicht mehr menschenähnlich gelten. Selbst Brazzi, dieser flinke Ganove, der auf dem Palatin Besucher der Stadt um ihre Börsen erleichterte, hatte seine feinsinnigeren Seiten und zitierte voller Wehmut Petrarca, als ich ihm seinen Hinrichtungstermin verkündete. (Ein Diebstahl ist eine Sache, aber Brazzi hätte niemals diesen Burschen aus Mailand niederstechen dürfen. Ich weiß, diese Menschen aus dem Norden können ein Ärgernis sein, aber Mord bleibt nun einmal Mord.)

In all den Jahren meiner Tätigkeit bin ich nur einem Schurken begegnet, auf den die Bezeichnung ›böse‹ in der Tat zutrifft, doch der ist zu meiner ewigen Schande ein freier Mann geblieben – meines Wissens zumindest. Allerdings war er kein gewöhnlicher Verbrecher. Seinen wahren Namen kann ich jedoch ebenso wenig nennen wie seine Herkunft. Aber ich bin überzeugt, dass es sich bei ihm um eines der verruchtesten Geschöpfe handelt, die jemals auf Erden wandelten, da er seine Untaten mit kalter Absicht verübte und in voller Kenntnis des Leides, das er damit Unschuldigen zufügte. Die meisten Missetäter geraten durch Trägheit, Zufall oder auch schlicht durch Not in den Kreislauf des Verbrechens. Jedoch der Mann, über den ich hier berichte, schwelgte geradezu in seiner Schlechtigkeit. Seine Taten und deren Folgen amüsierten ihn in höchstem Maße. Geld, Einfluss, Macht – alle diese Dinge waren nur Nebensächlichkeiten für sein Hauptvergnügen, das darin bestand, die Welt mit einem Antlitz zu täuschen und mit einem anderen zu verschlingen.

Jeden anderen Verbrecher, mit dem ich während meiner Amtszeit zu tun hatte, habe ich auf die eine oder andere Weise verstehen können. Armut, Wollust, Habgier haben die Menschen auf den Weg des Bösen getrieben, seit Eva Adam zum Biss in den Apfel überredete. Doch was diesen Mann bewog, konnte ich nicht einmal erahnen. Bei ihm wäre selbst der Herrgott mit seiner Weisheit am Ende gewesen, würde ich vermuten. Vielleicht nehmt Ihr an, dass ich mich so harsch äußere, weil er ein Ausländer war, ein Engländer genauer gesagt. Doch das wäre ein Irrtum. Durch die Seele des Mannes, den ich als Arnold Lescalier kannte (obwohl ich bezweifle, dass er auf diesen Namen getauft worden ist, falls er überhaupt getauft wurde), zog sich eine unausrottbare Ader der Verruchtheit wie ein Makel durch edlen Marmor. Und so war es durchaus passend, dass wir einander erstmals im Teatro Goldoni begegneten, wo eine ganz passable Schauspielertruppe die Übersetzung eines Stückes über Faust aufführte, das der Engländer Marlowe geschrieben hatte. Es war ein unterhaltsames Melodram, das noch amüsanter gewesen wäre, hätte ich gewusst, dass der weltgewandte, zuvorkommende Engländer, der mir in der Pause vorgestellt wurde, durchaus als Inspiration hätte dienen können. Für den dem Untergang geweihten Arzt auf dem Weg in die Hölle? Mitnichten. Bei all seinen Unzulänglichkeiten war Faust durch und durch menschlich. Nein, Mister Lescalier hatte weit mehr Ähnlichkeit mit Mephisto, dem Gehilfen des Teufels, der einem lächelnd die Kehle aufschlitzt, dann die Seele einfängt, die dem blutenden Leichnam entweicht, und sie für seinen Herrn und Meister in eine Flasche stopft.

Nichts davon war ersichtlich, als wir einander kennen lernten. Ich sah nur einen ansehnlichen Engländer von etwas mehr als dreißig Jahren, mit blonden Haaren, einer trügerisch gelassenen Miene und der feinen, leicht geckenhaften Kleidung, wie man sie an reisenden Aristokraten in Rom sieht. Mister Lescalier schien ein Mensch zu sein, der zwei Taschentücher im Ärmel trägt und es nicht wagt, sich in der Öffentlichkeit die Nase zu schnäuzen. Der einzige Hinweis auf das Gegenteil, der mir nicht hätte entgehen dürfen, war sein Diener, ein unsagbar hässlicher Einheimischer, dessen Namen ich nie herausfand. Ich nahm an, dass es die vulgäre Grobheit seines Dieners war, die seinen arglosen Herrn davor bewahrte, von den römischen Tagedieben ausgeraubt zu werden. Lescalier – so heißt es – soll der illegitime Sohn eines englischen Lords gewesen sein, der ihn ins Ausland geschickt hatte, damit er sich eine gewisse Bildung aneignete. Das schien er vor allem dadurch erreichen zu wollen, dass er allen Geld anbot, die ihm Zugang zu ihren Kreisen gewährten. Lescalier schätzte die Malerei, die Bildhauerkunst, den Tanz und die Musik – eben alles, was Rom in reichem Maße bot. Vor unserer schönen Stadt hatte er Paris, Genf, Mailand und Florenz besucht, wie er mir anvertraute, aber auch wenn diese Städte durchaus ihre Vorzüge hätten, ließen sie sich doch keineswegs mit Rom vergleichen. Daran war etwas Wahres, wie ich später herausfand. Ein Engländer namens Debrett (seltsam, dass sich dieser Bursche stets französisch klingende Namen wählte) hatte in Mailand eine Unzahl von Edelleuten geschröpft, bevor er das Weite suchte, und danach kamen mir Berichte über einen Ganoven in Genf zu Ohren, der sich Lafontaine genannt und sich ähnlich verhalten hatte.

An diesem Abend zog Mister Lescalier auch mich in seinen Zauberbann, muss ich gestehen. Die Damen hätten ihn nur zu gern unter ihre Fittiche genommen, während ihn die Männer als jüngeren Bruder zu betrachten schienen, der neu in der Stadt war und vor den Grausamkeiten dieser Welt bewahrt werden musste. Im Handumdrehen verfügte er über Einladungen von den sechs besten Familien in Rom. (Ich versagte mir eine Einladung aus keinem anderen Grund als Scham. Mein bescheidenes Heim konnte es mit den Häusern bei weitem nicht aufnehmen, in die er zum Speisen gebeten worden war.) Wie ein Wirbelwind fegte Lescalier durch die Cafés und Speisezimmer der Stadt, und erst sieben Monate später erkannten wir, welche Verheerungen er angerichtet hatte.

Es war im Januar meines letzten Amtsjahrs, 1733, als mich um drei Uhr morgens ein heftiges Klopfen an meiner Tür aus dem Schlaf weckte. Es herrschte ein übles Wetter, wie ich auf meinem Rückweg von einem Glas Wein in meiner Lieblings-Taverna festgestellt hatte. Es schneite und ein eisiger Wind drang einem durch Mark und Bein. Nichts wünschte ich mir mehr, als in meinem behaglichen Bett bleiben zu können. Aber ich küsste meine liebe Anna und riet ihr, wieder einzuschlafen, während ich nach dem Begehr unseres Besuchers fragte. Es ist das Los eines Bezirksrichters, Tag und Nacht jedermann zur Verfügung zu stehen. Doch es besteht kein Anlass, diese Last mit seiner Frau zu teilen.

Ich erkannte sofort, wer da auf meiner Schwelle stand: die Kammerzofe der Herzogin von Longhena, eine hübsche junge Frau und ihrer Herrin treu ergeben. Das arme Geschöpf befand sich im Zustand höchster Erregung, schlug schluchzend die

Hände vors Gesicht und plapperte unverständliches Zeug. Die Herzogin, eine korpulente, unansehnliche, reiche Witwe von recht flatterhaftem Wesen, wohnte drei Straßen entfernt an der Grenze meiner Zuständigkeit. Ich hatte die Frau offen gestanden noch nie leiden können, und in letzter Zeit gab sie sich, wie ich hörte, noch anstößiger als gewöhnlich. Nach dem Tod ihres Mannes war sie Gerüchten zufolge dazu übergegangen, heimlich junge Männer zu empfangen. (Die Sünde war die Heimlichkeit, nicht die Tat selbst. Schließlich leben wir in Rom.)

Ich schickte Lanza in die Küche, damit er der Zofe einen Grappa holte, und ging mit ihr in den Salon. Als er mit dem Glas zurückkehrte, leerte sie es in einem Zug und beruhigte sich nach weiteren Tränen und Seufzern so weit, dass ich ihr Fragen stellen konnte.

›Es ist mitten in der Nacht, Mädchen‹, sagte ich. ›Was hat das zu bedeuten?‹

Mit tränenumflorten Augen blickte sie mich an. ›O Signore, es geht um meine Herrin. Sie ist zu Tode gekommen, und das auf grauenhafte Weise.‹

›Die Herzogin ist tot?‹

›Sie wurde ermordet, Herr. Von der Hand eines Menschen, von dem sie annahm, dass er sie mehr liebte als jeder andere.‹

›Lanza!‹ Aber der stand bereits mit unseren Mänteln, Hüten und Schals bereit, die wir gegen die Kälte benötigten. Dreißig Jahre lang ist der Mann nun schon in meinen Diensten und hat mich noch kein einziges Mal enttäuscht. ›Kommt, Mädchen. Wir müssen nachsehen, wovon Ihr eigentlich redet.‹

›O nein, Signore!‹, rief sie und brach erneut in Schluchzen aus. ›Zwingt mich nicht, noch einmal diesen Raum zu betreten. Ich würde auf der Stelle sterben.‹

›Unsinn‹, knurrte ich ungeduldig. ›Wenn ein Verbrechen verübt wurde, müssen wir uns mit eigenen Augen überzeugen, und ich möchte hören, wie Ihr die Tote gefunden habt. Wie sollten wir den Schuldigen sonst entdecken? Kommt endlich!‹

Lanza packte sie behutsam am Arm, und mit dem laut jammernden Mädchen im Schlepptau gingen wir in die Nacht hinaus, suchten uns unseren Weg durch Sturm und Schneehagel und konnten uns auf den vereisten Straßen kaum aufrecht halten. Ungeachtet des widrigen Wetters hatte sich eine kleine Schar Menschen vor den Eisentoren der Villa Longhena versammelt und murmelte dunkle Worte von Mord und Vergeltung. Die Nachtwächter glänzten durch Abwesenheit (was, wie ich gestehen muss, nicht unüblich war). Ich nannte laut meinen Namen und drängte mich durch die Menge. Es war ein großartiges Haus mit drei Stockwerken und einem palatinischen Portal. Die Haustür stand offen. Der matte Schein eines Kronleuchters drang nach außen. Mit einer Hand an meinem Dolch trat ich über die Schwelle und lauschte. Manche Strolche verlassen den Ort ihrer Missetat erst spät. Da ist man besser auf der Hut.

Die Villa schien leer zu sein. Von nirgendwoher vernahm ich einen Laut. Mit der Zofe am Arm folgte mir Lanza auf den Fersen. Das bedauernswerte Geschöpf winselte und schluchzte auf die rhythmische Weise, die mitunter den Ausbruch von Raserei ankündigt. Hätte ich dem doch nur mehr Aufmerksamkeit geschenkt. Doch stattdessen – und ein Komplott vermutend (Diener spielen bei Verbrechen eine unseligere Rolle, als man gemeinhin annimmt) – herrschte ich sie an:

›Wo sind die anderen, Mädchen? Die Köchin? Die Diener?‹

›Die Herrin hat ihnen freigegeben, Signor Marchese. Sie wollte allein sein, wenn sie ihn empfing. Auch ich sollte mich nicht bemerkbar machen, nur für den Fall bereitstehen, dass meine Dienste gebraucht würden. Und er war so schnell! Ich bin um mein Leben gerannt!‹

Ich brauche Euch wohl kaum zu sagen, als wer sich dieser ›er‹ herausstellte.

›Wo befindet sich die Herzogin?‹

›Nein …!‹ Angstvoll blickte sie die Treppe hinauf, sackte dann auf dem Fußboden zusammen und bedeckte ihr Gesicht mit den Händen. Nun, ich habe viele Übeltäter erlebt, die mir ein ähnliches Theater vorspielten, um ihrer Strafe zu entgehen. Die Gerechtigkeit verlangt eine eiserne Hand. Ich befahl Lanza, sie auf die Füße zu ziehen und notfalls die Treppe hinaufzuschleppen.

Der Geruch von menschlichem Blut lässt sich mit nichts vergleichen. Wir erklommen zwei Treppen, und dort oben stieg mir der unverwechselbare Gestank in die Nase. Am Ende des Flurs, offenbar vom Schlafzimmer der Hausherrin, schimmerte Licht durch die spaltbreit geöffnete Tür. Mit dem eisigen Luftzug durch ein offenes Fenster wehte uns Mordgeruch entgegen. Ich hatte in meinem Leben genügend Tote gesehen, um angesichts meiner schrecklichen Aufgabe Gleichmut zu bewahren. Desgleichen Lanza. Wortlos hastete ich den Korridor entlang. Lanza zerrte die schreiende Zofe hinter sich her, aber kurz vor der Tür stürzte sie zu Boden und umklammerte meine Knie.

›Ich flehe Euch an, Signor Marchese. Im Namen Gottes, zwingt mich nicht dazu, über diese Schwelle zu treten!‹

Ich bin in diesen Dingen vielleicht zynisch. Aber das muss ich sein.

›Was habt Ihr zu fürchten, mein Kind, wenn Ihr unschuldig seid? Wenn Eurer Herrin ein Leid geschehen ist, solltet Ihr uns helfen, den Täter zu finden, und uns nicht behindern.‹

Ihr Gesicht erstarrte und ich bemerkte unverhohlene Verachtung in ihrem Blick. ›Ihr wollt den Täter finden, Signore? Könnt Ihr den Teufel hinter Gitter bringen?‹

›Wenn es mir gelingt, ihm Beinfesseln anzulegen.‹

Ihre Brust hob sich. Versuchte sie, ein grimmiges Auflachen zu unterdrücken? ›Und Ihr glaubt, er würde in der Kerkerzelle bleiben, um ergeben sein Schicksal zu erwarten?‹

Ihre seltsame Bemerkung verdross mich.

›Los jetzt‹, befahl ich. Lanza zerrte sie auf die Füße, und wir betraten das Schlafzimmer der Herzogin von Longhena, um nach Überschreiten der Schwelle meiner Erinnerung nach ebenso laut zu schreien wie die Zofe. Ich habe gesehen, wie das Beil des Henkers einem Mann den Kopf vom Körper trennt. Ich war Augenzeuge der schauerlichsten Verbrechen, die Rom zu bieten hat. Aber nichts hatte mich auf diesen Anblick vorbereitet. Lanza ließ das Mädchen los, erbleichte und eilte zum Kamin, um sich auf die verglimmenden Holzscheite zu erbrechen. Die arme Zofe kniete auf dem Boden, schlug die Hände vor das Gesicht, krümmte rhythmisch den Rücken und gab ein heulendes Geräusch von sich, wie man es vielleicht von einem Tier erwartet, das sich im Schlachthaus seinem Metzger gegenübersieht.

Ihre Angst erwies sich als berechtigt. Niemand durfte erwarten, diesen Raum zu betreten und ihn mit heilem Verstand wieder zu verlassen. Die Duchessa di Longhena oder das, was von ihr übrig war, lag nackt auf dem Bett wie ein in seinem eigenen Blut gestrandeter weißer Wal. Die von einem Ohr zum anderen aufgeschnittene Kehle gab ihr das eigentümliche Aussehen eines grinsenden Karnevals-Hanswursts. Ihr Bauch war von der Brust bis zu den Lenden aufgefetzt und die inneren Organe waren herausgerissen und im ganzen Zimmer verstreut worden.

Ich blieb äußerlich gelassen angesichts der heulenden Zofe und Lanzas wiederholtem Würgen und Ächzen, doch das kostete mich große Mühe. Irgendwo in meinem Inneren heulte und schrie der wahre Marchese zusammen mit dem halb wahnsinnigen Mädchen, als würde er sich gegen den Anblick sträuben, denn hier bot sich uns eine ungeheuerliche blutrünstige Grausamkeit, die nicht von dieser Welt sein konnte. Doch ich war Bezirksrichter im Dienst des Staates und durfte meine Empfindungen nicht sichtbar werden lassen.

Entschlossen machte ich einen Schritt auf das Bett zu und entdeckte neben der verstümmelten Leiche auf dem blutigen Laken die Gestalt eines winzigen Kindes. Es hatte die Augen fest geschlossen, die Fäuste geballt und die Knie eng an den Körper gezogen. Lang und rosafarben hing die Nabelschnur von seinem Bauch. Als ich dieses Bild in mich aufnahm und mich trotz meines Entsetzens um Fassung bemühte, bemerkte ich, dass sich eine Hand auf meinen Rücken legte. Es war die Zofe, die es trotz des schauerlichen Anblicks an das Bett getrieben hatte. Ich schaute in ihr wahnverzerrtes Gesicht und fragte mich, ob es nicht angeraten war, sie in die Irrenanstalt bringen zu lassen. Unsere Blicke richteten sich auf den blutbefleckten weißen Satin und die kleine Leiche, das mit Sicherheit unschuldigste Opfer unbegreiflicher Gewalttätigkeit.

Wir starrten die reglose Miniatur des Wunders menschlichen Lebens einen Moment lang an, und dann war es, als müsste sich der Erdboden auftun. Denn es *bewegte* sich. Die winzigen Glieder zuckten und die Augen öffneten sich kurz. Blutblasen und Schleim traten über seine Lippen. Dann starb das Kind, ein Knabe, dessen die Herzogin von Longhena durch eine Art perversen Kaiserschnitt entbunden worden war, vor unseren Augen.

Ich fiel auf die Knie und suchte vergebens nach den Worten eines Gebetes. Zwei Menschen hatten auf diesem Bettzeug ihr Leben ausgehaucht: ein erschöpftes und vergeudetes sowie ein derart kurzes, dass es unvorstellbar schien, wie Gott in seiner Gnade das zulassen konnte.

Als ich mich mit einem Wust widersprüchlicher Empfindungen wieder erhob, blickte mich die Zofe an. Sie schluchzte und zitterte nicht mehr. Ihr Antlitz war voller Hass, und ich kannte den Grund.

›Ich … begreife das … alles nicht‹, stammelte ich.

›Das ist das Werk des Engländers‹, antwortete sie unbewegt. ›Meine Herrin bat ihn heute zu sich, um ihm mitzuteilen, dass sie ein Kind von ihm erwartet. Sie hat alle anderen außer mir fortgeschickt, weil sie ungestört sein wollte.‹

›Aber warum …?‹

Ein tollwütiger, fast spürbarer Zorn schien den Raum zu beherrschen. Geradezu schmerzhaft legte er sich auf unser aller Schultern.

Erneut blickte sie auf das Bett, doch nun ohne Furcht. ›Ich ertrage diese Ungeheuerlichkeiten nicht mehr‹, murmelte sie vor sich hin.

Meine Gedanken rasten in zu viele Richtungen. Ich bemerkte nicht, was da vor sich ging, bis es zu spät war. Sie ging zum halb geöffneten Fenster, zog es ganz auf und stürzte sich aus dem zweiten Stockwerk in die Nacht hinaus. Noch immer höre ich das dumpfe Geräusch, mit dem ihr Körper unten auf den Marmorplatten aufschlug. Es kostete mich meine ganze Kraft, es ihr nicht nachzutun. In dieser Nacht war ich dem Bösen sehr nahe und sein übler Hauch versehrte mich. Die Ironie daran ist, dass ich ihm zuvor häufig begegnet war, doch niemals sein wahres Antlitz erkannt hatte.

Natürlich war es Lescalier, der die Herzogin geschwängert hatte. Gerüchte besagten, dass er überall in Rom Affären unterhielt. Ein Priester oder auch ein Arzt hätten mir vielleicht erklären können, warum ihn die Mitteilung von der baldigen Geburt des Kindes zu seiner Tat hingerissen hatte. Geplant war sie höchstwahrscheinlich nicht, und meine Nachforschungen ergaben zweifelsfrei, dass der Engländer auch ohne den Mord an der Herzogin die Stadt bald verlassen hätte. Sein *modus operandi* schien stets der gleiche zu sein. Zunächst gibt er sich den Anschein des arglosen, wohlhabenden Neuankömmlings, der sich mit dem Geld, das er in der Stadt seines letzten Aufenthaltes gestohlen hat, das Wohlwollen einflussreicher Kreise erkauft. Sobald ihm das gelungen ist, wird er zu einem Schurken und Dieb, der bedenkenlos betrügt, stiehlt und verführt, bis sich die Menge seiner Untaten nicht mehr verheimlichen lässt und sich die Schlinge um seinen Hals zuzuziehen beginnt. Dann ergreift er die Flucht, und einige Wochen später taucht in einer anderen Stadt Europas ein anderer englischer Aristokrat unter einem anderen falschen Namen auf. So soll er auch in Paris und Genf Morde verübt haben, beide Male an schwangeren Frauen, von denen eine absolut unschuldig war und nur das Unglück hatte, ihm unter den falschen Umständen begegnet zu sein. Was einen Mann dazu bringen kann, den Zustand der Mutterschaft auf derart fatale Weise zu hassen, entzieht sich meinem Verständnis. Angesichts solcher Abscheulichkeiten bleiben mir die dämonischen Verirrungen des Ungeheuers Mensch schlicht unbegreiflich.

Und so entkam er meinem Zugriff ebenso, wie er sich den Nachstellungen meiner Kollegen anderswo entzog. Sollte er jemals nach Rom zurückkehren, hat er einen gerichtlichen Prozess zu gewärtigen. Aber ich zweifle daran, dass das geschehen wird. Dafür ist dieser Mann zu schlau. Er täuscht und betrügt uns, indem er sich unsere besten Eigenschaften zunutze macht: unsere Großzügigkeit, unsere Liebe zur Kunst, unsere Bereitschaft, einen charmanten Fremden mit offenen Armen zu empfangen. Das macht ihn zu einem weit durchtriebeneren und gefährlicheren Verbrecher als den gängigen Ganoven.

Sollte er jedoch irgendwo vor Gericht gestellt werden, lasse ich es mir nicht nehmen, zum Prozess zu fahren. Und wenn dann irgendeine Lücke in der Beweisführung eintritt, werde ich mich an den schrecklichsten Anblick dieser Nacht erinnern: an die arme Zofe, deren Körper auf der Marmorterrasse der Duchessa di Longhena zerschmetterte, nur weil ein alter anmaßender Bezirksrichter die Buchstaben des Gesetzes für wichtiger hielt als schlichte menschliche Anteilnahme.

Mit diesem Bild in meinem Kopf werde ich meinen lebenslangen Glauben an die so genannte Gerechtigkeit aufgeben, mein Stilett ziehen, auf den Verbrecher zugehen und es ihm in den Leib stoßen.

In mir regt sich Zweifel daran, dass Ihr dies drucken werdet, verehrter Freund. Und doch ist diese Geschichte von allen, die ich zu erzählen habe, in gewisser Hinsicht die mit dem höchsten moralischen Anspruch.«

49. SANT'ERASMO

Die erste Fähre vom Fondamente Nuove war leer. Im Schneckentempo tuckerte sie über die Lagune und setzte Daniel Forster eine Viertelstunde später vor Pieros Grundstück auf Sant' Erasmo ab. Am östlichen Horizont schimmerte die Adria in einem schwachen Grauton, und ein erfrischender Wind fuhr über die ordentlich angelegten Gemüsereihen, die den Pfad säumten.

Daniel hatte stundenlang im Haus gewartet, aber sie war nicht erschienen. Giulia Morelli zufolge war sie am Tag zuvor entlassen worden. Hätte sie in die Ca' Scacchi zurückkehren wollen, dann wäre sie mit Sicherheit längst da gewesen. Ihre Äußerungen im Gefängnis waren deutlich genug gewesen. Sie musste wissen, wo er sich aufhielt. Also war sie irgendwo anders untergekommen. Bei ihrer Mutter in Mestre vielleicht oder bei anderen Verwandten.

Möglicherweise auch bei Piero. Er versuchte, sie sich inmitten der grünen Beete und Wiesen vorzustellen, wie am Tag ihres Ausflugs, kurz bevor ihre Welt zusammenbrach. Er dachte an ihren Triumph bei dem absurden Aal-Wettbewerb. Er erinnerte sich auch an den Fischgeschmack in seinem Mund und ihren Blick, nachdem er seinen Kopf tapfer in den Eimer mit den sich windenden Aalleibern getaucht hatte. In diesem Augenblick hatte er sich Venedig ganz ergeben und als Folge davon auch ihr. Jetzt erstaunte es ihn, das nicht schon damals erkannt zu haben.

Das kleine Bauernhaus wurde größer, doch vor der Kate und hinter dem Beet mit Artischocken, deren Köpfe sich leicht im Wind neigten, war keine weibliche Gestalt zu sehen. Nur Piero hockte auf einer Bank und schien etwas zu schnitzen. Vor ihm saß Xerxes und starrte seinen Herrn voller Bewunderung an. Daniel rief einen Gruß. Der Hund hob den Kopf und bellte. Piero blickte auf. Aus der Entfernung war es unmöglich, seine Miene zu deuten, aber Daniel glaubte, Missmut zu spüren.

Xerxes kam auf ihn zugelaufen und sprang an ihm hoch.

»Platz!«, rief Piero ärgerlich. Er war mit Holzspänen übersät. »Verdammter Hund.«

»Ist schon gut, Piero.« Daniel streckte die Hand aus, die der Hüne sichtbar zögernd ergriff.

»Ich will wirklich nicht unhöflich erscheinen, Daniel«, sagte Piero. »Aber was treibt Sie her? Sie müssen doch mit dem Begräbnis und Ihrem Konzert, von dem man so viel hört, in der Stadt jede Menge zu tun haben. Was lockt Sie in diese Einöde?«

»Ein Freund, dachte ich«, erwiderte Daniel. »Einer, der mich an bessere Zeiten erinnert.«

Piero quittierte die leichte Zurechtweisung mit einem Kopfnicken. Er drehte sich um, griff nach der Flasche auf dem groben Holztisch und goss Rotwein in zwei Plastikbecher.

»Hier«, sagte er. »Auf unsere abwesenden Freunde.«

Sie tranken, aber Daniel spürte eine seltsame Distanz zwischen ihnen. Er erinnerte sich daran, dass Piero mit Scacchi verwandt war, aber im Testament nicht bedacht worden war. Vielleicht lag da ein Grund für eine gewisse Verstimmung.

»Ich bin gekommen, um mit Ihnen zu sprechen«, sagte Daniel. »Über vieles. Ich möchte keine Missverständnisse zwischen uns, Piero. Ich habe dieses Testament nicht verfasst. Ich wusste ja nicht einmal, dass es existiert. Sagen Sie mir, was Sie von Scacchis Vermögen haben möchten, und Sie bekommen es.«

Die dichten Brauen zogen sich zusammen, und Daniel erkannte, dass er einen Fehler begangen hatte. »Geld? Bieten Sie mir etwa Scacchis Geld an? Was hätte ich Ihrer Ansicht nach davon, Daniel?«

»Entschuldigen Sie. Ich dachte … Sie wirken über meinen Besuch nicht gerade erfreut.«

»Nein.« Piero leerte seinen Becher und goss sich neuen Wein ein. »So ist es nun einmal. Aber das ist nicht gegen Sie persönlich, Daniel. Ich hasse das Sterben. Gründlich. Ich hatte einmal mit Toten zu tun. Sie werden mich am Freitag nicht sehen, nicht auf San Michele. Dafür kenne ich die Insel zu gut. Aber sehen Sie her. Das wollte ich schicken. Die Mühe kann ich mir sparen, wenn Sie es mitnehmen.«

Er trat an die Bank und hob einen kleinen aus dunklem Holz geschnitzten Gegenstand hoch. »Das habe ich für Scacchi geschnitzt. Er hätte es verabscheut, aber da er nun einmal tot ist, kann er sich nicht mehr wehren. Versprechen Sie mir, es ihm in den Sarg zu legen. Dieser alte Querkopf braucht auf seinem Weg ins Jenseits jede Unterstützung, die er bekommen kann.«

Daniel betrachtete Pieros Werk. Es war ein Kreuz aus knorrigem Olivenholz.

»Selbstverständlich. Es ist wundervoll.«

»Es ist das Geschenk eines Schwachkopfs für seinen superklugen Onkel. Der mich immer für einen Idioten hielt. Scacchi hätte es ins Feuer geworfen und sich dann beschwert, dass es nicht richtig brennt.«

Daniel befühlte das glatte Holz und dachte an die Mühe und Sorgfalt, die das Kreuz erfordert hatte. Er musste Piero Recht geben. Für so etwas hätte Scacchi kein Gefühl gehabt. »Ich werde es selbst hineinlegen. Das verspreche ich Ihnen. Aber ich hoffe, dass Sie Ihre Entscheidung noch einmal überdenken. Ich bin zwar kein Experte in Sachen Bestattung, fürchte aber, dass Sie es irgendwann bereuen könnten, nicht daran teilgenommen zu haben.«

Der Hüne schüttelte den Kopf. »Nein. Der Mensch erlischt mit dem letzten Atemzug. Warum sollte ich mich von einer leeren Hülle verabschieden? Ich habe Scacchi dort, wohin er gehört – in meinem Kopf. In dem er lebendig bleibt, bis ich ihm eines Tages folge. Ich brauche kein Begräbnis, um mich davon zu überzeugen, dass er tot ist. Aber Sie müssen hingehen, Daniel. Sie sind jung. Für Sie ist es anders.«

»Natürlich.«

»Und …« Piero verstummte und schien nach Worten zu suchen. »Es ist so unbegreiflich. Warum musste Scacchi sterben? Und auch der Amerikaner?«

Er erwartete eine Antwort, die Daniel ihm nicht geben konnte. »Ich weiß es nicht.«

»Ich bin doch wirklich ein Dummkopf! Woher sollten Sie es wissen? Scacchi war ein schwieriger Mensch. Er umgab sich mit Geheimnissen und mit Menschen, denen er besser aus dem Weg gegangen wäre. Ich muss es wissen, denn ich habe oft genug für ihn den Botenjungen gespielt. Auch so eine Dummheit …«

Daniel schwieg. Piero forschte nachdenklich in seinem Gesicht.

»Also hat er auch Sie auf diese Weise ausgenutzt?«, fragte er schließlich. »Streiten Sie es nicht ab, Daniel. Mehr oder weniger waren wir alle Scacchis Instrumente. Ich habe den Alten geliebt, wie man einen ungebärdigen Hund liebt. Aber wenn er etwas wollte, waren wir nur Bauernopfer in seinem Schachspiel, und da liegt für mich auch der Grund für seinen Tod. Er hat jemanden betrogen und ist damit erstmals zu weit gegangen.«

»Laura …«, begann Daniel Forster.

»Laura!«, fiel im Piero ins Wort. »Welche Trottel die Polizisten doch sind! Wie konnte man sie einfach so festnehmen? Haben sie denn keinen Funken Verstand?«

»Sie hat gestanden, Piero. Was sollte die Polizei daraufhin anderes tun?«

»Zunächst einmal unterscheiden, *wer* ihnen was erzählt. Glauben sie denn alles, was irgendein Gauner behauptet? Natürlich nicht. Aber wenn eine arme Frau, die in ihrer Trauer den Kopf verloren hat, ihnen einen hanebüchenen Blödsinn erzählt, glauben sie ihr jedes Wort und stecken sie flugs hinter Gitter. Während die wahren Verbrecher ungehindert die Stadt unsicher machen. Wollen Sie wissen, warum ich vor allem auf Sant' Erasmo lebe? Um nicht von der unglaublichen Dummheit infiziert zu werden, die in Venedig an der Tagesordnung ist.«

Piero wollte ihm Wein nachschenken, aber Daniel zog schnell seinen Becher fort. »Wo ist sie jetzt?«, fragte er. »Ich muss mit ihr reden.«

»Ich weiß es nicht. Warum fragen Sie ausgerechnet mich?«

»Weil Sie ihr Freund sind. Sie kennen Laura gut. Es ist wichtig, Piero.«

»Ich habe keine Ahnung!«, schrie Piero so laut, dass Xerxes mit angelegten Ohren um die Hausecke verschwand. Daniel äußerte kein Wort.

»Tut mir Leid. Ich hätte Sie nicht anschreien dürfen, Daniel«, entschuldigte sich Piero. »Ich bin mit den Nerven am Ende. Sie stellen mir alle möglichen Fragen und erwarten darauf Antworten. Aber ich bin nicht schlauer als Sie.«

»Wo könnte sie Ihrer Meinung nach sein? Mir sagte sie, ihre Mutter wohne in Mestre.«

Piero warf ihm einen vernichtenden Blick zu. »Eine Mutter in Mestre? Laura ist im Waisenhaus aufgewachsen, Daniel. Es gibt keine Mutter. Sie kam vor vielen Jahren direkt aus dem Heim zu Scacchi. Vermutlich hält sie sich bei einem Mann auf, und warum auch nicht?«

»Aber sie hat es mir gesagt!«

Piero schüttelte den Kopf. »Ihre Leichtgläubigkeit überrascht mich wirklich, Junge. Ich frage mich, wie Sie durch die Straßen laufen können, ohne dass Ihnen die Sachen vom Körper gestohlen werden.«

»Nun, wo ist sie? Wo könnte sie sein?«

»Daniel, Daniel …« Verzweifelt verdrehte Piero die Augen.

»Wie oft muss ich Ihnen denn noch sagen, dass ich es nicht weiß. Abgesehen davon …«

Daniel wartete einen Moment und hakte dann nach. »Warum sprechen Sie nicht weiter?«

»Sie empfinden etwas für sie. Mehr als freundschaftliche Gefühle. Oder irre ich mich?«

»Nein, so ist es. Und ich glaube, ihr geht es ähnlich.«

Piero nahm einen Schluck Wein und spuckte ihn sofort wieder aus. »Schmeckt ja wie Pisse. Der Wein ist in der letzten Woche umgekippt. So wie die ganze Welt in der letzten Woche aus den Fugen geraten ist. Oh, Daniel! Wie könnte es sein, dass Laura Sie liebt? Sie ist nicht stumm. Sie ist weder blind noch taub. Wenn sie zu Ihnen Kontakt aufnehmen wollte, hätte sie das jederzeit tun können. Und doch ist sie verschwunden. Ohne mir oder Ihnen etwas mitzuteilen. Was sagt Ihnen das? Ist das das Verhalten einer liebenden Frau?«

Mit Mühe verdrängte Daniel seine Verärgerung. »Es sagt mir, dass sie möglicherweise Angst vor den Männern hat, die Scacchi umgebracht haben. Vielleicht will sie mich aus irgendeinem Grund vor ihnen schützen. Ich weiß es nicht. Deshalb muss ich ja unbedingt mit ihr reden. Wenn sie mir ins Gesicht sagt, dass sie mich nicht mehr sehen will, dann werde ich mich damit abfinden. Aber sonst nicht. Auf keinen Fall.«

»Aber Sie haben keine Wahl. Ich kann Ihnen nicht helfen. Und sie wird es nicht tun.« Piero sah zu Xerxes hinüber, der zum Wasser hinuntertrottete. »Vielleicht liegt es an der Luft. An dem Gift, das sie aus den Drecksfabriken in Mestre in die Luft blasen. Das bringt uns alle um den Verstand. An dem Tag unseres kleinen Aalwettbewerbs dachte ich, Sie wären einer von uns. Wir haben Sie alle sehr gemocht. Scacchi noch mehr als alle anderen. Aber wir haben uns getäuscht. Jeder von uns.«

Er legte Daniel die Hände auf die Schultern. »Sie gehören nicht hierher«, sagte er. »Fahren Sie nach Hause, sobald das Konzert aufgeführt ist. Hier finden Sie kein Glück. Nur Leid oder Schlimmeres. Ich bedauere das sehr, denn ich betrachte Sie noch immer als Freund. Aus Freundschaft sage ich das. Verlassen Sie Venedig, solange Sie es noch können.«

Daniel sah den großen Mann an, als wäre er ein Fremder. »Wenn ich Sie nicht kennen würde, müsste ich Ihre letzten Worte für eine Drohung halten, Piero.«

»Nein. Es ist im Gegenteil der Rat eines Mannes, der sich um Sie sorgt. Der nicht möchte, dass Sie Ihr Leben mit der Jagd auf Geister vergeuden. Werden Sie meinem Rat folgen? Bitte?«

Daniel schloss die Augen und suchte nach einem Ausweg aus dem Labyrinth. Piero hatte Recht. Geister schwirrten durch die Luft: Scacchi und Paul lachten über den Wind, Laura stand vor ihm und betrachtete ihn nachdenklich, während sich der Aal unter dem Biss seiner Zähne wand. Und Amy, die arme zurückgewiesene Amy.

»Ich werde Ihre Empfehlung beherzigen, Piero«, sagte er. »In der nächsten Woche verlasse ich Venedig.«

Zwei massige Arme umschlangen seinen Körper und Daniel fühlte sich vom Boden hochgehoben und an die Brust des Hünen gezogen. Als er wieder auf den Füßen stand, entdeckte Daniel Tränen in Pieros Augen.

»Wenn ich doch nur die Uhr zurückdrehen könnte«, sagte Piero. »Wenn ich armer Tropf die Macht hätte, die Dinge zu verändern …«

»Nein«, entgegnete Daniel, bestürzt über seine plötzliche Trauer. »Sie haben für mich getan, was in Ihren Kräften stand, Piero. Ich werde Sie nie vergessen, mich immer an unsere Fahrten auf der *Sophia* erinnern, an unsere kleine Party hier.«

»Mein Junge!« Wieder packte ihn Piero, und diesmal liefen ihm ungehemmt Tränen über die Wangen.

Unbehaglich versuchte sich Daniel zu befreien und überlegte die ganze Zeit, wie sich Scacchi in einer ähnlichen Situation verhalten hätte. »Aber eins müssen Sie mir versprechen, Piero.«

»Was Sie wollen!«

Daniel wählte seine Worte mit Bedacht. »Dass Sie mich so in Erinnerung behalten, wie ich bin. Nicht so, wie andere mich vielleicht hinstellen.«

Piero versetzte ihm einen mächtigen Schlag auf die Schulter und füllte sauren Rotwein in ihre Plastikbecher. Dann wandte er sich ab und betrachtete die Blütenstände der Artischocken und Xerxes, der hoffnungsvoll herangeschlichen kam.

»Ich kenne Sie, Daniel«, sagte Piero, ohne ihn anzusehen. »Ich bin nicht so dumm, wie manche glauben.«

50. Eilige Rückkehr

Ich hätte es Marchese nicht verargen können, wenn er mich für übergeschnappt hielt. Um vier Uhr morgens, als die Sonne gerade begann, über Rom aufzugehen, berichtete ich ihm mit übersprudelnden Worten von dem Mann mit der Narbe auf der Wange, den ich als Oliver Delapole, er jedoch als Arnold Lescalier kannte, und teilte ihm mit, dass ich unverzüglich nach Venedig zurückkehren musste. Geduldig lauschte er mir, während ich meine Notlage so offen und aufrichtig zu Gehör brachte, wie ich es wagte. Es war von vordringlicher Wichtigkeit, dass Delapole von seinem Tun abgehalten und dingfest gemacht wurde, aber gleichzeitig musste ich dafür Sorge tragen, dass Rebecca und ihr Bruder den Häschern des Dogen entkamen – aus Gründen, die ich Marchese nicht anvertrauen konnte.

Wie nicht anders zu erwarten war, erkannte Marchese die Lücke in meiner Schilderung auf Anhieb. »Vielleicht macht Ihr Euch zu große Sorgen, Lorenzo. Der Mann ist mit Sicherheit ein Ungeheuer, aber kein gemeiner Sittenstrolch. Ich kann nicht erkennen, warum Ihr wegen eines einfachen Treffens beunruhigt seid.«

»Dem Engländer ist zuzutrauen, dass er sie sich gefügig macht«, entgegnete ich wenig überzeugend. »Und sie ist in gewisser Weise anfällig.«

»Anfällig? Euren Schilderungen zufolge macht sie auf mich eher den Eindruck eines sehr gefestigten Charakters.«

»Ich erinnere mich an die Art und Weise, in der er sie angeblickt hat, Signor Marchese. Er findet sie anziehend und würde, wenn sich die Gelegenheit bietet, jedes Mittel anwenden, sich ihr aufzudrängen.«

»Ah.« Mehr sagte der alte Mann nicht, aber seine Miene sprach Bände. »Ihr und diese Dame seid also …«

»Ich bitte Euch, mein Freund, für ausführliche Bekenntnisse fehlt mir die Zeit. Ich liebe diese Frau. Mehr gibt es dazu nicht zu sagen.«

Er legte nachdenklich einen Finger an die Wange, und ich erkannte, welch furchteinflößender Gegner Marchese für jene gewesen sein musste, deren Vergehen er ahnden wollte. Seiner Aufmerksamkeit entging nichts. »Im Verlauf einer Woche kann Lescalier oder Delapole viele Frauen kennen lernen, Lorenzo. Gewiss muss er den Behörden angezeigt werden. Aber ich denke, Ihr könnt Euch mit dem Gedanken trösten, dass er noch eine Weile den englischen Wohltäter spielen wird, da er nicht weiß, dass wir ihm auf die Schliche gekommen sind. Es sei denn …«

Ich schlug die Hände vors Gesicht, brachte kein einziges Wort heraus.

»Mein lieber Junge …« Jetzt klang doch so etwas wie Ungeduld in seiner Stimme mit. »Ohne umfassende Kenntnis der Tatsachen kann ich Euch keinen Rat geben.«

Er rügte mich zu Recht. Ich benahm mich wie ein Kind. Ich dachte an unsere letzte Begegnung und die Tatsache, dass sie mir etwas anvertrauen wollte, aber dann doch nicht den nötigen Mut aufbrachte. Ich erinnerte mich an den Traum, an ihre ausgestreckte Hand und die vier Worte: Da ist kein Blut.

Aber es gab keine Tatsachen, lediglich Mutmaßungen, und die hatten in meinem Kopf eine so starke Überzeugungskraft angenommen, dass ich sie für wahr erachtete. »Ich glaube, sie erwartet ein Kind. *Mein* Kind. Ich werde die Vorstellung nicht los, dass sie das als Vorwand nutzen könnte, sich seinen Annäherungen zu widersetzen. Welche Folgen das hätte, können wir uns beide ausmalen.«

Der alte Mann wurde leichenblass. Er streckte die Hand aus und umfasste meinen Arm. »Großer Gott, Lorenzo! Seid Ihr Euch dessen sicher? Denn das ändert die Situation ganz beträchtlich.«

»Ich bin überzeugt, es ist so und dass sie es mir bei unserer letzten Begegnung sagen wollte. Aber stattdessen gerieten wir in Streit, weil ich – ich – sie drängte, in einer privaten Angelegenheit die Hilfe des Engländers zu erbitten!«

Er stöhnte tief auf und der Ausdruck finsterer Entschlossenheit überzog sein Gesicht. »Ein Kind … Nun, Ihr wisst, was er von Schwangerschaften hält. Das heißt, Ihr glaubt vielleicht, es zu wissen, aber ich habe bestenfalls ein Zehntel der tatsächlichen Schrecken zu Papier gebracht. Hätte ich alles offenbart, würde niemand, der es liest, nachts ein Auge zutun – aus Angst, er könnte zufällig an seinem Haus vorbeigehen. Dieser Mann ist der personifizierte Satan. Wir müssen ihn unbedingt aufhalten!«

»Aber wie?«, begehrte ich zu wissen.

Marchese hatte längst einen Plan ersonnen. »Von hier nach Venedig sind es mehr als dreihundert Meilen. Ich nehme morgen früh die erste Kutsche und werde mit ein wenig Glück morgen Abend kurz nach Mitternacht dort eintreffen. Könnt Ihr reiten?«

»Ich bin auf dem Land aufgewachsen, mein Herr. Wo ist der Sattel?«

»Ausgezeichnet! Mein Nachbar verfügt über ein ganz annehmbares Ross. Ich werde es ihm anständig entlohnen, wenn er es mir überlässt. Ihr nehmt die Berg-Route über Perugia nach Ravenna an der Küste. Dann weiter nach Chioggia. Versucht dort, an Bord eines Schiffes zu kommen. Wenn Euch das Glück hold ist, könnt Ihr gut sechs Stunden vor mir in Venedig sein.«

Er stand auf, und ich folgte ihm zur Tür, wo er seinem Nachbarn mit lauter Stimme zuschrie, endlich aufzustehen und das Pferd zu satteln. Es war ein angenehmer, nicht zu heißer Morgen, mit einer leichten Brise und ein paar weißen Wölkchen am Himmel. Der richtige Tag, um wie der Wind durch die Landschaft zu reiten. Am Fenster des Nebenhauses erschien ein bärtiges Gesicht und bedachte uns mit dunklen Flüchen.

»Macht schon, Ferrero«, schrie Marchese. »Heraus aus den Federn. Helft einem Mann, für ein bisschen Gerechtigkeit in dieser Welt zu sorgen.«

Bald darauf kam der Nachbar aus seinem Haus und befolgte ohne jedes Murren die Anweisungen des Richters. Als die Glocke am Sommerpalast des Papstes die sechste Stunde schlug, war ich bereit zum Aufbruch. Bevor ich aufsitzen konnte, packte Marchese meinen Arm und erteilte mir einen ernsten letzten Rat.

»Begebt Euch nach Eurer Ankunft sofort zu den Stadtwächtern oder zu einem Richter, Lorenzo. Betont, dass sich die junge Dame in höchster Gefahr befindet, und für ihre Sicherheit gesorgt werden muss. Sagt, dass Euch ein Bezirksrichter aus Rom in einer Kutsche folgt, um dem mörderischen Schurken seine Untaten nachzuweisen und die Mühlen der Gerechtigkeit in Bewegung zu setzen. Sobald sie meine Anschuldigungen hören und meine Beweise sehen, kann er dem Block nicht mehr entgehen, glaubt mir.«

Schweigend blickte ich ihm in die Augen. Die Situation war zu verworren für Worte. Ich konnte nichts von dem tun, was er von mir verlangte, bevor Rebecca vor Delapole und den Häschern der Stadt in Sicherheit war. Mein Zögern entging ihm nicht, und zum ersten Mal deuchte mich, er hatte Angst.

»Hört auf mich, mein Sohn. Ich kenne diesen Mann. Ich weiß, wozu er fähig ist. Wenn Ihr ihn allein stellen wollt, zieht er Euch bei lebendigem Leib das Fell über die Ohren.«

»Gewiss, Signor Marchese«, erwiderte ich, gab Ferreros geschecker Mähre die Sporen und trabte die Straße hinunter. Während meines Rittes plante ich mein Vorgehen so sorgfältig wie möglich. Auf keinen Fall konnte ich die Stadtwachen auf Delapoles Taten aufmerksam machen, bevor Rebecca und Jacopo die Stadt verlassen hatten. Bis Marchese mit handfesten Beweisen erschien, würden sie einem begüterten englischen Aristokraten sehr viel eher Glauben schenken als zwei Juden und einem elternlosen Buchdruckerlehrling, der zudem mit seinem Meister im Zwist lebte. Mit seiner gerissenen Schläue könnte Delapole die Vorwürfe gegen ihn angesichts unserer unübersehbaren Vergehen in Schuldzuweisungen gegen uns verkehren. Mein erstes Ziel musste demzufolge darin bestehen, Rebecca aufzusuchen, sie in Sicherheit zu bringen und ihr dann bei der Flucht zu helfen, bevor unsere Täuschungsmanöver aufgedeckt wurden.

In Chioggia ließ ich das völlig erschöpfte Pferd zurück und gelangte mit einigen Überredungskünsten an Bord eines der Fischerboote, die stündlich über die Lagune zum Fischmarkt am Canal Grande fuhren, um dort ihren Fang zu verkaufen. Unterwegs sollten sie mich in der Nähe von San Marcuola im Süden von Cannaregio absetzen, von wo aus ich innerhalb von Minuten zum Ghetto Nuovo gelangen konnte. Nachdem ich meine Instruktionen gegeben hatte, suchte ich mir einen Platz im hinteren Bereich des Bootes, stopfte mir meine Jacke als Kissen unter den Kopf und schlief unter den Schaukelbewegungen des kleinen Bootes sehr schnell ein.

Als ich zwei Stunden später erwachte, befuhren wir bereits die breite, belebte Wasserstraße, die mir inzwischen sehr vertraut war. Einige Meter weiter hätte ich zur rechten Seite an Land springen können, um nach wenigen Schritten die Ca' Scacchi zu erreichen und mich nach dem Wohlergehen meines Oheims zu erkundigen. Delapoles Verhältnis zu ihm musste ein heikles Stadium erreicht haben. Wie das meine. Welche Zukunft auch vor mir liegen mochte – die eines venezianischen Buchdruckerlehrlings war es mit Sicherheit nicht.

Das kleine Segel, das uns über die Lagune getrieben hatte,

war inzwischen eingeholt, und wir schlängelten uns mit Ruderkraft durch die anderen Boote auf dem Wasser. Links tauchte die Einmündung des Canale di Cannaregio auf. Bei dem Gedanken an Rebeccas Nähe begann mein Herz heftig zu klopfen. Dann legte das Boot vor der Kirche an und der Kapitän verabschiedete mich mit einem freundlichen Fluch und einem derben Schlag auf den Rücken.

Behände übersprang ich die kurze Distanz zwischen Schiffsdeck und Anlegesteg und stand wieder auf festem Boden. Dann lief ich durch das Gewirr der Gassen bis zu der Brücke, an der ich erstmals Bekanntschaft mit der Welt der Juden gemacht hatte. Mit einer trägen Handbewegung und einem Grunzen ließ mich der Wachposten passieren. Sobald ich seinen Blicken entschwunden war und den Campo überquert hatte, eilte ich zwei Stufen auf einmal die Treppe zu Rebeccas Wohnung hinauf. Zu meinem Erstaunen stand die Tür halb offen. Ich stieß sie auf und sah Jacopo, wie ich ihn noch niemals erlebt hatte. Mit glasigen Augen hockte er in sich zusammengefallen am Tisch, vor sich eine Karaffe mit Wein.

»Nanu«, krähte er. »Wen haben wir denn da?«

Mein Herz setzte einen Schlag aus. Er war allein. Ich trat über die Schwelle und schloss die Tür hinter mir.

»Wo ist Rebecca, Jacopo. Es ist von lebenswichtiger Bedeutung, dass ich mit ihr spreche.«

Er antwortete mit einem bitteren Auflachen. »Von lebenswichtiger Bedeutung, sagst du? Nicht so hastig, Junge. Lass uns einen Schluck miteinander trinken, so viel Zeit muss sein.«

»Wo ist Rebecca? Ich flehe Euch an!«

»Du *flehst* mich an? Nur einen winzigen Schluck, Lorenzo. Rebecca und mir ist endlich das Glück ein wenig hold. Binnen weniger Tage werden wir die Stadt verlassen, um deinem englischen Freund hinterherzuhecheln wie gierige Hündchen. Sie schreibt ihre Musik, er setzt seinen Namen drunter und ich folge brav in ihrem Schlepptau und lasse mich aushalten. Ungemein großzügig von ihm, findest du nicht auch? Obwohl er da einen kleinen Trumpf im Ärmel hat.«

Er sprach in Rätseln. »Ich verstehe nicht. Ihr habt vor, Venedig bald zu verlassen?«

»Wir sind Mister Delapoles neuer Hofstaat, war dir das nicht bekannt? Um ihn mit allem zu versorgen, was er so braucht. Und ich schätze, das ist mehr als Ruhm und Geld. Dieser Mann riskiert gern ein Auge.«

Ich setzte mich neben ihn und legte ihm beide Hände auf die Schultern. »Er ist ein anderer Mann, als er vorgibt, Jacopo. Wir dürfen ihn nicht in ihre Nähe lassen.«

»Ach ja? Plötzlich ist also Delapole anders, als er scheint. Und ich dachte, das wäre dein Onkel. Mit dem ich übrigens eine annehmliche Vereinbarung schließen konnte, bevor dein Freund ins Spiel kam. Der alte Leo hätte uns die Möglichkeit gegeben, Rebeccas Werke zu drucken, und Stillschweigen gewahrt, bis sie es für angezeigt hält, sich als Komponistin zu erkennen zu geben. Er mag ein Pfennigfuchser sein, aber er ist eine ehrliche Haut, Lorenzo. Du tust ihm unrecht. Aber nun …«

Einen Augenblick lang befürchtete ich, er würde mich schlagen. Doch über derlei ist Jacopo erhaben, selbst in seiner jetzigen Verfassung. Stattdessen packte er mich grob am Kragen und schob sein Gesicht so nahe an meins heran, dass ich seinen weingeschwängerten Atem riechen konnte.

»Nun haben wir es mit dem Engländer zu tun«, fuhr er fort, »der alles über uns weiß und es nach Belieben preisgeben wird, wenn wir ihm nicht zu Willen sind. Oh – Hölle und Verdammnis!«

Jacopo griff nach dem Weinkrug und schleuderte ihn gegen die Wand. »Wer gab dir eigentlich das Recht, dich derart in unser Leben einzumischen?«, wütete er.

»Ich befürchtete, Leo könnte mir Rebecca entfremden«, sagte ich nicht ganz aufrichtig und korrigierte mich sofort. »Ich glaubte, er würde gewisse Gegenleistungen verlangen, wenn er ihr seinen Schutz zukommen lässt.«

Ungläubig starrte Jacopo mich an. »Wer? Leo? Dieser Mann lebt für seinen Traum, Lorenzo. Bist du denn blind? Und selbst wenn meine Schwester beschlossen hätte, dass das der Preis für ihre Rettung ist – warum maßt du dir an, dich über ihre Entscheidung hinwegzusetzen?«

Diese Frage brachte mich in Rage. »Ich liebe sie!«

»Ha!«

»Ich bin der Vater ihres Kindes«, fügte ich leise hinzu.

Sein Gesicht rötete sich vor Zorn. Dann packte er den Weinbecher, den er für mich gefüllt hatte, und leerte ihn selbst. »Dieser Wahnsinn wird von Minute zu Minute größer. Verschwinde, Lorenzo. Deine Anwesenheit bereitet mir Pein.«

»Delapole ist ein Mörder und ein Schuft! Wir dürfen ihn nicht an sie heranlassen.«

»Dafür ist es ein bisschen zu spät, Junge. Ich habe sie nicht mehr gesehen, seit wir ihn vor zwei Tagen auf deinen Rat hin aufsuchten und uns die Bedingungen anhörten, unter denen er bereit war, uns aus den Klauen des Dogen zu erretten. Vielleicht packt sie gerade seine Truhen. Ja, ich denke, so wird es sein. Sie ist seine *Magd*, Lorenzo. Morgen wird er sich vor aller Welt als Schöpfer des Konzertes zu erkennen geben und kurz danach verlassen wir Venedig. Mit welchem Ziel, entzieht sich meiner Kenntnis.«

Schreckliche Bilder tauchten vor mir auf. »Aber sie würde sich doch nicht freiwillig …«, stotterte ich hilflos.

»Junge!«, brach es zornig aus ihm heraus. »Deine verhängnisvolle Arglosigkeit ist verheerender als eine Horde von tausend Verbrechern! Kennst du uns denn noch immer nicht? Weißt du noch immer nicht, was wir sind?«

Am liebsten hätte ich mir die Ohren zugehalten. Ich sprang auf, um das Zimmer zu verlassen. Aber sein kräftiger Arm drückte mich auf meinen Sitz zurück.

»Du wirst mir zuhören, selbst wenn ich dich dazu festnageln müsste! Wie, meinst du, ist es uns gelungen, aus München zu flüchten, während so viele andere ihr Leben verloren haben? Und danach aus Genf? Was unterscheidet uns von den anderen hebräischen Familien in diesem Ghetto? Unser Aussehen? Unser Benehmen? Unsere Herkunft?«

Mir wurde die Luft knapp. Die Vorhänge und Wandteppiche in dem kleinen, düsteren Raum drohten, auf mich einzudringen und mich zu ersticken.

»Ihr seid betrunken, Jacopo«, stellte ich mit ruhiger Stimme fest. »Legt Euch zu Bett. Wir können weiterreden, wenn Ihr wieder bei Vernunft seid.«

»Ich bin nie ohne«, entgegnete er bitter. »Anders könnten wir nicht überleben. Also sage mir, wie entgeht eine Frau, und noch dazu eine sehr hübsche, einem Trupp Soldaten, die gekommen sind, sie zu töten? Wie kann ein Pärchen wie wir die Bettlerkleidung abwerfen und sich in Samt und Seide kleiden?«

»Ich will das nicht hören!«

Er packte mich bei den Schultern und schrie mir die Worte entgegen. »Du wirst dir jedes einzelne meiner Worte anhören! Was bringe ich wohl den wohlhabenden Matronen dieser Republik bei meinen nächtlichen Besuchen? Nur Heiltränke und Wundsalben? Oder nicht auch ein wenig Lust, ein bisschen sinnliche Befriedigung? Wir tun, was wir tun müssen, Lorenzo. Wir bestreiten unser Leben nach bestem Vermögen mit den wenigen Tätigkeiten, die ihr Christen uns einräumt. Und wenn das nicht ausreicht, dann bleibt uns keine andere Wahl, als uns selbst zu verkaufen. Obwohl ich der innigen Hoffnung war, damit hätte es ein Ende.«

Bei aller Scheußlichkeit hörten sich seine Worte wahr an.

»Wenn Rebecca glaubt, im Bett des Engländers Annehmlichkeiten zu finden, dann ist das ihre Entscheidung. Nicht die deine. Oder die meine. Die Not ist eine strenge Gebieterin,

Lorenzo. Entweder man tut, was sie sagt, oder man zahlt einen hohen Preis.«

Jacopo Levi verstummte und betrachtete mich mit dem elenden Blick aller Trunkenen. Er schien sich ebenso zu verfluchen wie mich.

»All das mag der Wahrheit entsprechen«, begann ich eindringlich. »Aber davon mag ich jetzt nichts hören. Ich verfüge über Erkenntnisse aus Rom, Jacopo. Delapole ist ein Mörder von der verwerflichsten Sorte.«

»Deine Phantastereien beginnen mich zu ermüden, Junge«, murmelte er. »Tu mir einen Gefallen und lass mich allein. Ich wäre gern noch ein wenig länger in dieser Stadt geblieben, was durch dein Zutun vereitelt wurde. Du bist ein zudringlicher Naseweis und ein Narr und denkst, beides mit gut gemeinten Absichten entschuldigen zu können. Du langweilst mich. Geh. Ich möchte in Ruhe meinen Wein trinken.«

»Jacopo …«

»Verschwinde! Bevor ich die Beherrschung verliere und etwas tue, was ich später bereue.«

Und so überließ ich ihn seinen düsteren Gedanken, seinem Wein und seiner Verzweiflung. Die Sonne war fast untergegangen, als ich meinen Weg durch die Gassen und Straßen suchte. Die Nacht senkte sich auf Venedig. Das Antlitz des Mondes spiegelte sich im pechschwarzen Wasser der Kanäle wider. Ich huschte wie ein Dieb durch die Dunkelheit und begab mich nach Dorsoduro zur Ca' Dario.

51. Ein bedeutsames Gespräch

Er wirkte verändert. Giulia Morelli saß neben Daniel Forster im oberen Saal der Scuola San Rocco und versuchte, sich über die Situation klar zu werden. Sie hatte ihm eine Nachricht mit einem absichtlich vage formulierten Angebot auf seinem Anrufbeantworter hinterlassen, aber nicht erwartet, dass er so schnell und so offensichtlich entschlossen reagierte. Von der verwirrten Verdrossenheit und der Verzweiflung des vergangenen Tages war ihm nichts mehr anzumerken.

Seinen Augen folgend, betrachtete sie die Gemälde in der Ecke des Raums. »Ich liebe diesen Saal«, sagte sie. »Ich könnte hier Stunden verbringen. Es kommt mir so vor, als wäre die gesamte Geschichte der Welt an diese Wände gemalt.«

Das schien ihn zu überraschen. »Ist das Ihr Ernst?«

»Aber ja. Auch Polizistinnen können eine Vorliebe für Malerei haben, Daniel. Und für Musik. Sie besorgen mir doch eine Karte für Ihr Konzert, oder?«

Er suchte ihren Blick. »Und ich dachte, Sie nehmen keine Bestechungen an.«

»Stimmt«, lachte sie. »Sie sind heute ausgesprochen gut drauf. Und Ihre Augen sind nicht mehr gerötet. Offenbar suchen Sie nicht länger Trost bei billigem Rotwein.«

»Der Wein ist letzte Woche umgekippt«, äußerte er rätselhaft. »Ich werde an der Kasse Karten hinterlegen. Oder nur eine?«

Sie zuckte mit den Schultern. »Mehr brauche ich nicht, Mister Forster. Ich bin Einzelgängerin. Vielen Dank.«

»Keine Ursache.« Seine Augen richteten sich wieder auf ein

Gemälde in der Ecke, das ihr bisher nicht sonderlich aufgefallen war.

»Was interessiert Sie so?«

»Der gesamte Raum«, wich er aus. »Aus welchem Grund gefällt Ihnen dieser Saal nun tatsächlich?«

»Wie schon gesagt. Weil er den Eindruck vermittelt, dass hier alle Erfahrungen dieser Welt dargestellt sind. Alle Geschichten, die guten wie die bösen.«

Er starrte wieder in die Ecke.

»Erzählen Sie mir etwas über das Bild«, bat sie. »Ich weiß nichts darüber.«

»Es ist die Versuchung Jesu Christi. Haben Sie es sich denn noch nie angesehen?«

Giulia Morelli betrachtete die beiden von Tintoretto gemalten Gestalten und konnte ihm zunächst kaum glauben. Aber was sollten sie sonst darstellen als den im Schatten stehenden zweifelnden Christus und den Teufel mit den Steinen in der ausgestreckten Hand?

»Nein«, antwortete sie erstaunt. »Eigentlich nicht. Es gibt hier viele größere Werke. Und …« Sie brach ab und suchte nach den richtigen Worten. »Es ist ungewöhnlich. Tintoretto hat Jesus in dunklen, gedeckten Farben gemalt und den Teufel in lichten, hellen. Und dazu noch sehr attraktiv.«

»Scacchi hat ihn als venezianischen Luzifer bezeichnet. Eines Tages würde ich ihm begegnen, warnte er mich, und müsste mich dann entscheiden.«

Gespannt sah Giulia Morelli ihn an. »Und? Ist er Ihnen schon über den Weg gelaufen?«

»Vielleicht«, antwortete Daniel Forster. »Vielleicht ist er sogar jetzt in meiner Nähe.«

»Ah«, zog sie ihn auf. »Haben wir uns deshalb hier getroffen und nicht in der Ca' Scacchi?«

»Natürlich nicht.« Er lächelte entwaffnend, und Giulia Morelli sagte sich, dass Biagio Recht hatte. Daniel Forster war ein ehrlicher Mann, wenn auch ein bisschen weniger blauäugig, als sie zunächst angenommen hatte. »Offen gestanden war ich das Alleinsein in dem leeren Haus leid. Und mir gefällt es hier ebenso wie Ihnen. Übrigens, auch Scacchi war gerne hier. Nach einer Weile beginnen diese Gesichter auf den Bildern zu einem zu sprechen.«

Schweigend wartete sie darauf, dass er weiterredete.

»Und Sie wollen mich quasi auch in Versuchung führen, nehme ich an? Ihre Nachricht lässt zumindest auf so etwas schließen.«

»Wir wollen beide das Gleiche, Mister Forster. Den oder die Mörder Ihrer Freunde zur Strecke bringen. Ich habe zwar ein paar Verdachtsmomente, aber keinerlei Beweise. Natürlich könnte ich Sie auch festnehmen und versuchen, Sie zur Kooperation zu zwingen.«

»Wie Sie meinen«, entgegnete er trocken. »Vielleicht sollte ich Ihnen sagen, dass die Polizei bei Scacchi nicht sonderlich gut angesehen war.«

»Er hatte gute Gründe, uns gelegentlich aus dem Weg zu gehen. Aber ist das verwunderlich?«

Er schüttelte den Kopf. »Das meine ich nicht. Scacchi war in Sachen Moral ambivalent. Das machte ihm den Umgang mit ähnlich gepolten Menschen unmöglich, und ich könnte mir vorstellen, dass Sie und Ihre Kollegen per definitionem in diese Kategorie gehören. Wenn ich nicht irre, gehen Polizisten in Venedig nicht immer den ganz geraden Weg, oder?«

»Manche von uns versuchen es zumindest«, entgegnete sie.

»Mag sein. Aber Sie werden Scacchi nicht gerecht, wenn Sie glauben, seine Abneigung gegen Polizisten hätte ausschließlich egoistische Gründe gehabt. Er hatte nur keine Verwendung für sie. Da er selbst zu eindeutigen Prinzipien unfähig war, brauchte er die klaren Wertvorstellungen anderer. Vermutlich fand er mich deshalb so sympathisch, dass er mich gewissermaßen adoptierte. Er hielt mich für grenzenlos aufrichtig, für *anständig*, und damit wurde ich für ihn zu einer Säule, an die er sich lehnen, auf die er sich verlassen konnte. Eine Zeit lang zumindest.«

Da er noch immer zu dem Bild hinüberstarrte, blieb ihr der Ausdruck in seinen Augen verborgen.

»Aber er irrte sich«, fügte Daniel hinzu. »Gründlich. Deswegen sind wir hier.«

»Darüber sollten wir ausführlicher reden.«

»Nein. Genau wie er habe ich von Ihnen nichts zu erwarten.«

»Haben Sie die Haushälterin schon gefunden? Diese Laura?«

Jetzt hatte sie seine ganze Aufmerksamkeit. Die beiden Gestalten auf der Leinwand waren vergessen.

»Überlegen Sie, Mister Forster«, fuhr Guilia Morelli fort. »Laura ist nicht in die Ca' Scacchi zurückgekehrt. Sie haben keine Ahnung, wo sie ist. Sie müssen mit ihr sprechen, um herauszufinden, warum sie Sie im Stich gelassen hat.«

»Das ist eine persönliche Angelegenheit, die Sie absolut nichts angeht«, entgegnete er kühl.

»Dem möchte ich nicht widersprechen. Aber wenn Sie uns helfen, kann ich Ihnen möglicherweise Hinweise darauf geben, wo sie zu finden ist.«

Er blickte zu Boden, schien über ihr Angebot nachzudenken. »Sagen Sie es mir jetzt, dann helfe ich Ihnen.«

»Ich denke gar nicht daran! Halten Sie mich für naiv?«

»Vielen Dank für Ihr Vertrauen!«

»O Daniel, tun Sie doch nicht so empört. Sie sind verliebt. Das steht Ihnen ins Gesicht geschrieben. Wenn ich Ihnen sage, was ich weiß, wird alles andere vergessen sein. Meine Ermittlungen in einem Mordfall. Ihr Konzert, das jeder in der Stadt mit höchster Spannung erwartet. Einfach alles. Für uns beide steht mehr auf dem Spiel, als Sie vielleicht denken. Laura hat die Tat gestanden, Daniel, vergessen Sie das nicht. Dafür muss es einen Grund geben.«

Er wandte die Augen ab und starrte die Wand an. »Sie hat den Kopf verloren. War vor Trauer halb von Sinnen.«

Glaubte er das wirklich? Sie hielt es für eine Möglichkeit, aber keine sonderlich überzeugende. »Vielleicht. Aber wir wissen es nicht.«

Sein Blick wurde leer. »Sie haben keine Ahnung, wo sie sich aufhält, sonst hätten Sie Laura längst gezwungen, den Grund zu nennen. Bitte, hören Sie auf. Ich bin diese Spielchen wirklich leid.«

Giulia Morelli griff in ihre Tasche und holte Fotos hervor.

»Hier geht es nicht um *Spielchen*, Mister Forster. Inzwischen mussten drei Männer sterben, nicht nur zwei. Und wie ich glaube, auch ein vierter, vor etlichen Jahren. Es besteht leider kein Anlass zu der Hoffnung, dass sie die letzten waren. Der venezianische Luzifer ist nicht nur Farbe auf einer Leinwand, sondern sehr real. Er ist hier. Mitten unter uns. Er lacht uns ins Gesicht. Kennen Sie diesen Mann?«

Sie streckte ihm ein Foto von Rizzo entgegen. Es war vor zwei Jahren aufgenommen worden, als man ihn wegen eines Diebstahls auf dem Lido festgenommen hatte. Daniel betrachtete es ohne sichtbare Gemütsregung. Aber sie ließ sich nicht täuschen. Er kannte das Gesicht.

»Ein kleiner Gauner, der unserem Dämon hin und wieder gewisse Gefälligkeiten erwiesen hat«, erläuterte sie, erwartete aber keine Reaktion.

Sie reichte ihm das zweite, auf dem Seziertisch des Pathologen aufgenommene Foto. Rizzos Augen starrten in die Kamera. In seiner Schläfe klaffte ein dunkles Loch.

»So sieht er jetzt aus«, sagte sie und beobachtete ihn genau.

Daniel Forster wurde kalkweiß, und sie fragte sich unwillkürlich, ob er sich vielleicht übergeben müsste.

»Sie können sich mit dem Teufel auseinander setzen, der das getan hat. Oder mit mir, um danach Ihren Frieden mit Laura zu schließen. Falls Sie noch am Leben sind.«

Er zuckte mit keiner Wimper und richtete den Blick stur wieder auf die Wand.

Ungehalten griff sie nach seinem Kinn und zwang ihn dazu, ihr in die Augen zu sehen.

»Ich habe keine Geduld mehr, Mister Forster. Meine Zeit wird knapp. Entscheiden Sie sich bitte jetzt. Und entscheiden Sie klug.«

52. FORDERUNGEN

Daniel stand in Hugo Massiters Salon und betrachtete sein vervielfachtes Abbild in den Spiegeln. Es war acht Uhr morgens. In einer Stunde würden sie auf der Pressekonferenz erscheinen, auf der Daniel bestanden hatte. Gegen Mittag sollte Scacchi auf San Michele bestattet werden. Um acht Uhr abends begann das Konzert. Anschließend würde es eine Party geben.

Am Abend zuvor war Daniel in eines der Modegeschäfte in Castello gegangen, um sich mit dem Geld, das er in einem von Pauls Sakkos gefunden hatte, einen dunkelblauen Leinenanzug, ein weißes Hemd und eine schwarze Seidenkrawatte zu kaufen. Seine Mähne war einem knappen Kurzhaarschnitt gewichen. Massiter hob eine Braue.

»Sie sehen zu kommerziell aus, Daniel«, stellte er fest. »Wie ein Banker oder Börsenmakler. Nicht wie ein Komponist.«

»Tut mir Leid. Ich bin in diesen Dingen ziemlich ungeübt.«

»Beim nächsten Mal werde ich Sie begleiten, um Sie zu beraten. In Sachen Kleidung kann ein wenig Erfahrung nicht schaden. Bitte …«

Daniel betrachtete Massiters hellblauen Anzug über dem pinkfarbenen Hemd, dachte an die Trauerfeier auf San Michele und fragte sich, ob er etwas sagen sollte. Aber bevor er den Mund öffnen konnte, zeigte Massiters Hand einladend auf das Sofa.

»Nun, zunächst danke ich Ihnen, dass Sie gekommen sind. Aber eine gewisse Besorgnis kann ich nicht verhehlen, Daniel. Was hat das zu bedeuten? Woher kommt dieser Sinneswandel? Und was genau werden Sie sagen?«

»Was Sie wollen, Hugo. Ich dachte, das wäre klar.«

Massiter schüttelte den Kopf. »Ich verstehe das nicht. Seit dem Tod des bedauernswerten Scacchi haben Sie sich verhalten wie ein Eremit, aber jetzt können Sie es plötzlich kaum erwarten, mit der Presse zu reden? Das freut mich natürlich, aber als Ihr größter Förderer habe ich wohl das Recht zu erfahren, was Sie sagen wollen.«

»Die Wahrheit jedenfalls nicht«, antwortete Daniel. »Das wollen Sie doch hören, oder?«

Massiter musterte ihn eindringlich. »Amy scheint zu glauben, dass Sie sich Sorgen machen, Daniel. Sie vermutet, dass Sie nicht der Komponist des Konzerts sind und diese Tatsache infolge eines deplatzierten Anfalls von Gewissenhaftigkeit in alle Welt hinausposaunen wollen. Ist das so? Wenn ja, muss ich Ihnen sagen, dass wir beide unter den Folgen zu leiden hätten. Die Restsumme der Übereinkunft mit Scacchi steht noch immer aus. Fünfzigtausend Dollar. Keine kleine Summe, wie Sie sehr wohl wissen, da Sie sie selbst ausgehandelt haben. Darüber hinaus muss ich auf den Tatbestand der Täuschung hinweisen. Sie haben sich gemeinschaftlichen Betruges schuldig gemacht. Wenn Sie es sich nun plötzlich anders überlegt haben, könnten wir uns polizeilichen Untersuchungen ausgesetzt sehen. Wollen Sie hinter Gitter?«

»Natürlich nicht. Ebenso wenig möchte ich, dass Sie ins Gefängnis kommen. Sie waren großzügig zu mir, Hugo. Wie auch zu Scacchi.«

»Dabei handelte es sich um ein Geschäft«, betonte Massiter. »Dass wir uns da nur nicht missverstehen. Allerdings ein sehr angenehmes Geschäft. Ich hoffe, Sie haben unsere Verhandlungen ebenso genossen wie ich. Wie ich auch hoffe, dass Sie ein wenig von mir gelernt haben, Daniel. Ich habe eine Menge weiterzugeben, während Sie, offen gestanden, noch viel lernen müssen.«

Daniel nickte. »Ich weiß. Aber ich mache doch Fortschritte, oder?«

»Ja«. Massiters schiefergraue Augen verdunkelten sich. »Sogar größere, als ich angenommen hätte, muss ich sagen.«

»Das ehrt mich.«

Daniel dachte an das benachbarte Haus, das Laura einst in Angst und Schrecken versetzt hatte. Massiter könnte vielleicht eine Besichtigung der Ca' Dario arrangieren, um seine Neugierde zu befriedigen, hatte sie gesagt. Er begann einzusehen, dass die augenblickliche Situation ihm einige Vorteile bringen konnte. Es war töricht von ihm gewesen, sich zurückzulehnen und darauf zu warten, dass die Dinge auf ihn zukommen würden.

»Enttäuschen Sie mich nicht, Daniel«, sagte Massiter. »Es wäre auch Ihr Schaden.«

Er lächelte Massiter an und fragte sich, mit welchen Mitteln er Amy hier verführt hatte, doch noch mehr, welche Macht er weiterhin ausüben konnte.

»Das würde mir nicht einmal im Traum einfallen, Hugo. Ich habe die Absicht, den heutigen Tag nach besten Kräften zu nutzen. Sie werden stolz auf mich sein und das Konzert als Held des Tages verlassen. Weit mehr als ich, weil ich betonen werde, dass es ohne Sie gar nicht zu der Aufführung gekommen wäre. Dass Sie genau der Mäzen sind, den ein wahrer Künstler – der ich natürlich bin – braucht.«

»Ausgezeichnet«, bemerkte Massiter kalt.

»Aber das hat seinen Preis, Hugo. Der über das hinausgeht, was wir vereinbart haben. Den ich festsetze. Und ich werde nicht mit mir handeln lassen.«

»Was?«, fragte Massiter fast unhörbar.

»Nach der Trauerfeier, Hugo«, wich Daniel aus. »Wenn ich etwas zur Ruhe gekommen bin. Wenn Scacchi unter der Erde liegt, werden wir darüber sprechen.«

Finster funkelte Massiter ihn an.

Daniel Forster stand auf. »Kommen Sie, Hugo«, sagte er. »Die Welt wartet auf uns. Wir sollten ihre Geduld nicht strapazieren.«

53. Eine Weigerung und eine Entdeckung

Als ich den Hintereingang von Delapoles Haus erreichte, war es fast zehn Uhr. Dirnen gingen in den kleinen Gässchen, die vom Rio fortführten, ihrem Gewerbe nach. Blasse Gesichter schimmerten unter Torbögen hervor, lockten die schwankenden Gestalten an, die aus den Schenken stolperten. In dieser finsteren und zügellosen Umgebung überkam mich ein Gefühl von Schwäche. Delapole war ein mächtiger Mann. Und Gobbo verfügte über die zähe Körperkraft eines Terriers, den man auf einen Dachsbau ansetzt und dann zusieht, wie er den armen Grimbart in Stücke reißt. Wenn ich mir Zugang zum Haus verschaffen könnte, um es mit Rebecca wieder zu verlassen, könnte ich mich glücklich schätzen. Aber Marchese war auf dem Weg, musste mittlerweile in Padua angelangt sein, wie ich hoffte. Mit seiner Hilfe könnte Delapole morgen hinter Schloss und Riegel sitzen, genau an dem Tag, an dem er sich seinen größten Triumph erhoffte, und wir würden Venedig verlassen.

Ein verdrossenes Hausmädchen öffnete mir die Tür und führte mich in die leere Küche. Einen Augenblick später trat Gobbo ein und schien überrascht, mich zu sehen. Er setzte sich an den Tisch, forderte mich auf, es ihm gleichzutun, und zuckte mit den Schultern, als wollte er sagen: Was kann ich tun?

Er bot mir ein Glas Wein an, doch ich lehnte ab. »Ich nahm an, du würdest im Auftrag deines Meisters noch ein wenig länger in Rom bleiben, Lorenzo«, sagte er dann.

»Ich schätze, ich habe keinen Meister mehr, Gobbo. Dafür habt ihr gesorgt, du und der Engländer.«

Er wirkte gekränkt. »Was soll das heißen?«

»Dass ihr Rebecca in eure Gewalt gebracht habt. Ihr Bruder erzählte mir, dass sie seit zwei Tagen nicht nach Hause gekommen ist und ihr Venedig bald verlassen wollt. Damit sind alle Pläne Leos zunichte, und das wird er an mir auslassen.«

»Da reimst du dir etwas zusammen, Lorenzo. Wir weilen bereits länger als sieben Monate hier. Delapole wird einer Stadt leicht überdrüssig.«

Ich musste auf der Hut sein und durfte nicht zu viel von meinem Wissen preisgeben. »Das kann ich mir vorstellen.«

»Nein, kannst du nicht. Hör zu …« Wieder schob er mir einen Becher Wein hin. Fast glaube ich, dass es Gobbo auf seine Weise gut mit mir meinte. »Lass dir von mir einen guten Rat geben. Du hast dich in das Spiel eines reichen Mannes eingemischt, und das kommt weder dir noch mir zu. Zieh dich zurück, solange du es noch kannst. Das ist kein Spiel für Stümper, Lorenzo. Du kannst nur verlieren.«

»Ich habe sie in eure Obhut gegeben, Gobbo. Ich dachte, ihr würdet sie vor meinem Onkel retten. Jetzt muss ich erkennen, dass ich sie lediglich einem noch ärgeren Schicksal ausgeliefert habe. Ich …«

Er schlug mit der Faust auf den Tisch. »Hirngespinste, Lorenzo! So schlimm, wie du es hinstellst, ist es doch nicht. Sie lebt. Sie wird gut verpflegt und gekleidet. Sie sieht etwas von der Welt. Sie kann ihre hübschen Melodien zu Papier bringen und einen gewissen Lohn dafür einstreichen, selbst wenn der Name meines Herrn auf dem Titelblatt der Partitur steht. Von Leo könnte sie nicht mehr bekommen, eher weniger.«

Die beiden »Angebote« ließen sich kaum vergleichen, aber es hatte wenig Sinn, darüber mit ihm zu streiten. Stattdessen hielt ich mich an praktische Dinge. »Das kann nicht gut gehen, Gobbo! Misstrauische Leute werden Fragen stellen. Man wird ihn auffordern zu spielen, zu dirigieren.«

»Meinst du, dazu wäre er nicht imstande? Delapole ist auf den Tasten ungemein fingerfertig. Warum sollte er da nicht auch fiedeln können? Wie hat dieser französische Dummkopf Rousseau immer gesagt? Es ist überraschend, was man alles leisten – oder auch nur vortäuschen – kann, wenn man es nur versucht.«

»Aber …«

»Kein *Aber*«, fiel er mir grob ins Wort. »Du lässt es mitunter bedenklich an Menschenkenntnis fehlen. Das kann sich als fatal erweisen. Kannst oder willst du nicht verstehen, was für ein Mann mein Herr wirklich ist?«

Ich wusste es, wagte aber nicht, etwas davon verlauten zu lassen. »Ein Engländer, dachte ich. Ein Aristokrat und Edelmann.«

»Pah! Ich werde dir seine Geschichte erzählen, wie ich sie von seinen eigenen Lippen gehört habe. Als er gerade einmal zehn Jahre alt war, ging sein verwitweter Vater erneut eine Ehe ein. Mit einer käuflichen Dirne, haben vermutlich alle gesagt. Ungefähr einen Monat nach der Hochzeit wird er mitten in der Nacht durch laute Schreie geweckt. Er schläft wie immer im Zimmer neben dem seines Vaters, springt aus dem Bett und eilt zu ihm. Und erblickt seine neue *Mutter*, wie sie rittlings auf seinem Vater sitzt, und beide ächzen und schreien wie brünstige Tiere.«

Ich erinnerte mich an etwas, was Marchese über die Ursachen von Delapoles Verhalten gesagt hatte. »Was hat das mit uns zu tun, Gobbo?«

»Alles! Denn der Vater erlitt dabei einen Herzschlag, starb vor den Augen des kleinen Jungen. Zwei Monate später wird offensichtlich, dass sie schwanger ist – aber nicht von seinem Vater, wenn man Delapole glauben darf. Weniger als ein Jahr später gibt es einen neuen Sohn im Haus, während der rechtmäßige Erbe mit einem lächerlichen Almosen nach Irland abgeschoben wird. Begreifst du jetzt?«

Ein wenig, dachte ich. »Ich verstehe, dass ihm von dieser Frau übel mitgespielt wurde.«

»Aber nein! Er fühlt sich von der gesamten Welt hintergangen, und das lässt er sie entgelten. Wenn du dich in seine Spielchen einmischst, dann wird das dein Untergang, Lorenzo. Wenn er es darauf anlegt, versetzt er auch mich in heillose Angst, und es gibt nicht viele Menschen, von denen ich das sagen kann.«

Es gab nichts, womit ich ihn erweichen konnte. Delapole hatte ihn fest im Griff und ihm würde er sich fügen. »Wann wollt ihr abreisen?«, fragte ich.

»In ein oder zwei Tagen. Nach der Aufführung im Ospedale della Pietà, von der er sich etliches an Einkünften erhofft hat. Doch damit wird es wohl nichts. Sie hat keine Abschrift und behauptet, es sei ihr unmöglich, rechtzeitig zum Konzert alles aus dem Gedächtnis zu Papier zu bringen. Wenn es uns nicht gelingt, Leo die Originalpartitur abzuschwatzen und damit zum Kopisten zu hetzen, sitzen wir ganz schön in der Patsche. Wir werden Vivaldi bitten müssen, eigene Werke zu spielen, und uns eine Erklärung für die fehlende Partitur einfallen lassen. Und dann irgendwo anders Geld auftreiben. Ich bin es wirklich leid, immer wieder Gläubiger vertrösten zu müssen. Wenn uns nicht bald etwas einfällt, steckt man uns in den Schuldturm. Weißt du vielleicht, wo Leo die Partitur versteckt hat?«

»Er ist sein eigener Herr. Frag ihn selbst.«

»Das ist geschehen. Nicht nur einmal. Aber er ist störrisch wie ein alter Esel. Behauptet, er wisse nicht mehr, wo er die Partitur verwahrt hat.« Er leerte sein Glas und blickte mich herausfordernd an. »Ich habe zu tun, mein Freund. Ich kann nicht die ganze Nacht mit dir herumschwatzen.«

»Ich muss sie sehen«, flehte ich.

Seine Miene verfinsterte sich. »Offenbar hätte ich mir meine Warnungen sparen können. Du bist und bleibst uneinsichtig. Geh jetzt. Verschwinde.«

»Nur ganz kurz, Gobbo. Dann seid ihr mich los.«

Er seufzte. »Keine Ahnung, warum ich mich immer wieder von dir überreden lasse. Schwörst du, uns nicht mehr zu behelligen, wenn ich dich zu ihr bringe?«

»Ich gebe dir mein Wort.«

»Aber du wirst auch Delapole begegnen müssen. Die beiden kleben im Moment zusammen wie Pech und Schwefel. Ich werde zunächst mit ihm sprechen. Damit es keine Missverständnisse gibt.«

Er verließ die Küche und wenig später hörte ich Stimmengemurmel. Gobbo kehrte zurück und führte mich in den Salon, der auf den Canal Grande hinausführte. Rebecca saß am Fenster auf einem gepolsterten Hocker und blickte in die Dunkelheit hinaus. Neben ihr stand der lächelnde Delapole, jeder Zoll der wohltätige englische Gentleman.

»Guten Abend, Scacchi«, rief er. »Ihr seht, Euer Plan ist zu aller Zufriedenheit in Erfüllung gegangen. Rebecca hat einen Platz in meinem Haushalt gefunden und wird für ihre Talente reichlich belohnt. Allerdings nicht unter ihrem Namen, doch das ist in diesen grausamen Zeiten unmöglich, fürchte ich.«

Ich wollte ihr ins Gesicht blicken, aber sie wandte mir weiterhin den Rücken zu.

»Wenn Ihr gestattet, würde ich mit Signorina Guillaume ein Wort unter vier Augen sprechen.«

»Guillaume? Oh, Ihr meint Levi … Ich bitte Euch. Wir haben keine Geheimnisse voreinander.«

»Wie auch immer. Dennoch bitte ich um einen Augenblick des Alleinseins.«

Der Engländer musterte sie nachdenklich und mein Herz krampfte sich zusammen. Im Schein der im Fenster reflektierten Kerzen sah ich, wer er wirklich war: ein kaltherziger, grausamer Mann, der andere Menschen lediglich als Schachfiguren betrachtete, die er nach Belieben herumstoßen und notfalls opfern konnte. Es überraschte mich, dass ich nicht früher darauf gekommen war. Er starrte sie an, und ihm schien zu gefallen, was er sah. Ihre Schönheit und ihre Hilflosigkeit, als wäre sie ein Schmetterling in seiner Faust.

»Gobbo und ich müssen kurz aus dem Haus«, sagte er. »Eine

Stunde, aber nicht mehr. Dann komme ich zurück. Missbraucht meine Großzügigkeit nicht, Junge. Hier geht es um ernste Dinge, mit denen Ihr nichts zu schaffen habt.«

Ich machte eine respektvolle Verbeugung und meine Hand spürte die an meiner Brust verborgene Waffe. Mit einem hochmütigen Lächeln und gefolgt von Gobbo verließ Delapole den Raum. Rebecca wandte mir nach wie vor den Rücken zu. Aber für derartige Albernheiten war keine Zeit. Ich stellte mich zwischen sie und das Fenster, beugte mich zu ihr und umfasste fest ihre Arme.

»Ganz gleich, was du von meinem Eindringen hier hältst, Rebecca«, sagte ich, »aber du musst fliehen. Delapole ist der Fleisch gewordene Teufel. Ich war in Rom und habe dort mehr über ihn erfahren, als mir lieb ist. Wenn du bei ihm bleibst, wird er dich über kurz oder lang töten.«

Aber sie starrte nur weiter auf den Canal hinaus, und ich spürte, dass ich ungehalten wurde.

»Komm!« Ich packte ihren Arm und versuchte, sie auf die Füße zu ziehen. »Wir müssen von hier verschwinden.«

»Nein!« Sie riss sich los und sah mich hasserfüllt an. »Warum quälst du mich so, Lorenzo? Habe ich nicht schon genug unter deiner Eifersucht gelitten?«

Ich lehnte mich gegen das Fenster und schloss die Augen. Wie töricht von mir, zu glauben, sie so leicht zurückgewinnen zu können.

»Ja«, sagte ich, und sie musterte mich weniger aufgebracht, fast erstaunt. »Das hast du in der Tat, und dafür bitte ich dich aus tiefstem Herzen um Vergebung. Aber du musst mir glauben, Liebste. Der Mann ist ein Teufel in Menschengestalt. Er hat auf seinem Weg durch halb Europa geplündert und gemordet, wofür morgen in dieser Stadt die Beweise vorgelegt werden. Komm, lass uns aus Venedig verschwinden, bevor er von den Schergen des Dogen arretiert wird.«

Aber sie konnte oder wollte mir nicht glauben. Verachtung

erschien in ihren Augen. »Für dich ist jeder Mann ein Dämon, der mich auch nur anschaut, Lorenzo«, erklärte sie. »Ohne Ausnahme. In den letzten beiden Tagen, seit er Jacopo und mir die Bedingungen nannte, unter denen wir unsere Freiheit und vielleicht auch ein wenig unsere Würde bewahren können, habe ich unseren englischen Freund besser kennen gelernt. Er will mich nicht umbringen, Lorenzo. Er hat andere Vorstellungen, allerdings könnte ich mir durchaus den Tod wünschen, sollte er versuchen, sie mir aufzuzwingen.«

Die Bedeutung ihrer Worte war klar. »Dann komm mit mir«, flehte ich sie an. »Fliehe vor diesem Ungeheuer. Was hält dich hier?«

»Mit bleibt keine andere Wahl. Das solltest gerade du wissen.«

»Sobald wir unseren Fuß auf das Festland setzen, stehen uns alle Möglichkeiten offen, Rebecca.«

Die verzweifelte Hilflosigkeit in ihren Augen ließ mir das Blut in den Adern gefrieren. »Ein Wort zu den Behörden, und wir werden am Verlassen von Venedig gehindert. Wir befinden uns auf einer Insel, Lorenzo. Derart vorgewarnt, würden sie uns in dem Moment dingfest machen, in dem wir ein Boot besteigen. Und es geht auch um Jacopo, gegen den ich mich gröblich verging, indem ich ihn in diese Affäre hineinzog. Er glaubte uns endlich in einiger Sicherheit und verabscheut nun die Vorstellung, erneut fliehen zu müssen.«

Dass er so empfand, hatte ich seiner zutiefst hoffnungslosen Miene entnommen. Anders als wir war er stets auf unauffälliges Verhalten und Vorsicht bedacht gewesen.

»In Rom hat Delapole eine Mätresse ermordet, die ein Kind von ihm erwartete, und das auf eine Weise, die ich dir nicht zu schildern wage«, sagte ich. »Ähnliches wurde aus Paris und Genf berichtet. Dieser Mensch ist ein Ungeheuer, Rebecca.«

Sie fuhr sich mit der Hand durch ihre Locken und schien nicht zu wissen, was sie sagen sollte. »Warum sollte ein Mann so etwas tun, wenn er jederzeit das Weite suchen und das Kind verleugnen kann?«

»Das liegt in seiner Natur. Oder in seiner Vergangenheit. Genaues weiß ich nicht. Ich gebe nur die Tatsachen wieder, die ein römischer Richter vorbringen wird, wenn er morgen die Festnahme Delapoles verlangt. Wenn das geschieht, befinden wir uns alle in Gefahr, Liebste. Denn Delapole wird bemüht sein, so viele wie möglich mit sich aufs Schafott zu zerren.«

»Und da könnte er einiges gegen uns vorbringen. Fälscherei, Blasphemie und Betrug, denn die Geige ist noch nicht bezahlt und mein Name steht auf dem Rechnungsschein.« Sie verstummte, fügte dann aber hinzu: »Und notfalls auch Hurerei.«

Damit wollte sie mich vor den Kopf stoßen, gegen sie aufbringen. »Ich habe mit Jacopo gesprochen«, erklärte ich ihr. »Ich weiß, was du aus nackter Not getan hast.«

Ihre dunklen Augen funkelten mich an. »Du weißt gar nichts, Lorenzo. Du weißt nicht, wer ich bin, noch wozu ich fähig sein kann. Offenbar siehst du in mir eine Dame ohne jeden Fehl und Tadel. Doch darin irrst du.«

»Nein, ich sehe eine wunderschöne junge Frau«, entgegnete ich. »Eine, die mich in meiner Verzweiflung getröstet hat. Die mich dazu brachte, nicht nur mich selbst wichtig zu nehmen. Eine, die ich liebe und die mein Kind in sich trägt.«

Sie schüttelte den Kopf. »Ein Kind? Was redest du für einen Unsinn, Lorenzo?« Aber ihre Wangen überzog leichte Röte.

»Du bist mir in Rom in einem Traum erschienen …«

»In einem Traum?«

» … der mir wahrscheinlich kam, weil ich unablässig an unsere letzte Begegnung denken musste, bei der du sehr besorgt warst und ich unentschuldbar ungehalten wurde. Du erwartest unser Kind, Rebecca, und hältst diese Tatsache zu meinem Schutz geheim, obwohl du in weit größerer Not bist.«

Sie schloss die Augen. Die Lider wurden ihr feucht.

»Oh, Lorenzo. Entspräche das der Wahrheit, wäre es ein weiterer Grund, Delapoles Angebot anzunehmen. Welches gemeinsame Leben hätten wir mit einem Kind zu erwarten? Wir müssten bittere Not leiden oder Schlimmeres.«

»Das Leben eines Mannes und einer Frau, die einander in Liebe verbunden sind«, entgegnete ich schnell. »Was könnte wunderbarer sein?«

»Nein!«, schluchzte sie auf. »Das ist unmöglich. Wenn ich mich Delapoles Forderungen widersetze, sind wir alle dem Untergang geweiht. Jacopo, ich und du gleichfalls, wenn du so töricht bist, hier zu bleiben.«

»Ich werde dich nicht verlassen.«

»Bitte, Lorenzo!« Flehend umfasste sie meine Hand. »Wenn ich dir jemals etwas bedeutet habe … Geh jetzt, verlasse Venedig und suche anderswo dein Glück. Denn hier wird es keiner von uns finden.«

»Er wird dich töten, Rebecca!«

»Dann hätte mein Elend wenigstens ein Ende«, murmelte sie fast unhörbar.

Der Ausdruck auf ihrem geliebten Gesicht entsetzte mich. Ich fiel vor ihr auf die Knie. »Das darfst du nicht sagen!«

Rebecca beugte sich vor und umarmte mich, als wäre es zum letzten Mal. Ich spürte ihre feuchte Wange an meiner und drückte sie an mich, aber nicht fest genug, denn sie entzog sich mir und wischte sich die Tränen vom Gesicht.

»Eine Frau wie ich muss Mittel und Wege lernen, dieses Schicksal zu vermeiden«, sagte sie, ohne mich anzusehen. »Man muss einen Mann glücklich machen, aber die Folgen umgehen, die dieses Glück sehr leicht nach sich zieht. Du hast mich diese Fähigkeiten vergessen und glauben lassen, es könnte ein Glück für uns beide geben. Deine Zärtlichkeit und deine Arglosigkeit haben mich daran erinnert, dass auch ich einmal unschuldig war. Nun wissen wir beide, wie sehr ich irrte. Aber wenn ich Delapole einreden kann, das Kind sei von ihm, wird er vielleicht ein wenig Erbarmen zeigen.«

»Er wird dir die Kehle aufschneiden und dir das ungeborene Kind aus dem Leib reißen, wie er es in Rom getan hat.«

Sie wurde bleich. »Dann wollen wir darauf hoffen, dass es deinem Richter gelingt, ihn arretieren zu lassen, und uns ein Wunder vor seinem Zorn bewahrt.«

»Die einzigen Wunder sind die, die wir selbst bewirken, Rebecca! Komm jetzt. Lass dich in Sicherheit bringen.«

Sie schüttelte den Kopf. »Sicherheit? Solange er sich auf freiem Fuß befindet, ist keiner von uns sicher. Morgen. Wenn er hinter Schloss und Riegel sitzt. Dann können wir nur darauf hoffen, Venedig verlassen zu haben, bevor er mit dem Finger anklagend auf uns zeigt.«

»Sofort!«

»Ich kann nicht. Und du darfst nicht weiter in mich dringen. Geh jetzt, Lorenzo. Wenn es einen Gott gibt, wird er uns vielleicht alle unsere Sünden vergeben.«

Flehend blickte ich Rebecca an, aber sie ließ sich nicht erweichen. »Schnell«, flüsterte sie. »Bevor er zurückkehrt und misstrauisch wird. Ich trete im Ospedale della Pietà bei diesem Mummenschanz auf, den er da veranstaltet. Falls du so närrisch sein solltest, meine Worte nicht zu beherzigen, kannst du mich dort sehen.«

Ich küsste sie zärtlich auf die Wange und spürte, wie sie sich meiner Umarmung entzog. Dann verließ ich die Ca' Dario, lief durch die Gassen und zermarterte mir den Kopf. Als die Glocke von San Cassiano die erste Stunde des neuen Tages schlug, fand ich mich vor der Ca' Scacchi wieder und betrat sie durch den Nebeneingang, der ins Speicherhaus führte. Leo hatte eine Erklärung wie auch eine Entschuldigung verdient, bevor er mich ohne einen Heller auf die Straße setzte.

Ich stieg die Treppe hinauf, schlüpfte durch das Fenster ins Haupthaus und suchte mir meinen Weg in mein kleines Gemach. Der Junge aus Treviso, der es vor wenigen Monaten mit Freuden, aber völlig unvorbereitet für diese neue Welt bezogen hatte, kam mir nunmehr vor wie ein ganz anderer. Er lebte in meinem Gedächtnis, doch wie ein unbekannter, unergründlicher Fremder. Ich packte ein paar Dinge zusammen, die mir während des Wandervogellebens von Nutzen sein konnten, das mir ungeachtet der Ereignisse des heutigen Tages bevorstand: einige Kleidungsstücke, eine Hand voll Briefe von meiner geliebten Lucia, ein kleines Bild meiner Mutter. Dann suchte ich Rebeccas Kette mit dem Davidstern hervor, die ich nach unserem Zerwürfnis im Zorn abgenommen hatte, und legte sie mir wieder um den Hals.

Weil ich den Beginn unseres Gesprächs selbst bestimmen wollte, schlich ich lautlos die Treppe hinab. Ich hatte Geräusche vernommen. Leo war noch nicht zu Bett gegangen, sprach vermutlich dem Wein zu, seiner neuerdings erprobten Medizin gegen alle Widrigkeiten.

Das Feuer im Kamin war zu fahler Glut erloschen. Auf dem Tisch flackerte eine Kerze. Und da hockte mein Onkel vor einer Flasche Wein und Gläsern. Er rührte sich nicht, schien trunken eingeschlafen zu sein. Gewiss kein idealer Zeitpunkt für unser Gespräch, dennoch musste es stattfinden. Ich hatte Leo unrecht getan, indem ich ihn für den gestrengen Lehrmeister auf dem Gemälde in San Cassiano hielt. In Wahrheit war er nur ein verbitterter Mann, der sich nach besten Kräften durchs Leben schlug.

»Oheim ...«, sagte ich leise, trat von hinten an ihn heran und legte ihm eine Hand auf die Schulter.

Sein Körper bewegte sich unter meinem Griff, der Kopf sackte nach vorn, drehte sich zur Seite und fiel auf den Tisch. Von Entsetzen gelähmt, starrte ich auf seinen weit aufgerissenen zahnlosen Mund. Blut und Schleim sickerten aus dem grausamen Schnitt durch seine Kehle. Ein Auge bestand nur noch aus einer dunklen triefenden Höhle. Die rechte Hand, seine »Klaue«, endete in einem Stumpf. Ich spürte eisiges Grauen in mir aufsteigen und wusste sofort, wer für diese abscheuliche Tat verantwortlich sein musste.

»Lorenzo«, sagte eine bekannte Stimme, und Delapoles Gestalt löste sich aus dem Schatten neben dem Kamin. Neben ihm stand Gobbo, mit niedergeschlagenen Augen, als empfinde er so etwas wie Scham. »Euer Onkel war in der Tat ein widerspenstiger Bursche. ›Ich weiß es nicht, Mister Delapole, ich weiß es wirklich nicht‹ war alles, was der erbärmliche Tropf über die Lippen brachte, so hart wir auch zuschlugen. Und noch immer haben wir die Partitur nicht. Für die Kopisten ist es mittlerweile zu spät. Aber ich will die Noten unbedingt haben. Sie gehören mir, und was mir gehört, nehme ich auch in Besitz. Die Partitur läge in einem Versteck, hat Leo gesagt. Wisst Ihr, wo sie sein könnte?«

»Nein«, erwiderte ich und wich rücklings zur Treppe zurück.

Delapoles Gesicht schob sich weiter ins Kerzenlicht. Es zeigte ein hämisches Grinsen. »Wie könnt Ihr einem Mann, der Euch ausschließlich Gutes erwiesen hat, nur ein so offensichtliches Lügenmärchen auftischen, mein Junge? Der Umgang der Venezianer mit der Wahrheit erschreckt mich und tut ihnen gar nicht gut. Nachdem er seine verkrüppelten Finger los war, hat Leo selbst mich überzeugt, dass er die Wahrheit sprach. Aber was hat es ihm genutzt? Zu diesem Zeitpunkt schrie er so grässlich, dass es meine Ohren beleidigte. Also zog ich das, um das Gekreisch zu beenden. Fang auf, Junge! Greif zu!«

Er bewegte den rechten Arm. Ein kleiner Gegenstand flog durch die Luft und streifte kalt und feucht meine Wange. Ich dachte an Leos durchgeschnittene Kehle und wusste, was Delapole auf mich geschleudert hatte. Ich musste Marchese zustimmen. Im Inneren dieses Mannes hauste ein Dämon, der nunmehr seine Hülle verlassen hatte, um Unheil und Mordtaten auf Erden anzurichten.

»Pack ihn, Gobbo«, sagte Delapole und gähnte. »Wir werden die Wahrheit sehr schnell aus diesem kümmerlichen Bürschlein herausholen und seine Leiche den Mord an seinem Meister gestehen lassen. Eine perfekte Lösung. Damit steht unserer Fahrt nichts mehr im Weg, denke ich.«

Die vierschrötige, hässliche Gestalt des Burschen, den ich einmal meinen Freund genannt hatte, bewegte sich mit der Behändigkeit eines Jagdhundes auf mich zu. Hastig murmelte ich ein Gebet.

54. ÖFFENTLICHKEITSARBEIT

Massiter hatte einen großen Konferenzraum im *Londra Palace* gemietet, ein paar Schritte von der Chiesa della Pietà entfernt. Halb geblendet von den Blitzlichtern saßen sie auf dem Podium: Daniel, Massiter, Fabozzi und Amy Hartston als Vertreterin des Orchesters. Vor Beginn der Veranstaltung hatte Daniel keine Gelegenheit mehr gehabt, mit ihr zu sprechen. Sie vermied es geflissentlich, ihn anzublicken, und ihre Miene schien etwas wie Schuld oder Scham anzudeuten. Zwischen der Pressekonferenz und Scacchis Trauerfeier blieb nur wenig Zeit, aber Daniel war fest entschlossen, mit ihr zu reden, bevor er das Hotel verließ.

Die Konzertaufführung erfreute sich eines regen Interesses. Es war ein geradezu brillantes Thema für das alljährliche Sommerloch in der Medienbranche. Noch dazu eins, das mit Daniels Abneigung gegen öffentliche Auftritte und dem gewaltsamen Tod seiner beiden Gastgeber einige Rätsel aufgab. Die Journalisten witterten offenbar irgendein dunkles Geheimnis und würden vermutlich alles unternehmen, ihn aus der Reserve zu locken, nahm Daniel an. An die hundert Reporter waren erschienen sowie mehr als zwei Dutzend Fotografen, die ihre Linsen auf das Podium richteten. Daniel Forster lächelte in die Kameras. Er dachte an die Bestattung und das Gespräch, das er danach mit Massiter führen würde. Er ließ das Blitzlichtgewitter geduldig über sich ergehen und war sich bewusst, dass niemand im Saal auch nur ahnen konnte, welche Schlagzeilen in den Zeitungen erscheinen würden.

Massiter stand auf, begrüßte die Presse kurz und verwies auf die musikalische Bedeutung des Ortes: 1877 hatte Tschaikowsky während eines Aufenthalts im *Londra Palace* seine Vierte Sinfonie komponiert. Daniel erinnerte sich vage an das Werk und daran, dass es unmittelbar vor *Eugen Onegin* und zu einer Zeit entstanden sein musste, in der das Leben des Komponisten begann, in Chaos und Wahn zu versinken. Mit Unbehagen stellte er sich vor, wie Tschaikowsky sich in irgendeinem Zimmer über ihm mit quälenden Gedanken über seine gescheiterte Ehe, seine Homosexualität und die Arbeit an der Oper herumgeschlagen hatte. Ein weiterer Geist, der durch Venedig streifte. Ein weiterer Grund, weshalb er Massiters Forderungen nicht entsprechen konnte: Ihm fehlte die Fähigkeit zum Masochismus. Auf dem Genie lag zu häufig ein Fluch. Vielleicht hatte deshalb die Konzertpartitur, die nun seinen Namen trug, knapp dreihundert Jahre lang unentdeckt in ihrem Versteck in der Ca' Scacchi geruht. Hinter der Musik verbarg sich ein menschliches Wesen, das noch immer darauf wartete, sich aus dem Staub zu erheben.

Applaus erklang, Massiter setzte sich und erteilte Daniel das Wort. Er blinzelte in das Meer von Gesichtern und wusste, dass der Daniel Forster, der vor wenigen Wochen den Flughafen Marco Polo verlassen und die *Sophia* bestiegen hatte, vor diesem Auditorium in Grund und Boden versunken wäre.

Daniel konnte sich an diesen naiven jungen Mann kaum erinnern. Er sei Komponist, kein Redner, erklärte er und bat um Fragen. Sie prasselten dreißig Minuten lang aus allen Richtungen auf ihn ein, manche klug, manche einfältig, andere einfach abwegig. Im Gegenzug dankte er Massiter höflich für seine finanzielle Unterstützung sowie Fabozzi und Amy für ihre künstlerischen Leistungen. Die Reporter, die beharrlich nach den Todesumständen von Scacchi und Paul fragten, verwies er auf die polizeilichen Ermittlungen.

Als sich ein englischer Reporter damit nicht zufrieden geben wollte, räusperte sich Daniel und machte eine kleine Pause, bevor er sagte: »Ich appelliere an Ihr Verständnis. Es waren meine Freunde. Heute muss ich Signor Scacchi zur letzten Ruhe betten, einen Mann, dessen Großzügigkeit mir gegenüber nur von der Mister Massiters übertroffen wird. Ohne Signor Scacchi wäre ich nie nach Venedig gekommen. Hätte er mich nicht mit Mister Massiter bekannt gemacht, wäre ich meinem Wohltäter nicht begegnet und aus meinem Zustand selbstzufriedener Unbekanntheit nie in dieses verwirrend helle Licht der Öffentlichkeit gelangt. Für den Moment muss ich Sie um Nachsicht bitten, meine Damen und Herren. Kommen Sie erneut auf mich zu, wenn Sie das Konzert gehört haben, wenn ich meine traurige Pflicht absolviert habe, und ich werde versuchen, Ihre Fragen so gut ich kann zu beantworten. Für jetzt kann ich Sie nur um Geduld bitten. Beurteilen Sie mich nach dem, was Sie heute Abend hören, nicht nach meinen unbeholfenen Äußerungen auf einer Pressekonferenz.«

Im Beifall der Reporter klang fast so etwas wie Bewunderung mit. Daniel war erleichtert. Er hatte sich auf die Pressekonferenz vorbereitet wie auf eine Fallgrube voller Tücken.

Die Vertreterin eines amerikanischen Senders sprang auf und richtete ihr Mikrofon auf Amy. »Miss Hartston?«

»Ja«, sagte sie, blieb aber sitzen.

»Ich würde gern etwas über Ihre Einstellung zu dem Konzert erfahren. Als Musikerin.«

Verunsichert sah Amy Daniel an. »In welcher Hinsicht?«, fragte sie.

»Nun, Sie sind Solistin in einem Konzert, das ein fast Gleichaltriger komponiert hat«, fuhr die Reporterin in aggressivem Ton fort. »Und doch ist es keine moderne Musik, sondern sie hört sich an wie etwas, das jemand vor dreihundert Jahren geschrieben haben könnte, wenn man den Ankündigungen glauben darf.«

Amy nickte. »Darüber habe ich mit Daniel nicht gesprochen.«

»Sie haben *nie* darüber geredet?«, fragte die Reporterin verblüfft. »Aber er ist doch der Komponist, oder?«

»Ich …« Amy verstummte und sah Daniel Forster Hilfe suchend an.

Massiter stand auf und klatschte in die Hände. »Die Leitung dieses Konzertereignisses liegt in den Händen von Signor Fabozzi, einem nicht ganz unbekannten Dirigenten, werte Lady. Damit fällt ihm auch die Führung des Orchesters zu und nicht dem Komponisten. Eine Tatsache, die Ihre volle Billigung findet, nicht wahr, Daniel?«

Daniel nickte. »Selbstverständlich. Jede Einmischung von mir hätte die Dinge nur unnötig kompliziert.«

»Vermutlich«, murmelte die amerikanische Reporterin.

»Und jetzt zu den praktischen Dingen«, wechselte Massiter schnell das Thema. »Für alle Rezensenten unter Ihnen liegen natürlich Karten bereit. Und darüber hinaus noch ein paar weitere für andere interessierte Journalisten.«

Sie ähneln einer Hundemeute, dachte Daniel. Und wie bei Hunden, die knapp gehalten werden, übersteigt ihr Verdruss über das Entgangene bei weitem ihre Dankbarkeit für die paar Brocken, die ihnen hingeworfen wurden. Eine irgendwie nervöse Atmosphäre lag über dem Konzert, was er bedauerte. Fabozzi und seine Musiker hatten hart gearbeitet und dafür Anerkennung verdient.

Massiter wartete, bis alle Journalisten den Saal verlassen hatten. Dann umfasste er Daniels Arm und flüsterte ihm hörbar ins Ohr: »Ausgezeichnet, Daniel! Sie haben förmlich an Ihren Lippen gehangen.«

»Meinen Sie wirklich, Hugo? Vielleicht wittern sie auch nur eine Leiche im Keller.«

Die grauen Augen musterten ihn kühl. »Unsinn. Die merken erst etwas, wenn man sie mit der Nase direkt darauf stößt. Aber wir sollten besser auf Nummer Sicher gehen. Morgen werde ich Sie irgendwohin entführen, wo Sie Ihre Ruhe haben. Vielleicht bringe ich Sie für das Wochenende im *Cipriani* unter.«

Bei der Erwähnung des Hotels auf Giudecca musste Daniel an Lauras Wutausbruch im winzigen Besucherraum des Gefängnisses am anderen Ende der Insel denken.

»Oder wie wäre es mit Verona? Wo auch immer, Daniel. Auf jeden Fall müssen Sie dieser Meute entkommen. Überlegen Sie es sich.«

»Das werde ich«, versprach er.

Amy stand neben der Tür und suchte Daniels Blick.

»Und Sie denken an unser Gespräch nach der Trauerfeier, Hugo?«

Verdutzt sah Massiter ihn an. »Ach ja. Sie wollen mir Ihre Bedingung nennen.«

»So ist es.«

Völlig unerwartet bedachte ihn Massiter mit einem breiten, verschwörerischen Lächeln. »Sie sind mir schon einer, Daniel Forster!«

»Ich fürchte, ich verstehe nicht ganz …«

»Da spielen Sie allen den Traumtänzer vor, während Sie in Wahrheit ein ganz ausgekochter Hund sind.«

Daniel machte eine knappe Verbeugung. »Vielen Dank.«

»Nein, im Ernst. Sie lernen schnell. Manchmal frage ich mich, ob ich anstelle der Kletten nicht einen echten Helfer brauche.«

»Aber ich bin Komponist, Hugo. Vergessen Sie das nicht.«

Lachend schlug ihm Massiter auf die Schulter. »In der Tat! Wie ist es? Fahren wir gemeinsam nach San Michele?«

»Nein. Aber vielen Dank für das Angebot. Ich möchte noch ein paar Schritte laufen. Ein bisschen nachdenken.«

»Verstehe. Über Ihren Preis?«

Daniel zögerte einen Moment mit der Antwort. »Eigentlich über Scacchi.«

Ohne ein weiteres Wort verschwand Massiter. Daniel ging

auf Amy zu. Sie hat sich verändert, dachte er. Wo ist ihre naive Überschwänglichkeit geblieben?

»Entschuldige, Amy«, begann er. »Ich hätte mich bei dir melden müssen.«

»Warum?«, fragte sie und senkte den Blick.

»Weil ich mich in deiner Schuld fühle.«

Sie seufzte. Die Reporter hatten den Raum verlassen, sie waren allein. »Ich möchte nur noch das Konzert hinter mich bringen und dann verschwinden, Dan. Das alles hier kommt mir einfach unerträglich vor. Als müsste ich jeden Moment den Verstand verlieren.«

Er legte einen Arm um ihre Schulter. »Du verlierst doch nicht den Verstand, Amy.«

Mit großen Augen sah sie ihn an. »Und warum nicht? Ich habe Hugo gesagt, dass du das Konzert nicht geschrieben haben kannst. Dass du dazu gar nicht fähig bist. Und dann erlebe ich dich bei dieser Pressekonferenz. Das war dein wahres Ich, oder? Das hast du mir zuvor nie gezeigt. Die Reporter haben dir ja förmlich aus der Hand gefressen.«

»Mag sein.«

»Nein, so war es, Dan. Ich weiß nicht, warum ich Menschen manchmal so falsch einschätze. So, wie ich auch nicht weiß, warum ich mich selbst so schlecht einschätzen kann.«

»Nur Geduld. Es wird sich alles finden.«

Sie verschränkte die Arme. »Es hat sich bereits gefunden. Hugo und ich sind zu einer Vereinbarung gekommen, falls du noch nichts davon gehört hast. Ich werde ein Star. Genau wie du.« Die Verbitterung in ihrer Stimme richtet sich mehr gegen sie selbst als gegen Massiter, dachte er.

»Wir machen alle Fehler, Amy. Das heißt nicht, dass wir auf Dauer mit ihnen leben müssen.«

»Nein? Aber alles ist bereits fest geplant. Er sorgt dafür, dass ich die Juilliard School besuchen kann. Ich werde in seinem New Yorker Apartment wohnen. Von dort aus kann ich zu

Fuß zum Lincoln Center. Ich habe es geschafft, verstehst du?«

»Aber das hört sich doch sehr vielversprechend an«, meinte er zögernd.

»Sicher. Dafür brauche ich nur mit ihm zu vögeln, sobald ihm der Sinn danach steht. Nicht, dass er so etwas wie Leidenschaft für mich empfände. Damit will er nur dokumentieren, dass ich sein Besitz bin.«

Diese Bemerkung überraschte Daniel. Sie kam ihm erstaunlich treffend vor. »Aber du brauchst doch nichts zu tun, was du nicht wirklich willst, Amy. Deine Eltern …«

»Mit denen hat er bereits gesprochen«, unterbrach sie ihn heftig. »Sie finden das alles ganz wundervoll. Plötzlich hat ihre einfältige Tochter Erfolg. Und einen zwar alten, aber reichen Freund mit britischer Herkunft. Um Geld geht es ihnen nicht, aber um das gesellschaftliche Ansehen … Das ist unbezahlbar.«

Er drückte sie leicht an sich. »Es lässt sich alles ändern.«

Gereizt funkelte sie ihn an. »Was macht dich so sicher? Wir sitzen beide im selben Boot, Dan, ist dir das eigentlich klar? Er *besitzt* uns. Wie ein Gemälde, eine Statue oder irgendein anderes Objekt. Das *erregt* ihn. Es verschafft ihm Lustgefühle, dass wir für ihn bereitstehen, dass er sich unser bedienen kann, sobald ihm der Sinn danach steht. Und daraus gibt es absolut keinen Ausweg. Er spürt es, wenn man irgendwo eine Tür entdeckt, und schlägt sie einem prompt vor der Nase zu. Wir gehören ihm. Das wird immer so bleiben.«

Daniel beugte sich vor und küsste sie auf die Stirn.

Überrascht sah Amy ihn an. »Warum das?«

»Weil mir danach war, Amy. Und um dir zu sagen, dass ich dein Freund bin. Ich werde dir helfen. Du musst nur Geduld haben. Und heute Abend so brillant spielen wie noch nie. Nicht für mich und ganz bestimmt nicht für Hugo. Allein für dich.«

Endlich sah sie wieder ein wenig aus wie die alte Amy. So etwas wie Hoffnung und Zuversicht zeigten sich in ihrem Ge-

sicht. Sie umarmte Daniel und lehnte ihren Kopf an seine
Brust. Er roch den Duft ihrer Haare. Es war ein seltsam erwach-
sener, fast alter Geruch. Dafür ist Hugo Massiter verantwortlich,
dachte Daniel.

»Und was machst du jetzt?«, fragte er.

»Ich habe nichts Besonderes vor. Vermutlich werde ich ins
Hotel gehen. Eine weitere Probe ist nicht mehr nötig, hat Fabozzi gesagt. Wir können es.«

»Ich bin mir sicher, dass er Recht hat.«

»Und du gehst zu Scacchis Begräbnis, oder?«

Schweigend sah er zu Boden.

»Soll ich dich begleiten? Aber ich bin ihm nur einmal begegnet.«

»Dann komm meinetwegen mit, Amy«, sagte er. »Bitte.«

55. Von allen verfolgt

Mit tückisch entschlossener Miene kam Gobbo auf mich zu. Ich ging zwei, drei Schritte zurück, wartete, zog mein rechtes Bein an und trat dann mit aller Kraft zu. Mein Fuß traf sein Gesicht. Mit einem Schmerzensschrei taumelte er rückwärts. Ein Mann muss seine Vorteile nutzen. Ich kannte mich in Haus und Nebengebäude gut aus. Sie nicht. Ich konnte in Verstecken Zuflucht suchen, von denen sie keine Ahnung hatten. Oder noch besser: aus dem Haus schlüpfen, durch die Calle dei Morti laufen und im Gewirr der Gassen von Santa Croce untertauchen.

Diese Gedanken schossen mir durch den Kopf, als ich die Treppen hinaufeilte. Wie töricht von mir … Ich hätte erst mal nur an Flucht denken und meine Route später planen sollen, nachdem ich meinen Häschern entkommen war. Im obersten Stockwerk, wenige Schritte von meinem Zimmer und dem Schlupfloch entfernt, das ich schon einmal benutzt hatte, hörte ich polternde Schritte hinter mir. Eine Hand schloss sich unerbittlich um meinen Knöchel. Gobbo verdrehte mir das Bein und brachte mich zu Fall.

»Hurra!«, schrie Delapole von weit unten. Er war nicht so flink wie sein Diener und folgte uns erst in weitem Abstand. Gobbo hingegen hatte sich von meinem Tritt in sein hässliches Gesicht verblüffend schnell erholt und war mir nachgejagt, bis er mich fassen konnte. Als ich hilflos wie ein gefangenes Tier auf der Treppe lag, schob sich ein kräftiger Arm unter meinen Körper und drehte mich um. Bleiches Mondlicht fiel durch das Dachfenster über mir. Aus einer Wunde an Gobbos Auge rann

Blut. Er rang nach Atem. Und doch sah ich etwas wie Zögern in seiner Miene, Erstaunen darüber, dass es so weit gekommen war.

»Halt ihn nur fest, Gobbo«, rief der Engländer. »Das ist mein Spaß. Nicht deiner.«

Mit einer Mischung aus Mitleid und Verachtung starrte Gobbo mich an. »Warum hast du nur nicht auf mich gehört, Lorenzo?«, flüsterte er keuchend. »Ich war stets bemüht, dich vor Gefahren zu bewahren, aber du musstest immer genau das Gegenteil von dem tun, was ich dir riet.«

Ich wollte mich bewegen, aber seine Hände lagen fest um meinen Hals. Es gab kein Entrinnen. »Ich folge nur den Geboten meines Herzens, Gobbo«, erwiderte ich. »Genau das, was auch du tun würdest, wärst du dein eigener Herr und nicht Delapoles Handlanger.«

»Was habe ich gesagt! Schon wieder machst du alles für dich nur noch schlimmer.«

»Schlimmer als in Rom? Ärger als das, was er der Herzogin von Longhena angetan hat?«

Gobbo kniff die Augen zusammen. Er schien überrascht. »Was weißt du darüber? Mir sagte er, diese Frau wäre wie von Sinnen gewesen und er hätte sich lediglich verteidigt.«

»Das ist eine Lüge! Ich habe mit dem Bezirksrichter gesprochen, Gobbo. Dein Herr hat diese Frau auf bestialische Weise ermordet, indem er ihr sein eigenes Kind aus dem Leib riss und es neben ihre verstümmelte Leiche legte. Aber die Schlinge zieht sich zu. Noch heute Nacht trifft der Richter in Venedig ein, um seine Anschuldigungen gegen Delapole vorzubringen. Wenn du nicht sehr Acht gibst, wirst du ihn aufs Schafott begleiten müssen.«

Der Griff seiner Finger um meinen Hals lockerte sich ein wenig, doch ich wartete ab.

»Du lügst.«

»Nein, es ist die Wahrheit, Gobbo. Woher sollte ich sonst den

Namen der Frau kennen? Ich werde nicht zulassen, dass er mit Rebecca genauso verfährt.«

Delapoles Schritte auf der Treppe wurden lauter. Er hatte das zweite Stockwerk erreicht und kam immer näher.

»Ich stehle und töte schon mal einen Mann, wenn der es nicht anders verdient«, räumte Gobbo ein. »Aber mit Morden an Frauen habe ich nichts zu schaffen.«

»Erzähl das dem Henker«, zischte ich ihm zu und sah hinter seinem vierschrötigen Körper seinen Herrn und Meister auftauchen.

»Du lügst, verdammter Kerl!«, knurrte Gobbo und zog eine blutbefleckte Klinge aus der Tasche. Das war meine letzte Chance. Ich holte tief Luft, rammte ihm mein Knie in den Unterleib und drückte mit meiner freien Hand gegen seinen Oberkörper, bis er den Halt verlor. Mit den Armen rudernd versuchte Gobbo, sein Gleichgewicht zu wahren, doch erfolglos. Nach einem zweiten Stoß meines Knies stürzte er laut fluchend die Stufen hinunter und prallte so heftig gegen Delapole, dass beide die Treppe hinabpolterten und mit ineinander verschlungenen Gliedern unten liegen blieben.

Eine weitere Gelegenheit würde sich mir nicht bieten. Ich rannte in mein Zimmer und kletterte aus dem offenen Fenster zum Lagerhaus. Dort eilte ich vier Stufen auf einmal nehmend die Treppe hinunter und lief durch das Wasserportal hinaus. Aus Furcht, sie könnten mich beim Überqueren der kleinen Brücke entdecken, sprang ich kurzerhand in den Rio.

Während meines gesamten Aufenthalts in Venedig hatte ich eine nähere Begegnung mit diesem schlammigen Wasser vermeiden können. Es war eiskalt und stank wie eine Sickergrube. Durch ein geöffnetes Fenster über mir hörte ich Delapole und Gobbo über mein Verschwinden reden. »Entweder wir schnappen ihn, Gobbo, oder wir hängen ihm den Tod seines Onkels an«, wütete der Engländer ohne jede Rücksicht auf mögliche Lauscher. »Wenn er nicht innerhalb der nächsten fünf Minuten in unserer Hand ist, läufst du zur Stadtwache und berichtest, dass du den alten Leo tot aufgefunden hast und sich der Mordbube aus dem Staub gemacht hat.«

So oder so – ich war zum Untergang verurteilt. Ein Gutes hatte die eisige Kälte des übel riechenden Wassers: Es erstickte meinen Wutschrei. Ich hielt die Luft an, tauchte unter Wasser und schwamm auf den Canal Grande zu, solange es meine Lungen zuließen. Als ich wieder hochkam, erblickte ich vor mir die kleine Brücke, die im Verlauf der Calle dei Morti zur Kirche führt. Ich schwamm unter der Brücke durch, damit ich von der Ca' Scacchi aus nicht gesehen werden konnte, reckte den Kopf und lauschte. Kein Laut war zu hören. Gobbo musste viele Gassen und Durchgänge überprüfen, die von unserem Campo fortführten. Eher unwahrscheinlich, dass er allzu bald auf meine Fluchtroute stieß. Ich hievte mich an Land, kroch auf allen vieren über die Brücke und rannte in Windeseile ins Straßenlabyrinth von Santa Croce hinein.

Ich kannte ihre Pläne, hatte sie von Delapole selbst gehört. Wenn ich mich nicht innerhalb von fünf Minuten in seiner Hand befand, würde er mich als Mörder meines Onkels bei den Behörden denunzieren. Also wartete ich eine gute halbe Stunde und lief dann südlich von San Cassiano zurück, auf die Rialto zu, die einzige Brücke, über die ich nach Cannaregio gelangen konnte, wo die Boote aus Mestre anlegten. Mit wild klopfendem Herzen lief ich an den Schurken und Huren vorbei, die den Platz bevölkerten. Hier hätte mich Gobbo mit Leichtigkeit schnappen können. Aber er war nun einmal ein getreuer Diener seines Herrn und tischte den Wachen wahrscheinlich gerade sein Lügenmärchen auf.

Tropfnass und die Jacke vors Gesicht gezogen, überquerte ich schnell die Brücke und schlug die vertraute Route ein, die mich auf einem kleinen Umweg nach Norden zum Ghetto bringen würde. Ich wusste zwar nicht, wo Marchese die Nacht verbringen wollte, doch weit von der Anlegestelle würde seine

Herberge nicht sein. Wenn es mir gelang, ihn aufzuspüren, könnte ich mir irgendeine Geschichte ausdenken, die uns die Nacht heil überstehen ließ.

Doch alle diese Überlegungen wurden zunichte gemacht, als mich der Fährmann von Kopf bis Fuß musterte und knurrte: »Die Kutsche aus Rom verspätet sich. Vor Mittag ist mit ihr nicht zu rechnen. Hat in der Nähe von Bologna ein Rad verloren, wie ich hörte, und kam von der Straße ab.«

Ich muss wohl einen mitleiderregenden Anblick geboten haben. Als ich ihn um Papier und ein Stück Holzkohle bat, um für einen Freund eine Botschaft aufzuschreiben, begab er sich in die nächste Schenke und kehrte mit beidem zurück.

»Was für ein Einfaltspinsel bist du eigentlich, Bürschlein?«, wollte er wissen. »Einen Seemann um etwas zu bitten, womit man schreiben kann ...«

Nachdem ich ihm gedankt hatte, gesellte ich mich zu den anderen Hungerleidern, die in den Überresten des Marktes von Cannaregio nach Essbarem stöberten, und entdeckte ein schimmeliges Stück Brot und einen halb gegessenen Apfel. Von einem Karren stibitzte ich zwei Orangen und verschwand wie der Blitz in der Dunkelheit, als es der Händler bemerkte. Unter einem verdreckten Torbogen nahe dem Ghetto verschlang ich, was ich gefunden hatte, und setzte mich wieder in Bewegung. Im Schein des ewigen Lichts eines Marienschreins riss ich das Papier in Stücke und schrieb auf jedes mit verstellter Schrift die gleichen Worte. Dann lief ich erschöpft und todmüde nach San Marco, um alle Bronzelöwenköpfe aufzusuchen, an die ich mich erinnern konnte, und ihnen einen meiner Zettel in den Rachen zu schieben. Ich hoffte, dass sie die Schergen des Dogen zum Nachdenken brachten, wenn sie sie lasen, und uns eine Angriffsfläche in der Rüstung des Engländers boten.

Den letzten Zettel hinterließ ich im Löwenhaupt nahe dem Dogenpalast, und eingedenk dessen, was für uns auf dem Spiel stand, begab ich mich zum Verlies an der Seufzerbrücke und lauschte dem Stöhnen und Wehklagen, das durch die hohen, vergitterten Fenster ins Freie drang. In der Gosse lag ein rostiges Messer. Ich hob es auf und verbarg es unter meinem Wams, als wäre es ein Talisman, der mich schützen könnte. Dann hockte ich mich in einen feuchten Toreingang, schlief ein und begann zu träumen. Einen schrecklichen Traum, in dem ich Delapoles Rücken sah, der sich in einem düsteren Schlafzimmer voller Spiegel an die schlummernde Rebecca heranschlich. Er bewegte sich verstohlen auf sie zu wie ein gemeiner Verbrecher. Und dann fiel er brutal über sie her, während sie laut schrie und kämpfte wie eine Tigerin.

Als er nach vollbrachter Untat auf ihr lag, während aus seinem Mund Speichel auf ihren weißen Hals tropfte, hob er den Kopf und starrte in einen Spiegel. Und ich sah, dass ich es war, in der Maske Delapoles. Ich war der wahre Täter, im Verein mit diesem Teufel, der hinter uns stehend alles beobachtet hatte und jetzt geckenhaft applaudierte, als wäre es eine Bühnenaufführung.

Entsetzt, die schrecklichen Bilder immer noch in meinem Kopf, fuhr ich hoch. Und erinnerte mich an einige Zeilen aus einem englischen Theaterstück, von dem ich einmal naiv angenommen hatte, Gobbo hätte es gelesen.

»Der Teufel kann sich auf die Schrift berufen.
Ein arg Gemüt, das heil'ges Zeugnis vorbringt,
ist wie ein Schalk mit Lächeln auf der Wange,
ein schöner Apfel, in dem Herzen faul.
O wie der Falschheit Außenseite glänzt!«

Die Sonne war kaum aufgegangen. Noch feucht von meinen nächtlichen Abenteuern erschauerte ich, aber mein Zittern hatte tiefere Gründe. In meinem Traum war mir Einblick in Delapoles wahre Natur gewährt worden. Als was betrachtete er sich selbst? Als Satan – eine treffendere Bezeichnung fiel mir nicht ein. Wonach trachtete er? Danach, auf andere Menschen Macht auszuüben, mit ihnen nach Belieben zu verfahren. Was Delapole mehr begehrte als alles andere, war der Teil eines Menschen, den dieser für unveräußerlich hielt. Daneben waren Wollust, Habgier und Betrug alltägliche Sünden, die viele begingen. Je mehr, desto besser. Rebecca war nicht die Erste und würde auch nicht die Letzte sein. Sein Verlangen war unersättlich.

Entschlossen verdrängte ich diese tristen Gedanken und erhob mich. Abgerissen wie ein Bettler stolperte ich keine hundert Meter vom Ospedale della Pietà entfernt ans Wasser und dachte über meine nächsten Schritte nach. Es sah so aus, als würde es wieder ein wundervoller Tag werden. Händler stritten um die besten Plätze für ihr Warenangebot. Das Gerüst, das Canaletto zum Malen benutzte, wurde gerade in Höhe des Arsenale an der Promenade errichtet, und der Maler ergoss übellaunige Schimpftiraden über die bedauernswerten Arbeiter. Er warb eifrig für seine Werke. Etliche fertige Gemälde wurden aufgereiht, um Käufer anzulocken. Darunter auch die Ansicht, mit der er sechs Monate zuvor unter meinen neugierigen Blicken begonnen hatte. Da war ich noch ein unbedarfter Junge gewesen. Zunächst wagte ich kaum, es näher zu betrachten. Ich fürchtete mich vor Erinnerungen, die es möglicherweise in mir weckte.

Ein Wachsoldat hämmerte eine Mitteilung an einen der Baumstämme, an denen die Gondeln vertäut wurden. Ich wartete, bis er fertig war. Dann lief ich hinüber, um meine Neugierde zu befriedigen, obwohl ich bereits wusste, was mich erwartete. Auf dem Plakat wurde nach einem gewissen Lorenzo Scacchi gesucht, einem Buchdruckerlehrling aus San Cassiano, der beschuldigt wurde, am Abend zuvor seinen Meister auf niederträchtige Weise ermordet zu haben. Es folgte eine Beschreibung des Missetäters, anhand derer mich jedermann erkennen musste. Und eine Belohnung wurde versprochen, aus der Börse des stadtbekannten englischen Wohltäters Delapole. Wenn er mich schon nicht eigenhändig einen Kopf kürzer machen konnte, bezahlte Delapole also die Republik dafür, dass sie ihm diese Aufgabe abnahm.

Ich verfluchte ihn, verfluchte Venedig und lief ungeachtet meiner Angst hinüber, um Signor Canalettos Gemälde näher zu betrachten, achtete aber darauf, dass die Aufmerksamkeit des Malers einem Schreiner auf der anderen Seite des Gerüstes galt. Das Gemälde war wundervoll, aber ohne Ausstrahlung. Zwischen dem darauf eingefangenen Zeitpunkt und meinem jetzigen Zustand lagen Ewigkeiten von Glückseligkeit und Elend. Alles, was der Künstler zu bieten hatte, war eine Dokumentation von Größe und Pracht. Ich warf einen letzten Blick auf das Kunstwerk und schlich von dannen, um von unserer erfolgreichen Flucht zu träumen.

56. Ein überraschender Vorschlag

Benommen von der Hitze und dem Geruch der Zypressen und Chemikalien im Wasser der Lagune begann Daniel zu schwanken und schloss schnell die Augen. Unbehaglich steif standen sie hinter dem Sarg am Heck der Trauergondel. Zunächst hatte er sich gewünscht, Laura wäre neben ihm. Aber als sie den schmalen Wasserstreifen überquerten, der San Michele von Venedig trennt, legte Amy eine Hand auf seinen Arm und drückte ihn sanft. Daniel erwiderte die Geste und war zutiefst dankbar für ihre Anwesenheit.

Als sie anlegten, fühlte er sich vom strahlenden Weiß der Kirche aus istrischem Stein fast geblendet. Hinter ihnen ging Venedig seinen Geschäften nach. Vaporetti flitzten zwischen den Anlegestellen hin und her, ein nie abreißender Verkehrsstrom vor den Ufern der Stadt. In einiger Entfernung vor ihnen lag Murano mit seinen Schornsteinen über Werkstätten, in denen dekorative Glaswaren für Touristen geblasen wurden. Scacchi musste diese Fahrt häufig unternommen haben, um Freunden und Verwandten das letzte Geleit zu geben. Ein Jahrzehnt lang blieben ihre sterblichen Überreste auf der Friedhofsinsel. Dann kamen sie an einen anderen Ort. Ein sonderbares Ende für ein Menschenleben, dachte Daniel, aber auch eines, das sich Scacchi gewünscht hätte. Als Venezianer hätte er sich ein anderes Schicksal nicht vorstellen können.

Sie verließen die Gondel und gingen hinter dem Sarg her, im gleichen Tempo wie die Träger. Vor der Kirche wartete eine kleine Trauergemeinde. Massiter hatte sich doch für einen schwarzen Anzug entschieden und stand einen oder zwei Meter entfernt. Daniel erkannte die Frau vom Eingang der Chiesa della Pietà, außerdem einen Lebensmittelhändler, der Laura hin und wieder beliefert hatte. Und Giulia Morelli in einem schwarzen Hosenanzug, die Augen hinter einer Sonnenbrille verborgen. Er hätte wissen müssen, dass sich die Polizei diese Gelegenheit nicht entgehen lassen würde. Schließlich eine massige Gestalt in einem glänzenden blauen Anzug. Daniel blinzelte in die helle Sonne, um den Mann zu erkennen, und bemerkte dann, was ihm fehlte: ein kleiner Hund namens Xerxes.

Mit ausgebreiteten Armen und Tränen in den Augen kam Piero auf ihn zu und zog ihn an seine breite Brust. »Oh, mein Junge«, schluchzte er. »Was für ein trauriger Anlass.«

Der Hüne bemerkte Amy, ließ Daniel los und umfasste ihre rechte Hand mit beiden Pranken. »Und auch Miss Amy ist gekommen, unsere amerikanische Freundin. Was haben wir auf Sant' Erasmo gelacht. Und jetzt das …«

Sie küsste ihn auf die Wange. »Es tut mir unendlich Leid.«

Daniel empfand so etwas wie Stolz auf sie. Sie durchquerten einen Torbogen, betraten den Friedhof, bogen nach rechts ab und gingen an einer Reihe glänzender Särge vorbei, die in einem offen stehenden Nebenraum standen. Er hatte sich vorgenommen, eines Tages nach San Michele zu kommen, um wie die Touristen nach den berühmten Gräbern zu suchen. Aber das war ein anderer Daniel Forster gewesen. Jetzt gab es in der braunen Erde von San Michele nur einen Toten, dem sein Interesse galt, und Daniel schwor sich, dass er in zehn Jahren wiederkehren würde, wenn der, wenn auch nur kurz, exhumiert wurde. Das war er Scacchi schuldig. Bei all seiner Geheimnistuerei und Trickserei – und Daniel war sich keineswegs sicher, ob er das gesamte Ausmaß kannte –, der alte Mann hatte ihm ein neues Leben geschenkt.

Die Trauergemeinde ließ die Gebäude hinter sich und bewegte sich zwischen den unzähligen Reihen kleiner Grabsteine entlang, die sich bis an die Begrenzungsmauer des Friedhofes zogen. Auf den meisten waren Fotografien der Verstorbenen. Er warf einen Blick auf das Hinweisschild: Recinto 1, Campo B. Jede Gräberreihe war sorgfältig gekennzeichnet, um Jahrzehnt für Jahrzehnt wieder ausgehoben zu werden.

Vor einem leeren Grab blieben sie stehen. Die Träger ließen den Sarg vorsichtig in die Grube hinab. Mit monotoner Stimme begann der Priester zu sprechen. Daniel schloss die Augen und gab sich ganz dem Augenblick hin: dem Duft der Zypressen, dem Geruch der Erde und dem Geschrei der Möwen über ihm. Er spürte Amys Hand auf seinem Arm und versuchte erfolglos, nicht an Laura zu denken. Er fragte sich, wo sie steckte, und wusste, er würde ihr nie verzeihen können, dass sie dieser Trauerfeier fernblieb. Hinter sich hörte er eine Frau und einen Mann weinen. Piero, der geschworen hatte, nie wieder einen Fuß auf San Michele zu setzen, schluchzte laut und hemmungslos. Scacchi zog die Menschen an sich, selbst aus dem Grab heraus.

Der Priester bückte sich, nahm eine Hand voll Erde und warf sie auf den Sarg. Daniel sah Massiter das Gleiche tun, verspürte aber selbst keine Veranlassung zu dieser Geste. Piero hatte Recht. Mit dem letzten Atemzug endeten alle Gefühle, die man füreinander empfand. Die Rituale nutzten nur den Überlebenden, nicht den Toten. Daniel Forster brauchte sie nicht. Was ihn mit Scacchi verbunden hatte, lag unveränderlich im Bernstein seiner Erinnerung eingeschlossen. Veränderlich war nur die Zukunft.

Piero ließ ihn nicht aus den Augen und schien einverstanden mit dem, was er sah. Dann, als ersichtlich wurde, dass die Trauerfeier vorüber war, murmelte er, Xerxes aus dem Büro des Friedhofswärters abholen zu müssen, und verschwand. Auch die anderen Trauergäste verabschiedeten sich und gingen zum Ausgang.

Massiter kam auf Amy und Daniel zu, legte seine Arme um sie und sagte: »Eigentlich kann ich es noch immer nicht glauben. Dass Scacchi krank war, wussten wir alle. Aber niemand hätte doch damit gerechnet ...«

»Womit?«, fragte Daniel, als Massiter verstummte.

»Dass es so schnell gehen könnte. Und so brutal.«

»Ich glaube, Scacchi wusste es«, sagte Daniel. »Ich denke, er hat so etwas schon länger befürchtet.«

»Einen Augenblick bitte«, rief eine Stimme hinter ihnen.

Daniel drehte sich um und runzelte die Stirn. Ein paar Meter entfernt stand Giulia Morelli.

»Ja?«

Die Polizistin kam auf sie zu und lächelte nichts sagend. »Ich wollte Ihnen lediglich mein Beileid aussprechen.«

»Das hilft Scacchi auch nicht mehr viel, oder?«, knurrte Massiter. »Gehe ich fehl in der Annahme, dass Sie den Abschaum, der für seinen Tod verantwortlich ist, noch immer nicht gefasst haben?«

»Nein.« Sie nahm die Sonnenbrille ab und musterte sie durchdringend mit ihren blauen Augen. »Aber man soll die Hoffnung nie aufgeben, Mister Massiter. Was wäre eine Polizistin ohne Hoffnung, was?«

Sie erhielt keine Antwort. »Also dann *ciao*.« Giulia Morelli nickte ihnen zu. »Und vielen Dank für die Konzertkarte, Mister Forster. Ich kann es kaum erwarten.«

Massiter blickte ihr nach. »Eine unerträglich penetrante Frau. Warum kümmert sie sich nicht endlich um die wirklich Verdächtigen und hört auf, uns zu belästigen?«

»Aber das muss sie tun«, merkte Amy leise an. »Es gehört zu ihrer Ermittlungsarbeit.«

»Mag sein.« Massiter versetzte ihr einen leichten Klaps auf den verlängerten Rücken. »Aber nun fort mit dir, Amy. Ruh dich ein bisschen aus. Du bist heute Abend der Star der Aufführung. Ich kann nicht zulassen, dass du erschöpft auf die Bühne trittst.«

Sie funkelte ihn ungehalten an, drehte sich aber um, um zu gehen.

»Nein.« Daniel umfasste ihren Arm. »Da gibt es etwas, was Sie erfahren müssen, Hugo.«

Massiter musterte ihn argwöhnisch. »Ich dachte, es geht um ein Gespräch unter vier Augen?«

»Das kommt später. Zunächst möchte ich, dass diese Sache zwischen Amy und Ihnen aufhört. Erstens ist sie meine Freundin. Wir haben das letzte Wochenende zusammen verbracht, obwohl sie das aus Diskretion vielleicht nicht erwähnt hat und ich so dumm war, es ihr nach Scacchis Tod an der nötigen Aufmerksamkeit fehlen zu lassen. Und zweitens erlaube ich es nicht.«

Er bemerkte, wie Massiter leicht erblasste. Amy umklammerte sein Handgelenk.

»Das alles führt doch zu nichts, Hugo«, fuhr er fort. »Sie wollen, dass sie die Juilliard School besucht? Amy braucht die Inspiration einer Ausbildungsstätte im Ausland. Ich werde mit Verantwortlichen von der Guildhall und der Academy sprechen. In London und in meiner Nähe wird sie sich sehr viel wohler fühlen als in irgendeinem Apartment in New York.«

»Aha«, murmelte Massiter.

»Verstehen Sie mich nicht falsch«, fuhr Daniel fort. »Ich bin nicht eifersüchtig. Was zwischen Ihnen und Amy vorgefallen ist, bereitet mir nicht die geringsten Kopfschmerzen. Wenn Sie irgendwann in der Zukunft Ihre Freundschaft mit Amy erneuern wollen, so habe ich absolut nichts dagegen. Aber Sie müssen Ihre angeborene Habgier zügeln, Hugo. Amy kann sich Ihren Forderungen nicht unterwerfen. Morgen werde ich mit ihr irgendwohin fahren. Wir wollen miteinander allein sein. In einigen Wochen, wenn sich die ganze Aufregung gelegt hat, müssen wir beide wieder zusammenkommen und dafür sorgen, dass unsere Freundschaft keinen Schaden erlitten hat. Das bin ich Ihnen schuldig, Hugo. Denn ich bewundere Sie sehr. Aber im Hinblick auf Amy bin ich unnachgiebig.«

Massiter wippte auf den Fersen hin und her. »Das sehe ich, Daniel.«

»Sie hat sich in einer Krise an Sie gewandt, doch deswegen sollten Sie nicht weniger geschmeichelt sein. Ich könnte mir vorstellen, dass es mir eine Menge Auftrieb geben würde, wenn sich später – in Ihrem Alter – ein junges Ding an meine Brust wirft. Also nichts für ungut?«

Er streckte seine Hand aus, die Massiter ohne Zögern ergriff.

»Selbstverständlich nicht«, erwiderte Massiter. »Sie haben völlig Recht. Ich weiß auch nicht, was ich mir dabei eigentlich gedacht habe.«

Amy hakte sich bei Daniel ein und küsste ihn auf die Wange. »Du bist sehr nett und ich finde dich wirklich sympathisch, Hugo«, sagte sie. »Es ist nur ein bisschen zu weit gegangen. Können wir trotzdem Freunde bleiben?«

Er lächelte verbindlich. »Aber natürlich! Immerhin sind wir in Venedig. Da sollten Unbesonnenheiten doch verzeihlich sein, oder?«

Stumm standen die drei am offenen Grab und fragten sich, wer das Schweigen brechen würde.

»Aber Hugo hat Recht, Liebling«, sagte Daniel endlich. »Du solltest ins Hotel gehen und dich ein wenig ausruhen. Um uns heute Abend alle zu überraschen.«

»Ja, tu das, und ich verzeihe dir alles«, fügte Massiter hinzu.

Die beiden Männer sahen Amy nach, wie sie den Friedhof verließ. Dann wandte sich Daniel Massiter zu. »Ich habe kein Wort des Protestes gehört, Hugo. Sie enttäuschen mich.«

Der ältere Mann sah in die Richtung, in der Amy verschwunden war. »Oh, das war eine beachtliche Vorführung. Ich bezweifle, dass ich es in Ihrem Alter besser gekonnt hätte.«

Daniel stieß mit dem Fuß Erde auf Scacchis Sarg. Zwei verschwitzte Totengräber näherten sich. Es gab Arbeit.

»Aber Sie haben nicht gekämpft! Verdammt. Also war sie Ihnen gar nicht so wichtig, oder?«

Massiter zuckte mit den Schultern. »Amy ist sehr viel hübscher und begabter, als sie selbst glaubt. Aber sie hat mich doch ziemlich gelangweilt, wenn Sie mir meine Offenheit nicht übel nehmen. Ich schätze an Frauen eine gewisse Widerspenstigkeit. Sie nicht?«

Schweigend dachte Daniel über Massiters Wortwahl nach. »Aber Sie sehen mein Problem?«

»Offen gestanden – nein.«

»Ich bin auf der Suche nach dem angemessenen Preis, Hugo. Sie haben uns sehr viel genommen. Fast sogar unsere Seelen. Und nun möchte ich etwas Entsprechendes von Ihnen. Etwas, dessen Verzicht Ihnen Schmerz bereitet. Ich dachte, das könnte Amy sein, aber ...«

»Sie haben ein ausgezeichnetes Geschäft gemacht«, unterbrach Massiter warnend.

Daniel lachte ihm ins Gesicht. »Was? Ich habe nichts, was ich mir nicht auch jederzeit selbst hätte nehmen können. Nein, das ist nicht gut genug.«

»Nehmen Sie sich in Acht, Daniel.«

Unbeeindruckt blickte er in die kühlen grauen Augen. »Weshalb? Sie müssen meinen Preis akzeptieren, Hugo. Sonst plaudere ich. Und zwar schon morgen. Was kann mir schon groß geschehen? Notfalls verbringe ich ein paar Monate im Gefängnis. Na und? Mein früheres Leben ist mir ohnehin versperrt. Sie jedoch ...«

»Drohen Sie mir nicht!«, zischte Massiter.

Daniel hob die Hände. »Ich drohe nicht, Hugo. Ich fordere nur eine faire Belohnung.«

Massiter schwieg. Aber er würde den Preis hören wollen, wusste Daniel. Das lag in seiner Natur. »Was genau verlangen Sie?«

»Von Scacchi weiß ich, dass Sie irgendwo ein Versteck haben«, erwiderte Daniel. »Ich erinnere mich ganz genau an seine Worte. ›Massiter muss eine Schatztruhe besitzen, in der er seine wertvolleren Objekte aufbewahrt‹, hat er gesagt.«

Massiter äußerte kein Wort.

»Ich glaube nicht, dass Sie nur wegen der Musik nach Venedig gekommen sind, Hugo«, fuhr Daniel fort. »Sie sind ein Händler, Hugo. Sie kaufen und verkaufen. Alle möglichen Dinge. Ähnlich wie Scacchi, aber auf einer höheren Ebene.«

»Sie können glauben, was Sie wollen«, murrte Massiter.

Daniel beugte sich vor. »Ich möchte etwas aus dieser Schatztruhe«, wisperte er Massiter ins Ohr. »Ich möchte, dass Sie die für mich öffnen und ich meine Wahl treffen kann. Das ist meine Forderung. Sobald Sie die erfüllen, sind wir quitt.«

Massiter trat einen Schritt zur Seite und sah zu den Totengräbern hinüber, die, gestützt auf ihre Schaufeln, darauf warteten, dass die beiden Männer den Friedhof verließen. »Ich werde es mir überlegen.«

»Heute Abend. Nach dem Konzert. Ein paar Gläser Champagner, dann zeigen Sie mir Ihre Schätze.« Prüfend sah er Massiter an. »Sie nehmen mir das doch nicht etwa übel, oder?«

»Überhaupt nicht. Im Gegenteil. Ich bin beeindruckt. Sie lernen schnell, Daniel.«

»Kein Wunder«, erklärte Daniel. »Schließlich habe ich den besten aller Lehrmeister.«

57. Marcheses Ankunft

»Ich habe kein Geld, Junge. Versuch dein Glück woanders.«

Energisch zerrte ich an Jacopos Jacke und zog ihn in den Schatten einer Hauswand. Ich hatte ihn auf Anhieb erspäht. Das gelbe Abzeichen an seiner Kleidung stach einem schon von weitem in die Augen, selbst in der Menschenmenge, die zum Konzert im Ospedale della Pietà strömte.

»Was soll das?« Seine Augen waren blutunterlaufen, die Wangen eingefallen. Doch seine Miene hatte etwas von dem verzweifelten Ausdruck verloren, den ich am Tag zuvor an ihm bemerkt hatte, als er versuchte, sein Elend im Wein zu ertränken. Jetzt starrte er mich ungläubig an. »Lorenzo?«

Ich musste einen wahrhaft abstoßenden Anblick bieten. Ich hatte mir das Gesicht mit Dreck beschmiert und die Kleidung zerrissen. Kein Venezianer, der auch nur etwas auf sich hielt, würde einem solch heruntergekommenen Vagabunden die geringste Beachtung schenken. Das war jedenfalls meine Hoffnung. »Dämpfe deine Stimme, Bruder«, flüsterte ich. »Ich bin neuerdings ein Verfemter. Nach mir wird gesucht.«

Er lehnte sich an die Hausmauer und seufzte tief auf. »Und auch ein Mörder, wie ich höre. Und einem derartigen Lump habe ich meine Schwester anvertraut.«

»*Jetzt* ist sie in den Händen eines Schurken, Jacopo. Das wisst Ihr genau.«

Er musterte die Menge, die am Ufer dem Ospedale zustrebte. Die Stimmung schien irgendwie gereizt. Die Menschen begannen die Geduld zu verlieren. Delapole hatte sie zu lange auf die Folter gespannt. Jetzt lechzten sie nach Aufklärung, nach Gewissheit.

»Vielleicht. Aber du hast den armen Leo doch nicht getötet, oder?«

Nun war es an mir, einen Seufzer auszustoßen. »Wie könnt Ihr so etwas auch nur vermuten? Ja, ich war am Ort der Tat, doch auch mir wäre die Kehle aufgeschlitzt worden, hätte ich nicht in letzter Sekunde entkommen können. Aber es war Delapoles Werk. Ich habe Euch vor ihm gewarnt.«

»Dann ist das Spiel für uns alle aus.«

»Nein! Das hieße die Flinte allzu schnell ins Korn werfen. Wie ich schon gestern sagte, befindet sich ein Bezirksrichter aus Rom auf dem Weg nach Venedig, um Delapole hinter Gitter zu bringen.«

Jacopos Augen hellten sich ein wenig auf. »Und wo ist er?«

»Er wurde aufgehalten. Seine Kutsche hat unterwegs ein Rad verloren. Aber er wird kommen. Und wenn er hier ist, benötigen wir unseren ganzen Scharfsinn, Jacopo. Der Engländer wird mit Sicherheit versuchen, uns mit ins Verderben zu ziehen.«

Leise Hoffnung zeigte sich in seiner Miene. »Lass mich nach dem Konzert mit Rebecca sprechen. Dann werden wir fliehen, Lorenzo. Mittlerweile hält mich nichts mehr in dieser Stadt.«

Doch an Flucht war bedauerlicherweise nicht zu denken. »Das wird er zu verhindern wissen, Jacopo. Sobald sie das Haus verlässt, bewacht er sie wie ein Habicht. Bevor Richter Marchese seine Beweise vorlegt, könnte Delapole sehr schnell den Spieß umdrehen und uns den Häschern des Dogen ausliefern.«

Nachdenklich strich er sich über den Bart. »Also was dann?«

»Was habt Ihr nach dem Konzert vor?«

»Delapole hat Rebecca und mich in die Ca' Dario geladen. Um zu packen, wie er sagt. Offenbar plant er, mit uns gemeinsam am Abend Venedig zu verlassen.«

»Am Abend müsste Richter Marchese längst hier sein. Bestimmt wird man Delapole in der Ca' Dario arretieren wollen. Bevor es dazu kommt, solltet Ihr eine Möglichkeit finden, das Haus zu verlassen. Treffen wir uns an der Salute-Kirche, um an den Zattere nach einem Boot Ausschau zu halten, das uns zum Festland bringt.«

»Wenn man dich hört, könnte man glauben, es wäre alles ganz einfach. Hast du überhaupt eine Ahnung, wie tückisch dieser Kerl ist?«

Das Bild meines verstümmelten Onkels tauchte vor meinem inneren Auge auf. »O ja«, murmelte ich. »Mehr, als Ihr ahnt.«

Er schwieg.

»Was ist?«

»Oh, ich musste nur an unsere erste Begegnung denken. Da kamst du mir vor wie ein unreifer Junge.«

Ich legte eine Hand auf seinen Arm. »Das ist lange her, mein Freund.«

Jacopo Levi zog mich an sich und mich überkam ein ganz eigentümliches Gefühl. Es war, als umarmte ich seine Schwester. Ich spürte die gleiche Wärme und Zuneigung, wie wohl auch eine gewisse Bangigkeit vor der Zukunft. Zu meinem Entsetzen bemerkte ich, dass mir Tränen in die Augen stiegen. Jacopo sah es, tat mir jedoch den Gefallen, es nicht zu bemerken.

»Verzeiht, dass ich Rebecca diesem Schuft auslieferte«, stammelte ich. »Damit habe ich euer beider Leben zerstört. Ich würde alles dafür geben, das ungeschehen zu machen.«

Er lachte, fast wie der alte Jacopo. »O Gott, welch einen Unsinn du mitunter schwätzt.«

Aber mein aufrichtiges Bedauern war so groß, dass ich nicht in sein Lachen einstimmen konnte.

»Alles ist nur ein Spiel, Lorenzo«, grinste er. »Vergiss das nicht. Abgesehen davon bin ich im Ghetto langsam fett und träge geworden. Und Rebecca konnte kaum erwarten, es endlich hinter sich zu lassen, wie du sehr wohl weißt. Der Mensch ist im Grunde seines Herzens ein Gewohnheitstier. Von Zeit zu Zeit müssen wir aus unserer Lethargie aufgerüttelt werden.«

»Aber ...«

»Kein *Aber*. Ich bin es leid, venezianische Matronen zu kurieren, um danach ihr Lager mit ihnen zu teilen. Das Leben muss doch mehr zu bieten haben. Überdies ...«

Er trat einen Schritt vor und sah sich nach allen Seiten um. Dann riss er sich entschlossen das gelbe Abzeichen von seinem dunklen Rock und schleuderte es in den schmutzigen Rinnstein.

»Eines habe ich von dir und Rebecca gelernt.« Er knöpfte sich den Rock auf, so dass sein weißes, am Hals offen stehendes Hemd zu sehen war, wie es typisch für die venezianischen Männer war. »Dass ich bereitwillig ins Ghetto gegangen bin und sogar noch geholfen habe, den Schlüssel umzudrehen. Unsere Duldsamkeit gibt ihnen ihre Macht über uns. Wir sind das, was wir vorgeben zu sein. Dorthin, wo mich der Wind als Nächstes weht, werde ich das sein, was mir gefällt: Jude oder Christ, Schweizer oder Italiener, Arzt, Quacksalber oder Gigolo. Wenn Delapole damit Erfolg hat, warum nicht auch wir?«

Seine Entschlossenheit beunruhigte mich. »Ich bin mir nicht sicher, ob er ein gutes Beispiel ist. Und ob wir unsere Herkunft, unsere Vergangenheit nach Belieben abschütteln können.«

»Vielleicht nicht. Aber wenn wir Juden so eindeutig eine andere Rasse sind, warum braucht man dann diese Abzeichen, um uns kenntlich zu machen?«

Offenbar war Jacopo dabei, sich in seiner Vorstellung völlig neu zu erschaffen. »Weil sie sich vor sich selbst fürchten, nicht vor uns«, beantwortete er seine eigene Frage. »Die Anwesenheit von Menschen in ihrer Mitte, die anders sprechen, anders beten und – vor allem – anders denken, ängstigt sie zutiefst. Sie brandmarken uns, damit wir sie mit unserer Andersartigkeit nicht anstecken und, als Folge davon, diese angeblich so güldene Republik über ihren Köpfen zusammenbrechen lassen.«

Mich fröstelte unwillkürlich, trotz der warmen Sommersonne. Jacopo zog mich noch einmal in seine Arme, und ich spürte, wie etwas von seiner Stärke, seiner geistigen Vitalität auf mich überging. Dann machte er auf dem Absatz kehrt und mischte sich gleich den anderen jungen Venezianern unter die Menge, mit erhobenem Haupt und im Wind wehenden dunklen Locken.

Und das mit Recht. Wer ihn nicht kannte, hätte ihn niemals für einen Juden gehalten. Mit seinem Verhalten zeigte Jacopo, dass nichts uns trennen konnte. Wie auch immer – bevor dieser Tag sein Ende fand, würde unser aller Leben ein anderes sein.

Ich zerzauste meine Haare, schlug den Jackenkragen hoch und drängte mich in die Menschenmasse. Das Konzert musste jeden Augenblick beginnen. Am Rand der gaffenden Menge, unten am Ufer, schien es einen kleinen Tumult zu geben. Neugierig stellte ich mich auf die Zehenspitzen und erspähte mit einigem Missfallen die vierschrötige Gestalt von Marchese. Er hielt ein Pergament in der ausgestreckten Faust, strebte auf das Ospedale della Pietà zu und sah aus, als wäre er fest entschlossen, Delapole notfalls eigenhändig die Handfesseln anzulegen.

Das war zu früh. Ich hatte erwartet, dass ein Trupp Wachsoldaten mit einem städtischen Beamten an der Spitze erscheinen würde, um Delapole unter Wahrung der gesetzlichen Bestimmungen in Arrest zu nehmen. Immerhin befand sich Rebecca noch in seiner Gewalt.

Die empörten Rufe und Rippenstöße ignorierend, warf ich mich in das Getümmel und bahnte mir einen Weg zu Marchese. Es war die größte Menschenansammlung, die ich je gesehen hatte. Sie füllte die gesamte Promenade, ein waberndes Meer von Leibern, die um einen Blick auf das Podium kämpften, das auf der Treppe des Ospedale errichtet worden war. Dort stand der strahlende Delapole, die Hände auf dem Rücken, ganz Herr des Geschehens.

Das Geschrei war so laut, dass niemand hören konnte, was Marchese rief. Schließlich gelang es mir, zu ihm vorzudringen und seinen Arm zu packen. Sein Gesicht war blutrot vor Anstrengung und Erregung. Sein Atem ging keuchend.

»Signore!«, schrie ich. »Ich bin es! Scacchi!«

»Scacchi?«

Er zerrte mich mit sich ans Ufer, wo das Getöse weniger laut und das Gedränge weniger dicht war.

»Ihr kommt zu früh«, hielt ich ihm vor. »Und Ihr müsst in Begleitung von Wachsoldaten erscheinen, sonst ergreift er mit Sicherheit die Flucht.«

»Wachsoldaten!«, wiederholte er höhnisch. »Nun, die hier in Venedig sind offenbar noch nutzloser als die in Rom. Sie bestehen darauf, auf den Hauptmann zu warten. Und der trinkt sich höchstwahrscheinlich in irgendeiner Schenke einen Rausch an. Erst in seinem Beisein wollen sie einen Blick in die Papiere werfen, die ich mitgebracht habe. Und …« Entsetzt starrte er mich an. »Was ist Euch denn zugestoßen, mein Junge?«

»Das ist das Werk des Engländers. Er hat meinen Onkel ermordet und bezichtigt mich dieser Tat.«

»Dann hat er mit seinen verwerflichen Machenschaften begonnen und wird keine Ruhe geben, bis er hinter Schloss und Riegel sitzt. Was ist mit Eurer jungen Dame? Habt Ihr sie vor ihm in Sicherheit gebracht?«

Der Blick auf das Podium war mir verwehrt, aber ich hegte keinen Zweifel an Rebeccas Anwesenheit. Ich konnte nur beten, dass Jacopo seine Sache gut machte.

»Noch nicht. Ein weiterer Grund, aus dem Ihr auf die bewaffneten Soldaten warten solltet. Ich fürchte, er könnte sie zu seiner Geisel machen.«

Er blickte mich an, als wäre ich ein Idiot. »Das ist sie längst. Begreift Ihr das denn nicht? Diese verdammte Kutsche. Wäre ich rechtzeitig hier gewesen …«

»Beruhigt Euch, Signor Marchese.« Besänftigend legte ich meine Hand auf seinen Arm. »Ich …«

»Da, Scacchi«, krähte er und deutete aufgeregt in die Menge. »Seht, da ist sein Bursche. Dreist wie eine Kanalratte. Ich werde …«

Er verstummte, denn Gobbo hatte sich einen Weg durch die Menge gebahnt und stand jetzt breit grinsend vor uns. Verstohlen tastete meine Hand nach dem Griff des Messers unter meinem Wams.

»Signor Marchese«, sagte er und verbeugte sich spöttisch. »Und mein teurer Freund Lorenzo. Ich wüsste wirklich nicht zu sagen, wer die schlechtere Gesellschaft gewählt hat. Ein Mörder und ein Richter. Sie haben einander gewiss viel zu sagen.«

»Bevor dieser Tag um ist, liegt dein Kopf auf dem Block, Übeltäter«, dröhnte Marchese. »Wie auch der deines nichtswürdigen Herrn und Meisters.«

»Oh, das glaube ich nicht, werter Herr. Schließlich weilen wir erst seit kurzem in dieser Stadt, und ein so vorzeitiges Ende unseres Aufenthalts wäre ebenso unwürdig wie unhöflich.«

»Niederträchtiger Abschaum«, knurrte Marchese.

»Derartige Worte sind eines römischen Edelmanns unwürdig«, bemerkte Gobbo und drehte uns den Rücken zu, als wolle er wieder in der Menge untertauchen.

»Bürschlein, ich …«, rief Marchese empört.

Die Wahrnehmung spielt einem seltsame Streiche. Binnen einer Sekunde erkannte ich Gobbos Absicht, aber die Durchführung schien Ewigkeiten zu dauern. Der alte Mann machte einen Satz vorwärts und packte Gobbos Schulter. Im selben Moment fuhr dieser herum, und ich sah, wie seine linke Hand nach hinten zuckte, nach vorn und zusammen mit der rechten zustieß. Marchese gab einen leisen Seufzer von sich, sein Kopf fiel in den Nacken. Blut rann aus seinem Mund. Dann begann sein massiger Körper zu schwanken und taumelte in meine Arme. Aber sein Gewicht war zu schwer für mich und er glitt auf das Pflaster. Unter seinem Brustkorb breitete sich ein dunkelroter Fleck aus. Es war die Tat eines erfahrenen Mörders: ein einziger Stich in den Leib, durch die Brust, bis die Klinge das Herz gefunden hatte.

Neugierige Gaffer umringten uns und flüsterten verdutzt miteinander, nicht begreifend, welche Schreckenstat sich gerade ereignet hatte. Minuten schienen zu verstreichen, und noch immer stand Gobbo mir gegenüber, zu unverfroren, um die Flucht zu ergreifen. Ich konnte kein Glied rühren.

»Was ist mit dir, Scacchi?«, rief er über die Leiche des alten Mannes hinweg. »Angst vor ein bisschen Blut?«

»Er war ein guter Mensch, Gobbo«, sagte ich. »Sein Zeugnis wird Delapole und dich der Gerechtigkeit überantworten.«

Er versteckte seine blutbefleckte Klinge an seiner Seite. Hinter mir drängten sich Menschen. Verächtlich grinste Gobbo mich an.

»Gerechtigkeit! Und was hat sie deinem Freund da genutzt? Rette deine lilienweiße Seele, Lorenzo, und laufe davon, so schnell dich die Füße tragen.«

Ich schüttelte den Kopf. »Ich will, dass der Gerechtigkeit Genüge getan wird, Gobbo. Ich werde euch beide jagen und verfolgen, bis das erreicht ist.«

Der hässliche Kerl zuckte mit den Schultern und sah mich fast so herzlich an wie damals, als wir uns kennen gelernt hatten und er mich unter seine Fittiche nahm. »Dann ist dir nicht zu helfen, Lorenzo. Da, fang auf …«

Er hob die Hand. Sein Messer flog durch die Luft. Ohne nachzudenken packte ich zu. Klebrig von Marcheses Blut lag der Griff in meiner Handfläche.

Gobbo sprang in die Menge und fuchtelte scheinbar angstvoll mit den Fäusten. »Mord! Mord!«, schrie er aus vollem Halse. »Es war dieser Lump Scacchi, Bürger, der den Tod seines Meisters auf dem Gewissen hat. Nunmehr hat er am helllichten

Tage einer armen Seele das Leben genommen. Mord! Mord! Packt ihn, bevor er demnächst einen von euch umbringt!«

Ich ließ das Messer fallen, doch zu spät. Von allen Seiten starrten mich entsetzte, hasserfüllte Gesichter an. Ich wich zurück und spürte eine schwere Hand auf meiner Schulter. Gobbo war verschwunden. Von irgendwoher glaubte ich sein höhnisches Lachen zu hören.

Durch einen raschen Sprung entzog ich mich dem Zugriff meines Häschers und rannte Haken schlagend in Richtung Wasser. Dann suchte ich zum zweiten Mal innerhalb von vierundzwanzig Stunden mein Heil in der schlammigen Lagune. Die schwarze Brühe schlug über meinem Kopf zusammen, und ich schwamm rasch zum östlichen Ende der Promenade, wo die Menge, wie ich hoffte, noch nichts von Marcheses Schicksal wusste. Ein paar Meter hinter dem Ospedale tauchte ich wieder auf. Lallend und schwankend wie ein Betrunkener erklomm ich die Stufen einer Gondel-Anlegestelle, damit niemand es wagte, sich mir zu nähern.

Als ich auf das Brachland am Rand des Arsenale zueilte, erklangen hinter mir die ersten Töne einer vertrauten Vivaldi-Melodie. Ich glaubte sogar, Rebeccas Guarneri unter den anderen Instrumenten heraushören zu können. Gleich darauf ging die Musik im Lärm von Buhrufen und Pfiffen unter. Ohne mich auch nur einmal umzublicken, suchte ich Schutz unter Sträuchern und Gestrüpp und versuchte mit klappernden Zähnen meine Gedanken zu sammeln.

Und dann weinte der Bettler Lorenzo Scacchi um den Richter Marchese, dessen Freundschaft er nur allzu kurz genießen durfte und dessen Abwesenheit den Tag noch düsterer und bedrohlicher machte als zuvor.

58. Eine verheissungsvolle Premiere

Der Tumult beschränkte sich auf den Platz vor den Stufen der Chiesa della Pietà, wo sich Fernsehreporter, Kameraleute und Grüppchen von Optimisten drängten, die in letzter Minute versuchten, um jeden Preis noch eine Karte zu ergattern. Drinnen herrschte erwartungsvolle Spannung. Das ganz in Schwarz gekleidete Orchester saß am hinteren Ende des Kirchenschiffs. Davor thronte Fabozzi auf einem Podest. Amy nahm einen Soloplatz vor dem Orchester und dem Dirigenten ein. Nur ein Notenständer stand zwischen ihr und den Zuhörerreihen.

Daniel lief über den Mittelgang, quittierte den gedämpften Applaus mit einem Lächeln, nickte Fabozzi, Amy und den Orchestermitgliedern zu und nahm seinen Platz neben Massiter in der ersten Reihe ein. Er drehte sich um und entdeckte Giulia Morelli drei Reihen hinter sich. Ohne zu lächeln begegnete die Polizistin seinem Blick. Ein Geräusch ließ ihn den Kopf wieder nach vorn wenden. Fabozzi klopfte mit seinem Stab leicht auf das Pult und kündigte den Beginn des Konzertes an. Daniel Forster schloss die Augen und hörte das *Concerto Anonimo* zum ersten Mal in seiner ganzen Länge, gab sich seinen übersprudelnden Passagen und fast wehmütigen Melodien völlig hin.

Beim Übertragen der Noten von der geheimnisvollen Partitur hatte er das Werk als Folge einzelner Instrumente – Violine, Bratsche, Fagott und Oboe – wahrgenommen, die miteinander um ihren Teil am Ganzen wetteiferten. Jetzt erstaunte es ihn, wie ein menschlicher Geist die individuelle Klarheit jedes einzelnen Instrumentes zum Ausdruck bringen und gleichzeitig zu einer größeren Harmonie vereinigen konnte, die weit wunderbarer war als die Summe der einzelnen Instrumente. Erneut fragte er sich fasziniert nach der Identität des Komponisten. Das war kein Vivaldi. Dazu enthielt das Konzert viel zu moderne Anklänge und zu viel Verve, um das Werk eines — wenn man der Datierung auf dem Titel glauben durfte — mehr als fünfzigjährigen Mannes sein zu können, dessen Leben sich dem Ende zuneigte.

Es stammte auch von keinem anderen Komponisten, den er kannte. Davon war er überzeugt. Und das schien das größte Rätsel zu sein. Es gab kein weiteres Werk dieses Musikers. Ansonsten wäre es mit Sicherheit weithin bekannt. Das Konzert musste infolge einer plötzlich aufflammenden Inspiration entstanden sein, die dann wieder erloschen oder auch durch widrige Umstände oder vorsätzlich unterdrückt worden war. Und noch etwas verblüffte ihn. Das Konzert ließ etwas von Distanzierung, von Verfremdung spüren, als hätte sich der Komponist intensiv mit Vivaldis Musik vertraut gemacht und dann mit humorvoller Ironie etwas geschaffen, was ähnlich klang und doch faszinierend anders, moderner war. Es musste das Werk eines Bewunderers sein, nicht das eines Jüngers. Daniel Forster bezweifelte, dass es jemand aus dem engeren Kreis um Vivaldi gewagt hätte, dem alten Mann so nachdrücklich und gekonnt auf die Zehen zu treten.

Er öffnete die Augen. Amy hatte zu ihrem ersten Solo angesetzt, und die Stimme ihrer Guarneri schwang sich mit einer Klangfülle zum Kirchendach empor, die ihn erstaunte. Er erinnerte sich an Massiters Worte. Vielleicht glaubte Amy, eine Art Erlösung in der Musik finden, sich ihre Freiheit von Massiter erkaufen zu können, wenn sie so virtuos spielte wie nie zuvor. Wie gebannt betrachtete er die äußerste Konzentration auf ihrem Gesicht, während sie sich den Noten ganz hingab und die Guarneri ans Kinn drückte, als wäre sie ein Teil ihres Körpers. Nachdem das melodische Andante der Einleitung verklungen war, ließ sie sich vom hellen, fast fanfarenartig schmetternden Jubel des ersten Satzes ebenso mitreißen wie die Zuhörer.

Daniel Forster hörte jeden Ton des Orchesters in der Kirche widerhallen und empfand plötzlich keine Scham mehr über seinen Betrug. Ohne ihn hätte die Partitur weiterhin hinter Ziegeln versteckt in der Mauer eines verfallenden venezianischen Hauses geruht, vielleicht für immer. Ohne ihn wäre dieses wundervolle Konzert nie entdeckt worden.

Mühelos bewältigte Amy eine der anspruchsvollsten Passagen. In Doppel- und Dreifachgriffen huschten ihre Finger über den schmalen Hals der Guarneri. In der Nähe hielt jemand hörbar die Luft an. Der einzige Laut, der während des ganzen Konzerts aus dem Auditorium zu vernehmen war. Es schien zu spüren, dass es einem einmaligen Geschehen beiwohnte, genau wie Massiter vorausgesagt hatte. Daniel dachte darüber nach, dass das Konzert höchstwahrscheinlich noch nie öffentlich aufgeführt worden war, und konnte nur hoffen, dass der Geist seines Schöpfers irgendwo etwas von der Brillanz der Aufführung hören und die Hochachtung spüren konnte, die sie unter den wenigen Glücklichen hervorrief, die an ihr teilnehmen durften.

Das Konzert ließ Zeit und Raum vergessen. Fast erschrocken stellte Daniel fest, dass sie bereits die letzten Takte des dritten Satzes hörten. Amy hob den Bogen, und wie alle anderen auch wagte Daniel kaum zu atmen. Dann beendete sie die Aufführung mit einer übersprudelnden Kaskade von Klängen, die das Dach der Chiesa della Pietà erbeben ließen und in der Kirche und den Köpfen nachhallten, als sie längst zu spielen aufgehört hatte.

Nachdem die letzten Seufzer der Guarneri verklungen waren, herrschte absolute Stille. Dann riss ein Beifallssturm die Zuhörer von ihren Sitzen. Auch Daniel sprang auf, drückte sich wortlos an Massiter vorbei und suchte Schutz hinter einer Säule. In Ermangelung eines Komponisten überschütteten die

Zuhörer Amy mit ihrer Begeisterung, die mit großen, verdächtig glänzenden Augen vor ihnen stand und kein Wort herausbrachte. Ein kleines Mädchen in einem weißen Kleid lief nach vorn und überreichte ihr einen Strauß roter Rosen. Die Orchestermusiker legten ihre Instrumente hin und stimmten zusammen mit Fabozzi in den Applaus ein.

Daniel stand hinter seiner Säule und nahm die Szene in sich auf. Selbst Massiter wirkte bewegt, klatschte hingerissen und rief immer wieder »Bravo! Bravo!«. Das Konzert war so überzeugend, dass diese Aufführung kaum die letzte bleiben dürfte. Und Amys Leistung dokumentierte ihren Schritt in das Erwachsensein weit mehr als jede Volljährigkeitserklärung. Bedrückt dachte er darüber nach, ob für diese virtuose Reife vielleicht ein schmerzhafter Preis zu zahlen war, und fragte sich, inwieweit er dazu beigetragen hatte, sie mit dem für die Erschließung ihres Genies nötigen Schlüssel auszustatten.

Doch dann ein anderer Klang, den er mit Unbehagen vernahm. Ein monotoner Sprechgesang wurde vom Auditorium angestimmt und von den Musikern aufgenommen. Von allen außer Amy, die allein vor dem Orchester stand und mit ihren Blicken die Kirche absuchte, bis sie ihn im Schatten der Säule entdeckte.

»Forster ... Forster ... Forster ...«

Noch vor wenigen Monaten hätte Daniel die Flucht ergriffen. Er dachte an Scacchi und ihr Gespräch vor dem Bild des venezianischen Luzifer. Dann trat er hinter der Säule hervor, ging lächelnd und den Musikern applaudierend auf das Orchester zu, hörte, wie der Beifall mit jedem seiner Schritte lauter wurde, und kam sich vor wie ein falscher Gott, der unberechtigt das Paradies betritt.

Erstaunt sah Amy ihn an, als er auf sie zutrat, sie in die Arme nahm und unter donnerndem Applaus auf beide Wangen küsste.

»Was soll das, Daniel?«, flüsterte sie.

»Du hast es verdient, Amy«, erwiderte er. »Es ist dein Triumph.«

»Aber ...«

Das Misstrauen war in ihre Augen zurückgekehrt. Sie hatte das Konzert während der Aufführung von der ersten bis zur letzten Note durchlebt. Sie kannte es viel besser als jeder andere. Und sie wusste, dass ihr anfänglicher Verdacht richtig war. Er konnte es nicht komponiert haben. Das las Daniel in ihren Augen.

»Morgen musst du Venedig verlassen«, fiel er ihr leise ins Wort. »Warte nicht auf mich. Fliege nach Rom. Und dann nach Hause.« Wieder lächelnd wandte er sich dem Auditorium zu.

»Aber das geht nicht«, sagte Amy. »Wir müssen miteinander reden.«

Das Publikum wurde ungeduldig. Er musste ein paar Worte an sie richten.

»Nicht jetzt«, antwortete er, küsste sie noch einmal, griff nach ihrer rechten Hand, hob sie in einer theatralischen Geste hoch, buhlte um Applaus ...

»Freunde!«, rief er über das Getöse hinweg. »*Freunde* ...«

Aber das Publikum schien sich in einen Rausch gesteigert zu haben und kam nur langsam zur Ruhe.

»Freunde«, wiederholte er und hörte seine Worte von den Wänden widerhallen. Er sah erst Massiter, dann Giulia Morelli an. Ihre Gesichter zeigten das gleiche intensive Interesse.

»Was soll ich Ihnen sagen? Was *könnte* ich Ihnen sagen?«

»Bravo, Maestro«, schrie Massiter, klatschte in die Hände und löste damit erneut Applaus aus, den Daniel mit einer Handbewegung zum Verstummen brachte.

»Ihr Beifall überwältigt mich. Ich bin kein Redner. Und nachdem ich Amy und Fabozzis Orchester gehört habe, frage ich mich, ob ich überhaupt ein Musiker bin.«

»Wie bescheiden!«, rief jemand, und Daniel wusste nicht recht, ob das ein Kompliment oder Ironie war.

»Nein, ich bin nicht bescheiden«, entgegnete er. »Sie haben mir diesen Abend zu verdanken, aber nur in einer Hinsicht. Ich habe diesen Musikern meine Einfälle in der Hoffnung an die Hand gegeben, dass sie damit schöpferisch tätig werden. Was Sie gehört haben, verdanken Sie ihnen ebenso wie dem Komponisten. Der Beifall für mich kommt dem Orchester zu. Und Ihnen danke ich. Aber jetzt bitte ich Sie um Nachsicht. Gewähren Sie mir einen Moment des Alleinseins. *Ciao*!«

Damit drehte er sich um, verließ das Kirchenschiff und lief durch lange Flure, bis er einen kleinen Raum fand, in dem der allgemeine Tumult nur noch wie ein fernes Dröhnen zu vernehmen war. Daniel Forster setzte sich auf eine Bank, stützte den Kopf in die Hände und wünschte sich, weinen zu können.

Schritte auf dem Korridor, dann ein Klopfen an der Tür. Amy kam herein. Sie wirkte erschöpft, ihr Gesicht müde und abgespannt.

»Dan? Sie rufen nach dir. Ich glaube nicht, dass sie gehen, bevor du dich noch einmal gezeigt hast.«

Er schüttelte den Kopf und zwang sich zu einem Lächeln. »Sage ihnen, dass mich ihre Begeisterung fassungslos macht, Amy. Sage ihnen, dass ich mich nicht wohl fühle. Erfinde irgendeine Ausrede. Bitte.«

»Okay.« Aber sie blieb an der Tür stehen. »Hast du das vorhin ernst gemeint? Dass ich Venedig verlassen soll?«

»Natürlich. Das ist doch auch dein Wunsch, oder?«

Sie ging zu ihm und legte ihm eine Hand auf den Kopf. »Alles, was ich mir wünsche, bist du, Dan.« Sie verstummte, fügte dann aber doch hinzu, was ihr durch den Kopf ging. »Selbst wenn du ein Schwindler sein solltest. Das würde mir nichts ausmachen.«

Er blickte zu ihr auf. »Aber natürlich würde es dir etwas ausmachen, Amy. Es kann dir doch nicht egal sein.«

»Kann ich dir vielleicht irgendwie helfen?«

»Das hast du bereits getan. Das wirst du schon bald einsehen.«

Sie schien den Tränen nahe zu sein. »Rede doch nicht so. Du machst mir Angst.«

Er stand auf, umfasste ihr Gesicht mit beiden Händen und küsste sie. »Geh zu dem Empfang, Amy. Ich komme nach. Und morgen setzt du dich in den ersten Flieger.«

Plötzlich wieder misstrauisch sah sie ihn an. »Aber du kommst auch wirklich zu der Party? Mir zuliebe, Dan. Danach mache ich alles, was du willst.«

»Gut. Aber jetzt geh. Zeige dich deinen Fans. Es ist *deine* Premiere, Amy. Venedig liegt dir zu Füßen.«

»Ich weiß«, sagte sie leise. »Und ich wünschte, ich könnte dankbarer sein.«

Sie verschwand und Daniel wartete auf Massiter. Nach fünfzehn Minuten schienen die Zuhörer die Kirche verlassen zu haben. Er hörte die Musiker in ihre Garderobenräume zurückkehren, hörte ihre leisen Stimmen, ihr gelegentliches Lachen und fühlte sich seltsam ausgeschlossen. Ein wenig später kam Massiter herein, zog sich einen Stuhl heran und setzte sich neben Daniel.

»Ich kann nicht verhehlen, dass Sie mich beunruhigt haben, Daniel«, begann er. »Spielen Sie mir bloß keinen Streich. Das schätze ich nicht.«

»Tut mir Leid, Hugo. Das war nicht meine Absicht.«

»Selbstverständlich nicht«, bemerkte Massiter trocken. »Nun, vermutlich zählt nichts als die Gegenwart. Sie wollen also wirklich keinen lauwarmen Champagner in der Gesellschaft ziemlich langweiliger Leute trinken? Jedermann rechnet mit uns. Schätze, wir haben bereits genug Mätzchen gemacht, um uns unser Abendessen zu verdienen.«

Daniel fragte sich, was er dachte. Massiter schien auf seine Forderungen einzugehen. Er hätte mehr Widerstand erwartet. Er fragte sich auch nach Amys Reaktion, wenn er erneut ein

Versprechen bräche. Sie würde es ihm nie verzeihen. Vielleicht war es so am besten.

Massiter ließ ihn nicht aus den Augen. Erstmals schien er fast besorgt zu sein. »Ich hoffe, Sie wissen, wie privilegiert Sie sind. Nur wenige haben gesehen, was ich Ihnen zeigen werde.«

»Ich weiß Ihre Bereitschaft zu schätzen, Hugo.«

»Als bliebe mir eine andere Wahl.«

Gekränkt sah Daniel ihn an. »Aber natürlich. Sie hatten sogar etliche Alternativen, denke ich. Also ist es Ihre eigene Entscheidung, oder irre ich mich?«

Massiter schüttelte den Kopf. »Nein, Sie irren sich nicht. Sie sind wirklich amüsant, Daniel. Scacchi war Ihnen ein guter Mentor. Wie offenbar auch ich … unwissentlich.«

Daniel stand auf.

»Aber es gibt nichts umsonst«, fügte Massiter hinzu. »Das ist Ihnen doch hoffentlich bewusst.«

Sie verließen die Kirche durch eine Seitentür. Es war ein warmer Abend, der Mond nur eine schmale Sichel. In der Lagune spiegelten sich die Sterne. Am Heck des Wassertaxis schloss Daniel die Augen, kämpfte gegen seine Gedanken an. Noch immer ging ihm das Konzert im Kopf herum: ein Rätsel ohne Lösung.

59. Dissonanzen

In einer Hinsicht hatte Delapole Recht. Die Venezianer konnten in der Tat ziemlich unangenehm werden, sobald jemand versuchte, sie über den Tisch zu ziehen. Die Zettel, mit denen ich die Löwenmäuler gefüttert hatte, erfüllten ihren Zweck. Natürlich hatte ich auf ihnen Delapole keineswegs des Mordes an meinem Onkel Leo beschuldigt. Eine derartige Behauptung konnte ohne Beweise kaum glaubhaft erhoben werden und den anonymen Schreiber würde man mit Sicherheit für einen Unruhestifter oder Schlimmeres halten. Stattdessen sprach ich ein Problem an, das kein Diener der Republik, der etwas auf sich hielt, für sich behalten konnte: die Urheberschaft des geheimnisvollen Konzertes.

In etwas wenig voneinander abweichenden Formulierungen sagten meine Botschaften voraus, dass sich Delapole als Komponist ausgeben und damit alle Einnahmen für sich beanspruchen würde. Er sei ein Dieb oder Ärgeres, deutete ich an, der mit unverschämter Dreistigkeit darauf abziele, den Bürgern ihr Geld aus der Tasche zu ziehen, um damit das Weite zu suchen. Um die Ernsthaftigkeit meiner Behauptung zu bekräftigen, schlug ich den Lesern vor, einen Beweis von dem Engländer zu verlangen, wenn er mit Vivaldis Musikern auf dem Podium erschien. Wenn es ihm gelänge, die ersten Takte des Konzertes zu dirigieren – oder auch irgendeine andere Passage –, dann mögen ihm Ruhm und Geld zufallen. Wenn nicht, sollte die Stadt daraus ihre Schlüsse ziehen und entsprechend handeln.

Als ich diese Zeilen verfasste, war ich fest davon überzeugt, dass Marchese jeden Augenblick in der Stadt eintreffen würde, um an der Spitze eines Trupps Bewaffneter dem Engländer das Handwerk zu legen. So viel also zu meiner Voraussicht. Aber hier handelte es sich um ein Schachspiel – mit menschlichen Figuren. Ein unbedachter Zug konnte verhängnisvolle Auswirkungen auf den Ausgang des Spiels haben. Die Menge war aufgebracht. Der Mord an Marchese hatte ihre ohnehin gereizte Stimmung weiter aufgestachelt. Wie ein Lauffeuer verbreitete sich das Gerücht, dass das sehnlichst erwartete Konzert unter Umständen gar nicht stattfinden würde. Zunehmend nervös lief Delapole auf dem Podium auf und ab. Er schien zu begreifen, dass der Moment seines Triumphes zu einer Katastrophe werden konnte.

»Musik, Maestro!«, schrie ein Spaßvogel. »Oder hat es Euch die Töne verschlagen?«

Delapole schluckte den Hohn und begab sich zur anderen Seite des Podiums. Doch auch dort wurde ihm kein Erbarmen zuteil. Der Pöbel gebärdete sich immer unruhiger. Reglos stand Vivaldi da, nicht willens einzugreifen. Die Musikerinnen blätterten verlegen in ihren Noten. Da sprang ein Trunkenbold aufs Podium und entriss einer Cellistin die erste Seite der Partitur.

»Das ist nicht das *concerto*, wie ich der Titelseite entnehme«, rief der Bursche. »Wir sollen betrogen werden. Sie wollen ein altes Stück des *prete rosso* spielen, und das hängt mir bereits zu den Ohren heraus.«

Vivaldi blickte Delapole an. Der Engländer zwang sich zu einem Lächeln, trat an den Rand des Podiums und bat mit ausgebreiteten Armen um Ruhe.

»Meine Damen und Herren …«

»Mach zu, du geschniegelter Affe!«, schrie ein baumlanger Waffenschmied aus dem Arsenale, der sich mit ein paar Gefährten eingefunden hatte, um ihn zu verspotten. »Wir wollen die Musikerinnen spielen hören und nicht zusehen, wie du da herumstolzierst wie ein balzender Pfau.«

»Sie werden spielen«, entgegnete Delapole finster. »Zum gegebenen Zeitpunkt.«

»Aber das neue Konzert. Nicht irgendwelches altes Zeug«, lärmte ein anderer.

»Ah …« Delapole senkte den Blick auf seine Füße. »Ich wünschte, das wäre möglich.«

Das überraschte die Menge, sie verlangte nach einer Erklärung.

»Das *concerto* stammt doch aus Eurer Feder, oder?«, forderte ihn einer der Waffenschmiede heraus.

Wieder breitete der Engländer die Arme aus. »Nun, eigentlich wollte ich das zu einem späteren Zeitpunkt kundtun. Doch ja. Ich habe es komponiert.«

Er lächelte gewinnend, aber keine Hand regte sich zum Applaus.

»Dann beweist es uns!«, schrie der baumlange Waffenschmied. »Bringt uns das Stück zu Gehör, indem *Ihr* die Musikerinnen dirigiert.«

Delapole schüttelte den Kopf. »Nichts würde ich lieber tun, Signore. Aber wir sind einem Verbrecher zum Opfer gefallen. Er hat die Partitur gestohlen, und mir blieb zu wenig Zeit, das Orchester mit neuen Noten auszustatten. In der kommenden Woche wird es aufgeführt, das verspreche ich, und dazu kostenlos für alle, die heute ihren Obolus entrichtet haben.«

Das brachte die Menge erneut in Wallung, und Delapole versuchte, sie mit Dreistigkeit zu beschwichtigen.

»Man hat uns beraubt, Signori!«, rief er fast flehend. »Dieser Mordbube Scacchi, der in der letzten Nacht seinen Lehrmeister – und Onkel! – getötet hat. Er verübte die Tat, um meine Partitur zu stehlen, die sein Meister für den Druck in Verwahrung hatte. Nunmehr haben wir keine Noten, keine Partitur, keine Inspiration für unsere liebreizenden Musikerinnen. Was blieb mir anderes übrig, als meinen Freund Vivaldi zu bitten, eine seiner Musiken zum Vortrag zu bringen, während ich bis tief in die Nacht hinein schuftete, um aus dem Gedächtnis die Noten zu Papier zu bringen, die ich schon einmal aufgeschrieben hatte, wie Ihr sehr wohl wisst?«

»Wir wissen gar nichts!«, grölte der Waffenschmied. »Also beweist es uns. Greift endlich zum Dirigentenstab!«

Die Menge war nur zu bereit, noch mehr Öl ins Feuer zu gießen. »Nur keine falsche Bescheidenheit«, grölte eine Stimme. »Ihr seid doch der große Komponist, oder nicht? Wenn Ihr dieses Wunderwerk geschrieben habt, werdet Ihr den Mädchen doch wohl ihre *tempi* vorgeben können, oder?«

Hilfe suchend blickte Delapole zu Vivaldi. »Aber das wäre meinem Freund gegenüber höchst ungehörig.«

Der rote Priester erhob sich von seinem Sitz, trat auf Delapole zu und überreichte ihm den Dirigentenstab.

»Anfangen! Anfangen! Anfangen!«, johlte die Menge.

Die Musikerinnen griffen zu ihren Instrumenten und sahen Delapole erwartungsvoll an. Da schien er zu bemerken, dass es kein Entrinnen gab. Er wandte der Menge den Rücken zu und hob die Hand.

Was dann geschah, weiß ich nicht recht. Scheiterte er an sich selbst oder an den jungen Musikerinnen, die vor ihm saßen? Nur Rebecca kannte seine wahre Natur. Doch die anderen nahmen sie vermutlich in dem Augenblick wahr, in dem er in seiner Scharade einen Schritt zu weit ging. Als er hilflos mit dem Stab durch die Luft fuchtelte, entlarvte er sich selbst. Er konnte das Konzert nicht komponiert haben. Er war ein Betrüger, der als Höhepunkt seiner Perfidie auch noch versuchte, sie zu Komplizinnen seiner verwerflichen Täuschung zu machen.

Um sich wenigstens ein wenig Würde zu bewahren, spielten sie, so schlecht sie konnten. Keine einzige Note war falsch, erklang aber den Bruchteil einer Sekunde zu früh oder zu spät, so dass der gesamte Rhythmus des Satzes aus den Fugen geriet, um schließlich zu einer wahren Kakophonie zu werden, die dahinstolperte wie ein Pferdegespann, das seinen Kutscher verloren hatte.

Der Mob begann zu toben. Gobbo sprang auf das Podium und flüsterte seinem Herrn etwas ins Ohr. Vermutlich war ihm der Verdacht gekommen, dass Marchese vor seinem Tod mit den Behörden gesprochen haben könnte. Und die würden sich lebhaft für Delapoles Betrug im Zusammenhang mit dem Konzert interessieren. Falls es noch weitere Anschuldigungen gab, könnte das ihr Verlangen nur steigern, das saubere Pärchen in die dunklen Verliese des Dogenpalastes zu geleiten und sie unter der Folter aufzufordern, ein bisschen aus ihrer Vergangenheit zu plaudern.

Der Mob äußerte sein Missfallen so lautstark, dass ich es bis in mein Versteck am Arsenale hörte. Offenkundig richtete sich die ganze Aufmerksamkeit auf die Vorgänge auf dem Podium und ich ergriff die Gelegenheit beim Schopf. Noch immer nass und schlotternd schlich ich zurück und näherte mich vorsichtig den Menschenmassen vor dem Ospedale. Keiner drehte sich auch nur einen Moment um. Von Canaletto gemalt, böte sich ein Bild venezianischer Pracht und Glorie, schoss es mir durch den Kopf. Von seinem fernen Gerüst aus betrachtet, konnte niemand den glühenden Hass wahrnehmen, der den Pöbel beseelte, oder vermuten, welch makabres Spiel da von Delapole dargeboten wurde.

Die Szene verändert sich. Irgendetwas bewegte sich vom Podium herab, aber es war nicht ersichtlich, was. Mehrere Gestalten schienen zu einer zu verschmelzen. Ich bemerkte einen Schimmer von Delapoles Seidenrock und dann etwas anderes, das schwarze Gewand einer Musikerin. Sie flüchteten an den Rand der Promenade und sprangen auf ein wartendes Boot. Ohne mich darum zu scheren, entdeckt zu werden, rannte ich ans Ufer. Und sah, wie Delapole unter einem Hagel von Eiern, faulen Früchten und weniger harmlosen Objekten Venedig verließ. Gobbo saß links neben ihm. Rechts von ihm hockte Rebecca, das Gesicht leichenblass, den Geigenkasten unter den Arm geklemmt.

Delapole wartete, bis sein Boot außer Reichweite der Wurfgeschosse war, dann stand er auf und hob die Hand zu einem knappen Gruß. Mit kräftigen Schlägen ruderte der Gondoliere auf Santa Maria della Salute zu. Hoch aufgerichtet, ein kaltes Lächeln auf den Lippen, stand der Engländer am Heck. Vielleicht bildete ich mir das nur ein, aber mir kam es so vor, als verließen seine Blicke keine Sekunde lang mein Gesicht.

60. Warten auf einen Anruf

Unauffällig mischte sich Giulia Morelli unter die Gäste des Premierenempfangs im *Londra Palace*. Er fand in einem Saal neben jenem statt, in dem sie am Morgen Daniel Forsters Worten bei der Pressekonferenz gelauscht hatte. Daniel wie auch Massiter glänzten durch Abwesenheit. Sie wechselte ein paar Worte mit der Soloviolinistin, die ziemlich durcheinander wirkte und pausenlos Prosecco in sich hineinschüttete. Amy Hartston hatte keine Ahnung, wo sich Daniel und Massiter aufhielten. Die Polizistin hörte sich ihre leicht beschwipsten Klagen über die Falschheit von Männern und ihren Hass auf die Musik an und fragte sich, ob es sich um dasselbe Mädchen handelte, das sie heute Abend alle zu Begeisterungsstürmen hingerissen hatte. Musiker sind doch eine seltsame Gattung, dachte sie, irgendwie nicht von dieser Welt.

Als die Party begann, sie zu langweilen, trat sie auf die Riva degli Schiavoni hinaus, um neben der Vaporetto-Anlegestelle eine Zigarette zu rauchen. Es war elf Uhr. Die Touristen begannen die Cafés auf der Piazza zu verlassen. Die Klänge der Jazzbands und Streichquartette waren verstummt. Die Nacht senkte sich auf Venedig, eine Nacht, von der sie sich viel versprach.

Viertel vor zwölf wurde Giulia Morelli unruhig. Sie zog ihr Handy aus der Tasche und musste plötzlich an Rizzo denken. An das Großmaul Rizzo, das letztlich so leicht einzuschüchtern war. Sein Tod traf sie tief, denn er war gestorben, bevor er ihnen nützlich sein konnte.

Sie betrachtete das Handy. Es war möglich, dass Biagio nicht anrufen konnte. In einer anderen Stadt, als Mitarbeiterin einer anderen Polizeibehörde müsste sie nicht auf derlei Tricks zurückgreifen. Sie könnte sich auf ihre Kollegen verlassen und ein Team zusammenstellen, das ihre Anweisungen auch befolgte. Aber sie war in Venedig … Bevor sie Fakten in der Hand hatte, durfte sie nichts riskieren.

Giulia Morelli warf die Zigarette ins Wasser der Lagune und lauschte, wie sie zischend erlosch. Ihre innere Stimme setzte zu einer Beschwörungsformel an: Ruf an, Biagio, ruf an!

Kaum hatte es zwölf vom Campanile geschlagen, klingelte das Telefon. Hastig drückte sie auf die Tasten und verfluchte ihre Ungeduld.

»Ja?«

»Sie werden es nicht glauben, aber er ist buchstäblich in unserer Hörweite«, krächzte Biagios Stimme.

»Und Forster?«

»Bei ihm. Beide sind jetzt im Haus. Es liegt in der Nähe von San Nicolo dei Mendicoli, gleich neben dem Campo. Ich könnte dort auf Sie warten. Hier ist es jetzt menschenleer.«

Giulia Morelli kannte die Kirche, ein kleines mittelalterliches Gotteshaus südlich der Piazzale Roma. Mit einem Wassertaxi konnte sie in spätestens zehn Minuten dort sein.

»Was erwarten Sie von mir?«, fragte Biagio.

Nett formuliert, dachte sie. Zwei Männer, beide von einigem Ansehen, hatten in einem abgelegenen, verlassenen Teil der Stadt ein Gebäude betreten. Verstärkung konnte sie nicht anfordern. Es gab keinen Anlass. Oder noch schlimmer: Es gab einen, aber die falschen Leute würden davon Wind bekommen.

»Warten Sie auf mich. In einer Viertelstunde rufen Sie im Präsidium an und sagen, Sie hätten etwas Verdächtiges bemerkt und man sollte das überprüfen. Das müsste uns genügend Vorsprung geben.«

»Gut …«, antwortete Biagio zögernd. Er hatte sich krank gemeldet, handelte auf eigene Faust und ging damit ein großes

Risiko ein. Sie musste sich vor ihn stellen, falls die Sache nach hinten losging.

»Keine Angst, Biagio. Ich werde sagen, Sie hätten auf meine Anordnung gehandelt. In Ordnung?«

»Sie sind die Chefin.«

»Stimmt. Und Sie rufen auf jeden Fall an, ob ich nun schon da bin oder nicht. Lange kann es nicht dauern.«

»Und dann?« Die Skepsis in seiner Stimme war unüberhörbar.

»Dann werden wir ein paar Särge öffnen und nachsehen, was wir darin finden.«

61. Ein Blick aus dem Fenster

Drei Gondolieri hatte ich angefleht, mich über den Canale di San Marco zu rudern. Dreimal wurde ich abschlägig beschieden. Ein Mann ohne Geld darf keine Gefälligkeiten erwarten. Mein letzter Besitz von einigem Wert war die schmale Kette mit dem Davidsstern, die mir Rebecca um den Hals gelegt hatte. Die bot ich dem Ruderer des vierten Bootes an. Er musterte den kostbaren Silberschmuck verächtlich, griff aber zu und wies mit einem Kopfnicken auf sein Gefährt. Mir blieb keine andere Wahl. Sonst hätte ich durch die Gassen von San Marco laufen müssen, um über die Rialtobrücke den langen Weg nach Dorsoduro anzutreten. Dazu fehlte mir die Zeit, und doch fühlte ich mich ohne die Erinnerung an ein glücklicheres Leben nackt und bloß.

Der Septembernachmittag neigte sich seinem Ende zu, als ich die kleine Gasse betrat, die zum Hintereingang der Ca' Dario führt. Aber noch immer lag eine faulige Schwüle in der Luft. Fliegenschwärme stiegen von den Abfallhaufen auf, die am Rio darauf warteten, abgeholt zu werden. Aus den düsteren Eingängen der schäbigen Schenken funkelten mich Augen an. Die Stadt stank. Ich sah meine Zeit in Venedig verrinnen wie den Sand in einem Stundenglas. Falls es mir gelang, Rebecca aus den Fängen dieses Teufels zu befreien und in Sicherheit zu bringen, würde ich auf die Knie fallen, um den Boden der *terra ferma* zu küssen, und schwören, das Festland niemals wieder zu verlassen.

Doch bis dahin war viel zu tun, und das ohne die geeigneten Mittel. Ich besaß weder Geld noch eine Waffe: Das rostige

Messer war auf den Pflastersteinen vor dem Ospedale della Pietà zurückgeblieben. Ich hatte auch keine Vorstellung davon, wie es weitergehen sollte – bis auf die Hoffnung, dass es Jacopo auf irgendeine Weise gelingen würde, Rebecca in die Freiheit zu schmuggeln. Als ich das vertraute Haus mit seinem Wald von eigentümlichen Schornsteinen auf dem Dach erblickte, seinen sicheren Standort am Canal Grande und die hohe Mauer, erkannte ich, wie töricht selbst diese Hoffnung war. Delapole hatte seinen Wohnsitz äußerst klug gewählt. Er war auf gewisse Weise eine kleine Festung. Der einzige Zugang vom Land aus war der Hintereingang. Die Vorderfassade grenzte an den Canal, die torlose westliche Seitenmauer an den Rio, der gerade breit genug war für eine Gondel, die östliche an einen noch schmaleren Wasserstreifen zwischen der Ca' Dario und dem benachbarten Palazzo, an dem eine hohe Mauer jeden Gedanken an ein Eindringen zunichte machte. Ich konnte nichts anderes tun als warten. Was ich auch tat, indem ich mich hinter dem Haus unter den Torbogen des benachbarten Gartenzugangs hockte.

Hausmädchen und Köchin verließen das Haus, für immer, wie es schien, da sie sich finster über Delapoles Knausrigkeit ausließen, als sie an mir vorbeigingen. Ich blickte zu den Fenstern auf, konnte aber nichts entdecken. Bis jetzt hatte ich die Ca' Dario für einen eher kleinen Palazzo gehalten. Im Vergleich zu den Nachbargebäuden war sie es auch, nicht aber, wenn man dahinterkommen wollte, wo sich die Bewohner gerade aufhielten. Das Haus verfügte über vier Stockwerke, von denen jedes möglicherweise sechs bis acht Räume aufwies. Ich kannte lediglich das erste Obergeschoss mit seinem prachtvollen Salon, dessen Fenster auf den Canal hinausgingen. Es war mir unmöglich zu entscheiden, wo genau in dieser Festung Delapole die letzten Vorbereitungen für seine Flucht traf. Ich konnte nur darauf hoffen, dass er es eilig hatte. Doch wieder sollte ich mich irren.

Zwei Männer mit hochroten Gesichtern, die ich für Gläubiger hielt, klopften an die Hintertür und wurden von Gobbo mit ein paar rüden Worten und leeren Taschen wieder von dannen geschickt. Sonst tat sich nichts. Nach einer Stunde vergeblichen Wartens riss mir der Geduldsfaden. Falls die Stadtwache infolge von Marcheses Informationen zur Tat schreiten sollte – was angesichts seines Schicksals keinesfalls sicher war –, dann würde sie es sicherlich in Kürze tun. Selbst ohne ihr Erscheinen musste Delapole das Haus bald verlassen. In beiden Fällen war Eile geboten. Ich schob meinen Kopf aus dem Torbogen und überblickte die Lage. Die Ca' Dario wirkte uneinnehmbar, aber eine winzige Möglichkeit schien es doch zu geben, dort hineinzukommen. Hinter dem Haus war ein bescheidener, ummauerter Garten, der dort, wo der Rio endete beziehungsweise unterirdisch weiterfloss, an den Nachbargarten grenzte. Ich blickte auf grünes Laubwerk, Jasmin oder Oleander, und ein bisschen weiter entfernt auf einen Orangenbaum mit winzigen Früchten. Er stand offenbar im Nachbargarten, reckte aber seine Äste auf das Grundstück der Ca' Dario.

Vorsichtig drückte ich auf die Klinke des Eisentors. Glücklicherweise war es unverschlossen, also stieß ich es rasch auf und betrat den dahinter liegenden Garten, der im französischen Stil angelegt war. Doch ich durfte keine Zeit mit Besichtigungen verlieren. Das Haus machte einen verlassenen Eindruck. Ich kletterte auf den Orangenbaum, bis ich auf Höhe der Mauerkrone war, sprang hinüber und landete auf dem verdorrten Gras einer kleinen Rasenfläche. Plötzlich hörte ich in der Nähe heisere Männerstimmen. Mir stockte das Blut in den Adern. Hastig versteckte ich mich in einem Strauch und versuchte nachzudenken. Die Stimmen kamen von der Vorderfront des Palazzo, von der Anlegestelle am Canal Grande. Wenn Delapole fliehen wollte, dann mit Sicherheit von dort aus. Um Venedig zu verlassen, benötigte er auf jeden Fall ein Wasserfahrzeug, das ihn zum Festland oder auch zu einem der Passagierschiffe an den Kais bringen würde.

Ich erwog meine Möglichkeiten. An ein Eindringen ins Erdgeschoss war nicht zu denken: Die Seitenfenster trugen Gitter. Das erste Stockwerk, in dessen Salon ich Rebecca zurückgelassen hatte, befand sich außerhalb meiner Reichweite. Wenn ich irgendwie ins Haus gelangen wollte, dann war mir das nur vorn vom Canal aus und durch das Wassertor möglich, durch das Delapoles Habseligkeiten die Ca' Dario verließen und schließlich auch er selbst.

Eine andere Möglichkeit hatte ich nicht. Eng an die feuchte Mauer gepresst, arbeitete ich mich Schritt für Schritt über den schmalen Pflasterstreifen am Rand des Rio nach vorn zum Canal vor und lugte vorsichtig um die Ecke. Gott dem Herrn sei Dank für den Venezianer an sich. Ich erblickte drei von dieser Sorte, die, umgeben von mehreren Frachtkisten, untätig in ihrem Boot herumlungerten. Dichte Tabakwolken stiegen am Bug auf, wo die drei mit dem Rücken zu mir hockten und lautstark über launenhafte Reiche maulten, die für fünf Uhr ein Boot bestellen, es jedoch um sechs noch immer nicht bestiegen haben. Ich war erleichtert. Dann sagte einer der drei: »Vielleicht vergnügt er sich noch ein wenig mit dem Frauenzimmerchen, Freunde. Könnte es ihm nicht verübeln. Sie ist wirklich hübsch. Wenn ihr mich fragt, gibt es für seine Saumseligkeit da oben nur einen einzigen Grund.«

Meine Erleichterung schwand. Während sie unbekümmert weiterschwatzten, hangelte ich mich an der klammen hellen Marmorfassade entlang zum Anlegesteg und verschwand mit einem Satz im weit aufgerissenen Rachen des Wassertors. Niemand bemerkte mich. Drinnen lehnte ich mich aufatmend an eine Wand und blickte mich um. Am Fuß der Steintreppe, die in das obere Stockwerk führte, lag ein Hammer. So schnell würde ich kaum wieder zu einer Waffe kommen, und ohne sie wäre ich Delapole oder Gobbo höchst ungern gegenübergetreten. Ich hob das Ding auf und eilte, zwei Stufen auf einmal nehmend, die Treppe zur Galerie hinauf, die den *androne* in halber Höhe umlief. Delapole und Rebecca wären oben, hatten die Männer gesagt. Wo Gobbo steckte, wusste ich nicht. Dann hörte ich etwas, was mich den Hammer fester packen und den Atem anhalten ließ. Irgendwo über mir, fern, aber vernehmbar, erscholl der Klang von Rebeccas Violine und dann Delapoles kalte Stimme.

Sie befanden sich direkt über mir. Ich konnte Dielenbretter unter Delapoles Schritten knarren hören. Eine einzige Treppe trennte mich von Rebecca … Ich lauschte nach weiteren Geräuschen, vernahm jedoch keine. Folglich war Gobbo nirgendwo in der Nähe. Vielleicht war er hinten aus dem Haus geschlüpft, während ich vorn eindrang. Wir waren zu dritt – bis auf die Bootsleute vor dem Haus, und die würden ohne Aufforderung nicht hereinkommen.

Ich steckte mir den Hammer in den Hosenbund, drückte den harten Schaft fest gegen meinen Magen, erklomm lautlos Stufe für Stufe und lauschte Rebeccas Geigenspiel sowie Delapoles gebieterischer Stimme, die mit jedem Schritt lauter wurde. Oben angekommen, erblickte ich einen halbdunklen Treppenabsatz mit einem samtenen Wandbehang und an dessen Ende eine offen stehende Tür. Flüchtig erblickte ich Delapoles Gestalt im Profil, als er gerade wieder einmal den Raum durchquerte. Von Rebecca war nichts zu sehen. Ich schlüpfte hinter den Vorhang und schlich an der Wand entlang auf die Tür zu. Dort schob ich den Stoff ein wenig zur Seite und bekam sie endlich zu Gesicht. Mit ihrem Instrument in den Armen saß sie vor einem Notenständer, auf dem ein einziges Blatt lag, während Delapole um sie herumlief wie ein Lehrer. Beim besten Willen konnte ich mir nicht erklären, was er damit bezweckte.

»Ich weiß nicht recht …«, murmelte der Engländer nachdenklich. »Aber bei einigen Passagen ahnt man bereits, wie es

weitergeht, bevor man sie gehört hat. Wie bei oft verwendeten
Redensarten. Und das sind Klischees, die wir unter allen Umständen vermeiden sollten.«

»Ich bin erschöpft, Mister Delapole«, entgegnete Rebecca.
»Wollten wir nicht heute Abend abreisen?«

»Sobald Gobbo deinen Bruder gefunden hat. Vorher nicht.
Ich räume ihnen noch eine weitere halbe Stunde ein, dann bre-
chen wir auf. Unterdessen möchte ich mich mit meinem neuen
Spielzeug beschäftigen, wenn du so freundlich sein würdest.
Musik, Mädchen!«

Er drehte mir den Rücken zu. Ich steckte den Kopf weiter
hinter dem Wandbehang hervor, damit sie mich entdeckte, aber
sie hatte anderes im Sinn.

»Nein. Ich möchte nicht mehr spielen.«

Er kniete sich neben ihren Stuhl. »Aber natürlich wirst du
mir diesen Gefallen tun, werte Rebecca. Denn es ist zu deinem
Besten. Der Teufel hat immer die besten Weisen, wie man so
treffend sagt. Wer weiß, wie weit wir es mit deiner Begabung
und … meinen Verfeinerungen noch bringen?«

»Es reicht«, erklärte sie und legte die Geige vorsichtig in den
Kasten.

»Ah.« Er betrachtete sie mit einem Gesichtsausdruck, den ich
früher einmal für freundlich gehalten hätte. Jetzt aber nicht mehr.
»Dann muss ich mir einen anderen Zeitvertreib suchen.«

Er zog sie vom Stuhl und schleuderte sie brutal auf den Fußboden. Rebecca schrie laut auf. Aber nicht aus Furcht vor seinen Absichten. Sie hatte Schmerzen. Doch darauf nahm dieser
Unhold keine Rücksicht. Er knöpfte sich das Beinkleid auf,
schob den Saum ihres Kleides hoch und fuhr ihr mit lüsternen
Händen über den Körper. Ich griff nach dem Hammer und
hätte zu gern gewusst, ob Gobbo inzwischen mit Jacopo ins
Haus zurückgekehrt war. Wir hatten nur diese eine Möglichkeit, ihnen zu entkommen. Ich würde nicht zulassen, dass Delapole Rebecca vor meinen Augen missbrauchte, und war ent-

schlossen, notfalls mit dem Hammer einen so heftigen Schlag auszuführen, dass er uns allen die Freiheit brachte.

Dann verdrängte Rebeccas Handeln all diese Gedanken aus meinem Kopf. Sie entzog sich dem Griff des Engländers und spie ihm mitten ins Gesicht. Er wischte sich den Speichel von den Wangen, und sein sarkastisches Lächeln besagte, dass sie für diese Unverschämtheit teuer bezahlen würde.

»Ihr werdet mich niemals wieder anrühren«, erklärte Rebecca kalt. »Sonst kratze ich Euch die Augen aus. Wenn ich Eure Farce im Hinblick auf das Konzert mitspiele, dann nur, weil ich auf die Sicherheit meines Bruders und Lorenzos bedacht bin. Doch darüber hinaus habt Ihr von mir nichts zu erwarten. Ich trage Lorenzos Kind unter dem Herzen, und dem werde ich durch Euch keinen Schaden zufügen lassen.«

Marcheses warnende Worte im Kopf lehnte ich mich benommen gegen die Wand. Alle Kraft hatte meine Glieder verlassen.

Der Engländer richtete sich auf und knöpfte sich den Hosenlatz zu. »Lorenzos Kind also?«, fragte er ausdruckslos. »Wie rührend. Davon hast du noch gar nichts erwähnt, Liebchen.«

Sie setzte sich auf, glättete ihr Kleid, zog die Knie an und umschlang sie mit den Händen. Mühsam beherrscht, zermarterte ich mir das Hirn nach einem einzigen vernünftigen Gedanken.

»Jetzt wisst Ihr es. Und merkt es Euch gut. Denn ich lasse auf keinen Fall zu, dass Ihr in Eurer Schlechtigkeit dem Kind ein Leid zufügt.«

»Ein Kind«, wiederholte er, fast verwundert. Wieder versuchte ich, Rebeccas Blick einzufangen, aber vergeblich. Wenn wir ihn überwältigen wollten, um unsere Freiheit zu erlangen, dann mussten wir gemeinsam vorgehen.

Delapole lief zum Fenster und blickte auf den Canal Grande hinaus. »Ich hätte nicht geglaubt, dass ich so schnell dazu gezwungen wäre«, sagte er über die Schulter hinweg. »Du hast die

Dinge überstürzt, Mädchen. Du hast mich voreilig auf ein Prokrustesbett gelockt. Schade, sehr schade.«

Langsam erhob sie sich und wich rückwärts zur Tür zurück, ohne mich zu sehen. »Es ist schon spät. Wir sollten aufbrechen.«

Er drehte sich um und machte eine abwehrende Handbewegung. »O nein. Jetzt gilt es erst noch, eine Angelegenheit zu regeln. Du hast es nicht anders gewollt. Ein Kind …« Sein Gesichtsausdruck überraschte mich. Er wirkte wie immer und doch irgendwie fremd, als lebte ein anderer Delapole unter seiner Haut, der nun hervorkam, um dem langen englischen Antlitz seinen Willen aufzuzwingen.

»Ich höre etwas auf der Treppe, Mister Delapole«, sagte Rebecca. »Es kommt jemand.«

Ich hörte nichts. Das Haus war still wie ein Grab. Weiter konnte sie nicht zurückweichen, ohne ihn darauf aufmerksam zu machen, dass sie das Zimmer verlassen wollte. Ich bereitete mich auf ein Eingreifen vor.

»Und ich bin mir keines Vergehens bewusst«, stellte sie fest. »Ich verlange nichts als ein wenig Anstand.«

»So?« Er machte einen Schritt auf sie zu. »Oh, komm schon, Rebecca. Sprich die Wahrheit ruhig aus, denn wir kennen sie beide. Es gibt nur eine Frau auf der Welt. Du magst sie Eva nennen oder auch Lilith, für mich bleibt sie immer dieselbe. Sie raubt eines Mannes Leben mit seinem Samen und benutzt ihn, um in ihrem Leib seinen Tod heranzuziehen. Hätte ich es früher gewusst, hätte ich dir den kleinen Bastard herausgerissen, bevor er wachsen konnte. Doch dann wäre uns das Vergnügen unserer Gesellschaft versagt geblieben. Und das wäre doch sehr bedauerlich.«

»Bitte, Mister Delapole …«

Er reckte die Faust und trat zwei Schritte näher. Ich packte den Hammergriff fester und ließ ihn nicht aus den Augen. »Schweig, Mädchen! Ich werde das nicht zulassen. O nein.« Er griff in seinen Rock und zog etwas hervor. Voller Schrecken starrte ich auf die lange, schmale Klinge in seiner rechten Hand. »Du hast dafür gesorgt, dass es zu diesem Ende kommen muss. Immer wieder der alte Betrug, für den es nur eine Lösung gibt. Und nun verhalte dich ruhig, damit machst du es dir leichter. Ich werde …«

Das grobe Werkzeug in beiden Händen schwingend, sprang ich hinter dem Wandbehang hervor.

»Lorenzo«, sagte der Schurke leise und blickte mich eigentümlich an. »Eine derart ungehobelte Einmischung schickt sich nicht.«

Der Hammer traf ihn an der rechten Schulter. Sein Arm zuckte nach hinten. Das Messer entglitt seiner Hand. Eilends beförderte ich es mit einem Fußtritt in eine Ecke des Zimmers. Delapole fiel auf die Knie. Seine Finger betasteten eine Stelle an seinem Ärmel, wo sich sehr schnell ein tiefroter Fleck ausbreitete.

Ich griff nach Rebeccas Arm, die regungslos den Engländer anstarrte. »Wir müssen hier fort«, sagte ich. »Schnell.«

»Wo ist Jacopo?«, wollte sie wissen.

Ich konnte den Blick nicht von Delapole abwenden. Er gab keinen Laut von sich, als wäre der Schmerz, den ich ihm zugefügt haben musste, eine belanglose Bagatelle. »Ich weiß es nicht. Eigentlich sollte er längst hier sein, um dir bei deiner Flucht zu helfen. Das Haus scheint leer zu sein.«

»Er ist tot. Tot. Oh, auf Gobbo kann man sich verlassen.« Delapole lachte schallend, stand dann zu meiner Verblüffung auf und schüttelte seinen blutenden Arm, als könnte er ihn dadurch heilen. »Ein Jude reicht, Mädchen. Hast du wirklich geglaubt, ich würde auch ihn durchfüttern? Gobbo ist zu ihm gegangen, aber nicht, um ihn hierher zu holen. Und nun wieder zur Sache …«

Er lief in die Ecke des Raums und hob mit der linken Hand das Messer vom Boden auf. Mit der Klinge wahllos in die Luft stechend kam er auf uns zu.

»Lorenzo …«, wisperte Rebecca. »Er wird doch nicht etwa …«

»Doch. Ich habe gesehen, wozu er fähig ist. Lauf los!«

Aber Rebecca ging zum Kamin und hob einen langen Schürhaken auf. »Nicht ohne dich«, antwortete sie. »Und nicht ohne meinen Bruder.«

Delapole schien nicht zu wissen, auf wen er sich zuerst stürzen sollte. Er stand nur da und lächelte, als wäre das alles nur ein Spiel.

»Du willst nicht fliehen?«, erkundigte er sich bei Rebecca mit einer leichten Wendung des Kopfes. »Gut. Dieser Mut gefällt mir. So etwas schätze ich …«

Um ein Haar hätte ich ihn getroffen. Aber behände sprang er zur Seite und hieb so schnell und heftig auf mich ein, dass es unmöglich schien, dass ich ihn überhaupt verletzt haben könnte. Ich sah die Klinge durch die Luft sausen, zog hastig den Wandbehang vor mein Gesicht und sah, dass sie den Stoff durchtrennte wie ein Stück Butter. Dann hob ich den Hammer und schlug ihn Delapole ins Gesicht. Es war ein wenig beherzter Stoß, der kaum Schaden anrichten konnte. Doch Delapole verlor das Gleichgewicht, taumelte rückwärts, und dann war Rebecca da und hieb ihm mit dem Feuerhaken auf den Kopf. Laut schreiend griff er sich an den Schädel und stürzte auf die Knie. Mir reichte es. Noch mehr von dieser Art, und ich hätte es nicht ertragen.

»Komm«, rief ich. »Sollen die Behörden sehen, wie sie mit diesem Wahnsinnigen fertig werden.«

Ich ergriff ihre Hand, blickte in ihr hübsches Gesicht. In diesem Moment waren wir einander so nah wie seit Tagen nicht mehr. Sie machte einen Schritt vorwärts, aber da rief die Gestalt auf dem Boden »Nein!«, und ich sah die Klinge durch die Luft fliegen. Rebecca schrie auf, begann zu schwanken und griff sich an den Oberschenkel. Das Messer war tief in ihr Bein eingedrungen. Blut quoll aus der Wunde und befleckte ihr

Kleid. Ich packte die Klinge am Griff, zog sie heraus und schob ihr Kleid hoch. Oberhalb ihres Knies sah ich eine gut zwei Zoll breite Schnittwunde, die nun heftig zu bluten begann.

Kurzerhand riss ich einen Stoffstreifen von ihrem Kleid und reichte ihn ihr. »Binde dir damit das Bein ab. Damit die Blutung nachlässt. Und dann lass uns endlich verschwinden.«

Ihre Augen sahen mich nicht an. Sie waren auf etwas hinter mir gerichtet, und ich brauchte mich nicht erst umzudrehen, um zu wissen, auf was.

»Lorenzo …«, ächzte der Engländer, und mit Genugtuung nahm ich in seiner Stimme so etwas wie Qual und Schmerz wahr.

Ich wandte mich zu ihm um. Mit seiner verletzten Schulter und dem blutenden Kopf bot er einen jämmerlichen Anblick. Dennoch stand er so gerade und aufrecht wie ein Soldat bei der Parade, und mir war klar, dass er sich jeden Moment auf mich stürzen würde.

Ich schützte Rebecca, die sich hinter mir an ihrem Bein zu schaffen machte, mit meinem Körper. »Ihr seid ein zäher Bursche, Delapole«, sagte ich. »Was muss ich denn noch tun? Eure Beine brechen, damit Ihr nicht mehr laufen könnt? Euch schlagen, bis Ihr nicht mehr stehen könnt?«

Er verbeugte sich leicht und lächelte spöttisch. »Nun, du musst mich töten, Junge. Oder darauf warten, dass ich es selbst tue. Heute. Morgen. In der nächsten Woche. Im nächsten Jahr. Darauf kommt es mir nicht an. Ich habe alle Zeit der Welt.«

Der Hammer lag zwischen uns auf dem Fußboden. Ich hatte nicht mehr auf ihn geachtet, seit Rebecca Delapole den Schlag mit dem Schürhaken versetzt hatte und ich annahm, das wäre das Ende der Auseinandersetzung. Jetzt bewegte sich Delapole auf ihn zu. Ich vermochte es kaum zu glauben, aber offensichtlich musste ich erneut mit ihm kämpfen.

»Ihr seid von Sinnen«, erklärte ich und versuchte zu ergründen, ob wir gefahrlos die Flucht ergreifen konnten. »Vielleicht schickt man Euch in eine Irrenanstalt und nicht auf den Block, wie Ihr es verdient hättet.«

»Wer bekommt schon, was er verdient? Nur wenige, nehme ich an.«

Er wollte sich nach dem Hammer bücken und verlor dabei den Halt. Mein Fuß zuckte vor und stieß die Waffe aus seiner Reichweite. Delapole krümmte sich auf dem Boden, grinste mich aber nach wie vor an.

»Du hast eine sehr beschränkte Vorstellung von Triumph, Lorenzo. Wie alle Italiener.«

»Wie auch immer. Wir gehen jetzt.«

»Nein!«

Ich hörte nicht weiter zu und schlang meinen Arm um Rebeccas Hüften. Sie schien vor Schmerzen einer Ohnmacht nahe.

»Frag sie, wer ihr die größte Lust bereitet, Lorenzo!«, höhnte Delapole hinter mir. »Wessen Zunge so flink ist, dass sie die geheimsten, köstlichsten Verstecke findet. Wer sich ihr unermüdlich mit zärtlicher Leidenschaft widmet, bis sie um Erlösung fleht. Frag sie, wessen Kind sie *wirklich* unter dem Herzen trägt ...«

Rebecca stöhnte auf und sah mich mit Augen an, die nicht lügen konnten. Ich drehte mich um und betrachtete die blutüberströmte Gestalt auf dem Boden.

»Du hohlköpfiger Narr«, zischte er. »Meinst du, die Violine hätte keinen Preis? Ich legte sie Rebecca in den Schoß, um dem Instrument bald darauf selbst zu folgen. Obwohl ich gestehen muss, dass mir ihre Herkunft sowie ihre anderen Talente verborgen blieben, bis ich durch dich davon erfuhr.«

Forschend blickte ich ihr in die Augen, aber sie löste sich nur wortlos aus meiner Umarmung.

»Armer Lorenzo«, spottete Delapole. »Und jetzt ...«

Was er noch sagte, hörte ich nicht. Blindwütiger Zorn kam in mir hoch. Wenn Delapole es so wollte, dann sollte es so sein.

»Und jetzt ist endgültig Schluss«, sagte ich und nahm den Hammer.

Rebecca beobachtete mich und griff dann, in einer Absicht, die ich zunächst nicht verstand, nach dem Messer. Und so töteten wir den Mann, den wir als Oliver Delapole kannten. Ähnlich vorsätzlich und methodisch, wie er all jene Frauen ermordet haben musste, die das Unglück hatten, ihm in der Vergangenheit über den Weg zu laufen. Wir schlugen und stachen in einem unerbittlichen, gleichmäßigen Rhythmus zu, der die Luft mit Blut und dem Geruch nach rohem Fleisch erfüllte, bis dieser Dämon den Geist aufgab. In diesem Moment erkannte ich, dass ich nie wieder schwarze Leere erblicken würde, wenn ich die Augen schloss. Stattdessen würde ich für immer nur blutrotes, aufgerissenes Fleisch sehen und das dumpfe Schlagen des Hammers hören.

Aber er lachte nur zwischen den Schlägen und Stichen. Es war eine Verwandlung, die uns alle betraf, und zwar eine, die er herbeigeführt hatte. Schließlich, als Blut aus seiner Kehle quoll, so dass er kaum noch sprechen konnte, murmelte er ein paar Worte. Doch erst später, als wir hastig unsere blutbespritzten Kleider gewechselt hatten und das Schlachthaus verlassen wollten, erinnerte ich mich wieder an sie. Allerdings befand ich mich in einem Zustand so hochgradiger Erregung, dass ich sie mir auch eingebildet haben könnte. Sie stammten aus dem Epos *Das verlorene Paradies* des englischen Dichters John Milton.

Wer mit Gewalt obsiegt,
hat seinen Feind nur zur Hälfte besiegt.

An diesem Abend in der Ca' Dario starb nur ein Teil von Oliver Delapole. Der andere war in uns eingedrungen wie eine böse Infektion, die unser Blut vergiftet. Er bezwang uns, indem er uns zu Mördern machte. Und Rebecca hatte sich an der Tat beteiligt, um mich mit meiner Schande nicht allein zu lassen.

Das erkannte ich in jenem Zimmer am Canal Grande, als sich langsam die Nacht über Venedig senkte. Verzweifelt stürzte ich zum großen, aufs Wasser hinausgehenden Fenster, als läge dahinter die Erlösung von unserer Schuld. Aber zutiefst Bestürzendes bot sich mir dar. Es war nicht das Venedig, dass ich kannte und mittlerweile verabscheute, vertraut, aber herzlos und kalt wie ein Grab. Sondern ein so befremdlicher Anblick, dass ich fest davon überzeugt war, den Verstand verloren zu haben. Verschwunden waren die Gondeln mit ihren Lampen, die wie Glühwürmchen über das Wasser huschten. An ihrer Stelle erblickte ich eine Vielzahl von Booten, riesigen Schiffen, die mit seltsam gekleideten Menschen an Bord den Canal überquerten. Daneben andere Boote, größer als Gondeln und doppelt so schnell. Doch nirgendwo war ein Ruderer zu sehen.

Die Silhouette der Stadt erstrahlte unter der Aura eines eigenartigen Lichtes, das gelblich schimmerte, aber zu hell war, um von Fackeln stammen zu können. Sonderbare Gebilde, den Skeletten riesiger Tiere ähnlich, ragten am westlichen Ende von San Marco auf und schienen die niedrigeren Gebäude zwischen ihren gewaltigen Kiefern zermalmen zu wollen. Vor den bleiverglasten Fenstern der Ca' Dario lag eine ganz andere Welt, eine, die sowohl vertraut als auch unerreichbar war ...

Ich spürte, wie mir das Blut in den Adern gerann, meine Lungen hörten auf zu atmen. Das war der Anblick des Paradieses oder auch die Vorstellung einer kommenden Hölle. Wie gelähmt, nicht wissend, was unterdessen mit Rebecca geschah, stand ich am Fenster und wünschte mir nichts sehnlicher, als durch das Glas greifen und die Hand nach dieser Geisterwelt ausstrecken zu können, die lebte und atmete, ohne meine Existenz überhaupt zur Kenntnis zu nehmen. Jedenfalls kam es mir so vor.

Dann blickte plötzlich vom Heck eines dieser riesigen eisernen Schiffe ein Gesicht zu mir herauf. Ein Kind, ein etwa zehnjähriges Mädchen in einem weißen Kleid, starrte mir, wie mit dem zweiten Gesicht begabt, direkt in in die Augen. Dieses Geisterwesen aus der Zukunft *sah* mich. Und was es erblickte, ließ es vor Schreck erstarren.

Ein Menschenleben ist nicht genug. Manche von uns haben für mehr zu büßen, als dass diese kurze Spanne ausreichen könnte. Ich starrte ihm in die entsetzten Augen, blickte auf meine blutigen Hände und begann zu brüllen wie ein Tier.

62. Die Schatzhöhle

Massiter hatte dem Fahrer des Motoscafo als Fahrtziel das westliche Ende der Zattere genannt. Diese Gegend war Daniel unbekannt. Hier geht die Altstadt in Neubauten über, die sich vom Hafen aus nach Norden bis zum Canale di Chiara ziehen. Aber es gab auch alte Gebäude, eher niedrige Villen an schummrigen Straßen. Der Geruch von Schiffsdiesel und Autoabgasen vom riesigen Parkplatz an der Piazzale Roma lag in der Luft. Massiter und Daniel kehrten dem Canale della Giudecca den Rücken, überquerten eine kleine Brücke, bogen in eine pechschwarze Gasse ein und erreichten einen kopfsteingepflasterten Campo mit einer schlichten Kirche.

Auf dem Platz blieb Massiter stehen, neben einer Säule mit einem geflügelten Löwen. Er blickte sich um und rümpfte abfällig die Nase.

»Sehen Sie jemanden?«, fragte er leise. Daniel schüttelte den Kopf.

»Ich auch nicht. Wir befinden uns in einem der ältesten Viertel von Venedig. Könnte mir vorstellen, dass Ausgrabungen hier erstaunliche Funde zutage fördern würden. San Nicolo da drüben ist byzantinisch und wurde zwischen dem zwölften und sechzehnten Jahrhundert ausgebaut und modernisiert.«

»Es ist schon spät, Hugo. Lassen Sie uns zur Sache kommen.«

Massiter überblickte noch einmal den leeren Campo. »Selbstverständlich. Sie werden mir doch nicht in den Rücken fallen, oder?«

»Was meinen Sie denn damit?«

»Muss ich das wirklich erklären, Daniel? Ich erweise Ihnen einen großen Gefallen. Obwohl ich diesen privaten Lagerraum schon zehn Jahre oder mehr nutze, hat ihn kaum jemand außer meinem engsten Kreis zu Gesicht bekommen. Ich könnte mir vorstellen, dass viele Leute wissen möchten, wo er liegt. Diebe beispielsweise.«

»Ich kenne keine Diebe, Hugo.«

»So? Und wie ist es mit der Polizei?«

»Ich kann nirgendwo einen Polizisten entdecken«, stellte Daniel fest.

»Stimmt.«

Massiter setzte sich in Bewegung und lief zügigen Schritts zur nördlichen Ecke des Campo. Daniel folgte ihm.

»Ein Cousin von mir hat in der Filmbranche gearbeitet«, erzählte Massiter. »Er war auch an den Dreharbeiten zu diesem Film von Nicolas Roeg beteiligt. Der wurde zum größten Teil in dieser Kirche aufgenommen. Wir haben uns hin und wieder getroffen und …«

Sie überquerten eine Brücke und betraten eine düstere Gasse. »Man brauchte damals einen Schlupfwinkel. Wohin man sich mit ein paar Frauen zurückziehen oder ein bisschen Stoff rauchen konnte. Und dann …«

»Was wurde aus Ihrem Cousin?«

»Er ist tot«, erklärte Massiter emotionslos. »Ein Unfall. Er war ein lausiger Geschäftsmann. Echt tragisch. Fühlte mich damals ziemlich im Stich gelassen.«

Sie bogen in ein Gässchen ein und blieben nach wenigen Schritten vor einer modernen Metalltür stehen, die Massiter öffnete. Daniel folgte ihm ins Innere. Neonröhren flackerten auf und Daniel erblickte eine Reihe Packkisten.

»Die gehören einem Freund. Er hat ein Transportunternehmen«, erklärte Massiter. »Hier entlang …«

Er lief gut drei Meter weiter und blieb vor einer mit mehreren Vorhängeschlössern versehenen grünen Tür stehen. Massiter zog einen Schlüsselbund hervor und stieß fluchend die schwerfälligen Sicherungsriegel zurück. Dann streckte er die Hand aus, schaltete innen das Licht an, und Daniel sah eine ausgetretene Steintreppe, die in ein Kellergeschoss führte.

»Ich bilde mir gern ein, dass das früher einmal ein Weinkeller war«, sagte Massiter. »Und noch früher vielleicht eine Krypta. Wer weiß? Sie haben doch die Außentür zugezogen? Habe keine Lust, mich mit diesen Riegeln abzuquälen, bis wir wieder gehen.«

»Natürlich.«

»Gut.« Massiter griff in die Tasche und holte eine kleine, schwarze Pistole heraus. »Hier. Nehmen Sie. Und wenn wir gestört werden, schießen Sie auf die Mistkerle.«

Unwillig sah Daniel die Waffe an. »Das geht mich nichts an, Hugo.«

Der ältere Mann funkelte ihn verärgert an. »Es geht Sie im Gegenteil sehr viel an. Wo liegt das Problem? Ein Anruf von mir, und das Zeug ist im Handumdrehen von hier verschwunden. Wäre nicht das erste Mal.«

»Verstehe.«

»Ich bitte Sie«, lächelte Massiter süffisant. »Sie sind ein Betrüger und Hochstapler, Daniel. Wenn Sie weiterhin darauf bestanden hätten, in aller Öffentlichkeit ein Geständnis abzulegen, säßen Sie spätestens am Montag hinter Gittern. Spielen Sie mir also jetzt nicht den Unschuldigen vor.«

Daniel hielt die Pistole in der ausgestreckten Hand. »Ich werde dieses Ding unter keinen Umständen benutzen.«

»Dann tragen Sie sie eben für mich«, entgegnete Massiter und begann, die Stufen hinunterzugehen. Langsam folgte Daniel und ließ die grüne Tür ebenso offen wie die Haustür. Noch war hinter ihm kein Laut zu hören. Sie könnte den Zeitpunkt ihres Eintreffens nicht auf die Minute genau angeben, hatte Giulia Morelli gesagt. Eiskalt lag die Pistole in seiner Hand.

Nach zwanzig Stufen endete die Treppe, tiefe Finsternis umfing sie. Massiter knipste einen Lichtschalter an und Daniel unterdrückte einen Ausruf der Überraschung. Sie standen am Eingang zu einem von zahllosen Säulen getragenen Gewölbe. Der riesige Raum wirkte so sauber, als wäre er kurz zuvor gefegt worden. Überall standen sorgfältig verhüllte oder verpackte Gegenstände: Möbelstücke, Gemälde sowie andere Objekte, die er nicht auf Anhieb identifizieren konnte. In einer Ecke entdeckte Daniel ein modernes Bett.

Er folgte Massiter quer durch den Raum auf das Lager zu. Massiter sog hörbar die Luft ein. Die Blutflecken auf dem weißen Bettzeug waren unübersehbar.

»Verdammt. Das Problem mit Schlupfwinkeln besteht darin, dass man von Zeit zu Zeit selbst nach dem Rechten sehen muss. Ich habe es versäumt, hier nach meiner Unterhaltung mit Ihrem Freund Rizzo für Ordnung zu sorgen. Allerdings wusste ich da noch nicht, dass ich hier einen Besucher empfangen würde.«

»Rizzo?« In Daniels Kopf begann sich alles zu drehen.

»Hat er Ihnen denn seinen Namen nicht verraten? Dieser kleine betrügerische Gauner, der Ihnen meine Guarneri verkauft hat. Schließlich hat er mir das selbst gesagt, obwohl ich es natürlich längst vermutet hatte. Trauen Sie nie einem Venezianer, Daniel. Sie hauen einen unweigerlich übers Ohr.«

Daniel schwieg und Massiter schlug ihm lachend auf den Rücken.

»Aber ich nehme es Ihnen überhaupt nicht übel. Im Gegenteil. Überzeugte mich irgendwie davon, dass ich einen gelehrigen Schüler habe.«

»Ich bin nicht …«

»Natürlich nicht! Nun, was soll es sein?«

Massiter wanderte an den Gegenständen vorbei und hob die Schutzdecken von seinen Schätzen.

»Das Angebot ist recht umfassend. Steht Ihnen der Sinn vielleicht nach russischem Gold, von den Nazis erbeutet? Oder nach einer bosnischen Ikone? Einer Reliquie aus Ostrom? Oder möglicherweise chinesischem Porzellan aus Shanghai? Nein ...«

Er lief quer durch den Raum und zog die Verhüllung von einem großen Gemälde. Daniel hielt den Atem an. Er kannte den Maler. Das Bild zeigte zwei nackte Männer, die miteinander kämpften, der eine schwang ein silbern blitzendes Messer über dem anderen.

»Tizian«, sagte Massiter. »Oder Tiziano, wenn Ihnen das lieber ist. Kain erschlägt Abel. Sicher stimmen Sie mir zu, dass diese Darstellung besser ist als das Deckengemälde in Santa Maria della Salute. Das war Tizians erster Versuch mit dem Thema, das hier ist die Vollendung.«

»Woher bekommen Sie diese Sachen, Hugo?«

Tadelnd blitzte Massiter ihn an. »Ich bitte Sie, Daniel. So etwas dürfen Sie einen Sammler nie fragen.« Er betrachtete das Gemälde. »Meine Sympathien tendieren zu Kain. Doch das haben Sie wahrscheinlich vermutet.«

Daniel stand zwischen Massiter und dem tunnelartigen Treppenaufgang. Er glaubte, irgendwo über sich etwas zu hören.

»Also, suchen Sie sich etwas aus«, drängte Massiter. »Bis auf den Tizian selbstverständlich. Das würde uns beiden nur jede Menge Probleme bringen, denn ich glaube, für eine eigene kleine Schatzkammer brauchen Sie ... noch etwas Zeit. Aber es gibt hier unverfänglichere Gegenstände. Sie wollen das Objekt doch für sich selbst, oder? Nicht für eine Auktion? Ich verkaufe selbst hin und wieder etwas, aber es würde mich doch kränken, wenn es Ihnen nur um den materiellen Wert ginge.«

Jetzt waren die fernen Geräusche deutlicher. Daniel konnte nur hoffen, dass Massiter nichts gehört hatte.

»Warum sammeln Sie all diese Objekte? Welchen Gefallen können Sie daran finden, wenn Sie sie versteckt halten müssen?«

Verständnislos sah Massiter ihn an. »Sie gehören mir. Reicht das nicht?«

»*Gehören* Ihnen auch Menschen?«

»Wenn ich Verlangen nach ihnen habe … Und natürlich nur, wenn sie es selbst wollen. Die Aufrechten und Standhaften kann ich nicht in Versuchung führen. Ich gehe nur dorthin, wo ich auch erwünscht bin. Gerade Sie sollten das wissen.«

Daniel sah zum Bett in der Ecke hinüber.

»Sie denken nicht über Ihre Auswahl nach. Das da ist nur ein Bett.«

»Wozu?«

Massiter lächelte. »Oh, für viele Zwecke. Die meisten sind angenehm. Für mich zumindest.«

»Erzählen Sie mir von dem Mädchen vor zehn Jahren, Hugo. Die Leiche wurde damals hier in der Nähe gefunden. Hat auch sie auf dem Bett da gelegen?«

»Susanna Gianni? Aber sicher.« Er zuckte mit den Schultern. »Zumindest habe ich es versucht. Sie war sehr schön. Sie hatte mir viel zu verdanken und wäre heute eine große Violinistin, wenn sie noch leben würde.«

Daniel Forster erinnerte sich an die Pistole in seiner Hand.

»Verstehen Sie mich nicht falsch«, fuhr Massiter fort. »Wie gesagt, schätze ich einen gewissen Widerstand durchaus. Und sie hat noch geatmet, als ich sie verließ. Hätte sie meinem Rat entsprechend ein bisschen gewartet und sich zusammengerissen, könnte sie jetzt noch leben. Keine Ahnung, wer das Mädchen ins Wasser geworfen hat, ich war es nicht. Ich wollte Susanna Giannis Tod nicht, Daniel. Warum sollte ich, wo sie mir so viele Vorteile bot? Abgesehen davon …«

Er runzelte die Stirn, als suche er nach den richtigen Worten. »Abgesehen davon war ich mit dem Mädchen noch nicht fertig. Ich fühle mich noch immer irgendwie betrogen. Da gibt es ein Geheimnis, das mir keine Ruhe lässt.«

Massiter kam auf ihn zu, blieb knapp vor ihm stehen und

beäugte die Waffe. »Sie sollten sich jetzt entscheiden. Dafür sind wir hier.«

Daniel blickte ihm ins Gesicht. Es war absolut emotionslos, kalt. »Ich hätte gern die Guarneri, Hugo. Und die Partitur, die ich gefunden habe. Wie auch die Kopien.«

»Ah! Scacchi war wirklich schlau. Er hat sehr viel früher als ich entdeckt, was in Ihnen steckt. Ist Ihnen das eigentlich bewusst?«

Zorn flammte in Daniel Forster auf. »Sie haben Paul für eine Geige und ein kleines Konzert umgebracht? Ein Mord, als dessen Folge schließlich auch Scacchi starb?«

Hugo Massiter lachte schallend. »Was? Unterschätzen Sie mich nicht, Daniel. Ich habe *beide* getötet. Einer meiner Handlanger schlich sich ins Krankenhaus und blies Scacchi das Lebenslicht aus, während die Schwestern schliefen. Sie standen einander schließlich sehr nah. Da wäre es doch grausam gewesen, einen am Leben zu lassen. Das war mir in jener Nacht sofort klar. Und nachdem ich ihnen den Grund meines Besuches genannt hatte, zeigte sich dieser Amerikaner nicht gerade zimperlich. Es blieb mir gar nichts anderes übrig.«

Die Wut raubte Daniel die Sprache, was Massiter ungemein zu erheitern schien. »Regen Sie sich doch nicht so auf über mich. Schon aus Höflichkeit hätte ich Scacchi natürlich lieber selbst getötet. Doch das wäre ein bisschen gewagt gewesen. Aber Sie wissen hoffentlich, dass es nicht aus Bösartigkeit geschah. Ich konnte schließlich nicht riskieren, dass er wieder zu sich kommt und aller Welt ausplaudert, dass ich ihnen einen Besuch abgestattet hatte, oder?«

»Aber warum sind Sie überhaupt hingegangen? Die beiden waren kleine Fische. Und unheilbar krank. So etwas muss doch unter Ihrer Würde sein.«

Massiter wirkte enttäuscht. »Ihre Frage erstaunt mich. Weil sie mir ein wertvolles Objekt gestohlen hatten und es nicht zurückgeben wollten. Gibt es ein größeres Verbrechen? Der alte Mann hat mich betrogen und beraubt, Daniel.«

Daniel hob die Pistole und richtete sie auf Massiters Gesicht. »Ich könnte Sie töten, Hugo. Ohne Rücksicht auf die Konsequenzen.«

»Vielleicht.« Gleichgültig hob Massiter die Schultern. »Aber die Guarneri kann ich Ihnen nicht geben. Ebenso wenig wie die Partitur. Denn die beiden hatten weder das eine noch das andere. Jedenfalls behaupteten sie das, nachdem ich den Amerikaner ein bisschen gepikt hatte, um ihn zum Reden zu bringen. Das Dumme war nur, dass sie mittlerweile ein derartiges Theater machten, dass ich ein Verschwinden für geboten hielt. Ich hörte Schritte auf der Treppe und glaubte, das wären Sie, und ich bin nicht der Typ, der nutzlos irgendwo herumhängt. Darüber hinaus war ich fest überzeugt, dass es sich um eine List handelte. Sie wollten mich aus dem Haus haben. Obwohl das Instrument gar nicht in der Ca' Scacchi war. Wissen Sie jetzt, was ich mit Geheimnis meinte?«

Massiter zeigte sein gewinnendstes Lächeln. Daniel spürte das Gewicht der Waffe in seiner Hand. Der Lauf war nur wenige Zentimeter von Massiters Gesicht entfernt.

»Und? Welches Objekt möchten Sie? Die Guarneri fällt aus, da ich sie nicht habe. Entscheiden Sie sich stattdessen vielleicht für mich?«

Daniel blickte in die grauen Augen. Massiters Spott entging ihm nicht. Er ließ die Pistole sinken. »Könnte man sagen.«

»So?« Das amüsierte Lächeln vertiefte sich.

Schritte kamen die Treppe herunter. Massiter drehte sich um. Gefolgt von einem großen dunkelhaarigen Mann in Jeans und weißem Hemd betrat Giulia Morelli das Kellergewölbe. Der Mann hielt einen Polizeirevolver in der ausgestreckten Hand.

»Guten Abend, Commissaria«, strahlte Massiter. »Sie haben doch nicht etwa gelauscht? So etwas gehört sich doch nicht.«

Mit schnellen Schritten trat Giulia Morelli auf Massiter zu, ließ ihn die Arme heben und durchsuchte ihn nach einer Waffe. Offensichtlich erheitert hielt er die Arme hoch und wies mit einer Kopfbewegung auf die Brieftasche im Inneren seines offen stehenden Sakkos. »Wie viel? Bedienen Sie sich.«

»Was soll das?«, fauchte sie.

»Ich kann Sie bestechen, werte Signora Morelli. Oder Ihren Boss oder auch dessen Vorgesetzten. In dieser Stadt ist einer so korrupt wie der andere. Welchem Verbrechen glauben Sie denn hier auf die Spur zu kommen? Einem kleinen Schmuggel mit …«

»Drei Morden, Mister Massiter. Sowie dem an Susanna Gianni.«

»Ah, dieses Mädchen scheint Ihnen noch immer im Kopf herumzuspuken. Aber das ist doch wohl längst Geschichte, oder?«

»Ihr Einfluss ist mir bewusst, aber diesmal wird Ihnen das kaum nützen. Wie wäre es mit ein wenig Vernunft und Einsicht? Wenn Sie uns jetzt ins Präsidium folgen, können wir allzu großes Aufsehen vermeiden.«

»Sind Sie sich da sicher?«, fragte Massiter. »Ich möchte Sie wirklich nicht enttäuschen.«

Nervös trat sie von einem Fuß auf den anderen. Daniel sah zur Treppe hinüber. Giulia Morelli schien irgendeine Verstärkung zu erwarten. »Wenn Sie so freundlich wären«, sagte sie. »Meine Geduld ist begrenzt.«

Massiters Blick fiel auf ihren Begleiter. »Ah, Biagio! Alles in Ordnung?«

Verdutzt sah Giulia Morelli Biagio an. Seine Waffe hing locker in der gesenkten Hand.

»*Si*, Signor Massiter.«

Massiter nickte. »Wie schön. Ich stehe natürlich in Ihrer Schuld. Für die Information über unseren Freund Rizzo. Wie auch für alles andere.«

Giulia Morellis Gesicht spiegelte Entsetzen wider. »Biagio …?«

»Großer Gott, Mann! Erschießen Sie das Weib endlich.« Massiter gähnte provozierend. »Sie geht mir auf die Nerven.«

Daniel sah, wie Biagio seinen Revolver hob, machte einen Satz vorwärts und hantierte hilflos mit seiner Waffe, als sich Massiter auf ihn stürzte und mit einem Handkantenschlag zu Fall brachte.

Eine ohrenbetäubende Explosion brachte das Kellergewölbe zum Erbeben, und als Daniel aufblickte, sah er Giulia Morelli rückwärts schwanken. Aus einem Loch in ihrer Jacke quoll eine dunkle Flüssigkeit. Biagio ließ sie nicht aus den Augen und zückte seinen Revolver, um notfalls noch einmal zu schießen. Dann stieß sie gegen die Wand hinter ihr und glitt langsam zu Boden. Ihr Mund öffnete sich, sie schien etwas sagen zu wollen. Blut rann über ihre Lippen und am Kinn hinunter.

»Verdammte Schnüfflerin«, knurrte Massiter, streckte den Arm aus und zog Daniel auf die Füße. Seine andere Faust umklammerte die Pistole. »Was haben Sie sich nur dabei gedacht, Junge? Sich mit ihr zu verbünden, wo doch Ihr Platz bei mir ist? Bei *mir*! Dem Einzigen, der Sie nie angelogen hat!«

Daniel bemerkte die Wut in Massiters Augen, über einen Verrat, der offenbar größer war als jedes andere Verbrechen.

»Ich habe eine Wahl getroffen, Hugo. Weder eine für das Gute noch eine für das Böse. Sondern *meine* Wahl.«

Unverwandt starrte Massiter ihn an. »Wenn ich mir vorstelle, was ich Ihnen alles erzählt habe, Daniel. Dass ich Ihre Freunde umgebracht habe. Dass ich jeden töte, der sich mir in den Weg stellt. Und Sie halten eine Waffe in der Hand und unternehmen *nichts*!«

Massiter betrachtete die Pistole in seiner Faust und richtete sie fast zögernd auf Daniels Gesicht. Hinten an der Wand stöhnte Giulia Morelli leise.

»Sie sind mir ein Rätsel, Daniel«, erklärte Massiter. »Mitunter zeigen Sie überaus vielversprechende Ansätze. Aber dann …«

Daniel äußerte kein Wort. Ein schlaues Lächeln überzog

Massiters Gesicht. »Natürlich! Jetzt begreife ich! Sie nehmen an, ich erlaube mir einen Scherz mit Ihnen.« Die Mündung der Waffe berührte Daniels Schläfe. »Sie glauben, ich will Sie mit leeren Versprechungen in Versuchung führen. Oh, Daniel …«

Er ließ die Waffe sinken. Reglos stand Biagio neben ihnen.

»Sie schätzen mich falsch ein. Völlig falsch.«

Massiter hob die Hand, drehte sich halb um und drückte den Abzug. Erneut hallte das Gewölbe von einer Explosion wider. Daniel sah, wie sich Biagios Stirn vor ihm öffnete, sah den Polizisten taumeln. Er stürzte zu Boden und bewegte sich nicht mehr. Ungerührt betrachtete Massiter die Leiche. »Ich bin ein guter Lehrmeister«, sagte er. »Aber die Polizei … ihr geht es nur ums Geld. Um nichts anderes.«

Es roch nach Blut und Pulver. Massiter wandte sich wieder zu ihm um. Daniel schloss die Augen und spürte gleich darauf kaltes Metall an seiner Wange.

»Wir könnten das Problem mit einem Anruf bereinigen«, sagte Massiter. »Ich habe meine Beziehungen. Vielleicht wäre es klug, eine Weile aus Venedig zu verschwinden. Aber die Zeit und ein bisschen Geld lassen alles vergessen.«

Daniel schwieg.

»Ich werde Sie belohnen«, sagte Massiter. »Mit mehr, als Sie in diesem Raum sehen.«

»Scheren Sie sich zur Hölle«, flüsterte Daniel und merkte, dass er am ganzen Körper zitterte. »Ich bin nicht wie Sie.«

Massiter griff ihm schmerzhaft in die Haare und drückte die Pistole noch fester gegen seine Wange. »Jeder ist wie ich. Das ist nur eine Frage der Sichtweise.«

Daniel dachte an Laura. Und an Amy und ihr wundervolles Geigenspiel in der Vivaldi-Kirche. Sein ganzes Leben lief vor ihm ab. So ruhig, so geordnet und vollkommen hätte es für immer weitergehen können, ohne Hugo Massiters Einmischung.

Zitternd, aber gefasst und ohne Angst stand Daniel Forster in dem Kellergewölbe, wartete auf seinen Tod und wagte es nicht, die Sekunden zu zählen. Dann ließ Massiters Griff abrupt nach. Daniel hörte nichts, verspürte keinen plötzlichen Schmerz. Irgendwann öffnete er die Augen.

Lautlos hatte Hugo Massiter den Raum verlassen. Neben Biagios Leiche lagen zwei Waffen. Ohne sich zu rühren, lag Giulia Morelli an der Wand. Daniel hörte sie keuchend atmen.

Er lief zu ihr und holte das Handy aus ihrer Tasche. Dann befühlte er ihre Stirn und spürte Wärme. Sie öffnete die Augen.

»Daniel?« Ihre Stimme klang schwach, geisterhaft fern.

»Sagen Sie nichts. Massiter ist fort. Ich laufe schnell hinaus und rufe einen Krankenwagen. Alles wird gut.«

Sie betastete ihren Oberkörper, fühlte die Nässe und versuchte zu lachen. »Unsinn. Aber ich muss Ihnen etwas sagen.«

»Nein. Bleiben Sie ganz ruhig.«

»Daniel?« Ihre Hand fasste nach seinem Arm. Er wartete. Irgendetwas geschah mit ihren Augen. Sie verblichen, das Leben wich aus ihnen.

»Daniel …«

Giulia Morelli wisperte einen einzigen rätselhaften Satz. Dann schwieg sie für immer.

63. Ein Bericht der Wachgarde

(Auszug aus den Aufzeichnungen des Giuseppe Cornaro, Hauptmann der Nachtgarde von Dorsoduro, 17. September 1733.)

Der Verbrecher Lorenzo Scacchi ist tot. Ich selbst zerrte seinen verfluchten Leib zum Block und sah mit Befriedigung zu, wie ihn der Henker des Dogen ins Jenseits beförderte. In all den Jahren, in denen ich die Republik vor üblem Gelichter zu bewahren trachtete, ist mir ein Schurke wie dieser noch nicht untergekommen. Seine Verschlagenheit wurde nur noch von seiner brutalen Blutrünstigkeit übertroffen. Oh, und welche Verluste hat die Stadt durch diesen verderbten Lumpen erlitten: einen weithin bekannten Buchdrucker und Verleger – und darüber hinaus der Oheim des Schurken. Und dann, in den letzten Stunden des jungen Galgenstricks auf Erden, einen Menschen, der nichts anderes im Sinn hatte, als die Republik mit seinen Talenten und seiner Großzügigkeit zu bereichern. Die Guten und Sanften werden von den Bösen und Gemeinen dahingerafft. Ich bin kein Priester, daher gebe ich nicht vor zu wissen, warum solch schändliche Taten begangen werden. Als Wachgarde sehen wir uns derlei immer wieder ausgesetzt und sind nach besten Kräften bemüht, die Täter zu fassen und der irdischen Gerichtsbarkeit zuzuführen.

Während die Umstände der ersten Mordtat wohl bekannt sind, ist der Tod des englischen Edelmanns Oliver Delapole Anlass für mancherlei Gerüchte. Gerüchte, die offensichtlich von Scacchi selbst ausgelöst wurden, da Schriftstücke in dem von ihm bewohnten Zimmer beweisen, dass seine Handschrift der auf den anonymen Mitteilungen gleicht, die uns zugespielt wurden. Hiermit zeichne ich getreulich auf, was uns als zuständiger Behörde bekannt ist, und versichere gleichzeitig allen, die diesen Bericht lesen, dass von weiteren Untersuchungen keine Erhellung zu erwarten ist. Ein niederträchtiger Verbrecher ist tot. Mit den bedauerlichen Folgen seiner Untaten müssen wir alle leben. Wir dürfen weder Zeit noch Geld des Staates dafür vergeuden, einem hingerichteten Schurken weitere Schändlichkeiten nachzuweisen.

Um dem toten Delapole Gerechtigkeit widerfahren zu lassen (und den wortgewaltigen englischen Konsul zu besänftigen), sei hier festgestellt, dass wir nichts gefunden haben, was die dreisten und unverschämten Lügen unseres jungen Strolches auch nur ansatzweise rechtfertigen könnte. Er hatte Schulden, zugegeben, aber wer nähme nicht hin und wieder die Dienste einer Bank in Anspruch? Und nun zu seiner umstrittenen Urheberschaft an dem mysteriösen Konzert. Ich bin kein Künstler, ich halte mich nur an Tatsachen. Und deshalb möchte ich eine einzige Frage stellen: Wenn Delapole im Gegensatz zu seinen Behauptungen dieses Werk nicht geschrieben hat, wer dann? Bislang hat sich niemand gemeldet, der seinen Namen auf dem Titelblatt sehen möchte, nicht einmal ein Schwindler, was schließlich zu vermuten wäre. Dass ein Fluch auf dem Konzert liegen könnte, ist nichts als dummes Geschwätz. Und aus welchem Grund sollte der Komponist (der das Konzert doch bestimmt aus dem Gedächtnis erneut zu Papier bringen könnte) in der Anonymität verharren? Selbst wenn er nie wieder zur Feder griffe, würde ihm allein schon dieses Werk Ruhm und Reichtum einbringen. Nein, Delapole ist mit Sicherheit der Komponist, und die von seinem Mörder verbreiteten Gerüchte waren nichts anderes als der verdammenswerte Versuch, ihn zu verleumden. Daher scheint es eine sogar noch größere Tragödie zu sein, dass jedes einzelne Notenblatt des Konzerts von dem Schurken vernichtet wurde, nachdem er den Komponisten erschlagen hatte.

Der römische Richter ist für mich der traurige Fall eines dem Wahn Verfallenen. Ich habe mit den Leuten gesprochen, denen gegenüber er nach seiner Ankunft in Venedig wirre und absolut unbegründete Beschuldigungen gegen Delapole erhob. Der Mann war doch seines Verstandes nicht mehr mächtig. Es kann keinen Zweifel daran geben, dass er Scacchi kannte. Mir liegen Beweise dafür vor, dass der junge Tunichtgut in Rom in seinem Haus wohnte, wo er den Verstand des alten Mannes möglicherweise so benebelte, dass der ihm nach Venedig folgte. Marcheses Ankunft drohte Scacchis Pläne zu stören, und das Ergebnis ist uns allen bekannt. Ich verfüge über ein ganzes Heer von Augenzeugen, die gesehen haben, wie er sich mit dem noch blutigen Messer in der Hand über den Toten beugte. Bedarf es da noch weiterer Beweise?

Aber für das alles muss es doch einen Grund geben, werdet Ihr einwenden, und das mit gewisser Berechtigung. Trotz unserer gewissenhaften Erforschung von Scacchis Übeltaten fehlt uns noch immer eine Erklärung für sie. Natürlich muss die Antwort bei einer Frau zu finden sein. Und es gab sie. Nachdem wir Delapole aufsuchen wollten, um mit ihm über Marcheses Vorwürfe zu sprechen, und stattdessen seine verstümmelte Leiche vorfanden, begab ich mich auf die Suche nach all jenen, die seinem Haushalt angehört hatten. Darunter gab es, wie ich hörte, in den letzten Tagen auch eine junge und schöne Frau, die Scacchi gleichfalls bekannt war. Aber sie ist spurlos verschwunden. Vielleicht liegt ihre Leiche auf dem Grund der Lagune, erstochen oder erschlagen von dem eifersüchtigen Schurken. Das werden wir nie erfahren, und ich wage die Vermutung, dass es darauf auch nicht mehr ankommt. Wir wissen um die Verbrechen und kennen die Identität des Schuldigen. Er hat seine wohlverdiente Strafe bekommen. Alles andere ist eitles Geschwätz, und dafür habe ich als Wahrer des Schutzes der Republik keine Zeit. Der Unhold ist tot, und zum ersten Mal werde ich für eine dahingeschiedene Seele nicht beten. Es war schwer zu glauben, dass dieser Haufen zermalmten Fleisches und zerfetzter Kleidung auf dem Fußboden des noblen Palazzo einmal des Laufens und Sprechens mächtig war – und derart wundervolle Musik komponiert hat. Ja, dass er überhaupt ein Mensch gewesen ist.

Nunmehr zu einer kurzen Schilderung der Festnahme des Galgenstricks. Wie schon notiert, wurde ich zu dem Engländer geschickt, um über einige Angelegenheiten mit ihm zu sprechen, und fand bei meiner Ankunft die furchtbare Tragödie vor. Nahe dem Haus, in einer kleinen Gasse am Rio, stießen meine Männer auf einen Burschen, der sich offenbar dem Schurken in den Weg gestellt hatte, als dieser fliehen wollte. Bei der anschließenden Rauferei wurde Scacchi, den der Bursche kannte, weil er ihn zuvor mehrmals in der Nachbarschaft gesehen hatte, an der Brust und im Gesicht so schwer verletzt, dass er kein einziges verständliches Wort herausbringen konnte. Doch das war auch gar nicht vonnöten. Wir konnten das Ausmaß seiner verbrecherischen Taten mit eigenen Augen sehen und hätten ihn auch ohne den Haftbefehl wegen des brutalen Mordes an seinem Onkel dingfest gemacht.

Dass es nach Lage der Dinge keines umfassenden Gerichtsverfahrens bedurfte, liegt wohl auf der Hand. Der vortreffliche Bezirksrichter Cortelazzo eilte von einer Abendgesellschaft in unsere Wachstube, um unseren Bericht anzuhören, während Scacchi mehr tot als lebendig auf einen Stuhl sank. Sein Überwältiger setzte sich neben ihn. Ein prachtvoller Bursche. Wäre er danach nicht sofort verschwunden, hätte ich ihn für eine Belohnung aus dem Fundus der Stadt vorgeschlagen. Dem Anschein nach war er ein Medicus auf dem Weg zu Krankenbesuchen, als er auf den blutüberströmten Scacchi traf, der sich sofort auf ihn stürzte und Geld von ihm verlangte. Doch zum ersten Mal machte der Strolch seine Rechnung ohne das auserkorene Opfer. Und die Profession des Mannes erwies sich als ein Glücksfall, denn ich glaube kaum, dass der Schurke ohne ärztliche Zuwendung lange genug überlebt hätte, um seiner gerechten Strafe zugeführt werden zu können. Doch wie viele Venezianer tat er auch in einer Zeit der Not seine Pflicht und begehrte keinen Lohn. Nachdem Scacchi durch das Beil hingerichtet war, drehte ich mich zu dem Mann um, konnte ihn aber nirgendwo entdecken. Ich kenne jedoch seinen Namen – Guillaume – und seine Anschrift in Cannaregio. Eines Tages, wenn die Zeiten ein wenig ruhiger sind, werde ich ihn aufsuchen, um ihm ein Wort des Dankes abzustatten. Menschen wie ihm, allesamt gute Christen, verdankt Venedig seine Größe.

Nunmehr komme ich zum Schluss. Es gibt einen Schurken weniger auf der Welt, dessen blutrünstige Taten zwei rechtschaffene und begabte Menschen das Leben gekostet haben. Die Schlange des Bösen hat ihr giftiges Haupt erhoben, traf jedoch auf unseren erbitterten Widerstand. Wenngleich zum Frohlocken kein Anlass besteht, vermag ich eine gewisse Genugtuung nicht zu verhehlen. Ein einziger Punkt allerdings erregt mein Missfallen. Wären wir besser in Kenntnis gesetzt worden, hätten wir Scacchi weit schneller fassen können. Auf den Suchplakaten – deren Verfasser mir unbekannt ist – wird er als junges Mannsbild von durchschnittlicher Größe und ansprechendem Äußeren bezeichnet. Vielleicht stammt diese Personenbeschreibung sogar von dem Strolch selbst, denn trotz seines blutüberströmten und schwer verletzten Zustandes konnte niemandem verborgen bleiben, dass Lorenzo Scacchi in Wahrheit das abgrundhässlichste Geschöpf war, das ich je zu Gesicht bekommen habe. Darüber hinaus zeigte sein Rücken Ansätze eines Buckels, wie man ihn vielleicht bei einem Krüppel oder Leprakranken findet. Ohne Guillaume, der uns seine Identität bestätigte, hätte er uns trotz unserer Anstrengungen durchaus entkommen können, fürchte ich.

Vielleicht war uns Jesus Christus in diesem Moment hold und schickte einen Lichtstrahl in Gestalt des guten Arztes, der die Maske dieses Unholds durchdrang. Künftig wünsche ich mir jedoch ein handfesteres irdisches Wissen, um den Heiland dieser Mühsal zu entheben.

64. Am Rand der Lagune

Daniel Forster ließ die polizeilichen Ermittlungen ohne großes Aufbegehren über sich ergehen. Zwei Polizisten waren tot. Von etlichen bekannten Musikinstitutionen überall auf der Welt waren auf betrügerische Weise große Geldsummen ergaunert worden. Wie Öffentlichkeit und Strafverfolgungsbehörden bekannt war, handelte es sich bei dem wahren Täter um Hugo Massiter. Aber Massiter war seit dem Abend, an dem Giulia Morelli und Biagio starben, spurlos verschwunden. Daniel blieb und räumte seine Mitschuld an einigen von Massiters Vergehen bereitwillig ein. Da sie ihm eine Beteiligung an den Morden nicht nachweisen konnte, konzentrierte sich die Staatsanwaltschaft auf den Vorwurf der Unterschlagung und erreichte vor Gericht eine Gefängnisstrafe von drei Jahren, die Daniel zu ihrer Erbitterung mit einem gleichmütigen Schulterzucken akzeptierte.

Er sah keinen Grund zum Widerspruch. Sein Verlangen nach Buße und Sühne war größer. Darüber hinaus wünschte er sich ein wenig Zeit zum Nachdenken. In der kleinen Zelle in Mestre, die er mit einem nicht unsympathischen Verbrecher aus Padua namens Toni teilte, suchte und fand er Erklärungen für die Ereignisse seines langen und gefährlichen Sommers in Venedig. Er war ein umgänglicher Strafgefangener, der seinen Zellengenossen Englisch lehrte und zu ihm eine Freundschaft knüpfte, die ihre Entlassung mit Sicherheit überdauern würde. Auch andere Gefängnisinsassen erwiesen sich als nützlich. Sie bestätigten ihm, was er bereits von Giulia Morelli wusste. Scacchi hatte bei niemandem Schulden. Mit dem von Hypotheken unbelasteten Haus und Scacchis Bankguthaben besaß Daniel Forster ein bescheidenes Vermögen. Als den Vollzugsbehören nach vier Monaten klar wurde, dass er keine Fluchtgedanken hegte, durfte er hin und wieder die Strafanstalt verlassen, um sich weiterzubilden. Sie ahnten jedoch nicht, dass er seine Studienaufgaben für Oxford wegen ganz anders gearteter Forschungen vernachlässigen würde.

Zunächst konzentrierte er sich auf Immobilien. Er verkaufte das benachbarte Speicherhaus, um über genügend Geld für die Restaurierung des Haupthauses zu verfügen. Innerhalb eines Jahres grenzte die Ca' Scacchi an drei kleine Apartments, zwei davon im Besitz von Amerikanern, zu denen eine renovierte Brücke über den Rio den Zugang gewährte. Als Daniel die Bauarbeiten und die Umgestaltung des Kellers beaufsichtigte, in dem Laura und er die Partitur gefunden hatten, fragte er sich immer wieder nach dem wahren Komponisten des Konzerts, das sich schnell einen festen Platz im Repertoire von Orchestern der ganzen Welt erobert hatte. Die unrühmlichen Begleitumstände der Uraufführung in Venedig schienen seiner Popularität nicht den geringsten Abbruch zu tun. Die Beliebtheit verwunderte Daniel nicht, besaß das Werk doch eine unbeschwerte Leichtigkeit und forderte dem Virtuosen in einigen Passagen genau die Brillanz ab, die nötig ist, den Zuhörern den Atem zu verschlagen. Aber es enthielt darüber hinaus eine Tiefe der Empfindungen, die ihn immer wieder aufs Neue erstaunte, obwohl er mittlerweile glaubte, jede einzelne Note zu kennen.

Durch die Fürsprache des wohlwollenden Gefängnisdirektors hatte Daniel unbeschränkten Zutritt zum Archivio di Stato, dem Archiv der Republik Venedig. Das Gebäude befindet sich hinter der Frarikirche, nur einen Steinwurf von der Scuola di San Rocco entfernt. Dort verbrachte er Monate und studierte Tausende von Seiten, die Stadtschreiber im Jahr 1733 voll geschrieben hatten. Wochenlang schien es eine erfolglose Suche zu sein. Doch dann, ein halbes Jahr nach seiner Verurteilung, stolperte er über das Fragment eines Berichts der Wachgarde von Dorsoduro. Den größten Teil des Dokuments hatten Feuchtigkeit und Schimmel zerstört. Nur noch ein einziger Absatz war lesbar, doch der reichte aus. In ihm war von einem »mysteriösen Konzert« die Rede und von einem damit in Verbindung stehenden Mord. Daniel las auch den Namen eines Engländers, der dem Bericht zufolge eindeutig der Urheber des Konzerts war. Außerdem entnahm er dem Schriftstück, dass nach dem Tod des Komponisten alle Abschriften aus unbekannten Gründen vernichtet worden waren. Es gab keinen eindeutigen Hinweis darauf, warum die Originalpartitur in der Ca' Scacchi versteckt worden war, doch es stand zu vermuten, dass einer von Scacchis Vorfahren das Werk drucken sollte.

Aber es blieb noch viel an Forschungsarbeit zu tun, bevor die Angaben in dem alten Dokument als gesicherte Informationen betrachtet werden konnten. Sobald Daniel wochentags das Gefängnis verlassen durfte, fuhr er mit dem Bus zur Piazzale Roma, lief dann zu Fuß zum Archiv und suchte in den endlosen Regalen nach weiteren Beweisen. Der Name Delapole tauchte etliche Male auf, doch nie im Zusammenhang mit Musik. Es gab Hinweise auf Schulden wie auch Äußerungen über den Charakter des Mannes, der ausnahmslos als kultiviert und charmant geschildert wurde. Im Lauf der Wochen sammelte Daniel alle verfügbaren Informationen über Delapole. Wenn er nachdenken wollte, lief er um die Ecke in die Scuola di San Rocco, setzte sich ins Obergeschoss vor Tintorettos Versuchung und bemühte sich, die einzelnen Bruchstücke in eine logische Ordnung zu bringen.

Nach zehn Monaten hatte er eine plausible Story beisammen, die jedoch ohne eine Schilderung des Auffindens der verloren geglaubten Partitur unvollkommen bleiben musste. Und so entstand in seinem Kopf neben dem tragischen Schicksal von Oliver Delapole eine weitere Geschichte: von Hugo Massiter, einem Betrug und einem listigen Freund namens Scacchi, der seinen Täuschungsversuch mit dem Leben bezahlen musste. Es gab etliche Lücken in seinem Manuskript, wie ihm einige interessierte Verlage vorhielten, aber Daniel beharrte darauf, dass es sich um Realität handelte, nicht um Fiktionen. Ein befriedigendes, erläuterndes Schlusskapitel würde es nicht geben. Einige Geheimnisse müssten bleiben, und Daniel Forster zweifelte daran, dass selbst Hugo Massiter, falls er jemals wieder auftauchen sollte, alle aufklären könnte.

Ein Vertrag wurde geschlossen, und das Buch erschien so schnell auf dem Markt, dass es Daniel überraschte. Das *Concerto Anonimo* erregte auch in Buchform weltweites Aufsehen. Kein Verleger wollte sich dieses Geschäft entgehen lassen, jeder erwarb Übersetzungs- und Publikationslizenzen. Als Daniel Forster zwanzig Monate nach seiner Verurteilung vorzeitig entlassen wurde, war sein Buch weltweit ein Bestseller und er selbst durchaus wohlhabend, mit einem Haus im Herzen der Stadt und einer vielversprechenden Karriere als Schriftsteller. An eine Rückkehr nach Oxford dachte er nicht einmal im Traum. Es gab Wichtigeres zu tun.

An einem Montag im September rief Toni an. Er nannte Daniel eine Adresse und machte einen Vorschlag. Seit vielen Wochen war er auf der Suche gewesen und sich nicht ganz sicher. Menschen veränderten sich. Fotos jüngeren Datums gab es nicht. Vielleicht war es ratsamer, sie sich erst einmal anzusehen, bevor er sie zu Hause aufsuchte, was möglicherweise peinlich werden konnte.

Am nächsten Tag saß Daniel in einem Vaporetto der Linie 1 und tuckerte über die Lagune auf den Lido zu. Er dachte an seine erste Fahrt vor gut zwei Jahren über diese seichten, unsicheren Gewässer, an Bord der *Sophia*, die, für eine gewisse Zeit zumindest, von einem Hund namens Xerxes gesteuert wurde. Niemand beachtete ihn. Er trug inzwischen einen dünnen Schnurrbart und die Haare ziemlich kurz geschoren. Diese äußerlichen Veränderungen bewahrten ihn davor, auf Schritt und Tritt erkannt zu werden.

Er sah die Anlegestelle auf sich zukommen und wusste nicht recht, was er eigentlich empfand. Nachdem er das Vaporetto verlassen hatte, lief er gut einen Kilometer in südlicher Richtung auf das Wohngebiet zu, in dem der Markt stattfand. Das hier war ein anderes Venedig, sehr viel normaler, mehr von dieser Welt. Auf dem Lido verkehrten Autos und Busse. Dieselgestank mischte sich mit dem Duft von Orangenblüten.

Daniel überquerte den Canale, der zum Kasino führt, und lief dann eine breite, baumbestandene Allee entlang. Jenseits der Lagune schimmerte Venedig herüber, die flache Silhouette dominiert vom Campanile auf der Piazza San Marco. Die Straße ging in einen belebten Markt über. Daniel setzte sich eine Sonnenbrille auf, ging zügig weiter und fühlte sich bald eingekeilt in der lautstarken drängelnden Menschenmenge zwischen den Ständen mit Kleidung und Gemüse, Fisch und Käse.

Wenige Minuten später hatte er sie gefunden. Laura stand vor dem Tresen eines Verkaufswagens in der Nähe des Marktendes und feilschte um einen riesigen Brocken Parmesan. Sie trug den weißen Nylonkittel und hatte wie früher die Haare im Nacken zusammengebunden. Sie schien keinen Tag älter geworden zu sein. Er erinnerte sich an ihren Geruch und daran, wie sich ihre Haut anfühlte. Gleich darauf drehte sie sich um und verließ den Markt. Er folgte ihr, aber sie bestieg bereits einen der orangefarbenen Busse, die kreuz und quer über den Lido fahren, vom kleinen Flugplatz im Norden bis nach Alberoni an der Südspitze der Insel. Daniel zog die Adresse hervor, die ihm Toni genannt hatte, und nahm den nächsten Bus Richtung Süden.

Zehn Minuten später war Daniel in Alberoni. Hier gab es Flächen mit Strandgras, Gemüsefelder, ein paar kleine Restaurants und Hotels, etliche Läden. Die umzäunten Häuser hatten orangefarbene Fensterläden und Vorgärten, in denen Rosen standen.

Daniel fragte eine junge Frau mit Kinderwagen nach der Richtung. Das Haus lag in einer Sackgasse, die zur Meerseite der Insel führte. Er lief die staubige Straße hinunter und sah den weißen Kittel wieder. Sie stand hinter einem grün gestrichenen Gartentor. Ein junger, blonder Mann in weißem T-Shirt und Jeans war bei ihr. Er besaß ein gut geschnittenes gebräuntes Gesicht. Offenbar hatte er gerade die Rosenbüsche neben dem Tor von verwelkten Blüten befreit, als sie mit ihren Einkäufen zurückkehrte. Sie sprachen kurz miteinander. Dann beugte sich der junge Mann vor, küsste sie auf die Wangen und nahm ihr die Tragetüten ab.

Verblüfft blieb Daniel stehen und starrte sie an. Als könnte er die Blicke spüren, drehte sich der Mann um. Dann auch Laura. Daniel war zu weit entfernt, um ihren Gesichtsausdruck zu erkennen. Er setzte sich wieder in Bewegung, lief auf sie zu, bis ihn nur noch sechs Schritte vom Gartentor trennten. Ihre Hand flog an ihren Mund. Der Mann sagte etwas Unverständliches, doch mit amerikanischem Akzent, wie es schien. Ein weiterer Mann erschien, gleichfalls in Jeans und T-Shirt, aber wesentlich älter und mit dicken Brillengläsern. Er blickte Daniel an und öffnete einladend das Tor. Ohne die Augen von Laura zu wenden, betrat Daniel den Garten.

»Schätze, wir sollten uns rar machen, John«, sagte der jüngere Mann und legte einen Arm um den anderen. »Laura hat Besuch.«

»Einen *Mann*?«, fragte der Ältere.

»Sieht ganz so aus. Haben Sie auch einen Namen, mein Freund?«

»Er heißt Daniel«, mischte sich Laura ein. »Wir haben uns längere Zeit nicht gesehen. Daniel, das sind John und Michael.«

»Der erste Typ, den ich hier sehe«, stellte John noch immer verblüfft fest. »Nun gut, irgendwann ist immer das erste Mal. Gehen wir nun zu der Premiere oder nicht?«

»Aber klar. Das Filmfestival«, fügte Michael erklärend hinzu. »Wir gehören sozusagen zur Branche.«

John zog Autoschlüssel aus der Jeanstasche. »Dann sollten wir die jungen Leute jetzt allein lassen. Du fährst. Ich möchte einen Schluck trinken.« Damit schlenderte er auf die Garage zu, vor der ein weißer Alfa in der Sonne glänzte.

»Sie können ruhig mit ihm ins Haus gehen, Laura«, grinste Michael. »Das geht schon in Ordnung. Ich habe nicht vor, nach unserer Rückkehr die Leuchter zu zählen.«

Sie bedachte ihn mit dem empörten Blick, den Daniel nur zu gut kannte. »Komm!«

Daniel griff sich die Einkaufstüten. Als sie die Haustür erreicht hatten, hörten sie hinter sich den Motor des Alfa aufdröhnen. Laura führte ihn in einen großen, hellen Raum mit einem Bechstein-Flügel, ließ sich in einen Sessel fallen, legte die Füße auf den Couchtisch und sah ihn an. Er entschied sich für den Klavierhocker ihr gegenüber.

»Du siehst älter aus«, sagte sie.

»Ganz im Gegensatz zu dir.«

»Unsinn. Ich vergreise.« Sie fasste sich in den Nacken, löste ihr Haar und schüttelte es, bevor sie sich mit einer Hand über den Arm fuhr und kritisch ihre Haut betrachtete. »Ist es nicht so?«

Ihm fiel auf, dass ihre Haare sehr viel länger waren. »Absolut nicht.«

Vor den Terrassenfenstern erstreckte sich ein Garten im englischen Stil mit Staudenrabatten in Pastellfarben, einer Sonnenuhr und einer Pergola, die über und über mit Rosen bedeckt war. »Wo hast du sie kennen gelernt, Laura? Es ist, als wären Scacchi und Paul auferstanden.«

»Blödsinn. John und Michael sind ganz anders. Michael ist Filmproduzent. Und John … hilft ihm. Sie haben Geld. Sie haben Geschmack. Sie sind offen und ehrlich. Aber vor allem sind sie den größten Teil des Jahres unterwegs und lassen mich hier nach eigenem Gutdünken wirtschaften.«

»Und das gefällt dir?« Er wünschte, er würde nicht so missbilligend klingen. »Allein zu sein?«

Sie blickte ihn an, aber nicht gekränkt, wie er befürchtet
hatte. »Das alles tut mir sehr Leid, Daniel. Ich habe gelesen,
dass du zu einer Gefängnisstrafe verurteilt wurdest, und das
machte mich ungeheuer wütend. Warum hast du dich nicht
besser verteidigt? Ich glaube, wir alle sind in jenem Sommer
ein bisschen durchgedreht. Ich mehr als nur ein bisschen,
aber das weißt du. Wie auch immer …« Sie verstummte und
sah in den Garten hinaus. »Ich wollte dich nicht wiedersehen«, fügte sie dann hinzu. »Ich wollte nicht, dass du mich
findest.«

»Verstehe«, sagte er leise.

»Tut mir Leid, aber ich habe ein neues Leben begonnen. Das
möchte ich mir nicht durcheinander bringen lassen.«

»Natürlich nicht.«

Ihre Nasenflügel bebten. Auch das war ihm vertraut. »Was
willst du eigentlich?«, fragte sie fast tonlos. »Du bist erfolgreich
als Autor, hast die Ca' Scacchi.«

»Ich wollte das Haus nicht, Laura. Die Hälfte gehört ohnehin dir. Wenn du willst, sogar alles.«

»Ha! Also deshalb bist du hier! Um mich zu bestechen!«

Er musste lachen und sah, dass es auch ihr schwer fiel, ernst
zu bleiben. »Überhaupt nicht. Ich bin hier, um dich wütend zu
machen. Wenn ich mich recht erinnere, hat dir das früher nicht
schlecht gefallen.«

Sie rückte ihren Sessel zurück, bis ihr Gesicht im Schatten
lag. »Mach dich nicht über mich lustig, Daniel. Ich will nichts
von Scacchis Besitz. Ich will nichts von dir. Dieses Kapitel meines Lebens ist abgeschlossen. Also bitte, lass mich in Ruhe.«

»Das werde ich«, erwiderte er. »Aber zunächst musst du mir
einen Gefallen tun.«

»Welchen?«

»Spiel mir etwas vor. Auf der Guarneri. Du musst sie haben.

Und auch die Partitur. Im Gefängnis hatte ich viel Zeit zum Nachdenken. Bitte, spiel etwas für mich.«

Ihr Gesicht kam aus dem Schatten heraus. »Hast du den Verstand verloren, Daniel? Was redest du da eigentlich? Ich bin keine Violinistin. Ich bin eine Hausangestellte.«

»Nein.« Daniel zog den alten Zeitungsausschnitt aus der Tasche und legte ihn auf den Tisch. Laura vermied jeden Blick auf den Artikel mit dem Foto des Mädchens. Jetzt, mit Lauras längeren Haaren, war die Ähnlichkeit zwischen ihr und der jungen Susanna Gianni zwar verblüffend, wenn auch nicht eindeutig. Dennoch war ihm inzwischen klar, warum Scacchi nicht wollte, dass Massiter ihn zu Hause aufsuchte. »Du gibst vor, eine Haushälterin zu sein, aber ich weiß, dass du in Wahrheit Susanna Gianni bist, auch wenn du für mich natürlich immer Laura bleiben wirst. Aber du bist die Susanna, die Massiter unbedingt besitzen wollte und vor zwölf Jahren fast getötet hätte. Die sich seither versteckt hält und nun zum Alleinsein entschlossen ist, weil sie irrtümlich annimmt, anders nicht überleben zu können. Vielleicht auch, um mich zu schützen. Du bist wie Scacchi: aus einem falschen Schutzbedürfnis heraus zu jeder Täuschung bereit. Deshalb hast du mir Amy förmlich aufgedrängt. Du wolltest sie vor Massiter bewahren. Doch das ist ein Fehler, Laura. Wir alle brauchen die Möglichkeit, uns entscheiden zu können.«

Kopfschüttelnd sah Laura ihn an. »Was redest du da für einen Unsinn, Daniel? Das Mädchen ist tot!«

Daniel erinnerte sich an den Tag, an dem er auf die Lösung des Rätsels kam. Er saß in einem Café in der Nähe der Frarikirche und dachte an die verschwundene Violine und Massiters Verlangen nach ihr. »Nein. Es ist die einzige logische Erklärung. Das vermutete auch Giulia Morelli und wollte es mir kurz vor ihrem Tod noch sagen.«

»Du phantasierst.«

Für Daniel war alles ganz klar, so unumstritten wie die Geschichte von Oliver Delapole. »Massiter tat so, als ginge es ihm um die Guarneri. Dabei interessierte er sich überhaupt nicht für Musikinstrumente. Er besaß nicht einmal eins. Für ihn zählten nur Menschen. Und er fand an Susannas angeblichem Tod immer etwas seltsam. Das hat er mir selbst gesagt.«

Sie zuckte mit keiner Wimper. Saß mit verschränkten Armen da und blickte ihn an, als wäre er übergeschnappt.

»Aus diesem Grund hat er Rizzo beauftragt, bei der Öffnung des Grabes anwesend zu sein«, fuhr er fort. »Persönlich konnte er sich auf San Michele nicht sehen lassen, weil dann manche Leute unbequeme Fragen gestellt hätten. Aber er wollte sich davon überzeugen, dass Susanna tatsächlich tot war. Er wusste weder, dass sich die Guarneri im Sarg befand, noch dass sein Handlanger sie gestohlen hatte. Aber sobald das Instrument auf dem Markt auftauchte, erkannte er seine Chance. Wenn es ihm gelang, die Violine in die Hände zu bekommen und als jene zu identifizieren, die er zehn Jahre zuvor gekauft hatte, bestand zumindest die Möglichkeit, dass du aus einer Notlage heraus zum Verkauf gezwungen warst und folglich noch lebst. Und von diesem Moment an war er wild entschlossen, dich aufzuspüren, um das wieder in Besitz zu nehmen, was er für sein rechtmäßiges Eigentum hielt.«

Laura hob die Brauen. »Ich nehme an, dein nächstes Buch ist ein Roman?«

Er überhörte den Spott. »Scacchi erkannte die Gefährlichkeit der Situation natürlich sofort. Er wusste, dass sich die Geige im Sarg befand, weil er sie selbst dort platziert hatte – auf deine dringende Bitte hin, wie ich vermute. Er stellte fest, dass der Leichnam auf Betreiben von Massiter vorzeitig exhumiert worden war. Als er das Instrument von Rizzo kaufte, ging es keineswegs um die Bezahlung von irgendwelchen Arztrechnungen oder die Abzahlung eines angeblichen Kredits, wie er uns weismachen wollte. Er wollte dich beschützen, wie er es die letzten zehn Jahre getan hatte, und dir irgendwann deine wahre Identität zurückgeben. Nach meiner Überzeugung stand das Letztere unmittelbar bevor, als Massiter ihn tötete. Auf Sant' Erasmo hast du mir erzählt, dass Scacchi kurz davor war, dir ein Geheimnis anzuvertrauen. Was hätte das anderes sein können als die Guarneri? Er kannte und liebte dich, Laura. Er wollte nicht, dass du für immer mit einer falschen Identität lebst.«

Sie bedachte ihn mit einem vernichtenden Blick. »Das ist hanebüchener Blödsinn, Daniel. Hast du im Gefängnis den Verstand verloren?«

»Im Gegenteil. Ich habe ihn wiedergefunden. Ohne Rizzo hätte Scacchis Trick durchaus funktioniert. Aber Massiter kam hinter Rizzos Betrug und holte kurz vor seinem Tod vermutlich die ganze Wahrheit aus ihm heraus. Da wusste Massiter, dass Scacchi die Violine besaß, aber nicht verkaufen wollte. Warum sollte ein Mann wie Scacchi so etwas tun? Auf diese Frage gab es nur eine logische Erklärung: Er wusste, dass Susanna lebt. Um die Wahrheit aus ihnen herauszupressen, hat Massiter Scacchi und Paul aufgesucht. Deshalb sind sie gestorben. Um dich zu beschützen.«

»Mit diesen Phantasien erweist du ihrem Andenken einen schlechten Dienst«, antwortete sie tonlos. »Und noch eins: Wer lag eigentlich in dem Sarg, wenn ich diese Susanna bin?«

Daniel lächelte. Damit hatte sie seinen wunden Punkt getroffen. »Das weiß ich nicht. In der letzten Woche habe ich Piero gefragt …«

»Piero?«, fuhr sie ihm empört ins Wort. »Warum behelligst du diesen armen Tor mit deinen Hirngespinsten?«

»Ich wollte von ihm unter anderem wissen, ob er zufälligerweise ein paar Gegenstände von Scacchi in Verwahrung hat. Daraufhin fuhr er fast aus der Haut und tat so, als wäre er ungeheuer wütend auf mich. Genau wie du jetzt.«

»Piero ist doch nicht ganz richtig im Kopf!«

»Keineswegs. So stellst du es nur gern hin. Er ist ein guter, verlässlicher Freund, war es von Anfang an. Meiner festen

Überzeugung nach – und du kannst mich korrigieren, wenn du magst – hat er dich noch in der Nacht, in der Massiter über dich herfiel, zu Scacchi gebracht. Vielleicht hat er dich gefunden. Vielleicht hast du dich an ihn gewandt. Ich weiß es nicht. Scacchi kannte Massiter und wusste, dass er nie aufhören würde, dir nachzustellen. Darüber hinaus glaube ich …«

Er verstummte, wollte ihr nicht unnötig wehtun.

»Deine Geschichte wird ja immer absurder«, sagte sie. »Aber rede ruhig weiter.«

»Ein Jahr später ist deine Mutter gestorben. Es widerstrebt mir, dich daran zu erinnern.«

Mit großen Augen sah sie ihn an. Ein bisschen ängstlich, wie er fand. »Was weißt du von meiner Mutter?«

»Ich glaube, sie wollte, dass du dich Massiters Wünschen fügst. Ihr seid arm gewesen. Vielleicht betrachtete sie es als deine große Chance. Deine Gefühle waren nebensächlich. Dass Massiter dich abstieß, dass er gewalttätig war und dich zu einem seiner Besitztümer machen wollte, zählten für sie nicht. Amy wollte er sich auch über ihre Eltern gefügig machen. Der gleiche Trick.«

»Märchen! Absurde Theorien! Du gehst mit der Vergangenheit um, als wäre sie etwas aus deinem Buch. Aber vergiss eins nicht: In dem Sarg lag ein totes Mädchen.«

»Richtig. Höchstwahrscheinlich sorgte Piero für die Leiche. Schließlich arbeitete er im Leichenschauhaus. Ich habe die Zeitungen sorgfältig studiert. An demselben Wochenende kenterte vor dem Lido ein Boot mit Flüchtlingen aus Bosnien. Zwei Menschen ertranken, ein halbwüchsiges Mädchen und ein kleiner Junge. Wenn er wollte, konnte Scacchi Menschen genauso umgarnen wie Massiter. Wahrscheinlich war es für ihn ein Leichtes, den Papierkram so frisieren zu lassen, dass die Leiche in den Rio gelangte anstatt ins Leichenschauhaus. Um sie dann als Susanna Gianni zu identifizieren.«

»Ha! Und du glaubst allen Ernstes, davon hätte sich die Polizei täuschen lassen?«

»Natürlich nicht lange. Aber da wirkte sich Massiters Verhalten zu deinen Gunsten aus. Als er befürchten musste, dass seine Attacke auf dich auffliegen könnte, ließ er alle seine Beziehungen spielen, um jeden Verdacht von sich abzulenken, und beschuldigte schließlich sogar den armen Dirigenten, um die Ermittlungen zu einem Ende zu bringen. Es kann nicht in seinem Interesse gelegen haben, dass sich jemand die Tote allzu genau anschaute. Dabei wären möglicherweise Dinge entdeckt worden, die zu ihm führten.«

Laura schwieg. Daniel hatte einen ganz trockenen Mund. Er hatte seine Theorie so offen und umfassend wie möglich begründet. Aber wenn Laura weiterhin alles rundheraus abstritt, konnte er kaum noch etwas tun.

»Ich habe keine Ahnung, ob du seine Geliebte warst wie Amy«, sagte er vorsichtig. »Aber ich bin davon überzeugt, dass er dich an diesem Abend nicht nur geschlagen hat. Es muss etwas so Furchtbares vorgefallen sein, dass du dir wünschtest, künftig ein ganz anderer Mensch zu sein, dich von deiner bisherigen Existenz loszusagen – bis hin zu deinem Wunsch, Scacchi möge deine Violine dem toten Mädchen in den Sarg legen.«

Schweigend wandte sie ihr Gesicht ab und blickte in den Garten hinaus.

»Du musst dir klar machen, dass Scacchi in diesem letzten Punkt andere Vorstellungen hatte«, fuhr Daniel fort. »Als er die Guarneri kaufte, wollte er dich nicht nur vor Massiter beschützen, sondern es ging ihm auch darum, dass du irgendwann zu deiner wahren Identität zurückfindest. Ich glaube …«

Aber er bemerkte, dass sie sich nur noch weiter in sich selbst zurückzog.

»Ich war in dieser unterirdischen Schatzhöhle, mein Liebling«, fuhr er entschlossen fort. »Ich habe seine Gemälde und andere Kostbarkeiten gesehen. Ich habe das Bett in der Ecke betrachtet …«

»Hör auf!« Laura verbarg das Gesicht in den Händen. Daniel stand auf, kniete sich vor sie und berührte sanft ihre Finger.

»Tut mir Leid«, sagte er leise. »Ich will dich nicht quälen. Aber ich möchte dir sagen, dass ich auch in Massiters Gedankenwelt geblickt habe. Ich weiß, was sich darin verbirgt.«

Laura ließ die Hände sinken. Sie schien gealtert, eine andere Person zu sein, die Dinge erlebt hatte, die ihm erspart geblieben waren. Daniel fühlte sich schuldig, ihr diesen Schmerz zuzufügen. »Du weißt gar nichts. Du hast nicht die leiseste Vorstellung davon, wie es ist, von diesem Mann überwältigt zu werden und keine Fluchtmöglichkeit zu sehen.«

»Oh, eine gewisse Vorstellung habe ich schon«, entgegnete er. »Ich habe in Amys Gesicht gesehen.«

»Und sie hat sich von ihm befreit«, sagte sie fast erstaunt. Sie hob eine Hand, fuhr ihm sanft über das Haar.

»Vielleicht. Soweit das überhaupt möglich ist. Ich frage mich, ob sich jemand von uns vollständig von ihm befreien kann. Dir hat er immerhin einen so dauerhaften Schaden zugefügt, dass du ein ganz anderer Mensch wurdest und dich vor der Welt in die Ca' Scacchi zurückgezogen hast.«

Sie musterte ihn kühl. »Habe ich das? Was willst du eigentlich von mir, Daniel? Eine Beichte?«

Er schwieg und kam sich ein bisschen töricht vor.

»Selbst wenn das alles stimmen sollte, was geht es dich an?«

»Du weißt genau, warum es mich etwas angeht.«

»Nein. Davon will ich nichts hören. Das ist Vergangenheit, und in die kann man nicht zurückkehren. Du bist ein sehr schlauer Kopf, Daniel. Warum konnte sich Scacchi nicht einen Einfaltspinsel aussuchen?«

»Wir können das Geschehene nicht leugnen, Laura. Nicht ungeschehen machen.«

»Du meinst also wirklich, dass Piero und ich uns auf ewig an eine Nacht erinnern müssen, in der er eine nackte und halb tote Halbwüchsige fand und ihr das Leben rettete? Und sobald ich einen gebrechlichen, alten Mann sehe, sollte ich an Scacchi denken, wie er da in seinem Sessel hing und wirres Zeug über die Geige, Massiter und dich von sich gab, während Paul bereits tot war und du gerade in meinem Bett lagst?«

Er wollte etwas sagen, fand aber keine Worte, obwohl sich sein Kopf anfühlte, als müsste er explodieren.

»Deine Frisur gefällt mir überhaupt nicht«, sagte sie. »Deine Haare sind zu kurz, zu stachelig. Gibt es eine Frau, die gern über so was streicht? Und den Schnurrbart solltest du dir auch abrasieren. In mancher Hinsicht hast du einen ungewöhnlich schlechten Geschmack.«

»Vielen Dank«, lächelte er.

»Wann hast du dir diese Idee in den Kopf gesetzt, Daniel?«

Daran erinnerte er sich so genau wie an den Augenblick, an dem er erstmals auf Massiters wahre Motive für den Kauf der Guarneri kam. Es war eines Abends in seiner Zelle, als ihn die Erinnerung an sie nicht einschlafen ließ. »Ich dachte an den Tag, als wir mit Massiter diesen Ausflug nach Torcello unternahmen. Als wir ablegten, sah ich noch einmal zu dem kleinen Park zurück. Du hattest Jeans und ein rotes T-Shirt an und konntest den Blick kaum vom Boot losreißen. Damals nahm ich an, es ginge um mich …«

»Männer!«, fauchte sie abfällig. »Sie glauben immer, alles drehe sich nur um sie.«

»Mag sein. Aber es ging dir natürlich um Massiter. Du wolltest ihn aus sicherer Entfernung betrachten, um dich davon zu überzeugen, dass er noch immer die bösartige Gewalttätigkeit ausstrahlt, die du in Erinnerung hattest.«

»Am liebsten wäre ich an Bord gestürmt und hätte ihm die Augen ausgekratzt. Es gefiel mir nicht, dich in seiner Nähe zu sehen. Aber ich hatte Angst. Ich habe Angst.«

»Und ich dachte, du wolltest an diesem Tag deine *Mutter* besuchen.«

»Hm«, machte sie nur.

»Wenn ich mich im Gefängnis langweilte, habe ich mich in dein Leben hineingeträumt, Laura. Ich versuchte mir vorzustellen, was du gerade machst. Und was du in jenem Sommer getan hast, wenn wir nicht zusammen waren. Zum Beispiel diese Fahrten nach Mestre …«

»Ich gestehe, ich hatte einen Geliebten«, sagte sie schnell. »Er war ein Lastwagenfahrer mit Schwielen an den Händen und Mundgeruch. Es hatte ausschließlich sexuelle Gründe.«

»Blödsinn! Ich habe alles sehr genau vor mir gesehen. In der Ca' Scacchi hättest du nie gespielt, um den alten Mann nicht zu beunruhigen. Also bist du zu kleinen Konzerten nach Mestre gefahren. Mit einem Streichquartett vielleicht. Du hast dir eine billige Geige geliehen und musstest weit unter deinen Fähigkeiten bleiben. Aber du konntest spielen, und allein das war wichtig.«

Sie machte schmale Augen. »Deine Imaginationsgabe gefällt mir nicht, Daniel. Sie ist geradezu unheimlich.«

»Ich bitte um Entschuldigung.«

»Und du entschuldigst dich zu eilfertig und zu gut! Es gab tatsächlich einen Geliebten. Ich bin keine züchtige Jungfrau.«

Zärtlich strich Daniel über ihre Wange. »Jetzt hast du einen Geliebten.«

»Ach, Daniel …« Abrupt wandte sie sich ab und sah zum Fenster hinaus.

»Bitte spiele für mich, Laura. Ich habe lange genug darauf warten müssen.«

Sie beugte sich vor, küsste ihn auf die Wange, fuhr ihm schnell durch das kurz geschnittene Haar und verließ den Raum. Nach zehn Minuten, die Daniel vorkamen wie eine Ewigkeit, kam sie wieder. Der weiße Kittel war verschwunden. Stattdessen trug sie eine rote Baumwollbluse zu cremefarbenen Hosen. Um ihren Hals glitzerte eine silberne Kette. Ihre langen Haare fielen ihr auf die Schultern wie dem Mädchen auf dem Zeitungsfoto. In ihrer Hand hielt sie die braune Guarneri, die er vor langer Zeit in einem Lagerhaus des Arsenale berührt hatte.

Sprachlos starrte er sie an. Es kam ihm vor, als wäre sie ein völlig anderer Mensch. Als wäre Susanna Gianni irgendwo aus ihrem Inneren hervorgebrochen.

»Ich trage nicht immer Dienstkleidung«, klärte sie ihn auf. »Ich bin keine Nonne. Mach den Mund wieder zu, Daniel. So siehst du ausgesprochen unattraktiv aus.«

»Ich bin …«

»Nein! Setz dich einfach hin und hör zu. Bitte!«

Laura stellte sich neben den Flügel, hob die Geige unter das Kinn und senkte den Bogen auf die Saiten. Sie wählte die schwierigste Passage aus, das virtuose Finale. Daniel Forster schloss die Augen und hörte ihr zu, ließ den vollen, jubilierenden Klang der Guarneri in den letzten Winkel seines Bewusstseins dringen.

Schon Amy hatte dieses Finale bravourös bewältigt, aber verglichen mit Laura war sie ein Kind. Durch ihr Spiel gewannen die Klänge eine ganz neue Intensität, eine reife, vergeistigte Schönheit. Laura hatte an jeder Kadenz, jeder Harmonie gefeilt, bis es nichts mehr zu verbessern gab. Es war auf eine nahezu übernatürliche Art vollkommen.

»Warum schaust du so überrascht?«, fragte Laura, nachdem sie geendet hatte. »Hier kann ich üben, Daniel. Ich muss nicht nach Mestre fahren, um mich dort zu verstecken, wenn ich Lust zum Spielen habe. Wie würde ich sonst die Monate der Einsamkeit ertragen, in denen die Hausherren unterwegs sind?«

Daniel stand auf, sah sie fragend an und nahm die Guarneri in die Hand. Sie war ein sonderbares, durch ihre Größe fast grobes Instrument. Aber ihr Klang … Daniel gab Laura die Violine zurück und erinnerte sich an den Tag im Arsenale. Rizzo hatte so etwas wie Furcht vor der Geige empfunden. Ihm ging es ähnlich.

»Habe ich gut gespielt?«, fragte sie.

»Wundervoll. Meisterhaft.«

»Vielen Dank! Du glaubst also, dass ein Engländer diese herrliche Musik komponiert hat?«

Leicht pikiert sah Daniel sie an. »Darauf weist zumindest alles hin. Warum fragst du? Sind Briten deiner Ansicht nach zu so etwas nicht fähig?«

»Sei nicht so empfindlich«, lachte Laura. »Aber irgendwie überzeugt mich das nicht. Ich habe den Verdacht, dass das Konzert von einer Frau komponiert wurde.«

»Du meinst *für* eine Frau?«

»Nein. *Von* einer. Dieses Gefühl drängt sich mir beim Spielen auf. Aber du bist der Historiker. Du solltest wissen, ob es eine realistische Vorstellung ist.«

»Nun, das wäre auf jeden Fall … ungewöhnlich.«

Sie zuckte mit den Schultern. »Ich weiß nicht. Manchmal träume ich zu exzessiv. Du auch?«

»Nur von dir. Ich würde dich gern in der Ca' Scacchi spielen hören, Laura.«

Sie senkte den Kopf. »Das kann ich nicht. Du weißt genau, warum.«

»Ich habe nicht die leiseste Ahnung. Da gibt es ein Haus, das wir beide lieben und das ohne dich trostlos und leer ist. Wie mein ganzes Leben. Das wusste ich vermutlich schon auf Pieros Boot, war aber zu dumm, es zu erkennen.«

Ihr Gesicht schmiegte sich an seinen Hals. Er spürte, wie sich ihre Arme um seine Taille schlangen, dann fühlte er ihre Tränen auf seiner Haut.

»Die Menschen sind für den Himmel geboren, hat Scacchi einmal gesagt, Daniel«, flüsterte sie ihm ins Ohr. »Bisher wollte ich es mir nicht eingestehen, aber seit unserer ersten Begegnung habe ich das Gefühl, für dich geboren zu sein. Ich weiß auch nicht, warum. Es erschreckt mich, wie wenig ich mich in diesen Gefühlen auskenne.«

»Dann geht es uns ähnlich ...«

»Nein! Es kann nicht sein. Du scheinst nicht zu wissen, was dieser Mann ist. Ein Teufel. Er lebt. Er wartet ab. Eines Tages wird er zustoßen. Er wird uns vernichten, weil er glaubt, wir hätten ihm das Recht dazu gegeben.«

»Massiter ist fort«, entgegnete Daniel überzeugt. »Niemand weiß, wo er sich aufhält.«

»Er beobachtet uns, Daniel. Vor allem dich mit deinem Reichtum, deinem Buch und deinem Erfolg. Hast du darüber schon einmal nachgedacht? Du hast von Massiter mehr profitiert als jedermann sonst.«

Daniels sorgfältig ausgearbeitete Theorien gerieten ins Wanken. »Aus welchem Grund sollte er denn zurückkommen? Um sich zu rächen?«

»Nein! Begreifst du es denn wirklich nicht? Um uns zu beherrschen, Daniel. Mit Haut und Haaren. Selbst unsere Seelen.«

Vor den Fenstern, über dem fernen Horizont des Adriatischen Meeres war der Himmel absolut wolkenlos.

»Du hättest ihn töten können«, fuhr sie mit leichtem Vorwurf in der Stimme fort. »Das habe ich in deinem Buch gelesen. Warum hast du dich anders entschieden?«

Diese Frage hatte er sich selbst hin und wieder gestellt, aber stets sehr schnell eine Antwort gefunden. »Weil ich dadurch genauso geworden wäre wie er. Und ich hätte dich für immer verloren.«

Es schien sie nicht zu beeindrucken. »Dieser Satan wird uns keine Ruhe lassen. Er kann gar nicht anders.«

»Na und? Er kann keine Macht über uns ausüben, wenn wir sie ihm nicht einräumen. Wenn wir einander umfassend und ausschließlich lieben, was bleibt dann für ihn übrig? Welchen Platz in unserem Leben könnte er dann noch einnehmen?«

Laura löste ihre Hände von seiner Taille und wandte den

Blick ab. »Dennoch wird er kommen«, sagte sie leise. »Irgendwann.«

»Möglich«, räumte er ein. »Aber wenn ich dich hier zurücklassen muss, ist mir das völlig egal.«

In ihren Augen blitzte es auf. »Glaubst du etwa, mich mit Erpressung überzeugen zu können, Daniel? Bist du deshalb hergekommen?«

»Ich hatte es gehofft.«

»Pah!«

Sie drehte sich um und verließ den Raum. Daniel trat ans Fenster und bewunderte die Aussicht. Eine Formation Wildenten flog in Richtung Sant' Erasmo – mit dem Risiko, in den Fängen eines gewissen schwarzen Hundes zu landen. Es gab üblere Orte als Alberoni. Immerhin lag es an der Lagune.

Er hörte Laura hinter sich hüsteln. Sie hielt zwei Gläser mit einer blutroten Flüssigkeit in den Händen. Lächelnd streckte er den Arm aus.

»Warte!«

In der Ecke des Zimmers schlug eine Uhr sechsmal. Als sie verklungen war, reichte sie ihm ein Glas.

»Spritz!«, lächelte Laura. »Zeitplanung ist wichtig, Daniel Forster. Ich mag es, wenn die Tage in einer gewissen Ordnung ablaufen. Eigentlich solltest du das wissen.«

»Spritz!«, wiederholte er und hob sein Glas. »Offen gestanden habe ich das vermutet.«

»Gut. Gibt es irgendetwas, was ich über dich wissen sollte?«

»Nur, dass ich nie aufhören werde, dich zu lieben. Ganz gleich, was auch geschieht. Und dass ich dich nie aufgeben werde, weil ich damit mich selbst aufgeben würde.«

Nachdenklich neigte sie den Kopf zur Seite.

»Was ist?«

»Ich musste daran denken… als du mich das letzte Mal geküsst hast, hast du nach Aal gerochen.«

Überrascht stellte Daniel fest, dass er das fast vergessen hatte.

»Nein. Das war unser erster Kuss. Der letzte kam ein paar Stunden später.«

Laura sah sich im Zimmer um, als wollte sie sich davon verabschieden. Sie schien ihren inneren Frieden gefunden zu haben. In diesem Moment war er fast überzeugt, dass ihre Versöhnung alle schmerzlichen Ereignisse der Vergangenheit rechtfertigte.

Sie wandte sich ihm wieder zu, umarmte ihn und legte ihren Kopf auf seine Schulter. Ihre Körper fügten sich aneinander wie Teile eines Puzzles.

»Ich habe Angst«, sagte sie.

»Wovor?«

»Vor uns. Vor meinen Gefühlen, wenn wir zusammen sind. Und davor, was die Zukunft bringt.«

Schweigend blickte Daniel auf das flache Marschland und den leeren Horizont hinaus. Eine einsame Gestalt lief langsam den Kieselstrand hinter den Dünen entlang und verschwand hinter hohen Büscheln Strandhafer. Es würde immer schattenhafte Gestalten geben, Schemen. Laura sah sie auch.

Sie hielten einander ganz fest.

Es klingelte an der Haustür und sie zuckte in seinen Armen zusammen.

Daniel lief zur Tür. Davor stand ein kaum neunjähriger Junge und bot ihm frisch gepflückte Äpfel und Birnen an. Daniel kaufte ein paar Äpfel. Fast entsetzt machte das Kind kehrt und rannte zum Gartentor. Als Daniel sich umdrehte, stand Laura mit einem Küchenmesser in der Hand in der Diele. Er ging auf sie zu, nahm ihr das Messer ab und sagte: »Komm mit, Laura. Bitte.«

»Sofort«, sagte sie nervös, nahm schnell ihre Silberkette ab, band sich die Haare im Nacken zusammen und suchte in ihrer Tasche nach der Sonnenbrille. Stumm sah er zu und fragte sich, ob sie auch noch den weißen Hauskittel holen würde.

»Nein«, sagte er und hielt ihre Hände fest. Sanft griff er in ihr kastanienbraunes Haar und strich es nach vorn, bis es ihr wieder auf die Schultern fiel.

Daniel überschritt die Schwelle der Villa und atmete die warme Abendluft tief ein. Langsam und schweigend liefen sie Arm in Arm zur kleinen, modernen Promenade, vorbei an den Restaurants, an den kleinen Hotels, und setzten sich ans Wasser.

Das Gold des Himmels spiegelte sich in der Lagune. Es war ein wundervoller Abend. Über ihren Köpfen schossen Schwalben hin und her. Familien spielten am schmalen Strand. Paare liefen Hand in Hand über das Betonpflaster der Promenade. Aus der Ferne schimmerte Venedig zu ihnen herüber.

Laura schob sich näher an ihn heran. Er spürte ihre warmen Lippen auf seiner Haut.

»Wer sind wir?«, fragte sie.

»Die Seligen«, erwiderte Daniel und wusste in diesem Moment, dass nichts, nicht einmal Hugo Masssiter, sie wieder voneinander trennen konnte.

65. EINE ZUFÄLLIGE BEGEGNUNG

(Aus dem Tagebuch von Jean-Jacques Rousseau, April 1743)

Endlich wird mir gebührende Würdigung zuteil. Ich begebe mich nunmehr in einer Stellung von einigem Rang, als Sekretär des französischen Botschafters, in diesen Sündenpfuhl Venedig. Gegen den Posten lässt sich nichts einwenden, wohl aber gegen den Ort. Ich habe die Stadt in meinen anderen Journalen kaum erwähnt, obwohl ich vor rund einem Jahrzehnt einige Zeit dort verbracht habe. Es gibt dort Sehenswürdigkeiten in Mengen, wie auch eine kleine Gemeinde von Künstlern. Doch obwohl mir ein Gedächtnis zu Eigen ist, das nur selten ein Gesicht oder eine Begebenheit aus zurückliegenden Jahren vergisst, muss ich gestehen, dass mir von meinem Intermezzo in der Serenissima nichts von Bedeutung in der Erinnerung blieb. Mit Ausnahme des Gestanks der Kanäle, den selbst ein Idiot kaum vergessen könnte.

Doch mitunter haben die Wechselfälle des Schicksals die Eigenschaft, diese Versäumnisse wettzumachen. Ich brach von Genf aus, wo ich die wenigen mir noch verbliebenen Verwandten besuchte, nach Venedig auf. Dringende Geschäfte machten es erforderlich, zunächst den sauertöpfischen Bürgern von Zürich eine ermüdende dreitägige Visite abzustatten. Dann bestieg ich die Kutsche nach Chur, um hinter Lugano und Como die Alpen mit Ziel Mailand zu überqueren. Ein Übergang, der so uralt ist, dass mich dünkt, mit jeder Meile Cäsar und seinen Legionen zu folgen.

Es ist eine lange und mühselige Reise, die ich aus Gründen der Bequemlichkeit so oft wie nur möglich unterbreche. Sonst hocke ich Tag und Nacht auf der harten Bank einer zugigen, kalten Equipage und bin dem Husten und Niesen meiner Reisegefährten ausgesetzt. Chur eignet sich für eine kleine Atempause ebenso gut wie jeder andere Ort. Es ist ein kurioser Flecken im tief eingeschnittenen Tal des Rheins. Die Bewohner des Kantons, den wir Grisons und sie Graubünden nennen, behaupten, Nachfahren der Etrusker zu sein, und bedienen sich einer fremdartigen Sprache, des Rätoromanischen. Es gibt eine Hand voll ansehnlicher Gebäude, etliche annehmbare Hotels und Restaurants sowie eine alte Kathedrale mit einem dieser gotischen Altäre, die einen ganz wirr im Kopf machen, wenn man sie zu lange betrachtet.

Ausgestattet mit ein wenig Geld und voller Verlangen nach einem ordentlichen Mahl und einem weichen Bett bezog ich Quartier im *Drei Könige*, einer komfortablen Herberge nahe der Kutschenstation. Dort nahm ich einen vorzüglichen Wildschweinbraten mit Rotkohl, Kartoffeln und Bier zu mir, bevor mich die unverhofften Klänge eines kleinen Ensembles in den Salon lockten. Ich setzte mich zu den etwa sechs anderen Reisenden und gab mich meinen Gedanken hin. Die Musik wurde kundig dargebracht, war im Inhalt allerdings genau von der allzu gefälligen, geistlosen Art, wie man es von Spielleuten in einem Hotel erwarten muss. Die Musikanten jedoch fesselten meine Aufmerksamkeit. Die Geigerin, eine Frau von betörender Schönheit, mit wehenden dunklen Haaren und einem scharlachroten Kleid, strich mit einer Gewandtheit über ihre ungewöhnlich große Fiedel, als wäre sie mit dem Instrument unter dem Kinn geboren, während ihr einige Jahre jüngerer Gefährte, ein verstohlen wirkender Mann, mehr schlecht als recht auf dem Cembalo spielte. Ein dunkelhaariges Kind von nicht mehr als neun Jahren stand mit ernster Miene neben seiner Mutter und entlockte seiner kleineren Violine überraschend wohlklingende Töne.

Ich erkannte das Pärchen auf Anhieb. Unsere Bekanntschaft

– ausgerechnet in Venedig – war nur flüchtig gewesen, und zumindest einen der beiden hielt ich für tot, und das nach der Verübung einiger scheußlicher Verbrechen. Dieses Paar nun mit seinem Sprössling vor mir stehen zu sehen war ebenso verwunderlich wie erschreckend, was durch die Art noch verstärkt wurde, mit der beide Erwachsene meine forschenden Blicke erwiderten. Sie musizierten eine weitere Viertelstunde, um uns dann nach unserem Applaus den Rücken zuzukehren und ihre Instrumente einzupacken. Durch dieses rüde Verhalten ermutigt, beschloss ich, ihr Spiel zu durchkreuzen, und schritt auf das kleine Podium zu, um mit diesen *Fremden* eine Konversation zu beginnen.

Der Mann beäugte meine ausgestreckte Hand, als wäre sie aussätzig. »Ich spreche Eurem kleinen Ensemble meine Glückwünsche aus, mein Herr«, sagte ich mit einem Lächeln. »Ein derartiges musikalisches Können hätte ich in der Provinz niemals erwartet. Ihr solltet Euch in die Zivilisation begeben, um den verdienten Lohn für Eure Talente zu ernten.«

Der Bursche bedachte mich mit einem so finsteren Blick, dass mein Herz einen Schlag aussetzte. Die genauen Umstände unserer Bekanntschaft waren mir entfallen, auch wenn ich mich zu erinnern glaubte, dass die Frau bereits damals Musikerin war. Ich wusste auch, dass später Gerüchte über seinen Charakter laut wurden, obwohl ich ihn bei unserer ersten Begegnung für einen durchaus noblen, wenn auch eine Spur wichtigtuerischen jungen Mann hielt. Es wäre töricht gewesen, das Gemunkel über sein Naturell nur deshalb abzutun, weil sich die Hälfte der Mitteilungen über sein Schicksal als unzutreffend erwiesen hatte.

»Musik ist Musik, ganz gleich, wo sie gespielt wird«, erwiderte er. »Um ihren Wert zu beweisen, bedarf es keines Gütesiegels durch städtische Kultiviertheit.«

»Gewiss, lieber Freund. Aber was ist ein Diamant wert, der in der Erde liegt? Nichts. Erst zutage gefördert, vom Juwelier geschliffen und von einer Dame getragen, wird er zur größten Kostbarkeit auf der Welt!«

Bei dieser Metapher wurden seine Augen ganz glasig. Zweifellos ein Symptom für Furcht, denn wir wussten alle, welche Scharade dies war.

Die Dame legte ihr Instrument in seinen Kasten. »Wir sind nur einfache Leute vom Lande, mein Herr«, sagte sie mit einem gezwungenen Lächeln. »Die damit zufrieden sind, sich durch Musizieren ihr Essen und und ein Bett für die Nacht zu verdienen. Im Tumult der Stadt würden wir untergehen und unsere Darbietungen als das entlarvt werden, was sie sind: die Bemühungen von Laien.«

Sie stellte ihr Licht gehörig unter den Scheffel. »Keineswegs!«, protestierte ich. »Ich habe sehr aufmerksam zugehört, Madame. Ihr spielt wie ein Engel. Und überraschend dazu, denn diese Melodien waren mir unbekannt, und ich musste mir auf meiner Reise in den Herbergen viele Musiker anhören.«

Ihre Miene erstrahlte. Berechtigterweise, denn es war ehrlich gemeint. »Danke, mein Herr. Es ist meine Gewohnheit, zum Zeitvertreib hin und wieder ein kleines Stück zu komponieren.«

»Tanzweisen«, mischte sich der Mann ein. »Nichts, was außerhalb der Herbergen einen Saal füllen könnte.«

»Und nicht alle Stücke sind von mir«, fügte die Frau hinzu. »Mein Bruder hat vor kurzem eine Position als Arzt am russischen Zarenhof gefunden und schickt uns gelegentlich die Noten von Melodien, die in St. Petersburg sehr beliebt sind.«

Sie lächelte, offensichtlich stolz auf die Errungenschaften ihres Bruders, doch dann beendete der Mann diese erfreuliche Wendung des Gesprächs mit der säuerlichen Bemerkung: »Wir kennen unser Metier, Monsieur. Wir verdienen unser Brot als fahrende Musikanten.«

Diese falsche Bescheidenheit! »Schätzt den menschlichen

Willen nicht zu gering ein, mein Freund«, entgegnete ich. »Händel war der Sohn eines Wundarztes und obendrein Student der Rechte. Wenn es ihm gelang, diese zweifache Bürde abzuschütteln, solltet Ihr es da nicht schaffen, die Schenken hinter Euch zu lassen und ein Publikum zu finden, das Euer Können besser zu schätzen weiß?«

Sie sahen einander an, und meiner scharfen Beobachtungsgabe entging nicht, dass dies ein unbehagliches Thema zu sein schien. Um den peinlichen Moment nicht unnötig zu verlängern, streckte ich die Hand aus, fuhr dem Jungen durch die schwarzen Locken und erntete einen mürrischen Blick für meine Freundlichkeit.

»Und du, mein Junge? Auf welchen Namen hörst du?«

»Antonio«, antwortete er griesgrämig.

»Nun, Antonio, lass dir von mir etwas sagen. Deine Eltern sind gute, aufrechte Menschen, die dich in allem unterweisen werden, was du in der Welt brauchst. Aber vergiss nie, dass jeder von uns ein Individuum ist und seine eigenen Entscheidungen treffen muss. Da du mit deinen jungen Jahren bereits so vorzüglich Geige spielst, bin ich mir sicher, dass du im Alter von zwanzig einem großen Orchester angehörst.«

Er blickte seinen Vater an. Das Trio strahlte eine selbstgewählte Genügsamkeit aus, die ich mir nicht erklären konnte. »Es ist lediglich mein Wunsch, so gut zu spielen wie meine Mutter, mein Herr. Und mir, wenn ich älter bin, das Recht zu erwerben, ihre Violine zu besitzen.«

»Und danach?«

»Nun …« Er musterte mich, als wäre ich ein kompletter Narr. »Ich werde meinen Sohn zum Violinspiel anhalten wie der dann seinen Sohn. Bis wir den besten Geiger hervorgebracht haben, den es jemals auf der Welt gegeben hat. Und auch er wird noch immer auf Mamas Instrument spielen. Auf diese Weise geben wir, obwohl wir alle längst zu Staub geworden sind, etwas von uns an die nächste Generation weiter, und mehr

Unsterblichkeit darf sich kein Mensch erhoffen, sagt mein Vater.«

Der bedauernswerte Junge, dachte ich. So ernst und erwachsen für sein Alter. Er war ein ansehnlicher Bursche, hatte das Äußere seiner Mutter geerbt, nicht das seines Vaters, und ein gutes Aussehen kann einem Mann nur zustatten kommen. Dennoch dünkte mich, dass diese Leute sich durch eigenes Zutun einen Kerker geschaffen hatten und bei jedem ihrer Schritte gegen die Gitterstäbe stießen.

»Du wirst deinen Sohn selbst unterrichten?«, begehrte ich zu wissen.

»Gewiss, mein Herr. Wie meine Mutter mich. Ich werde ihm alles beibringen.«

Es war an der Zeit, eine listige Frage zu stellen. »Und was wirst du ihn über Gott lehren?«

Alle drei starrten mich an, und ich fragte mich, ob ich nicht übers Ziel hinausgeschossen war. Wenn ich korrekt unterrichtet war, hatte der Vater bereits Blut an den Händen. Kam es da auf ein paar Flecken mehr noch an?

Unschlüssig sah der Junge seine Eltern an. Die Mutter nickte ihm zu. »Antworte dem Herrn. Wie dir ums Herz ist.«

Er streckte sich und holte tief Luft. »Wir … ich glaube, dass Gott auf meine Lobhudelei verzichten kann, Herr. Er weiß, wo er mich in seiner Stunde der Not finden kann.«

Er sagte das wie auswendig gelernt. Ich strich ihm wieder über den Kopf und gab ihm eine Münze, die er nach einem kurzen Blick auf seine Eltern hastig einsteckte.

»Ihr habt mich heute Abend auf das angenehmste unterhalten«, erklärte ich lächelnd. »Ich befinde mich auf dem Weg nach Venedig. Darf ich mich für Eure Großzügigkeit erkenntlich zeigen, indem ich Euch den dortigen Konzertdirektoren empfehle?«

Das Blut wich aus den Gesichtern der Eltern. Das Kind sah sie ängstlich an und ich fühlte mich schuldig. Das war meiner nicht würdig, und ich hätte mich zu so etwas nie hinreißen lassen, wären sie meinen Annäherungen freundlicher entgegengekommen. Jede Geschichte hat zwei Seiten. Ich hätte das Geschwätz der Gossenblätter nicht für die Wahrheit halten dürfen.

»Wir sind zufrieden mit unserem Leben«, erwiderte der Mann kalt und fuhr dann fort, ihre Habseligkeiten zusammenzupacken. Ich zog mich zurück, ein wenig bange, muss ich gestehen. Der Mann hatte meine letzte Bemerkung mit einem überaus finsteren Blick bedacht, der mich für mein Leben fürchten ließ.

In der Nacht kam ich kaum in den Schlaf. Immer wieder musste ich an das Gespräch denken, und nunmehr erinnerte ich mich auch ein wenig besser an unsere Begegnungen zehn Jahre zuvor in Venedig. Dabei hatte sich, wie gesagt, nichts von Belang ereignet. Doch im Nachhinein will mir scheinen, als wären bereits damals die Anfänge einer beginnenden Tragödie zu erkennen gewesen.

Da nimmt es kaum wunder, dass sie auch noch ein Jahrzehnt später diesem Geflecht aus Betrug und Lügen entfliehen wollten. Als ich mich am folgenden Morgen erhob, herrschte im Frühstücksraum helle Aufregung über das Verschwinden der Musikanten. Der Wirt und seine Frau schienen sich gar nicht beruhigen zu können, wenn auch nicht aus dem üblichen Grund einer unbezahlten Rechnung. Sie hatten offenbar einen Narren an der sonderbaren und talentierten Familie gefressen und musterten mich so argwöhnisch, als könnte ich mit dem hastigen Aufbruch etwas zu tun haben. Provinzler! Soll ich etwa Schuldgefühle empfinden? Kann der Galgenvogel den Strick verantwortlich machen?

Sie waren fort. Niemand weiß, wohin. Die Welt ist voll von solchen Zugvögeln. Man kann ihnen Glück wünschen, aber ihr Schicksal liegt ausschließlich in ihren eigenen Händen – im Guten wie im Bösen. Aber diese drei waren keine geübten Vagabunden. Das zeigten ihr Verhalten und ihre Fahrlässigkeit.

Ein Flüchtling muss mit jeder neuen Existenz auch einen neuen Namen annehmen. Doch mit welch erbärmlicher Phantasielosigkeit gingen diese drei dabei zu Werke! Nach einem erholsamen Schlaf in der folgenden Nacht erinnerte ich mich schließlich doch noch an die wahre Identität des Burschen. Er war ein Buchdrucker, ein Jünger der schwarzen Kunst. Und welchen Namen wählte er sich? Ausgerechnet den eines seiner Konkurrenten! Den eines berühmten Buchverlages, der in der kurzen Zeit seiner Blüte einige Bücher in Arabisch und Hebräisch publizierte, die noch heute die Regale vieler Antiquare zieren.

Schnitzer dieser Art können Ausreißern zum Verhängnis werden. Ich wünsche der Familie »Paganini« Glück. Sie wird es brauchen.

Inhalt

1. *San Michele* **9**
2. *Himmelfahrtstag* **19**
3. *Ein Name aus der Vergangenheit* **27**
4. *»Spritz! Spritz! Spritz!«* **33**
5. *Ein neues Zuhause* **45**
6. *Eine Verabredung mit dem Engländer* **51**
7. *Jenseits der Gesetze* **59**
8. *Ein Auftrag* **62**
9. *Der Weg ins Ghetto* **70**
10. *Ein unangenehmes Gespräch* **75**
11. *Ausflug in die Vergangenheit* **80**
12. *Die geheimnisvollen Geschwister Levi* **86**
13. *Kreuz und quer durch Venedig* **93**
14. *Ein Getränk wie brauner Schlamm* **103**
15. *Staub, Schmutz und alte Papiere* **110**
16. *Scacchis Gold* **117**
17. *Der rote Priester* **123**
18. *Der Canal Grande* **132**
19. *Ein Abend in der Lagune* **138**
20. *Die Juden* **152**
21. *Der dritte Weg* **158**
22. *Rebecca erhält ein Geschenk* **172**
23. *Offene Forderungen* **181**
24. *Rousseaus Liebesabenteuer* **189**
25. *Rizzos Preis* **198**
26. *Aufruhr in der Kirche* **201**
27. *Verhandlungen über einen Ankauf* **208**

28. *Ein furchtbarer Verlust* **219**

29. *Ein erzwungener Verkauf* **224**

30. *Allein am Arsenale* **231**

31. *Ein unbehaglicher Zustand der Gnade* **235**

32. *Unter den Dachbalken der Arche* **245**

33. *Ein Wettstreit im Aalfangen* **252**

34. *Fragen nach der Urheberschaft* **259**

35. *Begegnungen* **262**

36. *Eine Tanzstunde* **269**

37. *Ein unvergessliches Konzert* **280**

38. *Kurze Ermittlung* **289**

39. *Entlarvung* **298**

40. *Die Commissaria macht Fortschritte* **302**

41. *Das Gefängnis* **313**

42. *Ein verhängnisvoller Streit* **318**

43. *Musik in der Dunkelheit* **325**

44. *Ein Gespräch mit dem Engländer* **333**

45. *Gestalten im Spiegel* **345**

46. *Der römische Richter* **354**

47. *Bohrende Fragen* **361**

48. *Der Dämon, der sich meinem Zugriff entzog* **374**

49. *Sant' Erasmo* **386**

50. *Eilige Rückkehr* **394**

51. *Ein bedeutsames Gespräch* **404**

52. *Forderungen* **410**

53. *Eine Weigerung und eine Überraschung* **413**

54. *Öffentlichkeitsarbeit* **426**

55. *Von allen verfolgt* **434**

56. *Ein überraschender Vorschlag* **442**

57. *Marcheses Ankunft* **450**

58. *Eine verheißungsvolle Premiere* **459**

59. *Dissonanzen* **467**

60. *Warten auf einen Anruf* **473**

61. *Ein Blick aus dem Fenster* **476**

62. *Die Schatzhöhle* **491**
63. *Ein Bericht der Wachgarde* **503**
64. *Am Rand der Lagune* **509**
65. *Eine zufällige Begegnung* **531**

Cato Isaksen, der sympathische
Kommissar aus Oslo, versucht
den Mord an der 18-jährigen
Therese aufzuklären. Doch nicht
einmal ihre Zwillingsschwester
Tanja scheint ihm helfen zu
können. Isaksen steht unter
Druck: Es geschieht ein zweiter
Mord. Ein Wettlauf mit der Zeit
beginnt ...

Ausgezeichnet mit dem
Riverton-Preis 1999 für den
besten norwegischen
Kriminalroman.

*»Ein meisterhaft geschriebener
Krimi - spannend bis zur letzten
Seite.«*
Drammens Tidene /
Buskeruds Blad

Unni Lindell

Pass auf, was du träumst
Roman

Econ | ULLSTEIN | List

Hochspannung in der Lagunenstadt

Endlich wieder in Venedig! Nach langem Aufenthalt in Marokko kehrt Urbino Macintyre in seine geliebte Lagunenstadt zurück. Er freut sich auf müßige Stunden im Caffè Florian in Begleitung seiner alten Freundin Barbara, der Contessa da Capo-Zendrini. Doch die hat ganz andere Dinge im Kopf: Die geheimnisvolle Spitzenmacherin Nina Crivelli erpresst sie mit Informationen zu einem »schon lange Verstorbenen«. Was weiß die seltsame Alte? Als sie ermordet aufgefunden wird, fällt der Verdacht auf einen Freund Urbinos. Zusammen mit der Contessa beginnt er zu ermitteln ...

Edward Sklepowich

Venedig sehen und sterben

Roman

Deutsche Erstausgabe

ULLSTEIN TASCHENBUCH

»Amelias Charme ist unwiderstehlich.«
New York Times

Ägypten, Herbst 1915: Amelia
Peabody, ihr Mann Emerson
und Sohn Ramses bereiten
sich auf die neue Aus-
grabungssaison vor. Da merkt
Amelia, wie sich ein britischer
Offizier bemüht, Ramses als
Spion anzuwerben. Um dies zu
verhindern, schickt sie ihn
nach Luxor, wo Grabungsfunde
gestohlen wurden. Doch damit
nicht genug: Bald scheint es,
als ob Amelias Erzfeind Sethos
wieder hinter ihr her ist …

Elizabeth Peters

**Der Herr
der Schweigenden**

Roman
Deutsche Erstausgabe

ULLSTEIN TASCHENBUCH